을유세계문학전집·78

원잡극선

일러두기

1. 각 작품의 우리말 제목 뒤에는 해당 작품의 원문에서 사용된 정식 명칭을 한자로 병기하였다.
2. 각 작품의 앞에는 작품에 등장하는 배역(각색脚色)과 그에 따른 등장인물을 대조하여 명기하였다. 배역의 명칭 가운데 정말正末은 남자 주인공, 정단正旦은 여자 주인공을 뜻한다. 부말副末, 충말沖末, 외外, 부단副旦 등은 부차적인 인물을 지칭한다. 정淨, 부정副淨은 악역이거나 개성이 강한 인물이고, 축丑은 우스갯짓을 담당하는 인물이다. 이 밖에 발로孛老와 복아卜兒는 각각 노년의 남녀를 의미한다.
3. 각 절의 바로 아래에는 그 절에서 사용되는 노래들이 속한 음악의 궁조宮調를 표시하였다. 선려仙呂, 중려中呂, 남려南呂, 황종黃鐘, 정궁正宮, 상조商調, 쌍조雙調, 대석조大石調, 월조越調 등 모두 9가지 궁조가 사용되었다. 해당 절에 나오는 노래들은 모두 그 절에 표시된 궁조에 속한 노래들이다. 「곡강지의 꽃놀이」와 「비바람 맞으며 화랑아 노래하다」의 두 작품에는 예외적으로 다른 궁조의 노래가 삽입되는데, 이 경우에만 해당 노래 제목 앞에 궁조를 표시하였다.
4. 등장인물의 대사는 말로 하는 것, 노래로 하는 것, 시로 읊는 것의 세 가지로 구분된다. 감상의 편의를 위하여 세 가지 서로 다른 서체로 표시하였다.
5. 【 】안에 표시된 것은 노래 제목을 뜻한다. 원잡극에 사용된 노래는 산곡散曲인데, 산곡의 제목은 노래 가사의 내용과는 무관하고, 제목의 유래나 의미가 정확하게 밝혀져 있지 않은 것이 많으므로 번역하지 않았다.
6. 각 작품의 맨 뒤에는 전체 줄거리를 요약하는 대구가 나오는데, 이 대구의 앞부분을 제목題目, 뒷부분을 정명正名이라고 한다. 이 가운데 정명을 떼어서 작품 이름으로 부르는 것이 일반적이다.

을유세계문학전집·78

원잡극선

元雜劇選

관한경 외 지음, 김우석 · 홍영림 옮김

을유문화사

옮긴이 김우석

서울대학교 중어중문학과를 졸업하여 동 대학원에서 석사 및 박사학위를 받고, 대구한의대학교(구 경산대학교) 조교수를 거쳐 현재 인하대학교 중국언어문화학과에서 교수로 재직 중이다. 중국의 연극과 민간신앙 및 민속에 대해 두루 관심을 갖고 있다. 주요 논저로는 「홍승洪昇의 '장생전長生殿' 연구」, 「제궁조諸宮調 연구」, 「민간신 보권 연구」, 「중국 비물질문화유산 보호사업에 관한 초보적 고찰」 등 논문과 『중국공연예술』(공저, 한국방송대출판부, 2008) 등이 있다.

옮긴이 홍영림

연세대학교 중문과에서 중국 고전 희곡을 전공하여 석·박사 학위 취득. 현재는 극예술을 중심으로 중국 문화 전반에 관심을 갖고 있다. 대표 논문으로는 「원 잡극 삼국희의 구비문학성 연구」(석사 논문), 「명청대 화북 향촌극 연구」(박사 논문)이 있고, 소논문으로는 「중국 전통극 배우에 대한 연극학적 고찰」, 「신판 월극 '梁祝'의 개작 양상 연구」 등이 있다. 공저로는 『중국 근대의 풍경』(그린비, 2008), 공역서로는 『리위 희곡 이론』(보고사, 2013), 『중국 고전극 읽기의 즐거움』(민속원, 2011) 등이 있다.

을유세계문학전집 78
원잡극선

발행일·2015년 11월 25일 초판 1쇄
지은이·관한경 외 | 옮긴이·김우석, 홍영림
펴낸이·정무영 | 펴낸곳·(주)을유문화사
창립일·1945년 12월 1일 | 주소·서울시 종로구 우정국로 51-4
전화·734-3515, 733-8152~3 | FAX·732-9154 | 홈페이지·www.eulyoo.co.kr
ISBN 978-89-324-0460-8 04820 978-89-324-0330-4(세트)

• 값은 뒤표지에 표시되어 있습니다.
• 옮긴이와의 협의하에 인지를 붙이지 않습니다.

차례

선비 장우가 바다를 끓이다沙門島張生煮海

이호고李好古

정말(正末) 장로(長老)

충말(冲末) 장우(張羽)

정단(正旦) 용녀(龍女), 선고(仙姑)

외(外) 동화(東華) 신선, 용왕

가동(家僮), 시녀, 행자(行者)

제1절

선려(仙呂)

(동화東華 신선〔외外〕이 등장한다)

동화 신선

바다 동쪽엔 한 조각 붉은 노을이,

신선의 섬엔 꽃이 흐드러지게 피어나네.

영지가 자라 수명을 연장해 주고,

소요자재하며 신선들과 즐기네.

제가 바로 동화 상선입니다. 천지개벽 이래 한마음으로 도를 좋아하여 양쪽 미간과 심장, 그리고 배꼽 아래 세 곳의 단전을 수련하였고, 연단법으로 지존의 보물 황아黃芽라든가 칠반七返, 구환九還 같은 영약을 만들어 대라신선大羅神仙*이 되었고, 동화 묘엄東華妙嚴의 하늘을 관장하여 다스립니다. 서왕모가 벌이는 요지瑤池*의 잔치에서 금동과 옥녀가 속세 인간 남녀들의 마음을 품었다가 이래 세상으로 내려가 인간의 태에 들어가 다시 태어나는 벌을 받았습니다. 금동은 아래 세상 조주潮州의 장 씨네 집에 아들로 환생하였는데, 유가에 정통하여 아주 훌륭한 선비가 되었습니다. 옥녀는 동해 용왕이 있는 용궁에서 딸로 태어났습니다. 이들 두 사람이 전생의 사랑 빚을 다 갚으면 저는 그들을 바로잡아 바른길로 되돌아오게 하려고 합니다.

금동과 옥녀가 마음이 서로 들어맞으니
재자가인은 세상에 드물기도 하지.
서로 만나 전생의 사랑 빚을 갚는다면
올바른 길을 찾아 요지의 잔치로 돌아올 수 있지.

(퇴장한다)

(장로長老[정말正末]가 행자行者와 함께 등장한다)

장로

불가의 큰 도는 참선과 수양이고
종파의 근원을 여는 이는 늙은 비구승이지.
문밖에 동해가 가까운 줄도 모르고
선경은 본래 맑고 고요하다고만 말하지.

소승은 석불사石佛寺 주지 법운法雲입니다. 우리 절은 오래된 고찰이고 동해와 가까워 용왕과 수졸이 수시로 와서 놀다 갑니다. 행자들아, 문 앞에서 살펴보고 있다가 누가 찾아오면 나에게 알리거라.

행자 알겠습니다.

(장우張羽[충말冲末]가 가동家僮을 이끌고 등장한다)

장 선비 소생은 조주 사람 장우이고 자는 백등伯騰이라고 합니다. 조실부모한 뒤, 어려서부터 글공부를 했으나 아직 공명을 이루지는 못했습니다. 오늘 바닷가를 노닐다가 문득 오래된 사찰을 발견했습니다. 문 앞에 행자가 하나 서 있네요. 이보오, 행자, 이 절은 이름이 있는 절이오?

행자 이름 없는 절이 있겠습니까? 산에 이름이 없으면 헷갈려 죽고, 절에 이름이 없으면 속되어 죽지요. 이 절은 바로 석불사입니다.

장 선비 가서 주지 스님께 떠돌이 수재가 찾아뵙고 싶다고 알려 주시오.

행자 (알리는 동작) 문 앞에 한 수재가 와서 사부님을 뵙고 싶답니다.

장로 듭시라 해라. (만나는 동작) 감히 여쭙건대 수재께선 어디 분이십니까?

장 선비 소생은 조주 사람으로, 어려서 양친이 모두 돌아가시고 공명도 아직 이루지 못하였습니다. 우연히 바닷가를 떠돌다가 이 고찰의 청량한 경계를 보고 나니, 정갈한 방 한 칸 얻어 글공부를 하고 싶은데, 장로의 의향은 어떠하신지요?

장로 절에는 널린 것이 방이지요. 행자야, 동남쪽 조용한 곳으로 마련해 드려라. 수재께서 책 보시기엔 괜찮을 겝니다.

장 선비 소생이 달리 드릴 것은 없으니, 은자 두 냥이나마 장로께 보시 삼아 드리겠습니다. 웃으며 받아 주십시오.

장로 수재의 성의가 중하시니 받아 두겠습니다. 행자야, 방을 정리하고 공양을 준비하여라. 수재께선 편안히 계십시오. 저는

선방에 돌아가 공과功果*를 올려야겠습니다. (퇴장한다)

행자 수재님, 이 방은 한적하고 조용하니 이 방을 쓰시면서 수재님 마음대로 재주를 넘으시든, 공 던지기 놀이를 하시든, 지신밟기를 하시든, 귀신놀이를 하시든, 우스갯짓을 하시든, 어릿광대짓을 하시든, 한바탕 즐겁게 노시고 한바탕 웃으시고 무엇을 하시든 마음껏 즐기십시오. 저 행자는 선당에 가서 우리 스승님 시중을 들어야겠습니다.

동자승이란 온종일 힘들게 일하지요
비질 끝내면 곧바로 물을 길어 와야 해요.
그 와중에 유일한 즐거움이란
풍류 인물을 만나 회포를 이야기하는 것.

(퇴장한다)

장 선비 사찰이 청아清雅할 뿐 아니라 한가한 자들이 시끄럽게 굴 일도 없으니 책 읽기 그만이구나. 날도 저물었으니 가동아, 거문고나 가져오거라. 한 곡 연주하여 기분이나 풀어 보자.

(가동이 거문고를 펼치는 동작)

등불을 켜고 향을 사르거라.

(가동이 등불을 켜고 분향을 하는 동작)

흐르는 물을 연주하든 높은 산을 연주하든 그 곡조 헛되지 않으나
종자기鍾子期가 가 버리면 내 연주 알아듣는 이 없으리.*
오늘 밤 등불 아래 노래 세 곡 연주하리니
헤엄치던 물고기 머리 내밀고 들어 줄까?

(용왕의 딸 용녀〔정단正旦〕가 시녀를 이끌고 등장한다)

용녀 소첩은 바로 동해 용왕의 셋째 딸 경련입니다. 매향과 취하와 함께 오늘 밤엔 바다 위 세상을 다니며 바람이나 쐴까 합니다.

시녀 아가씨, 보세요. 대해는 맑고 하늘과 같은 색이니 참으로 좋은 경치입니다.

용녀

【점강순點絳脣】
바닷물 넘실거리며
저녁 바람 살포시 불어오니
하늘까지 솟아올라
동과 서를 가리지 않고
파도 딛고 사뿐사뿐 걸음 옮기네.
【혼강룡混江龍】
맑은 밤 잠 못 이루는 밤
어린 정령 시종 삼아 데리고 나왔네.
맑디맑은 푸른 바다 벗어나
저 아득한 먼 하늘 바라보네.
보아라,
오색 뭉게구름 바다 위에서 피어나고
한 바퀴 밝은 달이 파도에 비쳐 있네.

시녀 바닷속 경물과 이곳 인간 세상은 다른가 봅니다.

용녀

인간 세상 궁궐을

어찌 우리 수중 용궁에 비할 수 있겠니?
맑디맑은 복된 땅 신선 세계에서 한가로이 노닐고
짙푸른 곳엔 물오리나 기러기 시끄러울 걱정 없는 곳.
규중의 내 마음처럼 깊고 먼 곳이나
다만 이처럼 좋은 소식 통할 리 없을 뿐.

시녀 아씨, 아씨께선 본래 바다의 신선이시니 용모가 참으로 남다르십니다.

용녀

【유호로油葫蘆】
바다의 신선은 수명이 길고 길어
봉래산이 바로 눈앞에 있지.
붉은 옷소매 바람에 나부끼고
높이 틀어 올린 검은 머리에 금비녀는 무겁고
고운 아미 살짝 펴니 머리 장식 흔들리네.
옷소매는 바구니요
열 손가락은 파와 같고
치맛자락 살랑살랑
신발은 반쪽짜리 활이니.
옛날 농옥이 그랬듯이
바람 타고 퉁소 부는 이 따라가고 싶지만
어딜 가면 푸른 하늘에 올라 바람을 탈 수 있을까?

시녀 천상 세계와 인간 세계는 당연히 비교할 수 없겠지요.

용녀

【천하락天下樂】

인간 세상이란 번화하다가도 쓸어버린 듯 공허하고

속세의 먼지 속에서 쑥 다발처럼 흩어져 버리지.

저들은 봄 지나 여름, 가을 하면 겨울

새벽을 알리는 닭 울음 한 번 듣고

밤을 알리는 종소리 한 번 들으면

알지도 못하는 사이 한 세상 다 가 버려.

(장 선비가 거문고를 타고 시녀가 듣는 동작)

시녀 아가씨, 어디서 나는 소리죠?

용녀

【나타령那吒令】

솔솔 저녁 바람 부니

바람 소리 소나무에 내려앉고

휘영청 밝은 달 떠오르니

그 달빛 온 하늘을 비추고

졸졸 물이 샘솟으니

그 샘물 깊은 계곡을 흐르네.

이 소리는

연잎 따는 아낙 노 젓는 소리도 아니요

고기잡이 늙은이 뱃전 두드리는 소리도 아닌 것이

한밤중에 몽롱하게 곤히 잠든 사람들 깨우겠구나.

시녀 이 소리는 그런 것들과 완전히 다릅니다요.

용녀

【작답지鵲踏枝】

패옥 잡아당겨 나는 딩동 소리도 아니고

처마 밑 풍경의 찰가랑 소리도 아니고

사찰 승방의 목경 두드리는 댕댕 소리도 아니고

한 소리 한 소리에 마음 두려워지는데

아, 바로 띵띠딩 오동나무에 비단 줄 소리로구나.

누굴까?

(장 선비가 다시 거문고를 타는 동작)

시녀 아마도 이 절에서 누군가가 무얼 연주하는 모양입니다.

용녀 아, 거문고 타는 소리였구나.

시녀 아가씨, 한번 들어 보세요.

용녀

【기생초寄生草】

한 글자 한 글자 정감이 무한하고

한 가락 한 가락 곡조가 끝도 없네.

파르르 가을바람에 국화 떨듯

가을바람에 단계나무 향내 전해 오듯

사사삭 가을바람에 댓잎 속삭이듯

이야야, 금베틀의 북 끊어지는 듯

주르륵, 섬섬옥수에서 진주알 굴러 떨어지는 듯.

시녀 (몰래 훔쳐보는 동작) 아! 어떤 수재가 여기서 거문고를 뜯고 있어요. 정말 기품 있어 보이는 사람이에요.

용녀

【육요서六幺序】

현과 현 사이에서 말을 쏟아 내고

손가락과 손가락 사이에서 기교를 뽐내며

막았다 찝었다 자유자재로 거문고를 놀리네.

그는 바르고 단아한 용모

신선과 도인의 풍채를 지녔다네.

영락없이 한나라 때 사마상여가 임공臨邛에서 객이 되어

탁문군 유혹하러 봉황 노래 연주하던 그 자태인지라*

나도 모르게 흠모하는 정이 짙게 일어나네.

저 청풍명월 세 곡을 들어 보라!

안족은 들끓고

돌괘는 영롱하도다.

시녀 아가씨, 아가씨처럼 소리에 밝은 사람은 말할 것도 없고, 제가 들어도 아름답고 귀를 홀리네요. 정말 잘 타는군요!

용녀

【요편幺篇】

참으로 심사가 영리한 데다

기교는 신의 경지로다.

슬프기는 기러기 울음 같고

처절하기는 가을철 귀뚜라미 같고

교태롭기는 꽃의 자태요

날래기는 우레의 울림이요

참으로 만 가지 근심 걱정을 다 씻어 주는구나.

이 수재는 한 가지를 잘하니
다른 백 가지도 모두 다 훌륭하겠지?
내가 살금살금거릴 때마다
그는 곡조를 바꿔 탄다네.
마치 반반盼盼*이 문호 황정견黃庭堅과 노랫말을 화답하는 듯
마치 깊은 밤 한 베개에서 신선 세상 노니는 꿈을 꾸는 듯.
이 때문에 절 안을 기웃거리게 된 것이라오
아녀자의 품덕을 지키지 못해서가 아니라오.

(줄이 끊어지는 동작)

장 선비 어째서 줄이 갑자기 끊어지지? 누군가가 훔쳐 듣는구나. 나가서 살펴봐야겠다.

용녀 (피하는 동작) 정말 멋진 수재로구나!

장 선비 (보는 동작) 참으로 아리따운 아가씨로구나! (묻는 동작) 아가씨는 뉘 댁 처자요? 어찌하여 밤길에 다니시오?

용녀

【금잔아金盞兒】
저희 집은 푸른 하늘 초록 파도 속에 있고
비늘 덮인 것들과 뿔 달린 것들이 시중을 듭니다.
부귀한 수정 궁궐 깊이 살고 있는
저는 바로 바닷속 용씨의 딸,
하늘의 선녀 허비경許飛瓊*보다 훨씬 낫지요?
수많은 별이 북극성을 에워싸듯이
세상의 모든 강물은 동해를 향해 흐른답니다.

장 선비 아가씨의 성이 용씨라. 옛날 하승천이 쓴 「성씨 동산姓苑」에 이 성씨가 있었던 기억이 나는군요. 그렇다면 이름은 무엇이오? 어쩌다 여기에 오게 되었소?

용녀 소녀는 용씨 집 셋째 딸, 이름은 경련이라고 합니다. 수재께서 거문고 타는 것을 보고는 거문고 연주를 들으러 왔습니다.

장 선비 거문고를 들으러 오셨다면 대단한 지음이신데, 기왕이면 서재로 드시지요. 소생이 한 곡 연주해 올리리다.

용녀 그러지요. (서재에 도착하는 동작) 선생께서는 존함이?

장 선비 소생은 장우라고 합니다. 자는 백등이지요. 조주 사람인데 조실부모하고 배움에 뜻이 있었으나 공명은 이루지 못하고 이리저리 유랑하다가 여기에 오게 되었습니다. 아직 배필은 없습니다.

시녀 이 수재님 참으로 뜬금없네. 누가 수재님 배필이 있는지 없는지 물었나요?

가동 상공만 없는 게 아냐, 나도 없어.

장 선비 소생이 빈한하다고 내치시지 않는다면 아가씨께선 소생의 배필이 되어 주시겠습니까?

용녀 제가 보기에 수재께선 총명하고 지혜로우시며 풍채도 단아하시니 저는 오로지 수재님의 아내가 되기를 바라옵니다. 부모님께서 살아 계시니 제가 아뢰도록 하겠습니다. 수재께서 팔월 보름날 중추절에 저희 집으로 오시면 사위로 받아들일 겁니다.

장 선비 기왕에 아가씨께서 승낙하셨다면 오늘 밤에 그냥 치러 버리지 기다려 봐야 무슨 낙이 있겠습니까? 소생보고 언제 또 팔월 보름까지 기다리란 말입니까!

가동 맞아, 나도 못 기다려.

시녀 못 기다린다면 잘됐지 뭐.

용녀 "마음만 있다면 한 해쯤 건너뛴들 어떠리!"라는 말이 있지 않습니까? 기다리지 못할 게 뭐가 있겠습니까?

【후정화後庭花】

어디 간들 양대陽臺*의 운우雲雨*의 자취를 찾을 수 있으리니

기루의 값싼 사랑에 비하겠습니까?

장 선비 감히 여쭙겠습니다. 아가씨의 집은 어디에 있습니까?

용녀

바로 이 푸른 바다 삼천 길 아래

험준하기가 무산 열두 봉우리* 같지요.

장 선비 소생이 귀댁의 사위가 된다면 부귀한 댁 낭군이 되는 건데 어떤 사람들이 시중을 들게 될까요?

용녀

저희도 가풍이란 게 있으니

모두 교룡과 규룡들이 시중을 들 겁니다.

그리고 또

자라 장군, 남생이 상공,

물고기 부인, 새우 애첩,

악어 선봉, 거북 노인들이

모두 파도도 잘 타고 바람도 잘 부립니다.
산 넘어 구름 넘어 천만 겹이지만
만나려고만 한다면 손만 한 번 까딱하면 되지요.

장 선비 아가씨가 언약만 지켜 주신다면 소생은 뜻과 정성을 다할 것입니다.

용녀

【청가아靑哥兒】
달콤한 말로 나를, 나를 어루만지고
웃는 얼굴로 나의, 나의 비위를 맞추네.
팔월의 얼음 같은 달이 바다 동쪽에서 떠오르면,
그때가 되면
맑은 하늘에 안개 걷히고
창문으로 바람이 불어와
구름과 비가 하나 되리니.
그때가 되면
비단 무리 꽃 더미
옥 술잔 금 술잔
쌍쌍이 짝을 이뤄
기뻐하고 즐거워하리니.
제가 당신을 웃으며 모실 테니
도화원桃花園*에 잘못 들어온 이야길랑 꺼내지도 마세요.

장 선비 소생의 아내가 되어 주시기로 하였으니 아가씨는 정표를 남겨 주십시오.

용녀 소첩에게 빙잠氷蠶*이 짠 교초鮫綃* 손수건이 있으니 정표로 드리겠습니다.

장 선비 (감사하는 동작) 아가씨, 감사합니다.

가동 매향아, 너는 내게 어떤 정표를 남기겠느냐?

시녀 찢어진 부채를 줄 테니 집에 가서 불붙일 때 쓰거라.

가동 난 어디 가서 너를 찾지?

시녀 저기 염소 거리 벽돌 탑 골목 순찰대 초소 문 앞에서 날 찾아.

용녀

【잠살賺煞】

의기투합할 줄도 모르시고
척 하고 알아들을 줄도 모르시네요.
제가 뭐 사람 잡아먹는 요괴도 아니니
놀라거나 두려워하지 마세요.
전생의 인연으로 오늘 만났으니
중추절이 되면 좋은 일이 있을 겁니다.
천천히 조심조심
이만 리 길 어두운 바다를 가르십시오.
저 있는 그곳은 고요하며 속세의 어지러움이 없습니다.

장 선비 이처럼 부귀할 수 있다면 소생은 기꺼이 가겠습니다.

용녀

온 주위가 붉은색 푸른색으로 뒤덮여 있고
온통 다 금빛 사립문 은빛 기둥들이니

아홉 겹 하늘 위 예주궁蕊珠宮*보다 못하지 않을 겝니다.

(시녀와 함께 퇴장)

장 선비 이 여인은 매혹적이고 아름답기가 세상에 둘도 없도다. 나더러 바닷가에 와서 찾으라고 했지? 중추절까지 어떻게 기다려? 얘, 가동아, 너는 내 금검서상琴劍書箱*을 지키고 있거라. 나는 교초 손수건을 가지고 아득히 멀리 바닷가로 가서 그 여인을 찾아보겠다.

바닷가 동쪽을 발 닿는 대로 걷노라니
거문고 들으러 왔던 여인이 가장 그립구나.
인연이 있다면 다시 만날 것이니
강 언덕에서 정교보鄭交甫*를 비웃어서 무엇하리?

(퇴장한다)

가동 우리 도련님은 참으로 어리석구나. 저 여자가 요괴인지 뭔지 어찌 알고 저 여자 말만 믿고 따라가신다? 난 어서 주지 스님과 행자에게 알리고 도련님을 쫓아가야겠다.

못되도다, 이 요괴가
온갖 감언이설로 꼬드기네.
어서 빨리 따라가지 않으면
우리 도련님 큰코다치겠네.

(퇴장한다)

제2절

남려(南呂)

(장 선비가 등장한다)

장 선비

운 좋게 매력적인 여인을 만나 장래를 약속하니
들풀이며 들꽃들이 다투어 피어나 향내를 뽐내네.
그리운 마음, 어디가 도화원일까
유 도령처럼 갔다가 돌아오지 못하는 건 아닐까?

소생 장백등은 우연히 대단한 미인을 만났습니다. 그 뒤로 그녀의 종적을 찾아 이리저리 다니지만 도무지 어디로 가야 할지 모르겠습니다. 푸른 산 푸른 물에 잣나무 소나무만 보이고, 앞으로 나아가지도 뒤로 돌아가지도 못하겠으니 참으로 서글픕니다. 여기 울퉁불퉁한 돌에서 잠시 쉬었다 가야겠습니다. (퇴장한 척한다)

(선고仙姑〔정단正旦〕가 등장한다)

선고

뽕밭이 바다가 되었다가 다시 뽕밭이 되고
눈 깜짝할 사이에 백 년이 지나는 법이지.
정수리의 빗장만 돌린다면
누군들 신선이 못 될쏜가!

저는 본래 진나라 때 궁녀였는데, 불로초를 구하러 산으로 들어갔다가 화식을 끊으니 점차 몸이 가벼워져 큰 도를 이루는 데 성공하였습니다. 세상 사람들은 저를 모녀毛女*라고 부르지요. 오늘 우연히 흥에 겨워 여기까지 놀러 나오게 되었는데 바다 동쪽 기슭이로군요. 저 망망대해를 보세요. 참으로 큰 물이로군요.

【일지화一枝花】

시커멓게 넘실거리는 바다는 드넓고
우뚝우뚝 높이 솟은 곤륜산은 우람하고
눈부시게 밝은 얼음바퀴 바다 모퉁이에서 솟으며
찬란하게 빛나는 붉은 태양은 산모롱이를 돌아가도다.
해와 달은 이렇게 오고가지만
산과 바다만은 의연히 그 자리에.
사방팔방에 가득 차고
구주에 두루 퍼지나니
황하, 한수, 장강, 회수 가리지 않고
물이란 물은 모두 대해로 흘러드네.

【양주제칠梁州第七】

아득히 먼 신선의 땅 십주十洲와 삼도三島,
희미하기만 한 낭원閬苑과 봉래蓬萊*,
황하 한 곳으로 물줄기가 모이는구나.
높이는 아홉 별을 치받고
멀리는 삼대 성좌*에 비치며
위로는 은하에 이어지며
아래로는 누런 먼지에 닿도다.
넘실거리는 그 기세는 기슭도 가장자리도 없이
수많은 기이한 보물을 담고 있도다.
보라, 보라, 보라, 사납게 치솟는 파도는
은은히 빛나는 고귀한 구슬이요,
이, 이, 이, 초목들이 자라나
향내를 내뿜는 불로장생의 약이 되며,
여기, 여기, 여기, 교룡이 편히 쉬며
웅크리고서 신비로운 능력을 머금고 있도다.
구름과 안개 자욱하여
홍진의 이승과는 동떨어진 것이
마치 아홉 하늘 밖에 있는 듯하도다.
거대한 운몽택雲夢澤*을 여덟아홉은 삼켰으니
초록 섬이고 푸른 절벽이고가 어디 있단 말이냐.

(장 선비가 나선다)

장 선비 여기가 어딘지 몰랐는데 다행히 한 여인을 만났구나. 아, 알고 보니 비구니로군요. 제가 길을 좀 물어봐야겠습니다.

선고

【목양관牧羊關】

갑자기 들이닥치니 피할 수도 없어

어떻게 벗어난단 말인가?

손을 모으고 다가오니

길 잃은 행인인가

배 놓친 과객인가?

장 선비 비구니 스님, 여기가 어딘지 감히 여쭙겠습니다.

선고

당신께서 물어보시며

나더러 말해 달라 하시니

장 선비 오직 마음속의 사람 때문에 여기까지 오게 되었는데, 어디 있는지 모르겠습니다.

선고

영지 따는 여인 모녀를 이상히 여기지 않고

그저 마음속 그리는 사람이 어디 있는지 물어보네.

수재는 어디 사람이십니까? 어인 일로 여기까지 오셨습니까?

장 선비 저는 조주 사람입니다. 이리저리 떠돌며 배움을 찾던 중 이곳 석불사에서 기숙하고 있었습니다. 지난밤 거문고를 타는데 한 여인이 시녀를 데리고 와서 듣더군요. 그 여인은 스스로 용씨의 딸 경련이라고 하였습니다. 팔월 중추절에 소생과 바닷가에서 만나기로 약속했습니다. 저는 그녀를 찾아 나섰는데 늦밖에 길을 잃었습니다. 세상에 둘도 없는 멋진 인물이란 생각뿐입니다.

선고 그녀가 용씨의 딸이라고 했으면 당신은 잘못 생각하셨습니다.

【매옥랑罵玉郞】

용궁의 미녀가 아름다울 거라는 것은 잘 알지요.

그때를 생각하고 약속을 지키고자

오늘 혼자 찾으러 나서서

남은 목숨을 아까워하지 않고 사랑 빚을 지려 하다니.

그 용은 시퍼런 얼굴로 언제나 제멋대로 의심하고

못된 성격은 이해하기 어렵고

독한 기세로 사람을 해칩니다.

장 선비 어떻게 그렇게 지독한가요?

선고

【감황은感皇恩】

아,

그는 송곳니와 발톱을 쩌억 벌리고

머리와 뿔을 살짝 치켜들고

순식간에 파도를 일으키고

순식간에 산악을 꺾어 버리고

순식간에 강물을 말아 버리지요.

이놈이 크게 변하면

하늘과 땅도 좁다 하고

작게 변하면

겨자씨 속에도 숨을 수 있지요.

그는 용맹함이 남다를 수도

신통력을 보여 줄 수도 있지만

괴벽스럽기도 하지요.

장 선비 그 아가씨는 용씨인데 도고道姑께서는 어찌하여 용을 말합니까?

선고 수재께선 모르십니다. 이 용을 가벼이 여기시면 큰코다칩니다.

【채다가采茶歌】

그는 구름과 안개를 일으키고

순식간에

풍우를 움직여

먼지로 가득 채울 수 있습니다.

다만 겁을 심하게 먹으면

한 목숨 골로 갈 수 있습니다.

운우를 기약했던 용씨의 딸 하나 때문에

앞길 창창한 인재를 보내 버리겠어요.

장 선비 소생 이제사 깨달았습니다. 그는 용궁의 딸로 그의 아비는 몹시 흉악한데, 어찌 나의 아내가 되려 했을까요? 이 혼사는 분명 이루어질 수가 없군요. 그런데 아가씨, 어쩌자고 거문고를 들으러 왔나요?

(슬퍼하는 동작)

선고 빈도는 속세 사람이 아닙니다. 동화 상선의 법지를 받들어 당신이 더 이상 타락하지 않고 올바른 길로 돌아오도록 인도하려는 겁니다.

장 선비 (절하는 동작) 소생의 육안으로는 도고님의 인도하심을 알 수 없으니 너그러이 죄를 용서하여 주십시오.

선고 한 가지 묻겠습니다. 그 거문고를 듣던 여인은 동해 용왕의 셋째 딸 경련으로 지금 용궁 바닷속에 숨어 있는데, 당신이 어떻게 그녀를 만날 수 있겠습니까?

장 선비 그 용궁의 여인으로 말하자면 저와 매우 인연이 있답니다.

선고 어떻게 인연이 있다고 보십니까?

장 선비 인연이 없다면 서방님으로 모실 테니 팔월 보름날 밤에 자기 집에 오라는 약속을 어떻게 하며, 교초 손수건을 뭣하러 정표로 주었겠습니까?

선고 그 교초 손수건은 과연 용궁의 물건입니다. 분명 그 여인은 당신이 마음에 들었군요. 그렇지만 용왕은 성질이 포악하니 사랑하는 딸을 당신의 아내로 쉽게 내주지 않을 겁니다. 당신이 이 일을 원만하게 이룰 수 있도록 세 가지 법물을 줄 테니 용왕을 항복시키셔요. 용왕이 딸을 당신에게 시집보내지 않을 걱정일랑 마시고요.

장 선비 (무릎 꿇는 동작) 상선의 법보를 보여 주십시오.

선고 (소도구 꺼내는 동작) 당신에게 은으로 된 솥 하나, 금전 한 닢, 쇠 국자 한 자루를 드리지요.

장 선비 (받는 동작) 법보는 받았으니, 상선께선 어떻게 사용하면 되는지 가르쳐 주십시오.

선고 이 국자로 바닷물을 떠서 솥에 붓고 금전을 물에 놓으십시오. 한 푼을 졸이면 바닷물이 열 길 줄어들 것이고, 두 푼을 졸이면 스무 길 줄어들 것입니다. 솥의 물을 다 졸이면 바다가 바닥을 드러낼 겁니다. 그러면 용왕은 가만히 앉아 있지 못하고 분명히 사람을 보내 당신을 사위로 맞아들일 겁니다.

장 선비 상선의 가르침에 감사드립니다. 그런데 이곳이 해안에서 얼마나 떨어져 있는지 모르겠습니다.

선고 앞으로 몇 십 리만 가시면 바로 사문도 해안입니다.

【황종살미黃鍾煞尾】

이 법보는

서왕모 요대瑤臺 자부紫府 청허계淸虛界*

푸른 하늘 천상에서 가져온 것이니

마음껏 바닷물을 졸이고

마음껏 사용하십시오.

마음 내키는 대로

마음에 들 때까지.

청혼도 필요 없고

패물 들일 필요도 없이

중매가 이루어지고

신랑이 된다네.

연리지連理枝*가 자라고

받침 하나에서 꽃이 두 송이 피겠네.

난새와 봉새가 어울리고

물 만난 물고기 되리니

이것을 얕잡아 보지 마시오.

신선의 신묘한 계책을 믿는 것도

전생의 복이 안배한 것이니

당신은 어서 이 망망대해를 국 끓이듯이 졸여 보십시오.

(퇴장한다)

장 선비 소생이 인연이 있어 선계의 법보를 얻었으니 곧바로 사문도로 가서 바닷물을 끓여야겠다.

제아무리 동해에서 파도가 치더라도

솥에 물을 떠다 졸여야지.

이것은 신선의 신묘한 술법이니

아름다운 여인 못 만날 걱정일랑 없어졌네.

(퇴장한다)

제3절

정궁(正宮)

(행자가 등장한다)

행자 소승은 석불사의 행자입니다. 며칠 전 한 수재가 우리 절에 기숙했는데 밤에 거문고를 타다가 한 요괴에게 홀려서 떠났어요. 가동이 서둘러 그를 찾으러 갔고, 우리 사부님도 뜬금없이 나더러 따라가라고 했어요. 숲은 깊고 산은 험하니 찾을 도리가 없었지요. 제가 혼자 막 돌아가려는데 우연히 호랑이 한 마리가 아가리를 쫙 벌리고 발톱을 치켜들고 어슬렁거리는 것을 보았어요. 다행히 제가 먼저 발견했고 놈은 미처 저를 보지 못했지요. 좌우로 아무리 살펴봐도 도무지 몸을 숨길 곳을 찾을 수 없었는데, 마침 옆에 진흙탕이 있기에 살금살금 미끄러져 내려가 바닥에 앉았어요. 그런데 그 호랑이 놈이 목이 말랐는지 물을 마시려고 다가와서 시뻘건 입을 쫙 벌려 줄칼 같은 혓바닥을 내미는 거예요. 물을 한 모금 들이켜니 진흙탕의 물이 손가락 마디 높이만큼 줄어들었고, 쉬지 않고 연달아 몇 모금 들이켜니 진흙탕의 물이 바닥나고 결국 숨어 있던 내 몸이 꼼짝없이 드러나고 말았어요. 나는 놈이 입을 벌리고 있는 틈을 타서 재주를 넘어 놈의 배 속으로 들어갔어요. 놈의 배 속은 컴컴하긴 했지만 심장이며 간이며 오장육부를 모두 만질 수 있었어요. 내가 심장이며 간을 만지작거리다가 왼쪽 부위를 야무지게 한 입 깨물자 호랑이는 "아야!" 하며 비명을 질렀어요. 내가 다시 심장이며 간을 만지작거리다가 오른쪽 부위를 두 배로 세게 깨물자 호랑이는 소리를 질렀어요. "오늘 심장이 왜 이리 아프지? 석불사의 그 음흉한 행자 놈이 못된 짓을 꾸미는 게로구나." 저는 대답했죠. "아마 그럴걸!" 놈이 말했어요. "어서 나와라!" "어디로 나가게 해 줄래?" "앞문으로 나오거라!" 이 녀석의 송곳니에 걸리면 제 이 몸이 사탕처럼 잘근잘근 씹혀 버릴 것 같아서 저는 그랬죠. "앞문으로는 나가지 않겠다." "그럼 어디로 나올 테냐?" "뒷문으로 나갈 테다." 놈은 산언덕으로 올라가 양발로 큰 나무 두 그루를 움켜잡고 엉덩이를 산언덕 공중으로 향하여 힘을 세게 주며 우레와 같은 방귀를 뀌어 댔어요. 저는 재주를 넘어 이곳 석불사까지 날려 와 간신히 목숨을 건질 수 있었지요.

평지에서 멀쩡하게 목숨을 잃으면
남들이 꽁무니로 나왔다고 비웃겠지.
차라리 수재와 함께 길 잃어 죽기라도 하면
모란꽃 아래에선 귀신도 풍류가 넘치지.

(장 선비가 가동을 이끌고 등장한다)

장 선비

전생에 좋은 인연이 있었는지
끊어진 줄 이어 주는 도우미를 만났도다.
법보를 얻어 바닷물을 끓이니
불 속에서 연꽃을 얻은 셈이지.

소생 장백등은 벌써 해안에 닿았군요. 가동아, 부싯돌과 불쏘시개를 가져다가 불을 피우고 삼발이에 솥을 걸자. (솥을 거는 동작) 이 국자로 저 바닷물을 길어 오너라. (물을 긷는 동작) 솥에 물이 찼으니 이 금전을 안에 넣고 불을 지피거라. 불만 활활 타오른다면 이 바닷물이 금세 끓어오를 거야.

가동 진즉 말씀하셨으면 그 아가씨의 계집종이 선물로 준 부채를 가져왔을 텐데요. 부채도 없는데 뭘로 부치죠? (옷소매로 부채질하는 동작) 아, 솥의 물이 끓기 시작했어요.

장 선비 물이 끓으니 내가 가서 바닷물의 동정을 살펴봐야겠다. (보는 동작, 놀란다) 신기하구나! 과연 바닷물이 끓어오르기 시작했어. 정말 신통하구나.

가동 솥의 물이 끓는데 어떻게 바닷물도 같이 끓을까요? 이 솥이랑 바다랑 연결되어 있는 걸까요?

(장로가 황급히 등장한다)

장로 노승은 석불사의 장로입니다. 선방에서 좌정하고 있는데 동해 용왕이 사람을 보내서 말했어요. 어떤 수재가 무슨 물건을 가져다가 바닷물을 끓여 대니, 다급해진 저 용왕은 숨을 곳이 없어 이 노승에게 저 수재를 좀 말려서 어서 불을 좀 꺼달라고 부탁하더군요. 그런데 알고 보니 그 수재는 다름 아닌 요전에 우리 절에 기숙했던 조주의 장 선비이지 뭡니까! 우리 석불사는 동해에서 바로 코앞인데 용궁에 어려운 일이 생겼으니 돕지 않을 수 있겠습니까? 직접 사문도에 와서 수재를 말리러 가는 중입니다.

【단정호端正好】

내내 마음 졸이며
바닷속에서 부질없이 근심하는
다급해라, 용왕이여.
수정궁에서 혈기가 하늘로 치솟으나
코와 입으론 마른 연기 느낄 수 없네.

【곤수구滾繡球】

그 수재인 줄 생각도 못했지.
순식간에 이 지경으로 만들다니.
그가 무슨 재주를 갖고 있기에
수준 높고 훌륭한 재능을 뽐내려는가?
불을 내뿜고 태양을 위협하며
파도와 물결을 일으켜 지글지글 끓여 버리누나.
우레와 비바람에도
이보다 놀라고 당황하지는 않았으리.
비늘 달린 물고기는 파도 속에서 펄쩍펄쩍 뛰고
은빛 집게 달린 게들은 기슭으로 기어올라 몸을 숨기네.

조금이라도 닿았다간 물집 잡혀 버리리.

(도착하는 동작) 도착해 보니 바로 사문도의 해안이로구나. 이 보시오, 수재! 여기에서 무얼 끓이고 있나요?

장 선비 저는 바다를 끓이는 중입니다.

장로 바다를 끓여서 뭐하게요?

장 선비 노스님, 소생이 어젯밤 절 안에서 거문고를 타는데 한 여인이 찾아와 몰래 듣더니 자기가 용씨네 셋째 딸 경련이라고 하면서 저와 중추절에 혼인하자고 약속했습니다. 그녀가 보이지 않기에 이리로 와서 바다를 끓이고 있습니다. 이리하면 틀림없이 그녀가 나올 겁니다.

장로

【당수재倘秀才】

이 수재가 신방에서 화촉 밝히기 글러 버리니까

에라이!

깽판이나 부리려고

바닷물을 가져다가 됫박으로 재고 있구려.

수재라면 품위 있고 여유로워야지

어찌 그리 과격한 행동을 한단 말이오?

장 선비 노스님께선 신경 쓰지 마시고 다른 데로 시주나 받으러 다니세요.

장로

【곤수구】

나는 시주 받으러 온 것도 아니고

공양을 바라는 것도 아니오.

수재를 만나러 일부러 왔을 뿐이오.

장 선비 저는 보잘것없는 수재인데 절 찾아와 봐야 드릴 게 뭐가 있겠습니까?

장로

나는 본래 출가한 사람이니

시주를 받으러 온들 무슨 상관있겠소?

장 선비 그 아가씨를 만나 나를 그 집 사위로 맞아 준다면 보시를 해 드리지요.

장로

바로 그 요조숙녀가

잘생기고 멋진 수재님을 맞아 주지 않아서

이렇게 날벼락을 내린 게로군.

당신은 궁하긴 궁한데

오히려 저쪽 집안보다 솜씨가 좋군.

어디서 이렇게 모든 걸 다 졸여 버리는 불을 얻었고

어디서 상사병을 고치는 바다 신선의 처방을 얻었소?

이 물건 참 대단하구려!

장 선비 노스님, 솔직하게 말씀드리자면, 그날 밤 그 여인이 나올 때까지 계속 끓여 댈 겁니다.

장로 수재, 내 말을 들어 보시오. 동해 용왕이 이 늙은 중을 중매쟁이로 해서 당신을 사위 삼겠다고 하는데 수재님 생각은 어떠시오?

장 선비 노스님, 저를 놀리십니까? 일망무제 넓은 바다를 소인 같은 범인이 어떻게 간단 말입니까?

가동 상공, 그건 아무 문제 될 것 없습니다. 주지 스님을 따라 가시는데 도련님만 물에 빠져 죽게 내버려 두시겠어요?

장로

【탈포삼脫布衫】

나는 솔직하게 생각을 물었는데

자네는 미적미적 시치미를 떼네.

내 이 물을 손으로 가리키면 땅으로 바뀌리니

한 걸음 한 걸음 편안하게 갈 수 있을 걸세.

【소양주小梁州】

자네가 평원의 풀밭 길을 걷는 것 같게 해 주겠네.

장 선비 바닷속에 가게 되면 혹시 너무 캄캄하지 않을까요?

장로

마침 해가 부상扶桑*에 떠오를 시간이네.

장 선비 소인도 결국 속세의 사람인데 어찌 감히 바닷속으로 갈 수 있겠습니까?

장로

대해를 동쪽 바다라고 부르긴 하지만

그렇게 겸양 떨진 말게나.

가세.

그는 자네를 사위로 모시려 한다네.

장 선비 소생이 듣기로 이 선경엔 십천 길이나 되는 약수弱水*

가 있다던데 어떻게 간단 말입니까?

장로

【요편】

넘실넘실 약수 삼천 길 얘기일랑 하지 말게.

오색찬란한 물속 물고기 나라라네.

장 선비 (바라보는 동작) 제가 보니 이 바다는 넓고 광활하여 끝도 기슭도 없어서 하늘까지 닿겠는걸요. 무서워라.

장로

하늘처럼 아득히 넓다고 자네는 말하지만

그럴수록 그의 원대한 도량이 드러나지.

자넨 어서 사모관대 번쩍번쩍 사위 될 준비나 하게.

장 선비 그러시다면 저는 법보를 거두겠습니다. 노스님께서 저의 이 혼사를 이루어 주시기만 한다면요.

가동 그 아가씨 옆의 시녀도 저와 맺어 주셔야 해요. 안 그러면 저는 여기 남아서 계속 불을 지필 거예요.

장로

【소화상笑和尙】

가세, 가세, 가세.

향기로운 누각, 아름다운 신방 앞으로.

나, 나, 나의 이 말은 거짓됨이 없다네.

장 선비 정말입니까?

장로

자, 자, 자네는 지지리 궁상이지만

그, 그, 그녀는 천하의 미색이라네.
어, 어, 어서 혼인을 맺어
저, 저, 저 원앙처럼 금빛 커튼 안에 들어야지.

장 선비 그럼 저는 이제 노스님을 따라서 가겠어요. 우리 사이를 꼭 맺어 주세요. 약속을 어기시면 안 돼요!

장로

【미성尾聲】
자네들 선남선녀가 사랑하는 바람에
저 장인 장모들이 다급해졌지.
자네는 기백도 있고 재화도 출중하며
그녀는 부드러운 용모에 향기로운 꽃 같다네.
서로 의기투합하여 좋은 인연이 만났으니
서로 사랑하는 마음 그 누구에 비할쏜가?
천하의 미색 두위낭杜韋娘*과 천하의 풍류객 장창張敞*이 만났도다.

가세나.
이 중매쟁이에게도 상을 후히 줘야 하네.

(장 선비와 함께 퇴장한다)

가동 도련님이 신나서 저 노인네와 바닷속으로 들어가 버렸습니다. 저만 남겨 두고, 여기 동해안에서 법보란 것을 지키라고 하셨습니다. 도련님이 정말로 신랑이 되신다면 한 달은 족히 있어야 나오시겠죠. 저 절의 행자는 그래도 멋을 아는 자이고, 마침 노스님도 안 계시니 이 물건들을 수습하여 절로 돌아가야겠습니다. 저 젊은 화상이랑 문 걸어 잠그고 놀아 봐야겠습니다.

(퇴장한다)

제4절

쌍조(雙調)

(용왕〔외外〕이 수졸을 이끌고 등장한다)

용왕

한 바퀴 붉은 해가 부상에서 떠올라
중천에서 내리비치니 길은 아득하기도 하다.
약수 삼천 리라 할지라도
사심만 없다면 건너올 수 있으리.

이 신령이 바로 동해 용왕입니다. 저의 딸 경련이 밤에 석불사에 놀러 갔다가 어떤 수재가 거문고로 「봉황이 짝을 찾다」라는 곡조를 타는 것을 들었고, 둘은 서로 한눈에 반해 중추절 잔치에 그를 초대했습니다. 우리 집에서는 그가 속세의 사람인데 어떻게 이곳 수궁에 올 수 있는가 하였지만, 그 수재는 하늘의 신선을 만나 세 가지 법보를 얻어 바닷물을 끓여 댔습니다. 결국 저희는 뜨거움을 견디지 못하고 석불사 법운 선사에게 중매를 청하여 그를 사위로 청하게 되었습니다. 떡하니 술상 차려 중매인에게 술 한잔 잘 대접해 보냈으니 이제 경사스러운 혼례 잔치를 시작해야겠습니다. 수졸들아, 수재와 내 딸을 모셔라.

(용녀가 장 선비와 함께 등장한다)

용녀 수재님, 대청에 올라 우리 부모님께 절을 올리시지요.

장 선비 예.

용녀 수재님, 우리가 그날 밤 작별하면서 이런 날이 오리라곤 상상도 못했지요.

【신수령新水令】

이 파도를 사이에 두고 멀리 헤어져

칠흑 같은 어둠에서 각기 다른 길을 찾을까 두려웠죠.

살았어도 지옥 같았고

죽을힘을 다했습니다.

하늘 끝 바다 모퉁이에 있었어도

결국 다시 만나는 날이 있는 법이군요.

장 선비 이 용궁에는 어떤 인물들이 있습니까?

용녀

【주마청駐馬聽】

물속에 늘어선 병졸들은

모두 거북 대장군, 악어 선봉장, 자라 대부 같은 자들입니다.

저 바닷속의 노복들을 보세요.

붉은 수염 새우, 은 집게발 게, 비단 비늘 고기들밖에 없습니다.

주렴은 열두 줄 진주고

집에는 금과 옥이 천만 무더기 쌓여 있지요.

장 선비 참으로 부귀롭도다!

용녀

생각해 보세요.

이곳 수정궁은 참으로 호화로운 곳이랍니다.

(예를 행하며 절하는 동작)

용왕 너희 두 사람은 어디에서 만났는가?

용녀

【적적금滴滴金】

저 녹수청파를 타고 건너가

아름다운 시간 아름다운 경치

구름 동동 떠다니고 옅은 안개 끼어

달에 서리 기운 스며들던 밤.

옥 같은 이슬 차갑고

가을바람 휘몰아치던

중추가절

인적 끊어진 깊은 밤.

용왕 너와 이 수재는 잘 알지도 못하는 사이다. 하물며 그 깊고 깊은 밤 어떻게 그와 혼인을 약조했단 말이냐? 한번 말해 보아라.

용녀

【절계령折桂令】

저는 밝은 달 아래 발길 닿는 대로 계단을 걷고 있었어요.

거문고 소리 세 곡이 들려오는데 인간 세상의 소리가 아니었어요.

마치 구름 위에서 학이 울듯
하늘 밖에서 기러기 속삭이듯
가지 위에서 새가 울듯 했지요.
그는 꾀꼬리와 제비를 짝지우려 했고
나는 봉새와 난새가 외톨이임을 걱정했죠.
그러니 현명함과 어리석음을 따져야지
친근함과 소원함을 따질 일이 아닙니다.
마음과 뜻이 통한다면
물 만난 물고기처럼 되겠지요.

용왕 수재님, 법보를 가져다준 것은 누구였습니까?

장 선비 소생은 보잘것없는 가난한 유생인데 이런 법보가 어디서 났겠습니까? 따님을 찾아다니던 중 바닷가에서 우연히 어떤 선고를 만났는데 그분께서 저에게 준 것입니다.

용왕 수재님, 하마터면 우리를 끓여 죽일 뻔했소. 이 일은 모두 내 딸이 일으킨 일이오.

용녀

【안아락雁兒落】
불 속에서 비목어比目魚*가 나오고
돌 안에서 형산荊山의 미옥*이 자라고
하늘 가장자리에 비익조比翼鳥가 날고
땅 위에선 연리지가 자란 것이지요.

장 선비 만약 그 신선의 법보가 아니었다면 어떻게 오늘같이 뜻을 이룰 수 있었겠습니까?

용녀

【득승령得勝令】

당신은 수은과 납을 연단하듯 바다를 말려 버렸으니

물이나 불이나 용광로가 뭐 다르겠어요?

너른 바다를 먼지 나는 땅으로 만들고

동쪽 대양을 끓여 버렸지요.

신묘한 술법과 연단의 조화로

부부가 되려다가

우리 가족들을 모두 삶아 죽일 뻔했지요.

(동화 신선이 등장한다)

동화 신선 용왕, 내 분부를 들으시오.

(용왕이 장 선비, 용녀와 더불어 무릎을 꿇는 동작)

동화 신선 용왕, 저 장 선비는 당신의 사위가 아니고 경련도 당신의 딸이 아니오. 저 두 사람은 전생에 서왕모 요지의 금동과 옥녀였소. 저들이 속세의 생각에 물들었기에 벌로 아래 세상에 귀양 보낸 것이오. 이제 전생의 빚을 다 갚았으니 저들은 수궁을 떠나 요지로 되돌아가 전생의 인연을 갚고 신선의 자리에 복귀해야 하오.

(모두가 절을 하며 감사하는 동작)

용녀

【고미주沽美酒】

우린 이제 용궁을 사직하고 물의 나라를 떠나
위로 푸른 하늘 구름 세상에 도착할 거예요.
나와 당신은 함께 서왕모의 잔치에 참여할 거예요.
수재님, 용문龍門으로 뛰어올라* 과거에 급제하여
계수나무 가지 붙잡고 두꺼비와 거니는 것보다 나을걸요.

동화 신선 내가 와서 인도하지 않았다면 너희 둘은 어찌 요지의 신선 세계에 갈 수 있었겠느냐!

용녀

【태평령太平令】
황제 시절 광성자廣成子*가 불로장생의 도리를 시로써 설파하듯
동화 신선께서 우리의 혼인 장부를 감정해 주시네.
선동 선녀를 이끌고 함께 올라가
신선의 술과 신선의 복숭아를 바치려네.
온 세상의 처녀 총각들이
서로 가로막히지 않기를.
지성이 있으면 하나하나 원하는 것을 얻을지어다.

동화 신선

너희는 본래 금동 옥녀였으나
속세의 세계에 다시 태어나 수년을 머물렀다.
석불사에서 달밤에 거문고를 타며
「봉황이 짝을 찾다」라는 노래에 서로를 연모하였다.
혼인의 약속을 맺었으나 찾을 수가 없어
바닷가에서 넋을 잃고 있다가

선고를 만나 영험한 법보를 받았으니
참으로 신묘한 묘책이었다.
금단에 납과 수은을 배합하고
물과 불을 운용하여 장 선비가 바다를 끓였도다.
오늘 아침 근원으로 다시 돌아가니
온 하늘에 이채로운 향내 가득하도다.

(용녀가 장 선비와 함께 머리를 조아린다)

용녀

【수미收尾】
오늘 쌍쌍이 손을 잡고 신선의 세상에 오르니
교초 손수건을 정표로 남긴 것이 아깝지 않도다.
복숭아꽃 흐드러진 속세의 혼인 잔치도 이제 그만
아득하기만 한 세속의 고해도 이제 안녕.

제목: 석불사 용녀는 거문고 소리에 취하고
정명*: 사문도 장 선비는 바다를 끓이네

오동나무에 떨어지는 빗소리唐明皇秋夜梧桐雨

백박白樸

충말(冲末)　장수규(張守珪)

정(淨)　안록산(安祿山), 이림보(李林甫)

정말(正末)　당 현종(唐玄宗)

단(旦)　양귀비(楊貴妃)

외(外)　장구령(張九齡), 사신, 진현례(陳玄禮)

고력사(高力士), 양국충(楊國忠), 궁녀, 정관음(鄭觀音), 영왕(寧王), 화노(花奴), 황번작(黃旛綽), 태자, 곽자의(郭子儀), 이광필(李光弼)

설자楔子*

선려

(장수규張守珪(충말沖末)로 분장하고 병사를 이끌고 등장한다)

장수규 (시로 읊는다)

비휴貔貅* 군대 거느리고 북방을 지키니
출정하는 족족 적장이 투항하네.
태평 시절에 군영 안팎 모두 한산하니
홀로 활 들어 기러기 행렬 세어 보네.

저 장수규는 유주幽州 절도사에 부임했습니다. 어려서 유가 경전을 읽었고 육도六韜·삼략三略을 통달했지요. 변방의 이름난 신하가 되어 두터운 신임을 받고 있습니다. 다행히도 근래 들어 변방의 봉홧불이 꺼지고 군사들이 한가로이 쉬고 있지요. 어제 해奚·거란부契丹部*에서 멋대로 공주를 죽이는 통에 제가 착생사捉生使 안록산安祿山에게 군대를 이끌고 정벌하라 보냈습니다만* 아직 보고를 받지 못했습니다. 얘봐라! 원문轅門 앞을 살피다가 군대가 돌아오거든 내게 알리거라!

병사 예! 알겠습니다.

(안록산〔정淨〕이 등장한다)

안록산 제가 바로 안록산입니다. 대대손손 영주營州의 오랑캐 민족으로 살았고 성은 본래 강씨였습니다. 어미 아사덕阿史德은 돌궐족의 무당으로 알락산軋犖山의 전쟁신에게 치성을 드리고 저를 낳았지요. 태어날 때 빛이 천막을 비추고 들짐승이 죄다 울어 대어 알록산이라 이름 지었답니다. 후에 어미가 안연언安延偃에게 재가하였기에 안씨 성을 따라 '안록산'으로 바꿔 불렀지요. 개원년간 안연언이 저를 데리고 귀국한 후 곧바로 성은을 입어 장수규 휘하에 배속되었습니다. 전 오랑캐 여섯 민족의 말에 능통하고 힘도 장사라 지금 유격 정벌대 대장을 맡고 있습니다. 어제 해·거란 놈들이 반란을 일으켜 저를 보내 정벌토록 했습니다. 용기와 기운만 믿고 적진 깊숙이 들어갔다가 뜻밖에도 중과부적 신세가 되어 군사를 잃고 말았습니다. 오늘 돌아가 주군을 뵙고 다른 방책을 도모하는 게 좋겠습니다. 벌써 문 앞에 도착했구나. 여봐라! 유격대장 안록산이 뵈러 왔다고 알리거라.

(병사가 알리는 동작)

장수규 들라 하라.

(안록산이 인사하는 동작)

장수규 안록산! 토벌하러 갔던 일은 어찌 되었는가?

안록산 적군은 많고 아군이 적어 병사들이 겁을 먹는 바람에 패했습니다.

장수규 병력도 잃고 전투에도 패했으니 군법에 따라 용서하지 않겠다! 이자를 끌어내 목을 베고 보고하라!

(병사가 끌어내는 동작)

안록산 (크게 소리친다) 장군은 해·거란 놈들을 멸할 생각이 없으십니까? 어찌 저 같은 장사를 죽이십니까?

장수규 다시 데려와라!

(안록산이 돌아오는 동작)

장수규 나도 너의 용맹함이 아깝긴 하다. 그러나 나라엔 국법이 있으니 내 법을 어기고 너만 좋은 일을 할 순 없다. 너를 서울로 압송해 황상의 판결을 받으려는데 어떠하냐?

안록산 장군께서 살려 주신다니 감사드리옵니다. (압송되어 퇴장한다)

장수규 안록산이 가 버렸구나. (시로 읊는다)

살리고 죽이는 건 군령을 따르나
군영에 장수감이 아쉬워 그런다네.
그렇지 않다면 오랑캐 놈 목 하나 베고 말 일이지
뭐하러 성가시게 황상께 친히 나서시라 하겠는가?

(퇴장한다)

(당 현종唐玄宗〔정말正末〕, 양귀비楊貴妃〔단旦〕가 고력사高力士·양국충楊國忠과 궁녀를 이끌고 등장한다)

현종 과인은 당 현종입니다. 고조께서 진양晉陽에서 군대를 일으키신 후 온전히 태종 황제께서 육십네 곳에서 일어난 병란과 칭제하여 일어난 열여덟 사람을 무찌른 덕에 대당大唐을 세웠습니다. 고종과 중종을 거치면서 불행히도 궁궐에 변고가 있었지요. 과인은 임치군왕臨淄郡王으로 있으면서 군대를 이끌어 난을 평정했고 큰형님 영왕寧王께서 과인에게 양위하셨습니다. 즉위한 지 이십여 년, 다행히 태평세월을 누리며 별다른 일이 없어 기뻤습니다. 어진 재상 요원지姚元之·송경宋璟·한휴韓休·장구령張九齡이 한마음으로 사회를 안정시켜 과인은 편안히 지낼 수 있습니다. 궁궐 안에 비빈들이 비록 많다 하나 무혜비武惠妃가 죽은 후 마음에 차는 이가 없었습니다. 작년 팔월 중추절 날 월궁을 거니는 꿈을 꾸었는데 인간 세상에선 보기 드문 항아 같은 미인을 만났지요. 옛날 내 아들 수왕 처소에 있는 양비가 항아 같은 절세미인이기에 여도사가 되라 명했다가 얼마 후 궁 안으로 불러들여 귀비에 책봉하고 태진원太眞院에 거하게 했습니다. 과인은 태진이 궁 안에 들어온 뒤부터 아침저녁으로 풍악을 울리고 하루도 쉬지 않고 잔치를 벌였습니다. 고력사! 너는 빨리 전갈을 보내 잔치를 열고 이원梨園의 배우를 불러 풍악을 울리도록 하라. 과인이 여흥을 즐기겠다!

고력사 예, 알겠습니다.

(장구령張九齡〔외外〕이 안록산을 압송하여 등장한다)

장구령 (시로 읊는다)

조정 중신 화합시키고 음양을 다스리니
조정 대신 반열에 올라 중서성에 앉았네.
세상은 태평하여 변고 하나 없으니

아침마다 신발 끌며 군왕을 모신다네.

이 늙은이는 장구령입니다. 남해南海 사람으로 일찍부터 장원 급제하고 성은을 입어 바로 승상의 지위에 올랐습니다. 요즘 변방을 지키는 장수규 장군이 전투에서 패한 오랑캐 출신 장수 안록산을 압송해 왔습니다. 내 보기에 똥똥한 체구에 말솜씨는 청산유수로 생김새도 기이합니다. 이자를 살려 둔다면 분명 천하를 어지럽힐 것입니다. 저는 지금 황상을 직접 찾아뵙고 이 일에 대해 한 말씀 아뢰려 합니다. 벌써 궁문 앞이군요. (들어가 인사하는 동작) 신 장구령 문안드립니다!

현종 무슨 일이시오?

장구령 근래 변방을 지키는 신하인 장수규가 전투에서 패한 오랑캐 출신 장수 안록산을 압송하였습니다. 국법대로 하자면 참수시키는 게 지당하나 함부로 결정할 수가 없다며 압송해 와 어명을 기다리고 있습니다.

당태종 그 오랑캐 출신 장수를 끌고 오시오.

장구령 (안록산을 이끌고 인사시키는 동작) 이자가 바로 전투에서 패한 오랑캐 출신 장수 안록산입니다.

현종 훌륭한 장수로다! 그대의 무예는 어느 정도인가?

안록산 신은 양손으로 활을 쏠 줄 알고 십팔반 무예 중 못하는 것이 없습니다. 또 여섯 오랑캐 말도 잘합니다.

현종 그 배 속에는 무엇이 들었기에 이리 뚱뚱한 것이오?

안록산 붉은 충정만 가득 들었사옵니다.

현종 승상! 이자를 죽이지 말고 백의송군하게 하시오.

장구령 폐하! 이자는 생김새도 기이하니 살려 두었다간 필히 후환이 될 것입니다.

현종 경이 어린 석륵石勒을 알아본 왕이보王夷甫*라도 되오? 겁날 게 뭐가 있소? 여봐라! 저자를 풀어 주어라.

(풀어 주는 동작)

안록산 (일어나 인사한다) 살려 주신 은혜 감사드리옵니다. (춤추는 동작)

현종 그게 뭔고?

안록산 호선무胡旋舞*이옵니다.

양귀비 폐하, 이자는 키도 땅딸막한 데다 춤도 출 줄 아오니 여기 남겨 무료함을 달래는 것이 좋겠습니다.

현종 귀비! 그럼 그대의 수양아들로 삼게 해 줄 터이니 데려가시오.

양귀비 성은이 망극하옵니다. (안록산과 함께 퇴장한다)

장구령 국구國舅 대감! 저자의 생김새가 기이한 것을 보니 틀림없이 훗날 당나라를 어지럽히고 적지 않게 화를 불러올 것이오. 이 늙은이는 나이가 들어 상관없소만 국구께서는 아마도 그 화를 당하실지 모르겠소. 어찌하지요?

양국충 소생이 내일 다시 상주하여 싹을 도려내는 것이 좋겠습니다.

현종 후궁에 무슨 일이 있기에 저렇게 웃음소리가 요란하단 말이냐? 여봐라! 가서 알아보도록 해라.

궁녀 귀비 마님이 안록산에게 아기 씻기기*를 해 주고 계십니다.

현종 아기 씻기기를 한다니, 그자에게 돈 백문을 내려 축하토록 하라. 또 안록산을 들게 하라. 그에게 관직을 내리겠다.

(궁녀가 돈을 가지고 퇴장한다)

안록산 (등장하여 현종을 만나 보는 동작) 폐하의 축하 선물에 감사드리옵니다. 신을 무슨 일로 부르셨습니까?

현종 경을 부른 것은 다름이 아니라, 이미 경은 귀비의 아들이 되었고, 귀비의 아들은 곧 짐의 아들이오. 벼슬이 없으면 궁 안 출입이 편치 않을 터이니 그대에게 평장정사平章政事*의 벼슬을 내리겠소.

안록산 성은이 망극하옵니다.

양국충 폐하! 아니 되옵니다, 아니 되고말고요! 안록산은 군율을 어긴 변방의 장수로 법에 따라 목을 베는 게 마땅한데 폐하께서 살려 준 것만으로도 족하옵니다. 지금 궁 안에서 급시중을 지내게 한 것도 온당치 못한데 무슨 공이 있다고 평장정사의 벼슬까지 내리신단 말씀이십니까? 게다가 오랑캐들은 늑대 같은 흑심을 품고 있기 마련이라 옆에 두어서는 아니 되옵나이다. 폐하께옵서는 굽어살피시옵소서!

장구령 양국충의 말을 들으셔야 하옵니다.

현종 그대의 말도 일리가 있도다. 안록산! 너를 어양 절도사漁陽節度使로 임명할 것이니 호족胡族*과 한족의 군대를 통솔하고 변방을 굳건히 지켜 하루속히 공을 세운다면 그 즉시 특별 대우하여 벼슬을 올려 줄 것이다.

안록산 성은이 망극하옵니다.

현종　경은 과인을 원망하지 마라. 이것이 나라의 법도이니 허투루 할 순 없노라.

【단정호】

그대는 아직 이렇다 할 공이 없지
그대를 높은 벼슬에 앉힌다 하니
만조백관이 과인을 질책하는구려.
평장정사는 어려워 보이니
과인이 다른 벼슬을 내리겠소.

【요편】

잠시 어양의 절도사로 나가서
힘센 오랑캐를 무찔러 북녘 땅을 영원히 평안케 하라.
나라가 위급해진 후 방비할 생각 말고
항상 사전에 계책을 도모하라.
용맹한 장수 모아
황실을 위호한다면
붉은 글씨로 공신의 특권 적은 철권鐵券을 내릴 터
그대의 공로를 어찌 저버리겠는가?

(함께 퇴장한다)

안록산　황상께서 거처로 돌아가셨으니 나도 궁문을 나서야겠다. 망할 놈의 양국충! 참으로 무례하기 짝이 없구나. 황상께 상주하여 나를 어양 절도사 자리로 보내 버리고 겉으로는 받드는 척하면서 속으로는 나를 물 먹이다니! 다른 건 다 그렇다 해도 나와 귀비는 은밀한 관계이거늘 하루아침에 멀리 떠나 이별하려니 마음이 놓이지 않는걸. 됐다, 됐다, 됐어! 이 길로 어양에 가서 병사를 훈련시키고 군마를 살찌워 다른 방도를 찾아야겠다. 호랑이 그리려다 다 못 그렸다 비웃지 마라. 이빨에 발톱까지 달면 등골이 오싹해질 걸세.

(퇴장한다)

제1절

선려

(귀비가 궁녀를 이끌고 등장한다)

귀비 저 양씨는 홍농弘農 사람입니다. 부친 양현염楊玄琰은 촉주蜀州의 사호司戶*이지요. 저는 개원 22년에 성은을 입어 수왕壽王의 비로 간택되었어요. 개원 28년 팔월 보름날, 바로 황상의 탄신일이시라 하례를 드렸습니다. 황상께서는 제가 절세미인 항아를 닮았다 하시고 고력사를 보내 여도사로 출가하여 태진궁에 머물라 하시고는 태진이라는 별호를 내리셨습니다. 이후 천보 4년 귀비에 책봉되었지요. 황후에 준하는 대우에 총애도 날로 각별해졌답니다. 제 오라버니 양국충은 승상에 올랐고, 우리 세 자매는 부인夫人에 봉해져 가문의 부귀영화가 극에 달했습니다. 근래 변방에서 안록산이라는 장수 하나가 압송되어 왔지요. 이자는 꾀가 많고 비위를 잘 맞추는 데다 호선무를 출 줄 알아 황상께서 제게 수양아들로 주시고 궁궐을 드나들게 하셨습니다. 뜻밖에도 제 오라버니 양국충이 트집을 잡아 황상께 상주하여 그자를 어양 절도사에 앉히고 변방으로 쫓아 버렸습니다. 그립지만 만날 수 없으니 정말로 미칠 지경입니다. 오늘은 칠월 칠석, 견우와 직녀가 만나는 날, 걸교乞巧*를 행하는 명절이지요. 벌써 궁녀들한테 일러 장생전에서 걸교 잔치를 벌이라 했으니 저도 한번 해 봐야겠어요.

궁녀 한참 전에 채비를 끝냈습니다.

귀비 걸교를 하자꾸나!

(현종이 등롱과 소도구를 든 궁녀를 데리고 등장한다)

현종 오늘 과인은 조회를 끝내고 별다른 일없이 오로지 귀비 생각만 났습니다. 벌써 장생전에 잔치를 열고 칠석날을 즐기라 명했지요. 내관은 앞장서도록 해라!

【팔성감주八聲甘州】

조정의 기강엔 관심 없어
과인은 소양궁昭陽宮에서 진탕 마시고
화청궁華淸宮에서 코가 삐뚤어지리.
난 운이 좋다네
경국지색 태진 비가 곁에 있으니.
산호 베개 위에서 두 마음 흡족해지고
비취 주렴 앞에서 갖은 교태 피어나네.
밤이 되면 함께 잠자리에 들고
낮이 되면 함께 거니는 모습이
봉황과 난새가 화답하며 지저귀는 듯하네.

과인이 양귀비를 얻은 후로는 그야말로 아침마다 한식절이고 저녁마다 원소절일세.

【혼강룡】

저녁 무렵 흥이 오르다가

상쾌한 바람 옷깃에 불어와 술이 깨네.

곤룡포 비단 단추도 풀렸고

봉황 옥대 붉은 띠도 삐뚤어졌네.

시녀들 나란히 벽옥 장식한 어가를 부축하고

궁녀들 양쪽으로 붉은 비단 등롱 들었다네.

바람 따라 들려오는 소리

온통 소소령簫韶令* 선율이라네.

(무대 뒤에서 악기 연주 소리와 크게 웃는 소리가 난다)

현종 어디서 이렇게 떠들고 웃는 게냐?

궁녀 태진마마께서 장생전에서 걸교 잔치를 여셨습니다.

현종 너희는 잠자코 있거라, 과인이 친히 가 볼 것이다.

연지 찍은 미인들 빼곡하게 모여

분 바른 미모들 뽐내고 있겠지?

【유호로】

'어가 납시오!' 하려는 궁녀야 잠깐 멈추거라.

직접 들어 보리라.

요옥瑤玉 계단 올라 기둥에 다가가네.

숨죽여 천천히 비단 창문 들여다보니

주렴 그림자가 바람에 어른어른 춤추네.

걸음을 내디디려다

흠칫하였다네.

저놈의 새장 속 앵무새가 내 맘도 몰라주고

쩌렁쩌렁 시끄럽게 지껄이는구나.

앵무새 (무대 뒤에서 앵무새 소리를 낸다) 황상 납시오! 어서 맞으라!

귀비 (놀라며) 황상께서 오셨다고? (맞아들이는 동작)

현종

【천하락】

날갯짓하며 '만세 마마' 하는 소리에

저 미녀 놀라 어가를 맞이하네.

빛이 어린 얼굴은 그릴 수도 없네.

내디디는 걸음걸음 사랑스럽고

타고난 생김생김 어여쁘고

내뱉는 소리마다 버들가지 저편의 꾀꼬리 같구나!

그대는 여기서 무얼 하고 있었느냐?

귀비 오늘 칠월 칠석을 맞아 다과를 차려 놓고 천제의 손녀이신 직녀님께 걸교를 행하고 있었습니다.

현종 (보는 동작) 참으로 잘 차려 놓았구려!

【취중천醉中天】

금향로에 용사향龍麝香 피우고

은화병에 꽃송이들 꽂았다네.

직디직은 금회분에 오곡 싹 틔우고

오작교 만남의 오색 그림 올리고

낟알만 한 거미 잡아 점을 친다네.*

황상의 총애를 독차지하고도

지혜와 손재주까지 어찌 또 바라는가?

현종 (귀비에게 소도구를 건넨다) 이 금비녀 한 짝과 나전 보석함을 그대에게 내리겠소.

귀비 (받는 동작) 성은이 망극하옵니다.

현종

【금잔아】

붉은 비단으로 감싸고

비취 쟁반으로 받쳤더니

두 선물 부러움 살 만하네.

가을도 되었으니

그대에게 하사하노라.

칠보 금비녀는 도타운 사랑의 맹세요

꽃 장식 보석함은 그윽한 연정의 표시요.

이 금비녀는 머리 높이 틀어 올려 꽂고

이 보석함은 두 손 높이 들어 받드시오.

귀비 폐하! 이 가을날이 참으로 좋사오니 신첩이 폐하를 모시고 정자 아래로 산책 한번 했으면 하옵니다.

(현종이 함께 가는 동작)

현종

【억왕손憶王孫】

옥섬돌에 비친 달빛 창살 위로 눈부시고
촛불에 비친 가을빛 병풍에 서늘히 서리네.*
지금 이 밤의 경치를 유유히 즐기며
달님과 함께 한적한 뜨락을 거니려니
이끼 디딘 비단 버선엔 냉기가 젖어 드네.

현종 가을 경치는 다른 때와 다르군.

귀비 어째서 다른 때와 다르다 하시는 거지요?

현종 내 말을 들어 보시오.

【승호로勝葫蘆】
이슬 내리고 높은 하늘에 밤기운은 청아하고
바람 스쳐 깃털처럼 가벼운 옷 하늘거리네.
향기 퍼져 땡그렁 패옥 소리 울려 퍼지네.
푸른 하늘 드맑고
은하수 반짝거리니
봉래·영주 같은 신선 세계 아닌가 한다네.

귀비 오늘 밤은 견우와 직녀가 서로 만나는 날이에요. 일 년에 단 한 번 만나면서 왜 또 금방 헤어질까요?

현종

【금잔아】
저들은 이 밤 구름길을 봉황 수레 타고 와
은하수에 오작교 깔지.
오늘 밤은 즐겁게 보내려나 했건만
베갯머리에 홀연 새벽닭 소리 들려오면

때 이른 이별에 사랑의 눈길로 바라보다
이별의 눈물 하염없이 줄줄 흘리지.
오경 녘 길게 한숨짓는 까닭은
오직 하룻밤의 짧은 사랑 때문이지.

귀비 저들은 천상의 별들이지만 일 년 내내 만날 수 없으니 서로 생각이나 할까요?

현종 그립지 않을 턱이 있겠소?

【취부귀醉扶歸】
곰곰이 생각해 보면
저 견우와 직녀는
원래 늙지 않고
불로장생할 운명이었지.
은하수가 가로막아 소식 감감하니
해가 가고 달이 가도 외로운 신세.
그대가 하늘 궁전에 한번 물어보오.
저들은 필시 상사병에 걸렸을 게요.

귀비 소첩은 폐하를 모시면서 더할 수 없는 사랑을 받고 있사옵나이다. 다만 날로 빛을 잃어 가는 탓에 직녀처럼 영원할 수 없을 것입니다.

현종

【후정화】
위로 별 이름을 늘어놓고
아래로 풍진에 내려왔다고

천상의 인연만 중시하고
인간 세상의 사랑을 경시하진 않소.
각자가 진심으로 대하면
하늘도 분명 알아주실 터
어찌 저들에 견준단 말이오?

귀비 제 생각에 견우와 직녀는 해마다 만나고 천지처럼 영원하겠지만 세상 사람들이 어디 그들의 사랑처럼 오래갈 수 있겠어요?

현종

【금잔아】
날마다 우린 노을빛 술잔에 취하고
밤마다 은 병풍 치고 잠에 든다네.
저들은 일 년에 단 하루 약속 날만 기다리네.
만나는 날수로 치면
우리가 한 수 위지.
난 군왕임에도 그대 생각만 하는데
그댄 황후에 오르고도 내 사랑 미진타 하네.
견우성의 길손 견우가
돌아보며 앞날을 물으리.

귀비 소첩은 주상께 비할 수 없는 성은을 입었사오나 봄이 다하고 꽃이 져 주상의 사랑이 옮겨 가고 총애가 쇠하게 되면 소첩은 용양군龍陽君이 물고기를 빗대어 울어 버린 것처럼 슬퍼하고* 반희班姬가 가을 부채를 노래한 것*처럼 원망하게 될 것이니 그때는 어쩌지요?

현종 귀비, 무슨 그런 말을 하시오?

귀비 폐하! 저와 약속을 하시고 끝까지 그 마음 변하시면 아니되옵니다.

현종 우리 저쪽으로 가서 얘기합시다. (걷는 동작)

【취중천】

나는 그대의 살짝 처진 어깨를 감싸 안고
그녀는 온갖 교태 띤 얼굴로 올려다보네.
금빛 궁궐 서쪽 곁채의 옥문고리 두드리니
회랑은 고요하여라.
봉황에 손짓하고 난새 춤추는
우물가 오동나무 그림자에 기대어
엿듣는 이 없지만
그래도 나지막한 소리로 맹세하리다!

귀비, 짐은 그대와 더불어 이생이 다하도록 해로할 것이며 백년 후에도 대대로 영원히 부부가 되리니, 천지신명은 굽어살피소서!

귀비 누구를 증인으로 삼을까요?

【잠살미賺煞尾】

서로 맞물려 있는 나전 보석함처럼 영원하되
서로 떨어져 있는 두 짝 금비녀는 되지 맙시다!
대대로 인연이 정해져 있기를 바라나니.
하늘에서는 원앙 되어 늘 나란히 하고

땅에서는 연리지 되어 함께 살아가리.
달빛이 맑디맑고 은하수가 숨죽일 때
천년만년의 사랑을 죄 털어놓았네.
우리 서로 일편단심 되었는데
누굴 증인으로 삼느냐고?
오늘 밤 은하수 가로질러 상봉하는 견우직녀 별이 있소이다.

(함께 퇴장한다)

제2절

중려(中呂)

안록산 (뭇 장수들을 이끌고 등장한다) 저는 안록산입니다. 어양 땅에 당도한 후 오랑캐와 한족의 군대를 훈련하니 정예군이 사십만에 육박하고 장수도 천 명이나 됩니다. 지금 명황明皇(현종의 시호)은 이미 눈이 흐릿하여 양국충과 이림보李林甫가 국정을 농단하고 있습니다. 지금 도적들을 소탕한다는 명분을 세워 거병하고 장안까지 진격해 대당 천하를 손에 넣는 것이 제 일생의 소원입니다. 여봐라! 군마는 모두 준비되었느냐?

뭇 장수들 모두 채비되었습니다.

안록산 군정사軍政司더러 우선 내가 밀지를 받들어 양국충을 토벌한다는 격문을 돌리라 하라. 그리고 사사명史思明은 군사 삼만을 이끌고 먼저 동관潼關을 치고 그길로 경사京師까지 진격하도록 하라! 그리만 되면 이후의 대사는 식은 죽 먹기가 될 것이다.

뭇 장수들 알겠습니다.

안록산 오늘은 밤이 깊었으니 내일 거병할 것이다. (시로 읊는다)

정예 군사 이끌고 동관까지 진격하리
당 황실은 분명 막을 수 없으리라.
귀비만 손에 넣으면 그만
금수강산 때문만은 결코 아니라네.

(함께 퇴장한다)

현종 (현종이 고력사를 이끌고, 악공 정관음鄭觀音은 비파를 안고 영왕寧王은 피리를 불고 화노花奴는 갈고羯鼓를 두드리고 황번작黃旛綽은 박판拍板*을 잡고 있다. 모두가 귀비를 떠받들고 등장한다)* 오늘은 가을 날씨로구나. 과인이 조회를 마치고 별다른 일이 없었는데, 귀비가 예상우의무霓裳羽衣舞*를 배웠다 하니 함께 후원에 있는 침향정으로 가서 한가로이 놀아야겠다. 벌써 도착했구나. 보아라, 이 가을 경치가 참으로 사람의 마음을 움직이는구나.

【분접아粉蝶兒】

연푸른 하늘에 구름 유유히 흘러가고
먼 길 가는 기러기 창공에 줄 지어 나네.
궁궐 뜰 안에 여름 경치 막 사그라들어
버들잎 누레지고
연잎도 색 바래고
가을 연밥 꽃받침에서 떨어지네.
호젓한 난간에 다가앉으니

옥잠화 봉오리 터져 맑은 향기 내뿜네.

벌써 후원이로구나. 조촐한 잔치이나 있을 건 다 있구나.

【규성叫聲】

귀비와 함께이니 희색이 도네

되는 대로 되는 대로

궁궐 뜰 안에 술상 벌였네.

연노랑 빛깔의 술을 따르고

자고새 새긴 찻잔에 차를 내었네.

【취춘풍醉春風】

자금색 술잔에 술 반짝거리고

벽옥색 잔에선 차향이 감도네.

침향정 가의 저녁 공기 참 서늘하니

이곳으로 골랐네, 골랐네.

분에, 눈썹에 짙게 화장하고

악기들 가지런히 늘어섰고

비단 두른 자들 사이사이 끼여 있네.

(사신〔외外〕이 등장한다.)

사신　(시로 읊는다)

장안을 돌아보니 비단이 산처럼 쌓였고

산마루엔 천 개의 문이 차례로 열린다네.

붉은 먼지 사이로 말 달리면 귀비가 웃지

여지荔枝를 가져왔는지 아무도 알지 못한다네.

소관은 사천에서 파견된 사자이옵니다. 귀비마마께서 신선한 여지를 좋아하셔서 황상의 명을 받들어 특별히 신선한 놈으로 진상하러 왔습니다. 벌써 궁문 밖에 도착했구나. 이보쇼, 내관! 사천의 사신이 여지를 진상하러 왔다고 고해 주시오.

(알리는 동작)

현종 들라 하라.

사신 (사신이 현종을 알현하는 동작) 사천의 사신이 여지를 올립니다.

현종 (보는 동작) 귀비! 그대가 이 과일을 좋아하기에 짐이 특별히 저자더러 제시간에 대령하라 했소.

귀비 참 좋은 여지이옵니다.

현종

【영선객迎仙客】

단내 폴폴 맛도 달달

맵시 곱게 막 물이 들었네

하늘에서 인간 세상에 내려온 걸까?

구하기도 힘들지만

구하고도 아쉽기만 해.

애석하게도 장안에서 멀리 떨어져

파발꾼이 붉은 흙먼지 뒤집어썼소.

귀비 이 여지는 색이 참 곱네요. 정말 귀여워요.

현종

【홍수혜紅繡鞋】

금 쟁반에 올려도 보기 좋고

섬섬옥수로 집어 먹기에도 안성맞춤
실로 붉은 비단이 차가운 수정 감싸 안은 듯.
과인이 게슴츠레한 눈 번쩍 뜨고
귀비가 반색하는 건 무슨 까닭인가?
귀한 물건이라 좀체 보기 힘들어서라네.

고력사 마마께서 쟁반에 올라 예상무를 한번 추시지요.*

현종 그렇게 하라.

(귀비가 춤을 춘다)

(악공들이 반주하는 동작)

현종

【쾌활삼快活三】
듣거라 선음원仙音院은 지체 말고
교방사에 채비하라 이르거라.
태진 비를 비취 쟁반 위에 모시게
속히 치장하고 단장하라.

【포로아鮑老兒】
양쪽으로 금박 입힌 소매 잡아당겨
월궁의 예상우의복을 입히네.
정관음은 비파 탈 채비하고
일찌감치 비단줄 조여 놓았네.
영왕의 옥피리
화노의 갈고는
소리가 곱고 다채롭네.

수녕壽寧의 거문고
매비梅妃*의 옥퉁소가
낭랑하게 맴도는구나.
【고포로古鮑老】
짜르르 자단목을 벌리며
황번작이 앞에서 박판을 잡았네.
나지막이 '옥환!' 하며 부르니
태진 비 꽃 핀 듯 빙그레 웃네.
붉은 상아채가 오음五音을 따라
오동나무 두드리며 연주하네.
여린 가지 채 마르기도 전에
옥거문고 소리를 내는구나.
귀비여
옥구슬 같은 땀방울 좀 흘려야겠소.

(귀비가 춤을 추는 동작)

현종

【홍작약紅芍藥】
요고 소리 잦아들고
능라 버선 활처럼 휘고
패옥은 짤랑짤랑
구름 같은 쪽머리 점점 기울어지네.
그대는 꿀벌처럼 가는 허리로
물 찬 제비처럼 재주넘으며

양 소맷자락으로 꽃바람 일으키네.

귀비는 지쳤을 테니 술 한 잔 드시오.

과인이 친히 달고 시원한 옥로주 한 잔 권하리
그대는 진정 남김없이 마셔야 하오
얼큰하게 밤 깊도록 마셔 볼까나.

(귀비가 마시는 동작)

(이림보〔정淨〕가 등장한다)

이림보 소관은 좌승상으로 있는 이림보입니다. 오늘 아침 급전이 날아들었습니다. 내용인즉 안록산이 모반을 일으켰는데 병력이 엄청나 대적할 수 없다고 하니 황상을 뵈어야겠습니다.

(현종을 알현하는 동작)

현종 승상은 어인 일로 이리도 다급한 게요?

이림보 변방에서 안록산이 모반을 일으켜 대규모 병력이 곧 들이닥칠 것이라는 급전이 날아들었습니다. 폐하! 태평성대가 오래 지속되어 사람들은 전쟁을 잊고 있을 텐데 어찌하면 좋겠습니까?

현종 경은 뭘 그리 허둥대시오?

【척은등剔銀燈】
고작 변방에서 일어난 모반 소식 아니오.
적당한 때 어찌할지 정하면 되오.
잔치의 풍악 소리가 채 끝나기도 전에
내 앞에 헐레벌떡 나타나 심기를 건드리다니!
제齊나라 관중管仲* 정鄭나라 자산子産* 같은 그대가

거짓 충심인 용봉龍逢*과 비간比干* 흉내를 내려 하는가?

이림보 폐하! 가서한哥舒翰* 장군이 패전하고 도망쳐 버려 적병은 이미 동관을 치고 곧 장안에 도착할 것입니다. 수도가 텅 비어 도저히 막아 낼 수 없으니 어찌하면 좋겠습니까?

현종

【만청채蔓菁菜】

하마터면 이 주공周公 단旦*도 허둥댈 뻔했소.

이림보 폐하! 총애하는 여인이 많고 아첨하는 이가 우글거려 이번 전쟁이 일어난 것입니다.

현종

내가 춤과 노래로 강산을 망쳤단 말이오?

그대는 참으로 간사하오.

듣지 못했소? 깃털 부채 들고 윤건 쓰고 담소하며

포악한 적군 삼십만을 쳐부순 제갈량 얘기를.

적군이 코앞에 왔으니 중신들이 논의하여 장수를 뽑아 병사를 통솔하고 출정하게 하면 되지 않소?

이림보 지금 장안의 군사는 채 만 명도 되지 않고 장수들은 노쇠하여 가서한 같은 명장도 역부족이온데 누굴 보낸단 말씀입니까?

현종

【만정방滿庭芳】

그대 문무 양반들

검은 가죽신 상아홀에 금자색 비단옷이 무색하구려.

온 천하를 잠재울 영웅호걸 하나 없이
무도한 안록산을 어쩌지 못하고
동관마저 내주고
가서한도 패했단 말이오!
어쩐지 어제저녁
무탈함을 알리는 봉홧불을 보지 못했소.

경들에게 적병을 물리칠 좋은 계책이라도 있소?

이림보 안록산 휘하의 오랑캐와 한족의 연합 군사만도 사십여 만이고 모두 일당백인데 어찌 당해 내겠습니까? 폐하께서는 촉 지방으로 행차하시어 이 난리를 피하시는 게 좋겠습니다. 지원군이 도착하면 그때 다시 대책을 논의해 보시옵소서.

현종 경의 말대로 하겠소. 여섯 궁궐의 비빈과 제후·백관들에게 채비를 하라 이르시오. 내일 아침 일찍 촉 지방으로 가겠다.

귀비 (슬퍼하는 동작을 한다) 소첩은 어찌해야 좋습니까?

현종

【보천락普天樂】
한스럽기 그지없고
시름도 끝이 없네.
어찌 하루아침에
산을 오르고 재를 넘는 신세라니!
어가를 움직여
멀리 성도成都를 바라보니
산수滻水 서녘에 기러기 날며

기럭기럭 우리를 배웅하누나.

가슴 시린 고향이여

서풍 몰아치는 위수여

노을 지는 장안이여.

귀비 폐하! 험한 길을 어찌 감당하시겠어요?

현종 달리 도리가 없잖소.

【탁목아미啄木兒尾】

말 위의 절세미녀 그대를 찬찬히 보니

촉까지의 험난한 길을 어찌 견딜꼬?

그대 땜에 저 천길 준령과 벼랑길이 걱정이라네.

말 타는 일이 몸에 익기나 했겠소?

검문관劍門關까지 견딜 수 있을런지.

(함께 퇴장한다)

제3절

쌍조

(현종의 시위대장인 진현례〔외外〕가 등장한다)

진현례陳玄禮　(시로 읊는다)

대대로 성은 입어 금군禁軍* 통솔하니
황상의 심기를 먼저 보고받는다네.
태평성세에 군비軍備는 무용지물이었는데
미친 오랑캐 놈 전쟁 벌일지 뉘 알았으리.

저는 우용무右龍武 장군 진현례입니다. 얼마 전 역적 오랑캐 놈 안록산이 난을 일으켜 동관潼關을 함락했기에 어제 대신들이 회의하여 어가를 잠시 촉 지방으로 모셔 역적의 칼날을 피하시도록 했습니다. 오늘 아침 적군이 경사에서 멀지 않은 곳에 있다는 급전이 도착했습니다. 황상께서는 저에게 금군을 통솔하여 어가를 호위토록 명하셨습니다. 군마를 점검한 지도 한참 지났으니 어가를 모시고 떠나야겠습니다.

(현종이 귀비 및 양국충·고력사, 태자, 호위대장 곽자의郭子儀, 이광필李光弼을 이끌고 등장한다)

현종 과인이 참으로 사람 보는 눈이 없어 미친 오랑캐 놈이 모반을 하게 했구나. 상황이 다급하니 서쪽으로 피란 갈밖에. 참으로 속상하구나!

【신수령】

오방 깃발 저녁노을 위로 펄럭이고
황상 어가 반쪽에 서늘함 내려앉네.
채찍 휘두를 힘도
등자에 오를 기력도 없네.
도성을 돌아보니
한 발 한 발 떨어지질 않네.

과인은 심심 구중궁궐에 살았으니 백성들의 곤궁함을 어찌 알겠는가!

【주마청】

하늘 끝 보일락 말락
산과 강 대엿 군데 더 넘어야 하네.
을씨년스러운 숲 속 아래
무너진 담장 가옥 몇 채 있네.
멀리 진천秦川의 나무는 안개 너머 어렴풋하고
파릉교灞陵橋의 새들새들 버들에 산들바람 불어 드네.
사뭇 다르구나, 쪽빛 비단 창문 너머
새벽 햇살이 원앙 기와에 반짝이던 풍광과는.

(무리가 마을 부로父老*로 분장하고 등장한다)

부로 무리 폐하! 시골 백성의 절을 받으소서!

현종 무슨 할 말이라도 있소?

부로 무리 궁궐은 폐하의 거처이옵고 능침은 폐하의 선영이옵니다. 지금 이를 내팽개치고 어디로 가시는 겁니까?

현종 과인도 뾰족한 수가 없어 잠시 난을 피하려는 것뿐이오.

부로 무리 폐하께서 아니 남겠다 하신다면 신 등은 자식들을 이끌고 태자 전하를 따라 동쪽으로 가서 적을 물리치고 장안을 되찾아오겠습니다. 태자 전하와 폐하께서 모두 촉 지방으로 가신다면 중원의 백성들은 누구를 모신단 말입니까?

현종 부로들의 말이 옳소. 여봐라, 내 아들을 가까이 들라 하라!

(태자가 인사하는 동작)

현종 부로들의 말인즉, 중원에 주인이 없으니 네가 여기 남아 동쪽으로 되돌아가서 군대를 통솔하고 적군을 물리쳐 달라는구나. 곽자의와 이광필을 원수로 삼고 후군에서 삼천 명을 떼어 데리고 돌아가라. 짐의 말을 받들거라.

【침취동풍沈醉東風】

부로들 충언 받아들여

어린 태자에게 정벌을 일임하네.

너도 사직社稷의 근심 나눠 져야 마땅한 법

어찌 이 나라를 남에게 넘겨주리.

이 옥새는 네가 갖고 가거라.

태자 소자, 군대를 이끌고 적군을 무찌르면 그만인데 어찌 황위에 오른단 말입니까?

현종

역도를 소탕하고

나라를 구한다면

과인이니 짐이니 못할 건 또 뭐냐?

태자 나라의 중차대한 일이니 소자 어명을 받들어 곽자의와 이광필을 인솔하고 돌아가겠습니다.

(현종에게 작별 인사하는 동작)

(군대가 나아가지 않는 동작)

현종

【경동원慶東原】

앞의 병사들은 속히 떠나거라.

어째서 출발을 않는 게냐?

(병사들이 함성을 지르는 동작)

일행이 보고 모두 놀라 떠네.

분기탱천 채찍 거둬 말 세우고

서슬 퍼렇게 전포戰袍에 갑옷 입고

번뜩거리는 칼 뽑아 든 채

기러기처럼 줄지어 늘어섰고

비늘처럼 촘촘하게 모였구나.

진현례 병사들 말이 나라에 간사하고 사악한 이가 있어 황상께서 파천하게 되었으니 폐하 옆의 화근을 없애지 않는다면 모두의 뜻을 모을 수 없다고 합니다.

현종 그게 무슨 말이오?

【보보교步步嬌】

과인은 흙먼지를 뒤집어쓰며 만 리를 지나왔소.

그대 역시 개탄해야 할 일

이 틈을 타 나를 겁주다니.

이 나라 또한 그대들에게 해를 끼친 적 없거늘

어째서 군대에 이런 변고가 생겼단 말이오?

경에게 묻고 있잖소.

어째서 이실직고 않는 거요?

진현례 양국충이 전권을 휘둘러 나라를 오도하였고 이제 또 토번吐藩*의 사자와 내통하는 등* 역모의 기운이 있는 듯하오니 그를 주살하시고 천하에 알리소서!

현종

【침취동풍】

양국충 그놈은 만 갈래로 찢어 죽여도 싸지

안록산을 건드려 중원을 쑥대밭으로 만들었소.

과인의 고굉지신이라 내치기 힘든 게 아니라

귀비와 혈육지간인 것 그게 마음에 걸린 다오.

죄를 묻는다 해도 오조형법*만 더럽히는 셈이고

그놈을 삭탈관직하고

평민으로 강등시켜도

죽이는 것과 매한가지요.

진 장군이 잘 살펴 주시오.

(병사들이 분노하여 고함친다)

진현례 폐하! 병사들이 이미 마음을 정한 터라 신 등이 막을 수 없사오니 어찌하시겠습니까?

현종 자네 뜻에 따르겠소!

(병사들이 양국충을 죽이는 동작)

현종

【안아락】

겹겹이 에워싼 창

빼곡도 하여라.

와아아 들끓는 함성

산도 무너지겠네.

진 장군의 명령 떨어지자

양국충이 처형되었다네.

(병사들이 검을 들고 무리 지어 등장하는 동작)

현종

【발부단拔不斷】

와글와글

들썩들썩

군사들은 무기 놓고 나아가질 않네.

마외馬嵬 언덕을 에워싸고

또 뭘 하려는 걸까?

놀란 나 오들오들 온몸의 털이 삐쭉 서네.

할 수 없네 군대는 장수의 관인 따라 움직이고

장수의 명령은 위엄 있고 지엄하니.
병권을 손에 쥐니
군주는 힘 빠지고 신하는 강해졌네.
경이여
말해 보오, 과인이 두렵지 않겠소?

양국충을 이미 죽였는데도 그대 군사들이 길을 떠나지 않는 것은 무슨 까닭이오?

진현례 양국충이 역모를 꾀했으니 귀비도 모실 수 없습니다. 원컨대 폐하께서는 사사로운 정을 끊으시고 국법을 바로잡으시옵소서.

현종

【교쟁파攪箏琶】
고력사는 진현례에게 무엄하다 전하라
귀비더러 형벌을 받으라 하다니!
그녀는 황후의 중궁전을 하사받아
과인과 한 이불을 덮는 몸
지은 죄도 없고 얼마나 어진데.
주나라 포사褒姒처럼 봉홧불 올려 깔깔댄 것도*
주왕의 달기妲己처럼 정강이뼈 쪼개 본 것*도 아니잖소.
이미 그녀의 오라버니를 단죄했으니
수천수만 가지를 잘못했더라도
과인을 봐서 눈감아 줘야 하거늘
함부로 하려 들다니!

고력사 귀비께선 실로 죄가 없다 하나 장수와 병사들이 이미 양국충을 죽인 이상 귀비가 폐하 곁에 남아 있게 된다면 어찌 안심할 수 있겠나이까? 원컨대 폐하께선 신중하게 생각하소서. 장수와 병사들이 마음을 놓으면 폐하께서도 마음을 놓을 것입니다.

현종

【풍입송風入松】

퉁소에 갈고에 비파 섞어 타고

짜르륵 박판을 뿌려 댄 게 고작인데.

요화십팔幺花十八*까지 울려 퍼지게 했더라면

바로 나라 망치는 길로 나아갔겠소.

진陳의 마지막 황제가 정벌당한 건

「뒤뜰의 꽃後庭花」*을 노래했기 때문이었지.

귀비 주상의 은혜에 보답한 적 없사오니 소첩은 죽어도 여한이 없습니다만, 수년간의 정을 어찌 소첩더러 잘라 내라 하십니까?

현종 귀비, 어쩔 수 없구려! 군사들이 변괴를 부리니 과인도 지켜 줄 수가 없소.

【호십팔胡十八】

이리 대꾸하는 것은

큰 변고가 났기 때문이오.

내가 그녀에게 미련 갖자

석 자 길이 용천검 뽑아 드네.

그녀를 찔러 죽이든지
놀래켜 죽이든지 하겠구나.
폐하 하며 묻긴 뭘 묻는가
내가 황제로 보이기는 하는가?

진현례 원컨대 폐하, 사사로운 정을 끊으시고 국법을 바로잡으소서.

귀비 폐하, 소첩을 구해 주셔야 합니다.

현종 과인이 어찌해야 좋단 말인가!

【낙매풍落梅風】
이제 막 사랑의 나무를 심지 않았던가
손바닥에 내 말 알아듣는 꽃 받쳐 들고
생이 다하도록 푸른 난새와 함께하려 했건만.
그녀를 어떻게 아끼고 다뤘는데
마외 언덕에서 끌어내게 하겠는가!

진현례 안록산의 역모는 모두 양씨 남매 때문입니다. 국법을 바로 세워 천하에 알리지 않으신다면 분란은 절대 끝날 수 없습니다. 원컨대 폐하, 양씨를 넘기시옵소서. 병사들이 말을 타고 그 시신을 밟고 지나가도록 하셔야 믿고 따를 것입니다.

현종 그녀가 그걸 어떻게 견디겠소? 고력사! 귀비를 데리고 불당에 들어가 자결하게 한 후 군사에게 내보이도록 하여라.

고력사 하얀 명주천 대령하였사옵니다.

현종

【전전환殿前歡】

그녀는 애교쟁이 한 떨기 해당화
망국의 화근이 웬 말인가?
다시는 먼 산 아미蛾眉 눈썹을 그려 줄 수도
헝클어진 귀밑머리를 매만져 줄 수도 없겠지?
무참히 말발굽에 온몸이 짓밟힌다니!
그저 가녀린 목매달라고
서둘러 하얀 명주천 마련했네.
그녀는 저렇게 죽어 나가는데
나는 홀로 속수무책 가슴만 미어지네.

고력사 마마, 가시지요. 갈 길이 바쁩니다.

귀비 (돌아보는 동작) 폐하! 참으로 너무하십니다.

현종 그대는 과인을 탓하지 마시오.

【고미주】
애가 마르나
어찌 구할꼬!
방법 없으니
어찌 살릴꼬!
죽을 때를 잠시 늦췄다고
바득바득 볶아쳐 대며
진현례 불같이 성화라네

(고력사가 귀비를 이끌고 퇴장한다)

현종

【태평령】

어찌 몰래 이름 대고 욕하겠는가
뒤통수엔 무사들이 쇠망치 들고 섰네.
거친 궁녀들아, 끌고 가더라도
가녀린 마마님을 놀래키진 말거라.
그대여
그녀에게 말해 주오
당나라를 불쌍히 봐달라고.

고력사 (귀비의 옷을 들고 등장한다) 마마님께선 이미 사사賜死를 받으셨으니 군사들은 들어가 살펴보시오.

(진현례가 무리를 이끌고 시신을 말발굽으로 짓밟는다)

현종 (우는 동작) 귀비, 과인은 억장이 무너지오!

【삼살三煞】
이 아침에 그댄 마외 언덕에서 한 줌 재가 되었으니
그때 장생전에서 한 맹세는 물거품이 되어 버렸구려.

【태청가太淸歌】
한스럽다 무정하게 휘감아 도는 거친 바람아
왜 하필 내 꽃밭의 이름난 꽃을 꺾어 버리느냐
그녀의 넋 하늘 끝에 닿아
몇 줄기 노을빛이 되었으리.
하늘이시여
한漢나라의 왕소군王昭君도 멀리 오랑캐에게 시집가*
고작 서풍에 눈물짓고 오랑캐 피리 적셨을 뿐이라오.
군대가 짓밟고 지나가

누런 모래 위에 고꾸라뜨린 일을 몇 번이나 봤겠소?

현종 (손수건을 쥐고 우는 동작) 귀비는 어디 가고 이 손수건만 남았단 말인가? 정말 억장이 무너지는구나.

【이살二煞】

가녀린 비단 버선은 누가 거뒀는고?

하릴없이 눈물로 얼룩진 비단 손수건 들고 한숨짓네.

【천발도川拔棹】

서글퍼라 수은 넣은 옥관*도 못해 주고

베옷 삼베옷 끌며

술과 차를 올려 줄

젊은 궁녀도 없다네.

얕은 땅에 잠시 묻어 두는 게 전부

명당 찾아 봉분을 세우지도 못했다네.

【원앙살鴛鴦煞】

누런 먼지 풀풀 슬픈 바람 쏴아쏴아

푸른 구름 흩어지고 석양은 뉘엿뉘엿

어귀마다 푸른 산 푸른 물이고

발끝마다 칼날 같은 고개며 골짜기라네.

한탄이 절로 늘어 가고

비탄에 눈물이 주르륵

빨리 승하하여

이 생을 끝내면 그만이네.

이 힘없는 황제는 흐느끼며

정처 없는 옥총마玉驄馬*에 오르노라.

(함께 퇴장한다)

제4절

정궁

고력사 (등장한다) 저는 고력사입니다. 어려서부터 후궁전을 모시다가 주상에게 발탁되어 육궁제독태감六宮提督太監이 되었습니다. 예전 주상께서 양귀비의 미모를 좋아하시어 저에게 입궁시키라 하시더니 더할 수 없을 만큼 총애하시어 귀비에 봉하고 태진이란 이름을 내리셨습니다. 후에 역적 오랑캐가 양국충을 주살한다는 명분을 내세워 거병하자 주상께선 촉 지방까지 피란을 가셨습니다. 행차 도중 군대가 나아가지 않고 우용무장군 진현례가 양국충을 주살할 것을 상주하였는데 그 불똥이 귀비한테까지 튀었습니다. 주상은 뾰족한 수가 없어 그의 말에 따라 마외 언덕에서 귀비를 목매달아 죽게 내버려 두었습니다. 이제 역적이 평정되고 잠잠해져 주상도 환궁하셨고 태자께서 황위에 오르셨습니다. 주상은 노년을 보내기 위해 서궁으로 물러앉아 주야로 귀비마마만을 그리고 계십니다. 오늘 저에게 추상화를 걸어 두고 아침저녁으로 곡하며 제사 지내라 하셨습니다. 잘 준비해 여기서 모셔야겠습니다.

현종 (등장한다) 과인이 촉 땅으로 피란 갔다 경사京師로 돌아온 후 태자가 역적 무리를 소탕하고 재위에 올랐습니다. 과인은 서궁西宮으로 물러앉아 노년을 보내고 있는데 매일 귀비 생각뿐입니다. 화공에게 초상화를 그리라 하고 공양토록 하니, 매일 마주함에 괴로움만 더해 갈 뿐입니다. (흐느끼는 동작)

【단정호】

사천 피란에서 돌아온 후

꽃 피는 좋은 시절이 웬 말인가?

요 반년 동안 흰머리 는 데다

시름겨운 얼굴은 또 어찌할까?

【요편】

홀쭉한 몸 군신들이 비웃건 말건

옥걸개에 초상화 높이 걸었네.

여지며 꽃에 과실에 단향목 높이 쌓고

바라보자니 속만 상하네.

(초상화를 보는 동작)

【곤수구】

부아가 끓어 쓰러지겠네.

되는 대로 몸 기대고

태진 비를 목 놓아 부르네.

불러도 대답 없으니

눈물은 주룩주룩 엉엉.
이 화공은
솜씨도 좋아
실물과 판박이로세.
쓱쓱 잘 그리기는 했어도
침향정 가 회란무回鸞舞* 출 때
화악루 앞 「상마교上馬嬌」* 노래할 때
살살 녹던 그 모습은 그려 내질 못했네.
【당수재】
귀비여!
화청궁에서의 내 생일잔치도
장생전에서의 칠석날 걸교도 늘 떠올린다네.
연리지 비익조 되리라 소원했건만
그대가 봉황에 올라타
붉은 하늘로 돌아가
요절하리라 뉘 생각했으리!
볼수록 억장이 무너져 내리니 어쩌면 좋단 말이냐?
【태골타呆骨朶】
귀비의 사당 하나 짓고 싶어도
어이할거나 실권 놓고 양위하였으니.
홀로된 이 밤들 견디기 힘든데
이한천離恨天*은 왜 또 제일 높이 있는 건지.
싣아생진 힌 이불 딮있으나

죽어서는 함께할 수 없네.
누가 꿈엔들 알았을까 마외 언덕 흙먼지 속에서
한 떨기 해당화 시들어 버릴 줄을.

좀 고단하니 저 정자로 내려가 잠시나마 한가로이 거닐어 보자.

【백학자白鶴子】
전각을 벗어나
발길 닿는 대로 물가 정자에 이르네.
연한 쪽빛의 실버들 하늘거리고
부용은 연지빛 꽃망울을 터뜨리네.

【요幺】
부용꽃 바라보니 고운 얼굴 떠오르고
버들을 마주하니 가는 허리 그립다네.
둘 다 여전히 상양궁을 빛내 주는데
그녀만 넋이 되어 장안 길을 떠도네.

【요】
늘상 떠오르지 벽오동 그늘 아래서
붉은 박판 손에 들고 두드렸던 것을.
그녀는 웃으며 금자수 옷 매만지고
예상우의곡에 맞춰 춤을 췄었지.

【요】
지금 비취 쟁반엔 잡초가 가득하고
꽃나무 아래 향기는 온데간데없네.
오동나무 그늘 가 우물터에 서 보지만

경국지색의 그 모습은 간데없네.

(탄식하는 동작) 한가로이 거닐려 했으나 돌아가는 게 좋겠다.

【당수재】

한가로이 마음 좀 달래 볼까 했다가

되레 묵은 응어리만 건드렸네.

울적해져 돌아오니 봉황 휘장만 덩그러니

이 밤의 회한을 무슨 수로 이겨 낼꼬?

침전에 돌아오니 하나같이 내 시름만 돋우고 있구나.

【부용화芙蓉花】

희뿌옇게 연기 피어나고

어둠침침 은등불 밝혔네.

저 멀리 옥루는

이제야 초경을 알린다네.

남몰래 맑은 하늘 쳐다보며

꿈에나 그녀 볼까 고대하네.

말은 마음의 소리라 하지 않았던가?

자꾸자꾸 쉼 없이 불러 본다네.

어느새 정신이 가물가물해지는구나. 잠을 좀 자야겠다.

【반독서伴讀書】

애타는 마음도 잠시

가을벌레 소리 사방에서 요란하네.

서풍이 매섭게 주렴을 젖히니

멀리 먹구름이 천지를 뒤덮고 있네.

난 이렇게 옷 걸친 채 먹먹히 병풍에 기대니
업보 쌓인 두 눈은 잠들지 못하네.
【소화상笑和尙】
이제 보니
휘리릭 섬돌에 마른 잎 휘감기고
쏴사삭 서풍에 낙엽 쓸려 가고
휘익 바람에 촛불 춤추고
딸랑딸랑 침전 앞 방울 울려 대고
타다닥 붉은 주렴 한들거리고
땡땡땡 처마 밑 풍경 요란하네.

(잠을 자는 동작)

【당수재】
울적하여 옷 입은 채 누우니
나른해져 잠이 오는구나.

귀비 (등장한다) 소첩은 귀비이옵니다. 오늘 궁궐에서 잔치를 마련했으니 궁녀들은 주상을 자리로 모시거라.

현종

푸른 옷의 궁녀 뛰어와 아뢰네.
태진 비가 과인을 잔치에 초대했다고.

(귀비를 만나는 동작) 귀비, 그대는 어디에 있다 왔소?

귀비 오늘 장생전에 잔치를 마련했으니 주상께서는 자리에 드시지요.

현종 이원자제梨園子弟* 모두에게 준비하라 이르시오. (귀비가

퇴장한다)

(놀라서 깨는 동작) 아! 이제 보니 꿈이었구나. 분명 꿈에서 귀비를 봤는데 또 사라졌어.

【쌍원앙雙鴛鴦】

푸른 난새 깃의 머리꽂이 비스듬히 드리우고
막 목욕하고 나온 옛 자태 그 모습 그대로라
운모석 병풍에 요염함 살짝 비치는구나.
꿈에서 만나려나 싶었는데 놀라 깨고 보니
그리움의 눈물이 옷깃 타고 교초 비단을 적시네.

【만고아蠻姑兒】

후회스럽고
가슴 아프네.
날 놀래킨 게 누각 위를 나는 기러기도
섬돌 아래의 가을 귀뚜라미도
처마 끝 풍경 소리도
홰에 올라앉은 금계도 아니라면
저 창밖 오동잎을 때려 대는 빗물이란 말인가?
후드득 시든 잎에 흩뿌리고
똑똑똑 시린 가지에 떨어져
시름에 잠긴 이를 들볶네.

【곤수구】

이 비야말로
목마른 새싹 살릴 것도

메마른 풀을 적실 것도
꽃망울 터뜨릴 것도 아닌데
누가 가을비를 단비라며 떠받들겠는가?
짙푸른 줄기
벽옥색 가지에서
후드득후드득
수십 수백 배 늘어나
파초 잎을 때려 대네.
이슬방울 한 줄 쫘르륵 쏟아지듯 하더니
갑자기 독으로 대야로 밤새 들이부으며
애를 태우네.
【도도령叨叨令】
거세구나
옥쟁반에 진주알 한 아름 떨어지듯
우렁차구나
잔치에서 연주에 노래에 왁자지껄하듯
청아하구나
이끼 낀 바위 위로 차가운 샘물 떨어지듯
맹렬하구나
깃발 아래 출정의 북들 여기저기서 울려 대는 듯.
어찌 속이 아니 문드러지겠는가!
어찌 속이 아니 문드러지겠는가!
이런저런 빗소리가 요란하구나.

【당수재】

이 비는 오동잎 시들게 후드득 떨어지고

방울방울 방울져 내 마음을 찢어 놓네.

금우물에 은난간 단단히 둘러치면 뭐하나?

가지며 잎 잘라 불쏘시개나 할밖에.

그때 귀비가 비취 쟁반 위에서 춤을 춘 것도 이 나무 아래에서였고, 과인과 맹세를 한 것 역시 이 나무였지. 오늘 꿈에서나 한 번 보려 했건만 이놈 때문에 깼구나.

【곤수구】

그날 밤 장생전에서

회랑을 돌며

맹세를 했지

오동나무에 기대어

나불대선 안 되었어.

그날 아침 침향정에서

예상우의곡에 맞춰

「육요」* 춤을 추고

붉은 박판 두드려 가락을 맞추고

풍악을 요란히 울려 댔지.

그때 그 즐거운 만남 있었거늘

지금은 이렇게 서글픔이 밀려와

남몰래 그리워한다네.

고력사 수상! 이 조복들이 죄다 빗소리를 내는데 어찌 오동나무만 그렇다 하겠습니까?

현종 네놈이 어찌 알겠니? 내 말을 들어 보거라.

【삼살】

부슬부슬 버들잎에 듣는 빗물

처량하게 주렴 휘장으로 들이치네.

매화에 듣는 가녀린 빗물

강기슭에 들어찬 누각을 돋보이게 하네.

살구꽃에 듣는 빗물은 난간 붉게 적시고

배꽃에 듣는 빗물로 고운 얼굴 쓸쓸하고

연꽃에 듣는 빗물로 파란 연잎 파닥이고

콩꽃에 듣는 빗물로 푸른 꽃잎 소슬하네.

모두 너처럼 화들짝 꿈에서 깨어나

회한과 시름을 더해 주고

새벽까지 뜬눈 지새우게 하진 않지.

물의 신선이 잘난 척 좀 하자고

버들가지 물에 적셨다 바람에 흩뿌린 것 아닐까?

【이살】

쌍둥이 연못가에 길한 짐승 물 내뿜듯

채반 가득한 봄누에가 뽕잎 먹듯 솨솨.

옥계단에 흩어져

궁궐 물시계로 또로록.

처마로 흩날려

새 술통에 똑똑 떨어지네.

계속 내리려네 물시계 멈추고
이부자리에 한기 돌고
초와 향불 꺼질 때까지.
이제 알겠네 여름날 나도 모르는 새에
고봉高鳳*의 보리가 죄다 쓸려 갔단 말을.

【황종살黃鍾煞】

서풍 따라 비단 창문에 낮게 휘파람 울고
한기 몰아 자수 휘장문을 연신 두드리네.
하늘이 일부러 남의 시름을 뒤흔들려고
벼랑길에서 울렸던 방울 소리를 들려주는 건가?
화노의 갈고 가락 같기도
백아伯牙의 「수선조水仙操」* 같기도 하네.
노란 국화 씻겨 주고
울타리를 적셔 주네
이끼는 빗물에 잠겨
담 모퉁이에 누워 있네.
정원 돌산에 번져 들고
바위틈마다 스며드네.
마른 연꽃은 비에 잠기고
연못물은 넘쳐흐르네.
날개 분을 점점 씻어 내니
반딧불은 빛을 내지 못하네.
파란 창문 밖에서 기뚜라미 울어 대고

기러기 울음 코앞이나 저 높이 날아가네.
사방의 이웃들 다듬이질해 대며
서둘러 가을 오라 재촉하네.
생각해 보니 이 밤 내내
비와 사람이 꼭 붙어 밤을 지새웠구나.
물시계가 똑똑 떨어질수록
빗줄기 더욱 세차고 눈물도 줄지 않네.
빗물은 시린 가지를 적시고
눈물은 용포를 물들이며
서로 질세라
오동나무 사이에 두고 새벽까지 똑똑 떨어지네.

제목:

안록산은 역모 꾸며 전쟁 일으키고
진현례는 난새 봉황 갈라놓았네.

정명:

양귀비는 새벽녘에 여지 향내에 심취하고
당 현종은 가을밤에 오동의 빗소리 듣노라

담장 너머 말 위에서裴少俊牆頭馬上

백박白樸

정말(正末) 배소준(裴少俊)

정단(正旦) 이천금(李千金)

충말(冲末) 배 상서(裵尙書)

노단(老旦) 유 부인

외(外) 이 총관(李總管, 본명 이세걸李世杰)

매향(梅香), 장천, 할멈, 이 부인, 단단, 중양

제1절

선려

(배 상서裵尙書〔충말冲末〕가 부인〔노단老旦〕을 이끌고 등장한다)

배 상서 (시로 읊는다)

배 속엔 시서詩書 재기才氣 넘쳐나고
비단 적삼 소맷자락 펄럭거리네.
이승에서 누리는 부귀영달
글공부 덕 아니면 뭐겠는가?

이 늙은이는 공부상서工部尙書 배행검裵行儉입니다. 부인 유씨와 아들 소준少俊이 있지요. 지금은 당唐 고종高宗께서 재위에 계시는 의봉儀鳳 3년입니다. 작년에 황상께서 서어원西御園으로 행차하셨다가 꽃과 나무가 어지럽게 널려 있는 것을 보시고 보고 즐기기에 마땅치 않다 하셨습니다. 명을 내리시길, 낙양으로 가서 권문세가 할 것 없이 속속들이 찾아다니며, 기이한 꽃들을 골라 모종을 사들이고 때를 맞춰 접붙이기를 하라 하셨지요. 이 늙은이가 나이 들어 황상께 아뢰고 아들 소준이더러 황명을 받들고 말을 달려 대신 가라 했습니다. 정월 초하루에 시작해서 엿새 말미를 얻었습니다. 이건 정말 이 늙은이의 복입니다. 소준이는 세 살에 말이 트이고 다섯 살에 글자를 깨우쳤지요. 일곱 살에 구름같이 멋들어진 초서를 써 댔고, 열 살에는 시를 좔좔 읊어 댔죠. 재주와 용모를 겸비하여 서울 사람들은 소준이라고 부릅니다. 올해 약관 나이인데 아직 장가도 못 갔고, 주색도 가까이 하지 않습니다. 지금 그 녀석에게 공무를 맡긴다면 그르칠 일이 결코 없을 겁니다. 장천아! 도련님 잘 모셔서 도중에 한눈파는 일 없이 나 대신 모종을 구해 오도록 해라.

(퇴장한다)

(이 총관李總管〔외外〕이 등장한다)

이 총관　이 늙은이는 이세걸李世杰입니다. 이광李廣의 후손으로 지금은 황족이지요. 부인 장씨, 천금千金이라고 하는 여식, 이렇게 세 식구입니다. 딸아이는 올해 열여덟 살로 바느질도 잘하고 문장에도 조예가 깊고 남다른 포부에 용모 또한 출중하답니다. 이 늙은이는 전에 경조 유수京兆留守 자리에 있었는데 무측천武則天에게 간언을 했다가 낙양 총관洛陽總管으로 좌천되었습니다. 이 늙은이는 원래 배 상서와 정혼을 하였으나 벼슬길이 서로 어긋나는 통에 다시는 혼사를 거론할 수 없게 되었지요. 지금 좌사 댁에서 나를 불러 가 봐야 하니, 남아 있는 부인과 딸은 문단속 단단히 하시오. 내가 돌아와 혼사를 논해도 늦지 않을 것이오. (퇴장한다)

(배소준〔정말正末〕이 장천張千을 이끌고 등장한다)

배소준 소생은 공부 상서 댁 도령 배소준입니다. 세 살에 말이 트이고 다섯 살에 글자를 깨우쳤지요. 일곱 살에 구름같이 멋들어진 초서를 써 댔고, 열 살에는 시를 좔좔 읊어 댔죠. 재주와 용모를 겸비하여 서울 사람들은 '어린 준걸', 즉 소준少俊이라고 부릅니다. 올해 약관의 나이인데 아직 장가를 못 들고 주색엔 손도 안 댑니다. 황명을 받들어 말을 달려 권문세가 할 것 없이 속속들이 찾아다니며, 이름나고 아름다운 정원에서 기이한 꽃을 골라 모종을 사들여 한 수레 가득 싣고 내일 길을 떠나려고 합니다. 오늘은 삼월 초여드렛날 상사일上巳日입니다. 낙양의 선남선녀들이 온 성을 들썩이며 즐기고 있으니, 장천아! 나도 너와 함께 구경이나 가야겠다! (퇴장한다)

(이천금李千金〔정단正旦〕이 매향梅香을 이끌고 등장한다)

이천금 소첩은 이천금입니다. 오늘은 삼월 상사일, 좋은 때라 봄 경치가 끝내줍니다.

매향 아가씨, 보세요. 이 봄의 경치가 끝내줘요.

이천금 매향아! 병풍 위의 선남선녀, 아가씨와 도령들이 참으로 화려하구나.

매향 아가씨! 선남선녀들이 왜 죄다 병풍 위로 올라갔대요? 힘들게…….

이천금

【점강순】

세상의 부부는

전생에 맺은 인연들
뛰어난 재주로
단청 곱게 병풍 그리니
실로 신선 세계 따로 없네.

매향 이 병풍을 보고 떠오른 생각이 있나 봐요. 이 매향이가 맞혀 볼게요. 바로바로 내 짝이 없다는 거지요?

이천금

【혼강룡】
풍류남아 서방님을 맞았으면
뭐하러 힘들여 먼 산 눈썹 그리기*를 배우겠니!
차라리 은 촛대 높이 비추고
비단 휘장 낮게 드리우겠어.
연꽃 깊숙이 원앙 한 쌍 나란히 잠들고
오동나무 가지에 봉황 한 쌍 몸 숨기네.
이 천금같이 좋은 밤
짧디짧은 봄날 저녁
누가 신경이나 쓸까?
홀로 이부자리하고 긴 밤 지새우는 마당에
이 반쪽짜리 비단 원앙금침이 있어 뭐 해?

매향 상공께서 돌아오시면 혼처를 알아보신다 하셨잖아요.

이천금

집 떠난 남자는 타지를 떠돌고
남겨진 여자는 심심 규방에서 원망만 삼키네.

매향 아가씨, 요 며칠 더 수척해지셨어요.

이천금

【유호로】

어찌 봄바람이 감돌며 몸이 말라 가지?

무슨 병에 걸린 것도 아닌데

요즘 입던 옷들이 헐렁거려.

매향 마님 말씀이 아가씨가 몸이 안 좋으실 땐 바느질은 조금만 하시고 탕약이나 잘 들라 하셨어요.

이천금

몸은 축났으나 아픈 데 없어 고치기도 힘들지

맛난 음식 맛난 차 먹고 마셔도 맛을 모르겠어.

천녀倩女*처럼 배에 혼령 태워 보낸 듯하고

직녀처럼 그날만 학수고대하는 것 같아.

요즘은 노곤함에 매일 잠만 쏟아져

때를 보며 실바늘 간신히 정리하네.

【천하락】

이 얘길 하다 보면 저 얘길 잊네.

매향 어제 몇 집에서 혼담을 넣었다는데 아가씨께선 왜 아무 말도 안 하세요?

이천금

울 어머니 또 내 표정 살피셔

가난한 집 열예닐곱 된 여식인데

혼담이 들어오든

중매가 들어오든
딸한테 뭘 수줍게 말하라는 거지?

매향 오늘이 상사일이에요. 도령들과 아가씨들이 준마에 수레 타고 모두 교외로 놀러 갔어요. 우리도 뒤뜰에 가서 봐요.

이천금 매향아! 지필묵을 가지고 가자. (가는 동작을 한다)

【나타령】
연못 풀숲에서 봄을 전송하려고
심란함 달래며 도미꽃 아래 이르러
봉래 동굴에 몸을 맡기려 하네.
금련만 한 붉은 꽃신 사뿐사뿐
치맛자락 너울대니 환패는 땡그랑
저 굽은 난간 서편을 돌아가네.

【작답지】
어찌 꽃 피는 시절 즐기며
화초 향기 아깝다 하리.
연지곤지 생기 잃고
녹음 우거지고 꽃은 사그라드네.
구십 일 봄빛이 휘익 가 버렸는데
봄이 갔다가 벌써 돌아온 건가.

【기생초】
버들잎 우거져 푸른 안개 자욱하고
꽃잎 시들어 붉은 비 흩날리네.
버들가지인지 사람인지 알 수 없고

꽃잎 휘날려 내 마음 부서지니
버들눈썹 누에눈썹 찌푸려지네.
어찌해서 서쪽 뜰이 이리 갑자기 어지러워졌을까
참으로 봄 신령은 남이야 야위든 말든 상관 않네.

【요편】
느릅나무 푸른 열매 어지러이 흩어지고
매화나무 푸른 매실 알알이 영근다네.
산들바람은 나비 떼 쫓아가고
보슬비가 잠자리 노니는 위로 지나가고
따스한 모래톱이 잠든 원앙새 덥혀 주네.
떨어진 꽃잎 말발굽에 먼지 되고
시든 꽃은 벌이 머금어 꿀을 만드네.

(배소준이 말을 몰고 장천을 이끌고 등장한다)

배소준 낙양은 실로 꽃의 고장이로다. 성안에 이름난 화원이 몇이나 되는지 말도 마라. (꽃 모양을 가리키며) 이 화원 좀 보거라. (이천금을 보고 놀라는 동작) 화원에, 아! 아름다운 낭자로다!

(이천금이 배소준을 보는 동작)

이천금 아! 멋진 선비인걸!

【금잔아】
저기 아름다운 다리 서편에서
갑자기 히힝 우는 준마 소리.
'친 리기 온통 붉은 살구꽃'이란 말처럼

준수한 외모 꽃과 어우러지네.
검은 장화는 꽃등자 디뎠고
옥띠는 허리를 감싸 안았네.
정말이지 귀한 말도 잘도 타고
때에 맞게 옷도 잘 입으셨다네.

배소준 저것 좀 봐라, 안개구름 같은 귀밑머리, 보얀 살결에 옥 같은 모습을 말이야. 아리따운 얼굴엔 꽃이 피었고, 두 눈동자엔 별이 떴구나. 신선 땅의 신선인가, 이 세상의 미색이 아니로다.

매향 아가씨, 들어 보세요.

이천금

【후정화】
별빛 눈동자 굴려 위아래로 훔쳐보니
어여쁜 뺨 맞대고 기대고 싶어졌어.
비단 이불에 붉은 물결 일고
비단 치마로 자리 깔고 누우리라.

매향 아가씨 그만 보세요. 누가 봐요.

이천금

몰래 연애를 하려면
먼저 마음이 통해야 해
사랑하는 이가 생기면
자기는 버릴 수 있지.

매향 아가씨, 떡 줄 사람은 생각도 안 할걸요.

장천 (등장한다) 도련님, 괜히 일 벌이지 말고 성 밖으로 나가

봐요. (재촉하는 동작)

배소준 눈 넷이 마주하니 둘 다 사모의 마음 움트는구나. 이제부터 상사병이 나겠어.

장천 (말을 재촉하며 때리는 동작) 도련님, 가세요.

배소준 이토록 아리따운 미인이니 글을 알겠지? 편지라도 써서 말이나 걸어 봐야지. 장천아, 지필묵 좀 가져와라. 저 낭자가 알아보는지 볼까? (쓰는 동작) 장천아, 이 편지를 저 낭자에게 전해 주거라.

장천 그러다가 다른 사람한테 걸리면 뼈도 못 추릴 거예요.

배소준 내 말대로 해. 누가 물으면 모종을 살 거라고 말하면 되잖아. 저 낭자한테 이 도련님이 전해 주라 했다고 이르거라.

장천 도련님, 다녀올게요.

배소준 저 낭자가 좋다 하거든 손짓을 하거라, 내가 갈 테니. 만약 뭐라 하거든 손을 저어라, 내가 자리를 뜨겠다.

장천 알았어요.

(이천금을 만나는 동작) 아씨, 이 화원에서 모종을 파십니까?

매향 누가 살 건데요?

장천 저 도련님이 사신대요.

(장천이 손짓을 하고 배소준이 보는 동작)

배소준 천지신명님 감사합니다. 일이 잘되어 가는군.

매향 (부르는 동작) 아가씨, 이 두 사람이 종이 한 장을 가져왔어요. 뭐라 썼는지 모르겠으니 아가씨가 보세요.

이천금 (시를 읽는 동작)

무릉도원에서 노닐고 있는 건가?
복사꽃 개울 저편에서 수줍게 있네.
지척의 유신劉晨* 도령은 애가 끊어졌는데
누구한테 미소 지으며 담장에 기대 있나요?

매향아! 지필묵을 가져와. (적는 동작) 너한테 부탁 좀 하려니 꼭 들어줘. 이 시를 저 도련님한테 전해 주렴.

매향 아가씨, 이 시를 누구한테 전해 주라고요? 뭐라고 썼는데요? 저 도련님한테 뭐라고 할까요? 다른 사람이 보면 어떡해요?

이천금 착하지, 어서 갔다 와.

매향 늘 날 때리고 욕하더니 오늘은 어쩐 일로 부탁이래요? 누구한테 주라고요?

이천금

【요편】
사랑 편지를 누구한테 보내냐고?
새로 쓴 시로 다리 좀 놓으려고.
내가 저 어여쁜 해를 받으며 담장 머리에서 바라보는데
그가 어찌 소매에 봄바람 펄럭대며 말 타고 돌아가겠니?
다른 사람이 알까 두렵다면서
왜 이리 소란을 떠니!
에그!
우리 매향이 이쁘기도 하지.

매향 이 서찰을 마님께 갖다 드릴래요.

이천금 매향아, 제발, 어머님께 알려서 어쩌려고!

매향 걱정되세요?

이천금 몰라서 물어?

매향 겁나세요?

이천금 그걸 말이라고 해.

매향 장난이에요.

이천금 가슴이 철렁했잖아.

매향 (배소준에게 건네주는 동작) 우리 아가씨께서 도련님께 보내시는 거예요. 이 시를 보시래요.

배소준 (시를 보는 동작)

깊은 규방에 갇혀 있다 잠시 한가로이 노니는데
청매실 손에 들고 수줍어 얼굴 반쯤 가렸네요.
오늘 밤 후원에서의 약속 저버리지 마시길
달이 버들가지 위에 걸릴 바로 그때라오.

천금 지음. 이 낭자는 미모도 경국지색이고 글재주도 뛰어나니, 가히 보석 중의 보석이로다.

매향 저희 아가씨 말이 오늘 저녁 후원에서의 약속 꼭 지키시래요.

배소준 장천아, 내가 어떻게 들어간다?

장천 월담해야지요.

매향 (이천금에게 몸을 돌려) 아가씨, 월담하신대요.

이천금

【잠살】

이곳 담장은 나지막하고
이곳 꽃밭은 꽃 그림자 빼곡하다네.
그대 유 도령님 알고 계세요.
참깨 향 밥물이 흐르진 않지만
천태산 길보다 한결 가깝다오.*
주저주저 마세요.
저 북두칠성이 움직일 때
이 이끼 묻은 능파凌波 버선* 젖게 하지 마세요.
호산湖山*에 곤히 기대어
쪽문을 닫힌 듯 열어 놓으면
이 뒤뜰은 무릉도원과 진배없지요.

배소준 아이고 황송해라! 이리 기쁜 일은 흔하지 않아. 날이 저물면 약속 시간에 대어 가야겠다. (시로 읊는다)

우연히 서로 훔쳐보다
춘심이 꿈실거렸다네.
오늘 밤 서둘러 님과의 약속에 대어
담장 머리 말 위의 인연 이루리라.*

(퇴장한다)

제2절

남려

(부인이 할멈과 함께 등장한다)

부인 전 이 상공의 아내입니다. 상공께서는 좌 사가의 부름을 받고 가셔서는 아직 돌아오지 않으셨습니다. 오늘 전 동각 아래에 있는 동서네에 다녀왔는데 몸이 좀 좋지 않네요. 날이 저물었으니, 매향아, 규방에 가서 아가씨한테 바깥출입 말라 이르거라. 할멈은 마무리 잘하게나, 난 쉬러 가겠네. (퇴장한다)

배소준 (등장한다) 역관에 돌아가 있으려니 가슴이 갑갑한 게, 모종 사러 갈 생각은 싹 달아나고 날만 저물기를 기다렸다 이렇게 낭자와의 약속을 지키러 왔습니다. (퇴장한다)

이천금 (매향과 함께 등장한다) 오늘 뒤뜰에 꽃구경 갔다가 담장 머리로 한 서생을 만났지요. 네 개의 눈이 서로 마주치고 마음이 통해 편지 한 통 보내어 오늘 밤 만나기로 약속했습니다. 전 방으로 돌아왔습니다. 매향아, 어머니께서는 잠이 드셨니?

매향 가서 보고 올게요. (퇴장한다)

(이천금은 잠이 들고 매향이 깨우는 동작)

매향 아가씨, 아가씨!

이천금 (깨는 동작) 깜빡 꿈을 꾸었어.

매향 무슨 꿈을 꿨는데요?

이천금

【일지화】

졸음의 마수가 확 뻗치더니
이별의 한이 나를 휘감았어.
혼백이 육신 떠나 꿈을 좇아가니
언제쯤 좋은 일 밀려들려나.
재주 많은 님 보고 나서
입으로도 읊조려 보고
마음에도 사랑 품었으니
인연부에 올라는 있겠지?
부인 눈썹 그려 준 장창張敞의 풍류도 가졌고*
과일 던져 환호한 반악潘岳*의 수려함도 지녔다네.

매향 밤이 되니 그렇게 그리던 사랑이 눈앞에 나타나기만 기다리시는군요.

이천금

【양주제칠】

진즉 규방의 한을 품었지만
시운이 따르지 않았어.

또 상사병까지 도졌으니
일 년 액운이 몽땅 닥쳐온 셈이야.
나뿐 아니라,
하늘이 아셨다면 하늘도 병이 들었을 게야.
매향아, 지금 몇 시나 되었니?

매향 신시예요.

이천금

달이 언제쯤 바다 위로 떠오를까
이제야 해가 신시를 지나다니.

매향 아가씨! 해가 넘어갔어요. 달과 별이 떴어요.

이천금

이슬이 잠든 새를 놀래킬까
바람이 뜰 안 회나무를 희롱할까.
은하수 옥계단 비껴 비추고
사방은 티끌 하나 일지 않네.
달아
너는 본래 활처럼 가늘었지
반달의 몸이 되더라도
삼천세계* 거울에 환히 비추듯 하지 말고
열두 요대瑤臺*에 얼음 얼듯 차가워지지 마라.
금단의 땅에 상서로운 안개 피어오르니
둥근 밝은 달에 깊이깊이 절을 하네.
넌 중생 구제하고

난 거칠 것 없게 해 주오.
너 상아嫦娥* 미인에게 넙죽 절을 올리노니
샘 내지 말고 구름 뒤로 후다닥 숨어 주렴.

매향 그게 쉬운 일이겠어요?

이천금

【목양관】
달마중하는 주렴이 사르륵
바람 맞은 문이 반쯤 열렸네.
내 풍월 계획 좀 들어 볼래?

매향 뭔데요?

이천금 네가 마중 가는 게야.

매향 안 오실까 봐 마중 가라는 거군요.

이천금

꽃향기 바람에 실려 오고
달빛은 구름에 가렸구나.

매향 아가씨, 왜 저더러 마중 가라 하시는 거예요?

이천금

왜 소준 도련님을 모셔 오라냐고?
함흥차사할까 걱정되어 그러지.

매향 여긴 쭉 뻗은 길 하나밖에 없는데 그분이 길을 잃을까 걱정되세요?

이천금

넌 선처럼 길이 곧장 났다 하지만

고관대작의 저택은 바다처럼 깊잖니.

매향 두 분이 직접 말씀 나누세요.

이천금

【매옥랑】

만날 곳은 꽃잎 떠가는 개울가지만

큰길 작은 길 뚫고 와야만 하잖니.

매향 거기 가서 아가씨를 부를게요.

이천금

저녁 주안상 앞에 선 기생도 아닌데

이렇게 위험을 무릅쓴다네.

너 같은 새가슴을

어이할꼬?

【감황은】

이 크고 깊은 대저택의

고즈넉한 섬돌과 계단들

기방 술집 책방에 비할 바 아니지.

매향 꾸물대도 안 되고 서둘러도 안 되면 어떻게 해야 하지요?

이천금

푸른 대나무 가볍게 헤치고

초록 이끼 사뿐 밟고 가렴.

정원의 까마귀도 이웃집 개도 놀래키면 안 돼

할아범이 올지도 모르거든.

매향 아가씨, 언제 오시는 게 좋아요?

이천금

【채다가】

흰 담장 지나

쪽문 열고

마님께서 저녁 향불 다 사를 때를 기다려야지.

달빛 몽롱하고 하늘색이 캄캄해지고

북소리 울리고 호각 소리 구슬퍼질 때.

매향 마님은 이미 잠자리에 드셨으니 절대 안 와요. 오늘 밤은 할멈도 곳간을 지킬 거고요. 날이 어두워졌으니 등 밝히고 도련님 모시러 갈게요.

배소준 (장천을 이끌고 등장한다) 장천아! 호들갑 떨지 말거라. 넌 담장 밖에서 기다리기만 하면 돼. (담장을 넘는 동작) 매향아, 내가 왔다.

매향 말씀 올릴게요. 아가씨, 도련님이 오셨어요. 두 분이서 말씀 나누세요. 제가 문 앞에서 망을 볼게요.

배소준 소생 같은 가난한 선비를 내치지 않으시니 죽어서도 그 은혜 갚기 어려울 따름입니다.

이천금 도련님이야말로 이 마음 저버리지 마소서.

【격미隔尾】

쪽빛 꽃잎 붙이고 이마엔 노란 분칠했네.

펄럭대는 비단치마 아래로 꽃신이 보일까.

다급히 원앙 이불 끌어다 덮고

비취 옥관 나른하게 끄르고

재빨리 그림 병풍 둘러치네.

그이는 애교 부리며

비단 허리띠 끌렀다네.

할멈 (등장한다) 이 시각에 아가씨 방에서 말소리가 나 창문으로 들어 봤지요. 아이고! 정말 사람이 들어 있어. 내 가서 알아봐야겠어.

매향 아가씨, 불 끄세요, 할멈이 와요!

할멈 등불을 껐겠다? 내가 한참을 듣고 있었거든. 어딜 도망가려고?

배소준 (이천금과 함께 무릎 꿇는 동작)

이천금 큰일 났네, 무슨 낯으로 부모님을 뵙지? 할멈, 좀 봐줘요. 우리 둘을 놔주면 죽어서도 그 은혜 잊지 않을 거야.

할멈 시집도 안 간 규수가 몸을 함부로 놀리더니, 이제는 그놈을 따라가겠다고요? 이놈이 누군데요?

배소준 소생은 객지를 떠도는 선비요. 너그러이 봐주오.

할멈 여긴 여색을 탐해 사통하는 그런 곳이 아니란 말입니다.

이천금

【홍작약】

이이는 어명을 받아 역마를 내달려

이곳에서 꽃모종을 사들였다오.

또 영주 · 방장산 봉래산을 돌아

멀리 천태산에 오르진 않아.

부인 눈썹 그려 준 장창張敞보다 기개 있고

청총마는 타나 유흥가엔 얼씬도 않는다오.*

할멈 이게 다 이 매향이 년이 꼬드긴 것이지?

이천금

다리 놓은 못된 년이라 잘못 짚고

이렇게 면전에서 불호령 내리시네.

할멈 이 망할 잡것이 아니면 누가 그랬단 말입니까?

이천금

【보살양주菩薩梁州】

이 담장 머리로 과일 던져 준 여자와

말 위에서 채찍질한 방탕아가 그랬지요.

총명한 할멈 좀 들어 보세요.

춘정을 이렇게 눈으로 주고 눈썹으로 받았다오.

할멈 얼씨구! 부끄럽지도 않아요? 눈으로 건네고 눈썹으로 받았으니, 정말 사통한 죄인이 따로 없네. 관아에 고발할 거예요.

이천금

이 할멈 이렇게 빡빡하게 구는데

난 목숨 던져 내 사랑 이룰 생각뿐.

꼭 이루고 말 거예요

지금 화를 누르고 수습하면 될 일을

뭐하러 사통죄로 잡혀가게 하나요!

할멈 이 가난하고 배고픈 선비가 뭐가 좋다는 거예요?

이천금

【목양관】

용호도 선비를 불러들이고
신선도 수재를 모시잖아요.
난 일개 평범한 사람이에요.
일개 유향劉向도 서악 사당에서 시를 지었고*
일개 장張 선비도 동쪽 바닷물을 끓여 버렸지요.*
칠석날 요지瑤池* 잔치를 벌일 때
은하수가 양쪽으로 갈라졌어요.
여기 오작교 이편의 여인은
견우성 저편의 나그네를 떠날 수 없지요.

할멈 집안의 흉 될 일이 밖으로 새어 나가선 안 되지. 이봐, 네 놈을 관아로 끌고 가야겠다, 용서할 수 없어.

배소준 할멈! 모종 살 돈을 내놓으라 하면 매향이한테 가져오게 하고 할멈과 관아로 가겠소.

이천금

【삼살】
비단 이불 곱게 덮어 주지 못한다 하니
어찌 해하에서 항우 유방 싸우는 것마냥
규방 안에서 피투성이 송장 치우는 꼴 아닌가?
허리춤에서 칼을 끌러요
할멈은 내가 날 찌르게 만드네요.
난 되레 할멈한테 기대려 했는데.

매향 선비님의 돈을 원한다면 제가 가져올게요. 마님을 뵙고 이실직고할게요.

할멈 마님께선 믿지 않으실 거야.

이천금

제 자식이 자빠져도 나 몰라라

목숨 걸고 재물 탐하는군요.

【이살】

내 어찌 분타고 흐르는 눈물 훔치며

문가에 턱 괴고 기대서서 눈이 빠지게

먼 길 언제 오시려나 하고 기다리겠어요?

오랜 기다림도

하루아침에 물거품 된다 하지 말아요.

그때가 되면 알게 될 거예요

저분이 진정한 선비였음을.

그는 글재주 배 속 가득 담았으니

분명 하루아침에 출세할 거예요.

할멈 친하긴 해도 만약 마님께서 맘이 바뀌면 이 늙은이 목이 달아날걸. 내 지금 제안을 할 테니 하나만 골라요. 하나는 이 선비가 벼슬길에 오른 다음 다시 와서 아가씨를 데려가는 것이오. 그게 안 되면 다른 사람한테 시집가는 거고. 다른 하나는 두 분을 보내 줄 테니 이 선비가 벼슬길에 오른 후 예법에 따라 양가 상견례를 하는 조건이오.

이천금 할멈, 떠나는 게 좋겠어요.

【황종미黃鐘尾】

그가 붉은 계수나무 꺾어 들면 뭇 유생들 놀라고

권문세가의 문 두드리면 열에 아홉 죄다 열리지.

할멈 이후에 만약 사실이 새어 나간다면 앞길 망치고 좋은 인연은 그걸로 끝이에요. 제아무리 나이가 어려도 주인은 주인이란 말이 있지요. 내가 위험을 무릅쓰고 두 분을 보내주는 것이니 매사 조심해야 해요.

이천금 어머니께서 연로하신데 어떻게 떠나지?

할멈 마님은 내가 있으니 안심하고 떠나세요.

(이천금과 배소준이 작별 인사하는 동작)

이천금

제가 감히 이런 비행을 저질러서가 아니에요.
그이가 풍채 있고 수완 좋기 때문도 아니지요.
어머니는 맺어 주기도 갈라놓기도 할 수 있지요.
저 역시 따르고 감내할 수 있어요.
텅 빈 방에 갇혀 있다
마을 밖으로 시집갈 때
어머니는 부모가 연로하다 하겠지만
백발이도록 부모 곁 지키는 딸자식이 어디 있답니까?
딸자식은 십오 년간 머물렀다 떠나는 나그네일 뿐.

(배소준이 매향과 함께 퇴장한다)

할멈 저 애들이 가버렸어. 마님께서 캐물으시면 무슨 일로 사라졌는지 모른다고 거짓말해야지. 마님께선 분명 쉬쉬하실 거야. 훗날 돌아와서 인사 여쭈어도 늦지 않아. (퇴장한다)

제3절

쌍조

배 상서　(등장한다) 소준이가 낙양에서 꽃모종을 사 가지고 돌아온 지 칠 년이 지났습니다. 이 늙은이는 늘상 공무를 보느라 대부분의 시간을 외지에서 보내고 집에 있는 일이 적었습니다. 흐뭇하게도 소준이가 자못 큰 뜻을 품고 매일 뒤뜰에서 책만 읽고 있으니 공명을 이루기만을 기다렸다 장가들여야겠습니다. 오늘이 청명절이라 몸소 성묘 가려 했지만, 고뿔이라도 걸릴까 싶어 부인과 소준이더러 대신 조상님께 제를 올리고 오라 했습니다. (퇴장한다)

배소준　(마당쇠를 이끌고 등장한다) 낙양을 떠나 낭자를 데리고 장안에 온 지 칠 년이 되었습니다. 그동안 아들과 딸을 얻었고 단단·중양이라 이름 지었지요. 단단은 여섯 살, 중양은 네 살입니다. 뒤뜰에서만 숨어 지낼 뿐 부모님을 뵌 적이 없습니다. 마당쇠가 알아서 잘 모신 덕분에 집안사람들도 모르고 있습니다. 오늘은 청명절, 아버지께서 고뿔에 걸릴까 염려되어 저와 어머니더러 교외에 있는 선영에 제사 지내고 오라 하셨습니다. 마당쇠, 상공께 들키지 않도록 신경 써서 돌봐 주시오.

마당쇠 도련님, 한 살짜리 주인도 주인이신데 여부가 있겠습니까? 이 집에서 누가 감히 '이씨 성'을 입에 올리겠어요? 행여 잘못되면 이 늙은이는 저 조순趙盾이 화를 당할 때의 영첩零輒처럼 수레바퀴를 받쳐 들어 주인을 살리고* 이밀李密과 함께 죽은 왕백당王伯當*처럼 끝까지 도련님과 함께하겠습니다. 상공께서 아니 오실 거라 장담은 못하지만, 오신다면 이 늙은이가 이리저리 둘러대고 세 치 혀를 놀려 발길 돌리시게 할 겁니다. 전 괴문통蒯文通이자 이좌거李左車*거든요. 도련님, 염려 놓고 저만 믿으세요. 만 길 물길이라도 물 한 방울 새어 나가지 못하게 지킬 겁니다.

배소준 만약 실수 없이 한다면 돌아와서 큰 상을 내리겠소. (퇴장한다)

(이천금이 단단과 중양을 이끌고 등장한다)

이천금 서방님과 이곳에 온 지 벌써 칠 년이란 세월이 흐르고 그새 아들과 딸이 생겼어요. 세월이 정말 빠르네요.

【신수령】

장자가 호접몽을 꾼 듯
좋은 시절 아련하게 흘러갔네.
부모님 계신 고향은 아득하고
소식마저 끊어졌네.

웬 한숨이 나오는지
언제야 이 글방을 벗어날까?
【주마청】
남자는 호걸이라
조정으로 가는 만 리 길에 가볍게 올랐지.
아내는 절개 있어
봉작封爵은 물론 칠향거七香車*에 오를 만하지.
머리 가득 꽃단장하고
궐문에서 장원 급제한 도령 마중하기보단
붉은 수건 머리에 드리우고
다리 놓은 매파한테 사례하는 것보단 낫지.
지금은 그 인연 바꾸어
비단같이 고운 인연 이루었네.

이 문에 숨어서 누가 오는지 봐야지.

마당쇠 (빗자루를 들고 등장한다) 도련님이 제를 올리러 가셨으니 아씨마님께 아뢰야지. (인사하는 동작) 아씨마님, 도련님께선 성묘하러 가셨어요. 제가 특별히 아씨마님께 아뢰는 거예요.

이천금 마당쇠, 명심하셔야 해요. 상공께 들킬까 걱정이에요.

마당쇠 드릴 말씀이 있는뎁쇼, 오늘은 청명절이니 명절 음식 좀 있으면 주세요. 배불리 먹고 문 앞에 앉아 누구 오는 사람 없나 지키겠어요. (이천금이 술과 고기를 주는 동작) 어제 두 아기씨들께서 담장 머리의 꽃을 꺾어 망가뜨려 놨어요. 오늘은 밖으로 못 나오게 하시고 방에서만 놀게 하세요. 상공께 들킬까 걱정돼요.

이천금

【교패아喬牌兒】

말릴 건 말려야지요

마당쇠 할아범 고마워요.

어제는 가시에 옷자락 다 찢기고

아이들 손끝에 생채기가 났어요.

단단 엄마, 나 아빠 마중 갈래.

이천금 아직 멀었단다.

【요편】

장난감 막대기 팽개치고

장난감 꽃병도 밀어 놓네.

네 아빠 오시려면 멀었는데

어찌 마중 간다 떼를 쓰누?

마당쇠 쇤네 문 앞에서 술 한 병, 명절 음식 한 접시를 다 먹었더니 머리가 핑 돌아 정원석에 기대어 한숨 자야겠습니다. (단단이 때리는 동작) 아이고 깜짝이야, 아기씨! 방에 들어가 놀아요. (또 잠자는 동작. 중양이 때리는 동작) 아기씨! 여자 아기씨가 참 짓궂네요. (또 자는 동작. 두 사람이 모두 때리는 동작) 들어가라 했잖아요. 빨리 방 안으로 들어가세요.

배 상서 (장천을 이끌고 등장한다) 부인과 소준이가 성묘를 가버리고 이 늙은이 적적하여 뒤뜰이나 거닐며 아들 녀석 공부한

것 좀 봐야겠다. (마당쇠를 보고 말한다) 이 늙은이가 여기서 잠을 자네. (때리는 동작)

마당쇠 (깨어나 빗자루로 때리는 동작) 맞아라, 이놈들! (깜짝 놀라는 동작)

배 상서 이 두 아이는 뉘댁 아이냐?

단단 배씨 댁이오.

배 상서 어느 배씨 댁?

중양 배 상서 댁이오.

마당쇠 누가 배 상서 댁 뜰이 아니랄까 봐, 이놈들 그래도 안 가!

중양 엄마 아빠한테 이를 거야.

마당쇠 네 녀석들이 꽃을 다 꺾어 놓고도 엄마 아빠한테 이른다고? 네 할아버지가 뛰어와도 어림없어! (둘이 가 버리는 동작) 너희 둘, 앞으로 가지 말고 뒤로 가란 말이야!

두 아이 (이천금을 만나는 동작) 엄마, 우리 둘이 아빠를 마중 갔다가 어떤 할아버지를 만났는데 뉘 집 아이냐고 물었어요.

이천금 얘들아, 내가 나가지 말랬잖니. 이를 어째?

배 상서 (생각하는 동작) 이 두 아이는 예사 아이가 아닌걸. 이 늙은이가 뭔가 속이고 있어. 내 들어가 봐야겠다.

이천금

【두엽아豆葉兒】

네 아비를 마중하기는커녕

떡하니 할아버지만 만나고 말았구나.

혼비백산하여

속은 타들어 가고

손은 부들부들 발은 휘청휘청.

상공은 지팡이 짚고 자세히 살피고

마당쇠는 빗자루 들고 횡설수설

아이들은 옷소매 걷어 올리네.

배 상서 방에 가 보자. (방에 들어가자 이천금이 문으로 숨는 동작) 또 뉘 집 여인이냐?

마당쇠 이 여자는 우리 꽃을 꺾고 방에 숨어든 겁니다요.

이천금

【괘옥구掛玉鉤】

이 어린 웬수들 방문 좀 닫았어야지

하늘이 떠나가라 장난치며 놀기만 하다니.

상공께서 친히 뜰에 들르셨다 마주치니

난 망연자실 몸이 굳어 한마디도 못하네.

배 상서 부용정으로 데려와라!

이천금

얼굴은 화끈화끈 부끄럽고

마음은 쿵쾅쿵쾅 겁이 나네.

우레 치듯 가쁜 숨 몰아쉬고

풍차 돌듯 씩씩대네.

마당쇠 이 여인이 꽃을 두 송이 꺾었다가 상공께 들킬까 봐 이곳에 몸을 숨긴 것이니 용서하시고 돌려보내세요.

이천금 상공, 어여삐 여기세요. 선 배소순의 아내이옵니다.

배 상서 누가 중매를 섰느냐? 예물은 얼마나 받았지? 주례는 누구였느냐? (이천금이 고개 떨구는 동작) 이 두 아이는 뉘 집 자식이냐?

마당쇠 상공, 역정 내실 일이 아니라 기뻐하실 일입니다. 누가 뭐래도 혼례비 한 푼 안 들이고 이렇게 꽃 같은 며느리와 훌륭한 손자 손녀를 얻었으니 잔치를 벌여 마땅합지요. 쇤네는 양을 사러 가겠으니, 아씨마님은 방으로 돌아가 계세요.

배 상서 (노하는 동작) 이 여인은 분명 기방 출신이렷다!

이천금 전 벼슬아치 가문의 여식이지 천한 집 자식이 아니옵니다.

배 상서 시끄럽다! 아녀자가 제멋대로 남자와 도망을 치고 사사로운 정으로 왕래했다면 그 죄는 결코 용서받지 못하는 법. 관아로 데려가 요절을 내겠다.

이천금

【고미주】

본시 양갓집의 참한 규수가
고발당하고 소장 받아
관아에서 치도곤당하겠네.
사람 마음이 무쇠가 아닌데
절대 용서할 수 없다 하네.

【태평령】

사내 따라 도망쳤으니 정절이 웬 말이냐고요?
사통죄 물어 치도곤을 놓아야 한다고요?

춤추고 노래하는 곳을 뉘라서 알겠습니까?

찻집과 술집은 또 무엇이온지요?

상공께서 천첩의

다리를 분지른다 해도

전 기녀가 아니랍니다.

배 상서 이 늙은이를 족쳐라, 내막을 알고 있을 거다.

장천 이 늙은이는 여염집 아녀자 꾀는 데 일가견이 있었지요.

마당쇠 상공, 칠 년 전 도련님께서 꽃모종을 사러 갔을 때 모두 이놈이 꼬드겨 도련님께서 들이신 거예요.

장천 이 늙은이가 날 끌어들이네.

배 상서 그렇군, 네놈도 한패였구나.

이천금

【천발도】

영첩*, 괴문통, 이좌거라고?

계포季布*의 혀나

함께 죽은 왕백당엔 어림없네.

배신한 적은 없어도

시비는 가려야 하는 법.

배 상서 부인과 소준을 불러오너라. (부인과 배소준이 등장하고 인사하는 동작) 당신이 아들 녀석과 한통속이 되어 나를 속이고 우리 집안의 법도를 어지럽혔소!

부인 상공, 제가 어찌 알았겠습니까?

배 상서 이것이 내가 뒤뜰에서 칠 년간 쌓은 공부란 말이냐!

관아로 보내 법에 따라 처벌할 것이다. 저 음탕한 여인은 우리 소준의 앞길을 망치고 배씨 가문 조상을 능멸했느니라!

배소준 소자, 고관 대신의 자식으로서 어찌 일개 여인으로 인해 관아에서 수모를 겪을 수 있겠나이까? 이혼장을 쓰면 그만이오니 아버지께서는 용서하소서.

이천금

【칠제형七弟兄】

저 졸렬함에

마음 저려 오네

때를 잘못 만나 모진 일 당하누나.

얼음처럼 옥처럼 고결한 분께서 밑도 끝도 없이

어찌 우리 연리지 동심결을 끊어 내려 하십니까?

배 상서 나는 주공周公 같은 청렴한 관리이자 어진 아비였고 부인은 맹자의 어미와 같았는데, 너 같은 음부가 우리 소준의 앞날을 망치고 우리 배씨 가문의 조상님을 욕되게 했다. 아낙은 듣거라! 벼슬아치 집안이면서 어찌 사사로이 사내와 도망을 쳤느냐? 옛날 무염 마을의 들판에 뽕잎을 따던 처자가 있었다. 제왕齊王의 수레가 지나가다 보고서는 후비로 들이겠다며 수레에 함께 타자 했다. 무염의 처자가 "아니 되옵니다. 부모님께 말씀드려야 혼례를 올릴 수 있습니다. 부모님을 뵙지 않는다면 이는 사사로이 도망치는 것과 같습니다"라고 했다. 흥! 무염의 처자에 비한다면 넌 풍속을 어지럽혀 남자는 천하를 떠돌게 만들고 자기는 서방 셋을 두는 여인네 꼴이 아니고 뭣이란 말이냐?

이천금 저한텐 배소준 한 분뿐이옵니다.

배 상서 (노한다) 여인은 정절을 흠모하고 남자는 재사才士와 현인賢人을 본받는 법이다. 또 "모셔 오면 아내이고 도망치면 첩이다"라는 말이 있지 않더냐. 어서 네 집으로 돌아가지 못할까!

이천금 이 인연 역시 하늘이 내리신 것입니다.

배 상서 부인, 머리 위의 옥비녀 좀 주시오. 네가 만약 하늘이 내린 인연이라면 하늘에 묻겠다. 옥비녀를 바늘만큼 갈아 볼 것이다. 만약 부러지지 않는다면 이것은 하늘이 내린 인연일 것이나, 부러질 시에는 당장 네 집으로 돌아가거라.

이천금

【매화주梅花酒】

심보도 고약하시네
서방님은 퉁퉁 물러 터졌고
상공은 악독하게 모질고
부인은 쉭쉭 소리 내는 전갈 같네.
당신은 망부석이 된 적도
무덤 만들고 비석 세운 적도 없으면서
내 숨통을 조이니
근심은 만 갈래
답답함은 천 겹이네.
마음은 취한 듯
정신은 멍한 듯하네.

눈앞은 캄캄하고
두 손은 마비된 듯하네.
살짝 들어 올려
천천히 문지르네.
【수강남收江南】
아! 댕가당 두 동강 나 버려
난새 아교로도 붙일 수 없다네.
부부간 자식 간 이별이라네.
결국 내 인연 다했다네,
영원히 만날 수 없는 해와 달보다 더한 신세.

배 상서 옥비녀가 부러졌는데도 아직 돌아갈 생각을 않는구나. 그렇다면 이 은 호리병으로 한 번 더 해 보자. 이걸 거미줄로 묶고 우물에서 물을 길어 거미줄이 끊어지지 않는다면 부부로 남아도 좋다. 하나 호리병이 떨어져 버린다면 네 집으로 돌아가거라.

이천금 이를 어쩌나?
【안아락】
천 길 구렁텅이에 몰아넣고
천 겹 눈밭으로 내모는구나.
방금 돌 위에서 옥비녀 부러뜨리더니
다시 물속에서 달을 건져 올리라 하네.
【득승령】
거미줄 끊어지면 사랑도 끝나고

은 호리병 떨어지면 영원히 이별이라.

식구들을 양쪽으로 갈라놓다니

배 상서 다른 사람한테 시집가든지.

이천금

바퀴 두 개로 네 바퀴 자국을 낸단 말이십니까?

주색과 음란에 빠져

칠거지악 범한 자는 쫓겨나도 싸다지만

부귀와 호사를 누린 이들 가운데

소첩만큼 삼종지덕 지킨 이 누가 있답니까?

배 상서 옥비녀도 부러졌고 호리병도 떨어졌으니, 이는 하늘이 너희 둘을 갈라놓으시려는 것이다. 저 못난 놈이 이혼장을 써 줄 것이니 너는 집으로 돌아가거라. 소준아, 너는 오늘부로 거문고와 검, 서책을 챙겨 상경해서 과거 시험을 보거라. 이 아이들은 우리 집에 남겨 두고 가거라. 장천아! 냉큼 내쫓아 버려라. (퇴장한다)

(배소준이 이천금에게 이혼장을 주는 동작)

이천금 서방님, 단단아, 중양아! 서방님과 애들 생각하면 가슴이 아파요!

【침취동풍】

꿈에서 놀라 깨니 만 겹 인연 끝이 나고

천 겹의 안개 낀 강물 너머 길이 아득하네.

흔히 친모가 있고 나서 계부가 있다고

친모가 없으면 아끼는 이도 없다 하지.

저분은 날 관아에 보내려
호기란 호기 죄다 부리네.
이 어린것들 돌봐 주신다니 감사합니다.
저는 이 길로 떠나렵니다.

단단아, 중양아! 조금은 알아듣겠지? 이 엄마는 너희를 만날 수 없게 되었단다!

【첨수령甜水令】
단단과 중양은
당신네 배씨 가문의 핏줄이라오.
얘들아!
바보처럼 엉엉 우는구나
필시 모자간의 정 때문이려니
참으로 가슴이 미어지는구나!

【절계령】
인생의 가장 큰 고통은 역시 이별이구나.
이제야 알겠네
꽃이 피자마자 바람에 떨어지고
달이 차자마자 구름에 가리었는데
누가 또 봉황과 난새 한 쌍을 꺼꾸러뜨리고
벌과 전갈을 건드리고
꼴 베며 뱀에 놀라는가?
담장 머리에서 사랑 전하던 우리의 편지를 망가뜨리고
버들 그늘에 깃든 꾀꼬리 제비 벌 나비를 갈라놓았네.

아들도 한탄하고

여식도 막아서나

호리병도 비녀도 떨어지고 부러진 신세

우리의 의리도 사랑도 마침표를 찍었네!

장천 아씨, 떠나세요. 영감마님께서 아뢰라 하셨어요.

이천금 서방님, 서방님께서도 절 데려다주세요.

【원앙살】

아! 시든 꽃잎과 버들잎처럼 소박맞고 원수되었지만

난 당신에게 아들딸 낳고 길러 주어 은혜를 갚았지요.

살아서는 함께 이부자리하고

죽어서는 함께 묻히길 바랐죠.

실로 문기둥에 맹세 적은 사마상여의 일화

술장사하던 탁문군의 지조*

이 또한 전생의 인연이요

이승의 업보라네.

소준 서방님

사마상여의 회향거를 몰아

이 은인자중隱忍自重 못한 탁문군을 배웅하소서.

(퇴장한다)

배소준 아버님, 참으로 대단하십니다. 일순간에 우리 부부와 자식을 갈라놓다니 어쩌면 좋단 말이냐? 장천! 가야금과 검, 서책을 챙겨라. 난 상경해서 과거 시험을 볼 것이다. 한편으로는 아버지의 눈을 속이고 몰래 부인을 집까지 데려다줘도 벌

일 없겠지. 정말이지. (시로 읊는다)

돌 위에 옥비녀 갈았더니
다 될 판에 댕강 부러졌네.
우물에서 은 호리병 건지는데
당겼더니 거미줄이 끊어졌네.
둘 다 어찌할까?
오늘 아침 이별한다네.
정말 하늘이 내린 인연이라면
언젠가 다시 얽혀 부부 되리니.

(퇴장한다)

제4절

중려

(이천금이 매향을 이끌고 등장한다)

이천금 배소준 서방님이 저를 내쳐 낙양으로 돌아왔더니 양친 부모 이미 작고하셨답니다. 하인 몇, 가옥과 전답을 남겨 주셔서 예전처럼 부를 누리며 넉넉하게 살고 있습니다. 다만 아들딸을 두고 나온 데다 서방님도 과거 보러 가셨다 벼슬길에 올랐는지 모르고 있으니 참으로 애가 탈 뿐입니다.

【분접아】

구슬발을 새우 수염처럼 말아 올리니
녹색 창문 붉은 문엔 찬 기운 돌고
홀로된 내 신세 가슴이 아려 오네.
금지옥엽 그리워하며
사랑의 감옥에 갇혔네.

(무대 뒤에서 두견새 울음 운다)

누가 너더러 파촉 땅을 날아올라
이별한 이한테 '돌아가'라며 노래하라 하더냐?*
【취춘풍】
만 리 저편 호접몽 꿈꿨다가
삼경 달밤에 두견새 울음 들었네.
담장 머리 말 위에서 좋은 시절 보낼 때
이런 쓰라림, 쓰라림을 생각이나 했을까?
모두들 말하지 천하미색은
모두를 뿔뿔이
흩어지게 한다고.

배소준 (시로 읊는다)

황상의 조서 직접 받아 들고 궐문 나서니
사람들 앞다퉈 오색마 탄 장원 보려 하네.
생각해 보면 모든 게 글재주 덕분이려니
집안이 공덕 쌓는다고 되는 건 아니라네.

소관은 배소준입니다. 상경해서 과거에 응시해 일거에 장원급제하고 낙양洛陽 현윤직을 제수받았습니다. 이곳 낙양성에 당도해 옷을 갈아입고 이천금 낭자를 수소문했습니다. 알아보니 이곳이 바로 이 총관 댁이라 합니다. 아, 매향이 아닌가? 아가씨 댁에 계시냐?

매향 (보는 동작) 모르는 척해야지. 여기에 무슨 아가씨가 있다고 그래요! 이 양반, 뭘 모르시네. 여기 계세요, 난 들어갈 테니. (이천금을 만나는 동작) 기뻐하세요! 서방님이 문 앞에 와 계세요.

이천금 얘가 또 헛소리하네. 정말 그 사람이란 말이야? 무슨 옷을 입었는데?

매향 수재 옷을 입었던데요. 아가씨, 정말 거짓말 아니에요.

이천금 어찌 수재 옷이란 말인가?

【만정방】

장안에서 과거 보고

고향 갈 낯이 없어

고향 쪽만 힘없이 바라보는구나.

달변에 옥구슬 토하더니

갑자기 쓸모가 없어졌나?

독서삼매에 빠진 손으로 서류에 지장이나 찍고

다섯 수레의 책 읽고 이혼장이나 쓸 줄 알았지.

재장齋長의 그릇은 문기둥에 맹세 적지 마오.*

다른 사람들이 투덜대며

한나라 사마상여를 비웃으리!

배소준 매향이가 안에 들어가서 나오지 않으니 내가 들어가 봐야겠습니다. (이천금을 만나는 동작) 낭자, 그간 별고 없었소? 오늘에서야 당신을 찾아왔소. 예전처럼 당신과 잘 지내고 부부의 연을 다시 잇고 싶소.

이천금 배소준, 무슨 말씀을 하시는 거예요?

【보천락】

당신은 나와의 연 다시 이으려 하나

난 감옥 갈까 무서워요.
내 마음은 단단한 무쇠요
국법은 쇠 녹이는 용광로요.
어머님께선 고부간의 정이라곤 전혀 없고
아버님께서도 어찌 날 어여쁘다 하시겠어요?
하혜下惠 같은 돌부처인 당신도 대꾸가 없었어요.*
아버님은 저보고 음탕하다 풍속을 해쳤다 했죠.
양친 부모 허락 없이 혼인했다가
남자는 천하를 떠돌게 되고
여자는 세 번 재가하는 신세 되긴 싫어요.

배소준 낭자, 난 지금 벼슬길에 올랐고 부친께선 관직에서 물러나 계시오. 내 일부러 낭자를 찾아왔소. 난 이곳에 현윤으로 왔소.

이천금

【영선객】
당신은 삼품 관직에 봉해져
여덟 개의 초도椒圖*를 늘어놓았군요.
아버님은 관직에서 물러나
경조부를 떠났네요.
이부에서 자리 옮기라 정하고
호부에서 봉록을 없앴군요.
상서직 수행하라 시켰더니
천하의 혼인부만 잘 단속했네요.

배소준 내 오늘 당장 짐을 싸 가지고 오겠소.

이천금 이곳은 안 돼요!

【석류화石榴花】

좋은 손님은 없는 게 제일이라잖아요

내쳤다 한들 그게 또 어째서요?

내 결심이 어찌 사그라들까요?

당신은 어떤 죄를 엮을까 궁리뿐이군요

벼슬아치로서 어찌 부끄러움을 모르나요?

배소준 나와 당신은 자식까지 둔 부부인데 어찌 날 받아 주지 않는 거요?

이천금

제가 가족도 모른 체한다고요?

눈동자 없는 눈처럼 잘 보지는 못해도

현자賢者와 우자愚者 정도는 알아보지요.

배소준 그건 아버지의 명령이지 나와는 상관없었소.

이천금

【투암순斗鵪鶉】

한 분은 어질고 어진 주공周公*이었고

한 분은 삼천지교의 맹모였지요.

전 본래 양갓집 규수로

기방의 기녀가 아니었어요.

봄바람 분다고 여름비를 고대하며

한 식구 되려다가

서방님 앞길만 망쳐 놓고

배씨 가문의 조상만 욕되게 했네요.

배소준 낭자, 낭자는 책도 많이 읽고 총명하니 이런 말을 들어 봤겠지요? 자식이 제 아내와 잘 지내면 부모가 기뻐하지 않고 내치며, 자식이 제 아내와 잘 지내지 못하면 부모는 '훌륭히 나를 섬기는구나'라고 한다잖소. 그러나 부부의 예는 죽을 때까지 가는 것이오.

이천금 서방님, 모르시는 말씀이셔요. 제 말 좀 들어 보세요.

【소상루小上樓】

어머님은 내내 지독하셨고

아버님은 한층 질투하셨죠.

나랏일에 충직하고

품행이 청렴하고 유능하신 분인데

어찌 일을 엉망으로 만드신 거지요?

난새 봉새 서로 아끼고 금琴과 슬瑟이 어우러지듯

부부 화목 바랐다면

배 상서처럼 며느리 미워해선 안 되었지요.

배 상서 (부인, 단단, 중양을 이끌고 등장한다) 이 늙은이는 배 상서입니다. 알아보니 여기가 바로 이 총관 댁이라 하더군요. 듣자 하니 소준이 녀석이 관직에 올라 이곳 현윤을 제수받았는데, 며늘아기가 받아들여 주질 않는답니다. 내가 두 아이를 데리고 부인을 대동하여 왔는데 벌써 도착했습니다. 여봐라, 배 상서가 문 앞에 왔다고 전하거라.

(사령이 알리는 동작)

배소준 이런! 아버지께서 문 앞에 와 계신다니 맞으러 가야겠소. 아버지, 소자 관직에 올라 이곳 현윤을 제수받았습니다. 그런데 부인이 절 받아들이기는커녕 애초에 제가 자기를 버렸다고만 합니다.

배 상서 며늘아기는 어디 있느냐? (이천금을 만나는 동작) 얘야, 네가 이세걸李世杰의 여식인 줄 누가 알았겠느냐? 내가 애초에 사돈 맺자 약속했었는데, 네가 몰래 인연을 맺을 줄 누가 알았겠느냐? 네가 이세걸의 여식임을 어찌 말하지 않은 게냐? 난 너더러 춤추는 기생이라고만 했구나. 내 오늘 부인과 두 아이와 함께 양고기와 술을 가져와 특별히 너에게 용서를 구하려 한다. 내가 잘못했다. 여봐라, 술을 가져오너라, 이 술잔을 쭉 마시거라.

이천금

【요편】

저분이 술 권하니

'네' 하고 받아 들까?

부인 내 체면 좀 세워 주거라. 내가 너 대신 키운 두 아이가 이렇게 컸으니 우릴 받아 주렴.

단단, 중양 엄마, 우릴 받아 주세요.

이천금

정말이지

이들 땜에 가슴 졸인 도간陶侃*의 어미요

살인자라 오해받은 증삼曾參*이요

제멋대로 날뛰는 태공太公*이로구나.

아들, 딸

모두 함께 꺼이꺼이 우네.

아! 애들아, 정말 보고 싶었단다.

모자 사이의 정이란 끊을 수 없구나.

배 상서 애야! 날 받아 주거라.

이천금 절 내치셨으니 절대 받아들일 수 없어요.

배 상서 네가 받아 주지 않겠다 하니 애들을 데리고 돌아가겠다.

단단, 중양 (슬퍼하며) 엄마, 정말 너무하세요. 엄마 땜에 속상해 죽겠어요. 저희를 받아 주지 않는다면 우리가 살아서 뭐해요? 우린 죽어 버릴 거예요.

이천금 내가 받아들이지 않으려는 건 너희 때문이 아니란다. 그만두자, 그만두자, 그만둬, 내가 받아들이마. 어머님, 아버님, 며느리의 절을 받으세요.

배 상서 며늘아기가 받아들였으니 술을 들어 축하하마. 이 술잔을 쭉 마시거라.

이천금 (절을 하며 받는 동작)

【십이월十二月】

당신의 본 며느리가

오늘 시부모님께 절을 올립니다.

또 무슨 술주전자며 술잔이며 집어 들까

또 무슨 함정이 있을까 걱정되네.

문득 옥비녀 은 호리병 눈에 들어오니

그날 그때가 떠오르네.

【요민가堯民歌】

아! 비녀 부러지고 호리병 떨어져 이혼장 썼지.

배 상서 애야, 옛날 일은 꺼내지 말자.

이천금

아버님이 몸을 낮춰 맛난 술 권하시니

한 잔 가득 마시고 알딸딸하게 취했네.

배소준 낭자, 기뻐하시오.

이천금

기뻐 웃을 마음이 어디 있으리!

머뭇머뭇거리다

도둑이 제 발 저려

또 나더러 돌아가라 쫓아낼까 겁나네.

배 상서 애야, 애초에 내가 혼사를 물어올 때까지 기다렸으면 좋지 않았느냐! 네가 날 속이고 사사로이 집 안에 들어와 살면서 이세걸의 여식이란 것도 말하지 않았잖니.

이천금 아버님, 그때나 지금이나 아버님의 자식이 몰래 살림을 차렸단 말씀이십니까?

【쇄해아耍孩兒】

아버님 어머님 말씀 좀 들어 보세요

우리 집안만의 부끄러움이 아니랍니다.

옛 경우를 들어 볼게요.

탁왕손은 강호를 휘감을 기세였고
탁문군은 둘도 없는 미인이었지요.
봉황 노래 한번 살짝 듣고
다음 날 수레에 따라 올랐으니
이 역시 전생에 쌓은 복입니다.
어찌 저희의 담장 머리와 말 위에서의 사랑을
사마상여와 탁문군의 사랑만 못하다 하십니까?
【살미煞尾】
오늘 봉작封爵 하사하심에 응답하고
칠향거에 웃으며 올라타노라.
온 천하 사랑의 인연이 모두 이뤄지길
성은이 영원하기를!

배 상서 오늘 부부가 다시 만났으니 양을 잡고 술을 빚어 축하 잔치를 열겠다. (시로 읊는다)
예부터 여인은 출가해야 하는 법
말 위 담장 머리에서도 짝이 잘 이뤄지지.
인연은 단지 하늘이 맺어 주는 것이니
누각에서 비단 공 던져 남편감 고를 필요가 있을까?

제목: 이천금은 달빛 아래 꽃 앞에서
정명: 배소준은 담장 너머 말 위에서

곡강지의 꽃놀이李亞仙花酒曲江池

석군보石君寶

말(末) 정원화(鄭元和)

정단(正旦) 이아선(李亞仙)

외(外) 정 부윤(鄭府尹)

정(淨) 조 부자

외단(外旦) 유도화(劉桃花)

장천(張千), 매향, 할멈, 아전

설자

선려

(정 부윤鄭府尹〔외外〕이 정원화鄭元和〔말末〕와 장천張千을 이끌고 등장)

정 부윤

수년간의 치적이 널리 소문 퍼져
민요를 채집하여 태수에게 보고하네.
비 온 뒤 푸른 들에 밭 가는 사람은 있어도
달 밝을 때 황혼을 향해 짖는 개 없도다.

이 늙은이는 형양滎陽 사람 정공필鄭公弼이라고 합니다. 진사에 오른 뒤로 인정을 베풀고 그 명성이 제법 오래되어 낙양 부윤에 임명되었습니다. 아들놈은 정원화라고 하는데 올해 스물한 살입니다. 어려서부터 그 녀석에게 책을 좀 읽혔더니 공부를 제법 하네요. 내년에 춘방春榜이 나붙고 과거 시험장이 열린다고 하니, 원화 너석도 응시하게 해서 일거에 급제를 따내면 우리 가문에 빛이 좀 나지 않겠습니까? 장천아, 어서 금검서상琴劍書箱*을 챙겨 도련님을 모시고 길을 떠나도록 해라.

장천 잘 알겠습니다.

정 부윤 얘야, 지금 계절이 여름이니 너는 어떤 기개로 시를 짓겠느냐? 시를 한 수 지어 내게 들려 다오.

정원화 아버님, 소자 시를 지었습니다.

만 길 용문을 단번에 뛰어올라*
푸른 하늘 저 높은 곳에 기필코 도달하리.
떠날 때에는 연잎이 동전만큼 작았지만
돌아올 즈음엔 연꽃이 다 떨어져 있겠지.

정 부윤 앞의 두 구에선 네 기개가 좀 보이는데 뒤의 두 구에선 별로구나. 얘야, 자고로 공명을 추구하는 인생의 만 리 길은 전적으로 자기 자신의 노력에 달렸느니라. 평소처럼 게으름을 부렸다간 "작년에 왔던 각설이가 죽지도 않고 또 왔네" 하는 신세 될 뿐이니, 무슨 앞날 같은 게 있겠느냐? 아이야, 이번에 떠나면 네 뜻을 반드시 이루거라.

정원화 아버님, 안심하십시오. 소자 오늘 아버님을 하직하고 먼 길을 떠나겠습니다.

(절을 올려 이별을 고한다)

【상화시賞花時】
황성 과거 시험장에서 내 학업을 펼치리니
때는 바로 남아대장부가 뜻을 이루는 가을.
급제자 명단에 으뜸으로 이름 올리고

나의 답안 만언책이 호명되어

장원의 이름이 봉황루에 가득 울려 퍼지리라.

(장천과 더불어 퇴장한다)

정 부윤 아들이 떠났구나. 나는 이제 전쟁터 깃발만 바라보며 승전보나 기다려야겠다.

(퇴장한다)

제1절

선려

(조 부자(정淨)가 유도화劉桃花(외단外旦)와 함께 등장한다)

조 부자 저는 조 부자입니다. 사람들은 내가 돈이 좀 있는 것을 알고는 별명으로 촌닭 조 부자라고 부릅니다. 이 사람은 유도화라는 기생으로 저와 짝하고 있어요. 오늘 봄날을 맞아 장안 시내에 있는 곡강지에 가서 술상을 좀 차려 놓고 이아선 아가씨를 청하여 함께 봄놀이나 하려고 합니다. 당신이 가서 좀 청해 오구려.

유도화 예, 알겠어요. (이아선을 부른다) 아선 언니! 우리 조 서방님이 곡강지에서 봄놀이하는데 언니도 초대하셨어요.

(이아선李亞仙(정단正旦)이 매향을 이끌고 등장한다)

이아선 소첩은 이아선이라 하고 장안의 기적에 올라 있습니다. 유도화라는 동생과 의형제를 맺고 있는데, 이 아이가 오늘 곡강지에서 잔치를 벌여 저와 함께 놀자고 하네요. 삼월 삼짇

날이 지나니 정말 경치가 좋군요.

【점강순】

아침 내내 내린 비가 들판 언덕을 지나가니

벌써 맑은 빛 한 조각이 흘러나온다.

부드러운 봄바람에

온갖 꽃이 다투어 피어나고

온 산은 푸른 소라 빛깔이라네.

【혼강룡】

봄의 신 동군東君께서 시샘하여

봄빛을 사다가 온 땅에 느릅나무 꽃잎을 뿌리시도다.

보라,

왕손들이 축국蹴鞠*을 하고

아낙들이 그네를 뛰네.

꽃신 신고 살구 비에 흩어진 붉은 꽃잎을 밟으며

비단 치마로 푸른 버들 아지랑이를 흩어내도다.

나는 허구한 날

연회다 술자리다 하다

교외로 나와 성곽에 이르러

이 좋은 경치 마주 대하니

까닭 없이 그리움에 잠기네.

맘 같아서는

이 꽃들 영원히 시들지 말고

밝은 달 언제나 둥글었으면.

(만나는 동작)

이아선 제부, 제가 뭐 할 줄 아는 게 있고 잘난 게 있다고 술자리를 마련해 주시나요?

조 부자 처형, 별 특별한 게 아니에요. 그냥 어린 양 한 마리 잡았기에 처형 모셔다 곡강지에서 흉금을 터놓고 몇 잔 마셔 보려는데 안 될 것이 뭐 있겠소?

이아선 제부, 신선한 과일 안주나 좀 가져오세요.

조 부자 알겠소. 내가 가지러 갈게요.

(퇴장한다)

이아선 얘야, 나 빼면 네가 그래도 첫째 둘째를 다투는 행수 기생인데 저런 촌뜨기 사내랑 짝을 하다니. 저 사람한테 뭐라고 했기에.

유도화 언니, 사랑 보고 가나요, 돈 보고 가지요.

이아선 그럼 못써.

【유호로】

병들어 지친 몸도 가누지 못할 텐데
천식까지 더하면 어떡해?
해골이 되어 버리면
여우 짓도 더 못한다고.
이마엔 주름살이
움푹움푹 골목길같이 깊이 패고
가슴과 뱃살은 축 늘어져
흐물흐물 살 부러진 부채처럼 되어 버릴라.

애야,

가진 게 돈뿐이라 물 쓰듯 써 대는 저 사내는 촌스럽고

마실 물 찾던 최호崔護*같이 재능 있는 선비는 신세가 기구하지.

저자가 기루에 와서 아리따운 도화 여인을 몇 번이나 봤다고

밑도 끝도 없이 기생 어미한테 돈을 덥석 쥐여 주나.

애야, 우리 꽃이나 보러 가자. (가는 동작) 애야, 저 농가에선 한식을 지내는구나.

【천하락】

삼월 청명절 좋은 봄날이잖아.

애야,

너랑 나랑 둘이서 하늘하늘

이 옛 무덤가를 거닐어 보자.

저 수레들 하며 명마들이 천 대 만 대 줄지어

가며 놀며 경치를 구경하고

가며 놀며 풍악 소리 듣고 있네.

애야, 이것 좀 봐.

벌써 술자리에서 이렇게 멀리까지 와 버렸어.

(정원화가 말을 타고 장천과 함께 등장한다)

정원화 저는 정원화입니다. 아버지를 떠나 도성에 왔습니다. 과거 시험장이 아직 열리지 않은 데다 때가 마침 화창한 봄날이라 장천을 데리고 곡강지에나 가서 좀 놀아 보렵니다. 벌써 도착하였군. 봐라, 얼마나 좋은 경치냐. (시로 읊는다)

집집마다 불 땐 것도 아니건만 복사꽃이 불꽃처럼 피어나고

곳곳에선 밥 짓는 것도 아니건만 버드나무가 안개를 토해 내네.

금 고삐 두른 말은 향기로운 풀밭에서 우짖고

옥루에 사는 이는 살구꽃 핀 경치에 도취하네.

장천아, 저기 두 여인이 보이느냐? 그중 하나는 정말로 너무너무 아름답구나. 더할 것도 없고 뺄 것도 없네. 화장하지 않은 천연의 자태만으로도 그림으로 그려 낼 수 없는 아름다움이로다. 참으로 훌륭한 여인이로다.

(채찍을 떨어뜨리는 동작, 장천이 줍는다)

장천 도련님, 채찍을 떨어뜨리셨어요.

정원화 참으로 멋지고 끝내주게 생겼네.

(또 채찍을 떨어뜨리고 장천이 줍는다)

장천 도련님, 채찍을 또 떨어뜨리셨어요.

정원화 나도 안다. 참으로 훌륭한 여인이로다, 훌륭해!

(또 채찍을 떨어뜨리고 장천이 줍는다)

장천 도련님, 채찍을 또 떨어뜨리셨어요.

정원화 나도 안다니까.

이아선 저 선비님은 갓 쓰고 적삼 입은 자태와 갓끈 매고 허리띠 찬 모습이 참으로 멋지구나.

【나타령】

뉘 집 젊은이인데

한순간 마주치자마자

한순간 마주치자마자

둘이서 눈이 맞아

양쪽에서 마음이 동해
세 번이나 채찍을 떨어뜨리네.
애야, 도련님이야, 영계야 영계.
저분은 분명 길가의 버들을 처음 봤고
저분은 분명 담장 밑 꽃을 처음 봐서
꽃과 버들에 꽤나 사로잡히겠군.
【작답지】
담장의 꽃이 향기를 뿜지도 않았는데
길가 버드나무가 솜털을 날리지도 않았는데
벌들이 난리고
두견새가 피를 토하니
싱숭생숭 나 명가 마을 이아선이
마음이 끌려 군침을 흘리네.

정원화 장천아, 이쪽에서만 보지 말고 저쪽으로 가서 좀 보자.

이아선

【기생초】
그는 꽃그늘을 가로질러 오고
나는 버드나무 사이 길을 뚫고 지나가네.
젊은이가 일순간 봄바람 용모를 알아보니
봄바람 용모는 복사꽃 부채로 반쯤 가리네.
복사꽃 부채가 수양버들 살짝 스치니
수양버들 가지로 비단 원앙을 어찌 얽어맬꼬
비단 원앙은 황금 누각에 가눌 수가 없는데.

매향아, 너 가서 조 서방님을 모셔 오너라.

(조 부자가 등장한다)

조 부자 처형, 무슨 일이오?

이아선 제부, 저기 숙맥 도련님이 하나 있는데 가서 동석하자고 청해 보면 어떨까요?

조 부자 어디?

(만나는 동작) 아, 누군가 했더니 자네로구먼.

정원화 촌닭 조 부자, 잘 만났네. 저 두 여인은 뉘 댁 규수인가?

조 부자 더 예쁜 여자는 상청 행수 이아선이고, 이 여인은 내 여인인 유도화일세. 서로 언니 동생 사이야. 저 언니가 너를 데려오라는군. 같이 가서 몇 잔 마시자고.

정원화 실례되는 거 아닌가?

조 부자 처형, 내가 이 친구를 데리고 왔어요.

(정원화가 인사하는 동작)

이아선 선비님은 어디 분이시고, 존함은 어찌 되십니까?

정원화 저는 정원화라 하고 형양 출신인데 과거 시험 보러 왔습니다. 낭자는 존함이?

이아선 저는 팔자가 기구하여 기생 마을 평강리에 삽니다. 이아선이라 하옵니다.

정원화 명성이 자자한 분을 오늘에야 뵈었으니 제가 실로 인연이 있는 모양입니다.

이아선 매향아, 술을 가져오너라. (술을 건네는 동작) 선비님, 가득히 한잔 따라 올리겠습니다.

조 부자 처형, 이 술은 내가 사 온 것이니 나도 한 잔 마십시다.

이아선 아, 제부를 잊고 있었군요.

정원화 우리 둘은 결의를 맺은 의형제랍니다.

이아선 그러면 누가 형이세요?

정원화 제가 형이지요.

이아선 아, 그렇군요.

【취중천】

제대로 찾아오셨습니다.

조 부자 제가 동생입니다.

이아선 당신이 동생이로군요.

좋은 곳에 찾아오셨습니다.

조 부자 처형, 저하고 이 사람 유도화 둘은 마치 견우직녀 같지 않습니까?

이아선

당신은 정말 소를 몰아 푸른 하늘에 올라

저 옥황상제의 청허전을 헛밟았네요

나는 천태산에서 이리도 먼 곳강지에서

오늘 유신 도련님을 만난 셈이네요.*

얘야, 내가 정말 고맙다.

유도화 언니, 뭐가 그리 고맙다고요?

이아선

너 아니었으면

저분이 어떻게 무릉도원을 찾아 들어왔겠니?

정원화 촌닭 조 부자, 내가 이아선의 집에서 돈을 좀 쓰려고 하니 받아 줄 수 있는지 좀 여쭈어 주게.

조 부자 처형, 원화 수재가 처형 집에 가서 돈을 좀 쓰겠다는데 처형 생각은 어때요?

이아선 제부, 말씀만 하세요. 다만 우리 엄마가 좀 괴팍하셔도 불편해하지 마세요.

【금잔아】
우리 엄마는
토끼만 보면 매를 날리고
양뼈를 뱉어도 노린내를 마다않으셔요.
저이의 얼굴을 외면하면서
돈이라면 박박 긁어 대죠.
당신 정수리에 아픈 화살이 박히고
팔뚝엔 빈주먹만 남을 거예요.
빈털터리에 신세 망치고
고향에도 돌아가지 못할걸요.

정원화 그렇게 지독할 수가 있어요? 그저 돈 좀 많이 드리면 되지요.

이아선

【청가아】
우리 엄마는 겉으로는 인자해 보이지만
속으로는 갖은 술수를 다 부려요.
당신이 북두칠성에 닿도록 황금을 쌓아 놓았어도

엄마가 올가미를 씌우고
달콤한 침을 발라
절묘하게 꾀어서
거짓말로 들볶고
탈곡기로 탈탈 털어 내고
옥을 갈듯 갈아 내어
몇 년 즐겨 보지도 못하고
순식간에 당신을 거덜 낼 거예요.

정원화 소생은 절대로 그리 되지 않을 겁니다. 아가씨께서 저를 받아 주기만 한다면 주머니를 다 털어 드린들 무슨 걱정이겠습니까?

이아선

【잠살】
내 왕년에는
눈보라가 감도는 듯한 춤사위에 버들 같은 허리를 놀리고
구름에 닿을 듯한 노랫소리에 복사꽃 부채를 꿰뚫었건만
이제부터는 술자리에서 수줍어해야겠네.

정원화 소생의 말에 아가씨를 태워 가리다. 어서 말에 오르시오.

(채찍을 건넨다)

이아선

세상이 바뀌었네 바뀌었어.
풍습은 원래 여자가 남자한테 채찍을 주는 건데
여자가 남자한테 채찍을 받다니.

정원화 내가 돈을 좀 더 마련해서 어머니께 드릴 테니 꼭 좀 받아 주시오.

이아선

기왕 이렇게 인연을 맺었으니
꼭 술상 보고 자리 깔아야 하는 건 아니잖아요?
저 돈만 밝히는 기생 어미가 용납하진 않겠지만
내 마음은 돌이라도 뚫을 수 있어요.
종량기천從良棄賤*을 준비하시라고
노래 값만 받겠으니
나머지는 그냥 넣어 두세요.

(이아선이 퇴장하고 정원화, 매향, 장천이 함께 퇴장한다)

조 부자 저것 좀 봐, 정원화가 처형을 따라서 갔어요. 우리 내일 술을 좀 가져가서 축하해 줍시다.

(유도화와 함께 퇴장한다)

제2절

남려(南呂)

(정 부윤이 등장한다)

정 부윤 저 정공필이 아들 원화를 서울로 보내 과거에 응시하게 한 지 어느덧 이 년이 흘렀습니다. 합격 여부야 다 제 운명이니 그에게 기대할 수 없는 것이죠. 그렇지만 이 녀석이 떠난 뒤 오랜 세월이 흘렀는데도 왜 편지 한 통 보내오지 않는 것인지 정말 걱정됩니다. 끈이 없어도 천 리 밖 사람의 마음은 이어지게 마련입죠.

(장천이 등장한다)

장천 벌써 도착했구나. 나리, 장천 인사드립니다요.

정 부윤 내 마침 생각하던 중이다. 장천아, 우리 아들 원화는 잘 지내느냐?

장천 나리께 아룁니다. 도련님은 서울에 도착한 뒤로 학업에 전념하지 않으시고 행수 이아선과 짝이 되어 흥청망청 시내시다가 빈털터리가 되시고 결국 기생 어미에게 쫓겨났습니다. 지금은 남의 초상집에서 출상할 때 만가를 불러 주고 계시니 참으로 낭패이십니다. 저도 밥 빌어먹을 곳이 없어져서 이리 달려와 나리께 아뢰는 것입니다. 돈을 좀 준비해 주시면 가서 도련님을 모셔 오겠습니다.

(정 부윤이 노하는 동작)

정 부윤 흥, 아들 원화 녀석이 서울에서 돈이 없어 남의 집 출상 때 만가나 불러 주다니, 이 늙은이 체면이 말이 아니군. 장천아, 말을 내오거라. 내가 직접 그 녀석을 보러 가겠다.

(퇴장한다)

(이아선이 매향을 이끌고 등장한다)

이아선 이 할망구는 정말 못됐어. 원화가 돈이 떨어지자 그냥 쫓아 버리네. 기생 어미가 아무리 지독해도 우리 엄마만큼 악랄하지는 않을 거야.

【일지화】

우리 어머니는
두 눈은 사납고
마음은 삐뚤고
얼굴엔 악독한 털이 났고
손금은 악도문握刀紋*.
사납기론 세상에 비할 바가 없고
모진 수단 쓰는 데 거리낄 것 없네.
눈꼬리 치켜뜨고 주먹을 불끈 쥐면

그 손에 한 대 맞았다간 대번에 정신 잃어
우리 낭군님 같으면
다치거나 속병이 들고 말걸.
【양주제칠】
우리 어머니는
머릿속을 파먹는 화류계 흉살신이자
사람 거죽 벗겨 내는 기생집 저승사자.
반지르르 기름 바른 머리에 뽀얗게 고운 얼굴 하고는
사람을 몽둥이로 두들겨 패고
웃는 얼굴로 가죽 벗겨 내 고기를 베어 내고
솜 방석에 바늘 숨겨 골수를 발라내고 힘줄을 떼어 내지.
어머니가 가식적인 방법으로 갖은 수단 다 부리고
우리 딸내미는 장난인 듯 진심인 듯 상대하니
세상 물정에 밝은 낭군님들이라도
사나흘이 못 가 골병들고 말지.
돈 밝히는 우리 어머니가 못된 귀신으로 둔갑하면
웃음 파는 우리 기녀는 죽은 사람 상대하게 되니
좋아하는 사람이라도 생겼다간 그는 죽은 목숨.
어머니는 돈이라면 환장해
우리가 증오하는 자한테 어머니는 친하게 대하고
어머니가 좋아하는 자는 우리가 따르지 않지.
어머니가 좋아하는 낭군들은 하나같이 촌스럽고
우리가 좋아하는 자들은 돈이 없지.

(할멈이 등장한다)

할멈 내가 정원화를 내쫓은 뒤로 내 딸은 그 녀석 때문에 집에 틀어박혀서 물도 안 마셔 밥도 안 먹어 돈벌이도 안 해 버리네. 정원화 녀석은 돈이 없어지자 남의 초상집 출상할 때 만가나 불러 주며 먹고 삽니다. 오늘 어느 집에 초상이 났으니 분명 만가 한 곡 부르겠지요. 딸을 불러내어 거리 쪽 창문으로 출상 구경이나 해 보려고 합니다. 정원화가 비참한 신세가 된 걸 보면 내 딸이 죽자 사자 돈벌이에 나서겠지. 애야, 어디 있느냐?

(이아선이 인사하는 동작)

애야, 우리 거리 쪽 창 너머로 구경이나 해보자꾸나. 오늘 어느 부잣집 초상에 명기冥器 차림새가 참으로 없는 게 없이 볼 만하다고 하니 우리 구경 좀 해 볼래?

이아선 나는 가기 싫지만 기생 어미가 정말 성가시게 굴 터이니 어쩔 수 없이 같이 가 봐야겠다. 좋아요, 제가 모시고 갈게요.

(걷는 동작)

(정원화, 조 부자가 만가를 부르며 등장한다)

【상조商調 상경마尙京馬】

내 한때 귀신한테 홀려서
기생 공양에 모든 걸 다 털렸지.
저 식견 있는 형님들, 제 사정을 알고 나면
이렇게 가슴이 미어질 겁니다.
이제부턴 돈이 생기거들랑 쌀이나 사 모으세요.

이아선 이 기생 어미는 내가 원화 낭군이 비참한 신세가 된 걸 보면 거들떠보지도 않을 거라고 했었지. 기왕 말이 난 김에 내 몇 마디 해야겠다.

할멈 애야, 저 빈털터리 선비를 봐라. 저기서 관을 들이고 내보내며 상가 일을 돕고 있다.

이아선

【격미】

빈털터리 선비가 저기서 관을 들인다고요.

놀리시는군요.

분명 돈 밝히는 기생 어미 당신이 사람 하나 보내셨어요.

할멈 죽은 사람은 여자일까 사내일까?

이아선

죽은 여자이니 알 필요 없잖아요.

할멈 나이가 얼마나 되었을까?

이아선

아마 오십도 못 되었을 거예요.

할멈 어째서 친척도 없는 걸까?

이아선

어째서 친척도 없냐고요?

할멈 무슨 병에 걸려 죽은 걸까?

이아선

아마 죽도록 남들 속여서 돈만 긁어모으다 죽었을 거예요.

할멈 앗, 저건 정원화가 아니냐! 뒤 집에서 사람이 죽었기에 정원화를 불러나 곡을 시키지?

이아선

【목양관】

동네에서 사람이 죽으면 풍악을 울리지 않는 법입니다.

할멈　저 녀석 입은 옷 좀 봐라.

이아선

몸은 헐벗었으되 기개만은 헐벗지 않았네요.

할멈　관짝에 바짝 기대어 섰어.

이아선　관직에 있는 정 부윤의 아들이니까요.

관직과 권세에 바짝 붙어 있는 낭군이십니다.

할멈　요령을 딩딩당당 흔들잖아.

이아선

권세가 있어서 당당하시니까요.

할멈　남의 집에서 만가나 부르고 있다니.

이아선

만가를 부르면서도 운을 잘 맞추시잖아요. 시운도 잘 맞추실 거예요.

할멈　죽은 사람 초상을 들고 서 있어.

이아선

남들 앞에서는 여느 사내나 다름없지만

등 뒤엔 훌륭한 가문이 있지요.

장례 치르는 데는 꽃미남 염장이가 제격이고

만가를 부를 때는 노래하는 시인이 딱이죠.

(정 부윤이 장천을 이끌고 등장한다)

정 부윤 장천아, 그 녀석은 어디 있는 게냐?

장천 이 행화원杏花園입니다.

(조 부자를 만나는 동작)

정 부윤 이건 누구야?

장천 이 양반이 바로 도련님이 돈을 다 써 버리게 만든 촌닭 조 부자입니다.

정 부윤 장천아, 가서 이 녀석을 좀 패 줘야겠다.

(정원화를 만나는 동작)

정 부윤 장천아, 이 짐승 같은 놈을 때려 주어라.

장천 저분은 도련님이고 저는 보잘것없는 심부름꾼인데 어찌 감히 때리겠습니까?

정 부윤 (화내는 동작) 네가 못 하겠다면 내가 하마. 어서 판자를 가져오너라. (때리는 동작) 이런 개망나니 자식!

장천 망나니라뇨, 망나니가 어디 있다고.

(때려 죽이는 동작)

정 부윤 원화 이놈!

장천 (코를 만져 보는 동작) 아이코, 돌아가셨습니다. 돌아가신 마당에 원화는 무슨.

정 부윤 장천아, 이 부랑자 같은 자식이 맞아 죽었으니 어서 이 시체를 구덩이에 처넣어라. 나는 먼저 돌아가겠다. (시로 읊는다)

공명을 구하라고 서울로 보냈더니
서럽게 비천하고 더럽혀질 줄이야.

이렇게 가문에 먹칠을 하고 수치를 줄 거라면

차라리 아들 없이 한평생 혼자 지내는 게 낫지.

(퇴장한다)

조 부자 (알리는 동작) 아선 아씨, 정원화가 행화원에서 아비 정 상공에게 맞아 죽었어요.

이아선 (황망히 다가가서 보는 동작) 아, 선비님! 정말 돌아가셨네요.

【매옥랑】

온몸이 선혈로 피범벅이 되었구나.

나는 여기서 바라만 보고 있고

도련님은 저기서 정신을 잃으셨네.

다가가서 수레바퀴 자국에 고인 빗물을

두 손 가득 떠다가

입속에 천천히 흘려 넣고

얼굴에 살짝 뿌려 보자.

【감황은】

돌아가셔도 가묘에 묻히지도 못하시고

여기에 버려져 세상을 하직하시나.

(부르는 동작) 원화 도련님, 일어나세요. 어서 일어나세요.

사랑을 탐하다가

목숨을 가벼이 하시고

먼지가 되어 버리네.

정원화 (깨어나는 동작) 아이코, 깨긴 깼는데 왜 이렇게 아프지?

이아선

깨어났다고 말을 하시는 걸 보니

선비님이 정신이 돌아오셨나 봐.

(정원화가 놀라서 다시 쓰러지는 동작)

이아선 서방님, 저 여기 있어요.

정원화 (일어나는 동작) 아가씨, 남들이 비웃든 기생 어미가 화내든 내 아비가 나무라고 미워하든 상관없어요.

이아선

저도 남들이 비웃든

못된 어미가 진노하든

당신 아버지가 미워하시든

두렵지 않아요.

【채다가】

그저 당신이 순식간에 죽어 가

가시덤불에 버려지는 게 두려울 뿐.

그리고 다른 사람이 멋들어진 내 낭군 앗아 가는 게 두려울 뿐.

정원화 당신 어머니는 정말 지독해요.

이아선 우리 어머니도 지독하지만

저도 참고, 참고, 또 참았지요.

정원화 아버님은 참 아프게도 때리시네.

이아선

아버님이 때리시다니요.

이 지경이 되게 만든 게 누군데요?

(할멈이 등장한다)

할멈 날 달려오게 만든다니까. 이놈 자식, 어서 꺼지지 못할까. 어서 꺼져!

이아선 어머니가 짚은 호리호리한 지팡이는 사실 지팡이가 아니랍니다.

【황종살】
선비님 때려잡는 뽕나무 몽둥이지요.
하늘하늘 두른 치마도 치마가 아니랍니다.
낭군님 목 졸라 죽이는 축축한 무명 바지랍니다.
낭군님 맞이할 땐 그리 부산 떨다가도
낭군님 쫓아낼 땐 어찌나 사나운지.
어머니는 자비롭고 딸은 효성스럽다고 누가 그랬나요?
어머니가 어질지 않으니 전 화가 치밉니다.
집에 가서 속 시원히 다 쏟아붓겠어요.
내가 스스로 목을 매든지
자결을 하든지 할래요.
관가에서 알면
분명히 국문을 할 겁니다.
한 번 물을 때마다
한바탕 고문을 하겠지요.
벼슬아치들이 친절할 리 있겠어요?
관원들한텐 빌붙을 방법도 없어요.
어머니가 엉엉 울면서 감금당하고

칼을 쓰게 만들겠어요.

그때 가서는

관아에서 철퍼덕 앉을걸요. "어머니 어떻게 왔어요, 춥고 쓸쓸하게 홀몸으로!" 하고 누가 물으면 이 모두 저 빌어먹을 놈이 한 짓이라고 대답하시겠죠.

완전 빈털터리에

오히려 손해나 보게 될걸요.

(할멈이 이아선을 끌고 퇴장한다)

정원화 저 기생 어미는 참으로 모진데, 이아선은 참으로 잘도 참고, 나 정원화는 참 고달프기도 하구나. 아선이 간신히 여기 온 것도 다 나를 생각해서인데, 어찌 저 기생 어미한테 끌려가다니. 나만 남겨 놓고, 게다가 성치 않은 이 몸으로 또 어디 가서 밥을 빌어먹는다? (탄식하는 동작, 시로 읊는다)

저 기생 어미는 배은망덕하게

외롭고 빈털터리에 반쯤 죽어 가는 나를 버려두네.

아무리 생각해도 살아갈 방도가 없으니

차라리 가서 각설이 타령이나 계속 부르자.

(퇴장한다)

제3절

중려

(이아선이 매향을 데리고 등장한다)

이아선 아무리 생각해도 우리 어머니는 너무 못됐어. 원화님이 돈 좀 있는 걸 보고는 함정에 빠뜨려서 쫓아내다니. 이제 늦겨울 날씨에 이렇게 눈마저 펑펑 쏟아지는데, 우리 낭군 원화님은 어디에서 추위에 떨고 계실까?

【분접아】

달 보는 누각, 바람 부는 정자
우리 어미가 대들보 잘못 놓아서
요즘은 제비고 꾀꼬리고 모두 흩어져 버렸답니다.
풍월이 있을 곳이 텅 비어 서늘하고
운우의 고향에 이끌림이 없고
꽃 피고 안개 낄 곳이 씻은 듯 썰렁합니다.
사람들은 이아선의 금생에 대해서 묻는데

우리 정원화 낭군님은 입신양명할 수 있을까?
매향아, 너 나랑 같이 우리 낭군님 찾으러 가자.

매향 이 추운 날 어디 가서 찾는단 말입니까?

이아선 이 계집은 정말 알지도 못하면서.

【취춘풍】

여기는 더운 물에도 눈꽃이 내려앉아

옥대야마저 살얼음이 어는데.

이렇게 눈보라 끊임없이 몰아치는 때에

그분은 얼마나 추울까, 추울까.

너는 상여가 드나드는 집마다 찾아다니고

초상집마다 방문하여 보고

하관하는 집이 있는지 물어보아라.

매향 가서 찾아보면 되잖아요.

(정원화와 조 부자가 등장하고 매향이 이들을 만나는 동작)

매향 저희 아씨가 찾고 있어요. 저희 집으로 가요.

정원화 (만나는 동작) 이봐요 아씨, 눈도 이렇게 많이 오는데 정말 얼어 죽겠어요.

이아선 매향아, 술을 가져다가 두 분께 드려라.

(정원화와 조 부자가 떨면서 술을 마시는 동작)

이아선 촌닭 조 부자님, 여기 잠시만 계시다가 우리 기생 어미가 오시면 기침을 해서 알려 주세요.

조 부자 알겠습니다.

이아선 원화 낭군님, 정말 추우시죠?

【십이월】

천지 가득 추위가 내려앉은 겨울 저녁

온 우주에 옥가루를 빻아서 뿌리고 있네.

긴 골목엔 음산한 바람이 싸늘하게 몰아치고

정수리엔 냉기가 준엄하게 맺히네.

참으로 쓸쓸하구나.

당신이 정숭鄭嵩처럼 소아蕭娥를 살해한 것도 아니잖아요.

성은 같은 정씨지만 이름이 다른데.*

【요민가】

당신은 정원화인데 혹한정酷寒亭에는 또 왜 가서

우리 기생 어미 지푸라기 불에 지짐을 당하나요.

저 비단 원앙을 잡아서 못살게 굴다가 또 털을 뽑지 않나

비목어를 낚아서 회를 뜨고도 비리다고 싫어하지 않나.

우리 어미는 타고난, 타고난 돈벌레예요.

정원화 세상 누구도 이보다 지독하진 않을 거요.

이아선 기생 어미는 하나같이 돈독이 올랐지요.

(할멈이 등장한다)

할멈 매향아, 문 열어라!

매향 아씨, 어머니가 오셨어요. 어쩌면 좋아요?

(조 부자가 계속해서 기침하는 동작)

이아선

【만정방】

아!

원화 낭군님 깜짝 놀라셨네.

저기 어미가 왔어요

분명 선비님들의 재앙이지요.

이 아우성은 한도 끝도 없으니

착하디착한 선비님 돌아가시겠네.

할멈 (만나는 동작) 아, 이놈의 거지, 왜 또 온 거야?

(조 부자가 다시 기침하는 동작)

이건 촌닭 조 부자잖아, 우리 집이 무슨 거지 수용소도 아니고 어쩌자고 이런 거지들을 전부 데려다 놓는 거야?

이아선

됐어요,

어머니는 기생집에서 눈 맞아 놀아난 죄명을 씌워

『악장집』*을 뒤져서 의법 시행하여

칼 채우고 못질하시지요.

풍류 많은 임천 현령한테 물어보세요.

임자는 임자 편을 들어 주지 않을까요?

할멈 봐라, 저자는 쫄딱 망해서 신세 망치고 무일푼인데 저자를 집에다 들여서 어쩌자는 거니?

이아선 어머니, 다 어머니 꾐에 빠져서 이리 된 거예요.

【쇄해아】

황금을 북두칠성까지 쌓아 둔 건 아니지만

그래도 집에 재산이 좀 있었다고요.

어머니가 거짓과 가식으로 대하며

그의 주머니를 탈탈 털었잖아요.

돈이 있을 땐

온 일가가 금이야 옥이야 소중히 대하다가

돈이 없어지니

순식간에 눈엣가시처럼 미워하며

집에서 쫓아낼 궁리를 일찌감치 끝내셨더군요.

이까짓 파리만 한 사소한 이익 때문에

나의 창창한 앞길을 망쳐 버리다니요.

할멈 봐라, 이 비단 커튼과 비취 병풍을 저 거지에게 내줄 테냐?

이아선

【삼살】

비단 커튼이며 비취 병풍을 무엇하러 들먹이시나요?

저이가 어머니의 함정에 걸려든 것뿐인데.

날아 봐야 천 겹 만 겹 그물을 어찌 뚫고 나가며

뛰어 봐야 천 길 만 길 구덩이를 어찌 뛰어넘겠어요?

정원화가 몸소 보여 준 셈이죠.

할멈 이년아, 어서 저놈을 쫓아내지 못해? 매를 벌 셈이냐?

이아선

어머니가 저이를 뒤채에서 쫓아내신다면

저는 기필코 눈물로 만리장성을 무너뜨릴 거예요.*

(조 부자가 기침하는 동작)

할멈 이봐, 촌닭 조 부자, 돈 있을 땐 다 유도화네 집에서 써버리고 우리 집엔 한 푼도 안 쓰더니만 왜 유씨 집에 가서 구걸하지 않고 우리 집으로 오는 거야? 경우도 없네.

조 부자 정원화는 내가 당신 집으로 소개해서 데려다준 것이고, 처형 이아선한테도 술을 몇 번 냈단 말이오. 오늘 나한테 술 한 잔 나눠 주는 것도 다 적선인데, 어떻게 이럴 수 있소?

(할멈이 조 부자를 때려서 퇴장시키고 다시 정원화를 때린다)

(이아선이 막아서는 동작)

이아선

【이살】

나는 죽어도 저이와 같이 죽고
살아도 같이 살겠어요.
제멋대로 트집 잡고 분란을 일으키신다면
누각을 내던지고 함께 푸른 무덤으로 가 버릴 테니
다시는 홍루紅樓에 올라 악기 만지게 할 생각일랑 마세요.
내가 맑고 바르기 때문이 아니라
바로 저이를 위해
별과 달을 걸고
영원한 사랑을 맹세하겠어요.

할멈 열녀 춘향이 나셨네. 그래 넌 사천향謝天香*이다.

이아선

【미살尾煞】

나야말로 진정한 사천향이죠.

할멈 그럼 저자가 유영柳永이란 말이냐?

이아선 지금 비웃는 거예요?

저이는 유영보다 한 푼 한 냥도 모자라지 않아요.

할멈 내가 이미 다 재 봤어.

이아선

어머니가 저울추만 제대로 달아 주신다면요.

할멈 이 바닥 사람들로 말하자면 입는 것 먹는 것 어느 것 하나 돈 안 드는 일 있냐? 네가 나한테 돈 벌어다 주는 것 말고 뭘 할 건데?

이아선 정원화는 엄청나게 많은 돈을 전부 우리 집에 쓰고 지금 빈털터리가 된 거예요. 하늘과 땅을 배신하고 양심을 속이면 천지신명에게 벌 받아요. 이제 어머니도 예순이 넘었으니 저 이아선이 가진 모든 것을 돌려 드리겠어요. 이십 년 입고 쓰실 것은 될 거예요. 저 이아선을 속량하여 주시면 정원화와 함께 거처할 곳을 마련해서 저이가 전심으로 경서를 공부하게 할 거예요. 그러면 내년 과거 시험장에서 뜻하는 바를 이루게 될 거예요.

할멈 무슨 소리냐? 넌 아직 꽃다운 청춘인데 천년만년이 걸려도 출세하지 못할 이까짓 거지와 살겠다니, 내가 어찌 허락하겠니? 넌 그저 웃음이나 팔면서 네가 본래 하던 짓이나 계속해라.

이아선 어머니, 제 뜻대로 하지 않으신다면요, 들어 보세요.

저더러 웃음이나 팔라신다면
저를 한참 기다려야 할 거예요.

(정원화를 데리고 퇴장한다)

할멈 이년 좀 봐. 정원화를 데리고 가 버렸네. 세상에! 저 더럽고 냄새 나는 거지와 같이 살겠다고? (시로 읊는다)

돈 벌어 올 생각은 하질 않고
못돼 먹은 젊은이나 사랑하다니.
저 녀석 노래 잘하는 게 그리 좋아?
둘이서 손잡고 거지굴에나 들어가 버려라.

(퇴장한다)

제4절

쌍조

(정 부윤이 장천을 이끌고 등장한다)

정 부윤 행원에서 내 아이를 때린 뒤로 지금까지 종적을 알 수 없습니다. 아침에 보고받기를 새 현령이 인사하러 온다는데 저와 성이 같다는군요. 장천아, 문 앞에서 지키고 있다가 현령이 오면 나에게 알려라.

장천 알겠습니다.

(정원화가 사모관대 차림으로 아전을 이끌고 등장, 시로 읊는다)

천 마디 말로 황제와 독대해도 해는 아직 중천
한달음에 부임지 낙양으로 날아왔도다.
당시에 아름다운 사람의 힘을 빌리지 않았더라면
하마터면 살길 막막한 비렁뱅이 될 뻔했지.

소관은 정원화입니다. 이아선이 나를 집에 거두고는 각고의 노력으로 뜻을 다해 학업에 전념케 하여 마침내 과거에 급제하고 이제 낙양 현령으로 임명되었습니다. 이제 막 임지에 도착했으니 낙양부의 부윤께 인사를 드려야겠어요.

(장천이 알리는 동작, 만나는 동작)

정 부윤 너는 내 아들 정원화가 아니냐?

정원화 어림없는 말씀입니다. 제가 어찌 나리의 아들입니까? 여봐라 말을 대령하라, 어서 가자.

(퇴장한다)

정 부윤 분명히 정원화와 똑같이 생겼는데 아니라고 하네. 무슨 말 못할 사정이 있는 걸까? 장천아, 저자가 보내온 이력을 가져와라.

장천 이력서 여기 있습니다.

정 부윤 (보는 동작, 웃으며 말한다) 내 아들 정원화 맞구먼.

장천 저도 새로 오신 현령이 나리와 정말 닮았다고 생각했습니다.

정 부윤 내가 행원에서 때린 일로 부자의 인연이 끊어졌기에 일부러 모르는 척하는 것이다. 이력에 그의 처가 이씨라고 씌어 있으니 분명 그 기녀일 것이야.

장천 그 행수가 이아선이라고 했으니 이씨 맞네요.

정 부윤 내 생각에 원화 녀석이 깨어난 뒤 이아선이 거두어다가 공부를 시키고 공명을 이룬 것이 분명해. 참으로 어질고 은혜로운 이로구나. 내 이제 그 며느리를 만나 원화더러 나를 인정하라 시키면 되겠지. 장천, 말을 대령해라. 내 신임 현령 사택에 한번 가 봐야겠다.

(퇴장한다)

(정원화가 이아선과 함께 아전, 매향을 이끌고 등장한다)

정원화 부인, 내가 이미 썩은 나무요 타 버린 재와 같은 신세였는데, 만약 부인이 날 구해서 내조해 주지 않았더라면 어찌 이렇게 될 수 있었겠소?

이아선 서방님, 이런 날이 올 줄을 누가 알았겠습니까?

【신수령】

봄바람의 따스한 기운 퍼져

온 명가 골목에 가득 채우니

제비며 꾀꼬리 노랫소리 귓가에 들려오는 듯.

예전에 나는 술자리에서

구성지게 노래하고 사뿐사뿐 춤추었지.

이 절묘한 춤사위 맑은 노랫가락

빠짐없이 숙달했지요.

정원화 부인, 오늘 우리 부부가 두루두루 잘되었으니 옛날 어려웠던 시절을 잊지 말아야지요. 내가 가난한 사람들을 구제하고자 돈을 좀 희사하려 하오. 많이 어려운 사람에겐 천 닢을, 조금 어려운 사람에겐 오백 닢을 말이오.

이아선 서방님, 좋은 생각이십니다.

【침취동풍】

나도 몇 번이나 마음속으로 생각해 보았지.

이게 꿈이 아닐까?

그땐 한 푼도 얻을 데가 없었는데

오늘 이렇게 넉넉할 수 있다니.

서방님 내세의 운명이 어떨는지?

대자대비 염불만 외우시면

인과응보의 좋은 열매를 거둘 거예요.

(조 부자가 등장한다)

조 부자 듣자 하니 신임 현령이 희사를 한다고 하니, 나도 가서 용돈 좀 얻고 밥이나 좀 빌어먹어야겠다.

(만나는 동작)

이아선 이게 누구야, 촌닭 조 부자 아니신가요?

【안아락】

저희는 그럭저럭 지낼 만한데

당신은 지내시기 어려운가요?

아, 거지굴의 왕초시구먼요.

저를 알아보시겠어요?

조 부자 누구시더라?

이아선

전 바로 명가 골목의 돈 잡아먹는 기생이었답니다.

조 부자 아, 처형 이씨로군요.

이아선

【득승령】

왕년의 거지 동료 정원화를 알아보시겠어요?

(정원화가 만나는 동작)

정원화 여보, 저 사람은 누구요?

이아선

저 사람은 당신 동료였던 그 친구예요.

당신이 좌판 깔고 요령 흔들며

이 관아를 바라보며 만가를 가르쳐 주던 친구요.

촌스러우시긴,

내가 기녀 출신이라고 싫다 하시더니만

문 앞에 거지 후배들 잔뜩 있다고 으스대시긴.

정원화 촌닭 조 부자는 나와 동고동락했던 사람이야. 여봐라, 오천 냥을 가져다 그에게 주어라.

조 부자 (무릎을 꿇고 소리치며 말한다) 나리마님 고맙습니다. 복 받으세요.

(퇴장한다)

(할멈이 등장한다)

할멈 한 푼 줍쇼, 한 푼 줍쇼.

이아선 문밖에 또 누가 소란이냐. 내 나가 봐야겠다.

(만나는 동작)

【천발도】

계단 아래 왁자지껄

시끌벅적한 것이 어인 일일까?

모습을 보자 하니

머리엔 까치집 짓고

눈엔 눈곱투성이,

얼굴은 숯 검댕이.

누구일까?

아, 바로 심보 고약한 기생 어미구나

구걸에 쓰는 동냥 그릇도 다 깨졌네.

(좌우에서 때리는 동작)

할멈 네가 내 밥그릇을 깨 버렸어.

이아선

【칠제형】

내가 죽도록 미웠을 텐데 어찌 사셨을까?

송구영신 한번 제대로 하셨네요.

이렇게 처참한 신세로 끝나시다니.

손바닥을 펴서 '한 푼 줍쇼!'라니요.

전날 이십 년 쓸 정도를 쳐서 드렸는데 어쩌다가 이렇게 되셨어요?

할멈 어느 날 벼락을 맞아 집과 가재도구가 모두 불타 버려서 이리 되었단다.

이아선

【매화주】

아하!

그 불에는

어머니의 교활함도 소용없고

꼼수도 부리지 못하여서

속수무책 일찌감치 끝장이 나 버리셨군요.

그 불은 순식간에 외시

갑자기 타올랐군요.

불탄 자리에서 누워 주무시며

두 눈 부릅뜨고 어찌 지내셨어요?

돈만 밝히며 악독한 계책을 부리다가

하늘의 벌을 받으셨군요.

정원화 할멈이 나를 내쫓았던 걸 생각하면 알은체하지 말아야겠으나 내 부인이 속신하도록 허락한 걸 생각하면 그래도 정분이 있는 셈이지. 그러니 이제 별채를 하나 마련해서 철철이 입고 먹을 비용을 주고 평생 모셔야겠다.

할멈 전날 내게 이십 년 쓸 돈을 주었지만 불이 나서 깡그리 태워 먹었다. 또 불이 나면 이것도 보전할 수 없다. 딸아, 내 생각에 넌 아직 나이가 창창한 청춘이니 옛날처럼 나랑 같이 돈을 버는 게 낫지 않겠니?

(좌우에서 소리치는 동작, 할멈 퇴장한다)

(정 부윤이 등장한다)

정 부윤 벌써 사택 문 앞에 도착했군. 장천아, 가서 현령 부인에게 내가 왔다고 알리거라.

장천 (알리는 동작) 부인 계십니까? 노상공 부윤께서 오셨습니다.

이아선 (황급히 맞이하며 무릎 꿇는 동작) 오시는 줄 알았더라면 멀리 나가서 영접할 것을, 제때 맞이하지 못함을 꾸짖지 마십시오.

【수강남】

아!

누추한 곳에 갑자기 귀하신 분이 오시니

다급한 마음 내 어찌 게을리 영접하오리까?

정 부윤 며늘아가, 내 당초 행원에서 내 아이를 한바탕 때린 것은 사람 되라고 그리한 것이다. 오늘 내 아이가 벼슬에 오르더니 나를 알은체하지 않는다. 아가야, 나 대신 물어 다오, 이게 어찌 된 까닭인지?

이아선

두 분 아버님 부자지간에 화합하지 못할 일 뭐 있다고

저한테 그런 중요한 일을 시키십니까?

온 가족이 제대로 화목하여 껄껄 웃게 될 겁니다.

서방님, 어찌하여 시아버님을 모르는 체하십니까?

정원화 아비와 자식 사이는 나면서부터라고 들었소. 아들이 불효하여도 아비 된 자는 거듭거듭 돌아보는 은혜를 잃지 않아야 하고, 아비가 인자하지 못하여도 아들 된 자는 아침저녁으로 문안을 소홀히 하지 말아야 합니다. 이런 까닭에 지극히 악한 호랑이나 늑대라 하여도 그 자식을 먹지 않음은 그 본성이오. 나 원화가 초상집에서 만가를 부르고 있을 때 아버지에게 맞아 죽었던 것은 나 스스로 욕됨을 취한 일이니 원망할 것이 뭐 있겠소? 그렇지만 손을 잘못 쓴 것에 대해서는 과연 후회하는 마음이 없을 수 있을까요? 사람들을 시켜서 돌봐 주고 살리려고 했어야지. 그랬는데도 죽어 버렸다면 그때는 시신을 수습해서 외관이라도 갖춰 묻어 줬어야지, 황야에 이슬 맞도록 버려두고는 걱정하는 마음이 조금도 없었단 말이오? (탄식하는 동작) 아, 잔인하기도 하지! 정원화 이 몸은 아비가 낳은 것이 아니란 말인가요? 그런데도 아비는 나를 죽였어. 이제부터 하늘과 땅의 도움에 맡기고 부인에 의지하여 여생을 보낼 것이니, 아비와 무슨 상관이 있다고 알은척을 한단 말이오? 아비의 정이 끊어졌으니 의리도 함께 끊어진 것이오. 부인께선 더는 이야기하지 마시오.

이아선 서방님, 행원에서 매를 맞으실 때 소첩 또한 죽음으로써 보답하려 했으나 구차한 목숨 지금까지 이어 온 것은 서방님의 공명을 이루기 위해서였을 뿐입니다. 이제 다행히 과거에 급제하여 가문을 빛내게 되셨고 소첩 또한 외람되게도 주상께서 내리시는 하피, 봉관을 받고 벼슬아치의 부인인 현군이 되었습니다. 그러나 온 천하가 모두 정원화는 아비를 배신하고 하늘을 거슬렀다며 그 허물을 저에게 돌릴 것이니, 소첩이 무슨 얼굴로 이 세상을 대하겠습니까? 차라리 이 칼로 제 목숨을 거두는 게 낫겠습니다.

【원앙살】
이제부턴
나란히 맺힌 꽃술도 생으로 떼어 버리고
쌍쌍으로 묶은 매듭도 기필코 갈라 버리겠어요.
이는 만고의 윤리 도덕이니
뭇사람들이 입방아를 찧을 거예요.
패륜의 죄가 하늘까지 닿았다고 떠들어 댈 테니

어떻게 감당하실래요?

(정원화에게 절하는 동작) 서방님, 소첩이 오늘 어찌 이 한목숨을 아끼겠어요? 정원화가 죽어서 욕된 자식이 된 것도 모두 저 이아선 때문이요, 살아서 개망나니가 된 것도 모두 저 이아선 때문이라고들 할 거예요.

모두 나 이아선 천한 기생 때문에
당신의 이름을 더럽힌다면
차라리 우물에 강물에 뛰어드는 게 낫겠어요.
일품 부인으로 봉해 준들 영예롭지 못할 거예요.

정원화 (황급히 칼을 빼앗는 동작) 부인, 어찌하여 이렇게 성미가 급하오? 내 부인의 얼굴을 보아서라도 아버지께 인사를 드리겠소.

정 부윤 이 녀석 좀 봐라.

(정원화가 이아선과 함께 절하는 동작)

다행히 내 아들이 나를 알은체하는구나. 또 현숙한 며느리까지 얻었으니 어서 양을 잡고 술상을 차리거라. 축하의 잔치를 벌이자. (사로 읊는다)

친하기로는 부자 관계가 원만한 것이 가장 친한 것이고
사랑으로는 부부 사이 다정한 것이 가장 큰 사랑이지.
풍류스러운 학사 정원화와
절세미인 이아선이
곡강지에서 서로 만나 사랑을 나누더니
행원의 일 이후로 심지가 더욱 굳어졌네.

용문에 뛰어올라 계수나무 가지 꺾고 과거에 급제하니

각설이 타령 「연화락蓮花落」만이 후세에 남아 전하네.

제목: 정원화는 거지굴에서 눈보라 맞고

정명: 이아선은 곡강지에서 꽃놀이하네

두아의 억울함이 천지를 움직이다感天動地竇娥冤

관한경關漢卿

복아(卜兒) 채(蔡) 노파

정단(正旦) 두아(竇娥)

충말(冲末) 두천장(竇天章)

정(淨) 새노의(賽盧醫), 초주(楚州) 태수 도올(檮杌), 사형장 관원

부정(副淨) 장려아(張驢兒)

발로(孛老) 장려아의 아비

외(外) 사형 감독관, 후임 태수

축(丑) 호송관

사형 집행관

설자

선려

(채 노파(복아卜兒)가 등장한다)

채 노파 (시로 읊는다)

꽃은 언젠가 다시 필 날 있겠지만
사람은 젊어질 날 다시 오지 않네.
부귀영화도 소용없어
맘 편한 게 신선이지.

저는 채 노파입니다. 초주楚州 사람으로 세 식구였어요. 불행하게도 남편은 일찍 죽고 올해 여덟 살 되는 아들 하나와 단둘이서 살지요. 그런대로 돈은 좀 있어요. 여기 두竇 선비가 작년에 은자 이십 냥을 빌려 갔는데, 지금 원금과 이자가 은자 사십 냥이 되었답니다. 내가 여러 번 채근했지만 두 선비는 가난해서 줄 돈이 없다고만 하네요. 그 사람한테 올해 일곱 살 먹은 깜찍하고 예쁜 딸아이가 하나 있답니다. 전 그 애가 마음에 들어 우리 집 며늘아기 삼았으면 싶어요. 그 대신 빚 은자 사십 냥을 없던 일로 해 준다면 이게 바로 누이 좋고 매부 좋은 일 아니겠습니까! 두 선비는 오늘이 길일이라 직접 딸을 데려오겠다고 했습니다. 전 빚 받으러 나가지도 않고 집에서 기다리고 있지요. 두 선비가 올 때가 되었는데요.

(두천장竇天章〔충말冲末〕이 단운端雲〔정단正旦〕을 이끌고 등장한다)

두천장 (시로 읊는다)

비단보로 싼 책 만 권이나 읽고도
찢어지게 가난했던 불쌍한 사마상여司馬相如.*
하루아침에 한漢나라 황실의 부르심 받으니
술 팔던 때가 언제던가 「자허부子虛部」만 읊어 대네.

소생은 수도 장안長安 사람 두천장입니다. 어려서부터 유학儒學을 익혀 학식을 갖추었으나 시운이 따르지 않아 아직 입신양명을 못했습니다. 불행히 처는 세상을 떠나고 이 딸아이만 덩그러니 남았지요. 이름은 단운인데 세 살 때 어미를 여의고 지금 일곱 살이 되었습니다. 소생은 빈털터리인 채 이 초주 지역으로 흘러들어 와 살게 되었지요. 이곳엔 채 노파라고, 돈푼깨나 있는 노파가 살고 있답니다. 소생이 돈이 없어 그 노파에게 은자 이십 냥을 빌렸는데 지금은 원금과 이자 합쳐 사십 냥을 갚아야 합니다. 여러 번 독촉을 해 왔지만 갚을 돈이 어디 있어야지요? 그런데 뜻밖에도 채 노파가 종종 사람을 보내 소생의 여식을 며느리로 맞고 싶다 하지 뭡니까? 게다가 올봄 과거 시험 공고가 나고 시험장이 열리면 서울로 올라가 응시해야 하는데 여비가 없어서 죽을 맛이었습니다. 소생한테는 달리 도리가 없네요. 딸 단운을 채 노파의 며느리로 줄 밖에요. (한탄하는 동작) 휴! 이게 무슨 며느리로 주는 거야? 팔아 버리는 거지. 먼젓번에 빌린 은자 사십 냥을 없던 걸로 하고, 거기에 소생이 과거 시험 볼 비용만큼만 좀 더 받아 낸다면 더 바랄 것이 없습니다. 말하는 사이 벌써 그 집 문 앞에 당도했군요. 할머니, 계십니까?

채 노파 (등장한다) 선비님, 안으로 들어와 앉으세요. 이 늙은이가 한참을 기다렸습니다. (서로 인사하는 동작)

두천장 오늘 제 여식을 할머니께 데려왔습니다. 며느리 삼아 달란 말을 어찌 하겠습니까? 그저 할머니께서 아침저녁으로 심부름이나 시키세요. 저는 지금 입신양명하러 서울로 떠나는 길에 이 여식을 이곳에 두고 갈 것이니 할머니께서 잘 좀 돌봐 주셨으면 합니다.

채 노파 이리 되면 선비님은 내 사돈이에요. 은자 사십 냥 빚이 있지만 옜소, 여기 돈 빌린 서류를 돌려주리다. 또 은자 십 냥을 여비로 드리겠소. 사돈! 적다고 타박하지 마시오.

두천장 (감사 인사하는 동작) 할머니, 정말 고맙습니다. 은자도 많이 빌렸는데 모두 갚을 필요 없다 하고 여비까지 얹어 주시다니요. 훗날 반드시 이 은혜를 크게 갚겠습니다. 할머니! 제 여식이 좀 모자란 구석이 있어도 소생을 봐서 잘 좀 돌봐 주십시오.

채 노파 사돈! 그런 말 하지 마시오. 따님이 우리 집에 들어오면 친딸처럼 대해 줄 것이니 안심하고 떠나시오.

두천장 할머니! 단운 저 아이가 설사 맞을 짓을 하더라도 소생을 봐서 말로 나무라 주세요. 나무랄 짓을 하면 타일러 주세요. 애야! 너도 내 곁에 있을 때완 다르단다. 난 네 친아비니까 네 맘대로 했지만, 이제 여기서 고집을 부렸다간 욕을 먹고 매를 벌게 될 뿐이야. 애야! 나도 어쩔 도리가 없구나. (슬퍼하는 동작)

【상화시】

나 역시 무일푼에 생계가 막막하니
친자식 떼어 놓고 생이별하네.
오늘 저 멀리 낙양으로 떠나면
언제 다시 돌아올지
그저 넋 놓고 있네.

(퇴장한다)

채 노파 두 선비가 자기 딸을 며느리로 주고 그 길로 과거 시험 보러 상경했구나.

두아 (슬퍼하는 동작) 아버지! 정말 날 버리고 가시다니요?

채 노파 며늘아기야! 우리 집에서 나는 시어머니, 너는 며느리이니 친혈육처럼 지내자꾸나. 울지 말고 나랑 같이 일이나 보러 가자꾸나.

(함께 퇴장한다)

제1절

선려

(새노의賽盧醫*〔정淨〕가 등장한다)

새노의 (시로 읊는다)

치료는 어림짐작으로 하고
처방은 『본초本草』*대로 하네.
죽은 자를 살리기는커녕
산 사람도 황천길로 보낸다네.

저는 노가입니다. 사람들은 제가 용하다며 모두 '새노의'라고 부릅니다. 이곳 산양현山陽縣 남산南山에 약방을 차렸습니다. 성 안에 채씨 성을 가진 노파가 사는데, 제가 그 노파한테 은자 십 냥을 빌렸습니다. 지금 이자랑 합쳐서 이십 냥을 갚아야 합니다. 몇 번이나 빚 독촉을 해 왔지만 제겐 갚을 돈이 없습니다. 돈 받으러 안 오면 그만이지만, 설사 오더라도 다 생각이 있지요. 약방에 앉아서 누가 오니 보지.

채 노파 (등장한다) 저는 채 노파예요. 진즉에 이곳 산양현으로 이사 와서 내내 무탈하게 살고 있답니다. 십삼 년 전 두천장 선비가 딸 단운이를 며느리 삼으라 주고 간 후 그 애 이름을 두아라고 바꿨습니다. 결혼한 지 채 이 년도 안 되어 우리 아들놈 몸이 갑자기 허약해지더니 죽어 버렸어요. 며늘아기가 수절한 지 벌써 삼 년이나 되었으니 상복을 벗을 때가 왔네요. 며늘아기한테 알리고 성 밖 새노의 집에 돈이나 받으러 가야겠습니다. (길 가는 동작) 모퉁이를 돌고 집 귀퉁이를 도니, 벌써 그 집 문 앞에 도착했군. 새노의 있소?

새노의 할멈! 오셨소?

채 노파 은자 이십 냥을 갚을 때가 한참 지났으니 어서 갚으시오.

새노의 할멈! 집에는 돈이 없어요. 가게에 가서 주겠소.

채 노파 갑시다. (길 가는 동작)

새노의 예까지 오니 이리 봐도 저리 봐도 개미 한 마리 없네. 여기가 딱이야. 여기 밧줄을 가져왔지. 여봐요, 할멈! 누가 할멈을 부르는데?

채 노파 어디?

(밧줄로 채 노파의 목을 조르는 동작. 장려아張驢兒 부자(발로孛老, 부정副淨)가 뛰어 들어온다. 새노의는 황급히 달아나 퇴장한다. 발로가 채 노파를 구하는 동작)

장려아 아버지, 할멈이야. 목이 졸려 죽을 뻔했어.

장려아 아비 여보쇼, 할멈. 어디 사쇼? 이름이 뭐요? 무슨 일로 그놈이 목을 졸라 죽이려 한 거요?

채 노파 저는 채가예요. 성안에서 과부 된 며늘아기랑 단둘이 수절하며 살아요. 저놈 새노의가 내 돈 은자 이십 냥을 안 갚아 오늘 받으러 갔었지요. 근데 날 인적 없는 곳으로 유인해서 목 졸라 죽이고는 돈을 떼먹으려고 하지 뭐예요. 영감님과 젊은이를 만나지 못했다면 저세상 사람이 될 뻔했어요.

장려아 아버지, 들었지? 할멈 집에 과부가 또 있대. 할멈 목숨을 구했으니 우리한테 사례를 해야지. 아버지는 이 할멈을, 난 그 며느리를 달라고 하면 누이 좋고 매부 좋은 일이잖수. 아버지가 말해 보슈.

장려아 아비 이봐, 할멈! 할멈한테는 남편이 없고 난 마누라가 없으니, 할멈이 내 마누라 하면 어떻겠소?

채 노파 그게 무슨 소리예요? 집에 가서 사례를 두둑하게 드릴게요.

장려아 그럴 생각도 없으면서 일부러 돈을 주니 마니해서 우리를 속여 보겠다? 새노의가 놓고 간 끈이 여기 있으니, 원래대로 할망구를 목 졸라 죽여 버리겠어. (끈을 내놓는 동작)

채 노파 젊은이! 잠깐만 생각 좀 해 봅시다.

장려아 생각은 무슨 생각? 할멈은 우리 아버지랑 살고 나는 할멈 며느리랑 살겠단 말이야.

채 노파 (방백으로) 저놈의 말대로 하지 않으면 또 날 죽이려 들겠지. 돼, 돼, 됐소, 나랑 같이 우리 집에 갑시다. (함께 퇴장한다)

두아 저는 초주 사람 두단운입니다. 세 살 때 어머니를 여의고 일곱 살 때 친아버지와 헤어졌습니다. 아버지는 저를 채 노파에게 며느리로 주었고 그 후 두아로 이름을 바꿨지요. 열일곱 살이 되어 지아비와 혼례를 치렀는데 불행히도 남편이 요절해 버렸어요. 벌써 삼 년이 흘러 제 나이 스무 살입니다. 이 남문 밖에 사는 새노의란 자가 시어머니 돈을 빌려 가 이자와 원금이 이십 냥이 되었습니다. 여러 번 독촉했는데도 여태 갚지 않고 있어 오늘 어머님께서 직접 받으러 가셨습니다. 두아야! 너도 참 팔자 사납다!

【점강순】

뱃속에 근심 한가득
몇 년을 버텨 왔는지
하늘은 아실까?
내 사연을 아신다면
하늘도 야위리라.

【혼강룡】

저 밤과 낮에게 물어보네.
끼니 거르고 잠 못 드는 날 언제쯤 끝이 날까요?
어젯밤 꿈이
온종일 맴도네요.
흐드러진 꽃가지 규방 문에 가로걸려 눈물 자아내고
휘영청 둥근 달 규방 누각에 걸려 애끊게 하네.
늘 조마조마 가슴 졸이고
울적함에 양미간 찌푸리며

갈수록 심란하고

마음만 헝클어지네.

이런 시름은 언제나 끝이 나려나!

【유호로】

팔자에 근심살을 타고났나

나처럼 가도 가도 끝없는 이가 있을까?

인심은 강물처럼 유구하지는 않다네.

세 살에 어미 여의고

일곱 살에 아비와 헤어져

이 집에 시집왔으나

남편 또한 요절했다네.

고부가 하나같이 독수공방하는 신세

누가 안부 묻고

누가 보살펴 주랴?

【천하락】

전생에서 피다 만 향불 있어

이승에서 화를 불렀나?

사람들아, 서둘러 덕을 쌓으시오.

어머님 봉양 잘하고

이 상복 잘 입으리라

꼭 지키리라.

돈을 받으러 가신 분이 왜 여태 안 돌아오시지?

(채 노파가 장려아 부자와 함께 등장한다)

채 노파　두 사람은 잠깐 문 앞에 있으시오. 내가 먼저 들어가겠소.

장려아　할멈, 먼저 들어가서 남편감이 문 앞에 와 있다고 하슈.

(채 노파가 두아를 만나는 동작)

두아　어머님, 오셨어요! 진지 드셔야지요?

채 노파　(우는 동작) 애야! 너한테 어떻게 말을 꺼내야 하니?

두아

【일반아一半兒】

무슨 일인데 주룩주룩 눈물만 흘리세요?

빚 받으려다 싸움이라도 하신 건가요?

내가 이렇게 다급히 인사 여쭈니

어머님 저렇게 까닭 말하려 하시네.

채 노파　남세스러워 어떻게 말을 꺼낸단 말이냐!

두아

멈칫멈칫 부끄러워하시네.

어머님, 무슨 일인데 괴롭게 우시는 거예요?

채 노파　내가 새노의한테 빚을 받으러 갔는데, 글쎄 그놈이 날 인적 없는 곳으로 속여 데려가더니 흉악을 부리며 내 목을 졸라 죽이려 했단다. 다행히 장 영감과 그 아들 장려아가 나를 구해 주었어. 그 장 영감이 나더러 자길 남편으로 맞아들이라 하니 걱정이구나.

두아　어머님! 말도 안 돼요. 다시 생각해 보세요. 우리 집에 먹을 게 없는 것도 아니고, 입을 게 없는 것도 아니고, 또 빚이 있어 빚 독촉에 시달리는 것도 아니잖아요. 하물며 어머님처럼 예순을 넘기신 분이 어찌 또 남편을 둔단 말씀이세요?

채 노파 얘야, 옳은 말이다. 하지만 그 부자 덕에 목숨을 부지했기에 그 사람들한테 집에 가서 목숨을 살려 준 은혜를 돈과 재물로 보답하겠다고 말했단다. 그런데 우리 집에 며느리가 있는 걸 어찌 알고, 당신네 할멈과 며느리는 남편이 없고 자기들한테는 마누라가 없으니 바로 천생연분이라지 뭐냐. 만약 자기들 말대로 하지 않으면 먼저처럼 목 졸라 죽이겠다지 뭐니. 그 순간 당황해서 나는 물론이고 너도 시집보내겠다고 했단다. 얘야, 어쩔 수 없이 그리한 것이란다.

두아 어머님! 제 말 좀 들어 보세요.

【후정화】

흉살 피하려면 좋은 날 받아야 하고
혼례 올리려면 향 새로 피워야 해요.
눈서리같이 하얀 쪽머리를 하고
노을빛 비단 천을 어찌 쓰시려고요?
여자는 나이 차면 치우라 했다지요.
어머님은 지금 육순 나이
중년 되면 만사 끝이란 말 이젠 못 하겠어요.
옛사랑의 마침표 꾹 찍고
새로 부부 되어 짝짜꿍한다면
공연히 남들 비웃음이나 사겠지요.

채 노파 난 순전히 저 두 사람 덕분에 목숨을 구했단다. 이렇게 된 마당에 남들이 비웃든 말든 상관없어.

두아

【청가아】

비록 저자가 구해 줬다 하나
새로 돋은 죽순처럼 어린 나이도 아닌데
눈썹 곱게 그리고 시집을 가실 건가요?
애초에 아버님이 떠나실 때
어머님을 위해
논밭은 물론
조석으로 먹을 것과
춥고 더울 때 입을 것을 마련하고
과부와 고아 되어
의지할 곳 없어도
백발까지 잘 살라
철석같이 바라셨는데.
아버님
괜한 고생 하셨네요.

채 노파　애야! 저들은 지금 장가들 생각에 기뻐 들떠 있는데 어떻게 돌려보낸단 말이냐?

두아

【기생초】

저들이 기뻐 들떠 있다고요?
전 되레 어머님이 걱정이에요.

기력이 없어 합환주가 목에 걸릴까 걱정이에요
눈이 침침하여 동심同心 단추를 못 채울까 걱정이에요
근심으로 연꽃 자수 이불에서 단잠 못 이루실까 걱정이에요.
화당畵堂 앞까지 풍악 울리려 하시나
이 인연은 손가락질당할 게 뻔합니다.

채 노파 얘야! 더 이상 왈가왈부하지 말거라. 저 두 사람 모두 문 앞에서 기다리고 있는데, 이렇게 된 이상 너도 남편으로 맞아들여라.

두아 어머님, 들이려면 어머님이나 들이세요. 전 싫어요.

채 노파 누구는 남편을 원한다던? 저 두 사람이 억지로 밀고 들어오는데 난들 어쩌겠니?

장려아 오늘 우리는 장가를 간다네. 때 빼고 광내고 오늘 새신랑 되었네. 오늘 백년손님이라네. 좋은 신랑, 좋은 남편, 그렇고말고, 그렇고말고! (아비와 함께 들어와 절하는 동작)

두아 (상대하지 않는다) 네 이놈! 비켜라!

【잠살】
여인들이여 남자의 말을 믿지 마소
어머님
설마 수절할 마음 접고
시골 늙은이
죽을 날 받아 놓은 자를 맞으실 건가요?

장려아 (인상 쓰는 동작) 우리 두 사람 이 몸 좀 봐봐. 서방은 골라 놨으니 때를 놓치지 말고 서둘러 혼례를 올리지고.

두아 (예를 행하지 않는다. 노래한다)

네놈이 잉꼬부부를 망가뜨렸구나.

어머님

부끄럽지도 않으신가요?

아버님이 여기저기 다니면서

탄탄하게 일군 재산에는 없는 게 없지요.

아버님을 생각하신다면

어찌 장려아한테 덥석 쥐여 줄 수 있나요?

장려아 (두아를 끌어당겨 억지로 절을 시키자 두아가 그를 밀쳐 넘어뜨리는 동작)

두아

이것이 남편 없는 여인의 최후로구나.

(퇴장한다)

채 노파 영감은 신경 쓰지 마시오. 생명의 은인을 내 어찌 모르는 척하겠소? 다만 저 며늘아기가 호락호락하지 않아 당신 아들을 들이지 않겠다 하는데, 내 어찌 영감을 떡하니 들일 수 있겠어요? 지금 좋은 술과 맛난 음식을 차려 두 사람을 집에 모셔 두고 며늘아기를 살살 달래 보리다. 그 아이가 마음을 돌리면 그때 다시 하도록 합시다.

장려아 이런 망할 년 같으니라고! 자기가 무슨 처녀라도 된 것처럼 한번 잡아당겼다고 이렇게 성질을 부리며 날 자빠뜨려? 그냥 넘어갈 순 없지! 맹세컨대 현생에서 네년을 내 마누라로 만들지 못하면 난 남자도 아니야. (사로 읊는다)

예쁜 여자 수천수만을 보아 왔지만
이 계집처럼 드센 년 아직 없었다네.
내가 사지에서 시어머니를 구했건만
어찌 죽기 살기로 내가 싫다 하는 게야?

(함께 퇴장한다)

제2절

남려

새노의 (등장하여 시로 읊는다)

소인은 황실 어의御醫 출신입죠

진료받고 몇이나 죽었는지 몰라요.

고발당할까 겁이 나서

하루라도 의원 문 닫은 적 있었나?

성안에 채씨 할멈이 살고 있지요. 은자 이십 냥을 빚졌는데 자꾸 찾아와 빚을 갚으라는 바람에 숨이 막혀 죽는 줄 알았어요. 내 잠시 짧은 생각에 인적 없는 곳으로 유인했다가 이름 모를 두 남자와 딱 마주쳤지요. "너른 천지에서 감히 포악스럽게 양민을 목 졸라 죽이다니!" 하며 꽥 소리를 지르데요. 전 놀라서 밧줄도 버리고 걸음아 나 살려라 도망쳤지요. 밤새 별일 없었지만 내내 얼이 빠진 채 있었어요. 인명은 재천인데 어찌 담벼락 위에 쌓인 먼지 보듯 가벼이 여기겠어요? 이제부터 하는 일을 바꿔서 죄업을 참회하고 덕을 쌓아 이전에 치료하다 죽은 목숨들 하나하나에 극락왕생하는 경문을 올릴 생각입니다. 소인이 바로 새노의입니다. 오로지 채 노파의 은자 이십 냥을 떼먹으려는 생각에 할멈을 외진 곳으로 유인해 막 목을 조르는데, 생각지도 않게 사내 둘이 나타나 할멈을 살렸습니다. 또 빚을 갚으라고 오면 할멈 얼굴을 어떻게 보지요? 흔히들 "삼십육계 중 줄행랑이 상책이다"라고 하잖아요. 홀몸이라 연루될 가족도 없으니 천만다행이에요. 값나가는 물건이나 챙겨 다른 곳에 몰래 숨어 지내면서 하는 일을 바꿔 생계를 꾸리면 감쪽같겠지요?

장려아 (등장한다) 저는 장려아입니다. 분하게도 저 두아 년이 죽어라 말을 들어 먹질 않네요. 지금 노파가 병이 났는데, 전 독약을 구해서 먹일 생각입니다. 할망구가 약 먹고 뒈지면 저 계집은 좋든 싫든 내 마누라가 되겠지요. (걷는 동작) 잠깐! 성안에는 사람들 눈도 많고 말도 많으니, 내가 독약 짓는 걸 보면 일이 시끄러워지겠지? 요 전날 남문 밖에 약방이 있는 걸 봤는데, 외진 곳이라 독약을 구하는 데 딱이겠어. (도착하는 동작. 부른다) 의사 선생! 약 지으러 왔소이다.

새노의 무슨 약을 지을까요?

장려아 독약이오.

새노의 누가 감히 독약을 지어 주겠소? 이 양반 담도 크네.

장려아 진짜 안 지어 줄 거요?

새노의 안 지어 주면 어쩔 건데요?

장려아 (새노의를 잡아끌면서) 좋아! 요 전날 채 노파를 죽이려던 놈이 바로 너지? 내가 못 알아볼 줄 알았지. 관아로 가자!

새노의 (당황하는 동작) 형씨, 이거 좀 놔 봐요. 줄게요, 줄게. (약을 주는 동작)

장려아 약을 얻었으니 봐주는 거야. 역시 놔줘야 할 땐 놔주고, 용서해야 할 땐 용서해야 된다는 말이 맞아. (퇴장한다)

새노의 재수가 없군! 방금 약 지으러 온 자가 바로 그 할멈을 구해 준 놈이라니! 오늘 그자한테 이 독약을 주었으니, 훗날 무슨 일이 생기면 나도 무사하지 못할 거야. 한시바삐 약방 문을 닫아걸고 탁주涿州로 가서 쥐약이나 팔아야겠다. (퇴장한다)

채 노파 (등장한다. 병든 모습으로 탁자에 엎드려 있는 동작)

장려아 아비 (장려아와 함께 등장한다) 이 늙은이는 원래 채 노파 집에 들어와 새신랑이 될 계획이었는데, 그 집 며느리가 한사코 고집을 부리며 거부합니다. 저 노파는 우리 부자 둘을 집에 들이고는 좋은 일은 서두르지 않는 법이라며 천천히 자기 며느리의 마음을 돌려 보겠다고만 하고 있지요. 그런데 저 노파가 병에 걸렸네요. 얘야! 우리 둘 사주 좀 봤냐? 국수는 언제 먹는다던?

장려아 사주는 무슨 사주요! 재주껏 하는 거지.

장려아 아비 얘야, 채 노파가 병이 난 지 며칠이 지났다. 나랑 병문안 가자꾸나. (채 노파를 보고 문안 인사하는 동작) 할멈! 오늘은 몸이 어떻소?

채 노파 썩 가뿐하질 않아요.

장려아 아비 먹고 싶은 건 없소?

채 노파 양내장탕이 먹고 싶어요.

장려아 아비 얘야, 두아한테 양내장탕 좀 끓여 할멈 먹이라고 해라.

장려아 (등퇴장문을 향해) 두아! 어머님이 양내장탕 먹고 싶대, 빨리 가져와.

두아 (탕을 들고 등장한다) 저는 두아입니다. 어머님께서 몸이 편찮으셔서 양내장탕이 먹고 싶다 하니 제가 직접 끓였습니다. 어머님, 과부만 있는 이 집에서는 의심받을 일이 있으면 매사 피해야 하거늘, 어쩌자고 이 두 부자를 집 안에 들이셨어요? 피도 살도 섞이지 않았는데 한 집살이 하니, 이웃들이 수군대지 않을 리가 있겠어요? 어머님, 몰래 혼인을 허락하셔서 저까지 부정한 여자로 만드시면 안 돼요. 여인네 마음이란 참으로 지키기 어려운 것이로구나.

【일지화】

평생 원앙금침 덮고 잠잘 줄만 알았지
어디 깊은 밤 빈방에서 잠 청할 줄 알았겠나?
본디 장가네 여인이었거늘
다시 이 서방 여자 되려 하네.
어떤 부인네들 서로 어울리며
살림 얘긴 하지 않고
쓸데없이 시시비비 따져 보지.
봉황 잡는 법이라고 알지도 못하면서 지껄이고
용 낚는 기술이라고 아는 척하면서 내뱉는다네.

【양주제칠】

탁문군卓文君처럼 새 남자 때문에 술 팔려는 것 같고
맹광孟光처럼 남편에게 거안제미擧案齊眉*하려는 것 같네.
머리 자르고 꼬리 잘라 그럴싸하게 말 만드니 얼마나 영리한가!
말만 듣고는 알아채기 힘들지만
하는 행동 보고는 알 수 있다네.
옛정은 잊어버리고
새 사랑만 좋다 하네.
무덤 위 흙이 마르기도 전에
새 옷으로 갈아입네.
남편 죽어 곡하다 장성을 무너뜨린 적 있던가요?*
비단 빨다 기꺼이 강물에 몸 던진 적 있던가요?*
산에 올라 님 기다리다 망부석 된 적 있던가요?
슬프고 부끄럽다!
여인네들 이토록 의리가 없다니요!
지극히 음탕하고 지조도 없네요.
옛 사람의 선례 있어 다행이네요
본성은 못 바꾼단 말 하지 마세요.

어머님, 양내장탕을 끓였으니 좀 드셔 보세요.

장려아 내가 가져가지. (맛보는 동작) 간이 덜 됐어. 소금 좀 가져와.

(두아가 퇴장한다)

(장려아가 약을 타는 동작)

두아 (등장한다) 소금 여기 있어요.

장려아 당신이 넣으시오.

두아

【격미】

네놈은 간이 덜 되어 맛없다고

양념 더 쳐야 감칠맛 난다 하네.

어머님 어서 쾌차하세요.

이 국 한 그릇은

온몸에 감로甘露를 들이부은 것보다도

몸이 더 편안해져 큰 기쁨 온다네.

장려아 아비 얘야, 양내장탕은 다 되었냐?

장려아 다 됐으니 아버지가 갖다 줘요.

장려아 아비 (탕을 들고) 할멈, 탕 좀 드시오.

채 노파 나 때문에 고생이 많아요. (구역질하는 동작) 난 지금 구역질이 나서 못 먹겠어요. 영감이나 드슈.

장려아 아비 이 탕은 할멈을 위해 특별히 끓인 거요. 싫어도 한 술만 떠 봐요.

채 노파 안 먹을래요. 영감이나 드세요.

(발로가 먹는 동작)

두아

【하신랑賀新郞】

영감 드시오

할멈 드시오

성발 봇 늘어 수겠어요

화도 안 나요.

저 집 우리 집 친척이라도 되나요?

그 옛날 부부의 정은 잊으신 건가요?

매사 의지하고 따르지 않으셨나요?

어머님

황금은 인간 세상의 보화요

백발까지 함께하는 이 드물다지만

그렇다고 옛정이 새 사랑만 못한가요?

그저 백년해로하고 함께 묻힐 생각해야 하거늘

천 리 너머 솜옷 보낸 맹강녀의 정절은 어찌 없으신가요?

장려아 아비 이 탕을 먹었는데 어째서 정신이 몽롱해지지? (쓰러지는 동작)

채 노파 (당황하는 동작) 영감이 기절했네. 정신 좀 차려요. (우는 동작) 죽은 거 아닌가?

두아

【투하마鬪蝦蟆】

슬퍼해도 소용없어요.

참 방법 없군요.

나고 죽는 건

쳇바퀴처럼 돌고 도는 일.

이런 병에 걸려

이런 지경이 되어

바람 불고 춥고 덥고 습하거나

주리고 배부르고 지치고 고달프게 되면
자기 병 자기가 알게 되죠.
목숨은 천지신명께 달렸으니
남이 어찌 대신할 수 있겠어요?
명줄은 현세와 무관한 법
사나흘 함께 살았다고
한 가족이라도 된답니까?
또 고기도 술도 비단도
혼례 예물도 없었어요.
손을 맞잡고 함께 살다가도
손을 놓으면 헤어지는 거지요.
두아는 어깃장 놓는 게 아니라
이웃에서 수군댈까 걱정입니다.
제 말대로
운이 나빴다 여기시고
관 하나 짜고
베와 비단 사서
우리 집에서 내가고
저들 집 무덤으로 보내 버려요.
이자는 어머님 어릴 때 정혼한 남편도 아니잖아요.
사실 전 제 혈육도 아니어서
눈물 한 방울 나지 않아요.
넋이 나간 듯

얼이 빠진 듯

이렇게 원망타 한숨 쉬며

엉엉 목 놓아 울지 마세요.

장려아 얼씨구! 네가 우리 아버지한테 약을 먹여 죽였구나, 끝장내 주겠어!

채 노파 얘야, 어찌 된 일이니?

두아 저한테 무슨 약이 있다고요? 저 사람이 소금을 달래서 제가 넣은 게 다예요.

【격미】

이놈이 어머님 꼬드겨 집에 들이게 하더니

자기가 아빌 독살하고 누구한테 으름장이냐?

장려아 우리 아버지를 아들인 내가 독살했다면 그걸 누가 믿어? (소리치는 동작) 동네 사람들! 두아 년이 내 아비를 독살했소!

채 노파 그만 해요. 별일 아닌 일에 수선 떨지 말구려. 가슴이 벌렁거려 죽겠소.

장려아 겁이 나나 보지?

채 노파 그야 당연하지.

장려아 용서하길 바라세요?

채 노파 물론 그러길 바라.

장려아 두아한테 내가 시키는 대로 하라고 하세요. 나한테 '여보'라고 세 번만 불러 주면 용서해 주지요.

채 노파 얘야, 저 사람이 시키는 대로 하자.

두아 어머님, 어떻게 그런 말씀을 하세요?

말 한 필에 안장 둘은 얹기 힘든 법
서방님 살아생전 두 해를 부부로 살았지요
아무리 개가하라 하셔도
저는 정말 할 수 없습니다.

장려아 두아! 네년이 내 아비를 독살했어. 법으로 처리할까, 아니면 우리끼리 얘기 끝낼까?

두아 법으로 처리하는 건 뭐고, 우리끼리 얘기 끝내는 건 뭐예요?

장려아 법으로 처리한다는 건 네년을 관아로 끌고 가서 심문하고 심문하는 게지. 너 같은 약골은 고문을 이기지 못해 내 아비를 독살했다고 자백하고 말걸! 우리끼리 얘기 끝낸다는 것은 서둘러 내 마누라가 되는 거지. 너한테는 이게 더 나을걸.

두아 난 당신 아버지를 독살한 적 없으니, 당신하고 관아로 가겠소!

장려아 (두아와 채 노파를 끌고 퇴장한다)

(초주 태수 도올桃杌〔정淨〕이 사령을 이끌고 등장한다)

도올 (시로 읊는다)

벼슬살이는 남보다 잘하지
고발장 접수되면 돈을 뜯지.
위에서 감사라도 할라치면
병났다 둘러대고 두문불출.

소관은 초주 태수 도올입니다. 이 아침에 등청하였으니, 여봐라, 시자하거라.

(사령이 크게 외치는 동작)

장려아 (두아와 채 노파를 끌고 등장한다) 고발이오, 고발!

사령 이리 주시오. (무릎 꿇고 인사한다)

도올 (역시 무릎 꿇는 동작) 일어나십시오.

사령 나리, 고발하러 온 사람한테 무릎은 왜 꿇으십니까?

도올 모르는 소리! 고발하러 온 사람이 바로 날 먹여 주고 입혀 주는 부모란 말이다.

(사령이 크게 외친다)

도올 누가 원고고 누가 피고냐? 이실직고해라.

장려아 소인 원고 장려아가 이 여인을 고발합니다. 이름은 두아로 양내장탕에 독약을 타서 제 아비를 독살했습니다. 이 사람은 채 노파인데 제 새어머니입니다. 나리께서 판결해 주십시오.

도올 누가 독약을 넣었다고?

두아 전 모르는 일입니다.

채 노파 저도 모르는 일입니다.

장려아 전 안 했습니다.

도올 모두 아니라면, 내가 넣었단 말이냐.

두아 우리 어머님도 저자의 새어머니가 아닙니다. 저자는 장씨이고 우리 집은 채씨입니다. 제 어머님께서 새노의한테 돈을 갚으라 했더니 그자가 교외로 유인해 목 졸라 죽이려 했고, 저 아비와 아들 두 사람이 제 어머님을 구해 주었습니다. 이 때문에 어머님께선 이들 부자를 집에 들이고 죽는 날까지 거두어

먹이는 것으로 그 은혜를 갚으려 했습니다. 그런데 뜻밖에도 이 두 사람이 나쁜 마음을 먹고 어머님의 새서방 행세를 하고 저더러는 며느리가 되라고 강요하였지 뭡니까! 저는 본래 지아비가 있는 몸으로, 아직 상중이라 극구 거절했습니다. 마침 어머님이 병이 나셨고 저에게 양내장탕을 끓이게 했습니다. 장려아가 어디서 독약을 구했는지 몸에 지니고 있다가 양내장탕을 받아 맛을 보고는 간을 더 해야 한다고 절 돌려보내고는 몰래 독약을 넣었습니다. 하늘이 도우셨는지, 제 어머님은 갑자기 구역질을 하시면서 양내장탕을 안 먹겠다 하시며 장 노인더러 대신 먹으라 했습니다. 장 노인은 몇 모금 먹고 곧 죽어 버렸습니다. 저와는 전혀 무관한 일이오니, 나리께서 맑은 거울을 높이 비추듯 현명한 판결을 내려 주소서.

【목양관】

나리는 거울처럼 밝고
물처럼 맑으시니
소첩의 속을 훤히 비춰 주소서.
저 탕이 본래 간이 맞았다는 것
그것 말고는 아는 게 없습니다.
저자가 맛을 봤다 하더니
그 아비가 먹자마자 쓰러졌습니다.
어느 안전이라고 함부로 아뢰겠습니까?
나리!
별안간 저한테 무얼 말하라 하시나이까?

장려아 나리, 잘 생각해 보세요. 저 사람은 채가이고, 저는 장가이옵니다. 저자 어머니가 제 아버지를 새서방으로 들이지 않았다면, 뭐하러 저희 부자를 집에 들여서 먹이고 재웠겠습니까? 이 며느리가 나이는 어리지만 교활하기가 이를 데 없고 매도 무섭지 않나 봅니다.

도올 사람이란 미천한 버러지라더니 매가 없어 이실직고도 없구나. 여봐라, 큼지막한 곤장으로 골라 와서 때려라.

(사령이 두아를 때리는 동작, 세 번 물을 뿜는 동작)

두아

【매옥랑】
이 무정한 곤장은 참기 어렵구나.
어머님
당신께서 자초한 일
그 누굴 원망하세요?
온 세상 개가할 여인들은
모두 나를 본보기로 삼으시오.
【감황은】
아! 누가 고래고래 고함이지?
나도 모르게 혼비백산하네.
잠깐 멈추는 사이
겨우 깨어났다
다시 정신을 잃네.
온갖 고문에

온갖 모욕 당하네.
곤장 한 대에
피 한 줄기 솟구치고
살 한 겹 벗겨지네.
【채다가】
매타작에 살점 떨어져 나가고
피는 소낙비 되어 내리는데
뱃속 가득한 원망 그 누가 알리오!
나 같은 아낙이 어디서 독약을 구하리?
하늘이시여! 어찌
대야를 뒤집어쓴 듯 앞이 캄캄한 건가요?

도올 이실직고해라.

두아 진정 소첩은 독약을 넣지 않았습니다.

도올 네가 아니 그랬다? 저 할멈을 쳐라.

두아 (다급히 말한다) 멈추시오, 멈춰요, 멈춰. 어머님은 때리지 마시오. 차라리 내가 자백을 하고 말겠어요. 제가 그 노인을 독살했습니다.

도올 자백을 했으니 자백서에 확인을 받고 칼을 채워 사형수 감옥에 가두어라. 내일 참형을 선고하고 저잣거리에서 집행할 것이다.

채 노파 (우는 동작) 두아야, 내가 널 사지로 몰았구나. 아이고, 원통해라.

두아

【황종미】

내 누명 쓰고 머리 잘린 귀신 되더라도
너같이 음탕하고 뻔뻔한 도적놈은 가만두지 않으리!
사람 마음은 속일 수 없고
억울함은 하늘이 아시겠지 싶어
끝까지 맞섰으나
끝까지 맞섰으나
이 지경이 되었으니 어쩔 거나?
차라리 노인을 독살했다
죄를 인정하겠소.
어머님
제가 안 죽고
어떻게 어머님을 구할 수 있겠어요?

(사령에게 압송되어 퇴장한다)

장려아 (머리를 조아리는 동작) 푸른 하늘 같으신 나리의 판결에 감사드립니다. 내일 두아를 처형해야 비로소 아비의 원한을 갚을 수 있습니다.

채 노파 (우는 동작) 내일 저잣거리에서 두아를 죽인다니, 원통해 죽겠네!

도올 장려아와 채 노파는 진술서를 작성하고 관아의 명을 따르도록 하라. 여봐라, 당고堂鼓를 울리고 말을 대령하라. 퇴청하리라.

(함께 퇴장한다)

제3절

정궁

(사형 감독관〔외外〕이 등장한다)

사형 감독관 소관은 사형 감독관입니다. 오늘 죄수를 처형할 것이니 사령들한테 골목을 봉쇄하고 잡 사람이 얼씬 못하게 일렀습니다.

(관원〔정淨〕이 북을 둥둥둥 세 번 치고 꽹과리를 칭칭칭 세 번 두드린다)

(망나니는 깃발을 펄럭이고 칼을 휘두르며 목에 칼을 쓴 두아를 압송하고 등장한다)

망나니 어서 가, 어서! 감독관께선 한참 전에 형장에 납시셨다고!

두아

【단정호】

난데없이 국법을 어겼다고

꼼짝없이 형장에 끌려와서

억울해요 소리에 천지가 떠나가네.
잠시 후면 귀신 되어 염라전 갈 신세,
천지신명도 원망스럽네.

【곤수구】

해와 달이 조석으로 내걸리고
귀신이 생사를 주관한다네.
천지신명이시여
맑은지 흐린지 가려 주셨어야 하거늘
어찌 도척盜跖과 안연顔淵*을 혼동하셨나요?
선한 이는 가난뱅이에 요절을 했고
악한 이는 부귀영화에 장수까지 했지요.
천지신명이시여
강한 자를 겁내고 약한 자를 기망하시다니
그야말로 물길 따라 배 맡기는 꼴이군요.
땅이시여, 좋은 것 나쁜 것도 못 가리면서 땅이라 하다니요?
하늘이여, 어진 것과 아둔함도 못 따지면서 하늘이라 하다니요?
아! 두 줄기 눈물만 주룩주룩 흐르네요.

망나니 어서 가! 늦겠어.

두아

【당수재】

칼에 눌려 이리 비틀 저리 휘청
등 떠밀려 앞으로 고꾸라지고 뒤로 자빠지네
이 두아가 나리께 드릴 말씀 있습니다.

망나니 무슨 말?

두아

앞길로 가면 마음에 한이 남고

뒷길로 가면 죽어도 여한이 없으려니

길이 멀다 말고 돌아가요.

망나니 지금 형장으로 가는 길이니 보고 싶은 사람이 있으면 한 번 부르시오.

두아

【도도령】

가련타 이 몸 혈혈단신에 일가친척 하나 없어

숨죽이고 울분 삭이며 부질없이 원망만 한답니다.

망나니 부모가 없소?

두아 아버지가 계셨지만 십삼 년 전에 과거 보러 가시고는 여태 소식 한 자 없어요.

아버지를 못 뵌 지 벌써 십수 년.

망나니 방금 나더러 뒷길로 가 달라 한 것은 무엇 때문이냐?

두아

앞길로 갔다간 시어머니 보실까 걱정되어서요.

망나니 목이 잘릴 판에 시어머니 볼까 걱정이라고?

두아 시어머니께서 제가 칼 쓰고 쇠사슬에 묶인 채 형장에 나앉아 목 잘리는 걸 봤다가는,

괜히 억장만 무너지실 거예요,

괜히 억장만 무너지실 거예요.

여보세요 나리,

죽는 마당이니 사정 좀 봐주세요!

(채 노파가 울면서 등장한다)

채 노파 아이고 세상에나! 내 며느리 아니냐!

망나니 할망구는 물러서시오!

두아 어머님께서 기왕 오셨으니 그냥 두세요. 드릴 말씀이 있어요.

망나니 이봐, 할망구! 이리로 와! 며느리가 할 말이 있대.

채 노파 얘야, 원통해 죽겠구나!

두아 어머님, 저 장려아가 양내장탕에 독약을 탄 건 사실 어머님을 독살하고 저를 아내로 삼으려던 속셈이었어요. 뜻밖에 어머님이 그걸 장 노인에게 양보하는 바람에 그자가 먹고 죽었지요. 전 어머님까지 연루될까 싶어 시아버지를 독살했다 거짓 자백하고 지금 형벌을 받으러 형장으로 갑니다. 어머님! 앞으로 설이나 보름 때 제사 지내고 남은 밥이 있거든 반 공기만이라도 저한테 주세요. 또 태우다 남은 지전이 있으면 먼저 간 아들을 봐서라도 한 줌만 살라 주세요.

【쾌활삼】

이 두아 어수룩하게 누명 쓴 일 가련타 여기시고

이 두아 목 잘린 귀신 된 것을 가련타 여기시고

이 두아 집안 살림 도맡았던 일 가련타 여기세요.

어머님!

조실부모한 이 두아 좀 봐주세요.

【포로아】

제가 어머님 모신 세월을 생각하셔서

때 되면 식은 국 한 사발이라도 뿌려 주세요.

처형당한 시신 위에 지전이라도 살라 주세요

그저 세상 떠난 아들 위한다고 생각하시고요.

채 노파 (우는 동작) 얘야, 걱정 말거라. 이 늙은이가 명심하마. 천지신명님, 원통해 죽겠소.

두아

어머님!

더 이상 울고불고

괴로워하며

하늘을 찌를 듯 화내실 것 없어요.

모든 게 저 두아가 복이 없어

영문도 모른 채

억울한 일 당한 것뿐이에요.

망나니 (소리치는 동작) 이봐 할멈, 좀 물러나요. 시간이 다 됐어.

(두아가 무릎 꿇는 동작)

(망나니가 칼 뽑는 동작)

두아 이 두아, 감독관 나리께 아뢰옵니다. 제 청 하나만 들어주신다면 죽어도 여한이 없겠습니다.

사형 감독관 무슨 일인데 그러느냐? 말해 보라.

두아 깨끗한 자리 한 장 가져다 깔고 그 위에 저를 세워 주세요. 또 두 길 되는 흰 비단을 깃대에 달아 주세요. 이 두아가 정말로 억울하다면 칼이 지나 땅에 목이 떨어져도 바닥에 뜨거운 피 한 방울 떨어지지 않고 모두 날아가 흰 비단을 적실 것입니다.

사형 감독관 네 말대로 해 주겠다. 별일 아니구나.

(망나니가 자리를 깔고 두아를 세우는 동작. 또 흰 비단을 가져다 깃대 위에 매다는 동작)

두아

【쇄해아】

이 두아 밑도 끝도 없이 기원드리는 건
정말 원통하기 짝이 없어서입니다.
불가사의한 일이 일어나 세상에 알려져야
맑고 푸른 하늘을 볼 수 있으니까요.
전 이 홍진 세상엔 피 한 방울 떨구지 않고
팔 척 깃대 위 흰 비단을 적시게 할 거예요.
사방에서 모두 지켜볼 터이니
억울하게 죽은 장홍萇弘*의 피가 벽옥이 되고
망제望帝*가 두견새 되어 우는 격이지요.

망나니 아직 할 말이 더 남았다면 지금 감독관 나리 앞에서 해 보거라.

두아 (다시 무릎 꿇는 동작) 나리! 지금은 삼복더위지만 제가 정말 억울하다면 저 죽은 후에 삼 척 높이까지 하얀 눈이 내려 제 송장을 덮을 것입니다.

사형 감독관 이런 삼복더위에 설사 원한이 하늘을 찌를 정도라고 해도 눈이라니? 어림없다. 허튼소리 집어치워라!

두아

【이살】

나리께선 더위가 한창이라

한 송이 눈도 어림없다 하시네요.

추연鄒衍*의 일로 유월에 서리 날린 일 못 들으셨나요?

원망이 불처럼 솟구치고

육각 얼음꽃이 솜처럼 휘날리다

제 송장을 덮을 거예요.

흰 수레와 백마에 실어

황량한 무덤에 묻을 필요 없게요.

(다시 무릎을 꿇는다) 나리, 저 두아는 정말 억울합니다. 오늘 이후 이 초주 땅에는 삼 년간 큰 가뭄이 닥칠 것입니다.

사형 감독관 닥쳐라! 그걸 말이라고 하느냐!

두아

【일살一煞】

나리께선 하늘도 믿을 바 못 되고

인심도 절 불쌍타 하지 않는다지만

그래도 하늘은 제 기도를 들어주실 거예요.

왜 삼 년 동안 단비 한 번 내리지 않았을까요?*

동해 사는 효부가 한을 품었던 탓이지요.

지금 당신네 산양현 차례가 된 건

관원들이 법을 공정히 다룰 맘 없어

백성들 입을 닫아 버렸기 때문이지요.

망나니 (깃발을 휘두르는 동작) 어째서 하늘이 어둑어둑해지지? (안에서 바람을 일으키는 동작) 바람 참 싸늘하네!

두아

【살미】

뜬구름 날 봐서 어두워지고

구슬픈 바람 날 봐서 몰아치니

세 가지 기원 분명 이뤄지리라.

(우는 동작) 어머님! 유월에 눈발 날리고 삼 년간 큰 가뭄이 들 거예요.

억울하게 죽어 원혼 된 두아 그때 다시 오겠습니다.

(망나니가 칼을 내리치고 두아는 쓰러지는 동작)

사형 감독관 (놀라면서) 아! 정말 눈이 내리네? 이런 괴이한 일이!

망나니 평소 사람이 죽으면 온통 피바다인데, 이 두아의 피는 모두 저 흰 비단 위로 날아가 바닥에 한 방울도 떨어지지 않았으니 실로 괴이한 일이야.

사형 감독관 이 죄인한테 필시 억울한 구석이 있었나 보군. 이미 두 가지 기원이 이뤄졌으니, 삼 년간 큰 가뭄이 든다는 말도 들어맞을지 몰라. 어디 두고 보자. 여봐라, 눈이 그칠 때를 기다릴 필요 없이 시신을 저 노파에게 넘겨주도록 해라.

(모두 대답하는 동작을 하고, 시신을 지고 퇴장한다)

제4절

쌍조

두천장 (사모관대 차림으로 장천張千과 사령을 이끌고 시로 읊는다)

텅 빈 대청에 홀로 오르니 울적해지는데

고봉 위엔 달 뜨고 숲 속엔 안개 자욱하네.

잠 못 이룰 일도 딱히 없으나

그저 놀라 깨서 밤을 밝히네.

이 늙은이는 두천장입니다. 우리 단운이와 이별한 지 어언 십육 년이 되었습니다. 저는 서울에 올라와 그길로 급제하고 참지정사參知政事*의 벼슬을 제수받았지요. 이 늙은이가 청렴한데다 능력 있고 지조 있고 강직하다 하여 성은을 입고 회남淮南의 제형숙정염방사提刑肅政廉訪使*의 직을 덧붙여 수행하게 되었습니다. 가는 곳마다 죄인을 심문하고 문서를 감사하고 탐관오리를 감찰하여 먼저 형을 집행하고 후에 재가를 받는 특권을 하사받았습니다. 제게는 기쁜 일도 있고 슬픈 일도 있지요. 기쁜 일은 어사대와 중서성에 몸담으면서 형법을 관장하고 세검勢劍과 금패金牌를 들고 만 리 너머까지 위세를 떨친 것입니다. 슬픈 일은 단운이 일입니다. 그 아이를 일곱 살 되던 해 채 노파에게 며느리로 주고, 이 늙은이가 벼슬살이에 오른 직후 초주로 사람을 보내 채 노파의 집을 수소문했으나 이웃들 말이 그해 어디론가 이사를 가서 지금까지 소식 한 자 없다 합니다. 전 단운이 때문에 눈이 침침해질 정도로 목 놓아 울고 머리가 반백이 될 정도로 시름에 잠겼습니다. 오늘 이곳 회남 지역에 당도했는데, 무슨 일인지 여기 초주 지역엔 삼 년 동안 비가 오지 않았답니다. 전 지금 초주 관아에 머물고 있습니다. 장천! 대소 관원들에게 내일 일찍 보잔다고 전하거라!

장천 (등퇴장문을 향해) 대소 관료들은 모두 들으시오. 오늘은 돌아가고 내일 일찍 만나겠다 하십니다.

두천장 장천! 육방 아전들에게 훑어봐야 할 재판 기록이 있으면 모두 가지고 오라 이르라. 내가 등잔불 아래서 좀 살펴보겠다.

(장천이 문서를 건네주는 동작)

장천! 불을 밝히거라. 너희 모두 고생했으니 내가 부를 때까지 돌아가 쉬거라.

(장천이 등불을 켜고 사령과 함께 퇴장한다)

이 문서 중에서 몇 가지만 살펴볼까? "본 건의 죄인 두아는 시아버지를 독살했다." 첫 문서부터 나랑 같은 성씨인 자를 보게 되는군. 시아버지를 독살한 일은 십악十惡에 드는 큰 죄인데, 우리 두씨 중에도 법을 두려워하지 않는 이가 있군. 이미 끝난 사건이니 다시 볼 필요 없겠다. 이 문서를 맨 밑에 놓고 다른 걸 봐야지. (하품하는 동작) 나도 모르게 정신이 몽롱해지기 시작하는걸. 이 늙은이가 나이가 많은 데다 말을 타고 오느라 피로해져서 그럴 거야. 잠깐 책상에 엎드려 좀 쉬어야겠다. (자는 동작을 한다. 두아 혼령이 등장하여 노래한다)

【신수령】

매일 흐느끼며 망향대 지키고 앉아

피가 마르도록 원수를 기다리다

느릿느릿 어둠 속을 서성이다

쉬익쉭 회오리바람 타고 오네.

안개구름이 날 에워싸고

혼령을 재촉하네.

두아 혼령 (바라보는 동작) 문지기 신령들이 나를 들여보내질 않는구나! 전 염방사 두천장의 여식입니다. 억울하게 죽었는데도 아버지가 그 사실을 몰라 꿈에 한번 나타나려는 것뿐이에요.

【침취동풍】

저는 염방사 나리의 여식으로

이승의 요괴와는 다르답니다.

어찌 등불 앞에도 못 가게 하고

문지방에서부터 막아서는 거요?

(부르는 동작) 아버지!

세검과 금패가 있다 한들
원통하게 죽은 지 삼 년 된 이 송장
끝없는 고해苦海를 어떻게 헤어나리?

(두아 혼령이 들어와 뵙고 우는 동작)

두천장 (역시 우는 동작을 한다) 단운아! 어디 있느냐?

(두아 혼령이 퇴장한 척 비켜선다)

(깨어나는 동작) 참으로 이상하네요! 이 늙은이가 막 눈을 붙였더니 꿈에 단운이가 보였습니다. 마치 눈앞에 있는 듯 선했는데 지금은 어디로 간 거지요? 이 문서들이나 다시 보자.

(두아 혼령이 등장하여 등의 심지를 만지작거린다)

이상하군. 왜 이 늙은이가 문서를 보려니까 등불이 깜박깜박하는 거지? 장천도 잠이 들었으니 내가 심지를 잘라야겠다.

(등불의 심지를 자르는 사이 두아 혼령이 문서를 뒤적이는 동작)

심지를 잘라 불이 밝아졌으니 다시 문서를 봐야지. "본건 죄인 두아는 시아버지를 독살했다." 허허! 참 이상해! 내가 방금 분명히 이 문서를 맨 밑에 끼워 넣었는데, 심지를 자르는 사이 어째 또 맨 위로 올라온 게지? 이곳 초주 관아에 귀신이 있는 건 아니겠지? 귀신이 아니라면 이 사건에 필시 뭔가 있을 거야. 이 문서를 다시 맨 밑에 놓고 한번 다른 문서를 볼까?

(두아 혼령이 또 등불을 만지는 동작)

불이 왜 또 어두워졌지? 귀신이 장난을 치는 건가? 다시 심지를 잘라야겠다. (심지를 자르는 동작)

(두아 혼령이 등장하여 마주치는 동작)

(검을 잡고 탁자를 치는 동작) 흥! 귀신이 있군! 이 귀신아, 나는 세검과 금패를 하사받은 지엄하신 염방사다. 가까이 와 봐라, 단칼에 두 동강 내줄 테니. 장천! 이 상황에 잠이 오냐? 빨리 일어나라! 귀신이 나타났다, 귀신이! 이 늙은이가 놀라 기절하겠다!

두아 혼령

【교패아】

긴가민가 갸우뚱갸우뚱하시더니

나 우는 소리에 화들짝 놀라시네.

아!

실로 위풍당당하신 아버지

소녀 두아의 절을 받으세요!

두천장 이봐, 귀신! 두천장이 네 아버지라고? 딸 두아의 절을 받으라고? 잘못 안 거 아니냐? 내 딸아이 이름은 단운이다. 일곱 살 되는 해 채 노파에게 며느리로 보냈지. 네 이름이 두아라면 이름부터 틀린데, 어찌 내 딸이라는 거냐?

두아 혼령 아버지, 채 노파한테 보내진 후 두아라고 이름을 바꿨어요.

두천장 정말 단운이란 말이냐? 다른 건 묻지 않으마. 이 시아버지 독살했다는 게 바로 너냐?

두아 혼령 예, 맞습니다.

두천장 닥치거라! 못된 년 같으니라고! 난 너 때문에 눈이 흐릿해질 정도로 목 놓아 울고 머리카락이 반백이 되도록 시름에 잠겼었거늘, 너는 되레 십악에 드는 큰 죄를 지어 사형을 받았단 말이냐? 난 지금 어사대와 중서성에 몸담고 형벌을 관장하는 사람으로, 이 회남 지역에 죄인을 심문하고 문서를 감사하고 탐관오리를 감찰하러 왔다. 너는 내 친딸이다. 내가 너 하나도 다스리지 못하면서 다른 사람을 어찌 다스리겠느냐? 내가 너를 그 집에 시집보낼 때 삼종지덕을 지키라 했다. 삼종이란 집에서는 아버지를 따르고 출가해서는 지아비를 따르고 지아비가 죽으면 아들을 따르라는 것이다. 사덕은 시부모님을 섬기고 지아비를 존경하고 동서와 융화하며 이웃과 화목하게 지내는 것을 말한다. 지금 삼종사덕은 아랑곳없이 십악에 드는 큰 죄를 지었다니! 우리 두씨 가문은 삼 대 동안 법을 어긴 이가 없고, 오 대 동안 재가한 여인이 없었다. 지금 너는 조상에 먹칠하고 또 내 깨끗한 이름을 더럽혔다. 냉큼 이실직고하되 조금의 거짓이나 변명도 하지 말거라. 만약 조금이라도 사실과 다를 때는 성황신께 고해 영원히 사람으로 환생하지 못하고 지옥에서 아귀가 되어 벌을 받게 할 것이다.

두아 혼령 아버지, 고정하세요. 잠시 서릿발 같은 위엄을 누그러뜨리시고 이 여식의 말 좀 들어 보세요. 전 세 살 되던 해 어머니를 여의고 일곱 살 되던 해 채 노파에게 며느리로 보내져 아버지와도 헤어졌어요. 열일곱 되던 해 혼례를 올렸지만 불행하게도 겨우 두 해 만에 남편과 사별하고 시어머님과 수절하며 지냈습니다. 이 산양현 남문 밖에 새노의란 자가 사는데, 제 어머님한테 은자 이십 냥을 빚져 어머님이 돈을 받으러 갔습니다. 그자는 어머님을 교외로 유인해 목 졸라 죽이려 했습니다. 마침 장려아 부자가 그곳을 지나가다 어머님의 목숨을 구했습니다. 그 장려아가 저희 집에 수절하는 며느리가 있다는 것을 알고, "당신네 할멈이나 며느리 모두 남편이 없으니 우리 부자를 들이는 게 좋지 않겠어?"라고 했지요. 어머님도 처음엔 안 된다고 했지만, 장려아가 "싫어? 그럼 원래대로 할멈의 목을 졸라 주겠어"라고 하니 겁이 나 어쩔 수 없이 승낙하셨습니다. 그리고 그들 부자를 집으로 데려와 먹여 주고 재워 줬지요. 장려아는 몇 번이나 이 여식을 희롱했지만 전 한사코 받아들이지 않았습니다. 어느 날 어머님께서 몸이 편찮아 양내장탕이 먹고 싶다 하셔서 제가 탕을 끓였습니다. 마침 장려아 부자가 병문안을 와서 "내가 내장탕의 간을 보겠다" 하고는, "탕이 맛은 좋으나 간이 덜 되었다"고 했지요. 저더러 소금을 갖고 오게 하고는 몰래 독약을 탔습니다. 제 시어머님을 독살하고 제게 혼인을 강요할 속셈이었지요. 그런데 어머님께서 별안간 구역질을 하시면서 탕이 싫어졌다며 장 노인에게 먹으라 주었지요. 장 노인은 먹자마자 일곱 구멍에서 피를 뿜으며 죽고 말았습니다. 장려아는 "두아가 내 아비를 독살했으니 법으로 처리할까, 아니면 우리끼리 얘기 끝낼까?"라고 하고, 저는 "법으로 처리하는 건 뭐고, 우리끼리 얘기 끝내는 건 뭐지요?"라고 물었지요. 장려아는 "법으로 처리한다는 건 관아에 고발해서 목숨으로 죗값을 치르는 것이고, 우리끼리 얘기 끝낸다는 것은 내 마누라가 되는 거지"라고 했지요. 여식은 또 "좋은 말은 안장 둘을 얹지 않고 열녀는 지아비 둘을 섬기지 않아요. 죽어도 당신 마누라가 되기는 싫으니 관아로 가요"라고 했어요. 그자는 이 여식을 관아로 끌고 가서 몇 번이나 심문과 갖은 고문을 받게 했지만 저는 맞아 죽을지언정 죄를 인정하지 않았어요. 이 여식이 죄를 인정하지 않는 것을 본 태수께서 시어머님께 매질을 하려 들었습니다. 어머님이 연로하시니 매질을 이기지 못할까 하여 거짓 자백을 하고 말았지요. 그 때문에 형장으로 끌려가 사형을 당했고 하늘을 향해 세 가지 기원을 올렸습니다. 첫째는 두 길 되는 흰 비단을 깃대에 높이 달아 주는 것이었지요. 제게 만약 억울함이 있다면 머리가 땅에 떨어지는 순간 뜨거운 피가 땅 위를 적시지 않고 모두 흰 비단 위로 날아들게 해 달라는 것입니다. 둘째는 지금이 비록 삼복더위이나 삼 척 높이의 흰 눈을 내리시어 이 여식의 시신을 덮어 달라는 것입니다. 셋째는 초주 지역에 삼 년간 큰 가뭄이 들게 해 달라는 것입니다. 과연 피란 피는 죄다 흰 비단으로 날아들었고 유월에 큰 눈이 내렸으며 삼 년 동안 비가 오지 않았으니, 모두 이 여식 때문에 일어난 것입니다. (시로 읊는다)

관아에 고하지 못하고 하늘에 고하니
마음속 맺힌 한은 말로 하기 어렵네.
노모의 형벌 면해 드리려
순순히 죄를 인정했다네.
삼 척 높이 쌓인 눈이 시신을 덮어 주고
한 줄기 선혈이 비단 위로 날아들었네.

어찌 추연의 억울함에만 서리가 내리겠는가?

이제 두아의 억울함이 드러나리.

【안아락】

이 문서에 그런 말이 써 있는지 보세요

이 원통함 참으려야 참을 수가 없어요

말을 듣지 않겠다 버텼더니

되레 형장에 밀어 넣었어요.

조상 욕되지 않게 하려다

제 남은 인생만 망쳤어요.

【득승령】

아!

지금 구천을 떠돌고 있자니

이 혼령 원통하고 서러워요.

아버지!

지금 형벌을 다스리시고

황상의 명을 받으셨으니

이 문서를 찬찬히 살펴 주세요.

사람의 도리를 저버린 일 밝혀야 합니다.

그놈 살을 만 번 도려낸들

원한이 풀리지 않을 거예요.

두천장 (흐느껴 우는 동작) 아! 억울하게 죽은 내 딸아, 원통하구나! 너에게 묻겠다. 이 초주 지역에 삼 년 동안 비가 오지 않은 것이 진짜 너 때문이냐?

두아 혼령 맞습니다.

두천장 그랬구나! 내일 아침에 내가 해결해 주마. (시로 읊는다)

백발의 아비는 괴롭고 애통하구나.

꽃다운 나이에 억울한 죽음 맞게 하다니.

날이 밝을까 싶으니 돌아가 있거라.

내일 이 사건을 분명하게 바로잡으리라.*

(두아 혼령이 잠시 퇴장한다)

아! 날이 밝았구나. 장천! 어제 사건 몇 개를 보던 중 귀신이 억울함을 호소해 오더구나. 내가 널 여러 번 불렀으나 대답도 없이 잘만 자던데.

장천 소인 콧구멍 두 개를 밤새도록 열어 놨지만 여자 혼령의 호소 같은 건 못 들었는데요. 나리가 부르시는 것도요.

두천장 (나무라며) 흥! 아침 등청 하련다. 장천! 개정을 알려라!

장천 (크게 외친다) 관아의 모든 이들은 평안할지어다! 문서를 올리거라! (아뢴다) 태수 알현이오.

(태수〔외外〕가 등장해 알현한다)

아전 알현이오.

(아전〔축丑〕이 들어와 알현한다)

두천장 네가 있는 이 초주 지역에 삼 년 동안 비가 오지 않은 까닭이 무엇이냐?

태수 이는 하늘이 내린 큰 가뭄으로 초주 백성의 재앙이긴 하오나, 소관은 그에 관해 무슨 잘못이 있었는지 모르겠나이다.

두천장 (노하여) 무슨 잘못이 있었는지 모르겠다? 저 산양현에서 시어머니를 독살했다는 죄인 두아가 형을 받을 때, "억울하다면 당신네 초주에 삼 년 동안 비가 내리지 않아 풀 한 포기도 자라지 못하게 하소서"라고 기원을 올렸다는데? 그런 일이 있었느냐?

태수 그 일은 도주桃州로 영전 간 전임 태수가 다룬 사건으로, 재판 기록이 남아 있습니다.

두천장 그런 엉터리 관원이 승진을 했다고? 너는 그자 후임으로 삼 년 동안 이 억울하게 죽은 여인을 위해 제를 올린 적이 있느냐?

태수 그 죄는 십악에 드는 큰 죄이고 본래 사당도 없어 제를 올리지 않았습니다.

두천장 옛날 한나라에 수절하는 효부가 살았는데 그 시어머니가 스스로 목을 매 죽은 것을 시누이가 며느리 소행이라며 고발하는 바람에 동해 태수가 그 효부의 목을 벴다. 이 여인이 한을 품어 삼 년 동안 비를 내리지 못하게 했다. 후에 우공于公이 그 사건을 심리하던 중 효부가 관아 앞에서 재판 기록을 끌어안고 울고 있는 것을 본 듯하여, 재판 기록을 바로잡고 친히 효부의 무덤에서 제를 올리니 이내 큰비가 내렸다. 지금 너희 초주에 큰 가뭄이 든 것도 이 같은 경우가 아니고 무엇이겠느냐? 장천! 아전에게 문서를 작성해 산양현으로 보내라 하라. 장려아, 새노의, 채 노파 죄인을 신속히 잡아다 심문할 것이니 조금도 꾸물대지 마라.

장천 알겠습니다. (퇴장한다)

(호송관이 장려아, 채 노파를 압송해 장천과 함께 등장한다)

호송관 산양현에서 죄인을 압송해 대령했습니다.

두천장 장려아!

장려아 예이~

두천장 채 노파!

채 노파 예이~

두천장 새노의 같은 주요 용의자는 어찌 보이질 않느냐?

호송관 새노의는 삼 년 전에 도주하였기에 따로 널리 수배령을 내려 잡으러 갔사오니 잡는 즉시 압송해 올 것입니다.

두천장 장려아! 저 채 노파가 너의 계모냐?

장려아 어머니를 어찌 속이겠습니까? 맞습니다.

두천장 네 아비를 독살한 그 독약 말이다, 재판 기록엔 독약을 구한 사람에 대한 얘기가 없구나. 누가 구한 독약이냐?

장려아 두아 혼자 구했습니다.

두천장 분명 이 독약을 판 약방이 있을 것이다. 두아는 나이 어린 과부인데 어디서 이 약을 구해 온단 말이냐? 장려아! 혹시 네가 구해 온 것 아니냐?

장려아 소인이 구해 왔다면, 다른 이도 아닌 제 아비를 죽게 했겠어요?

두천장 억울하게 죽은 내 딸아! 이 부분이 가장 중요한 대목인데, 네가 직접 와서 따지지 않는다면 분명하게 밝힐 방법이 없다. 지금 네 억울한 혼령은 어디에 있느냐?

두아 혼령 (등장한다) 장려아! 그 독약을 네놈이 지어 온 게 아니면 누가 지어 왔다는 게냐?

장려아 (무서워하는 동작) 귀신이다, 귀신! 소금 뿌려야지. 태상노군님, 제 기도를 들어주소서, 훠이!

두아 혼령 장려아! 네가 그날 양내장탕에 독약을 푼 것은 본래 내 시어머니를 독살하고 나를 협박해 아내로 삼을 속셈이었던 거야. 뜻밖에도 시어머니가 드시지 않고 네 아비한테 줘서 네 아비가 독살당한 거지. 네놈은 오늘도 여전히 거짓을 늘어놓는구나!

【천발도】

이 쳐 죽일 놈을 딱 마주하고선
그 독약 어디서 났는지만 묻네.
너는 본래 몰래 수를 써서
내게 혼인을 강요하려 했다가
되레 네 아비 독살해 놓고
나한테 그 죄를 덮어씌우다니!

(두아 혼령이 장려아를 때리는 동작)

장려아 (피하는 동작) 태상노군님, 썩 물러가게 해 주시오, 얍! 나리께서 그 독약을 판 약방이 반드시 있을 거라 하셨으니, 그 약 판 자를 소인 앞에 데려오면 죽어서도 딴소리하지 않겠습니다.

(호송관〔축丑〕이 새노의를 압송해 등장한다)

호송관 산양현에서 죄인 새노의를 압송해 왔습니다.

장천 (소리친다) 대령하시오.

두천장 넌 삼 년 전에 채 노파를 죽이고 돈을 떼먹으려 했다. 어찌 된 일이냐?

새노의 (머리를 조아리는 동작) 소인이 채 노파의 은자를 떼먹으려 한 적이 있긴 합니다만, 그때 사내 둘이 나타나 노파를 구해 주는 바람에 죽이진 않았습니다.

두천장 그 사내 둘의 이름이 뭐였느냐?

새노의 얼굴은 알아보겠지만 경황이 없던 터라 이름까진 물어볼 겨를이 없었습니다.

두천장 지금 그중 한 사람이 섬돌 아래에 있다. 가서 확인해 보거라.

새노의 (알아보는 동작) 이 사람은 채 노파이고, (장려아를 가리키며) 독약과 관련해 분명 일이 터졌구나. (계단을 올라온다) 바로 이 사람입니다. 소인 이실직고하겠습니다. 그날 채 노파를 목 졸라 죽이려 할 때 저 부자가 우연히 보고 채 노파를 살려 주었습니다. 며칠 지나 저자가 소인의 약방에 와서 독약을 지어 갔습니다. 소인은 불경을 읊고 절밥을 먹는 사람이라 양심을 저버리는 일은 할 수 없어 "약방에는 허가받은 약만 있고 독약 같은 건 없소이다"라고 했지요. 저자가 눈을 부라리며 "네놈이 어제 교외에서 채 노파를 목 졸라 죽이려 한 놈이지? 관아로 가자" 하더군요. 소인은 평생 관아가 제일 무서워서 저자한테 독약 한 병을 주었습니다. 또 저자의 험상궂은 관상을 보니 분명 그 약으로 사람을 죽일 게 틀림없고 일이 발각되면 저도 연루되겠다 싶어 그길로 탁주 지역으로 도망가 쥐약을 팔았습니다. 요즘은 약으로 쥐나 몇 마리 잡지, 사람 죽이는 약은 지어 본 적이 없습니다.

두아 혼령

【칠제형】

빚 좀 떼먹자고

악행을 행했으니

화를 당해도 싸네.

이 독약은,

원래 너 새노의가 팔고

장려아가 사서

애꿎은 나한테 죄를 덮어씌웠네.

그때의 관원은 떠났지만 관아는 그대로라네.

두천장 저 채 노파를 이 위로 데려오라. 보아하니 육십도 넘은 노인이 집에 재산도 좀 있으면서 어찌 장 노인에게 개가하려다 이런 사단을 낸 거요?

채 노파 저는 저 부자가 제 목숨을 구해 주었기에 집에 들여서 부양한 겁니다. 저 장려아가 늘상 자기 아비를 새 남편으로 맞으라 했지만 쇤네가 허락하지 않았습니다.

두천장 그렇다면 너의 그 며느리는 시아버지를 독살했다고 인정하는 게 아니었다.

두아 혼령 그때 태수님이 어머님에게 매질을 하겠다 하는 바람에 연로하신 몸으로 그 형벌을 이겨 내지 못할까 염려되어 죄를 인정한 것입니다. 실로 억울한 사백이었습니다.

【매화주】

그리 하면 안 되었다 하시지만
이 자백서에 똑똑히 쓰여 있지요
본래 효심에서 그리한 것이지만
되레 재앙의 불씨가 되었나이다.
관원에게 더 조사해 달라 했는데
원통하게 저잣거리에서 목을 베다니요!
첫째 두 길 비단이 선혈에 젖고
둘째 삼 척 눈발이 시신을 덮고
셋째 삼 년 가뭄이 하늘의 재앙을 알렸다네.
실로 대단한 기원이었나이다.

【수강남】

아!
관아는 예로부터 남쪽으로 문이 나 있건만
그리 들어갔다 원통하지 않은 자 없다네.
애통타 내 곱고 연약한 몸 무덤에 갇힌 지
벌써 삼 년
서린 한이 회수淮水되어 유유히 흐르네.

두천장 단운아! 너의 억울함을 내 모두 알았으니 돌아가 있거라. 내 이 죄인들과 너를 심문했던 이전 태수를 각각 벌한 후 훗날 망자를 초도超度하는 수륙도량水陸道場*을 벌여 극락왕생하도록 할 것이다.

두아 혼령 (절하는 동작)

【원앙살미鴛鴦煞尾】

이제부터 세검과 금패를 다시 뽑아 들고

탐관오리를 모조리 없애

황상의 근심 덜어 주시고

만백성의 화를 없애 주소서.

한 가지 잊은 일이 있어요. 아버지, 시어머님은 연로하시고 돌봐 줄 사람 없으니 집에 모셔서 이 여식을 대신해 봉양하고 나중에 장사 지내 주신다면 전 구천에서도 눈을 감을 수 있을 거예요.

두천장 정말 효성스러운 아이로구나!

두아 혼령

아버지께 당부드리오니

어머님을 잘 부탁드려요.

며느리도 자식도 없으니

연로하신 몸 누가 보살피겠어요?

다시 그 재판 기록을 펼쳐 들고

아버지, 저 두아란 이름 아래

억울하게 죽은 저의 죄명을 고쳐 주세요.

(퇴장한다)

두천장 채 노파를 불러 올려라. 나를 알아보시겠소?

채 노파 이 늙은이가 눈이 침침해서…… 모르겠습니다.

두천장 제가 바로 두천장입니다. 방금 그 귀신이 바로 억울하게 죽은 제 딸 단운입니다. 너희는 내 판결을 들으라. 장려아는 친아비를 독살하고 과부를 차지하려 했으니 능지처참이 마땅하다. 저잣거리로 끌고 가 형틀에 매달고 살점을 백이십 번 도려내라. 영전한 태수 도올과 아전은 잘못된 판결을 내렸으니 각각 곤장 백 대를 치고 영원히 파면토록 하라. 새노의는 돈을 떼먹고자 양민을 목 졸라 죽이려 했다. 또 독약을 만들어 사람을 죽게 했으니 서남쪽으로 보내 영원히 군역을 살도록 할 것이다. 채 노파는 우리 집으로 모신다. 두아의 죄명도 분명히 바로잡았느니라. (사로 읊는다)

내가 죽은 딸 불쌍해서 죄명 고쳤다 하지 마라
초주 땅 삼 년 큰 가뭄을 불쌍히 여겨서라네.
옛날 우공이 동해 효부의 결백을 증명하자
과연 샘물이 솟듯 단비가 내렸지.
어찌 하늘의 재앙이 대대로 내린다 탓만 할 뿐
사람의 뜻이 하늘을 움직이는 건 생각지 못하느냐?
오늘 재판 기록을 새롭게 고치니
비로소 국법이 드러나고 백성의 억울함이 풀렸도다.

제목: 거울과 저울 든 염방사의 공정함
정명: 천지를 움직인 두아의 억울함

동생 기녀를 구출하다趙盼兒風月救風塵

관한경關漢卿

정단(正旦) 조반아(趙盼兒)

충말(冲末) 주사(周舍)

외단(外旦) 송인장(宋引章)

복아(卜兒) 송인장 모친(송모)

외(外) 안수실(安秀實), 정주 태수(고孤)

축(丑) 장소한(張小閑)

주막 주인, 장천(張千)

제1절

선려

(주사周舍〔충말冲末〕가 등장한다)

주사 (시로 읊는다)

주지육림 삼십 년,
화류계 전전 이십 년.
한평생 땔감이나 쌀값은 나 몰라라 하고
화대랑 술값만 모자란다 하네.

나는 정주鄭州 사람으로, 주동지周同知의 아들 주사입니다. 어려서부터 기방을 드나들며 계집질을 했지요. 이 변량汴梁*에 송인장宋引章이라는 노래하는 기생이 하나 있지요. 이 계집은 자나 깨나 나한테 시집올 생각뿐이고, 나도 그 계집과 혼인할 마음 간절한데, 아 글쎄, 그 계집 엄마가 안 된다 하네요. 내 지금 장사 떠났다 돌아오는 길인데, 오늘 특별히 그 집에 걸음하여 첫째로는 장모께 문안 여쭙고 둘째로는 혼사 얘기를 다시 한 번

건네 봐야겠어요. (퇴장한다)

송인장 모친(이하 송모) (송인장〔외단外旦〕과 함께 등장한다) 이 늙은이는 변량 사람 이씨입니다. 남편 송씨는 요절했고, 송인장이라는 딸아이 하나만 달랑 남았습죠. 우리 아이는 글자놀이면 글자놀이*, 말 잇기면 말 잇기, 모르는 것도 없고 못하는 것도 없어요. 정주 사람 주사란 자가 우리 애랑 여러 해 어울리더니, 한쪽은 장가들겠다 한쪽은 시집가겠다 야단인데, 이 늙은이는 이런저런 핑계만 둘러댈 뿐 그러라 할 수가 없답니다! 인장아! 무슨 수를 써서라도 주사와의 혼사를 막지 않는다면 훗날 네가 고달파질 거란다.

송인장 어머니, 상관없어요. 저는 그이와 결혼할 생각뿐이에요.

송모 맘대로 해라! 맘대로 해!

주사 (등장한다) 나 주사가 바로 그 집 앞에 당도했으니, 들어가 보겠습니다. (인사하는 동작)

송인장 당신 오셨어요!

주사 혼사의 답을 들으러 한걸음에 왔지. 장모는 어때?

송인장 어머니가 허락하셨어요.

주사 장모를 뵈러 가야겠군. (송모가 보는 동작) 장모, 내 혼사를 물어보러 한걸음에 달려왔소.

송모 오늘 재수 좋은 줄 아시게. 내 허락했으니 우리 애한테 함부로 하지 마시오.

주사 여부가 있겠습니까! 장모, 형제분들 모두 부르시오. 나도 곧 채비를 하고 오겠소.

송모 얘야, 너는 집에서 음식 장만을 하렴. 나는 친한 형제들을 초대하러 갔다 오겠다.

주사 (시로 읊는다)

갖은 공을 쏟은 지 어언 수년

이 아침에 비로소 승낙 얻었네.

송인장

이 모두는 하늘이 내리신 인연

송모

생각도 못한 비바람 몰아치겠네.

(다같이 퇴장한다)

안수실 (안수실安秀實〔외外〕이 등장하여 시로 읊는다)

유분劉蕡*은 과거에 낙방해 천년 한을 품었고

범단范丹*은 지조를 지키다 한평생 가난했네.

맑은 하늘도 생각이 있다면

결코 선비를 저버리진 않으리.

소생은 낙양 사람 안수실입니다. 어려서부터 유가 학문을 꽤나 익혔고 뱃속 가득 글귀를 담았지만, 일생 기생 짝하고 술 먹는 일을 끊지 못했습니다. 이곳 변량에 왔다가 가기歌妓 송인장과 어울리게 되었지요. 처음에는 저한테 시집온다 하더니, 지금은 돌연 주사한테 시집간다 합니다. 그녀한테는 조반아趙盼兒라는 의자매 언니가 있습니다. 가서 말려 달라고 해도 안 될 건 없겠지요? 처형, 집에 있소?

(조반아〔정단正旦〕가 등장한다)

조반아 소첩이 조반아입니다. 누가 문을 두드리는군. 한번 열어 볼까? (보는 동작) 난 또 누구라고? 제부, 어쩐 일이에요?

안수실 부탁할 일이 있소. 동생 송인장이 처음엔 나한테 시집오겠다고 하다가, 지금은 주사한테 시집간다 하니 좀 말려 주시오.

조반아 당초 선비님과 혼약하지 않았나요? 이제 와서 다른 사람한테 시집간다니, 부부의 연이라는 게 정말 쉽지 않네요.

【점강순】

기생이 손님 받들며
평생 돈만 좇다가
이제 그 생활 접으려는데
어찌 이래도 고분 저래도 고분
풍류 나리만 좋다 하겠어요?

【혼강룡】

인연으로 짝이 되는 건
다 때가 있는 법이에요.
어떻게 마음이 통했지요?
어떻게 깊은 사이 되었나요?
번갯불에 콩 구워 먹듯 했다간
가슴 치며 후회할 날 올 거예요.
기생 년 살길 도모하고 정착할 곳 찾기란
실로 모래밭에서 바늘 찾기지요.
생각 좀 해 봐요

사람의 마음은 그렇다 쳐도
하늘의 이치는 속이기 힘든 법이에요.
【유호로】
인연이란 게 선비님과 저 둘만으로 되나요?
맘에 든 이 마다할 사람 어디 있겠어요?
그 애들은 수천 수백 번 고르고 또 골라
건실한 이에게 시집가 볼까 했다가
평생 짝이 되지 못할까 걱정
똑똑한 미남자에게 시집가 볼까 했다가
도중에 쉬이 버림받을까 걱정.
개오줌 속에 빠졌다가
쇠똥 속에 처박혔다가
난데없이 꽈당 한들
두 눈 뜨고 누굴 원망하겠어요?
【천하락】
시집간 지 채 며칠 되지도 않았는데
쭈그렁 얼굴 비쩍 곯은 몸뚱이
말도 못해 하소연도 못해 괜스레 눈물만 흘리지요.
전 팔자 고치려는 미인들도 봤고
무쇠 심지 가진 남자들도 봤지만
일생 홀로 잠 못 이루는 신세
내 팔자도 참 지랄이네요!

제부, 저도 손님에게 시집가려는데 이걸 두고 하는 비유가 있어요.

안수실 무슨 비유인데요?

조반아

【나타령】

조신하게 화장하고

삼종지덕 배우려 하지요.

근데 망할 기생 년들

죄다 정에 헤프잖아요.

정말 그 끝은 어디일까요?

내 비록 화류계 신세지만

어느 쪽이 좋을까요?

【작답지】

나는 사탕발림 장사치도 아닌데

남자는 미주알고주알 따지고 들지요.

하나같이 양심 없고

제멋대로지요.

겨우 두세 번 왔을 때 돈 달라 하면 "이 계집이 돈만 밝히네" 하지요.

우리가 좀 행실이라도 나쁘게 하면

이년이 사람을 속이려 드네 합니다.

【기생초】

기생질하길 좋아하는 이도 있고

첩이 되길 좋아하는 이도 있지요.

살림하는 이는 트집 잡혀 화풀이당하고
웃음 파는 이는 고리대에 허우적거리고
시집간 이는 애시당초 덫에 걸린 신세.
실로 '남쪽에서 북쪽 길을 열려는 격이고
서쪽으로 가면 될 걸 동쪽으로 가는 격'이지요.

제부, 좀 앉으세요. 내가 타일러 볼게요. 맘을 돌린다 해도 기뻐하지 말고, 맘을 돌리지 않는다 해도 속상해하지 말아요.

안수실 그냥 가겠습니다. 집에 가서 소식 기다리죠. 처형! 애 좀 써주시오. (퇴장한다)

조반아 (걸어가는 동작. 송인장을 만난다) 동생! 손님 받으러 가?

송인장 아니요, 저 혼인하려고요.

조반아 마침 중매 서려고 왔는데 잘됐군.

송인장 누군데요?

조반아 안 수재를 중매할까 하고.

송인장 그 사람한테 시집갔다간 둘이서 각설이타령이나 부르게요?

조반아 그럼 누구한테 시집가려는데?

송인장 주사한테요.

조반아 지금 시집가는 건 좀 이르지 않아?

송인장 이르고 말고가 어디 있어요! 오늘도 기생, 내일도 기생, 그래 봤자 곪아 터지기나 하지. 시집가면요, 장가네 마누라, 이가네 마누라 하며 부인네 이름을 갖게 될 것이니 죽어서도 때

깔이 좋을 거예요.

조반아

【촌리아고村里迓鼓】

삼세 번 생각하고

또 생각해야 해.

지금 나이도 어리잖아

천천히 다른 혼처 찾아줄게.

쉽게 생각하지

집안 재산만 지키면 된다고

못난 언니가 진정 네게 당부할게

네가 남자한테 구박받을까 걱정이구나.

동생, 남편감은 기방 손님 될 수 없고 기방 손님들은 남편감이 될 수 없는 법이야.

송인장 무슨 말이에요?

조반아

【원화령元和令】

남편감은 기방 손님 될 수 없단 말

끝내 그 말뜻 못 알아듣네.

기방 손님은 겉으로만 친절하고

남편감은 아주 진솔하지.

송인장 주사님은 잘 차려입어서 참 좋아요.

조반아

그 작자 차림새 번지르르해도

사람 도리에 대해 뭘 알까 몰라?

조반아 동생, 왜 그 작자한테 시집가려는 거야?

송인장 저를 아껴 주거든요.

조반아 어떻게 아껴 주는데?

송인장 일년 사시사철, 여름날 달게 낮잠 자고 있으면 부채를 부쳐 줘요. 겨울엔 이불을 덮어 주며 쉬라 해요. 제가 손님 맞으러 옷 입고 머리 장식 달 때면 옷고름도 매주고 비녀도 만져 주죠. 이렇게 절 아껴 주니, 그 사람한테 시집가고 싶은 마음뿐이에요.

조반아 그랬구나.

【상마교上馬嬌】

내 자초지종을 들으니
애당초 그런 이유라는 말에
살며시 쓴웃음을 짓게 되네.
여름엔 네게 부채 부쳐 준다고
겨울엔 화톳불을 쬐어 주며
솜옷에 한기 들까 걱정한다고?

【유사문游四門】

밥 먹을 땐
수저 들고 생선살 발라 준다고?
문을 나설 땐
옷고름 매주며 매무새 다듬어 주고
머리 장식 꽂아 주고 빗질도 해 주고?

모든 게 거짓인 걸 모르고

여인들은 더욱 빠져들지.

【승호로】

그의 사랑이 꿀처럼 달콤하다고?

일단 그 집에 발을 들이면

반년도 못 돼 소박 놓으며

이빨 드러내고 입 삐죽거리며

주먹질에 발길질에

넌 눈물 바람일 거야.

【요편】

그때 소 잃고 외양간 고쳐 봤자

누구를 원망하겠니?

사전에 잘 생각해서 후회할 일 말아야지.

타일러도 듣지 않으니

이 담에

오매불망 남편 바랐던 널 구할 준비나 해 둬야겠다.

동생, 나중에 고생하더라도 딴소리하지 마.

송인장 죽어도 싼 그런 일이 생겨도 언니한테 뭐라 하지 않을 거예요.

주사 (등장한다) 애들아! 이 예물들을 보기 좋게 잘 내려놓거라.

조반아 주사가 온 거 맞지? 저 작자가 말을 안 걸면 모를까, 말을 걸어 오면 몇 마디 해 줘야지.

주사 거기 이모는 조반아가 아닌가?

조반아 예.

주사 차와 식사 좀 들지요.

조반아 이걸 들라고요? 피골이 상접하고 쌀독에 거미줄 친 집에 해가 서쪽에서 뜨겠어요. 이런 음식들은 이 집에서 처음 봐요.

주사 이모께서 이 혼사에 보증 좀 서 주시오.

조반아 누구네 혼사요?

주사 송인장요.

조반아 송인장의 뭘요? 저 애의 바느질 솜씨, 음식 솜씨, 자수 놓기, 이부자리 보기, 마름질 솜씨, 자식 낳고 기르기 같은 걸 보증 서라는 건가요?

주사 이 망할 년! 주둥이를 잘도 놀리는군. 이미 다 된 일을 네 년한테 부탁하진 않겠어.

조반아 난 가요. (문을 나서는 동작)

안수실 (등장한다) 처형! 송인장을 설득했소?

조반아 소용없었어요.

안수실 그렇다면 난 과거나 보러 갈 수밖에.

조반아 안 돼요. 선비님이 해야 할 일이 있어요,

안수실 그럼 난 처형 말대로 객주에 묵으면서 처형이 어찌하는지 보겠소. (퇴장한다)

조반아

【잠살】

이 계집은 사람 홀리는 구미호요

기방 손님에게 들러붙는 천마수天魔祟*라네.

콩으로 메주를 쑨대도 믿지 말고

피를 토해도 붉은 물감이려니 하세.

쓸데없는 일은 한 귀로 흘려버리자

그게 바로 가장 쉽게 눈엣가시 뽑는 길.

그녀는 잘해 줘야만 기뻐한다네.

깨닫겠지,

아! 이 쌍랑雙郎* 같은 당신네 기방 손님은

금관과 하피霞帔 배자를 마련한다네.

부인으로 들어앉히고 나면,

딸랑 차 어음 삼천 장에 팔릴 신세

풍괴馮魁*한테 시집간 꼴이 돼 버리지.

(퇴장한다)

주사 장모한테 인사했으니 아씨를 가마에 태워라. 우리는 정주로 돌아가자. (시로 읊는다)

이제야 기생집 벗어나

여염집 아낙 되었네.

송인장 (시로 읊는다)

여염집 바라다 골탕만 먹고

기생 시절 그리울까 걱정이네.

(함께 퇴장한다)

제2절

상조

(주사가 송인장과 함께 등장한다)

주사 제가 주사입니다. 평생 말을 탔으나 나귀 위에서 꽈당 자빠진 꼴이 되었습니다. 이 부인을 데려오려고 혀가 닳도록 놀려 댔더니 일이 성사되었습죠. 지금 부인은 가마에 태우고 난 말에 올라 변경汴京을 떠나 예에 이르렀습니다. 가마를 앞세우고 가는데 여느 귀한 집 자제들이 "주사가 기생 송인장한테 장가들었다"며 비웃을까 걱정되더이다. 저 가마가 기우뚱기우뚱하는 것을 보고 냅다 앞으로 달려가 가마꾼에게 "네놈이 날 속여?" 하며 채찍을 갈겼지요. "가면 가는 거지, 기우뚱은 뭐야?" 하며 물었더니, 그놈 말이 "쇤네가 그런 게 아니에요. 쇤네는 아씨가 안에서 뭘 하는지 모릅니다요" 하더군요. 내가 가마 휘장을 젖혔더니 안에서 옷을 홀딱 벗고 재주를 넘고 있더군요. 집에 와서는 "침상에 이불을 펴 주오" 한 후 방에 들어가 보니 이불만 침대 높이로 쌓여 있더군요. "부인, 어디 있소?"라고 외치니 이불 속에서 "주사님, 저 이불 안에 있어요" 하는 소리가 들리더군요. 내가 "이불 안에서 뭘 하시오?" 했더니, "솜이불 꿰매다가 이불 안에 갇혔어요" 하더군요. 제가 몽둥이를 가져다 막 내려치려는데, "주사님, 절 때리는 건 상관없지만 옆집 왕 할머니는 때리면 안 돼요" 하더군요. 내가 "얼씨구, 이웃까지 죄다 이불 속에 처박혔구나!" 했습니다.*

송인장 제가 언제요?

주사 그걸 어떻게 다 말로 해. 이런 우라질 년, 내 손에 맞아 죽는 년은 있어도 이혼은 없어. 술 마시고 돌아와서 천천히 손봐주지. (퇴장한다)

송인장 착한 사람 말을 안 들으면 분명 허둥댈 일이 생기는 법. 그때 조반아 언니 말을 듣지 않았더니, 아니나 달라, 문지방을 넘자마자 길들인다며 몽둥이로 오십 대를 매섭게 내려치고, 아침저녁으로 때리고 욕하는 통에 저자 손에 죽을 것 같아요. 옆집에 보부상 왕씨가 살고 있는데 지금 변경으로 장사 떠난다 하네요. 그 편에 편지 한 통 보내 엄마와 조반아 언니더러 날 구해 달라 해야겠어요. 지체했다간 난 이미 저세상 사람일 거예요. 천지신명님, 저자한테 맞아 죽을 거라고요! (퇴장한다)

송모 (울면서 등장한다) 제가 바로 송인장의 어미예요. 제 여식이 주사라는 사람한테 시집갔는데, 어제 보부상 왕씨 편에 편지를 보내 그럽디다. "그 집 문지방을 넘자마자 길들인다며 몽둥이로 오십 대를 매섭게 내려쳤어요. 지금은 아침저녁으로 때리고 욕하면서 죽어 나갈 때만 바라고 있으니 급히 조반아 언니한테 저 좀 구해 달라 하세요." 이 편지를 들고 조반아한테 알리러 왔는데, 어떻게 해야 이 애를 구할 수 있을까요? 인장아! 너 땜에 속상해 죽겠다. (퇴장한다)

조반아 (등장한다) 저는 조반아입니다. 이 밥벌이는 언제나 끝이 날까?

【집현빈集賢賓】

요 몇 년간 시집갈 마음 없진 않았지만
누가 빚졌네 누군 이혼당했네 하더군요.
그네들 깊고 깊은 대저택에 눌러 살려 했거늘
기생 출신이라며 똑 분지를 줄 어찌 알았으리!
하나같이 그물 벗어난 물고기마냥 눈이 휘둥그레
하나같이 알 떨어뜨린 산비둘기처럼 구구거리네.
황실 정원에 노류장화路柳墻花*가 웬 말이듯
여염집에 기생 년이 어울릴 성싶으냐?
처음엔 진심이었다 해도
나이 들면 뒤도 돌아보지 않는다네.

【소요락逍遙樂】

왜 다들 쉽게 혼인을 할까?
왜 다들 조금만 살고 말까?
왜 다들 그렇게 쉽게 갈라설까?
하나같이 물거품 신세.
부모의 철천지원수 되고

해와 달, 새벽녘과 대낮처럼 상극되어 가며
남자의 올가미에 걸려들지.
남자는 그 절개와 사랑에
이제 마침표 찍게 한다네.

송모 (등장한다) 여기가 그 집 문 앞이에요. 들어가자. (만나는 동작) 아가씨, 속상해 죽겠소!

조반아 어머니, 무슨 일로 이리 크게 우세요?

송모 내 말하리다. 인장이가 아가씨 말을 듣지 않고 주사한테 시집갔잖아요. 문지방을 넘자마자 방망이 오십 대를 호되게 내려치고, 지금도 죽어라 때리는 통에 다 죽게 생겼답니다. 아가씨, 어찌하면 좋겠수?

조반아 에구머니! 인장이가 두들겨 맞았구나!

【금국향金菊香】
그 작자 은밀히 수작 벌일 그때
사이 틀어질까 그것만 걱정했는데.
그때 네게 했던 당부의 말
오늘 모두 현실이 되었네.
네가 떠날 땐
죽으러 가는 것 같았지.
그자는 세상에 둘도 없는 매정한 자
사랑합네 혼인합네 잘도 떠들어 대더라.

【초호로醋葫蘆】
너는 원앙금침 깔고 봉황 휘장 치며

하늘과 땅처럼 영원하리라 기원했지만

문지방 넘자마자 매운맛을 보았구나.

몇 번이나 눈 부릅뜨고 신경 끄려 했지.

인장아!

물에 빠진 사람 보고서도 모른 체한다면

도원결의한 우리의 맹세 뭐가 되겠니?

이렇게 될 것을. 누가 너더러 그자한테 시집가라 하더냐?

송모 아가씨, 주사가 맹세했잖수.

조반아

【요편】

왜 다들 오들오들 길송장이 될까요?

왜 다들 이상하게 요절하는데요?

두 모녀가 너무 순진하셨어요.

세상천지 여자 아낀다는 기방 손님 말에

어머니, 거짓말은 주사만 한 게 아니에요.

다들 하늘에 대고

욕 퍼부어 봤자?

귀에 스치는 가을바람일 뿐이죠.

송모 아가씨, 인장이를 어떻게 하면 구할 수 있겠수?

조반아 어머니, 제게 은자 두 개가 있으니, 우리 둘이 그걸로 이혼시키고 데려와요.

송모 그놈이 "죽어 나가는 일은 있어도 이혼은 없다"고 했대요.

(조반아가 생각하는 동작을 하고 나서 송모의 귀에 속삭이는 동작)

조반아 이렇게 할 수밖에요.

송모 안 먹히면?

조반아 상관없어요. 편지 좀 보여 주세요.

(송모가 편지를 건네는 동작)

조반아 (읽는다) "인장이가 언니와 어머니께 올립니다. 애초에 좋은 분 말씀을 듣지 않았더니, 과연 황망한 일이 생겼습니다. 그 집 문지방을 넘자마자 몽둥이로 오십 대를 호되게 내려치더군요. 지금도 아침저녁으로 때리고 욕하는데 견딜 수가 없습니다. 서둘러 와 준다면 절 볼 수 있겠지만, 지체한다면 저는 저세상 사람이 될 겁니다. 이만 줄입니다." 동생아, 애초에 누가 이렇게 하라더냐!

【요편】

처음엔 함께 걱정하고
함께 근심했지.
그는 말했지, 말년에 허허벌판에 묻혀
혼백은 거리를 떠돌며 제삿술 동냥할 거라고.
넌 말했지, 백 년 후에

동생아, 너는 오늘도 기생, 내일도 기생, 그래 봤자 곪아 터지기나 하지. 장씨나 이씨한테 시집가서,

부인네 이름을 갖게 될 것이니
죽어서도 때깔 좋을 거라 했지.

어머니, 편지 가져온 사람 아직 안 갔지요?

송모 아직 있어요.

조반아 인장이에게 편지 한 통 쓸게요. (쓰는 동작)

【후정화】

직접 편지를 쓰고

비밀에 부치라 해야지.

경솔함에 후회막급인 네게 보내노라

온몸으로 고통받는 네게 보내노라.

인장아, 내가 뭐라더냐!

너는 영문도 모르고

그자의 마수에 걸려

사정없는 몽둥이찜질에

시뻘건 피를 철철 쏟는구나.

매일매일 사형수처럼

죽을 날만 기다리는구나.

고향 땅 멀리 등진 정주에서

신경 써 줄 이 누가 있다고

이리 궁상을 떤단 말이냐!

송모 (우는 동작) 우리 딸이 어떻게 견뎌 낼꼬! 아가씨, 어떻게 구할 생각이에요?

조반아 어머니, 염려 놓으세요!

【유엽아柳葉兒】

어찌 참으라고만 하겠니?

내가 다시 꾀를 내야겠다.

이 구름 같은 트레머리에 귀밑머리 단장하고

어여쁜 옷을 입고
산호 고리에 부용꽃 단추 하고
유난스레 몸을 꼬며 살랑대야지.
【쌍안아雙雁兒】
분칠한 얼굴로 뼈만 남은 널 구하리.
시작했으면 끝장을 보리
그자한테 욕먹어도 그만.
괜한 허풍 아닐지니
이 몸의 미인계 어찌 피할까!

송모 아가씨! 그 부분 좀 자세히 얘기해 봐요. (우는 동작) 애야, 너 땜에 속상해 죽겠구나!

조반아

【낭리래살浪裏來煞】
어머니의 근심 몰아내고
어머니의 주름 펴시도록
잘 다녀오겠습니다.
저 여색 밝히는 심성은
개나 당나귀처럼
영리하다 으스대지요.

제가 그리 가서 두어 마디 건네 보고 이혼하겠다 하면 만사 끝난 거고요. 이혼 못 하겠다 하면 찔러도 보고 꼬집어도 보고 어루만져도 주고 안아도 주고 해서 그 작자를 온통 흐물흐물 녹여 놓을 거예요. 그 작자 콧잔등이에 떡하니 엿 하나 발라 놓고 핥지도 먹지도 못하게 할 거예요. 그 작자가 이혼장을 쓰면 인장이는 거기에 휘리릭 서명만 하면 돼요. 전 이만 떠나요.

한바탕 사랑싸움 일으켜
단칼에 이혼하게 만들리라.

(퇴장한다)

제3절

정궁

주사 (주막 주인과 등장하여 시로 읊는다)

세상사 이미 정해져 있거늘
덧없는 인생 공연히 분주해.
술과 여자만이
내 마음을 뒤흔들지.

이봐, 내가 이 주막을 열어 주면서 언제 이 집에 돈 아낀 적 있었냐? 관기官妓든 사기私妓든 구별 말고 네 주막에 기가 막힌 여인이 나타나거든 날 부르거라.

주인 알고 있습죠. 다만 나리께서 동에 번쩍 서에 번쩍 하시니 어디 가서 찾지요?

주사 기방으로 오거라.

주인 기방에 안 계시면요?

주사 노름판으로 오거라.

주인 노름판에 안 계시면요?

주사 감옥으로 오거라. (퇴장한다)

(장소한張小閑[축丑]이 등롱을 들고 등장한다)

장소한 (시로 읊는다)

징 박은 장화에 우산 쓰며 풀칠하고
남몰래 오작교 놓아 주며 살아가네.
한가한 이가 아니니 한가할 수 없고
한가한 때가 되어도 한가할 수 없지요.

저는 장소한입니다. 평생 장사치는 되지 못하고 기생에게 손님을 물어다 주고, 양쪽을 오가며 연통하는 일 모두 제가 해요. 여기 조반아 아씨께서 정주로 간다며 여행 가방 두 보따리를 꾸리라 했습니다. 채비가 끝났으니 말에 오르시지요.

조반아 (등장한다) 소한아! 이렇게 차려입으면 그놈을 후릴 수 있겠지? (소한이 쓰러지는 동작) 뭐 하는 게냐?

장소한 여부가 있겠습니까! 그놈은 물론 이놈도 다리에 힘이 쭉 빠져 버렸습죠.

조반아

【단정호】
그 애 근심 한가득
가슴은 답답
이도 저도 할 수 없네.
저 기생 년이 생각 없이 구는 통에
내 마지못해 호랑이굴로 들어가네.

【곤수구】

내 이렇게 살살 입김 넣어 가며
추파를 보내면
저자가 돌아앉지 않고는 못 배기리!
세상에 둘도 없는 남편이어도 어림없어.
사랑을 가벼이 여기고
마냥 살살거린 걸 보면서
몇 번이나 상관 말자 했었지.
첫째 홀로된 어머니가 가여워서고
둘째 나그네가 나그네 처지를 알기 때문이고
셋째 술꾼이 술꾼 마음을 헤아리기 때문이라네.
그곳에 가선
정신 바짝 차려야 해.

말하는 사이, 벌써 정주구나. 소한아! 말을 잡아라. 버드나무 그늘 밑에서 잠시 쉬어 가자꾸나.

소한 알겠습니다.

조반아 소한아! 우리 심심한데 잡소리나 지껄여 볼까? 좋은 사람은 행동거지도 뛰어나지만, 못된 놈은 행동거지도 형편없다잖니.

소한 아씨, 말씀해 보세요.

조반아

【당수재】

양반집 부인네 천생 양반집 부인이고

기생은 천생 기생일 뿐.
남의 집에 쓱 비집고 들어앉아도
아랫것이 상전 행세하는 통에
남몰래 화 삭이는 걸 어쩌겠어?
【곤수구】
양갓집 여인은 살포시 엷게 분 바르지
어디 우리처럼 덕지덕지 처바르나?
양갓집 여인은 참빗 들어 찬찬히 쓸어내리지
어디 우리처럼 머리띠를 질끈 동여매다
아래턱에 머리띠 자국 남기던가?
양갓집 여인은 친소親疎를 구별하고
양갓집 품위가 풀풀 뿜어져 나오지
어디 우리처럼 빈방에 갇힌 원숭이같이
온갖 나쁜 행실과
각종 거짓과 악의로
바람 잘 날 없던가?

소한 여기 주막이 있으니 쉬었다 가요.

조반아 주인을 불러라. (주막 주인이 보는 동작) 이보시오, 방 한 칸 깨끗이 청소해서 짐 좀 옮겨 주오. 그리고 주사 나리한테 내가 여기서 한참을 기다렸노라 전해 주시오.

주인 알겠습니다. (부르는 동작) 나리, 어디 계세요?

주사 (등장한다) 무슨 일이냐?

주인 주막에 미인이 들어 나리를 찾습니다.

주사 바로 가 봐야겠구나. (보는 동작) 기가 막힌 기생이로다.

조반아 주사 나리, 오셨어요?

【요편】

우리 동생 보고 들은 게 있는 데다

복도 많아라.

남편을 미남 중의 미남으로 차려입히니

이팔청춘 따로 없네.

주사 어디서 봤지? 주막에서 자네는 가야금 타고 나는 갈색 비단을 선물했던가?

조반아 얘야, 본 적이 있느냐?

소한 갈색 비단 같은 건 본 적이 없는뎁쇼.

주사 오호라! 항주杭州에서 일찍 파하고 섬서陝西 주막으로 자리 옮겨 술 마실 때, 내가 아가씨에게 식사를 대접하지 않았던가?

조반아 얘야, 본 적이 있느냐?

소한 본 적 없습니다.

조반아

당신은 새 사람만 좋아하고

잊기도 잘하는 데다

눈썰미도 없군요.

사화詞話*에 그런 말이 있지요.

"무릉계곡에서 만난 적 있건만, 오늘은 누구세요" 하네

난 당신 때문에 잠도 설친답니다.

주사 생각났어. 조반아 아닌가?

조반아 맞아요.

주사 조반아라고? 옳거니, 잘됐어! 애초에 네년이 혼사를 망치려 들었겠다. 애야, 주막 문을 닫고 이놈 소한을 매로 쳐라.

소한 안 돼요. 우리 아씨가 비단옷 차려입고 혼수 예물 갖춰 들고 나리께 시집온 건데, 되레 절 때린다고요?

조반아 주사, 앉아서 내 말 좀 들으세요. 당신이 남경南京에 있을 때, 사람들이 귀가 닳도록 '주사, 주사' 했지만, 정작 만난 적이 없었지요. 훗날 당신을 만나고 나서 끼니도 잊고 오로지 당신만 그리워했답니다. 그런데 당신이 송인장한테 장가든다는 말을 들으니 괴롭지 않을 리가 있었겠어요? 주사, 난 당신한테 시집갈 생각뿐이었는데, 당신은 되레 나한테 혼인 보증을 서 달라고 했잖아요!

【당수재】

애초에 나잇값하려고 똑똑한 척 혼례를 주재했지만
질투심에 혼례를 파투 내려 한 줄 알 턱이 있을까?
당신이란 사람 겉으론 똑똑해 보여도 속은 바보예요
당신이 지금 혼인했다 해서
그걸로 얘기 끝일 수 있겠어요?

전 좋은 마음에 말과 수레에 혼수를 싣고 당신을 찾아왔는데 당신은 되레 절 욕하시다니요? 소한아! 수레를 돌려라, 집으로 가자.

주사 애당초 나한테 시집오려 했다고? 그걸 알았으면 내가 왜 소한 처남을 때렸겠어?

조반아 정말 모르셨어요? 모르셨다면 가지 말고 저랑 여기서 함께 지내요.

주사 하루이틀은 물론이고 일 년 이 년 있으라 해도 있을 수 있지.

송인장 (등장한다) 주사가 이삼 일 집에 들어오질 않아, 이 집 문 앞까지 찾아왔으니 좀 볼까? 조반아 언니와 주사가 있군. 이 노친네가 부끄러운 줄도 모르고 여기까지 왔네. 주사! 집에 들어올 생각은 하지도 마요! 들어오기만 해 봐. 나랑 당신이랑 칼 하나씩 뽑아 들고 너 죽고 나 죽자 결판을 낼 테니! (퇴장한다)

주사 (몽둥이를 든다) 단박에 요절을 내주겠어! 여기 조반아만 없었으면 넌 맞아 죽었어.

조반아

【탈포삼】

내가 몹쓸 년이었네요
난 왜 잘 듣지 않았을까?
갈비뼈에 장작개비 찔러 놓고 꾹 참을지언정
당신이 그녈 흠씬 두들겨 패는 건 못 보겠어요.

【소양주】

하룻밤 부부의 연 백 일 간다면서요?
고정하세요.
난리를 쳐도 저 없을 때 하시고
제 앞에서는 생각 좀 해 보세요.
아녀자를 때려 죽이는 남자가 어디 있답니까?

【요편】

이 사람 더없이 흉악하게

인정사정없는 방망이 부르쥐고

불같이 화를 내니 내 낭군님 안 같아요.

이렇게 굵은 몽둥이를 휘둘렀다가 그 애를 때려죽이기라도 하면 어쩌려고요?

주사 남편이 마누라를 때려죽였다고 사형시키진 않아.

조반아 그렇게 말하면 누가 당신한테 시집을 가요? (못 듣게 노래한다)

난 거짓으로 속이고

가짜로 얼러서

이놈을 꼼짝 못하게 해야지.

동생!

내가 사랑싸움 벌여 기생 구하는 걸 지켜보렴!

주사, 수단이 참 좋군요. 당신은 여기 가만히 앉아서 마누라가 나한테 진탕 욕을 해 대게 만들다니. 소한아! 수레를 돌려라. 돌아가자.

주사 아름다운 부인! 앉아요. 난 그년이 오는 걸 몰랐어. 알았다면 벼락을 맞아도 싸.

조반아 정말 당신이 시킨 게 아니에요? 정말 못된 마누라네. 단박에 송인장을 내쳐요. 그러면 내가 당신한테 시집가겠어요.

주사 집에 가서 바로 그년과 이혼하겠소. (방백으로) 잠깐만! 이 여편네는 늘 몽둥이찜질당해 집에 길려 있으니, 이혼장을 써 주면 그 즉시 바람처럼 사라질 거야. 그때 이 사람마저 나한테 시집오지 않겠다고 하면, 난 두 마리 토끼를 모두 잃는 셈이 되잖아. 이혼은 천천히 하고 이 사람한테나 본때를 보여 줘야겠어. (조반아를 향해) 이보오, 내 성질머리가 좀 고약해서 말이야. 내가 지금 집에 가서 마누라랑 이혼한다고 쳐. 그때 당신이 눈 딱 감고 모른 체하면 난 두 마리 토끼를 다 놓치는 셈이 되지. 임자가 맹세를 해.

조반아 주사, 제가 맹세하길 바라요? 당신이 부인과 이혼했는데도 제가 당신께 시집가지 않는다면, 난 목욕탕에서 말한테 밟혀 죽고, 촛불 심지에 걸려 다리몽둥이가 뚝 부러질 거예요. 나더러 이런 맹세까지 하게 만들다니!

주사 주인장! 술 좀 갖고 와.

조반아 그만두세요. 수레에 술이 열 병 있어요.

주사 양고기도 사야지.

조반아 양고기도 살 필요 없어요. 수레에 양고기 요리가 있어요.

주사 좋아, 좋아, 좋아. 붉은 비단을 사 올게.

조반아 비단도 살 필요 없어요. 짐 안에 붉은 비단 두 필이 있어요. 주사, 따져 뭐 해요? 당신 게 제 거고, 제 게 당신 거잖아요.

【이살】

끝까지 가까워야 진짜 가까운 사이
친한 이는 뭐라 해도 친족뿐이라네.
난 꽃 같은 용모에
꽃 같은 나이에도

이 비단같이 소중한 앞날 위해
은 몇 냥으로 혼수를 마련했어요.
맨 쭉정이만 있다 해도 괜찮고
재취냐 삼취냐도 따지지 않아요!
천신만고를 겪어도
온갖 멸시를 당해도
일평생 내 낭군 저버리지 않겠어요!
【황종미】
당신이 찢어지게 가난하면 기꺼이 분수 지켜 가난을 떠안겠어요.
당신이 잘 먹고 잘산다면 내가 따습고 배불러 남자 밝힌다 비웃지 마세요.
당신이 딴마음 품어
당신 눈앞의 이 사람을 내친다면
당신 재산은 한 푼도 받지 않고
일찌감치 내 발로 나갈 거예요.
집안 재산이 당신 친척을 맞이하고
살진 말과 가벼운 갖옷이 당신을 기다리니
방 안 가득 혼수 채워 당신과 부부가 되겠어요.
제가 당신에게 시집가면요, 바느질에 요리, 자수 놓기와 잠자리 보기, 옷감 재단 등 어느 것도 저 송인장보다 못하지 않아요.
당신이 이혼장 쓰고 손해 볼 일 없을 거예요.
(함께 퇴장한다)

제4절

쌍조

(송인장이 등장한다)

송인장 주사가 올 때가 됐는데…….

(주사가 등장한다. 만나는 동작)

주사, 뭔 밥을 먹으려고요?

주사 (주사가 화내는 동작) 좋아. 종이와 붓을 가져다 이혼장을 써 줄 테니 썩 꺼져!

(송인장이 이혼장을 받아들고도 가지 않는다)

송인장 내가 뭘 잘못했다고 내쫓아요?

주사 안 가? 빨리 꺼져!

송인장 정말로 나를 내쫓는 거예요? 처음에 당신이 날 원할 때 뭐라 했어요? 이 배신자, 천벌을 받을 사람. 당신이 가라고 해도 난 못 가요.

(주사가 문밖으로 밀어내는 동작)

송인장 그래 간다 가. 주사! 참으로 어리석은 양반아! 조반아 언니, 언니는 참으로 대단해. 이 이혼장을 가지고 곧장 주막으로 가서 언니를 찾아봐야지. (퇴장한다)

주사 저 망할 년이 사라졌으니, 나도 주막으로 가서 새 부인한테 장가들어야겠다. (주막에 이르는 동작을 하고 크게 부른다) 주인, 방금 왔던 그 부인은 어디 있느냐?

주막 주인 나리가 나가자마자 바로 말에 올라 떠났습니다요.

주사 당했구나! 말을 가져와라, 뒤쫓아가야겠다.

주막 주인 말이 새끼를 뱄습니다요.

주사 그럼 노새에 안장을 얹어!

주막 주인 갠 발병이 났습죠.

주사 그럼 걸어서 쫓아가야겠다.

주막 주인 나도 쫓아가 봐야지. (함께 퇴장한다)

(조반아가 송인장과 함께 등장한다.)

송인장 언니가 아니었으면 아직도 그 집에 있었을 거예요.

조반아 가자, 가자, 가!

【신수령】

도마처럼 평탄하게 이혼장 쓰고 빙긋

거짓말쟁이 그 사람은 어디에 있나?

여색 밝힌다 수단 좋다 뽐내도

이 달변가의 구천 마디 말을 어찌 당해 내리?

조반아 인장아! 그 이혼장 좀 보여 줘 봐.

(송인장이 이혼장을 건넨다)

(조반아가 이혼장을 바꿔치는 동작)

조반아 인장아! 다른 사람한테 시집갈 때 이 종이 한 장만 있으면 되니 잘 간직해라.

(송인장이 받는 동작)

(주사가 뒤쫓아 와 소리친다)

주사 망할 년! 어딜 가는 게야? 송인장! 넌 내 마누라인데 어찌 도망가는 게냐?

송인장 주사! 이혼장을 써 주면서 날 내쫓았잖아요.

주사 이혼장엔 다섯 손가락 모두 찍어야 해. 네 손가락 찍힌 이혼장이 어디 있단 말이냐?

(송인장이 펴서 보자 주사가 빼앗아 입으로 물어 찢는다)

송인장 언니, 주사가 제 이혼장을 찢어 버렸어요.

(조반아가 다가가서 제지하는 동작)

주사 너도 내 마누라잖아.

조반아 내가 어째서 당신 마누라요?

주사 내 술을 마셨잖아.

조반아 좋은 술 열 병이 내 수레에서 나왔는데, 그게 어떻게 당신 거예요?

주사 내 양고기를 받았잖아.

조반아 내가 가져온 건데, 그게 어떻게 당신 거예요?

주사 내 비단을 받았잖아.

조반아 나한테 있던 건데, 그게 어떻게 당신 거예요?

【교패아】

술과 양은 수레에 있었고

붉은 비단도 내 거였네요.

당신 욕심은 끝도 없군.

남의 것을 거저 가지려 하다니.

주사 나한테 시집오겠다고 약속했잖아.

조반아

【경동원】

우린 거짓으로 사람 대하고

맹세란 걸 하며 풀칠하지요.

못 믿겠다면,

화류계 여인 집에 들여놔 봐요

하나같이 화촉 밝히며

하나같이 천지신명 가리키며

하나같이 귀신이 잡아간다 하지.

그 말대로 되었다면

벌써 그네들 씨가 말랐게요?

인장 동생, 저자랑 가려무나.

송인장 (무서워하는 동작) 언니, 저자 따라갔다가는 죽은 목숨이에요.

조반아

【낙매풍】

네가 생각 없고

바보같이 군 탓이야.

주사 이혼장이 이미 없어졌는데 나랑 안 가면 어쩌려고?

(송인장이 무서워하는 동작)

조반아 동생, 겁낼 것 없어. 찢어 버린 건 가짜야.

내가 일부러 가짜를 주었지.

자, 진짜는 여기에 있단다.

(주사가 뺏는 동작)

소 아홉 마리가 끌어내도 어림없어.

(주사가 두 여자를 끌어당기는 동작)

주사 엄연히 국법이 있거늘 관아로 가자. (함께 퇴장한다)

(정주 태수〔고孤: 외外〕가 장천張千을 이끌고 등장한다)

정주 태수 (시로 읊는다)

명성 덕행 구중궁궐까지 전해지고

밤 깊어도 집집마다 문단속 않네.

비 온 뒤 푸른 들녘 밭 가는 이 있고

달 밝은 밤 꽃 핀 마을 개도 짖지 않는다네.

소관은 정주 태수 이공필李公弼입니다. 지금 등청해 공무를 처리하려 합니다. 장천! 소장을 수합하라.

장천 알겠습니다.

(주사가 두 여인, 송모와 함께 등장한다)

주사 억울합니다.

정주 태수 무슨 일을 고소하려느냐?

주사 나리는 불쌍히 여기시옵소서. 제 아내를 강탈하려 합니다.

정주 태수 누가 너의 아내를 강탈한단 말이냐?

주사 조반아가 계략을 세워 제 아내 송인장을 강탈하려 합니다.

정주 태수 이쪽 부인의 말을 들어 보겠다.

조반아 송인장은 남편이 있는 몸인데, 주사가 강제로 아내로 들였다가 어제 또 이혼장을 써 주었습니다. 어찌 제가 강탈했단 말입니까?

【안아락】

심보 고약하고

집에 돈도 많고

거짓말만 일삼고

진실의 길은 디뎌 본 적도 없습니다.

【득승령】

송인장에겐 지아비가 있는데도

강제로 자기 사람 만들었지요.

음탕하고 고약한 심보에

흉악하고 다혈질에

불한당 같은 놈!

매사 제멋대로 굴다가

지금 이혼장 꺼내니

은혜로운 나리께서 현명히 처결해 주소서.

안수실 (등장한다) 마침 조반아가 사람을 보내 "송인장이 이미 이혼장을 손에 넣었다. 빨리 관아로 가면 그녀한테 장가들 수 있을 거다"라고 했습니다. 여긴 관아 앞이니 소리 높여 외쳐야겠습니다. 억울합니다!

정주 태수 누가 밖에서 소란을 피우느냐? 데려오라.

장천 (데리고 들어가는 동작) 대령하였습니다.

정주 태수 누굴 고발하려는 것이냐?

안수실 저 안수실은 송인장과 정혼한 몸이었는데, 정주 사는 주사가 강제로 그녀를 아내 삼았습니다. 나리께서 해결해 주소서.

정주 태수 누가 중매를 섰느냐?

안수실 조반아가 섰습니다.

정주 태수 조반아! 너는 송인장에게 원래 남편이 있다 했다. 그게 누구냐?

조반아 바로 선비 안수실입니다.

【고미주】

그는 유년 시절 유학을 공부해

뱃속 가득 온갖 경전을 담았지요.

또 저와 한동네 사람인 데다

귀걸이 비녀 예물도 받았으니

여염집 부인 된 게 맞습니다.

정주 태수 조반아, 묻겠다. 중매 선 사람이 정말로 너냐?

조반아 예, 소첩이옵니다.

【태평령】

지금 중매인을 증거로 댄다고

부인 강탈한 저자의 갖은 계략에 어찌 맞설 수 있겠어요?

뭐가 제대로 된 혼인이었답니까?

저자는 보란 듯이 풍속을 해쳤어요.

오늘 태수 나리께 판결해 주시라 고하노니
불쌍히 여기시고 저 부부를 다시 맺어 주소서.

정주 태수 주사! 저 송인장에게 버젓이 남편이 있었는데도, 너는 어찌 네 처라고 억지를 쓰느냐? 네놈 부친의 체면을 생각하지 않았다면 네놈을 관할 기관으로 보내 죄를 물었을 게다. 너희는 내 처결을 듣거라. 주사에게는 곤장 육십 대와 일반 백성과 동일하게 조세와 부역의 의무를 지우도록 한다. 송인장은 안 수재의 부인으로 되돌아간다. 조반아는 집으로 돌아가 평안히 살지어다. (사로 말한다)

그 어미 재물 밝히고 돈 탐한 탓이나
조반아가 자초지종 세세히 밝혀 주니
아둔한 주사는 본분도 지키지 못하고
안 수재 부부는 다시 부부가 되었다네.

(모두 감사의 절을 올리는 동작)

조반아

【수미】
자애로운 태수님께 조목조목 연유를 아뢰고
탐욕스러운 남편과 한 많은 부인을 갈라놓았네.
우매한 여인아 다시는 목숨 건 사랑 언급 말고
사랑의 기방에서 다시 제비 꾀꼬리 한 쌍 되리.

제목: 안수실과 기생은 화촉 밝히고
정명: 조반아는 사랑싸움 벌여 기생을 구해 내네

인형을 조사하여 사건을 해결하다張孔目智勘魔合羅

맹한경孟漢卿

정말(正末) 이덕창(李德昌), 공목(孔目) 장정(張鼎)

충말(冲末) 이언실(李彦實)

정(淨) 이문도(李文道), 사또

단(旦) 유옥낭(劉玉娘)

외(外) 고산(高山), 부윤(府尹)

축(丑) 영사(令史)

장천(張千), 이덕창의 아들

설자

선려

(이언실〔충말冲末〕이 이문도〔정淨〕를 이끌고 등장한다)

이언실

보름을 지나니 달빛은 줄어들고
중년을 넘으니 만사가 그만이로다.
아들 손자들은 다 제 복을 타고나는 법
그놈들 때문에 소나 말이 되진 말게나.

이 늙은이는 이언실, 이곳 하남부 녹사사錄事司 식초 골목에서 삽니다. 식구가 다섯인데 이 애는 아들 이문도, 그리고 조카 이덕창, 조카며느리 유옥낭이 있고, 조카에겐 아들이 하나 있는데 불류佛留라고 부릅니다. 조카가 이제 남창南昌으로 장사하러 간다며 오늘 찾아와 작별 인사를 한다고 했는데 어째서 여태 안 나타나는 거지?

(이덕창〔정말正末〕이 아내 유옥낭〔단旦〕, 아들과 함께 등장한다)

이덕창 저는 이덕창이고, 이 사람은 아내 유옥낭, 이 아이는 아들 불류입니다. 털실 가게를 열고 있습니다. 건너편이 제 숙부 이언실이고 사촌 동생 이문도는 의원입니다. 제가 이 큰길에서 점을 봤는데 백 일 안에 액을 당할 테니 천 리 밖으로 나가야 피할 수 있다고 하더군요. 그래서 액운도 피할 겸 남창으로 가서 장사나 좀 해 볼까 합니다. 여보, 우리 세 식구 숙부님께 인사하러 갑시다.

유옥낭 우리 가요.

이덕창 (이언실을 만나는 동작) 숙부님, 저는 남창으로 액운도 피할 겸 장사하러 떠나려고 합니다. 오늘이 길일이라 숙부님께 인사드리러 왔습니다.

이언실 얘야, 가면 가는 거지 인사는 뭘. 내내 조심하거라.

이덕창 (이문도에게) 사촌, 집안을 잘 돌보게.

이문도 형님, 일찍 돌아오세요.

이덕창 숙부님, 이제 먼 길을 떠나겠습니다. (문을 나서는 동작)

유옥낭 여보, 오늘 장사하러 떠나시는 길에 할 말이 있어요. 해도 돼요?

이덕창 무슨 말인데?

유옥낭 작은 도련님께선 늘 날 희롱하셨어요.

이덕창 (화내며) 시끄러워! 내가 집에 있을 땐 말이 없다가 오늘 길을 떠나는 마당에 그런 말을 하다니. 여보, 그 얘기 다시는 꺼내지도 말고 집이나 잘 지키시오. 명심하시오.

【상화시】

자네들 시동생과 형수 사이가 늘상 삐걱거려서

내가 당신을 얼마나 타일렀는데.

유옥낭 (슬퍼하는 동작) 당신이 가고 나면 저는 어떡하라고요?

이덕창

당신은 걱정일랑 붙들어 매고

가슴 아파하지 말아요.

당신은 안팎으로 재산을 잘 돌보고

다른 건 상관 말고

우리 아이나 잘 돌봐야 해요.

유옥낭 그건 잘 알겠으니 당신이나 잘 지내요.

이덕창

【요편】

남자란 말이야, 가족을 위해 돈을 벌어야 하지.

나는 외지 타향에 가서 장사를 해야겠소.

유옥낭 빨리 돌아오기나 하세요.

이덕창

두 뺨 가득 눈물 흘리지 말아요.

길어야 채 반년도 되기 전에

돈만 좀 벌리면 곧바로 돌아올 테니.

(유옥낭과 함께 퇴장한다)

이언실 문도야, 네 사촌 형이 장사하러 떠났다. 넌 일이 없을 땐 형수네 집에 가지 마라. 나한테 들켰다간 너를 그냥 두지 않을 기야. (시로 읊는디)

시숙과 형수란 원래 내외하는 법인데
하물며 그 집 남정네가 장삿길 떠난 마당에야.
네 이놈, 일없이 저 집에 드나들었다간
내가 기어이 요절을 내버리고 말 테다.

(함께 퇴장한다)

제1절

선려

(유옥낭이 등장한다)

유옥낭 저는 유옥낭입니다. 남편 이덕창은 남창으로 장사하러 떠났습니다. 오늘은 별일 없으니 털실 가게를 열고 누가 오나 봐야겠어요.

(이문도가 등장한다)

이문도 저는 이문도입니다. 생약 가게를 열고 있는데 사람들은 되는대로 저를 새노의*라고 부릅니다. 사촌 형 이덕창이 장사하러 떠나고 형수만 집에 있는데 저는 형수가 정말 맘에 들어요. 그런데 아버지께서 형수한테 가지 못하게 하시네요. 오늘 저는 아버지 몰래 형수에게 가서 수작 좀 걸어 봐야겠어요. 되든 안 되든 밑져야 본전이죠. 문 앞에 도착했네요. 들어가 봐야지. (유옥낭을 만나는 동작) 형수님, 형님이 떠난 뒤로 못 찾아뵈었네요.

유옥낭 형님도 안 계신데 뭐하러 오셨어요?

이문도 와서 형수님도 좀 뵙고, 차도 좀 마시자는 거지, 무슨 일이 있긴요.

유옥낭 이 녀석이 찾아온 게 좀 수상해. 숙부님을 불러야지. 숙부님!

(이언실이 등장한다)

이언실 누가 날 부르는 게냐?

유옥낭 저예요.

이언실 어쩐 일로 부른 게냐?

유옥낭 도련님께서 우리 집에 와서 저를 희롱하려 해요. 그래서 말씀드리는 거예요.

이언실 (만나는 동작) 여기에 또 오다니 어쩐 일이냐? (이문도를 때려서 퇴장시킨다) 저 녀석이 다시 오면 날 불러라. 내 그냥 두지 않겠다. 이 녀석을 두들겨 패 줄 테야. (퇴장한다)

유옥낭 언제까지 이래야 하는 걸까? 가게 문을 닫아야겠다. 여보, 언제 돌아오셔요? 정말 가슴 아프구나! (퇴장한다)

(이덕창이 봇짐을 메고 등장한다)

이덕창 정말 큰비로구나! (노래한다)

【점강순】

칠월 하고도 겨우 초순인데

이 초가을 계절에도 아직 더위가 남아 있구나.

이 홑무명옷 하나 입고

주룩주룩 쏟아지는 장대비를 어떻게 피할지.

【혼강룡】

비구름이 끊이지 않아
황량한 벌판에서 바라보니 온통 물바다라.
쏟아지는 비에 산봉우리 흐릿하고
빽빽한 구름에 푸른 하늘 갇혀 있네.

이 비가 얼마나 내리는고 하니,

두껍게 덮힌 구름은 동쪽 큰 바다를 거꾸로 매달아 놓은 듯
쏟아지는 기세는 동정호를 쏟아붓는 듯
눈을 부릅떠 보아도 돌아갈 길을 찾을 수가 없구나.
사방 들판은 시커멓게 구름에 뒤덮였고
가야 할 앞길은 새하얗게 물에 잠겼도다.

비가 갈수록 거세지는구나!

【유호로】

소상강 수묵화를 그리기라도 했나
온몸이 빗물에 흠뻑 젖었는데
한술 더 떠 물결은 철썩철썩 도랑을 이루네.
콸콸 도랑은 구불구불 길 따라 흘러가고
쉬익쉬익 바람은 휘청휘청 나무를 흔드네.
질퍽질퍽 진흙에
텀벙텀벙 웅덩이.
비틀비틀 걷다가 쭈르르륵 미끄러지니
부르르르 떨며 몸을 추스르네.

【천하락】

순식간에 짚신코가 뜯어져 나가니

길을 걷기도 힘들게 생겼네.

내 궁여지책으로

이 보따리의 모시 끈으로 잠시 묶어 두네.

흠뻑 젖은 내 머리를 어찌 쳐들며

종일 걸은 내 다리를 어찌 뻗을까.

두 눈 멀쩡히 뜨고도 속수무책이로구나.

멀리 오래된 사당이 하나 보이니 저기에 가서 비를 좀 피해야겠다. (봇짐을 내려놓는다) 짐부터 벗어 놓고. 아, 여긴 오도장군五道將軍* 사당이구나. 오래돼서 다 쓰러져 가니 참으로 처량하구나.

【취중천】

부러진 제사상이 문짝을 떠받치고

들판의 잡초가 섬돌을 뒤덮었네.

장군님, 저는 이덕창이라 합니다. 장사하고 돌아오는 길이니 장군님께서 지켜 주소서.

땅바닥에 향로 그리고 흙 비벼 분향하고

엎드려 절하고는 다급히 우러르니

신령님의 보호하심에 감사드리나이다.

장군님께선 금 채찍으로 가야 할 길 일러 주시고

아무 재난 없이 속히 고향에 돌아가게 해 주소서.

정말 엄청난 비로구나. 옷이며 짐이며 모두 젖었으니 옷이라도 벗어서 말려야겠다.

【취부귀】

내 여기서 무명 홑바지 비틀어 짜고

젖은 옷을 널어 말리네.

어째서 이렇게 빗물이 샐까? 아, 지붕이 무너져서 이렇게 새는구나. 내 짐은 어떻게 되었나 봐야겠다.

짐 덮은 기름포에 새는 곳이라도 있는지

내 너를 샅샅이 살펴봐야겠다.

다행히 하나도 젖지 않았군. 허, 어쩌면 이렇게 줄줄 샌단 말인가?

이상하네.

이마를 두어 번 문질러도 닦이지가 않아.

왜 그럴까. 아, 멍청아. 왜 그리 서둘러?

흠뻑 젖은 두건을 벗어 버리는 것도 잊었구나.

이 옷을 벗어서 말리자. (옷을 벗는 동작) 사당을 나가서 하늘빛을 좀 봐야겠다. (문을 나서는 동작) 아이고, 갑자기 몸이 으슬으슬하고 열이 나기 시작하네. 이를 어쩌면 좋담?

【일반아】

새끼 사슴이 쿵쿵 가슴에 부딪히는 듯

불덩이가 활활 폐부를 태우는 듯

내 몸이 정결하지 않아서 신령님을 범한 것일까? 바라옵건대 금 채찍으로 길을 일러 주시고 성스러운 손으로 보호하여 주소서.

비린내나 부정한 것으로

당신을 더럽힌 게 아니라면,

이덕창, 그게 아니지. 신령님이시라면 어찌 우리 중생의 잘못만을 보실까.

다시 한 번 생각해 보자.

아마도 이 병은,

아마도

절반은 바람 때문, 절반은 비 때문인 게야.

나를 찾으러 오라고 내 처에게 알려 줄 사람을 찾아야 할 텐데 어떡할까? 잠시 쉬어야겠다.

(고산〔외外〕이 봇짐을 메고 등장한다)

고산 아이고, 이렇게 큰비가 내리다니! 여기 오도장군 사당에서 비 좀 그었다 가야겠다. (짐을 내려놓는 동작) 이 늙은이는 고산이라고 합니다. 용문진 사람인데 식구는 마누라와 저 딱 둘입니다. 매년 칠월 칠석에 맞춰 성에 들어가 진흙 인형을 팝니다. 오늘 집을 나서자마자 온 사방에 먹구름이 덮이더니 항아리를 쏟은 것처럼 비가 퍼붓는 거예요. 마누라가 기름먹인 천 두 장을 챙겨 준 게 그래도 소용이 있었나 봅니다. 아이고, 천지신명님, 물건이 하나도 망가지지 않았네요. 이 북은 내 장사 밑천인데 비를 맞아 가죽이 늘어졌네요. 한번 흔들어 보니 그래도 소리는 나는군요.

이덕창 어, 누가 왔다. 천만다행이다.

【금잔화金盞花】

흠뻑 젖어 몸에 탈이 났었는데

소리를 듣자마자 찌푸렸던 미간이 펴지네.

이렇게 둔탁한 뱀가죽 북소리가 어디서 나는 걸까?

문을 나서 살펴보니

그는 재빨리 내려놓고 정돈을 하는데

납 비녀로 머리 틀어 올리고

뿔 빗으로 옆머리 눌러 놓은 차림새에

칠석날 걸교할 때 쓰는 진흙 인형과

밤에 갖고 노는 노리개를 갖고 있네.

(이덕창이 다가가 잡아당기며 절하는 동작)

이덕창 어르신, 인사드립니다.

고산 아이코! 귀신이다!

이덕창 저는 귀신이 아니라 사람입니다.

고산 사람이라면 이렇게 생각이 짧아서야. 먼저 인기척을 해야 사람인 줄 알지. 갑자기 다가와 잡아당기면서 인사를 하면, 이 오래된 낡은 사당 아무도 없는 곳에서, 나니까 괜찮았지 다른 사람 같았으면 놀라 기절했을 거요.

(고산이 흙을 집어 고수레하는 동작)

이덕창 뭐 하시는 겁니까?

고산 내 머리가 놀랐잖소.

이덕창 어르신, 저도 물건 파는 장사치입니다. 들어와서 좀 앉으세요.

고산 이 늙은이도 자네와 함께 좀 앉아 볼까. 자네는 수건으로 동여매고 뭐 하는 겐가?

이덕창 어르신, 저는 이 사당에서 비를 피하는 중인데, 서둘러 옷을 벗었더니 고뿔이 들었습니다. 어르신께선 어디로 가는 길입니까?

고산 난 성안으로 장사하러 간다네.

이덕창 어르신, 저 대신 말씀 좀 전해 주시겠습니까?

고산 이보오, 형씨. 내가 절대로 하지 않기로 다짐한 세 가지가 있는데, 첫째는 중매, 둘째는 보증, 셋째는 남의 소식 전해 주는 일이지.

이덕창 저는 하남부 성안의 식초 골목에 삽니다. 이름은 이덕창이고 식구가 셋인데, 아내는 유옥낭이고 아들은 불류라고 합니다. 남창에 장사하러 갔다가 이문을 백 배 남겼지요.

고산 (몸을 일으킨다) 쉿, 쉿, 쉿! (문밖을 살펴보는 동작) 여기서 비 피하시는 분들 있으면 어서 와서 함께 얘기나 합시다! 안 계십니까? (들어와 이덕창에게) 이런 사람을 봤나! 누가 물어봤어? 그런 말을 하게. 누가 듣고 재물을 노려 자넬 해친다면 공연히 생고생만 하는 것 아니겠나? 자넨 내가 누군지 어떤 사람인지 아나? 호랑이 가죽은 그려도 뼈는 그리기 힘들고, 사람 얼굴은 알아도 마음은 모른다는 말이 있지 않나?

이덕창 여기 무슨 도적이 있다고 그러세요? 어르신, 제가 지금 고뿔이 들어서 자리에서 일어날 수가 없습니다. 어르신께서 제 소식을 전해 주셔서 제 처가 와서 저를 돌봐줄 수 있기를 바랄 뿐입니다. 소식을 전해 주지 않았다가 제게 무슨 일이 생기면 그땐 어르신께서 책임져야 합니다.

고산 부탁한다면서 협박을 하네! 알겠네. 오늘 내 다짐을 깨고 자넬 위해 소식을 전해 주지. 자네 어디 산다고 했지? 어떤 가게라고? 양쪽 이웃과 맞은편엔 어떤 집이 있는가? 내게 다 말해 주고, 자넨 병환이나 잘 돌보게.

이덕창

【후정화】

저희 집은 새 대문을 달았고
두 칸짜리 높은 기와집입니다.
이웃은 음식점이고
건너편은 생약방입니다.
혹시 집을 찾기 어려우시면
그냥 이덕창네 털실 가게가 어디냐고 물으시면
온 동네 사람들이 다 얘기해 줄 겁니다.

고산 알겠으니 안심하게.

이덕창 어르신, 잊지 말고 꼭 가 주셔야 합니다.

【잠살】

반드시 마음속에 새겨 두시고
의심일랑 하지 마세요.
한번 당부한 말 반복해서 하려는 게 아닙니다.
제가 병이 나서 도무지 거동을 할 수 없어서요.
제 처더러 지체하지 말고 말이든 노새든 빌리라고 하세요.
종이도 붓도 전혀 없으니
안부조차 물을 수 없군요.

어르신, 지체하지 마시고

집을 지키는 제 처더러

어서 빨리 와서 병든 저 좀 돌봐 달라 하세요.

(퇴장한다)

고산 사당 문을 나섰더니 비도 그쳤네요. 오늘 성안에 가서 인형도 팔고 이덕창의 소식도 전해 줘야겠어요.

(퇴장한다)

제2절

황종(黃鍾)

(이문도가 등장한다)

이문도 저 이문도는 오늘 별일 없어 약방 문 앞에 앉아 있습니다. 저기 누가 오네요.

(고산이 등장한다)

고산 저는 고산입니다. 이곳 하남부 성안에 왔는데 식초 골목이 어딘지 모르겠으니 이 짐을 내려놓고 누구한테 물어봐야겠습니다. (이문도를 만나는 동작) 형씨, 식초 골목이 어딥니까?

이문도 그건 왜 물어보십니까?

고산 이덕창이란 사람이 여기 산다는데 남창에 장사하러 가서 이익을 백 배 남겼대요. 그런데 돌아오는 길에 성 남쪽에 오도장군 사당에서 병이 나서 일어나지 못하고 있어요. 나더러 그의 집에다 소식을 알리라는군.

이문도 (방백으로) 그거 잘됐군! (몸을 돌려서 고산에게) 어르신, 여긴 작은 식초 골목이고요, 큰 식초 골목이 따로 있어요. 여기서 동쪽으로 가다가 서쪽으로 돌고, 남쪽으로 가다가 북쪽으로 돌아서 한 바퀴를 돌면 문간에 커다란 느티나무가 있는 높은 집이 있는데, 문에는 붉은 칠을 했고 창문엔 푸른 칠을 했어요. 대문에는 반죽斑竹으로 만든 발이 걸려 있고, 발 아래에는 발바리가 한 마리 누워 있을 거예요. 그 집이 바로 이덕창의 집이에요.

고산 고마워요, 형씨. (봇짐을 지고 길을 가는 동작) 맘씨 착한 친구 같으니. 동쪽으로 가다가 서쪽으로 돌고, 남쪽으로 가다가 북쪽으로 돌아서 한 바퀴 돌면 문간에 커다란 느티나무가 있는 높은 집이 있는데, 문에는 붉은 칠을 했고 창문엔 푸른 칠을 했다. 대문에는 반죽으로 만든 발이 걸려 있고, 발 아래에는 발바리가 한 마리 누워 있을 거다. 그런데 그 발바리가 달아나 버리면 난 어디 가서 찾는담? (퇴장한다)

이문도 간절히 바라면 하늘이 돕는다고 했던가? 그 녀석이 병이 났으니 형수 몰래 내 독약을 가지고 성 밖으로 가서 독살해 버려야겠다. 그러고 나면 형수도 내 차지요, 재산도 내 것이 되는 것이지! 내 이런 착한 마음을 갖고 사니까 하늘도 내게 밥 한술 먹게 해 주시는 게지. (퇴장한다)

(유옥낭이 아들과 함께 등장한다)

유옥낭 저는 유옥낭입니다. 남편 이덕창이 남창으로 장사하러 떠난 뒤 소식이 전혀 없네요. 오늘 가게 문을 열고 누가 오나 봐야겠습니다.

(고산이 등장한다)

고산 다리 아파 죽겠네. 그 망할 자식을 확 그냥! 무슨 큰 식초 골목이 따로 있다는 바람에 온 사방을 돌아다녔잖아. (봇짐을 내려놓는 동작) 에이, 못된 당나귀 같은 도둑놈의 자식. 원래 여기가 바로 식초 골목이었는데, 공연히 온 성안을 한 바퀴 돌고 결국은 다시 이리로 왔잖아.

유옥낭 (문을 나서서 보는 동작) 이봐요, 노인 양반. 이렇게 경우가 없어서야! 남 장사하는 가게 문 앞을 이렇게 막고 계시면 어떡해요!

고산 오늘 일진 좀 봐. 먼저는 저 망할 놈한테 속아서 종일 걸어 다니더니만 이번엔 또 이 아줌마한테 야단을 듣네. 에잇, 이게 다 내 탓이지. 당초에 이덕창 대신 소식을 전한다고 하지 않았으면 이런 일을 당하지도 않았을 텐데.

유옥낭 이봐요 어르신, 어디서 이덕창을 봤어요? 집으로 들어오셔서 차라도 드세요.

고산 댁의 장사에 방해가 되잖소.

유옥낭 어르신, 이덕창을 어디서 봤어요?

고산 아줌마가 혹시 유옥낭 아니오?

유옥낭 예, 맞습니다.

고산 그렇다면 이 어린것은 불류겠구먼?

유옥낭 맞아요. 어떻게 아세요, 어르신?

고산 여봐요 아주머니, 지금 이덕창은 이문을 잔뜩 남겼는데 성 밖의 오도장군 사당에서 병이 났어요. 어서 말이든 노새든 탈것을 구해다가 남편을 데려와요.

유옥낭 아이고, 어르신 참으로 고맙습니다. 우선 이덕창을 데려오고 나서 어르신께 사례는 천천히 하겠습니다.

아들 엄마, 나 인형 갖고 싶어.

유옥낭 (아들을 때리는 동작) 이 녀석아, 시장 볼 돈도 없는데 인형 살 돈이 어디 있냐?

고산 아이를 때리지 말아요. 내가 인형을 하나 줄게요. 얘야, 잘 간직하고 망가뜨려선 안 된다. 밑바닥에 내 이름이 있단다. '고산 제작'이라고 쓰여 있지? 네 아빠가 돌아와서 이 인형을 보면 내가 소식을 전했는지 안 전했는지 훗날 큰 증표가 될 게다. (퇴장한다)

유옥낭 이덕창이 오도장군 사당에서 병에 걸렸을 줄 누가 알았겠어요? 애는 이웃에 맡기고 가게 문을 닫고 탈것을 빌려다가 이덕창을 찾으러 가야겠어요. (퇴장한다)

(이덕창이 병든 몸으로 등장한다)

이덕창 남창에서 돌아오다가 고뿔에 걸려 자리에서 일어나지 못하게 되었습니다. 고산이란 노인을 만나 저 대신 집에 알려서 아내가 저를 구하러 오게 해 달라고 부탁했는데 어째서 여태껏 소식이 없지요? 아, 이덕창. 때요, 명이요, 운이로다 했던 것이 괜한 말이 아니구나.

【취화음醉花陰】

남창에서 장사하여 돈 많이 남겨 봐야 뭐하나
서둘러 돌아오다가 병마에 시달리네.
집 대문이 지척인데 하늘처럼 멀게만 느껴지니

애간장이 타들어 갈 지경이다.
콩닥거리는 심장을 억누를 길 없어
정말로 견디기 힘들도다.
한바탕 두통이 밀려와
머리가 빠개지는 듯하구나.

【희천앵喜遷鶯】

누구더러 와서 치료해 달라 하려 해도
인적 없는 낡은 사당 휑하기만 하구나.
생각해 보면
혹 나쁜 사람이라도 올까 두려워
나도 모르게 걱정이 더해지고
저도 모르게 눈물이 비 오듯 쏟아지네.
후덜덜 혼비백산 간담 서늘
부르르 몸서리에 진저리치네.

【출대자出隊子】

이처럼 어수선하고 혼란스러우니
갈수록 마음은 괴로워지네.
싸르르 송곳으로 찌르듯 복통이 일다가
활활 불덩이처럼 열이 오르다가
으슬으슬 찬물 끼얹은 듯 몸이 떨려 오네.
여보, 당신은 어디에 있는 것이오?

【괄지풍刮地風】

기다리는 아내 감감무소식이니

안달복달 조급한 마음 달랠 길 없구나.
사당 문을 나서서 기다려 볼까.
느릿느릿 신령님 사당을 나서서
눈을 들어 슬며시 살펴보다가
당신 생각에
막 섬돌을 내려가
처마 끝에 섰더니만
머리가 핑 돌아 간신히 문짝에 기대려는데
문이 꽉 잠긴 줄 알았더니만
빗장이 제대로 잠겨 있지 않아
기대어 선 순간
끼익 하고 문이 열리며
벌러덩 나동그라지네.
【사문자四門子】
말라비틀어진 풀뿌리에 된서리가 내린다더니
아이고, 내 허리야. 아픈 자리 또 넘어졌네.
한참을 아프고
한참을 화끈거리네.
내가 모은 돈과 재물은 내가 누릴 복이 없나 보네.
한참을 아프고
한참을 화끈거리네.
이 신령님께 빌어나 볼까.
(이문도가 황급히 등장한다)

이문도 사당에 도착했구나. 형님, 어디 계십니까?

(이덕창이 보는 동작)

이덕창

【고수선자古水仙子】

아, 아, 아! 깜짝이야.

헉, 헉, 헉! 깜짝 놀라 혼백이 저만치 달아나네.

지, 지, 지전으로 서둘러 얼굴 가리고

신, 신, 신상에 바짝 붙어서

황, 황, 황급히 여기에 숨네.

이문도 형님 뵈려고 왔어요. 동생의 절을 받으세요.

이덕창

그, 그, 그가 달려와 한숨 돌리는데

나, 나, 나는 다가가 모습을 살피네.

바, 바, 바로 내 동생이로구나, 그동안 잘 있었느냐.

저, 저, 절일랑 그만두거라, 문도야.

아우야, 내가 남창에서 돌아오다가 고뿔에 걸려 집으로 돌아가질 못하고 있다. 네 형수는 어디 있느냐?

이문도 형수님은 곧 오실 거예요. 형님, 아픈 지 얼마나 됐어요?

이덕창

【채아령寨兒令】

어젯밤도 아니고

바로 오늘 아침부터

고뿔 때문에 열이 나고 으슬으슬서려.

이문도 맥을 좀 짚어 봅시다. (맥을 짚는 동작) 형님, 이 병이 어떤 건지 내가 알아요. 마침 약을 가져왔어요. (약을 타서 이덕창에게 먹이는 동작)

이덕창 잠시만, 네 형수가 오면 먹을게.

이문도 기다릴 것 없어요. 드시면 바로 나을 거예요.

이덕창 (삼키는 동작)

삼키고 나니
끓는 기름을 부은 듯
오장이 지글지글 타 들어가고
위장 십이지장이 활활 타오르네.

아우야,

이거 감기약 아닌 거 아니냐?
【신장아神仗兒】
그가 물에 타 주기에
후루룩 마셨더니
나도 모르게 갑자기 어지러워지네.
녀석이 나를 털썩 쓰러뜨리는구나.
눈, 코, 입, 구멍이란 구멍에선 연기가 피어나고
팔다리 사지는 얼음에 담근 듯.
웃음 속에 칼이 숨어 있었구나.
황량한 들판에서 죽어 가게 되었네.

(쓰러지는 동작)

이문도 쓰러졌군. 물건들을 챙겨서 집으로 돌아가자. (퇴장한다)

이덕창

【절절고節節高】

남을 해치고 자기 이익만 취하는 녀석

천하에 몹쓸 놈!

돈과 재물 얼마 되지도 않는데

필요하면 대놓고 달라면 되지

어떻게 자기 형님을 죽인단 말인가?

재물을 탐내면

인정도 없다더니

형제간의 우애가 무색하구나.

【자랄고者剌古】

몸뚱이가 병마로 옴짝달싹 못하여

달아나지도 못하고

목구멍은 약기운에 꽉 잡혀서

소리도 지르지 못했네.

푸른 하늘이 몰래 밝혀 주고

신령님께서 벌해 주시기만 바랄 뿐.

선을 행하면 선을 얻고

악을 행하면 악을 얻으리.

하늘이시여!

올해는 재앙이 꼬이는 해인가요?

【괘금삭掛金索】

고뿔 고치는 술 알았더니

몰래 독약을 탔을 줄이야!

목숨 빼앗고 재물을 노리다니

집안에 후레자식 무뢰배를 키운 게로군.

어쩐지

제 형수와 함께 오지 않았더라니.

천년만년 전해지며

의좋은 형제들 비웃음 사리라.

【미尾】

금은보화와 재물을 있는 대로

한 톨도 남겨 두지 않고

말에 실어 깡그리 가져갔군.

(이덕창이 탁자 아래 눕는다)

(유옥낭이 등장한다)

유옥낭 벌써 도착해서 이 말에서 내려 사당 안으로 들어왔습니다. 남편이 어째서 보이지 않는 걸까? 아, 저 제사상 밑에 있군요. 병이 심한가 봐요. (이덕창을 부축하는 동작) 여보! 말을 타고 집으로 돌아갑시다. (퇴장한다)

(유옥낭이 다시 황급히 등장한다)

남편이 집에 도착하더니만 눈, 코, 입에서 선혈을 흘리며 돌아가셨습니다. 작은 도련님께 얘기해서 방도를 찾아봐야겠습니다. (이문도를 부르는 동작) 도련님!

(이문도가 등장한다)

이문도 이 여자가 무서우니까 나를 부르는군요. 형수님, 무슨 일로 부르십니까?

유옥낭 형님이 돌아오셨어요.

이문도 그럼 나오라고 하세요.

유옥낭 형님이 집에 오시더니만 눈, 코, 입에서 피를 흘리며 돌아가셨어요.

이문도 형님이 돌아가셨다고요? 안 봐도 뻔하네. 형님이 장사하러 떠나자 형수는 집으로 간부를 불러들이셨고, 형님이 돌아오시니까 형수가 간부와 짜고 우리 형님을 독살한 게지.

유옥낭 자식을 둔 부부 사이인데 내가 어떻게 그이를 독살한단 말이에요?

이문도 형님은 이미 돌아가셨으니 관가로 가서 처리하시겠소, 사적으로 처리하시겠소?

유옥낭 관가로 가서 처리하는 건 뭐고 사적으로 처리하는 건 뭐예요?

이문도 관가로 가서 처리하는 건 내가 형수를 고발해서 우리 형님 목숨 값을 치르게 하는 것이고, 사적으로 처리하는 건 당신이 내 마누라가 되는 거요.

유옥낭 그게 무슨 소리예요? 내 죽으면 죽었지 도련님 마누라는 되지 않을 거요.

이문도 그럼 우리 관가로 갑시다.

유옥낭 관가로 가다 말다요. 여보, 당신 때문에 정말 속상해 죽겠어요!

(이문도가 유옥낭을 끌고 퇴장한다)

(사또〔정淨〕가 장천張千을 이끌고 등장한다)

사또

내가 벼슬하는 건 오로지 돈이 좋아서야.

원고 피고 가리지 않고 마구마구 뜯어내지.

상부에서 감사라도 나올 양이면

지붕에 올라 꼬끼오 소리나 내지.

저는 하남부의 현령입니다. 오늘 관아에서 아침 사무를 시작하겠다. 장천, 고소장을 낸 자가 있으면 들어오게 하여라.

장천 알겠습니다.

(이문도가 유옥낭과 함께 등장한다)

이문도 잘 생각해 봐요.

유옥낭 그냥 관가로 가기나 해요.

이문도 그래, 관가로 갑시다. 억울합니다!

사또 데려오너라.

장천 출두하시오.

(사또가 무릎 꿇는 동작)

장천 나리, 저들은 고소하러 온 자들인데 어찌하여 무릎을 꿇습니까?

사또 모르는 소리. 고소하러 온 자들은 모두 나를 먹여 주고 입혀 주는 부모 같은 분들이다.

(장천이 유옥낭에게 소리쳐 무릎 꿇게 한다)

사또 너희 둘은 무엇을 고소하러 왔느냐?

이문도 소인은 이 고장 사람으로 식구가 다섯입니다. 이 여자는 내 형수고 저는 이문도입니다. 이덕창이란 사촌 형이 있었는데 남창에 가서 장사를 하여 이문을 백 배 남기고 돌아왔습니다. 형수에겐 정부가 있었는데 둘이 짜고 독약을 먹여 지아비를 죽였습니다. 나리께선 가련히 여기시고 소인의 억울함을 풀어 주십시오.

사또 네게 묻겠다. 네 형은 죽었는가?

이문도 죽었습니다.

사또 죽었으면 그만이지 또 무슨 고소란 말이냐?

장천 나리, 판결을 내려 주셔야죠.

사또 내가 판결을 어떻게 해? 너는 가서 영사를 불러오너라.

장천 영사님, 어디 계시오?

(영사〔축丑〕가 등장한다)

영사

벼슬아치가 물처럼 맑다면
영사는 밀가루처럼 하얗지.
물과 밀가루를 한데 뒤섞으면
곤죽으로 뒤범벅이 돼 버리지.

소인은 소 영사입니다. 형방에서 문서를 작성하고 있는데 나를 부르는 소리가 들리네요. 현령이 또 송사를 처리 못해서 헤매고 있는 거로군요. 가 봐야겠어요.

(영사가 범인을 만나는 동작)

이 녀석, 어디서 본 적이 있는데. 아, 돌팔이 의사 놈이구나. 내 어제 저놈 집 앞에서 길상 좀 빌려 달래도 안 빌려 주더니만 오늘은 우리 관아에 들어왔구나. 장천, 이놈을 데려다가 매를 치거라.
(장천이 잡는 동작)

이문도 (손가락 세 개를 펴 보이는 동작) 영사님, 이만큼 드리겠소.

영사 나머지 두 손가락은 썩어 문드러졌냐?

이문도 형씨, 일이나 잘 처리해 주쇼.

영사 알겠으니 입 다물고 있거라. 무엇을 고소하겠다는 거냐? 원고가 누구냐?

이문도 소인이 원고입니다.

영사 네가 원고이니 먼저 말해 보거라.

이문도 소인은 이 고을 사람으로 이문도라고 합니다. 이덕창이라는 사촌 형님이 있었는데 남창으로 장사하러 갔다가 이문을 백 배 남겨 집으로 돌아왔습니다. 내 형수에게는 간부가 있고 둘이 힘을 합쳐 형님을 독살했습니다. 영사님, 제 억울함을 풀어 주십시오.

영사 그게 사실이냐? 그렇다면 여기에 서명을 하거라. 장천, 저 부인을 데려와라. 어찌하여 남편을 독살하였느냐? 사실대로 자백하거라.

유옥낭 나리, 불쌍히 여겨 주십시오. 저는 유옥낭이라 합니다. 남편 이덕창이 남창에서 장사하고 돌아오다가 성 밖의 오도장군 사당에서 병이 들었습니다. 소첩은 탈것을 구하여 곧바로 사당으로 달려갔으나 묻는 말에 대답이 없었습니다. 집으로 데려오자 눈, 코, 입에서 선혈을 쏟으며 갑자기 숨이 끊겨 죽고 말았습니다. 소첩은 도련님을 불러서 물어보았으나 도련님은 도리어 제게 간부가 있다 하네요. 소첩에겐 자식도 있는데 무엇하러 남편을 죽인단 말입니까? 나리, 소첩에게 간부 따윈 없습니다.

영사 때리지 않으면 불지를 않는단 말이야. 장천, 저 여자를 때려라.

(장천이 때리는 동작)

영사 어서 자백하여라.

유옥낭 소첩에겐 절대로 간부가 없습니다.

영사 때리지 않으면 불지를 않는군. 장천, 더 때리거라.

(장천이 또 때리는 동작)

유옥낭 그만, 그만. 불지 않으려 해도 이 매를 견딜 수가 없구나. 아무렇게나 자백해 버리자. 됐어요, 내가 내 남편을 죽였소.

사또 자백하면 안 돼. 자백하면 죽은 목숨이야.

영사 사실대로 자백하였으니 칼을 가져다 씌우고 사형수 감방에 처넣어라.

사또 장천, 칼을 가져와서 씌워 놓거라.

장천 칼을 씌웠으니 옥에 가두겠습니다.

유옥낭 하늘이여, 누가 내 억울함을 풀어 주시나요? (퇴장한다)

사또 영사, 이리 와 봐라. 방금 저자가 손을 펴던데 너에게 얼마를 준 게냐? 솔직히 말해 보거라.

영사 솔직히 말씀드리면 은자 다섯 개를 줬습니다.

사또 그럼 두 개는 날 줘야지.

(함께 퇴장한다)

제3절

상조

(부윤〔외外〕이 장천을 이끌고 등장한다)

부윤

탐욕스러운 관리의 살찐 말엔 자줏빛 비단실 고삐가 매여 있고
교활한 아전의 봄 적삼은 땅바닥에 끌리는구나.
뿌리고 거둔 것을 누가 망치는지 알기나 하는가?
농사를 망치는 건 비바람 때문이 아니라네.

이 늙은이는 완안完顔 여진 사람입니다. 완안 사람은 왕씨가 되고 보찰은 이씨가 되지요. 저는 어려서 글을 배우고 나중에는 무예도 익혔습니다. 조부께서 나라를 위해 세운 공훈이 많아서 자손 대대로 벼슬을 물려받아 관리도 되고 장수도 되었습니다. 이곳 하남부는 관리들이 부패하여 양민을 모함하고 해치는 일이 많다고 합니다. 성상께선 친필로 이 늙은이를 낙점하시어 부윤으로 임명하시고는 제가 부정을 바로잡을 수 있도록 세검

과 금패를 하사하시어 선처벌 후보고의 권한을 주셨습니다. 제가 부임한 지 사흘째라 오늘 관청에 나와 아침 사무를 봐야겠습니다. 어찌하여 문서 담당관이 나타나지 않는 게냐?

장천 담당관 나리님, 나리께서 부르십니다.

(영사가 등장한다)

영사 갑니다, 가요. (인사하는 동작)

부윤 자네가 담당 관리인가?

영사 예, 그렇습니다.

부윤 이놈! 듣거라. 이곳 하남부의 관리가 부패하여 성상께서 나에게 세검과 금패를 주시고 선처벌 후보고 권한을 주셨다. 네놈 문서에 조금이라도 착오가 있다면 세검과 금패로 네놈의 머리부터 베겠다! 내가 서명해야 할 문서가 있으면 어서 가져오너라.

영사 예, 예, 예, 이 두루마리를 보시면 됩니다.

부윤 (읽는 동작) 이것은 어떤 사건이냐?

영사 이것은 유옥낭이 남편을 독살한 사건인데, 자백서도 받아 놨으니 나리께선 참수하란 판결만 내리시면 됩니다.

부윤 유옥낭이 간통을 하고 남편을 독살했다면 이는 십악의 대죄인데 어찌하여 전임 관리의 손으로 처벌하여 종결하지 않았느냐?

영사 나리께서 오시길 기다린 겁니다.

부윤 집행을 기다리는 사형수는 지금 어디 있느냐?

영사 사형수 감옥에 있습니다.

부윤 데려오너라. 내가 다시 심문하겠다.

영사 장천, 옥에 가서 유옥낭을 꺼내 오거라.

장천 알겠습니다.

(유옥낭이 등장한다)

유옥낭 나리, 어찌하여 부르십니까?

장천 부윤 나리를 뵈러 가는 거다.

영사 이봐, 신임 부윤께서 오셔서 심문하실 건데 묻는 말에 쓸데없는 소리는 하지 마라. 헛소리 지껄였다간 때려죽일 테다. 장천, 끌고 올라가거라.

장천 죄수 대령했습니다!

(유옥낭이 무릎 꿇는 동작)

부윤 이 여자가 사형 집행을 기다리는 죄수인가?

영사 예, 그렇습니다.

부윤 여봐라, 그대가 유옥낭인가? 그대는 어찌하여 간음을 하고 남편을 독살했는가? 전임 관리가 잘못 판결하였을지도 모르니 혹시 하고 싶은 말이라도 있으면 낱낱이 고하거라. 내가 억울함을 바로잡아 주겠다.

유옥낭 소녀 더 아뢰올 말씀이 없습니다.

부윤 죄수의 입에서 더 아뢸 말씀이 없다는데 무얼 더 묻겠나. 붓을 가져오거라, 참수하도록 판결 내린다. 저자에 끌고 나가 죽여 버려라!

(장천이 유옥낭을 끌고 나가는 동작)

유옥낭 하늘이시여! 누가 저의 억울함을 풀어 줄까요?

(장 공목〔정말正末〕이 등장한다)

장 공목 저는 장정, 자는 평숙입니다. 이곳 하남부에서 장부와 기록을 담당하며 육방의 사무를 총괄하는 도공목都孔目을 맡고 있습니다. 상공의 지시를 받들어 권농 업무를 보고 돌아왔습니다. 오늘 관아에 등청했더니 결재를 받아야 할 문서가 몇 건 있어서 상공께 서명을 받으러 가야겠습니다. 관리라는 자들이 시비를 옳게 가리지 않고 문서와 법률을 곡해하는 바람에 붓 하나로 얼마나 많은 사람이 죽어 가는지!

【집현빈】

요즘 관청에 업무가 많아

결재 받을 일이 있어 형방을 나섰네.

공적인 사적인 이해관계에 직접 몸담고 있어

내 붓 끝에 생사존망이 달려 있네.

이 패역무도한 여인은 못된 짓을 많이 저질렀군.

저 패역무도한 남자는 똑같이 어울려서 놀았구나.

윗분의 명을 받들어 육방六房*의 업무를 관장하니

범죄 사건들을

허겁지겁 다뤄서야 되겠는가?

둥둥 북소리 울리고

툭툭 고소장 던져 넣는 소리 들려오네.

【소요악逍遙樂】

고개 들어 바라보니

부윤께서 등청하시어

경청하듯 조용히 계시네.
옷매무새 가다듬고
발길 옮기며 자세히 살펴보니
헌걸찬 사령들이 호랑이나 이리처럼
죄 지은 아낙을 밀치며 에워쌌네.
여인은 근심 어린 두 눈에 눈물만 가득
사슬에 매이고 칼을 쓰고 있는데
곡식이나 열매 갖고 다툼이라도 있었던 겐가?

담장 너머에 처형을 기다리는 여죄수는 어찌 된 사연일까? 참으로 처량해 보이는군!

【금국향】
핏자국 흥건한 낡은 옷을 보니
몽둥이찜질 된통 당한 모양이군.
목 칼에 짓눌려 허리는 구부정
새하얀 목을 추욱 늘어뜨리고
상심하여 눈물을 줄줄 흘리네.

저 여인을 보세요. 분명 억울한 일을 당한 거예요. 목에 칼을 차고는 하염없이 눈물만 흘리네요. 옛말에 "마음속에 있는 것은 눈동자에서 드러난다. 눈동자는 마음속의 악을 감출 수 없다" 했고, 또 "사람의 말을 잘 살펴서 그 사람의 행실을 관찰하고, 사람의 죄를 잘 살펴서 정치를 안정시킨다" 하지 않았던가요.

【초호로】
한참을 자세히 지켜보고

반나절을 똑똑히 관찰하니
저 여인은 억울함에 속마음을 몰래 감추고 있구나.
여인네가 어쩌다가 이런 억울한 함정에 빠져서
매 맞고 칼을 쓰게 되었단 말이냐?
아, 아, 아서라!
자기 일이나 잘하라고 하지 않았더냐.
【요편】
내 이쪽에서 천천히 회랑을 굽이돌아
느릿느릿 마당으로 들어서니
여인은 저쪽에서 훌쩍훌쩍 울면서 억울한 심정 하소연하니
나는 두어 번 밀쳐 내고 대꾸하지 말아야지.

장천 유옥낭, 저 도공목 나리께 말씀드려 봐, 저분이 잘 처리해 주실 거야.

유옥낭 (장 공목의 옷을 꽉 붙잡고 늘어지는 동작) 아저씨, 저 좀 살려 주세요.

장 공목

내 옷을 꽉 붙잡고 놓아주질 않으니
이야기를 들어 보지 않을 수 없구나.

장천, 저 여인을 앞으로 불러오너라. 내가 좀 물어보겠다.

장천 유옥낭, 앞으로 나와라.

(유옥낭이 무릎 꿇는 동작)

장 공목 부인, 무슨 사연인지 내게 말해 보시오.

(유옥낭이 하소연한다) 아저씨, 노여움을 거두시고 제가 자

초지종을 말씀드릴 테니 한번 들어 보세요.

이덕창은 애당초 삼재 피할 목적으로 남창에 장사 갔다 돈을 많이 벌었지요. 돌아올 때 사당에 쉬러 들어갔다가 뜻밖에 고뿔이 들어 병세가 위중했어요. 제가 집으로 데려오니 눈, 코, 입에서 선혈이 흐르는데 필시 독약을 먹은 거라 생각했죠. 문지방을 넘자마자 죽어 버리니 저는 당황해서 시동생을 부르러 갔죠. 그런데 시동생은 제가 몰래 간부와 놀아나다 독약으로 남편을 죽였다는 거예요. 영문도 모르게 관가로 끌려와 몽둥이 찜질을 당하고 말도 못하게 고문을 당했어요. 아녀자의 몸으로 반복되는 모진 고문을 어떻게 견디겠어요? 엉터리로 자백하고 공소장에 서명했어요. 저는 이덕창이 직접 머리 얹어 준 부부인데 어떻게 제멋대로 못된 짓을 하겠어요? 시동생 이문도가 몰래 꾸민 계책이에요. 정말로 억울합니다. 억울해요!

장 공목 부인, 내가 부인 대신 상공께 가서 말씀을 드려 보겠소만, 받아 주신다 해도 기뻐할 것 없고, 받아 주지 않더라도 상심하지 마시오. 이봐, 장천! 잠시 기다리게.

장천 알겠습니다.

장 공목 (인사하는 동작) 나리, 소인은 장정입니다. 나리의 명을 받들어 시골에 가서 농사일을 독려하고 돌아왔습니다. 나리께서 관아에 등청하여 업무를 보신다는 이야기를 듣고 결재받을 서류를 가져왔으니 서명을 좀 부탁드립니다.

부윤 공도목 장정이 왔군요. 이 사람은 유능한 아전입니다. 아뢸 말이 있으면 어서 말해 보게.

(장 공목이 문서를 건네는 동작)

부윤 이것은 무슨 문서인가?

장 공목

【금국향】

이것은 강도 사건으로 심리가 완결된 사건,

이것은 차와 소금 밀매로 판정된 보고 건,

이 공무는 우리 고장의 자체 업무,

이것은 새로 내려온 부절,

이것은 파견한 관원이 현지에서 거둬들인 양곡입니다.

부윤 이쪽은 무슨 문건인가?

장 공목

【초호로】

이것은 강변길의 임시 교량 건설 건,

이것은 수주성 창고 신축 건,

이것은 왕수와 진립의 농지 편취 건,

이것은 장천의 구타 상해 건.

못 믿으실까 봐,

데려다가 대질심문하여 진술서를 받아 놨습죠.

이것은 왕씨네로 시집간 장씨 댁 딸이 이웃 사람을 욕한 사건

입니다.

부윤 더 없는가?

장 공목 더 없습니다, 나리.

부윤 모두 담당자를 시켜서 처리하게 하라. 장정, 자네에게 열

흘의 휴가를 줄 테니 휴가가 끝나면 다시 업무에 복귀하도록.

장 공목 상공, 감사합니다.

(문을 나서는 동작)

장천 도공목 어른. 말씀드리셨나요?

장 공목 아, 깜빡했군.

【요편】

공무가 바쁜 것도 아닌데
나도 모르게 마음이 어수선했네.
큰 공무였으면 큰일 날 뻔했잖아.
이런 사무를 벌써 기억 못하다니
높으신 양반은 잘 잊어버린다 이거냐?
장천,
여인더러 조바심 내지 말고 잠시 기다리라고 하여라.

아뢸 일이 있었는데 잊어버렸네. 나리께 말씀드리러 다시 들어가 봐야겠다.

장천 도공목 어른, 불쌍히 생각해서 말 좀 잘 해 주세요.

(장 공목이 다시 인사하는 동작)

부윤 장정, 무슨 말을 하러 또 온 게냐.

장 공목 나리, 아문을 막 나서는데 밖에서 어떤 여죄수가 억울함을 호소하고 있었습니다. 아는 사람이 보면 그녀가 죽기 두려워 발버둥치는 거라고 하겠지만, 모르는 사람은 우리 관아에서 송사를 잘못 처리했다고 생각할 겁니다. 나리께선 신중히 생각하소서.

부윤　이 사건은 전임 관리가 판결했고, 소 영사 담당이었네.

장 공목　소 영사, 나는 바로 육방을 관장하는 도공목이요. 이건 인명이 걸린 중대사인데 어찌하여 내게 알리지 않았소?

영사　시골에 권농하러 가시지 않았습니까. 일 년 내내 기다리라고요?

장 공목　조서를 보여 주게.

영사　보세요.

장 공목　(읽는 동작) "진술자 유옥낭, 나이 서른다섯 살, 하남부 성안 녹사사에서 부역하는 민간인. 남편 이덕창은 밑천으로 은자 열 냥을 가지고 남창에 장사하러 떠남. 떠난 뒤 일 년 동안 아무 소식 없음. 칠월에 이름을 알 수 없는 남자가 와서 소식을 전함. 남편 이덕창이 오도장군 사당에서 병에 걸려 꼼짝도 못 하고 있다고 말함. 유옥낭은 이 말을 듣고 황급히 탈것을 빌려서 곧바로 성 남쪽 사당으로 가서 부축하여 집으로 데려옴. 집에 오자마자 숨이 끊어지고 눈, 코, 입에서 피가 흘러나와 옥낭은 즉시 시동생 이문도에게 알림. 시동생은 옥낭이 간부와 짜고 독약을 타 남편을 죽였다고 말함. 진술한 내용은 사실이며 거짓으로 지어낸 것이 없음." 대감, 이 조서는 아무짝에도 쓸모가 없습니다.

영사　물건도 못 사는 것이니 무슨 쓸모가 있겠어요?

장 공목　온 사방이 휑하잖아요.

영사　대감께선 노천에 앉아 계신걸요.

장 공목　구멍이 뻥뻥 뚫렸이요.

영사 전부 다 쥐새끼가 쏜 겁니다.

장 공목 대감, 못 믿으시겠다면 제 말씀을 들어 보십시오.

부윤 말해 보게.

장 공목 "진술자 유옥낭, 나이 서른다섯 살, 하남부 성안 녹사사 소속의 민간인. 남편 이덕창은 밑천으로 은자 열 냥을 가지고 남창에 장사하러 떠남." 자, 이 은자 열 냥은 관에서 몰수했습니까? 유족에게 주었습니까?

영사 몰수한 적 없는데요?

장 공목 그건 됐다고 치고. "떠난 뒤 일 년 동안 아무 소식 없음. 칠월에 이름을 알 수 없는 남자가 와서 소식을 전함." 대감, 소식을 전했다는 이 사람은 나이가 얼마입니까? 관아에 잡아들인 적 있습니까?

영사 없습니다.

장 공목 이 사람을 잡아들인 적도 없으면서 어떻게 심문을 했소? 대감, 또 있습니다. "남편 이덕창이 오도장군 사당에서 병에 걸려 꼼짝도 못하고 있다고 말함. 유옥낭은 이 말을 듣고 황급히 탈것을 빌려서 곧바로 성 남쪽 사당으로 가서 부축하여 집으로 데려옴. 집에 오자마자 숨이 끊어지고 눈, 코, 입에서 피가 흘러나와 옥낭은 즉시 시동생 이문도에게 알림. 시동생은 옥낭이 간부와 짜고" 대감, 이 간부는 장씨입니까? 이씨입니까? 조씨입니까? 왕씨입니까? 관아에 잡아들인 적 있습니까?

영사 간부가 없다면 저를 간부라고 칩시다.

장 공목 "독약을 타 남편을 죽였다고 말함." 대감, 이 독약은 누구네 가게에서 지은 겁니까? 약을 먹였다고 했으니 어쨌거나 출처가 있어야 합니다.

영사 독약을 판 사람이 없다면 그것도 제가 한 거라고 칩시다.

장 공목 대감, 생각해 보십시오. 은자도 없고, 소식을 전했다는 자도 없고, 간부도 없고, 독약을 판 사람도 없고, 건네준 사람도 없습니다. 이런 증인들이 하나도 없이 어떻게 이 부인을 처형할 수가 있겠습니까?

부윤 소 영사, 장정이 그러는데 이 서류는 있으나마나래.

영사 도공목 어르신, 참 할 일도 없으십니다. 이게 어르신이랑 무슨 상관이라고.

장 공목 소 영사, 내 말해 두지. 인명은 하늘땅에 달려 있으니 함부로 다룰 수 없는 법. 옛말에도 "옥에 갇힌 죄수는 하루가 삼 년 같다" 하지 않았소. 밖으로는 몸이 괴롭고 안으로는 근심이 가득하지. 매 맞거나 곤장 맞거나 옥살이하거나 유배 가고. 그러므로 포상이나 형벌을 다루는 군자는 신중하게 조사해야 하오. 상벌이란 나라의 근본이고, 기쁨과 노여움이란 인지상정인 법. 기쁘다고 상을 늘려 줘선 안 되고 노엽다고 형벌을 더하여선 아니 되오. 기쁘다고 상을 늘렸다간 후회하게 될 것이며, 노엽다고 형벌을 더했다간 사람 목숨이 무슨 잘못이란 말이오. 이런 걸 두고 "오뉴월에 서리가 내려 봐야 열녀의 고통을 알고, 한여름에 눈발이 날려 봐야 두아의 억울함이 밝혀진다"고 하는 거요.

【요편】

이 벼슬아치는 성격이 강직한데

이 아전의 식견이 모자라

이 송사를 황당하게 처리해 버렸네.

소식 전했다는 사람을 어째 상세히 탐문하지 않았으며

간부의 자백서마저 받아 놓지 않았다니.

대감, 생각해 보십시오.

어떻게 엉터리로 대충대충 형장으로 보내 버릴 수 있습니까?

영사 나리, 장정이 나리더러 엉터리라는데요!

부윤 장정, 누가 엉터리라는 게냐?

장 공목 (무릎 꿇는 동작) 소인이 어찌 감히 그런 말씀을!

부윤 장정, 유옥낭의 간통살인 건은 전임 관리가 판결한 사건이니 착오가 있다면 소 영사의 소관이지 어찌하여 내가 엉터리라는 게냐! 나는 부임한 지 이제 겨우 사흘째인데 내가 엉터리라고! 난 원래 이곳의 관리가 아니었다. 이놈, 이리 가까이 오너라. 이 사건을 너에게 맡기겠으니 사흘 안에 심리를 끝내거라. 끝내지 못하면 내 너를 용서치 않으리라. 흠! (사로 읊는다)

이 못돼 먹은 아전 놈 교활하도다.

무턱대고 나를 기만하느냐.

유옥낭의 간통살인 사건은

전임 관리가 판결을 끝낸 것인데

너는 서류에 하자가 있고

속임수가 있다며 이렇게 따졌지.

독약을 지어 준 게 장씨냐 이씨냐,

간부 이름이 조씨냐 왕씨냐,

소식을 전한 자 이름이 무엇이냐,

공모한 자가 많냐 적냐.

우리 관리들이 담당한 일이 아니라

바로 너희 아전들이 맡은 일이면서

어느 안전이라고 고래고래 소리치고

무엄하기 짝이 없구나.

내 너에게 이 서류를 맡기되

딱 사흘 말미를 주겠다.

네가 상세히 심문하고 조사해야지

제멋대로 서류 꾸며서 법을 농락해선 안 된다.

제대로 잘 처리한다면

너를 위해 표창하는 글을 써서 역마를 태워

도성으로 보내 성상께 아뢰어

후히 상을 내리고 벼슬을 내리도록 하겠다.

제대로 처리하지 못한다면

수하隋何*나 육가陸賈* 흉내 내며 말만 번드르르한 녀석이

관청을 들이받고 판결을 뒤엎다니

뒈져 버릴 원숭이 대가리는

번쩍번쩍 내 세검의 칼날을 맛보리라.

(퇴장한다)

영사 뭐 그래도 공목 어른 머리는 단단하니까 이참에 작두 맛을 한번 봐도 나쁘지 않겠군요.

그만둬야 할 때 그만두지 않더니
기어이 정해진 말미 안에 판결을 하겠다네.
시비란 다 입이 싸서 생겨나고
번뇌란 모두 억지에서 시작되는 법이지.

(퇴장한다)

장 공목 장정, 다 네 잘못이야!

【後庭花】
뭔가 구린내 나는 이 불분명한 사건을 맡아서
무고한 양민이 억울한 일 없게 하리라.
너는 운도 좋구나, 소 영사.
너 때문에 유옥낭을 저세상 보낼 뻔했구나.
곰곰이 따져 보니
우리 대감님은 명쾌한 판결을 바라시는데
사람을 죽였으니 상처를 봐야 하고
물건을 훔쳤으니 장물을 봐야 하고
간통을 범했으니 남녀를 다 봐야 하니
이 많은 사람을 어떻게 다 심문한담?

【雙雁兒】
근거가 없으면 대충 얼버무리며 입을 다물겠지.
못하겠다고 사양하려 해도
이미 맡아 버린 일이라 어쩔 수 없고.
사흘이란 시간은 분명 순식간에 지나갈 테니
차분하려 해도 차분할 수가 없고

침착하려 해도 침착할 수가 없구나.

장천, 유옥낭을 사형수 감옥으로 데려가라.

장천 알겠습니다.

장 공목

【낭리래살】

저 유옥낭은 무죄이며

소 영사가 교설로 억지 부리지만

나는 저 억울하고 무고한 시비의 사건을 맡아

집 떠나 비명횡사한 이덕창이

어떻게 죽음을 당하게 되었는지 알아내어

무고한 양민은 무사하고 죄지은 자들이 대가를 치르도록 하리라!

제4절

중려

(장 공목이 등장한다)

장 공목 저는 장정입니다. 대감의 명에 따라 사흘의 말미를 얻어 사건의 진상을 밝혀내면 상을 받고, 밝혀내지 못하면 유옥낭 대신 목숨 값을 치르게 되었습니다. 장정, 이건 다 자업자득이지.

【분접아】

살인강도를 조사해야 하는 마당에

벌써부터 근심 걱정으로 애간장이 끊어지고

어떡하나, 어떡하나, 잠도 못 이루고 입맛도 잃었다네.

이를 어찌 조사하며 어떻게 판결하랴,

그간의 자초지종을.

생각과 꾀를 다 부려서

온갖 방법과 계책을 다 찾아보리라.

【취춘풍】

나는 호의로 권했는데

도리어 고약한 덤터기만 썼네.

내 입이 방정이지.

장정, 후회스러운, 후회스러운 오늘이구나.

온갖 방법을 동원하여

사람들 두루두루 무사히 빼내야 하네.

정신 똑바로 차려야 한다.

모두 너에게 달려 있다.

장천, 유옥낭을 압송해 오거라.

장천 알겠습니다. 죄인 대령했습니다.

(유옥낭이 무릎 꿇는 동작)

장 공목

【규성】

호랑이나 늑대 같은 못된 포졸들이

질질 끌어다 섬돌 앞에 무릎 꿇리니

풀이 죽어

소리를 꿀꺽 삼키며

고개를 떨구는 여인의 모습.

장천, 저 목칼을 잠시 벗겨 주거라.

장천 알겠습니다. (칼을 벗기는 동작)

유옥낭 (몸을 일으켜 절한다) 공목 어른, 고맙습니다. 제가 나중에 구운 떡이라도 한 상자 보내 드리겠습니다. (길어 나가는

동작)

장 공목 어디 가는 게요? 부인이 가 버리면 내가 당신 간부 대신 목숨 값을 치러야 해요.

유옥낭 전 또 절 용서해 주시는 줄 알았지요.

장 공목 부인, 자초지종을 좀 들어 봅시다. 부인 말이 옳다면 만사 따질 것도 없겠지만, 부인 말이 옳지 않다면, 장천, 커다란 몽둥이를 준비해 두거라.

【희춘래喜春來】

억울하게 낭패만 봤다고 하니

재물을 노리고 목숨을 빼앗은 게 원래 누구였소?

살가죽이 터지고 살점이 떨어져 나가도록 맞고 나서 후회해도 그땐 늦지.

나는 억지로 이야기 날조해서 죄를 뒤집어씌우지 않을 테니

어서 사실대로 말하는 게 좋을 거요.

유옥낭 공목 어르신, 저를 때려죽이신다 해도 그것은 억지 자백이었습니다.

장 공목

【홍수혜】

내가 간신히 말미를 받아낸 지

이틀째 아침인데

부인은 버티고 버티기를 열두 번도 더하면서

또 한바탕 심문과 고문을 받으려 하오?

부인의 말을 들으니

눈곱만큼도 진실이 아니니
어찌 그냥 넘어가겠는가?
【영선객】
손가락에 나무 깍지 끼우고
채찍을 물에 푹 담갔다가
매질하는 팔뚝에 힘을 더한 뒤
온몸에 시퍼렇고 시뻘겋게 멍이 들도록 치리라.
부질없이 몽둥이찜질당하고 나서는
그때 가서 후회하려야 할 수도 없으리라.

유옥낭 저를 때려죽이신다 해도, 그건 억지 자백이었습니다.

장 공목

【백학자】
죽어도 억지 자백이었다며
딱 잡아떼고 시인하지 않는구나.

다른 것은 묻지 않겠소.

부인이 성을 나설 때 무슨 마음을 먹었는가?
그가 집에 돌아오자마자 죽은 것은 왜 그런 것이냐?

부인, 내 묻겠소.

【요편】
함께 장사하러 간 사람은 새 동업자인가?

유옥낭 저는 모릅니다.

장 공목

원래부터 술과 차를 함께하던 옛 친구인가?

그가 어떻게 하여 집으로 소식을 전했으며

그 소식은 어떻게 알고 있었던 것인가?

유옥낭 공목 어른, 저는 그 사람이 누군지 잊어버렸습니다.

장 공목 이리 다가오시오. 그 사람의 생김새를 한번 그려 보시오.

유옥낭 하도 오래돼서 다 잊어버렸습니다.

장 공목

【요편】

그 사람은 키가 큰가 작은가?

말랐는가 살쪘는가?

얼굴색이 검던가 누렇던가?

수염을 길렀던가 아니던가?

유옥낭 조금 생각이 나는 듯합니다.

장 공목 그렇지! 성인께서도 "사람의 친구와 행태와 습관을 잘 살피면, 그 사람됨을 어떻게 숨길 수 있겠는가?" 하셨잖소.

【요편】

범인의 행방을 조사하여 찾아내고

사건을 완벽하게 종결할 때까지

마음 졸이느라 내 머리는 반백이 되고

걱정하는 마음에 내 애간장이 다 부서지리.

이보오, 부인!

【요편】

그 사람은 동쪽 골목에 사는가,

서쪽 큰 거리에 사는가?

어느 구역, 어느 마을인가?

성은 무엇이고 이름은 무엇인가?

내 다시 묻겠소.

【요편】

명절 음식 장만하러 기름이나 밀가루를 사러 왔는가?

가을 옷 마련하려 옷감 사러 왔는가?

무엇하러 집을 떠났으며

무슨 일로 성안으로 들어왔는가?

장천, 내일이 며칠이지?

장천 내일은 칠월 칠석입니다.

유옥낭 공목 어른, 생각났어요! 그해 칠월 칠석이었어요. 인형 장수가 소식을 전해 왔어요. 그리고 인형도 한 개 주고 갔어요.

장 공목 부인, 그 인형을 아직도 가지고 있소? 지금 어디에 있소?

유옥낭 우리 집 대청의 시렁 위에 놓여 있습니다.

장 공목 장천, 가서 가져오너라.

장천 알겠습니다. (걷는 동작) 이 문을 나서서, 식초 골목에 도착해서 사람들에게 물어봤습니다. 여기가 유옥낭의 집이군요. 문을 열고 들어가 보니 대청 선반 위에 인형이 있구나. 가져가야지. 이 문을 나서서, 관아에 도착했구나. 공목 어른, 인형을 가져왔습니다.

장 공목 잘 만든 인형이로구나! 장천, 향을 준비하거라. 인형아, 인형아, 누가 재물을 노리고 사람을 해친 것이냐? 이덕창은 어찌하여 집 안에 들어서자마자 죽음을 당한 것이냐? 좀 알려 다오.

【규성】

너는 어리고 아둔한 아이들을 깨우쳐

총명하고 지혜로운 아이로 바꿔 주잖니.

이 억울한 사건을

조사관에게 좀 알려 다오.

【취춘풍】

어린 계집아이 바느질 가르치고

처녀들 자수 배우게 하는 것보다 낫잖니.

미궁에 빠진 이 사건을 밝히는 건

인형아, 전적으로 너에게 달렸다. 너에게.

이 부인의 억울함을 풀어 준다면

앞으로 널 위해 제사를 지내 주마.

어린애들 장난감 되는 것보다 훨씬 낫잖니.

인형아, 말 좀 해 봐. 어째서 아무 말도 없니? 자기 몸을 적셔 불타는 풀밭에서 잠자는 주인을 구한 개도 있고, 무릎을 꿇고 고삐를 늘어뜨려 주인이 붙잡고 강을 건너 위기에서 탈출하게 한 말도 있었단다. 짐승들도 주인을 위해 이런 일을 하는데 너는 뭐 하는 거니? 사람들이 널 위해 향을 피워 주는데 너는 신통력을 보일 줄도 모르니? 억울하게 죽은 원귀가 불쌍하다면 강도, 살인을 저지른 범인이 누구인지 가르쳐 다오.

【곤수구】

굽이굽이 예쁘게 눈썹 그려 주고

한들한들 넉넉하게 빨간 옷 입혀 주고
반짝반짝 봉관과 배자 씌워 줄게.
이렇게 예쁘게 단장해 주면 넌 무얼 해야 하겠니?
칠월 칠석이 되면
사람들은 소원을 빌면서
널 두고 온 가족이 기뻐하겠지.
너는 그럼 신통력을 보여 주고
만사가 뜻대로 되게 해 주지.
섬섬옥수 열 손가락 꺼내어 바느질하느니
붉은 입술 열어 시비를 가려 주면
두고두고 사람들이 잘 알게 되지 않겠니?

인형아, 누가 이덕창을 죽였니? 말 좀 해다오!

【당수재】
기껏 관음보살 모습으로 빚어 주었건만
자비스러운 낯빛은 조금도 보여 주지 않는 거니?
아무리 꼬치꼬치 캐물어도
너는 대꾸도 하지 않는구나.
위아래로 샅샅이 살펴서
도대체 무엇이 있는지 뜯어보자.

(글자를 찾아낸 동작) 여기 있다!

【만고아】
이쪽저쪽 살펴보았더니
드디어 찾았구나.

이 밑바닥에 살인범이 숨어 있을 줄이야!

여봐라!

이리 올라와서 보거라.

고산이란 자를 아는 사람 있는가?

장천, 고산을 아는가?

장천 압니다.

장 공목 한 걸음에 한 대씩 때리면서 데려오너라.

장천 알겠습니다. 관아 문을 나서서 찾아보자.

(고산이 등장한다)

고산 저는 인형 값을 받으러 성안으로 갑니다.

장천 (붙잡는 동작) 어서 가, 관아에서 너를 기다리고 있다.

고산 아이고 아파라. 사람 때려죽이겠네. (인사하고 무릎 꿇는 동작)

장 공목 네가 고산이냐?

고산 그렇습니다. 무슨 죄를 범했는지 영문도 모르고 저치에게 내내 맞으면서 끌려왔습니다.

장 공목 이봐 늙은이, 누굴 위해 소식을 전해 준 적이 있느냐?

고산 저는 어려서부터 중매와 보증과 말 전하기 이 세 가지는 하지 않으리라 다짐했습니다. 전 남을 위해 소식을 전해 준 적이 없습니다.

장 공목 이 늙은이에게 서명을 하게 하라.

고산 저는 소식을 전한 적이 없다는데 왜 서명을 하라십니까?

장 공목 늙은이, 이 인형은 누가 만들었는가?

고산 제가 만든 겁니다.

장 공목 그 부인을 나오라 하거라.

유옥낭 (고산을 보고) 할아버지, 저를 알아보시겠어요?

고산 아주머니, 유옥낭이라고 하셨죠? 이덕창은 잘 있습니까?

유옥낭 이덕창은 죽었어요.

고산 죽었다고요? 좋은 사람이었는데.

장 공목 소식을 전한 적이 없다고 하지 않았느냐?

고산 그때 딱 한 번 전했던 겁니다.

장 공목 이 늙은이! 어찌하여 재산을 노려 이덕창을 살해하였느냐? 사실대로 말하지 못할까.

고산 (하소연하며 사로 읊는다)

이 늙은이가 하나하나 사실을 말씀드릴 테니
공목 어르신께선 잘 헤아려 주십시오.
지난해 칠월 칠석을 맞아
성안으로 밥벌이하러 들어갔습니다.
성 남쪽 오도장군 사당에 이르러
서둘러 합장하고 참배하려는데
갑자기 이덕창이란 자가 나타났는데
사당 안에서 병들어 있었습니다.
저를 붙잡고 울고불고 애걸하기에
그를 위해 소식을 전해 주었습니다.
일생에 제 다짐을 어긴 것은 이때 한 번뿐인데
집에 간 뒤 살아날 수 없을 거라곤 생각지도 못했습니다.

제 짐에는 인형들밖에 아무것도 없고
비상이라든가 쇠붙이 따위는 결코 없습니다.
이 마을 저 마을 다니는 장사치 따위에게
재물을 노린 살인마의 누명을 씌우다니요!

장 공목 이봐 늙은이, 똑바로 사실대로 말하지 못하겠느냐!

고산 정면에 있는 것은 머리에 봉황 날개 투구를 썼고 몸에 튼튼한 갑옷을 입었으며 손으로는 검을 짚고 있습니다. 왼편에 있는 것은 검은색 높은 투구를 쓰고 몸에는 초록색 장삼을 걸쳤고 손에는 붓을 한 자루 들고 장부를 한 권 끼고 있습니다. 오른편에 있는 것은 시커먼 얼굴에 사나운 송곳니를 하고 주홍색 머리칼을 하고 있으며 손에는 쇠못을 박은 가시몽둥이를 들고 있습니다.

장 공목 지금 이건 인형이 아니냐!

고산 저더러 사실대로 빚어 보라지 않았습니까?

장 공목 장천, 이 늙은이를 매우 쳐라!

(장천이 때리는 동작)

장 공목

【쾌활삼】
인형은 네가 빚었고
여기 이 고산이란 글자는 네 이름이지.
증거와 범인이 모두 예 있으니 무엇이 더 필요하리.
그런데도 너는 계속해서 잡아뗄 테냐?

【포로아】

네가 저 남자를 독살하고
그의 처에게 뒤집어씌운 게 분명하다.
허, 남의 허를 찌르는 계략을 잘도 부렸지만
허공에다 기왓장을 던져 봐야 얼마나 버티겠는가?
땅바닥이어야 제대로지.
헛소리에 속임수에
반지르르한 교설로
되는대로 지껄이며 거짓을 말하지 말고
사리에 맞고 타당하게
한 알 한 알 분명하게
죄상을 사실대로 진술하라.

고산 공목 어른, 사실대로 진술하는 것은 말할 것도 없고요, 제 오장육부라도 다 보여 드릴 수 있습니다. (서명하는 동작)

장 공목 이봐 늙은이, 이리 와 보게. 내 다시 묻겠네.

【귀삼대鬼三臺】
처음 만났을 때부터 소식을 전해 주기까지
길에서 누굴 마주친 적 있는가?

고산 누굴 만난 적 없습니다.

장 공목 유옥낭을 만나기 전에 성안에서 먼저 누구와 만난 적 없느냐고?

고산 아, 생각났습니다! 제가 성안에 들어가서 오줌을 한 번 갈겼어요.

장 공목 누가 그런 걸 물었느냐?

고산 제가 성안에 들어와 길을 물은 적이 있는데, 그 집 대문에 거북 껍데기가 달려 있었습니다.

장 공목 자라 껍데기 아니고?

고산 깔려 죽을 뻔했어요. 그 집 문 앞엔 돌로 만든 배가 한 척 있었습니다.

장 공목 돌절구였겠지.

고산 빻으면 뼈도 다 부숴 버릴 것 같았어요. 그리고 집 안에 앉아 있는 놈은 짐승만도 못한 의사였습니다.

장 공목 훌륭한 의사가 아니고?

고산 짐승만도 못한 의사였습니다.

장 공목 그가 짐승만도 못한지 어떻게 알았느냐?

고산 짐승만도 못한 짓을 했으니까요. 돌팔이 의사라던가 뭐 그렇게 부르던데요.

장 공목 유옥낭, 그 돌팔이 의사가 누구인지 알겠는가?

유옥낭 제 시동생입니다.

장 공목 시동생과는 화목했는가?

유옥낭 저는 화목하지 못했습니다.

장 공목

이놈 하는 말을 듣다 보니
근심 걱정이 점점 사라지고
기쁨이 생겨나는구나!
사건이 이제야 실마리가 보이는구나.
여봐라, 내가 묻겠다.

이 의사는 누구와 잘 아느냐?

장천, 이 늙은이를 팔십 대 쳐라. 인형을 만들지 말았어야 하기 때문에 때리는 것이다.

장천 (때리는 동작) 육십 대, 칠십 대, 팔십 대요. 이자를 끌어내거라.

고산 나리, 무엇 때문에 팔십 대나 때리는 겁니까?

장천 인형을 만들지 말았어야 하기 때문이다.

고산 인형 하나 만들었다고 팔십 대를 맞으면, 금강불상을 만들었다간 모가지가 달아날 뻔했구나. (퇴장한다)

장 공목 장천, 유옥낭을 한쪽으로 데려가고, 돌팔이 의사 놈을 불러오너라.

장천 이 관아를 나서서, 이 집이로군요. 돌팔이, 집에 있느냐?

(이문도가 등장한다)

이문도 누가 부르는 게지? 문을 열어 보자. 형씨, 무슨 일이오?

장천 나는 관아의 장천인데, 공목 어른께서 오라신다.

이문도 따라가겠소.

장천 관아에 도착했군. 내가 먼저 들어가겠소. (알리는 동작) 돌팔이 의사를 데려왔습니다.

장 공목 들여보내라. (만나는 동작)

이문도 공목 어른, 무슨 일로 부르셨습니까?

장 공목 대감마님 부인께서 병이 나셨다. 옜다, 은자 다섯 냥이다. 적다고 탓하지 말고 약값으로 쓰거라.

이문도 무슨 약이 필요합니까?

장 공목

【척은등】

여러 해 묵은 병도 아니고

그저 찬 음식을 드셔서 배탈이 나신 게다.

건중탕 정도면

나으실 것 같으니

부자와 당귀 같은 것 좀 더 넣거라.

이문도 제가 약을 좀 가져왔으니 노부인께 갖다 드리십시오.

장천 이리 주시오. 내가 갖다 드리겠소.

(약을 갖다 주고 돌아오는 동작)

장 공목 (장천과 귀엣말을 나누는 동작) 장천, 노부인께서 약을 드셨으니 좀 어떠신지 보고 오너라.

장천 알겠습니다. (퇴장했다가 이어서 다시 등장한다) 공목 어른, 노부인께서 약을 드시고는 눈, 코, 입에서 피를 흘리고 돌아가셨습니다.

장 공목 이런 돌팔이 의사 같으니! 들었느냐? 노부인께서 약을 드시자마자 피를 쏟고 돌아가셨다지 않느냐?

이문도 (당황해하는 동작) 공목 어른, 살려 주십시오!

장 공목 내가 빠져나가게 도와주마. 집에 누가 또 있느냐?

이문도 아버님이 계십니다.

장 공목 연세가 어떻게 되셨느냐?

이문도 아버님은 여든이십니다.

장 공목 노인이라 형벌을 줄 순 없으니 벌금으로 해야겠다. 돌팔이, 네가 네 아비를 버린다면 너를 빼내 주겠지만, 그럴 수 없다면 나도 방법이 없다.

이문도 고맙습니다, 어르신!

장 공목 내 말을 똑바로 들어라. 내가 "돌팔이!" 하고 부르면 너는 "소인 여기 있습니다"라고 해라. 내가 "누가 독약을 지었느냐?" 물으면 너는 "제 아비가 지었습니다"라고 해라. 내가 "누가 시킨 짓이냐?" 물으면 너는 "제 아비가 시켰습니다"라고 해라. 내가 "은자는 누가 가졌느냐?" 하면 너는 "제 아비가 가졌습니다" 해라. 내가 "네놈이 한 짓이 아니냐?" 하면 너는 "소인은 절대 하지 않았습니다"라고 해라. 이렇게 대답해야만 살아날 수 있다.

이문도 고맙습니다, 공목 어른!

장 공목 장천, 이자를 형방으로 데려가라. 그리고 그 늙은이를 한 걸음에 한 대씩 치면서 끌고 오너라.

그 늙은이는 내가 직접 심문하여 사실을 밝히겠다.

장천,

너는 가서

어떤 사람이 관아에 고발했다고만 말하여라.

【만청채】

장 공목이 문서를 새로 검토하다가

곧바로 당신을 체포하려고

나더러 부리나케 가서 당신을 불러오라 했다고 하여라.

조금이라도 말을 듣지 않거들랑

그를 감옥에다 가둬 버려라.

장천 관아를 나서서, 이 영감님 계십니까?

(이언실이 등장한다)

이언실 누가 나를 부르는 게야?

장천 관아에서 부릅니다.

이언실 따라가겠습니다. (정말을 만나는 동작) 이 늙은이를 무슨 일로 부르십니까?

장 공목 이봐, 늙은이, 어떤 사람이 당신을 고발했소.

이언실 그게 누굽니까? 제가 무슨 죄를 지었나요?

장 공목 당신 아들 이문도가 고발했소. 못 믿겠다면 그의 목소리를 확인해 보시오.

【궁하서窮河西】

누가 관아에 당신을 지목했느냐?

증삼 같은 효자인 당신 아들 돌팔이지.

새로 받아들인 의붓아들도 아니고

바로 당신의 친아들이지.

허, 늙은 게 추하긴,

못되고 뻔뻔할 수가!

이언실 전 못 믿겠습니다. 이문도는 어디 있습니까?

장 공목 못 믿겠다면 내 불러 주지. "돌팔이!"

이문도 소인 여기 있습니다.

장 공목 누가 독약을 지었느냐?

이문도 제 아비가 지었습니다.

장 공목 누가 시킨 짓이냐?

이문도 제 아비가 시켰습니다.

장 공목 은자는 누가 가졌느냐?

이문도 제 아비가 가졌습니다.

장 공목 네놈이 한 짓이 아니냐?

이문도 소인은 절대 하지 않았습니다. 모두 제 아비가 한 겁니다.

장 공목 이봐, 늙은이! 어서 사실대로 불지 못할까!

이언실 나리, 전부 다 저 녀석이 한 짓인데 왜 저 같은 늙은이한테 뒤집어씌우십니까?

장 공목 그게 사실이라면 여기 서명을 하거라.

(이언실이 서명하는 동작)

장천 그가 서명했으니 이 문을 열어야지.

이언실 (이문도를 때리는 동작) 제 형을 독살한 것도 너고, 재물을 취한 것도 너고, 형수한테 협박한 것도 너고, 모두 네놈 짓이야, 모두 네놈 짓이야!

이문도 아니에요, 이건 노부인 독살 사건을 말하는 거예요.

이언실 이런! 네 형을 독살한 것까지 내가 다 불어 버렸구나.

이문도 불어 버렸어요, 전 이제 죽었어요! 망할 놈의 늙은이!

장 공목

【류청낭柳靑娘】

약간의 계책만으로

이 무지한 늙은이가 속아 넘어갔네.

천 번 만 번 후회해 봐야

엎질러진 물을 담을 수 없는 법.
깜짝 놀라 얼굴이 사색이 되어도
입 밖으로 나간 말은
날랜 수레로도 따라잡을 수 없는 것.
이미 자백을 해 버렸으니
되돌릴 수 있을까,
죄를 인정하고 죗값을 받아야지.

【도화道和】

드디어 알아냈네.
진상을 알아냈네.
거짓이 진실이 될 수는 없지.
너무나 까다로워서
내가, 내가 진상을 밝히기 어려웠고
내가, 내가 책임을 져야 했네.
기지를 부려서
시비를 가려냈네.
부인하지도 못하고
잡아떼지도 못하고
변명하지도 못하고
핑계 대지도 못하게.
이런 일들이 이런 일들이
나는 기쁘고 개운하네.
사람들이 하나하나 죄상을 인정하니

하늘이, 하늘이 돕지 않았더라면

겨우 사흘의 기한이 준엄했으리니

하마터면 세검의 맛을 내가 먼저 볼 뻔했네.

한 사람도 빠짐없이 나와 함께 부윤 나리를 보러 가자.

(부윤이 등장한다)

부윤 장정, 사건은 어찌 되었느냐?

장 공목 심리를 모두 끝냈습니다. 나리께서 판결을 내려 주십시오.

부윤 이 사건을 나는 이미 잘 알고 있었다. 모두 나의 판결을 들어라. 이곳의 관리들은 무능하니, 곤장 일백 대를 치고 영원히 등용하지 않는다. 이언실은 집안을 바르게 다스리지 못했으므로 곤장 팔십 대를 쳐야 하나 연로한 관계로 벌금으로 대신한다. 유옥낭은 억울한 고문과 심문을 당하였으니 칙명을 내려 대문에 편액을 하사하여 표창한다. 이문도는 제 형을 죽였으니 저잣거리로 끌고 나가 참수형에 처한다. 나는 석 달 치 봉급을 털어 장정에게 후히 상을 내린다. (사로 읊는다)

성지를 받들어 포상과 승진을 허락하노라.

장 공목은 사건 심리와 판결을 담당하라.

유옥낭은 진실이 밝혀지고 혐의를 벗었으니

재산을 지켜 주고 정표 세워 표창하라.

무뢰배는 인륜과 교화를 해쳤으니

거리로 끌어내 법대로 엄히 처형하라.

(유옥낭이 절하며 감사하는 동작) 나리, 감사합니다.

장 공목

【살미】

형제간의 정이란 수족과 같거늘

어떻게 형을 죽일 생각을 할 수 있단 말인가?

나는 살인범을 형장에서 참수하여

억울하게 죽은 원귀를 달래리라.

제목:

이문도는 독약으로 제 형을 처치하고

소 영사는 남몰래 돈을 많이 챙기네

정명:

고산 노인을 하남부에서 꿇어앉혀

공목 장정은 지혜롭게 인형을 조사하네

포 대제 나리, 진주에서 쌀을 내다 팔다包待制陳州糶米

원 무명씨

정말(正末)　장고집, 포증

충말(冲末)　범중엄(范仲淹)

외(外)　한기(韓琦)

외(外)　여이간(呂夷簡)

정(淨)　유 아내(劉衙內), 태수

정(淨)　소 아내 유득중(劉得中)

축(丑)　양금오(楊金吾)

축(丑)　큰 말잡이, 작은 말잡이

잡(雜)　쌀 사는 백성 세 사람

차단(搽旦)　왕분련(王粉蓮)

작은 고집 장인(張仁), 사령, 장천(張千), 서리 외랑

설자

선려

(범중엄范仲淹[충말沖末]이 사령을 거느리고 등장하여 시로 읊는다)

범중엄

서책 두루 섭렵해 유가 경전 줄줄 꿰고

봉황 연못* 중서성中書省에서 두각을 나타냈네.

일찍이 어전 앞에 승평책昇平策 올리고

홀로이 급제하여 거북 섬돌* 밟았다네.

저는 범중엄입니다. 자는 희문希文으로 분주汾州 출신입니다. 어려서 유학을 익혔고 경사經史에 정통하지요. 단번에 진사進士에 급제하고 조정에 몸담은 지 수십 년이 되었습니다. 성은을 입어 호부상서戶部尚書직과 천장각天章閣 대학사大學士직을 제수받았습니다. 지금 진주陳州 관원이 상소를 올려 전하기를, 3년간 진주에 큰 가뭄이 들어 곡식을 수확할 길이 없게 되니 백성들이 서로를 잡아먹을 정도로 고초를 겪는다 합니다. 이 늙은이가 입궐하여 황상께 아뢰니, 중서성에서 공경대부들을 소집해 의논하라 하명하셨습니다. 청렴한 관리 두 명을 즉시 진주로 보내 구휼 창고를 열어 법정 가격으로 백미 한 되에 백은白銀 다섯 냥씩 팔도록 하라 하셨습니다. 소인은 이미 사람을 보내 공경대부님들을 오시라 했습니다. 여봐라, 문밖에 뉘 댁 어르신이 말을 내리시나 살펴보고 즉시 알리거라.

사령 알겠습니다.

(위공韓魏公 한기韓琦〔외外〕가 등장해서 말한다)

한기 이 늙은이는 한기입니다. 자는 치규稚圭이고 상주相州 사람입지요. 가우嘉祐년간에 방년 이십일 세로 진사에 급제하였습니다. 그때 태사관太史官께서 "햇빛 아래 오색구름이 나타났다"고 아뢰었고, 이 때문에 조정에서 소인에게 중책을 맡기사 평장정사平章政事*직을 제수받고 위국공魏國公에 봉해졌습니다. 오늘 아침 조회에서 돌아와 잠시 방에 앉았는데, 범 학사께서 사람을 시켜 오라고 청하니 무슨 일인지 가 봐야겠습니다. 벌써 도착했군요. 여봐라, 문밖에 한 위공이 왔다고 아뢰거라.

사령 (사령이 알리는 동작) 나리! 한 위공께서 오셨습니다.

범중엄 드시라 하게. (인사한다) 승상께서는 앉으시지요.

한기 학사께서 무슨 일로 소인을 부르셨습니까?

범중엄 승상! 대인들이 다 오시면 상의드릴 일이 있습니다. 여봐라, 문밖에 다시 나가 살펴보거라.

사령 알겠습니다.

(여이간呂夷簡〔외外〕이 등장한다)

여이간 소인은 여이간입니다. 장원 급제한 이래 여러 관직을 전전했습죠. 황상께서 어여삐 여기셔 중서성中書省의 동평장사同平章事직을 제수받았습니다. 오늘 아침 범 학사가 사람을 시켜 부르니 무슨 일인지 가 봐야겠습니다. 벌써 도착했군요. 여봐라, 여이간이 당도했다고 아뢰거라.

사령 상공께 아룁니다. 여 평장 나리께서 오셨습니다.

범중엄 드시라 하게. (인사한다)

여이간 아! 승상께서 먼저 와 계시군요. 학사님, 오늘 무슨 일로 소인을 부르셨습니까?

범중엄 승상께서는 앉으시지요. 대인들이 모두 오시면 상의드릴 일이 있습니다.

(유 아내劉衙內*〔정淨〕가 등장하여 시로 읊는다)

유 아내

불한당 난봉꾼의 으뜸이요
허랑방탕엔 대적할 자 없네.
이름만 들어도 골치가 지끈지끈
나는야 권문세가 유 아내라네.

소관은 유 아내입니다. 저희 집은 권문세가로서 대대로 고관대작을 배출했지요. 사람을 때려죽여도 사면이 되니, 처마에 기와 한 장 턱 얹듯 내키는 대로 합니다. 막 집에서 쉬고 있는데 범 학사가 사람을 보내 부르더군요. 무슨 일인지 한번 가 봐야겠습니다. 말하는 중에 벌써 도착했군. 여봐라! 소관小官이 왔다고 알려라.

(사령이 알리는 동작)

사령 상공께 아뢰옵니다. 유 아내가 문에 와 있습니다.

범중엄 드시라 하게. (인사한다)

유 아내 노승상께서 죄다 모이셨군요. 학사께서 우리를 부르신 걸 보니, 무슨 상의하실 일이라도 있으십니까?

범중엄 유 아내는 앉으시지요. 소관이 여러분을 청한 것은 다름이 아니라, 지금 진주 관원의 보고에 따르면 진주에 큰 가뭄이 들어 백성들이 고초를 겪고 있다 합니다. 이 늙은이가 입궐하여 상주를 올리고 황상의 하명을 받았습니다. 청렴한 관원들을 진주로 곧장 파견하여 구휼 창고 문을 열어 법정 가격으로 정백미 한 섬에 백은 다섯 냥을 받고 팔라 하셨습니다. 노부는 여러 대부님들께 누구를 진주로 보내 구휼 창고 관리직을 맡아 쌀을 팔게 할지 상의하고자 합니다.

한기 학사, 이는 곧 나라에서 시급히 백성을 구제하는 일이므로, 청렴하고 충정忠正한 자를 뽑아 보내야만 합니다.

여이간 지당하신 말씀입니다.

범중엄 아내, 당신의 생각은 어떻소?

유 아내 여러 대인께서 자리하셨으니 소관이 가장 청렴하고 충정한 두 사람을 천거하려 합니다. 바로 소관의 두 아이인 사위 양금오楊金吾와 아들 소 아내小衙內 유득중劉得中입니다. 이 둘을 보내면 틀림없을 터인데, 대인의 생각은 어떠십니까?

범중엄 승상, 유 아내가 진주에 쌀을 팔러 가는 사람으로 아들 소 아내와 사위 양금오 두 사람을 천거했습니다. 이 늙은이는 그 두 자제를 본 적이 없으니 두 자제를 불러 주시면 노부가 한 번 보겠습니다.

유 아내　여봐라, 두 아이를 들라 해라.

사령　알겠습니다. 두 공자께서는 어디에 계신지요?

(소 아내 유득중(정淨)과 양금오(축丑)가 분장하고 등장한다)

소 아내　(시로 읊는다)

맑고 푸른 하늘이라면 내 좀 알지
삼십육 장 하고도 칠 척 높이더라고.
사다리 타고 올라 한 번 두드려 보니
애걔! 고작 푸르고 흰 돌덩어리일세.*

저는 유 아내의 아들 유득중입니다. 이자는 매부 양금오고요. 우리 둘은 온전히 부친의 권세에 기대어 말썽만 일으키고 못된 짓만 저지르고 고약한 일에 나서거나 남을 못살게 구는 일을 좋아하는데, 그 누가 제 이름을 모르겠습니까! 남들 손에 갖고 놀기 좋은 물건이나 귀한 골동품이 들려 있으면 금은보화 가릴 것 없이 우리 아버지처럼 홀라당 빼앗아 버리지요. 안 주면 차고 때리고 털을 뽑아 버리고 발을 걸어 자빠뜨리고 뭉개 버린 다음, 좋은 물건은 냉큼 옷 속에 넣고 줄행랑을 놓지요. 관아에 고소하거나 말거나. 그게 무서우면 내가 두꺼비 새끼게요? 지금 아버지가 부르시니 무슨 일인지 빨리 가 봐야겠습니다.

양금오　형님, 오늘 아버님이 부르셔요. 우리 두 사람더러 가서 일 좀 하라고 하실 텐데 이거 일 났어요. 벌써 도착했네요. 여봐라, 유씨 댁 큰 공자님과 매부 양금오가 왔다고 가서 전해라.

사령 (알린다) 상공님, 두 공자께서 오셨습니다.

범중엄 들라 해라.

사령 들어오시랍니다.

(소 아내와 양금오가 인사하는 동작)

소 아내 아버님께서 우리 두 사람을 어인 일로 부르셨어요?

유 아내 너희 둘이 왔구나. 대인들께 인사를 올리도록 해라.

범중엄 아내, 이 두 사람이 자네 아이들인가? 모습이나 행동거지를 보아서는 아닌 듯하오.

유 아내 여러 대인과 학사님은 제 말 좀 들어 보세요. 제가 제 아이들을 모르겠습니까? 소관이 천거한 이 두 아이는 청렴하고 충정하여 쌀을 팔러 갈 만합니다.

한기 학사, 절대로 이 둘을 보낼 수 없습니다.

유 아내 승상, "아비만큼 자식 아는 이는 없다"는 말을 듣지 못했는지요? 여기 둘을 보내셔도 됩니다.

여이간 이 일은 범 학사의 의견을 따르도록 하지요.

유 아내 학사, 소관이 보증서를 쓰지요. 이 두 아이가 쌀을 내주러 가는 것을 보증하지요. 만약 일을 그르치면 소관에게 죄를 물으셔도 됩니다.

범중엄 기왕지사 유 아내가 천거하였으니 너희 두 사람은 궁궐을 향해 무릎을 꿇고 황상의 명을 받들어라. 진주 지역에 큰 가뭄이 들어 백성들이 고초를 겪고 있으니 너희 두 사람을 진주로 파견하여 구휼 창고를 열고 쌀을 팔게 하노라. 황명에 따라 정백미 한 섬에 법정 가격 백은 다섯 냥씩 받고 팔도록 하여

라. 너희는 공무를 중히 여기고 국법을 지키고 몽둥이는 거둔 채 백성을 다스려라. 오늘이 바로 길일이니 궁궐을 향해 황상께 감사의 뜻을 올리고 속히 먼 길에 오르거라.

(소 아내와 양금오가 무릎을 꿇는다)

소 아내 · 양금오 여러 어르신께서 천거해 주시니 감사합니다. 저는 이 길로 얼음처럼 투명하고 옥처럼 깨끗하게 공무를 보고 돌아와 필히 여러 나리의 찬사를 받도록 할 것입니다. (문을 나서는 동작)

유 아내 얘들아, 가까이 좀 오너라. 우리한테 관직은 이 정도면 충분하나 다만 가산이 좀 부족하구나. 지금 너희 둘은 진주로 가서 공무를 사사로이 처리하도록 해라. 저 학사가 정해 준 법정 가격은 정백미 한 섬에 백은 다섯 냥이지만, 슬쩍 은자 열 냥으로 올리고 모래와 쌀겨를 섞어 넣으면 몇 배가 남겠지. 말은 여덟 되짜리를 쓰고, 저울은 저울추 세 개를 더 올려 쓰도록 해라. 학사에게 이러쿵저러쿵 입방아들을 쩌대면 내가 알아서 할 것이니 너희 둘은 안심하고 가거라.

소 아내 아버지, 말씀 안 하셔도 알아요. 제가 그래도 아버지보다 똑똑하다고요. 다만 한 가지, 만에 하나 진주 백성 놈들이 말을 듣지 않으면 어떻게 손을 보지요?

유 아내 애야, 네 말이 맞다. 내가 다시 학사에게 가서 말해 보마. (학사에게 인사하는 동작) 학사, 다만 한 가지, 두 아이가 진주에 쌀을 팔러 갔는데, 그곳 백성들이 교활하고 못돼서 혹 우리 두 아이 말을 듣지 않을 시에는 그자들을 어떻게 처리할까요?

범중엄 아내! 자네가 말하기 전에 이 늙은이가 먼저 황상께 주청을 드렸소. 만약 진주 지역 백성들이 교활하고 못되게 굴면 황상께서 내리신 금 망치로 때려죽인다 해도 따져 묻지 않을 것이오. 여봐라, 빨리 가져오라. 아내, 저것이 금 망치요. 자네는 이걸 두 아이에게 건네주고 조심하라 이르시오.

소 아내 오늘 대인의 말씀 받들어 창고 열러 진주로 한걸음에 달려갑니다. (시로 읊는다)

한 섬에 다섯 냥인 법정 가격을
열 냥으로 올려 팔고 꿀꺽하네.
부친이 천거에 보증 서니 일사천리
우린 본시 천하의 악당일 뿐이라네.

(양금오와 함께 퇴장한다)

유 아내 학사, 두 아이가 떠났습니다.

범중엄 유 아내, 당신네 두 아이가 떠났군요.

【상화시】
연이은 가뭄에 수확한 곡식 없어
민초들 둘에 하나는 떠도는 신세
쌀 방출하러 진주로 간다네.
그대가 천거한 자식들
황상의 시름 덜 수 있을까?

여봐라, 말을 대령해라. 황상께 아뢰어야겠다.

(유 아내와 함께 퇴장한다)

한기　승상, 저 둘이 진주로 가는 것을 보건대 어디 백성을 구제하는 것이겠습니까? 필시 백성들을 해하러 가는 것일 겁니다. 나중에 그곳에서 상주문이라도 올라온다면 제게 다 생각이 있습니다.

여이간　나라 위하고 백성 구하는 승상만 믿겠습니다.

한기　범 학사께서 벌써 황상께 아뢰고자 입궐하였으니 우리는 집으로 돌아갑시다. (시로 읊는다)

기근 구휼하는 일 가벼운 일 아니리니
청백리淸白吏 세워 백성들 구해야 하리.

여이간　(시로 읊는다)

훗날 바람 타고 소식 날아들면
황상께 조목조목 아뢰야 하리.

(함께 퇴장한다)

제1절

선려

(소 아내가 양금오와 함께 좌우 시종을 이끌고 금 망치를 들고 등장한다)

소 아내 (시로 읊는다)

나는야 고관의 자제 정말 멋있어
바른 길은 난 몰라 돈만 좋아해.
언젠가 탄로 나 모가지 댕강하면
대문짝만 한 고약만 죽어라 붙이리.

소관은 유 아내의 아들 소 아내로, 매부 양금오와 함께 이곳 진주에서 창고를 열어 쌀을 팔려고 합니다. 부친께서 우리 두 사람더러 본래 법정 가격으로 한 섬에 백은 다섯 냥 하는 것을 은자 열 냥씩 받고 팔라 했습니다. 또 쌀 속에 모래와 겨를 섞어 넣어 몇 배로 불리고 한 말은 여덟 되짜리 작은 됫박으로 재고 저울엔 저울추 세 개를 덧붙이라고 하셨습니다. 백성들이 들고 일어나도 겁 안 납니다. 황상께서 하사하신 저 금 망치가 턱하니 있으니까요. 여봐라, 말잡이를 불러라.

좌우 이 고을 말잡이는 어디 있는가?

(말잡이 둘〔축丑〕이 등장한다)

말잡이들 (시로 읊는다)

나는야 눈이 열 달린 말잡이
창고 쌀 가져다 마누라 먹이지.
몰래 지어 나를 수 없으니
됫박 안에 웅덩이만 판다네.

우리 두 사람은 이 고을 구휼 창고의 말잡이입니다. 윗분께서 우리가 성실히 일하고 쌀 한 톨도 탐내지 않는다 여겨, 몇 년 동안 내리 우리에게만 일을 맡기셨지요. 지금 창고 나리 두 분께서 새로 부임하셨는데 아주 대단하다고 합니다. 무슨 일로 우리를 부르는지 모르겠으니, 가 봐야겠습니다. (인사하는 동작) 상공, 무슨 일로 소인들을 부르셨습니까?

소 아내 자네들이 말잡이이니 명을 내리겠다. 지금 황명에 따르면 쌀 한 섬에 은자 열 냥이다. 이 값 그대로 했다간 우리가 먹을 게 하나도 없게 된다. 저울과 말을 몰래 바꿔 한 말은 여덟 되짜리 작은 말로 재고 저울에 저울추 세 개를 더한다면 모를까. 내가 큰 몫을 챙기게 되면 너희 또한 작은 몫을 얻게 될 터이니, 내가 6, 너희는 4를 가져가거라.

큰 말잡이 알겠습니다. 바로 그렇게만 하신다면 나리께선 우리 두 말잡이가 다소나마 부를 이루게 해 주시는 셈이 되지요.

오늘 창고를 열었으니, 누가 왔는지 봐야겠습니다.

(쌀을 사는 백성 세 사람〔잡雜*〕이 등장한다)

백성 우리는 진주의 백성입니다. 이곳에 삼 년 동안 큰 가뭄이 들어 곡식이란 곡식은 하나도 수확한 게 없으니, 이곳 백성들은 실로 힘들게 살고 있습니다. 다행히 조정에서 은덕을 내리셔서 관원 둘을 특파해 창고를 열어 쌀을 팔라 했습니다. 윗사람의 말을 들으니 황명에 의해 쌀 가격이 정백미 한 섬에 백은 다섯 냥이랍니다. 그런데 지금은 한 섬에 은자 열 냥으로 값을 올리고, 쌀 안에 모래와 겨를 섞었다 합니다. 여덟 되짜리 작은 됫박으로 재고, 추 세 개를 더 올린 저울로 잰다고 합니다. 이런 거래는 해선 안 되는 줄 알지만, 창고 곡식 말고는 살 곳도 없으니 우리더러 굶고 살란 말입니까? 방법이 없어요, 각자 은자를 모아 쌀을 사서 연명할밖에. 벌써 도착했네요.

큰 말잡이 어디 사람이오?

백성 우리는 진주의 백성으로, 쌀을 사러 왔습니다.

소 아내 너희 둘은 은자를 꼼꼼히 살펴보거라. 특히 가짜가 근사해 보이는 법이다. 겉에만 은을 입힌 사도장四堵牆인지 잘 살펴보고 속지 않도록 해라.

작은 말잡이 여봐요, 돈은 얼마나 갖고 왔소?

백성 은자 이십 냥을 모아 왔습니다.

큰 말잡이 저 저울에 재 봅시다. 모자라, 모자라, 모자라, 이 은자는 열네 냥밖에 안 되오.

백성 이 은자는 닷 돈은 나갑니다요.

소 아내 발칙한 놈들! 저 금 망치로 쳐라.

백성 어르신, 때리지 마세요. 더 드리면 되잖아요.

큰 말잡이 냉큼 더 내놔 봐. 난 나리와 4대 6으로 나눌 거거든.

백성 (은자를 더 내놓는다) 여기 여섯 냥 더요.

작은 말잡이 이걸로도 아직 모자라지만 눈감아 주지.

소 아내 은자를 받았으면 쌀을 재 봐라.

작은 말잡이 한 되, 두 되, 석 되, 넉 되.

소 아내 꽉 채우지 말라고. 됫박을 비스듬히 해서 안쪽으로 틈을 만들란 말이야.

작은 말잡이 알고 있습죠. 지금 하고 있어요.

백성 이 쌀은 한 섬 여섯 말에 모래와 겨가 섞여 있으니 도정을 하면 한 섬 조금 넘겠지. 아서라, 아서. 우리 백성들 팔자가 이렇게 당하고 살 팔자인 것을! 바로 "눈에 난 종기 치료하려다 엄한 심장만 도려내는 꼴"이군.

(퇴장한다)

(장고집〔정말正末〕이 아들 작은 고집 장인張仁과 함께 등장한다)

장고집 (시로 읊는다)

굶주린 백성들 누덕누덕 옷 기워 입는데
부패한 관리들 질질 옷자락 끌고 다니네.
한 해 농사를 그 누가 망쳐 놓았느냐
비바람 일어나 흉년 들게 하였다네.

이 늙은이는 진주 사람 장張가입니다. 사람들은 내 성질이 고약하다며 모두들 날 장고집이라고 부르지요. 제게는 장인이라는 아들이 있습죠. 이 진주 지역에 먹을 게 부족하기에 근래 창고 관원 두 분이 파견되었습니다. 듣자 하니 황명으로 정백미 한 섬에 백은 다섯 냥을 받고 이 지역 백성들을 구휼한다 했는데, 지금 두 창고 관원은 정백미 한 섬에 은자 열 냥으로 올려 받고, 여덟 되짜리 작은 됫박을 사용하고 저울에도 추를 세 개 더 달아 잰답니다. 장원莊院에서는 있는 건 죄다 긁어모아 이 은자 몇 냥을 만들어 쌀을 사러 갑니다.

장인 아버지, 한 가지만요. 아버지는 성품이 꼬장꼬장하시니까 미곡 창고에 가서 아무 말도 안 하시는 게 좋겠어요.

장고집 이건 백성을 구제하려는 조정의 은덕인데, 그 작자가 공무를 사칭해 자기 배만 채우니 내 어찌 그냥 넘어갈 수 있겠느냐!

【점강순】
저 관원 사정 뻔히 알고도
안팎으로 결탁해
배고픈 백성 등쳐 먹네.
종이에 이름 쭉 올려
중서성中書省에 직접 고하려네.

장인 아버지, 이런 관원에 대고 무슨 말씀을 하시려고요!

장고집

【혼강룡】
마룻대가 제구실 못하면
남 등쳐 먹고 자기 배만 채워 미움 사게 되지.

그자가 만약 우리를 괴롭히면

나더러 잠자코 있으라 하지 마라.

부드럽기가 시냇물만 한 것이 없다지만

경사진 곳에 이르면 큰 소리를 내는 법.

그자들은 일부러 황명을 저버렸으니

창고 곡식 갉아먹는 쥐새끼요

피고름 빨아먹는 파리 새끼라네.

장고집 벌써 도착했군. (말잡이에게 인사하는 동작)

큰 말잡이 이보쇼, 노인장! 쌀을 사러 왔으면 은자를 달아 보게 이리 주시오.

장고집 (은자를 건네는 동작) 여기 있소.

큰 말잡이 (은자를 달아 보는 동작) 이보쇼, 노인장! 이 은자는 여덟 냥이야.

장고집 열두 냥 은자를 여덟 냥이라 하다니. 어떻게 이렇게 차이가 많이 나지?

장인 나리! 이 은자는 열두 냥인데, 어찌 여덟 냥이라 하는 겁니까? 저울을 똑바로 들고 재 보시오.

작은 말잡이 예끼 이보쇼들! 저울에 여덟 냥이라고 나오잖소. 내가 나머질 꿀꺽했단 거야 뭐야?

장고집 아이고! 은자 열두 냥이 어찌 여덟 냥이 된 게냐?

【유호로】

창고 나리 억지 쓰지 마소

내가 직접 재 볼 수 있겠소?

큰 말잡이 이 늙은이가 정말 말을 못 알아듣는군. 당신 은자가 원래 양이 적은 걸 두고 어찌 나더러 무게를 불리란 거요? 하늘이 내려다보고 있소.

장고집

요즘 사람 누군들 약지 않으리?
내 사향령思鄕嶺*에 오른 듯
조심조심 방향 바꾸네.
유리 우물琉璃井을 딛듯
한 발 한 발 내디디네.

큰 말잡이 이렇게 달아 보면 여덟 냥도 안 되오.

장고집

저울질 참 후하구려.

작은 말잡이 (쌀을 저울질하는 동작) 쌀을 달아 보겠소. 홈을 파고 또 홈을 파자.

장인 아버지, 저자가 저기에도 홈을 내는데요.

장고집

이런! 제대로 달지도 않는구나.
본디 여덟 되짜리 작은 됫박에 저울추도 세 개나 보탰네.
내 은자 두 냥 깎아 낸 걸
어찌 따지지 않으리오?

큰 말잡이 우리 창고지기 나리 두 분은 청렴하셔서 백성들 재물은 받지도 않고, 대놓고 돈 달라 하곤 해결을 해 주지.

장고집 무슨 관원이 그러오?

작은 말잡이　모르는군. 그 두 분이 바로 창고지기 나리시지.

장고집

【천하락】

개봉부開封府 포증包拯 나리 따라가려면 한참 멀었소.

큰 말잡이　이 늙은이가, 헛소리 그만하쇼! 저 두 분은 권세 등등한 분들이니, 함부로 심기 건드리지 마쇼.

장고집

너네 그 관원 나리 청렴하다

법을 바로 행한다 으스대면서

좀 더 꿀꺽해도 죄가 되진 않나 보지.

작은 말잡이　이 쌀은 아무래도 좀 수북이 올렸는걸, 좀 깎아 내야겠어.

장인　아버지, 저자가 또 깎아 내요.

장고집

이렇게 반 떼어 내고

저렇게 반 덜어 내니

올 때나 갈 때나 가볍기만 하네.

작은 말잡이　자루를 벌려라. 쌀을 다 달았소.

장고집　쌀을 어떻게 단 거요? 우리는 사사로이 쌀을 사러 온 게 아니란 말이오.

큰 말잡이　당신이 사사로이 쌀을 사러 온 게 아니면, 나 역시 관아의 명을 받드는 사람으로서 사사로이 쌀을 파는 게 아니란 말이오.

장고집

【금잔아】

너는 명대로 받든다 하나

내 보기엔 제멋대로라네.

쌀 한 홉은 예닐곱 목숨 달린 귀한 몸

우르르 달려 쫓는 고라니 사슴과 다르지.

넌 정말 주린 승냥이 입속에서 무른 뼈다귀 훔치고

거지 밥그릇에서 남은 밥 탈탈 털어 먹을 놈이라네.

난 됫박은 손해 봐도 말박은 어림없다

너는 어찌 명예는 뒷전이고 뱃속만 챙기느냐?

큰 말잡이 이 늙은이가 앞뒤 분간을 못하는군. 어쩌자고 창고지기 관원을 욕하는 게냐? 가서 알려야겠다. (큰 말잡이가 알리는 동작)

소 아내 두 말잡이는 무슨 할 말이 있는 게냐?

큰 말잡이 상공께 아뢥니다. 늙은이 하나가 쌀을 사러 왔는데 은자도 모자란 주제에 되레 상공님을 욕했습니다.

소 아내 늙은이를 끌고 와라. (장고집이 인사하는 동작) 이 날강도가 죽고 싶구나! 은자도 모자란 주제에 감히 나를 욕해?

장고집 이 백성을 등쳐 먹는 도적놈들아! 백성에게는 해가 되고 나라에도 득 될 것이 없다!

큰 말잡이 상공, 제 말이 맞습죠? 상공을 욕하잖습니까!

소 아내 이 늙은이가 무례하구나! 금 망치로 저놈을 때려라.

(큰 말잡이가 장고집을 때리는 동작)

장인 (아비의 머리를 감싸 안는 동작) 아버지, 정신 차리세요. 제가 뭐라 했어요. 아무 말씀 마시라고 했잖아요. 이 금 망치에 맞으셨으니, 아버지! 그러고도 산 사람은 없대요.

양금오 아직 매가 약했다. 내 성질 같아서는 망건도 못 쓰게 뇌수를 한 바가지 쏟게 만들 테다.

장고집 (점차 정신을 차린다)

【촌리아고】

저 금 망치로 후려치니

지끈 번개가 내리친 듯.

온몸에 피가 튀었으니

내 어찌 견뎌 내리!

등짝을 맞았나, 머리통인가 아님 어깨인가?

이빨이 시큰시큰 쑤시고

심장은 도려내듯 아프고

뼈를 발라내는 듯 아이고야.

오! 하늘이시여!

이 늙은이 데려가시려고요!

쇤네는 쌀을 사러 온 것뿐인데 왜 때리십니까?

소 아내 풀 한 포기 같은 네놈 목숨, 못 때릴 건 또 뭐야? 그래 내가 네놈을 때렸으니 맘대로 고소해 보거라.

장인 아버지, 이를 어쩌지요?

장고집

【원화령】

우리같이 쌀 사러 온 사람한테 무슨 죄가 있다고

당신같이 쌀 파는 사람이 내버려 두지 않는 거요?

소 아내 그래, 내가 때렸다. 괜찮아, 괜찮아. 어디든 가서 날 고소해 봐.

장고집

당장 하옥하고 유배 보내고 태형 장형 내려야 하네

세상천지 문밖엔 천 길 구덩이 있으니

메워야 할 곳은 알아서 메워야 할 거요

당신 역시 남들에게 된통 떠밀릴 테니.

양금오 우리 둘은 물처럼 맑고 밀가루처럼 흰데 조정 대신 가운데 우리를 칭찬하지 않을 자가 어디 있겠느냐?

장고집

【상마교】

아이고!

넌 속은 하얗고 꼭지는 푸른 무로구나.*

소 아내 날 채소로 보는군. 어째서 나더러 속은 하얀 무라고 욕하는 게냐?

장고집

돈을 밝히며 관아에 앉아서

풀 쑨 대야에 거울 넣고 광내고 있구나.

양오금 우리 두 사람은 청렴으로 으뜸이란 소문이 났다고.

장고집

아이고, 그래도 네가 청렴하다고

옥주전자와 겨룰 만큼 맑다 하는구나.

소 아내 우리 둘이 엄청 청렴하니까 조정 중신들이 추천한 것 아니겠어?

장고집

【승호로】

저 멀리 기러기 가리키며 국 끓이겠다 하는 꼴이군

조정 위해 한 일 뭐가 있단 말이오?

양금오 이 늙은이가 조정을 들먹이며 나를 몰아 대는군. 난 겁 안 나, 안 난다고.

장고집

훗날 국법에 따라 목에 칼 들어오면

바로 그날, 가산은 거덜 나고

사람이 죽어 나가고 가문이 망해야

청렴하지 않았던 걸 후회하리라.

소 아내 이 비렁뱅이는 눈 안의 종기, 살 속에 박힌 가시 같구나. 이런 놈을 손보는 건 연시 하나 뭉그러뜨리는 것과 진배없으니 대수랄 것도 없지.

장고집 닥치거라!

【후정화】

가난한 백성이 눈 속의 종기라고!

현인군자를 턱 밑 혹이라고 하다니!

네놈한텐 국법도 없느냐?

네놈이 술판 고기판 벌이는 건 그렇다 쳐도

네놈한테 금과 은 무게 재라 누가 시키더냐?

애야, 가서 고발하거라!

장인 아버지, 저자 하는 짓 좀 보세요. 고발했다간 큰일 날 거예요.

장고집

애야, 빨리 가서 고발해라. 겁낼 것 없다.

장인 아버지, 고발한다면 누구를 증인으로 세우나요?

장고집

오로지 금 망치를

증거로 삼으면 된다.

장인 아버지, 증거가 있다 해도 어디로 가서 고발을 한단 말입니까?

장고집

관아에 고소장 내고 바로 중서성으로 가서

억울하다 몇 번 소리치고

우리가 겪은 사실을 아뢰거라.

관원 나리가 설마 안 계시겠느냐?

분명히 받아들여질 것이다.

장인 만약 잘못되면 또 어디에 고발하나요?

장고집

저 짐승 같은 놈이

백방으로 손을 써서

관아마다 고발을 받지 않으면

신문고를 두드리거라.

【청가아】

이기고 지는 것은 알 수 없으나

인과응보는 분명히 드러나는 법.

금 망치가 엄한 목숨 때려 죽이라는 것이겠는가?

내 곧 죽어 저승에 가도

절대 이 일을 잊지 않으리.

신령에게 고해 올려

섬돌 아래로 끌어다가

자백을 하게 하고

내 여생을 보상토록 하면

한이 풀릴 것이다.

만약 그리 되지 않는다면

생매눈 같은 이 두 눈을 감지 못할 것이네.

애야, 내가 죽거든 가서 고발해 다오.

장인 알겠습니다.

장고집 백성을 해하는 이 두 도적은 나라의 엄청난 녹을 먹으면서도 황상의 시름을 덜어 주기는커녕 되레 이곳 백성들을 괴롭히는구나. 하늘이시여!

【잠살미】

벼슬아치가 돈을 밝히면 진흙탕이 되고

돈을 마다하면 청렴하고 공정해지지.

너처럼 부패하고 탐욕스러운 자들 모두

황상의 녹봉만 축내네.

이 백성을 해하는 도적놈아, 너도 생각 좀 해 보거라. 너를 창고 열어 쌀 파는 일에 보낸 건 무엇 때문이겠느냐?

저 기근 구휼하는 일 너 역시 스스로 깨달아야 하거늘

어찌 되레 내게 금 망치를 휘둘러 머리통을 박살 내는가?

장인 아버지, 언제 고발하러 갈까요?

장고집

오늘 길을 떠나 곧장 도성으로 가거라.

늘 '싸움에는 부자父子 병사만 한 것이 없다'고들 하니

청렴하고 사리 분명한 벼슬아치를 골라 고발하고

저 백성을 해하는 도적들의 죄를 묻거라.

장인 아버지, 그런데 어느 관아로 가서 고발해야 하죠?

장고집 (탄식하며 말한다) 우리 진주 백성들에게 이 해악을 없애려면

일절 없는 철가면* 포증 나리밖에 없네.

장인 (운다) 아버지께서 돌아가셨으니, 가만있을 순 없지. 진주 지역에선 저자들을 상대할 수 없으니, 이 길로 도성으로 가서 좀 더 큰 관아를 골라 고발해야겠다. (시로 읊는다)

창고 열어 구황救荒한다 하더니

되레 아버지만 돌아가셨네.

이 몸 다리에서 주워 온 신세 아니니

이 원한 갚지 못하면 성을 갈리.

(퇴장한다)

소 아내 말잡이! 저 늙은이가 우리를 고발하라 했으니, 바로 도성에 알려 아버지께 알아서 하시라고 해야겠다. 저 범중엄 학사는 우리 아버지의 오랜 친구이니, 한 놈은커녕 열 명을 때려죽인들 다섯 쌍 죽이는 것뿐이잖아. 우리 두 사람은 달리 할 일이 없으니 함께 구퇴만狗腿灣의 기생 왕씨네로 가서 술이나 마시자. 예부터 "관아 창고는 스치기만 해도 부자 된다"는 말이 있지. 왕씨네는 제대로 봉 잡은 거야.

(퇴장한다)

제2절

정궁

(범중엄이 사령을 이끌고 등장한다)

범중엄 이 늙은이는 범중엄올시다. 유 아내가 자기 두 자제를 천거해 진주의 구휼 창고를 열어 미곡을 팔게 했습니다. 그 두 사람이 진주에 당도해서 재물을 탐하고 국법을 훼손하고 음주와 비행을 일삼을 줄 누가 생각이나 했겠습니까? 황상께서 이 늙은이에게 명을 내려 다시 정직한 관원을 진주로 보내 처결토록 하라시며, 세검과 금패를 내리시고 먼저 참하고 뒤에 아뢰라 하셨습니다. 오늘 이 회의실에 여러 공경대부를 모아 의논하려는데, 왜 아직 안 오는 거지? 여봐라, 문 앞을 지켰다가 오시면 내게 알려라.

사령 알겠습니다.

(한기가 등장한다)

한기 이 늙은이는 한 위공입니다. 지금 범 천장학사가 사람을 보내 회의실로 부르니 무슨 일인지 한번 가 봐야겠습니다. 벌써 문 앞에 도착했군.

사령 (알린다) 한 위공께서 오셨습니다.

범중엄 드시라 해라.

(한기가 인사하는 동작)

범중엄 승상께서 오셨군요. 앉으세요.

(여이간이 등장한다)

여이간 늙은이는 여이간입니다. 집에 한가로이 있었는데 범중엄 학사께서 사람을 보내 회의실로 오라 하니 한번 가 봐야겠습니다. 순식간에 벌써 당도했군.

사령 (알린다) 여 평장 나리께서 오셨습니다.

범중엄 드시라 해라.

여이간 (인사하는 동작) 승상께서도 여기 계시는군요. 학사! 오늘 이 늙은이를 무슨 일로 부르셨습니까?

범중엄 두 분 승상님! 일전에 진주에서 구휼미 파는 일에 대해 유 아내가 자기 두 자제를 창고 관원으로 천거해서 보냈지요. 지금 그곳에서 재물을 탐하고 국법을 훼손하고 음주와 비행을 일삼고 있다 합니다. 황상께서 이 늙은이더러 다시 여러 대신을 모시고 정직한 관원을 뽑아 진주로 보내 이 일을 처리토록 하셨습니다. 여러 대신이 모두 오시면 함께 한 사람을 선발하십시다.

한기 학사께서는 분명 벌써 마음에 둔 사람이 있을 터이니, 저희도 그자를 추천하는 게 마땅합니다.

장인 (등장한다) 저는 작은 고집 장인입니다. 아버지와 함께 쌀을 사러 갔다가 난데없이 아버지께서 두 창고 관원에게 매를 맞아 돌아가셨습니다. 아버지께서는 임종하시면서 포증 나리께 알리라 하셨습니다. 흰 수염을 한 노인이라고 하던데, 이 큰 길에서 누가 오는지 기다려 볼까요?

유 아내 (등장한다) 소관은 유 아내입니다. 두 아이가 진주에 쌀을 팔러 간 후 여태 소식 한 자 없습니다. 좀 전에 범중엄이 사람을 보내 부르는데 무슨 일인지 한번 가 봐야겠습니다.

장인 저기 저 흰 수염을 한 노인이 포증 나리일까? 한번 길을 막고 사연을 얘기해 봐야지. (무릎 꿇는 동작)

유 아내 젊은이, 무슨 억울한 일이라도 있나? 내가 해결해 주지.

장인 소인은 진주 사람입니다. 제 아버지와 둘이서 은자 열두 냥으로 쌀을 사러 갔다가 아버지께서 창고 관원의 금 망치에 맞아 죽었습니다. 그곳에서는 그자들한테 감히 아무도 얼씬거리지 못합니다. 나리가 포증 어른이십니까? 소인 대신 해결해 주십시오.

유 아내 이봐, 젊은이! 내가 바로 포증이야. 자네는 다른 곳에 가서 이 일을 발설하지 말게. 내가 해결해 줄 테니 물러가 있게나.

장인 (일어나는 동작) 알겠습니다.

유 아내 (방백으로) 이런! 그 망할 두 놈이 일을 냈군. 여봐라, 유 아내가 문 앞에 왔다고 알려라.

사령 유 아내님이 오셨습니다.

(유 아내가 인사하는 동작)

범중엄 아내님! 아주 청렴한 관원 둘을 천거하셨더군요.

유 아내 학사님! 우리 두 아이는 정말 청렴한 관원입지요. 감히 거짓말은 못합니다!

범중엄 아내님! 내가 알아보니 당신 두 아이는 진주에 당도해서 음주와 비행만 일삼을 뿐 바른 일은 하지 않고 재물을 탐하고 국법을 훼손하고 백성을 괴롭힌다 하오. 이 사실을 알고 있소?

유 아내 승상님! 다른 사람의 말은 듣지 마세요. 제가 천거한 자들이 그런 짓거리를 할 리가 없습니다.

범중엄 두 분 승상님, 아내님이 그래도 믿지 않는군요.

장인 (사령을 향해 말한다) 형씨! 방금 들어간 사람이 포증 나리신가요?

사령 저 사람은 유 아내요. 포증 나리는 아직 안 오셨소.

장인 세상에나! 내가 저 유 아내한테 고발하려 하다니. 바로 호랑이 입에 머리를 처박은 꼴이 되었군! 난 죽었어!

(포증〔정말正末〕으로 분장해서 장천張千을 이끌고 등장한다)

포증 이 늙은이는 포증包拯입니다. 자는 희문希文, 본관은 금두군金斗郡 사망향四望鄕 노아촌老兒村입니다. 용도각龍圖閣 대제를 제수받고, 막 남아 개봉부 부윤의 직책을 부여받았습니다. 황상의 명을 받들어 강남·호남·영남·해남·운남 등 남쪽의 다섯 지역을 시찰하고 돌아왔습니다. 회의실에 가서 여러 공경대부를 뵈어야 합니다.

장천 상공께서 언제 등청하고 언제 퇴청하는지 쇤네한테 쭉 한 번 말씀해 주십시오.

포증

【단정호】

뭉게뭉게 구름 피어오를 묘시부터

뉘엿뉘엿 해 지는 신시까지 줄곧

쉼 없이 공문서에 머리 파묻고 있지.

자색 관복에 갇혀 손도 들기 힘들지만

관아의 일은 훤히 꿰뚫고 있다네.

【곤수구】

돈을 마다하자니 뭇사람들 거스를까 염려되고

돈을 받자니 이 또한 내 진심이 아니라네.

이번 달 월급만으론 베풀기에 모자란다네.

장천 나리께서는 평소 권문세가를 봐주신 적 없는 분이십니다.

포증

나와 그 권문세가들은 산과 바다처럼 원수지간이지

진즉에 노재랑魯齋郞*을 거리에서 참수하고

일찍이 갈감군葛監軍*을 하옥시켜

뭇사람들의 욕을 진탕 먹었더랬지.

장천 나리! 지금 몸은 연로하셔도 기개는 여전하시네요.

포증

그것도 오늘로 끝이다.

오늘 이후 남 일엔 입 다물리

세상 모두에 고개만 끄덕이리

한바탕 유유자적하리라.

벌써 회의실 앞이구나. 장천! 말을 잡아라.

장인 알아보니 이분이 바로 포 대제 나리시라는군요. (무릎 꿇는 동작) 억울합니다! 나리, 제 일 좀 해결해 주십시오.

포증 젊은이! 자네는 어디 사람인가? 무슨 억울한 일이 있었단 말인가? 사실대로 말하면 내가 해결해 주겠다.

장인 저는 진주 사람입니다. 아버지와 둘이 사는데, 부친 이름은 장고집이라고 합니다. 지금 두 관원이 진주에서 구휼 창고를 열어 쌀을 팔고 있습니다. 법정 가격으로는 한 되에 백은 다섯 냥인데, 그자들이 한 되에 은자 열 냥으로 올려 받았습니다. 저희 가족은 어렵게 은자 열두 냥을 모아 쌀을 사러 갔는데, 그자들은 여덟 냥으로 무게를 재었습니다. 제 아버지께서 앞으로 나가 따져 대니 그자가 금 망치로 한 방 내려쳐 돌아가시게 했습니다. 저는 억울함을 알리고 고발장을 내려 했으나 모두들 그자는 권문세가 사람으로 감히 건들지 못한다고 했습니다. 제 아버지가 돌아가시기 직전에 당신이 죽거든 곧장 도성으로 가서 포 대제 나리를 찾아 고발하라 하셨습니다. 제가 나리를 이렇게 뵙게 되니, 구름 걷혀 해가 나타나고 흐릿한 거울 다시 닦은 듯합니다. 이 일을 꼭 해결해 주십시오. (시로 읊는다)

가슴속 사연 구구절절 풀어 놓으려니
어찌할꼬 목이 메어 말이 나오질 않네.
금 망치로 아버지를 때려 죽였으니
실로 억울하고도 괴로워라.

포증 저리 가 있거라.

장인 (포증을 막아서는 동작) 나리가 아니면 누가 하겠습니까?

포증 알았다.

(같은 동작을 세 번 반복한다)

여봐라, 문 앞에 포 대제가 와 있다고 아뢰거라.

사령 포 대제께서 오셨습니다.

범중엄 그래그래, 포 용도가 왔구나. 빨리 드시라 해라.

(포증이 인사하는 동작)

한기 포 대제께서는 남쪽 다섯 지역을 시찰하고 막 돌아오시는 길이니, 말 타고 오시느라 고단하시겠습니다.

포증 두 분 승상과 학사님께선 나랏일 돌보시느라 힘드셨겠습니다.

유 아내 부윤께선 먼 길에 고생하셨습니다.

포증 아내님이 계셨군요, 용서하십시오.

유 아내 (방백으로) 이 늙은이가 어찌 나를 노려보는 게지? 혹시 고발장 들고 온 그놈을 만났나? 난 모른 체할밖에.

포증 제가 남쪽 다섯 지역을 시찰하고 돌아와 어제는 황상을 만나 뵙고 오늘은 각별히 두 분 승상님과 학사님을 만나러 왔습니다.

범중엄 대제는 몇 세에 관원이 되셨는지요? 지금 나이가 어떻게 되십니까? 천천히 말씀해 주십시오. 경청하겠습니다.

포증 학사께서 이 늙은이가 몇 세에 관원이 되었는지, 지금 나이가 몇인지 물으셨으니, 성가시다 하지 마시고 이 늙은이가 천천히 얘기하는 것 좀 들어 보세요.

【당수재】

서른대여섯 나이에 급제하여

일흔여덟아홉 이 나이까지 벼슬 살았지요.

중년이 되면 만사 손 놓는다란 말 어찌 안 들어 봤겠어요?

나 역시 당唐과 한漢의 역사와 『춘추春秋』를 보았더니

모두 내 벼슬살이의 귀감이더군요.

범중엄 대제께선 벼슬을 오래하셨으니 겪으신 일이 많았겠습니다.

여이간 대제께선 충심을 다해 나라에 보답하고 혼탁한 무리를 물리치고 맑은 이들을 드높이셨습니다. 지금 조정 안팎의 권문세가들은 대제의 이름만 들어도 모두들 놀라고 무서워하니, 실로 그 옛날 일컫던 올곧은 신하이십니다.

포증 이 늙은이가 어디 입에 올릴 만한가요? 앞선 왕조의 여러 현신賢臣이 모두 억울하게 죽은 걸 보면, 이 늙은이처럼 거칠고 곧은 것은 아무래도 보신保身하는 길이 못 되는가 봅니다.

범중엄 대제께선 한번 말씀해 보시지요.

포증

【곤수구】

초楚나라 굴원屈原*은 강물에 몸 던졌고

관용봉關龍逢*은 칼날 아래 명을 다했고

비간比干*은 주왕紂王에게 심장이 도려내졌고

한신韓信*은 미앙궁未央宮에서 목이 잘렸지요.

여이간 대제! 장량張良*은 군마에 앉아 세운 전략으로 천 리 밖

전쟁을 승리로 이끌고 한漢의 고조高祖를 도와 천하를 평정했습니다. 한신의 목이 잘리고 팽월彭越*의 시신이 포가 되어 소금에 절여지는 것을 보자, 작위를 버리고 적송자赤松子*를 따라 노닐고자 했으니 실로 선견지명이 있는 분이셨습니다.

포증

장량이 재빨리 벼슬을 버리지 않았다면

한기 월越나라 범려范蠡는 오호五湖에 조각배를 띄웠으니* 이 또한 뒤지지 않습니다.

포증

범려가 남몰래 달아나지 않았다면
이 두 사람 모두 시신조차 온전치 못했을 겁니다.
난 그물을 빠져나온 물고기 신세
어찌 다시 낚싯바늘을 물겠습니까?
하루빨리 은거하는 편이 낫지요.
다만 벼슬살이 끝나지 않았는데
외람되이 돈 명예 좇을까 걱정입니다.

포증 두 승상님과 학사님, 이 늙은이는 나이가 들어 벼슬을 계속할 수 없으니, 내일 황상을 뵙고 사직서를 올리며 한가로이 지내겠노라 말씀드리겠습니다.

범중엄 대제, 옳지 않습니다. 지금 조정에 대제처럼 청렴하고 바른 사람이 몇이나 있습니까? 게다가 그 연세에도 아직 정정하셔서 벼슬살이가 제격이신데 무슨 까닭으로 사직하려 하십니까?

포증 학사님! 이 늙은이에게 그럴 만한 이유가 있습니다.

유 아내 부윤님 말이 맞습니다. 연로하셨으니 이제 관직을 그만두고 한가로이 지내시는 것이 오히려 즐거우실 겁니다.

범중엄 상공께선 말씀해 보세요. 이 늙은이가 들어 보지요.

포증

【태골타】

이 늙은이 황상께 말씀 올렸지요

권문세가는 우리의 적이라는 말씀만 드렸어요.

범중엄 상공께서는 권문세가들을 어떻게 하실 작정이십니까?

포증

그들은 집을 터는 강도요

저는 집 지키는 사나운 개.

제아무리 돈과 재물을 바란들

이 개의 맹추격을 어찌 따돌리겠습니까?

이제나저제나 제가 죽어 없어져

제 세상 만날 날만 바랄 겁니다.

범중엄 대제, 댁으로 돌아가시지요! 저는 이곳에서 달리 의논할 것이 있습니다.

포증 (인사하는 동작) 두 분 승상과 학사님 용서하십시오. 먼저 일어나겠습니다. (문을 나오는 동작)

장인 (문 앞에서 무릎 꿇고 목청 높이는 동작) 나리! 도와주세요!

포증 이 일을 깜빡했구나. 젊은이! 먼저 돌아가 있으면 내가 뒤따라가겠소.

장인 (감사해하는 동작) 오늘 포 대제 나리를 뵈었으니 분명히 날 도와주실 거야. 나더러 돌아가 있으라고 했으니 하루라도 더 머물 생각 말고 진주로 돌아가 나리를 기다려야겠다. (시로 읊는다)

오늘 포 대제 나리 뵙고
아비의 억울함을 고했네.
진주로 돌아가 그분 오실 날 기다려
그 금 망치로 못된 놈들 손봐 주리.

(퇴장한다)

(포증이 몸을 돌려 다시 들어가는 동작)

범중엄 대제께선 어인 일로 다시 돌아오셨습니까?

포증 돌아가려는데 진주 일대에서 탐관오리가 백성을 몹시도 괴롭힌다는 이야기를 들었습니다. 상공께서 진주에 유능한 관원을 내려 보내지 않으셨습니까?

한기 학사께서 일전에 관원 둘을 보내셨습니다.

포증 바로 그 두 관원이 갔습니까?

범중엄 대제! 대제께서 남쪽 다섯 지역을 시찰하러 간 이후 조정에는 한때 사람이 부족하여 유 아내의 아들 유득중과 사위 양금오를 진주로 보냈습니다만, 한동안 회답이 없었습니다.

포증 진주 일대의 관원은 부패하고 백성들은 어리석다 하니, 다시 관원 하나를 더 진주로 보내셔서 관원을 감시하고 백성을 위로하는 것이 어떻겠습니까?

한기 안 그래도 바로 그 일 때문에 오늘 우리가 모인 것입니다.

범중엄 황상께서 이 늙은이더러 청렴한 관원 하나를 다시 뽑아 보내, 첫째로는 구휼미를 팔고 둘째로는 이번 일을 처리하라 명을 내리셨습니다. 제 생각에는 다른 사람이 가면 어림없는 일이니 수고스럽더라도 대제께서 다녀오시는 것이 어떻겠습니까?

포증 저는 안 됩니다.

여이간 대제 말고 누구를 보낼까요?

범중엄 대제께서 극구 사양하시는군요. 유 아내! 당신이 권해 보시오. 대제가 안 가면 당신이 가시오.

유 아내 알겠습니다. 부윤 영감께서 진주에 한 번 다녀오시는 게 뭐 대수겠어요?

포증 유 아내께서 이 늙은이더러 가라 하시니 체면을 세워 드리지요. 장천! 말을 준비해라. 곧장 진주로 가자.

유 아내 (속으로 놀라는 동작을 하며 방백으로) 아이코! 저 늙다리가 가면 우리 두 아이는 어떻게 되는 거야?

포증

【탈포삼】

여태 고지식만 알던 내 성미에

불 위에 기름 붓는 셈이라네.

저 세도가들과 척을 지고 있었는데

대인이 천거해 주시니 감사드리옵니다.

유 아내 난 천거한 적 없소!

포증

【소양주】

전 나라 걱정에

장천아, 말을 가져와라.

장천 예!

포증

오늘 바로 진주로 떠납니다.

기왕 마음먹었으니 말입니다.

저들은 모두 한통속

내통하여 허탕 칠까 걱정입니다.

두 승상님과 학사님은 들어 보세요. 제가 가긴 가겠으나 권문세가 무리들을 다스리기 어려울 땐 어떻게 해야 하지요?

범중엄 대제께서는 더 이상 염려하실 것 없습니다. 황상께서 명하시기를 대제에게 세검과 금패를 하사해 먼저 참하고 뒤에 알리라 하셨습니다. 대제께서 세검과 금패를 받으셨으면 곧장 진주로 가십시오.

포증

【요편】

황상께서 망극하게도 백성들 구제하시네.

이 검이

진주까지 가서 어찌 가만히 있을쏘냐?

잠시 후면 산 자의 살 맛을 맛보리라.

아!

저 무지한 금수 놈들을 보라

내 먼저 역신의 머리를 내려치리라.

유 아내 부윤 영감께서 진주에 도착하시면 말입니다, 그 두 창고 관원이 바로 저희 집 아이들이오니 절 봐서라도 잘 좀 봐주십시오.

포증 (검을 보는 동작) 알겠습니다. 이걸로 잘 봐드리지요. (칼을 세 번 휘두른다)

유 아내 부윤 영감께서는 인정머리도 없으십니다. 제가 두 번 세 번 간곡히 당부드렸는데도, 영감은 이 세검을 보면서 이걸로 잘 봐드린다고 하면 제 두 아이를 죽이기라도 하겠다는 겁니까? 벼슬로 쳐도 당신보다 못하지 않고, 재산을 봐도 당신만큼은 있단 말이오.

포증 제가 어찌 영감에게 견줄 수 있겠습니까?

【쇄해아】

당신은 북두칠성 너머까지 금은보화 쌓아 올리고

영원토록 누리려 하지

나라와 백성 위한다면서

하는 말은 염치도 없군요.

난 붓끝으로 천종千鐘의 녹을 얻었소만

당신은 무슨 칼끝으로 만호후萬戶侯에 오른단 말이오?

유 아내 부윤 영감, 나도 당신은 겁 안 납니다.

포증

그렇게 큰소리치지 마시오.

당신 한 사람이 해악을 부린다고 해도

내가 저 진주 백성의 근심을 덜어 주겠소.

유 아내 부윤 영감, 그 창고 관원 노릇 하기가 쉽진 않습니다.

포증 창고 관원의 폐해에 대해서는 제가 속속들이 알고 있습니다.

유 아내 안다면 그 폐해에 대해 말씀해 보시지요.

포증

【살미】

강변에선 쌀을 슬쩍하고

창고에선 장부를 조작하지요.

자기 배만 살찌울 수 있다면

백성이 굶건 말건 나 몰라라.

내 지금 그곳에 가면,

저놈의 광주리와 됫박을 거둬들이리.

(장천과 함께 퇴장한다)

유 아내 여러 대감님! 이러시면 안 됩니다. 저 늙은이가 가면 우리 집 두 아이는 그날로 끝입니다.

한기 유 아내! 괜찮습니다. 당신은 학사님과 의논하시오. 저와 여 승상은 먼저 돌아가겠소. (시로 읊는다)

유 아내야 속으로 놀라지 말고

학사님과 천천히 의논해 보시게.

여이간 (시로 읊는다)

봉황이 오동나무에 날아올라도

입방아에 오르내리는 법

(함께 퇴장한다)

범중엄 유 아내! 안심하시오. 내가 황상께 말씀 올려 당신이 직접 황명을 집행하도록 해서 산 자는 사면하고 죽은 자는 사면하지 않게 할 것이니, 아무 일 없을 겁니다.

유 아내 그리 해 주신다면 학사님께 감사드립니다.

범중엄 나와 함께 황상을 뵈러 갑시다. (시로 읊는다)

포 대제는 근심 마시오
먼저 사면서를 청할 것이니

유 아내 (시로 읊는다)

종이 반쪽으로
우리 집안을 재앙에서 구하리!

(함께 퇴장한다)

제3절

남려

소 아내 (양금오와 함께 등장하여 시로 읊는다)

벌건 낮 양심에 찔릴 짓 한 적 없으면

한밤중 문소리에 간 떨어질 일 없다네.

저는 유 아내의 아들입니다. 우리 둘은 진주에 도착해 창고를 열고 쌀을 판매했습죠. 아버지 말씀대로 가격을 올리고 모래와 겨를 섞어 돈을 억수로 챙겼지요. 집에 가져가도 다 쓸 수 있으려나 싶어, 요 며칠 술만 퍼 마시며 놀고 있습니다. 듣자 하니 황상께서 포 대제 영감을 파견했다는데요. 동생! 이 늙은이는 다루기가 여간 까다로운 게 아냐. 걸핏하면 먼저 목을 베고 후에 아뢰거든. 이번에 우리 본색이 탄로 날까 걱정이야. 이제 십리정十里亭에 포 늙은이를 영접하러 가지. (시로 읊는다)

꼬장꼬장한 노친네 포 영감

건드렸다간 뼈도 못 추려.

우리한테 국물도 없다면

그땐 바로 줄행랑이라네.

(함께 퇴장한다)

장천 (검을 등에 메고 등장한다. 포증은 말을 타고 듣는 동작) 소인은 장천입니다. 이 포 대제 영감을 따라 남쪽 다섯 지역을 둘러보고 돌아왔습죠. 황상께서 지금 또 세검과 금패를 하사하셔서 진주로 갑니다. 영감은 뒤에 저는 앞에서 멀찌감치 떨어져 갑니다. 여러분은 나리께서 정직하고 청렴하고 백성들 재물에 도통 관심이 없다는 걸 모르실 거예요. 돈과 재물은 싫다 해도 음식은 좀 얻어먹어도 괜찮잖아요. 그런데도 나리는 부주府州·현도縣道에 도착해 말에서 내려 등청할 때 보면, 그곳 벼슬아치와 마을 유지들이 마련한 음식은 거들떠도 안 보고 삼시 세 끼 멀건 죽만 드십니다. 나리는 연로한 탓에 못 드신다 해도, 저는 젊은 데다 이 두 다리로 말발굽 네 개와 걸음을 같이해야 하잖아요. 말이 오십 리를 가면 저 역시 오십 리를 가고, 말이 백 리를 가면 저 역시 백 리를 갑니다. 전 이 멀건 죽 한 그릇 먹고선 오 리도 못 가 배가 요동을 친다고요. 전 지금 앞서 가다가 저기 저 인가에 먼저 도착해 이렇게 말할 거예요. "나는 지금 포 대제 나리를 모시고 진주로 가는 길이고, 내가 메고 있는 건 상방보검과 금호부로 먼저 죄를 묻고 후에 보고할 수 있지. 너희는 빨리 말먹이를 준비해 먹이고, 살진 씨암탉과 술을 내오너라." 제가 이 술도 마시고 저 고기도 먹다가 배가 빵빵해지면 오십 리 길은 물론이고 이백 리도 이를 악물고 한길음에 닿을 수 있습죠. 쳇! 나도 참 멍청한 놈일세! 먹어 본 적도 없으면서 어찌 입으로만 나불대는 거야. 포 대제 나리가 뒤에서 들었으면 어쩌려고!

포증 장천아, 뭐라 하는 게냐?

장천 (무서워하는 동작) 별말 안 했는뎁쇼.

포증 무슨 살진 암탉 어쩌구 하지 않았느냐?

장천 나리, 그런 말 한 적 없습니다. 막 길을 가다가 앞에 사람이 있어서 "진주까지 얼마나 됩니까?"라고 물었고, 그 사람이 "아직 멀었습니다"라고 답했을 뿐인데 '살진 암탉'이라니요?

포증 무슨 향긋한 술이라고 하지 않았느냐?

장천 나리, 그런 말 한 적 없습니다. 막 길을 가다가 사람과 마주쳐 "진주로 가는 길은 어디입니까?"라고 물었고, 그 사람은 "이 길로 곧장 가면 됩니다. 가기만 하세요"라고 답했을 뿐인데, '향긋한 술'이라니요?

포증 장천아! 내가 늙어서 잘못 들었나 보다. 나 같은 늙은이는 좋은 음식은 입에 대지도 못하고 죽과 국만 마실 뿐이니, 이제 앞으로 생기는 건 모두 네가 물릴 만큼 먹고 쓰도록 해라.

장천 나리, 무얼 물릴 만큼 쓰게 하실 건데요?

포증 알아맞혀 봐라.

장천 나리께서 "앞으로 생긴 건 모두 너한테 먹고 쓰게 하겠다" 하시고, 또 제게 물릴 만큼 주신다는 게 혹시 씀바귀 아닌가요?

포증 아니다.

장천 무말랭이입니까?

포증 아니다.

장천 아이고! 멀건 죽이군요?

포증 역시 아니다.

장천 나리, 모두 아니라면 대체 뭡니까?

포증 네가 등에 메고 있는 것이 뭐냐?

장천 검입니다.

포증 네게 검의 맛을 한 번 보여 주겠다.

장천 (무서워하는 동작) 나리, 멀건 죽이 차라리 더 낫겠어요.

포증 장천아! 지금 천하의 벼슬아치, 병사와 백성들 가운데 나의 잠행 소식을 듣고 환호하는 이가 있는가 하면 시름에 잠긴 자들도 있다.

장천 나리께서 말씀하시니 외람되이 아룁니다. 지금 백성들 가운데 포 대제 나리가 진주에서 구휼 창고를 열어 쌀을 팔 거라는 소식을 듣고 머리를 조아리지 않는 자가 어디 있습니까? 다들 "구세주 오셨다!"고 하는데 이렇게 좋아라 하는 것은 왜 이지요?

포증 장천아! 네가 알 턱이 있나! 내가 하는 말을 잘 듣거라.

【일지화】

이제 부림받는 백성들은 기뻐하고

녹만 축내는 벼슬아치들은 원망하지.

갑자기 포 아무개의 비위 맞출 수 없고

배방으루 뛰어두 황면을 펼칠 수 없기 때문이지.

나는 지금 노년에 접어들어
말안장 위에서 실로 고단하단다.
세상 사람들은 모두 말하지
포 용도 나리 암행 나서면
관원들은 가슴 철렁 전전긍긍한다고.
【양주제칠】
오륙만 관의 월급 받으면서
이삼십 년간 사람을 죽이고
도성으로 부府로 부현州縣으로 떠돌았네.
우리 어진 황상께서 치세하고
이 늙은이가 실권 잡은 이래
감찰 조사 몇 차례로
뿌리까지 죄다 파헤쳤다네.
모두 농부들의 토지 분쟁이었고
모두 형제들의 재산 다툼이었네.
우리는 송 왕조 대소 신료들
저들은 네놈 부자들에게 이자를 받아 주는 놈들.
네가 어찌 알겠는가?
곤궁한 백성들의 고통스러운 원망의 울부짖음을.
이제 곧 진주인데
나를 능멸하는 자가 나타나더라도
너는 두 눈 질끈 감고 못 본 체해라
말을 몰고

금패를 감춰 들고

앞만 볼 뿐

소매 걷어붙이고

주먹 휘둘러선 안 된다.

장천아, 곧 진주로구나. 너는 말을 바꿔 타고 금패를 옷에 숨긴 채 먼저 성안으로 들어가거라. 사람들한테 해코지는 하지 말고.

장천 알겠습니다. 나리, 소인이 말을 타고 가겠습니다.

포증 장천아, 잠깐! 너에게 재차 당부한다. 내가 뒤에 갈 터이니 혹 나를 무시하거나 때리는 이가 있더라도 나서면 안 된다. 명심해라.

장천 알겠습니다. (장천이 가는 동작)

포증 장천아, 이리 오너라.

장천 나리, 하실 말씀 있으시면 하세요.

포증 내 말을 명심해야 한다.

장천 나리, 소인이 먼저 성안으로 들어가겠습니다. (퇴장한다)

(왕분련王粉蓮〔차단搽旦〕이 노새를 몰고 등장한다)

왕분련 저는 왕분련입니다. 저 남관리南關里 구퇴만에 살지요. 다른 일은 할 줄 모르고 오로지 웃음 팔아 밥을 먹어요. 이곳에 창고 관리로 파견 나온 두 분이 계신데, 하나는 양금오, 하나는 유 아내입니다. 이 두 양반이 우리 집에서 돈을 써 대는데 내가 하나를 달라면 열을 내주는 등 잘도 뿌려 댑지요. 워낙 권세 있는 사람들이라 시시껄렁한 작자들은 발도 못 들여놓는답니다. 제가 정성을 다해 모시다 보니, 가진 돈을 몽땅 우리 집에 써 버렸지요. 며칠 전에 우리 집에 금 망치를 잡혀 먹었는데, 찾아갈 돈이 없으면 녹여서 비녀나 가락지를 만들어도 괜찮겠어요. 좀 전에 언니 동생 하는 몇몇을 불러 술을 마시고 있었는데, 이 두 사람이 나를 데려오라 나귀를 보냈습니다. 그런데 귀신이 곡할 노릇이네요. 나귀를 타려는 순간 갑자기 히잉 하고 뒷발질 하는 통에 땅에 고꾸라져 허리를 다쳤지요. 아이고, 아파라. 설상가상 부축하는 이 없어 겨우겨우 일어났는데 나귀가 도망가 버리네요. 뒤쫓아 갈 수도 없으니 뉘한테 저놈 좀 잡아 달라고 하지?

포증 이 부인은 여염집 여인이 아닌 듯하구나. 내가 대신 저 나귀 놈을 붙잡아 주고 자초지종을 물어 무슨 일인지 좀 알아볼까?

왕분련 (포증을 본다) 거기 영감님, 저 나귀 좀 잡아 주세요.

(포증이 나귀를 붙잡는다)

(왕분련이 감사 인사하는 동작) 영감님께 신세 많이 졌습니다.

포증 아가씨는 어디 사시오?

왕분련 시골 노인 그 자체시네, 여태껏 날 모르다니! 저는 구퇴만에 삽니다.

포증 무슨 장사를 하시오?

왕분련 영감님, 한번 알아맞혀 보세요.

포증 알아맞혀 보지.

왕분련 그러세요.

포증 기름 짜는 방앗간?

왕분련 틀렸습니다.

포증 전당포?

왕분련 틀렸습니다.

포증 포목상?

왕분련 역시 틀렸습니다.

포증 모두 틀렸다면 대체 무슨 장사를 하시오?

왕분련 우리 집은 꽃을 팔아요. 영감님은 어디 사세요?

포증 아가씨, 이 늙은이한텐 마누라 하나만 딸랑 있었는데 진즉에 죽고 자식도 없어 여기저기 빌어먹고 삽니다.

왕분련 영감님, 저랑 가세요. 제가 일거리를 드릴게요. 제 집에 머물면서 맛난 술과 고기를 실컷 드세요.

포증 좋소, 좋아! 아가씨를 따라가긴 하겠지만 이 늙은이를 어디다 쓰려고?

왕분련 맘씨 좋은 영감님, 저랑 제 집에 가면요, 몸단장부터 해요. 빳빳한 외투에 새 모자도 탁 씌우고 갈색 허리띠도 두르고 깔끔하고 시원한 가죽 신발에 앉은뱅이 의자도 드릴게요. 문 앞에 앉아 우리 집 문을 지키면 얼마나 편하겠어요?

포증 아가씨, 그 집에는 어떤 사람이 드나들지? 아가씨, 이 늙은이에게 좀 알려 주시오.

왕분련 영감님, 다른 화류계 손님이나 떠돌이 상인은 죄다 신경 끊어도 돼요. 제겐 단골 두 사람이 있는데 둘 다 창고 관원이에요. 권세도 있고 돈도 있지요. 그자들 아비가 지금 도성에서 큰 벼슬을 한대요. 둘이 여기서 한 섬에 열 냥 하는 좋은 값에 쌀을 피는데, 힌 말을 여덟 되짜리 됫박으로 재고 지울에 추도 세 개나 더 붙여 쓰지요. 없는 게 없는 사람들이지만 전 한 번도 뭘 달래 본 적이 없어요.

포증 돈을 달랜 적은 없어도 물건을 달랜 적은 있지요?

왕분련 영감님, 그자들은요, 저한테 무슨 돈을 준 게 아니라 금 망치를 줬어요. 영감님도 보시면 깜짝 놀랄 거예요.

포증 늙은이가 이렇게 나이를 먹었어도 그 금 망치라는 걸 몇 번이나 볼 수 있었겠수? 나한테 한 번 보여 주면 재앙과 업보가 씻은 듯 사라질 테니 그 또한 좋은 일이 아니겠수?

왕분련 영감님이 보시면 정말 재앙과 업보가 씻은 듯 사라질 거예요. 저랑 집에 가요. 보여 드릴게요.

포증 아가씨를 따라가겠소.

왕분련 영감님, 밥은 먹었어요?

포증 못 먹었수.

왕분련 영감님, 저랑 가요. 바로 저 앞에서 그 두 사람이 술자리를 벌여 놓고 나를 기다리고 있어요. 거기 가서 술과 고기를 실컷 드세요. 나귀에 올라타게 부축 좀 해 주세요.

(포증이 왕분련을 부축해서 나귀에 태운다)

포증 (방백으로) 세상천지에 포 대제가 이제 막 남아南衙 개봉부開封府 부윤을 제수받은 사실을 모르는 이가 어디 있어? 그런데도 지금 이곳 진주에 와서 되레 아녀자에게 나귀나 잡아다 주는 꼴이라니, 정말 우습구나.

【목양관】

조정 떠나온 지 얼마나 되었나

지금 멀리 구퇴만에 와 있다네.

오이 밭에선 신을 고쳐 신지 말라 했거늘

안찰사 마중 나올까

어사대 마주칠까 겁나네.

본시 용도龍圖라는 높은 관직에 있거늘

어찌 기생을 상대하고 있단 말인가?

일도 하기 전에 풍류죄를 범했다 하여

넋 놓고 봉록이나 깎이는 건 아니겠지?

왕분련 영감님, 날 따라오세요. 내가 금 망치를 보여 드릴게요.

포증 좋소, 좋아! 아가씨를 따라갈 테니, 이 늙은이에게 금 망치를 보여 주고 재앙과 업보를 씻은 듯이 없앱시다.

【격미】

저 말 듣고

화가 치밀어 가슴이 부들부들

기가 막혀 말문이 막히네.

실로 창고 곡식에 실컷 분탕질 놓다니

저들은 가여울 것 없고

백성이 가여울 따름이라

뚱보들 씨름할 때처럼

저들 숨을 할딱이게 만들리!

(왕분련과 함께 퇴장한다)

(소 아내, 양금오가 말잡이를 이끌고 등장한다)

소 아내 (시로 읊는다)

두 눈가 팔딱거리는 게
필시 불길한 징조라네.
청백리淸白吏가 오면
대들보에 목 매달리리라.

우리 둘이 여기서 포 영감을 기다리는데 무슨 일인지 눈가가 팔딱거리는군요. 머리가 주뼛 설 만한 독주 몇 잔 마시고, 마음 다독인 후 천천히 기다려야겠습니다.

포증 (왕분련과 함께 등장한다) 아가씨, 저기는 영접관이 아니오? 내 여기서 아가씨를 기다리겠소.

왕분련 영접관에 왔네요. 영감님! 나귀에서 내리게 부축 좀 해 주세요. 여기서 기다리세요. 제가 안에 가서 술과 고기를 가져올 테니, 영감님은 이 나귀 좀 데리고 있으세요.

(소 아내, 양금오에게 인사하는 동작)

소 아내 (웃는다) 왔군!

양금오 귀여운 것! 예까지 이렇게 멀리 와 주었군.

왕분련 이 얼어 죽을 양반들아! 어찌 마중을 나오지 않은 게요? 오는 길에 나귀에서 떨어져 하마터면 밟혀 죽을 뻔했잖아요. 게다가 나귀가 달아나기까지 했는데, 다행히 영감님 한 분이 나타나 나귀를 붙잡아 줬어요. 어머나! 하마터면 그 영감님을 깜빡 잊을 뻔했군. 그 영감님이 아직 밥을 못 먹었대요. 우선 술과 고기 좀 갖다 줘요.

양금오 여봐, 말잡이! 그 늙은이에게 술과 고기를 갖다 줘라.

큰 말잡이 (술과 고기를 포증에게 가져다준다) 이봐, 나귀 붙잡고 있는 노인 양반! 옜소! 술과 고기요.

포증 당신네 창고 관원에게 가서 내가 이 술과 고기를 먹지 않고 모두 나귀에게 주었다고 전하시오.

큰 말잡이 (화를 내는 동작) 허! 이런 무례한 촌닭 늙은이 같으니라고! (소 아내에게 인사하는 동작) 나리, 술과 고기를 그 나귀몰이 늙은이에게 주었는데, 그 늙은이가 손도 대지 않고 모두 나귀에게 줘 버렸습니다.

소 아내 말잡이야! 그 늙은이를 홰나무에 매달아라. 내가 포 어른을 마중한 다음 천천히 손보겠다.

큰 말잡이 알겠습니다. (포증을 매단다)

포증

【곡황천哭皇天】

아무리 유 아내가 제 아들을 천거했다 해도
어찌 범중엄이 그 즉시 황명을 내렸단 말인가?
못된 창고 관원은 지금 부귀영화 누리며
가난한 백성의 고단함은 안중에도 없이
한갓 기생집에만 파묻혀 지낸다네.
저자들은 황명을 따르지 않고
사사로이 가격을 올려 버렸네.
창고의 쌀을 빼돌려 팔고
나랏돈을 착복하여
가진 걸 몽땅 분내 풍기는 기생
분네 나는 왕분련한테 써 버렸다네

다행히 내가 직접 봤으니
어찌 저들을 가벼이 풀어 주겠는가!
【오야제烏夜啼】
우선 이 검의 맛 좀 보아라
네놈들 목숨 하늘에 달리지 않았으니
유 아내야
어찌 봐달라 하였느냐?
이 일은 발로 뛰며 조사한 것
소문만 모은 것이 아니라네.
네가 범중엄한테 다리 놓아
성은을 빌려 궁궐로 향한들
나 포 용도는 본시 인정사정없는 사람이라
황궁에 네 이름 올리고 황천으로 보내 버리리.

장천 부탁을 받았으면 끝을 봐야 하는 법, 나리가 분부하신 대로 제가 먼저 성안으로 들어가서 양금오와 소 아내를 찾았지요. 곧장 창고로 가서 찾으니 한 놈도 보이질 않습니다. 지금 나리 역시 어디 계신지 알 수 없으니, 이 영접관이나 살펴봐야겠어요. (소 아내와 양금오를 보는 동작) 저 두 사람을 찾고 있었는데 모두 여기서 술을 마시고 있었군. 내 저리로 가서 겁을 주고 술 몇 잔 얻어먹고, 발품 들인 값이나 벌어야지. (인사하는 동작) 잘하는 짓이오, 아직도 여기서 술을 마시고 있소? 지금 포 대제 나리께서 당신 둘을 잡으러 오실 건데, 모든 건 내 말에 달렸단 말이지.

소 아내 형씨, 어떻게 우리 좀 봐주시지요. 내가 술 한 잔 대접하겠소.

장천 당신들은 정말 멍청이로군. 집주인보다 문지기를 공략하는 게 낫단 말도 모르오?

소 아내 형씨 말이 맞소.

장천 당신네 일은 귀가 닳도록 들었소. 안심하쇼, 내가 도와주겠소. 포 대제가 앉아 있는 포 대제라면 난 서 있는 포 대제요. 모두 나한테 달렸거든.

포증 서 있는 포 대제 좋아하시네! 장천아!

【목양관】

고삐 앞에선 찍소리 못하더니

지금 역참에선 큰소리 뻥뻥 치네

정말이지 사람은 권세 없인 안 되나 보다.

아이고!

신선 시중든다고 신선 될 성싶냐?

장천 (술을 고수레한다) 내가 당신 둘을 구하지 못한다면 이 술이 바로 내 목숨이오. (포증을 보고 겁내는 동작) 아이코, 깜짝이야!

포증

깜짝 놀라 얼굴은 백지장

팔다리는 와들와들.

간도 콩알만 한 쥐새끼 놈

제 비릇 개 주겠니?

장천 이 두 바보님아, 진주로 쌀을 팔러 왔을 때는 본시 황상께서 정하신 다섯 냥에 팔아야 하거늘 어찌 열 냥으로 고쳐 팔았소? 저 장고집이 몇 마디 좀 했다고 어찌 때려 죽인단 말이오? 또 장천에게 술을 사 먹이고 나귀잡이 노인을 함부로 매달다니! 지금 포 대제께서 남몰래 동문을 거쳐 성안으로 들어오시는데도 여태 영접 가지 않는 게요!

소 아내 어쩌지, 어쩌지? 포 대제가 벌써 성안에 들어왔다면 우리 둘이 마중 가야지.

(양금오와 말잡이가 함께 퇴장한다)

(장천은 포증을 풀어 준다)

왕분련 저 두 사람 모두 가 버렸으니 나도 집에 갈래요. 영감님, 나귀 좀 끌고 와요.

장천 (왕분련을 욕하는 동작) 고얀 년, 넌 죽었어! 아직도 나리더러 나귀를 몰라고 하는 게냐?

포증 쉿! 닥치거라. 아가씨, 나귀에 타시죠. (왕분련을 부축하여 나귀에 태우는 동작)

왕분련 영감님, 고생하셨어요. 바쁘면 할 수 없지만 한가할 때 우리 집으로 금 망치 구경하러 오세요. (퇴장한다)

포증 이 백성 해하는 도적놈들, 간이 배 밖으로 나왔구나.

【황종살미】

임금의 노여움과 백성의 원망은 아랑곳없이

오직 기생과 술값만 어여삐 여긴다네.

이제 곧 집안 망하고 송장 치르는 꼴 보리니

백성을 해하는 못된 송골매 같은 네놈들을
한 놈씩 끌어내어
세검으로 명줄을 끊어 주리라.
인정 없다 원망 말고
왕씨 성의 천한 계집한테 따져 물어라
내가 나귀 끌고 이 먼 길 오게 하지 말아야 했다.

(장천과 퇴장한다)

제4절

쌍조

(태수〔정淨〕가 관청 서리書吏 외랑外郞과 함께 등장한다)

태수 (시로 읊는다)

태수 노릇은 그럭저럭
판결할 땐 이랬다저랬다.
좋아하는 음식은 달랑 두 가지
술에 끓인 자라와 게 요리일세.

소관은 요화蓼花입니다. 황공하옵게도 진주 태수를 맡았지요. 오늘 포 대제 나리께서 등청하십니다. 외랑아! 너는 각 분야의 서류를 잘 정리해 놨다가 서명을 기다리도록 해라.

외랑 나리께서 쇤네한테 서류를 건네시며 잘 정리하라 하셨지만, 쇤네는 글자를 모르는데 내용을 어찌 알아요?

태수 잘한다, 이놈을 매우 쳐라. 글자도 모르면서 외랑직은 어찌 맡은 게냐?

외랑 모르셨어요? 전 임시직이잖아요.

태수 쳇! 빨리 책상 위를 깨끗이 치워라. 나리께서 곧 오실 거다.

(장천이 등청 행렬을 이끌고 등장한다.)

장천 여봐라! 관아의 모든 사람은 정숙하시오.

포증 (등장한다) 이 늙은이는 포증입니다. 진주 지역의 탐관오리가 백성을 해한다 하여, 황상께서 제게 관원을 감찰하고 백성을 다독이라 명을 내리셨는데 가벼이 여길 수 없습니다.

【신수령】

어가御駕 앞에 머리 조아려 하명 받고

진주에 이르러 백성의 해악 없앴다네.

명성은 사방을 진동시키고

살기는 서리 되어 내리네.

세검과 금패를 손에 들고

아!

너 유 아내는 원망 마라.

장천! 유득중 무리를 끌고 와라.

장천 예! (소 아내, 양금오 및 말잡이 둘을 끌고 와서 무릎 꿇리는 동작) 대령했습니다.

포증 네 죄를 알렷다?

소 아내 모르겠습니다.

포증 저놈이! 법정 가격으로 쌀은 한 되에 얼마였느냐?

소 아내 부친 말씀이 한 되에 열 냥이라 하였습니다.

포증 법으로 정해지기론 한 되에 다섯 냥이었다. 네 멋대로 열 냥으로 고쳐 받고 한 말을 여덟 되짜리 됫박으로 재고 저울에 추를 세 개 보태기까지 했으면서 어찌 네가 지은 죄를 모른다고 하느냐!

【주마청】

네놈은 재물만 밝히고
가난으로 신음하는 백성들은 나 몰라라
이제 쇠사슬에 사지가 묶일 신세
네놈의 상팔자도 운을 다했다.
나아가려 해도 혁혼대嚇魂臺* 오르는 것 같고
뒷걸음치려 해도 동해에 처박힐 것 같으리.
사지를 갈가리 찢어 저자에 내놓아
네 혼백 먼저 구천에 떠돌게 하리라.

장천! 남관에 가서 왕분련을 잡아 오고 금 망치도 함께 가져와라.

장천 알겠습니다. (왕분련을 끌어다 무릎 꿇리는 동작) 왕분련을 대령했습니다.

포증 왕분련! 날 알아보겠느냐?

왕분련 모르겠습니다.

포증

【안아락】

너 왕분련은 진짜 미련하구나
포 대제의 숱한 계책을 몰랐다니.
창고 관리는 부자라고 대접하면서
어찌 이 부윤 나리한텐 교태도 없었느냐?

왕분련! 이 금 망치는 누가 주더냐?

왕분련 양금오가 주었습니다.

포증 장천아! 굵은 몽둥이 하나 골라 와 저년의 잠방이를 벗기고 곤장 삼십 대를 쳐라.

(장천이 때리는 동작)

포증 다 쳤으면 끌어내라.

(장천이 끌어내는 동작)

(왕분련이 퇴장한다)

장천은 양금오를 끌어내라.

(장천이 양금오를 끌고 오는 동작)

이 금 망치에는 황상의 문양이 새겨져 있거늘 네 어찌 왕분련에게 주었느냐?

양금오 한 번만 봐주세요. 준 게 아니고 떡 몇 개랑 바꿨습니다.

포증 장천! 우선 저 양금오를 끌어내 저잣거리에 목을 매달고 보고해라.

장천 알겠습니다.

포증

【득승령】

아!

모질게도 돈을 긁어 대더니

오늘 칼끝에서 황천행이구나.

네놈은 용서할 수 없는 죄를 지었으니

괴통蒯通 같은 꾀를 낸들 어찌 살려 두리!

네놈은 죽음을 피하지 마라
내 세검은 바람만큼 빠를지니.
네놈은 죽어도 싸다
누가 금 망치로 술을 먹으라 하더냐?

(장천이 양금오를 끌어다 죽이는 동작)

포증 장천! 장인을 끌고 오라.

장천 장인 대령했습니다. (장인을 무릎 꿇리는 동작)

포증 여봐라! 네 아비가 누구한테 맞아 죽었느냐?

장인 이 소 아내가 금 망치로 제 아비를 때려 죽게 했습니다.

포증 장천! 유득중을 끌어와 장인에게 저 금 망치로 때려 죽이라 해라.

장천 알겠습니다.

포증

【고미주】

소 아내 유득중은 몹쓸 짓 하고
작은 고집 장인은 꾸욱 참았다네.
저놈 스스로 산 원한 어찌 푸나
내가 지나친 게 아니라네
네 아비의 원수는 갚아야지.

【태평령】

예부터 사람 목숨은 하늘만큼 소중한 것
네놈이 승냥이처럼 백성 잡아먹은 일 어찌 용납하리.
금 망치가 한결같이 예 있으니

손에 들어 저놈 머리통을 내려치리.

순식간에 살 찢기고 피가 뿜어져

죗값을 받아야

아!

비로소 진주 일대가 평안해지리라.

(장인이 소 아내를 때리는 동작)

포증 장천! 죽었느냐?

장천 죽었습니다.

포증 장천! 장인을 데려가라.

장천 알겠습니다. (장인을 데려가는 동작)

(유 아내가 사면장을 가지고 황급히 등장한다)

유 아내 (시로 읊는다)

마음은 급한데 갈 길은 아득

사안이 다급해 문을 나섰네.

소관은 유 아내입니다. 황상 앞에 나가 말씀 올리니 사면장을 내려 주셨습니다. 산 자는 사면하고 죽은 자는 사면하지 않는다 하셔서 밤새 진주로 달려 두 아이를 구하러 왔습니다. 여봐라, 멈추어라! 여기 사면장이 있다. 산 자는 사면하고 죽은 자는 사면하지 않는다는 사면장이다.

포증 장천! 누가 죽었느냐?

장천 양금오와 소 아내가 죽었습니다.

포증 누가 살았느냐?

장천 장인입니다.

유 아내 쳇! 남 좋은 일만 했군.

포증 장천! 장인을 석방하라.

【전전환】

갑자기 '사면장이오!' 하는 소릴 들으니

나도 몰래 맞바람 피하듯 고개 돌려 하하 웃네.

저 집 아비와 자식들 권세만 믿더니

오늘 그 운도 다했구나.

사면장 가져오면 잘될 줄 알았지

사면장 도착 전에 죽을 줄 뉘 알았으리?

이번엔 되레 남 좋은 일만 하였으니

남들한테 고약하게 굴면

언젠간 천리天理가 드러나는 법.

장천! 유 아내는 끌어내고 내 말대로 집행하라. (시로 읊는다)

진주는 큰 가뭄에 수확이 없어

굶주린 백성 사방으로 떠돌았네.

유 아내는 본래 좋은 그릇 못 되었고

양금오는 더더욱 뺀질이었다네.

황상의 명 받들어 진주에서 쌀을 파는데

법정 가격 고쳐 받아 제 배를 불렸네.

금 망치로 선량한 백성 때려 죽이니

원성이 천지를 진동시켰네.

범중엄이 간사한 좀벌레를 어찌 용납하리?

황상께 죽은 죄인은 용서 말라 아뢰었네.

오늘 공정하게 따져 묻고

장인은 직접 원수 갚았네.

국법의 공정함이 이뤄졌으니

천년만년 대대로 전하세나.

제목: 범중엄은 조정에서 관원을 파견하고

정명: 포 대제가 진주에서 쌀을 내다 팔다

비바람 맞으며 화랑아 노래하다風雨像生貨郎旦

무명씨

외단(外旦) 장옥아(張玉娥)

정(淨) 위방언(魏邦彦), 할아범 장고집, 역관(驛官)

충말(冲末) 이언화(李彦和), 염각천호(拈各千戶)

정단(正旦) 유씨(劉氏)

부단(副旦) 장삼고(張三姑)

소말(小末) 유씨 아들 춘랑(春郎)

축(丑) 뱃사공

아전

제1절

선려

(장옥아張玉娥(외단外旦)로 분장하여 등장한다)

장옥아 소첩은 장안長安 경조부京兆府 사람 장옥아로, 상청의 행수 기생*입니다. 이곳 서울에 사는 원외 이언화李彥和가 저하고 짝하고 놀더니만 내게 장가를 들겠다고 하네요. 하나 저에겐 따로 위방언魏邦彥이란 사람이 있어 그 사람한테 시집가고 싶으니 이를 어쩌죠? 그이가 조만간 다른 지방으로 출장을 떠난다기에, 제가 사람을 보내 그를 찾아오게 했지요. 지금쯤 올 때가 됐는데.

(위방언(정淨)이 등장한다)

위방언 (시로 읊는다)

사지 팔다리나 그럭저럭 쓸 만하지

오장육부는 도무지 할 줄 아는 게 없어.

촌스러움은 뼛속까지 박혀 있고

아름다움은 모태에서부터 가지고 나오는 것.

(만나는 동작) 임자, 어쩐 일로 나를 불렀소?

장옥아 드릴 말씀이 있어요. 듣자 하니 당신이 출장을 떠난다는데, 지금 이언화란 이가 저에게 장가들고 싶어 해요. 내 분명히 말해 두겠는데, 한 달이 되기 전에 돌아오면 난 당신께 시집가고, 한 달이 지나면 다른 사람에게 갈 거예요. 제 탓은 하지 마세요.

위방언 자네 말도 일리 있어. 내 오늘 떠나면 더도 덜도 않고 딱 한 달 안에 돌아올 거요. 자, 이 문을 나섭니다.

장옥아 야! 벌써 한 달이 지났네.

위방언 (돌아서서) 이런 거짓말쟁이 기생 같으니라고. (퇴장한다)

장옥아 위방언이 갔구나. 그런데 이언화는 어째서 안 오는 거지?

(이언화〔충말冲末〕가 등장한다)

이언화 (시로 읊는다)

밭 가는 소에겐 묵힐 풀도 없지만
창고의 쥐에겐 남는 곡식이 있는 법.
세상만사 모두 정해진 운명이니
뜬구름 같은 인생 혼자 바빠 봐야 부질없지.

저는 장안 사람 이영李英이고 자는 언화입니다. 시내에서 전당포를 열고 있지요. 아내 유씨劉氏, 일곱 살짜리 아들 춘랑春郎이와 함께 살고 있고, 담주潭州 사람 유모 장삼고張三姑도 있어요. 시내에 상청 행수 기생 장옥아와 몇 번 짝하고 놀았더니 이 여잔 제게 시집올 생각만 하고, 저도 그녀를 원합니다. 그런데 아내가 용납하지 않으니 어쩌겠습니까? 전 오늘 그녀의 집에 가 봐야겠어요. (만나는 동작) 임자, 요 며칠 안 왔다고 나무라지 말게.

장옥아 당신 같은 사람한테 나는 시집 못 가 안달이고, 당신은 되레 안 데려가겠다 버티고 있으니 원.

이언화 기다려 봐. 길일 길시 잡아서 데려갈 테니까.

장옥아 자, 축, 인, 묘…… 오늘이 딱 좋네. 그냥 오늘 해 버립시다.

이언화 임자, 내가 돌아가서 당신 형님이신 우리 마누라와 잘 의논하고 데려갈게. 지금은 일단 집에 돌아가야 해. (퇴장한다)

장옥아 내가 시집을 가겠다고 해도 싫다니 원. 패물이나 좀 챙겨서 이언화에게 시집 한번 가 보자. (퇴장한다)

(유씨〔정단正旦〕가 사내아이를 데리고 등장한다)

유씨 소첩은 유씨입니다. 남편은 이언화이고 아들 춘랑이는 이제 겨우 일곱 살입니다. 전당포를 열고 있지요. 우리 남편은 못된 기생 년 장옥아를 꿰차고 앉아서 매일같이 집에 돌아오지 않습니다. 뭐라고 둘러댈지 어디 한 번 나가서 지켜봐야겠어요.

(이언화가 등장한다)

이언화 저 이언화는 요 며칠 집에 오지 않았습니다. 저 여자는 번번이 제게 시집오겠다고 하는데, 전 아내와 상의해 본 적이 없으니 어쩌겠습니까? 이제 가서 내 아내를 만나 봐야겠어요. (만나는 동작) 여보, 나 왔소.

유씨 당신은 매일같이 주색만 밝히고 집안 살림은 거들떠보지도 않으니 언제까지 이러실 건가요?

【점강순】

전당포 일이며 집안일이며

모두 망쳐 놓고

종일 쏘다니며

허송세월하고 있군요.

【혼강룡】

일찍도 들어오시네,

이경도 훨씬 지났구먼.

이언화 여보, 나 좀 봐줘. 거짓말이 아니야. 그 여자가 진짜로 한사코 나에게 시집오겠다는 거야.

유씨

나더러 사정 좀 봐달라고?

정말 구제불능이로군요.

옛날 동진東晉의 사안謝安*보다 재주도 없으면서

강주사마江州司馬 백거이白居易*보다 눈물이 많군요.

새 장가 한번 들어 보려다가 잘 안 되니까

치정에 눈먼 초나라 군주처럼 타일러도 듣지 않고

박정한 무산 신녀*에게 장가들 궁리만 하고 있네.

이언화 나는 기어코 그녀에게 장가들고 말겠어.

유씨 정말로 장가를 들겠다고요? 아, 정말 울화통 터지네.

【유호로】

굴원屈原처럼 멱라수汨羅水에라도 뛰어들까 보다.*
저 여자랑 정분이 두터워지더니
사랑의 기약마저 앗아가나요.
무산 사당에 향로 가득 향 피울 생각만 했지,
고양대 가는 길이 가시밭길인 걸 모르다니.
베갯머리에서 그녀가 한 말들은
모두 그녀가 심어 놓은 화근이랍니다.
그 여잔 너나 내나 원하면 다 올라타는 천한 계집인데
그런 여잘 작은 마누라로 들이겠다고요?
【천하락】
늑대를 집 안으로 끌어들이는 격이에요.
저 여잘 집에 들여놓아 봐야 좋을 일 없어요.
제 어찌 저 여자와 번갈아 당신 잠자리에 들겠다고 다투겠어요?
당신이 제게 안 오시는 날 전 독수공방 당신을 그리워할 테고
당신이 오시는 날엔 저 여자가 독수공방 나를 저주할걸요.
우리 두 여자가 다투고 경쟁하면
당신은 중간에서 무엇을 하시게요?

이언화 여보, 그 여자가 그런 사람일 리 없고, 나도 그런 사람이 아니오.

유씨
【나타령】
뱃속 시커먼 저 옥아를 믿지 마세요.
저 여잔 알랑거리고 비위만 잘 맞추죠.

밴댕이 속에 불평과 책망만 늘어놓을 텐데
왜 사서 고생이에요?
순식간에 전갈 같은 여편네로 돌변할 거예요.
설령 당신의 비싼 논밭에 과실이 잔뜩 열리고,
금은보화가 잔뜩 있다 할지라도 말이에요.
【작답지】
어느 날엔가
논밭은 저당 잡히고
비단은 헐값에 넘기게 되고
값나가는 가재도구들은
추풍낙엽처럼 우수수 사라질 거예요.
그때에 가서는
당신이 공목관 정숭鄭嵩같이 바람피운 결실로
혹한정에 달랑 기생 소아만 남겨질 겁니다.*

이언화 여보, 그 여자는 보통 예쁜 게 아냐. 사랑하지 않을 수가 없어.

유씨

【기생초】
그 여자가 눈으로 추파를 날리고
숯 검댕이 눈썹 아름답게 그려서 좋아하겠지만,
남자의 공명을 그르치는 건
바로 여인의 이마에 달린 연꽃무늬 머리 장식이요,
집 안의 기둥뿌리 무너뜨리는 건

바로 입술에 그려 놓은 앵두알이요,

사람의 혼백을 빨아먹는 건

혀에서 뿜어져 나오는 정향 침이란 걸 모르시나요?

집안 먹여 살릴 재산이 꽃잎처럼 날아가 버릴 것이며

행복을 가져오는 맷돌은 회오리바람에 사정없이 돌아가 버릴 겝니다.

이언화 그런 말이 어디 있소? 난 이제 그녀에게 장가들러 가야겠소.

유씨 기어이 장가를 들겠다면 들어요. 들라고요!

(장옥아가 등장한다)

장옥아 저는 장옥아입니다. 패물을 챙겨서 이언화에게 시집갑니다. 문 앞에 이르렀는데 아무도 없으니 한번 불러 봐야겠습니다. 이언화, 이언화!

이언화 누가 부르니 나가 봐야겠다. (나가서 만나는 동작) 당신 진짜로 왔네.

장옥아 귀가 멀었어요? 내가 문 앞에서 부르는 게 안 들려요? 지금 당장 당신 마나님께 절 올리러 갈래요. 제일배는 잘 받고 제이배에는 몸을 굽혀 답하시고 제삼, 제사배에는 답례를 하셔야 합니다. 그렇게 하시려면 하고요, 안 하시면 전 집으로 돌아갈래요.

이언화 성질도 급하군. 내가 가서 아내에게 말할 테니 여기서 기다려요. (들어가서 말한다) 여보, 장옥아가 왔어요. 당신에게 절을 올리겠대. 제일배는 잘 받고 제이배엔 몸 굽혀 답하고 제

삼, 제사배에는 답례를 하래. 당신이 답례하지 않으면 큰 소리로 고래고래 소리를 지르겠대. 그럼 체면이 말이 아니지.

유씨 내가 예만 갖춰 주면 되지요?

장옥아 형님, 앉아서 제 절을 받으세요. 이언화 님, 제일배요.

이언화 알았어.

장옥아 제이배요.

이언화 알았어. 여보, 몸을 굽혀요.

장옥아 (연이어 절하고 화내며) 뭐 하는 거예요? 못이라도 박아 놨나? 어째서 답례를 안 하는 거죠?

이언화 흥, 여자가 되어 삼종사덕도 안 배웠나? 사내대장부가 말하면 들어야지.

유씨

【후정화】

당신은 나를 너무 모질게도 짓밟았고
이 종년은 나를 대책 없이 업신여기네요.
큰마누라한테는 고분고분 순종하라 시키면서
작은마누라한테는 먼저 절하란 말 하지 않네요.
저 여잔 저기서 생난리를 치는데
난 저 창문으로 가서 쳐다만 보고 있고
저 천한 것이 여우 같은 목소리로 하소연하니
우리 이 남자는 몸을 돌려 끌어안고는
적삼으로 뺨도 닦아 주고
손가락으로 눈물방울 털어 주네.

【유엽아】

저 여잔 왜 눈썹을 몰래 치켜뜨고

나더러 새 신부 축하하는 잔칫상을 차리라는 건가요?

이언화, 저 여자의 친척 패거리들은 내가 다 알겠어요.

이언화 어떤 친척을 말이오?

유씨

사이비 고모 가짜 이모들이 대청에 앉아서

훌륭한 주안상 받겠다고 기다리고 있어요.

누가 오라비 언니로 모실까 봐?

이언화 당신은 정말 못됐소. 대갓집 부인이 어찌 이리도 교양이 없단 말이오?

유씨

【금잔아】

이 낭군은 못된 심보로 꼬드기고

저 여자는 못된 말버릇이 거침없네.

다정한 사람끼리 욕망의 불이 붙었구먼.

저 여잔 저기서 신이 나 재주를 부리고

저 여잔 저기서 쉬지 않고 쏘아붙이고

나는 여기서 얼굴을 가리고 허허 웃네.

장옥아 막돼 먹은 여자라고 비웃는 거야?

유씨

막돼 먹은 여자라고 비웃지 말라고?

장옥아 그냥 두지 않을 테다.

유씨

나도 착한 여잔 아니라고!

(때리는 동작)

장옥아 (화내며) 이언화, 이리 와 봐요. 억지 부려 봐야 소용없어. 분명히 말해 두겠는데, 당신이 저 여잘 사랑하면 날 버리고, 날 사랑하면 저 여잘 버리세요. 싫다면 난 돌아가겠어요.

이언화 이봐, 둘째 부인, 저 여잔 내가 머리 얹어 준 마누란데 어떻게 버리라는 거야?

장옥아 내 말대로 하지 않고 저 여자한테 가게요?

이언화 이봐, 저 여잔 내 자식을 낳아 준 마누란데 어떻게 버리라는 거야?

장옥아 그렇다면 날 집에 가게 보내 줘요.

이언화 잠깐, 잠깐, 멈춰 봐. 어떻게 말을 꺼내란 거야? (유씨를 보며) 이봐요 부인, 둘째 부인이 말하는데 내가 당신을 사랑하면 둘째를 버리고, 둘째를 사랑하면 당신을 버리라는 거야.

유씨 정말 어이없어 죽겠네.

(분을 이기지 못하고 쓰러진다)

이언화 (부축하며) 이봐요 부인, 부인, 정신 좀 차려 봐요.

유씨 (깨어난다)

【잠살】

화가 치솟아 목구멍이 막히고

크르렁크르렁 담이 끓어오르네.

화가 나서 흐물흐물 녹초가 되고

정신을 가눌 수가 없으니
옷도 벗을 수 없고
사지가 가라앉아
한 발짝도 뗄 수가 없구나.
아이가 엄마라고 부르지만 않았어도
원한이 하늘을 찔러 울화가 터질 뻔했다네.
날 살리려고 애쓸 것 없이
자기 잘못이나 깨달으시오.
원수 같은 이 시체나 지키면서
장자莊子처럼 대야 두드리며 노래나 부르시지.*

(죽는다)

이언화 (슬퍼하며) 여보, 여보!

장옥아 이언화, 당신 뭣하러 입을 벌리고 통곡을 해요? 있으면 그냥 두고 없으면 내버리는 거지.

이언화 그건 또 무슨 말이오? 큰마누라가 죽어서 세상을 떠났으니 나무 베어 관 짜고 양지바른 곳을 골라 잘 묻어 줘야지. 여보, 이렇게 가슴이 아플 수가. (퇴장한다)

장옥아 이로써 내 팔자가 핀 게야. 이 집에 들어오자마자 큰마누라가 죽어 나갔으니 얼마나 편하고 좋으냔 말이다. 저 이언화는 나에게 장가들긴 했지만 내가 자기를 좋아하지 않는다는 건 모를 거야. 위방언이 이맘때쯤이면 집에 돌아왔겠지. 내가 몰래 사람을 보내 이 일을 알렸으니 이제 기다려 보자.

(위방언이 등상한다)

위방언 저는 위방언입니다. 지난달 출장 다녀오는 사이 장옥아가 그새를 못 참고 무례한 짓을 범했습니다. 내가 돌아오기도 전에 다른 사람에게 시집을 가 버렸지 뭡니까. 그래 놓고는 또 사람을 시켜서 나를 찾으니 도무지 무슨 일인지 원. 나는 그녀를 만나러 가는 길입니다. 다 왔군. 집에 누구 없소?

장옥아 (나와서 위방언을 만나) 집에 돌아왔군요.

위방언 뭐 잘못됐소?

장옥아 상관없어요.

위방언 다른 사람한테 시집가 놓곤 무엇하러 날 불렀소?

장옥아 당신에게 할 말이 있어요.

위방언 무슨 할 말이?

장옥아 (소도구를 가져와 위방언에게 주며) 내가 다른 사람에게 시집오긴 했지만 당신 생각뿐이에요. 내 이제 금은보화를 좀 가져다가 몰래 당신에게 줄 테니 먼저 낙수洛水 강가에 가서 배를 한 척 구해 놓고 기다리세요. 내가 저 사람 집에다 불을 질러 태워 버리고 그 사람이랑 낙수로 피신할 테니, 당신은 뱃사공으로 가장하고 있다가 우리를 배에 태우세요. 그런 다음 강 한가운데에 이르렀을 때 이언화를 밀어서 빠뜨리고 삼고와 저 어린것도 목 졸라 죽이세요. 그럼 우린 둘이서 영원히 부부가 되어 살 수 있을 거예요.

위방언 내 마누라가 아니라 내 엄마로구먼. 그럼 난 낙수로 먼저 가서 당신을 기다릴 테니 내일 일찍 오시오. (퇴장한다)

장옥아 위방언이 갔구나. 난 이제 불을 질러야겠다. 이 방 뒤에

가서 불을 놓으면 되겠군. (시로 읊는다)

저자가 제아무리 재산이 많아도
순식간에 모두 잿더미로 변하리라.
무정한 독과 같은 이 불씨는
털 없는 호랑이라네.

(퇴장한다)

제2절

쌍조

이언화 (장옥아와 함께 황급히 등장한다) 이렇게도 큰불이 나다니. 여보, 둘째 마누라, 어쩌면 좋아? 집이고 돈이고 홀랑 타 버리고 남은 게 없네! (보는 동작) 이크! 벌써 집에 옮겨 붙어 버렸네! 그런데 유모 장삼고와 아기 춘랑이는 어디 있는 게야? (부르는 동작) 삼고! 삼고!

(장삼고〔부단副旦〕가 아기를 업고 황급히 등장한다)

장삼고 가세, 가세, 어서 가세! 불이 나서 모두 잃고 고향까지 등지게 되었다네. 산 넘고 물 건너 모진 바람에 장대비 맞아, 온몸은 흠뻑 젖어 물이 줄줄, 발밑은 진흙탕에 미끌미끌 질척질척. 아득히 청산녹수를 바라보니 길가 버들은 누렇게 시들었네. 어젯밤부터 또 가랑비 추적추적 내리니 근심 걱정에 애간장까지 타 버리는구나.

【신수령】

조각구름과 차가운 비 잠시 멎더니만,

고생이다, 고생이야!

등불 켤 저녁 시간까지 내내 쏟아붓는구나.

바람 한 번 불어오면 탄식 한 번,

비 한 번 내리면 근심 한 번,

내 마음에 일어나네.

마음속의 일로 인해

저절로 근심 걱정이 이어지네.

이언화 삼고! 어서 가요.

장옥아 내 한평생 즐겁게 살았는데 이런 고초를 겪게 될 줄이야!

장삼고

【보보교】

내 고향 등지고 재난을 당하게 생겼는데

이 천한 것은 기껏 한다는 소리가 고생하기 싫단 말이냐?

남정네 홀리는 주둥아리는 멈추지도 않는구나.

온통 교활하게 먹이 구하는 불여우로다.

장옥아 한밤중에 길을 떠나다니, 사람을 이렇게 고생시키다니?

장삼고 한밤중이라 못 가겠다고?

우린 지금 네 체면 따위 돌볼 겨를이 없단다.

기방 대문에 이름 걸어 놓고 문지방에 기대서 본 적 있지? 알랑거리며 비위 맞추고 마구마구 제멋대로 놀았던 적 있지? 이부자리 끼고서 남정네랑 뒹군 적 있지?

한밤중에 남사 옆에 시중들며 짐잔 적도 있지?

장옥아　(노하는 동작) 함부로 내 욕을 하는 거야?

이언화　이봐, 삼고 유모, 적당히 좀 해 둬요. 말이 지나쳤어요.

장삼고

【안아락】

조잘조잘 끝도 없이

씩씩거리며 싸우자고 대드네.

어설프게 편들기는,

그저 못된 금수 같은 년이라고 욕하면 되지.

장옥아　안 들려요? 이 거지 여편네가 제멋대로 날 욕하잖아요.

이언화　삼고 유모, 그만해요.

장삼고

【득승령】

여전히 꽥꽥거리면서

갈수록 나를 화나게 만드는구나.

난 너보다 험한 꼴 덜 보며 살아왔고

넌 나보다 기생질 많이 해 보았지.

원수야

오늘 다른 사람의 함정에 빠졌구나.

근심이여,

전생에 내가 부러진 향을 피웠구나!

이언화　둘째 부인, 밤새 걸었으니 조금 쉽시다.

장옥아　그래요. 이언화, 삼고더러 내 옷 좀 말리라고 하세요.

이언화　(장삼고를 부르며) 삼고, 이 옷 좀 가져다 말려 줘요.

장삼고 그냥 입지 뭘 말리래요?

이언화 (세 번 부르는 동작) 삼고, 좀 말리라는데 정말 안 할 거요?

장옥아 (노하며) 이 못된 년이, 말리라면 말릴 것이지!

장삼고

【고미주】

맹랑한 것이 교활하게

앙탈이나 부리고 있네.

날이 개고 구름 트여 비가 그쳤으면

가서 잠자리를 찾아보든가

목구멍 축일 죽이라도 한 그릇 구해 와야지.

【태평령】

비 좀 그쳤다고 무슨 망할 년의 옷을 말리라고,

저 빌어먹을 머리통에 우박이나 떨어져 버려라.

장옥아 (욕하는 동작) 이 못된 여편네, 내가 못 때릴까 봐서! (때리는 동작)

장삼고

저년이 연신 눈살을 찌푸려 가면서

손톱으로 내 얼굴을 사정없이 할퀴네.

아무리 생각해도

그저 손을 떼고

우리 부모님이 물려주신 살점을 지키는 게 낫겠구나.

이언화 늬수 기슭에 왔구나. 물이 깊은지 얕은지 알 수 없으니 어떻게 건너간담?

장옥아 (이언화를 밀치는 동작) 여기는 아마 물이 얕을 거예요.

이언화 (놀라며) 하마터면 밀려 넘어져서 강에 빠질 뻔했잖아!

장삼고 (소리치며) 사람 살려! 사람 살려!

【천발도】

황급히 강기슭까지 오느라

허둥대느라 어찌할 바 모르겠네.

비바람이 쌩쌩 휘몰아치고

땅바닥엔 기름을 뿌려 놓은 듯

고개 돌려 바라봐야

그 어디서 날 구해 줄 뱃사공을 찾겠는가?

내가 저이의 옷깃을 움켜쥐니

저이가 허둥지둥 내 허리춤을 꽉 붙잡는구나.

(장옥아가 이언화를 또 밀치고, 장삼고가 부축하는 동작)

이언화 장삼고 유모, 나는 잘 가고 있는데 왜 날 붙잡는 거요?

장삼고 저 아니었으면요,

【전전환】

강물은 넓디넓은데

다급히 찾아봐도 낚싯배 하나 보이지 않네.

부부의 정일랑 휘리릭 날아가 버리고 온데간데없으니

비단 원앙이 졸지에 가벼운 갈매기 됐단 말인가?

저, 저, 저 여자는 서풍이 부는 틈을 타서

쉬지 않고 주인마님을 물속으로 밀어 넣네.

장옥아　저 사람이 혼자 잔뜩 취해서 비틀거리며 제대로 서 있지도 못하는데 내가 뭐 어쨌다고? 저 사람을 밀었다고? 제멋대로 지껄이긴.

장삼고

물에 빠져 옷 젖느니 술로 옷 적시는 게 나을 텐데.

이언화　여기는 물이 얕으니 건너갑시다.

장삼고

순식간에 이랬다가 저랬다가

줏대도 없이 귀만 얇구나.

(위방언이 뱃사공으로 가장하고 등장한다)

위방언　나리, 아가씨, 여기 배가 있으니 어서 오르시오.

(장옥아와 위방언이 손짓하는 동작)

장삼고　나리, 타지 마세요. 이 여편네 눈빛이 좋지 않아요. 아마도 저 사내와 뭔가 꿍꿍이가 있는 것 같아요.

(이언화를 잡아당기는 동작)

이언화　이거 놔요, 괜찮아. 배에 타겠소. 내가 알아서 할 테야.

(위방언이 이언화를 밀어 강에 빠뜨리고, 장삼고가 위방언을 잡아당기고, 위방언이 장삼고를 목 졸라 죽이려는 동작)

(뱃사공〔축丑〕이 등장하여 구출하며 소리친다)

뱃사공　살인자를 잡아라!

장삼고　(뱃사공을 비틀어 잡고 말한다) 살인자가 있어요!

(위방언이 장옥아와 함께 달아나는 동작)

뱃사공　아이고 아파라! 할넘, 내가 아니고요, 당신을 죽이려던 건 저 뱃사공이에요. 달아났어요. 내가 당신을 구해 냈는데 잘못 본 거예요.

장삼고

【수선자水仙子】

천한 기생 년을 보지도 않고

다짜고짜 고개 쳐들어

엉뚱한 사람을 때렸구려.

춘랑이는 어째 내 옷자락을 움켜잡는지

머리끄덩이를 잡아당기네.

뱃사공 내가 할멈을 구한 거요.

장삼고

친숙한 시골 사투리가 들리니

마음속 분노를 수습하고

눈가의 시름을 훑어 버리네.

아저씨는 뱃사공이시군요.

(염각 천호*拈各千戶〔충말冲末〕가 등장한다)

염각 천호

숲에서 옷을 말리며 햇볕 옅다고 투덜대지 말고

연못에서 발 씻으며 물 흐리다고 아쉬워 마라.

꽃이 뿌리부터 예쁘듯 공경대부의 자손도 그러하고

호랑이는 나면서부터 얼룩무늬이듯 장군 재상의 후예도 그러하지.

저는 여진 사람 완옌이고 염각 천호입니다. 공무를 보러 낙수강가에 왔는데 사람들이 한 떼로 모여서 떠들고 있으니 무슨 일일까요? 이봐, 뱃사공, 무슨 난리냐?

뱃사공 나리, 방금 어떤 사람이 이 부인을 목 졸라 죽이려던 차에 소인과 마주쳐서 소인이 그의 목숨을 구했습니다. 이 어린것은 아마도 그의 아들인가 봅니다.

염각 천호 그 어린것을 팔겠다고 하더냐? 그렇다면 내가 이 어린것을 사겠다. 한번 물어봐라.

뱃사공 (장삼고에게) 아가씨, 길 가던 관인께서 이 어린것을 팔면 사시겠다고 하오.

장삼고 (신음하며) 내 지금 이러지도 저러지도 못하니 진퇴양난이로군. 춘랑이를 데려갔다간 굶어 죽기 십상이니 차라리 그에게 파는 게 낫겠다. 뱃사공, 이 어린것을 팔겠소.

염각 천호 부인, 당신은 어디 사람이고 이름은 무엇이오? 태어난 날을 나에게 알려 주시오.

장삼고 장안 사람으로 행성 관아 서쪽에 삽니다. 이 아이의 아비는 이언화이고 저는 유모 장삼고입니다. 이 아이의 아명은 춘랑이고 일곱 살입니다. 가슴에 붉은색 반점이 있습니다.

염각 천호 은자 얼마면 되겠소?

장삼고 대인께서 주시는 대로 받겠습니다.

염각 천호 은자 하나를 주어라.

(아전이 소도구 집어 장삼고에게 준다)

장삼고 (받아 들고) 대인 감사합니다. 계약서를 쓸 줄 아는 사람이 있으면 좋을 텐데요.

(할아범〔정淨〕이 등장한다)

장고집 저는 장고집이라 합니다. 화랑아貨郎兒*를 불러 먹고살지요. 여기 낙수 강기슭에 이르니 사람들이 모여 있는데, 무슨 일인지 가 봐야겠습니다.

뱃사공 (할아범을 만나 묻는다) 노인장, 당신 글 좀 아시오? 이 부인이 어린것을 팔려고 하는데 문서 쓸 줄 아는 사람이 없어서 말이오. 당신이 글을 알면 이 문서 좀 써 주시오.

할아범 내가 글을 좀 아니 써 드리리다. (인사하는 동작)

염각 천호 이봐 늙은이, 당신이 글을 알면 나 대신 계약서를 한 장 써주시오.

할아범 (장삼고를 부르며) 아가씨, 이 어린것을 파는 게 당신이오? 어서 말해 보시오.

장삼고 저는 장안 사람이고, 행성 관아 서쪽에 삽니다. 아비는 이언화, 유모는 장삼고이고, 아이의 이름은 춘랑, 나이는 올해 일곱, 가슴에 붉은 반점이 있습니다. 염각 천호님께 아들로 팔기를 원합니다. 훗날의 증빙을 위해 이 계약서를 남깁니다.

할아범 알겠소. 당신 말대로 쓰리다. 계약자 장삼고, 작성자 장고집.

(염각 천호에게 넘겨주는 동작)

염각 천호 계약서가 잘됐으니 여기에 서명하고 지장을 찍어라. 부인, 당신의 아이를 나에게 넘기고 나면 어디로 갈 거요?

장삼고 갈 곳이 없습니다.

할아범 댁은 갈 곳이 없고, 나는 자녀가 없으니 내 수양딸이 되어 준다면 내 당신을 돌봐 주겠소. 어떠시오?

장삼고 그러시다면 기꺼이 노인장을 따라가겠습니다.

염각 천호 저 노인과 함께 가도 좋다.

장삼고 (아이를 맡기며) 춘랑 도련님, 잘 들어 두세요.

【원앙살미】

도련님,

도련님의 양친께서 베푸신 은혜가 두텁고

저도 제 양아들 주인을 모시느라 고생이 많았답니다.

이제 도련님은 길을 떠나시고

저는 이 마을에 남게 되었습니다.

도련님의 아버지가 이곳에서 돌아가셨으니

도련님은 반드시 오늘을 기억하세요.

꿋꿋하게 기일마다 제사를 올리세요.

앞뒤 가릴 것 뭐 있겠어요.

그때에는 멀리 서쪽 누각을 바라보며

아버지를 위해 지전 한 더미 태우면서

영가천도 불경이나 외우고

술이나 한잔 따라 올리세요.

(할아범과 함께 퇴장한다)

염각 천호 저 노인이 여인을 데리고 떠났으니 나도 이 아이를 데리고 가야겠다. 말에 올라 우리 집으로 가자. (퇴장한다)

뱃사공 (곡하며) 괴롭구나. 한 여인이 어린것을 데리고 가다가 목이 졸려서 거의 죽게 된 것을 나를 만나 살려냈더니만, 저 여자는 어린것을 저 벼슬아치에게 팔아 버리고, 벼슬아치는 어린

것을 데리고 가 버렸네. 외롭고 쓸쓸하게 혼자 남았으니 이렇게 가슴 아플 수가!

(넘어졌다가 일어나는 동작)

홍! 나랑 무슨 상관이람. (시로 읊는다)

아들을 사들이든
수양딸을 받아들이든
나는 그저 뱃사공
비가 온들 바람이 분들 무슨 상관이냐.

(퇴장한다)

제3절

정궁

(염각 천호가 병든 몸으로 춘랑春郎〔소말小末〕과 함께 등장한다)

염각 천호 나는 염각 천호입니다. 저 낙수 강가에서 이 춘랑이를 사 온 뒤로, 세월도 참 빠르지요, 벌써 십삼 년의 세월이 흘렀네요. 아이는 참으로 총명하고 지혜롭게 자라 난폭한 말도 잘 타고 단단한 활도 잘 당겨 내 천호 관직을 이어받았습니다. 나는 이제 나이도 들고 병고에 시달려 나을 기미가 보이지 않으니 곧 저세상 사람이 되겠지요. 내 정신이 멀쩡할 때 이 일을 모두 아이에게 말해 줘야겠어요. 내가 말해 주지 않았다간 어느 생에 가서 또 무남무녀의 징벌을 받을 것 아닙니까?

(춘랑을 부르는 동작)

춘랑아, 이리 오너라. 내 너에게 할 말이 있다.

춘랑 아버님, 제게 무슨 하실 말씀이 있으신가요? 무슨 일이신데요?

염각 천호　너는 원래 여진 사람이 아니다. 너의 아비는 장안 사람 이언화라 하고, 네 유모 장삼고가 너를 내게 아들로 팔았다. 그때 네 나이 일곱 살이었다. 아이야, 이제 네가 자라서 성인이 되어 하늘을 떠받치고 땅에 우뚝 서서 어엿한 어른이 되어 나의 관직도 이어받았다. 그러니 넌 훗날 나의 은혜를 잊지 말도록 하여라.

춘랑　(슬퍼하는 동작) 아버님께서 말씀하지 않았으면 제가 알 리가 있었겠습니까?

염각 천호　얘야, 이참에 분명히 말해 두마. 이것은 너를 입양해 온 문서이니 가지고 있거라. 내가 죽고 나면 너는 빌려 준 돈을 독촉해 받아서는 네 아비를 찾으러 가거라.

춘랑　알겠습니다.

염각 천호　내가 지금 어지러우니 좀 부축해서 뒤채로 데려다 다오.

춘랑　(부축하는 동작) 아버님, 정신을 바짝 차리세요.

염각 천호　(시로 읊는다)

입을 옷 떨어지고 나라의 녹봉 다하는 것도 다 전생의 인연이니
제 운명인 줄 알거들랑 하늘을 원망하지 말지니.
이제부터 부자의 인연도 다하니
인간 세상에서 다시 만날 날 그 언제인가?

아이야, 내가 더 이상 너를 돌봐 줄 수 없겠구나. (죽는 동작, 퇴장한다)

춘랑　(슬퍼하는 동작) 아버님께서 세상을 하직하셨으니 나무

를 찍어 관을 짜고 양지바른 곳을 골라 잘 묻어 드리자. 오래 머물 수 없으니 어서 빚을 재촉하러 가야겠다. 아버지, 참으로 가슴 아프군요!

(퇴장한다)

(이언화가 등장한다)

이언화

남의 말을 듣지 않았더니
과연 가슴 아픈 일이 생기는구나.

저는 이언화입니다. 저 간부들이 밀쳐서 낙수에 빠뜨렸으나 다행히 떠내려오는 판자를 붙잡고 간신히 기슭에 닿아 목숨을 건질 수 있었습니다. 벌써 십삼 년의 세월이 흘렀군요. 춘랑이와 장삼고는 어찌 되었을까? 집도 재산도 모두 불에 타 버리고 살아갈 방도가 없어 이곳 부잣집에서 소를 치면서 밥을 빌어먹고 있습니다. 여기 큰길에다 소를 풀어 놓자. (소리 지르는 동작) 잠시 소를 이쪽에 몰아넣고 버드나무 그늘에 앉아서 누가 오는지 좀 보자.

(장삼고가 납골함을 등에 지고 손에 죽은 자의 영혼을 부르는 깃발을 들고 등장한다)

장삼고 참으로 슬프구나! 낙수에서 간부들이 우리 서방님을 강물에 밀어 버리고 나를 목 졸라 죽이려 하고, 춘랑이를 저 염각 천호에게 입양시킨 지 벌써 십삼 년의 세월이 흘렀는데, 아이의 생사를 알 길이 없네. 저는 화랑아를 부르는 장고집 노인을 따라다니는데, 고맙게도 노인이 나에게 화랑아 노래를 가르쳐 줘서 밥벌이를 하느라 내 사투리도 다 바로잡았습니다. 이제 그 노인은 돌아가셨는데, 임종 때 저에게 당부하셨습니다. "너는 내 은혜를 잊지 말고 내 유해를 낙양 하남부로 보내 다오" 이렇게요. 저는 노인의 유해를 등에 지고 며칠을 걸었는데, 언제쯤 도착할 수 있을지.

【단정호】

입가는 굶주림에 부르트고
발바닥엔 많이 걸어 굳은살이 생겼네.
걸음걸음이 불로 달구고 기름으로 지지는 듯.
기억해 보면
그날 낙수 기슭에선
주인 잃은 개처럼
나를 붙잡아 밧줄로 묶었었지.

【곤수구】

여기 느릅나무 동산 오래된 길에
회오리바람 휘리릭 맴돌아
지전이 연기처럼 내 앞으로 날아오네.
신령인가? 성현인가?
당신께서는 잘도 변하시죠.
사당에 거하시며 향불을 받으시지요.
요즘 세상 관리들이 돈 긁어모으듯
이 사당의 진흙 신들도 돈을 좋아하시니
그래 가지고 어떻게 득도하고 어떻게 신선이 되시겠어요?

【당수재】

오는 길 내내 몸이 가볍고 씩씩했지만

여기까지 오니 기력이 다하여

사당 밖에서 지전도 못 뿌렸네.

신령님,

저에게 남은 은혜도 내려 주시고

가련히 여겨 주소서.

이 늙은 여인이 기원합니다.

세 갈래 길이로구나. 어느 길로 가야 할지 모르겠으니 한번 물어보자. (이언화를 보고 물어보는 동작) 이보시오, 여기가 하남부로 가는 길입니까?

이언화 그렇소.

장삼고 세 갈래 길 중에 어느 길로 가야 합니까?

이언화 가운데 길로 가면 됩니다.

장삼고 잘 알겠습니다. 고맙습니다.

이언화 (장삼고를 알아보고 놀라 소리치는 동작) 장삼고!

장삼고 (돌아오는 동작) 누가 날 불렀소?

(세 번 부르는 동작)

이언화 삼고, 나요, 내가 불렀소.

장삼고 뉘신지요?

이언화 삼고, 나요, 이언화요.

장삼고 (놀라는 동작) 으악, 귀신이다!

【상소루上小樓】

깜짝 놀라 어리둥절하여
다급한 김에 되는대로
몇 마디 주문을 외우며
집안의 돌아가신 분을 헤아려도 보고
진언도 암송해 보네.
이 몇 년간 저 서방님을 추모하며
진언을 외웠더니 죽은 영혼이 눈앞에 나타났네.

이언화 난 귀신이 아니라 사람이오.

【요편】
당신을 향해 주문을 외우노니
더 이상 저에게 미련을 두지 마소서.
언젠가 저 간부를 붙잡고
장옥아를 체포하면
당신을 대신해서 전해 드리겠소.
내가 마음을 다하지 않아서도
뜻이 굳건하지 않아서도 아니고
그저 찾아다녔는데 찾지 못한 것뿐이오.
이른 아침에 가게에서 탕국 마시고
고수레를 하지 않아서인가?

삼고, 난 안 죽었소. 사람이라고.

장삼고 사람이라고요? 그럼 내가 당신을 불러 볼 테니 점점 더 소리를 높여 대답하시오. 귀신이라면 점점 더 소리를 낮춰 대답하시오. (소리치는 동작) 이언화 서방님.

(이언화가 응하는 동작)

(장삼고가 세 번 부른다)

(이언화가 낮게 답한다)

장삼고 귀신이다!

이언화 내가 놀린 거요. (슬퍼하며 알아보는 동작) 삼고, 내 아이 춘랑이는 어디로 갔소?

장삼고 먹여 살릴 수가 없어서 제가 팔아 버렸어요.

이언화 (슬퍼하는 동작) 팔았군. 그 녀석은 지금 살았을까 죽었을까? 가슴이 찢어지네. 자네는 지금 무얼 하며 먹고 사는가? 옷을 이렇게 번드르르하게 입은 걸 보니 전혀 못 사는 것 같진 않네.

장삼고 저는 화랑아 노래를 하며 살아요.

이언화 (화내는 동작) 어이가 없군. 내가 누군가? 그 유명한 부자 이언화의 이름을 모르는 자가 있는가? 그런데 자네가 화랑아로 먹고 산다니 참으로 치욕스럽군. (넘어지는 동작)

장삼고 (부축하여 일으키는 동작) 화내지 마세요. 제가 서방님 이름을 더럽혔어요. 그런데 서방님은 무슨 장사를 하세요?

이언화 남의 집 소를 치오. 그래도 자네 화랑아 부르는 신세만큼 천하진 않아.

장삼고

【십이월】

내 인생이 천하고

살길이 막막히디고요?

그래도 이건 먹고살자고 하는 것이고
명분과 이익에 끌린 거라고요.
내가 화랑아를 부르는 것이
당신 조상을 욕되게 하는 일이고
당신 같은 부잣집에 어울리지 않는다고요?
【요민가】
남의 집 위해서 낙양전에 농사지어 가지고
'생황 노래 부르며 화려한 집에 들어간다' 할 수 있겠어요?
이 마을 저 마을 다니며 뽕나무 심고 밭 갈아서
'옥루에서 살구꽃에 취한다' 할 수 있겠어요?
낑낑 소나 끌고 채찍질하면서
땅에 떨어진 복사꽃잎이나 두드릴걸요.

서방님, 저와 함께 하남부로 돌아가십시다. 제가 화랑아를 노래하면 서방님 늙을 때까지 봉양할 수 있어요. 어때요?

이언화 그래! 집어치우자! 나도 차라리 이 알량한 직업을 버리고 당신을 따르겠소.

장삼고 어서 주인에게 하직하고 오세요.

이언화 (귀문鬼門*을 향해 말한다) 주인어른, 제가 친척을 하나 만나서 이제 집으로 돌아가려고 해요. 소와 양은 모두 돌려 드렸어요, 한 마리도 틀림없이.

장삼고 저를 따라오세요.

【수미】
사당을 불태운 숙세의 인연*

견우와 직녀의 영원한 맹세.

아마도 지는 꽃잎 몇 조각 때문에

유신은 길을 잃고 무릉도원으로 들어갔었지.*

(함께 퇴장한다)

제4절

남려

(역관〔정淨〕이 등장한다)

역관 (시로 읊는다)

역재驛宰라는 감투만으로도 충분히 영예롭지만
관리의 심부름꾼만 와도 내 위풍은 온데간데없이 사라지네.
편안한 관아 자리에 연연하지 않고
차라리 예전처럼 심부름꾼 노릇 하는 게 더 낫겠다.

저는 역관입니다. 관리 심부름꾼이라도 이곳 관역에 오면 편히 쉬도록 대접을 해야지요. 여기 문 앞에서 기다리며 누가 오는지 봐야겠어요.

(춘랑이 관대 차림으로 아전을 이끌고 등장한다)

춘랑 소관은 이춘랑입니다. 아버지가 돌아가신 뒤 잘 묻어 드리고 저는 여기저기 꿔준 돈를 받아내고 다니다가 벌써 하남부 땅에 이르렀습니다. 여봐라, 말을 받거라. 깨끗한 방이 있으면 내 하룻밤 쉬어 가야겠다.

역관 있습니다, 있어요. 첫 번째 방을 말끔하게 치워 놨으니 대인께선 편히 쉬시지요.

춘랑 이곳에 소리하는 사람이나 우스갯짓을 하는 광대가 있거들랑 몇 명 불러다 내 시중을 들게 하여라. 내가 상금을 후히 주겠다.

역관 여기에 소리하는 사람은 없습니다. 그저 남매 두 사람이 화랑아를 좀 부를 줄 아니 제가 불러서 시중들게 하겠습니다.

춘랑 화랑아 노래도 괜찮다. 불러오너라.

역관 잘 알겠습니다. 이 문을 나서면 여기가 바로 거기지. 화랑아 부르는 이들, 집에 있는가?

(장삼고가 이언화와 함께 등장한다)

장삼고 나리, 어쩐 일로 부르셨어요?

역관 대인 한 분이 관역에 계시는데 자네들을 불러서 소리를 듣고 싶다 하시네. 상금을 많이 줄 게야.

이언화 삼고, 우리 한번 가 보세.

장삼고

【일지화】

시골에서 간판 걸고 노래를 팔지만

도시의 구란勾欄*에서 이름 걸고 하는 것에 비할 바는 못 되지.

함께 노래할 사람 달리 구할 수도 없으니

그저 식구들과 함께 할 수밖에.

서방님, 생각해 보세요.

비단으로 호사스레 순서대로 자리 깔자면
산뽕나무 춤에 새 노래 정도는 있어야죠.
은덩이와 동전을 뿌려 주니
자리 잡고 앉은 이는 아리따운 아가씨들.

【양주제칠】

때는 바야흐로 소풍 나와 노닐기 좋은 따뜻한 날씨에
아무 근심 걱정 없는 풍년까지 들었으니
그 누가 뜻한 바를 이룬 즐거움이 없겠는가?
모두들 수놓은 장막 높이 치고
금 술잔에 한껏 취하려 한다네.
나는 본래 가난한 마을 과부인 데다
얼굴도 그저 그래.
꽃단장하고 남자 홀리는 기녀도 아니요
음률에 맞춰 관현악 연주하는 악공도 아니요,
그저 시끌벅적 왁자지껄 난장에서 몇 번
뱀가죽 북을 딸랑딸랑 흔들며
구성진 가락 되는대로 불러 봤을 뿐.
한 대목 한 대목이 모두 인간 세상의 신기하고 희한한 일들을
두서없이 되는대로 마구마구 엮었으나
그래도 마음을 움직이고 귀에 잘 들리는지
모두들 하나같이 희희낙락 즐거워하더군요.

역관 대인께 아룁니다. 소리꾼들이 왔습니다.

춘랑 들어오라고 해라.

역관 어서 들어가거라. (만나는 동작)

춘랑 너희 둘은 남매렷다? 잠시 문 앞에서 기다리다가 부르면 들어오너라.

장삼고 예, 알겠습니다. (나가는 동작)

춘랑 역관, 음식이 있는지 봐서 가져오너라. 좀 먹어야겠다.

역관 예, 예, 있습니다. (고기를 받쳐 들고 등장한다) 대인, 고기 요리 한 접시 올립니다. 드시지요.

춘랑 (고기를 자르는 동작) 내 이 고기를 잘라서 먹지만 여기서는 그렇게 마음 편히 먹지 못할 것 같다. 내 아비와 유모 장삼고가 생각나서 나도 모르게 마음속에 근심이 생겨나니 넘어가질 않는구나.

이언화 (재채기를 한다) 누가 내 얘기를 하나?

춘랑 이봐, 역관. 저 남매를 불러오너라.

(역관이 부르는 동작)

이봐, 두 사람. 이 고기를 가져다가 자네 둘이 먹고 나서 시중을 들도록 하여라.

장삼고 (받는 동작) 나리 감사합니다.

이언화 이봐, 난 지금 먹지 않고 집에 싸 갖고 가서 먹을래.

춘랑 에이, 손만 더러워졌네. (종이를 꺼내 손을 닦는 동작) 이봐, 소리꾼들, 이 종이는 기름이 묻었으니 갖고 나가서 버리게.

이언화 (종이를 집어 드는 동작) 알겠습니다. 이 문을 나서는데, 어? 종이 위에 글씨가 쓰여 있네? 어디 좀 볼까? (보는 동작) 장안 사람, 행성 관아 서쪽에 거주. 아비는 이언화, 유모는 장삼고, 아이의 이름은 춘랑, 나이는 올해 일곱, 가슴에 붉은 반점이 있음. 염각 천호에게 아들로 팔기를 원하며, 훗날의 증빙을 위해 이 계약서를 남김. 계약자 장삼고, 작성자 장고집. 이봐 누이, 이 문서는 우리 집안 이야기인데 혹시 자네가 아이를 팔 때 작성한 계약서인가?

장삼고 맞아요.

이언화 (슬퍼하는 동작) 누이, 저 벼슬아치가 생김새나 행동거지가 내 아들 춘랑이와 꼭 닮았는데, 가서 확인해 볼 수도 없고. 어쩌면 좋나?

장삼고 오라버니, 안심하세요. 장고집 그 늙은이가 우리 집안에서 일어난 이 일을 24회짜리 설창說唱*으로 만들어 주었어요. 저 사람이 만약 춘랑 도련님이 맞다면 이 노래를 듣고 분명 저를 알아볼 거예요.

이언화 그렇게 해도 되겠군.

춘랑 (부르는 동작) 이봐, 두 사람, 어서 이야기를 시작해 보거라. 내 들어 보자.

(장삼고가 소리할 채비를 하고 딱따기를 두드리는 동작)

장삼고 (시로 읊는다)

뜨거운 불이 서쪽으로 위나라 조조를 태울 때
오나라 주유는 이에 맞서 힘겹게 싸웠지.
교전을 벌이면서 장검은 휘두르지도 않고
단번에 영웅 백만 군대를 휩쓸어 버렸지.

이 이야기는 제갈량이 장강에서 불을 질러 조조의 군대 팔십삼만 명을 깡그리 태워 버려 단 한 명도 살아 돌아가지 못한 이야기일 뿐입니다. 내가 지금부터 들려드릴 이야기는 이곳 하남부에서 일어난 기이한 이야기일 뿐입니다.

【전조화랑아轉調貨郎兒】

한나라 장군 한신韓信*이 군영을 습격해 빼앗은 얘기도 아니고
한나라 사마천이 간언하여 책략을 바친 이야기도 아니요,*
초나라 임금과 무산의 여신이 양대에서 운우지정을 나눈 이야기도 아니요,*
양산백梁山伯과 축영대祝英台*의 슬픈 사랑 이야기도 아닙니다.

춘랑 그렇다면 무슨 이야기를 노래할 건가?

장삼고

작은마누라를 들인 장안 사람 이 수재의 이야기를 노래합니다.

장안을 어떻게 노래할까요?

산 좋고 물 맑으니 경치가 그윽하고
땅 영험하고 인재 걸출하니 높으신 나리들을 배출하도다.
지도를 보더라도 분명히 알 수 있지,
온 세상 사백 고을 중에 으뜸이로다.

춘랑 얼씨구, 계속해 보거라.

장삼고

【이전二轉】

빼곡히 들어선 붉은 누각 높은 건물,
파랗게 용솟은 푸른 처마에 촘촘한 기와,
사계절 끊임없이 꽃은 피고지고

구리 낙타 거리에선 서로 화려함을 뽐내며
지체 높은 왕족 남녀들 수레 타고 다니네.
주렴을 높이 걸어 올리고 바라보니
온통 공후 재상들의 집들뿐이로구나.

이 이야기는 장안의 이언화라는 한 수재의 이야기입니다. 세 식구가 함께 살았는데 아내 유씨와 아들 춘랑, 유모 장삼고였죠. 이언화는 장옥아라는 기녀에게 푹 빠져서 결국 새장가를 들게 됩니다. (탄식하는 동작) 아! 남자는 마음속에 원앙새 비취새를 그렸건만, 여인은 혼인에 별생각이 없었다네.

춘랑 얼씨구, 잘한다! 계속 노래해 보거라.

장삼고

【삼전三轉】
저 이 수재는 화류계를 떠나지 않고
오로지 주색만을 탐하고 밝혔다네.
버들잎 눈썹에 별 같은 눈동자, 복사꽃 뺨 미인에 빠지니
앞에서 꼬드기고
뒤에서 몰래 사주하여
아내도 나 몰라라 내버리고
중매쟁이만 오가게 만들었도다.
아침꾼 들러붙어 손을 쓰니
만사 제쳐 두고
고운 예물 준비하여
천한 기생 년을 후딱 데려와 버렸구나.

저 여인이 집에 들어온 지 보름도 못 돼 구천 번이나 소란을 피웁니다.

춘랑 새로 들어온 작은마누라가 어떻게 그와 소동을 벌인단 말이냐? 계속 노래해 보거라.

장삼고

【사전四轉】

저 여인 혀를 놀려 시비 걸고 도발하니
꼬리에 꼬리 물고 가지에 가지 치듯 일이 터지는구나.
근거 없이 그에게 죄명을 덮어씌우며
쓸데없이 일을 벌이도다.
이런 일 저런 일 연이어 터지고
이런 시비 저런 시비 잇달아 일어나니
큰마누라는 삼키지도 뱉지도 못하는 마음에 병이 생겨
정신이 아득해지고
몸이 수척해지더니
골골대다 주름살만 늘어났지.
지팡이도 짚지 못하니
어떻게 거동을 할꼬.
갑자기 손발이 차가워지더니만
멀쩡하던 현모양처 그 자리에서 죽어 버렸네.

세 치 목구멍에 숨 붙어 있을 때 누려야지, 하루아침에 없어지고 나면 만사 끝장이로다. 그렇게 덧없이 묻혀 버리고 나니 과연, 복이 쌍으로 오는 날은 없어도, 하가 겹으로 오는 날은 있더

라. 갑자기 이 대청에 불길이 치솟아 빠작빠작 참으로 무섭게 타올랐도다. 불이야!

춘랑 큰마누라를 화병으로 죽게 만들더니만 불은 또 어떻게 났단 말이냐? 그래 불길은 잡았느냐? 여봐라, 어서 계속 노래하거라.

장삼고

【오전五轉】

불이 나면 사람도 재물도 흩어지게 마련인데
하물며 저 야심한 밤엔 어쩌란 말인가?
누가 화염산을 장안에 옮겨다 놓았더냐?
땅의 문도 하늘의 문도 모두 살라 버리고
능연각凌煙閣*도 저세상에서나 볼 수 있게 되었도다.
태상노군太上老君이 아홉 번 달여 단약을 만들듯이*
개자추介子推*가 은거한 산을 불태워 버리듯이
장량이 구름에 닿을 듯한 허공의 잔도를 살라 버리듯이*
적벽에서 조조曹操의 군대가 화공을 당하듯이
전단田單 장군이 쇠꼬리에 횃불 달아 화우진火牛陣을 펼치듯이*
화룡이 악전고투를 벌이느라 비늘이 반짝이듯이.
처마는 내려앉고
들보도 곤두박질
급히 불을 꺼 보려 했지만
벌써 관아 대여섯 칸에 옮겨 가 버렸네.

집과 재산을 홀라당 태워 먹은 것은 그렇다 쳐도, 불길이 관아에까지 옮겨 붙어 버렸으니 이를 어쩌나? 그렇다고 붙잡혀 가서 추궁을 당할 순 없지. 다급해하고 있는 틈에 그 여인이 꾀었지. "우리 다른 동네로 도망쳐서 이름을 바꾸고 살아요." 네 식구가 성문을 나서서 동남쪽을 향해서 황급히 달아나네. 다급한 마음 콩닥콩닥, 날은 저물고 땅은 어두운데 비마저 추적추적.

춘랑 집에 불이 붙고 재산은 모두 타 버렸는데 이 네 식구는 어디로 갔단 말이냐? 자세히 노래해 보거라. 내가 상금을 많이 줄 테니.

장삼고

【육전六轉】

어둑어둑 하늘 끝에서부터 구름이 밀려오고

주룩주룩 소나기를 대야로 퍼붓네.

좁아터진 길 험난한 데다 도랑, 도랑, 구덩이, 구덩이,

도대체 어디로 가야 한단 말이냐.

다행히 부슬부슬 그었다 내리다 주룩주룩 좌악좌악 구름이 걷히나 했더니

번쩍번쩍 번개가 번쩍이네.

쏴아쏴아 바람 불어오고

후둑후둑 빗방울 떨어져

위고 아래고 튀어나오고 파인 곳 온통 희미한데

부슬부슬 척척 줄줄 숲과 사람을 적셔

어둑어둑하고 서글픈 소상강의 수묵화를 그려 놓았도다.

순식간에 구름이 개고 비가 그쳐 서광이 만 리를 비추고 구름

이 서쪽으로 밀려가더니 한 줄기 낙수가 동으로 흐르는 것이 보였네. 낙수 기슭에 이르렀으나 또 나루를 건널 배가 없어서 네 식구는 근심 한 덩이 고민 한 덩이. 그러나 하늘이 무너져도 솟아날 구멍은 있는 법. 동북쪽에서 배가 한 척 다가오는 것이 보였지요. 그러나 그 배가 목숨을 구하는 배가 아니라 목숨을 거둬 가는 배가 될 줄 누가 알았으리. 바로 음탕한 여인과 그의 간부가 서로 짜고 한쪽에서 귀에 대고 속삭였지. "당신이 내 남자를 없애 주면 당신을 따라가겠어요."

춘랑　그 네 식구가 낙수에 닿았을 때 나룻배가 왔으니 목숨은 건진 셈인데, 어째서 또 음탕한 여자와 간부가 먼저 이 사람을 해치려 했단 말이냐?

장삼고

【칠전七轉】

강기슭에서 누구랑 이야기했냐고
다가가서 직접 물어봤어요.
바로 그 간부가 뱃사공이었는데
갑자기 내 목을 조르고
순식간에 내 머리칼을 잡아챘어요.
저는 여자이니 당해 낼 수가 없었지요.
그분도 분명 죽어서
목숨이 꼴까닥 황천길 신세였을 거예요.
이춘랑의 아버지도 넘실대는 파도 속에 잠겨 버렸어요.

이언화가 물속에서 목숨을 잃으니 저 장삼고가 가만있을 수 없어서, 당장 앞으로 나아가 그 도적놈을 줄로 묶고 소리쳤다네. “여보세요! 사람 죽여요, 사람 죽여요!” 그런데 그 간부가 되레 제 목을 졸라 죽이려 했지요. 이때 다행히 강기슭에 인마 한 무리가 나타났다네. 그 우두머리 나리의 생김새가 어땠냐면.

춘랑 저 간부가 이언화를 밀어 물에 빠뜨렸으니 삼고와 어린 것은 어찌 되었느냐?

장삼고

【팔전八轉】

자태와 용모가 비범하고
온갖 빼어남을 다 갖추어 차리셨고
두루마기 앞은 구름을 수놓고
등엔 갈댓잎 물고 있는 기러기를 수놓았어요.
그가 차고 있는 허리띠, 허리띠는
가죽에 구슬을 잇달아 꿰어 놓았는데
모두 흠 하나도 없는 형산의 보옥이었어요.
온몸에 비단을 둘렀고
얼굴은 수염과 구레나룻으로 덮여 있었어요.
사냥개와 매를 앞세우고 검정 사냥매를 데리고
마침 사냥터로, 사냥터로 향하던 중이었죠.
가던 길 멈춰 달리던 용마를 빙그르르 돌려세우는데
정말이지 유성처럼 재빨랐어요.
그 행렬이
정말이지 마치

마치 오랑캐에게 화친하러 떠나는 왕소군의 행렬 같았답니다.*

이때 어린아이가 "사람 살려요!" 하고 소리쳤다네. 그 관원은 염각 천호였지. 그분이 말에서 내려 사연을 묻더군요. 저 삼고가 지나간 일을 세세히 말씀드렸더니 관원께서 "부모가 다 세상을 뜨고 저 어린것만 남겼으니 차라리 나에게 양아들로 파는 것이 어떻겠는가? 자라서 어른이 되면 부모의 원수도 갚을 수 있을 테니" 하시며 지필묵을 꺼내 연월일을 적어 주셨다네.

춘랑 그 관리가 자네의 목숨을 구해 주셨는데 자네는 어찌하여 아이를 그 관인에게 팔았는가? 자세히 이야기해 보게.

장삼고

【구전九轉】

생년월일을 적으매

한 치의 착오도 없이 하였습니다.

글을 다 쓰기도 전에 눈물방울이 종이를 적시니

장탄식에 붓이 다 무르고

서러운 눈물이 벼루에 가득 떨어졌습니다.

춘랑 그가 떠난 지 얼마나 되었느냐?

장삼고

십삼 년이 되도록 소식 한 자 모릅니다.

춘랑 그때 어린것은 몇 살이었느냐?

장삼고

헤어질 때 겨우 일곱 살이었습니다.

춘랑 그럼 지금 몇 살이어야 하지?

장삼고

올해 막 스물이 되었을 겝니다.

춘랑　그가 지금 어디에 있는지 아느냐?

장삼고

망망대해에서 모래알 찾기나 다름없는걸요.

춘랑　그와 헤어진 곳이 어디인지 기억나느냐?

장삼고

저 낙수 강기슭에서 헤어졌고

지금 강남에 있는지 북쪽 변방에 있는지 알지 못합니다.

춘랑　저 어린것을 알아볼 수 있는 무슨 표시라도 있느냐?

장삼고

우리 아이는 복을 타고난 얼굴이고 두 귀가 어깨까지 내려옵니다.

춘랑　또 다른 표시는 없느냐?

장삼고　있어요, 있습니다.

앞가슴에 붉은 반점이 있습니다.

춘랑　그의 고향이 어디였다고?

장삼고

대대로 장안 해고성解庫省 관아 서쪽에 살았습니다.

춘랑　그의 아명이 무엇이라고 하였느냐?

장삼고

그의 아명은 춘랑이라고 하고 성은 이씨입니다.

춘랑　잠깐, 잠깐, 잠깐, 혹시 유모 장삼고가 아니오?

장삼고 제가 장삼고입니다만, 나리님이 어찌 저를 아십니까?

춘랑 날 못 알아보겠소? 나 이춘랑이오.

장삼고 나리, 농이 과하십니다. 이 늙은이를 놀리지 마시옵소서.

춘랑 삼고, 농이 아니오. 내가 바로 이언화의 아들 이춘랑이란 말이오.

(앞섶을 풀어서 보여 주는 동작)

장삼고 정말 춘랑 도련님이군요! 이분이 바로 아버지인 이언화예요.

이언화 (슬퍼하며 알아보는 동작) 얘야, 정말 보고 싶었다. 그런데 어떻게 이런 높은 자리에 오르게 되었느냐?

춘랑 아버지, 제 벼슬은 염각 천호한테서 물려받은 거예요. 세상에 이런 일이 있을 수가! 지금은 관직을 버리고 온 천하를 돌아다니며 그 음탕한 여인과 간부를 기필코 찾아내어 원수를 갚아야 제 소원을 풀 수가 있겠군요.

(아전이 위방언과 장옥아를 붙잡아 등장한다)

아전 나리께 아뢰오. 이 두 사람이 고리대로 일백 냥을 횡령하였습니다. 소인들도 이로 인해 처리 기한을 넘겨 버렸습니다. 저들을 어떻게 벌해야 할지 몰라서 잡아왔으니 나리께서 법률에 따라 처리하시고 소인들의 미결 서류도 처리하여 주십시오.

춘랑 법에 의하면 관의 은자를 오십 냥 이상 착복한 자는 즉시 참수형에 처한다. 이 형벌은 가을까지 기다리지 않고 즉각 집행한다.

이언화 (알아보는 동작) 아니, 이자는 낙수에서 뱃사공으로 가장하여 나를 물에 빠뜨린 그자가 아닌가!

장삼고 저 여잔 요부 장옥아가 아닌가!

위방언 (부적을 그리는 동작) 으악! 귀신이다, 귀신! 태상노군님, 어서 잡귀를 물리쳐 주세요. 훠이! 훠이!

(아전이 꾸짖는 동작)

장옥아 우리가 죽어서 동악 산신 사당에라도 온 건가? 어째 전부 다 귀신들만 있는 거야?

춘랑 바로 저 음탕한 계집과 간부였구나. 오늘 모두 잡아들였도다. 여봐라, 저들을 포박하여라. 내 직접 목을 베겠다. 돌아가신 내 어머니의 원한을 갚겠노라!

장삼고

【살미】

다른 고을 다른 고장에 몰래 숨어 있어서
이번 생에 다시 볼 기약이 없을 줄 알았는데
원수를 외나무다리에서 다시 만날 줄이야.

위방언 바로 그 이춘랑이고, 그 장삼고였구나. 그날 죽이지 못했더니 결국 오늘에 와서 재수 없게 되었구나. (머리를 땅에 찧는 동작) 나리, 가련히 여겨 이 늙은이를 용서해 주십시오. 이 모든 게 제가 젊을 적 철모르고 벌인 짓입니다. 이제 나이 든 뒤로는 오랫동안 재계하고 염불만 외우고 삽니다. 살인은 물론이고 파리 한 마리도 감히 잡지 않습니다. 게다가 이제 나리의 온 가족이 모두 모이셨으니 제가 누굴 죽인 것도 아니지 않습니까? 가련히 여겨 이 늙은이를 풀어 주십시오.

장옥아 이 거지야, 무슨 용서를 구걸하나? 나와 당신이 두 눈 딱 뜨고 저지른 일이니 두 눈 딱 감고 받아들여야지. 일찍 죽는 게 나아. 살아서 이부자릴 같이하였으니 죽어서 무덤도 같이해야지. 황천길에 영원한 부부가 되면 나쁠 것도 없잖아?

장삼고

자네들은 누굴 원망하지 말게나,
나도 다시는 자네들을 용서치 않을 테니.

(춘랑이 위방언과 장옥아를 베는 동작, 퇴장한다)

돌아가신 마님의 원한을 내 눈앞에서 갚았도다.

이언화 오늘에야 하늘의 도움으로 우리 부자가 다시 만났으니 마땅히 양을 잡고 술을 빚어 경사스러운 잔치를 마련해야겠다. 아이야, 내 말을 들어라. (사로 읊는다)

이 모두 내 젊은 시절 저지른 잘못이라네.
도적 같은 기생 년을 들이고도 나만 몰랐었네.
밥그릇 하나에 수저 두 개가 웬 말이냐?
이로 인해 내 아내는 화병이 나서 죽고 말았지.
못된 기생 년은 재물을 훔치고 불을 지르고는
간부와 몰래 달아나기로 약속을 했다지.
뱃사공으로 변장해서 사람 해칠 음모를 꾸미니
십 년이 넘도록 재물도 사람도 흩어져 버렸다네.
푸른 하늘이 올바로 굽어보시니
때의 빠르고 늦음이 있었을 뿐.
오늘에야 원한을 모두 갚고

시름 어린 미간을 풀고 기뻐하게 되었구나.
기쁘도다, 골육이 모두 한자리에 모였으니
마땅히 축하 잔치를 벌이자꾸나.

제목: 집을 등지고 가산을 잃어버린 이언화
정명: 비바람 맞으며 화랑아 노래 팔고 다니는 장삼고

강 건너에서 지략을 겨루다兩軍師隔江鬪智

무명씨

정단(正旦)　손안(孫安)

충말(冲末)　주유(周瑜)

정(淨)　감녕(甘寧), 유봉(劉封)

축(丑)　능통(凌統)

외(外)　노숙(魯肅), 손권(孫權), 제갈량(諸葛亮), 유비(劉備)

단아(旦兒)　손(孫) 부인

차단(搽旦)　매향(梅香)

말(末)　관우(關羽), 장비(張飛)

병사

제1절

선려

(주유周瑜〔충말冲末〕가 병사를 이끌고 등장한다.)

주유 (시로 읊는다)

어려서 병서 익히고 힘써 연마하여
적벽대전 치러 내고 위세 드날렸네.
조조曹操 · 유비劉備에게는 영웅 장수가 없단 말인가?
오직 나 주유만이 강동江東에 이름 떨친다네.

저는 주유로, 자는 공근公瑾이고, 노강盧江 서성舒城 사람입니다. 강동 지역의 손권孫權을 모시고 장수로 있습니다. 지금은 한漢나라의 몰락기로, 조조가 전권을 휘둘러 유비·관우關羽·장비張飛 삼형제가 번성樊城*을 버리고 강하江夏*로 도망 왔지요. 뒷날 제갈량이 강을 건너와 군사를 빌려 달라기에, 주공께서 수군 삼만을 지원하고 저를 원수에, 황개黃蓋를 선봉에 세웠습니다. 삼강 하구에서 횃불 하나로 조조 놈의 팔십삼만 군사를 갑옷 챙길 틈도 주지 않고 불태워 버렸고, 조조는 화용華容의 좁은 길로 도망쳤습니다. 제가 조인曹仁더러 남군南郡*을 지키게 했는데. 그런데 저 괘씸한 유비 녀석이 몰래 형주荊州를 차지해 버렸지 뭡니까! 생각해 보면 저 적벽대전의 대승도 모두 우리 오吳나라의 공인데, 그놈이 되레 형주와 양양 등의 아홉 군을 맨입으로 취했으니 어찌 가만 놔두겠습니까! 제가 수차례 되가져 오려 했으나, 번번이 망할 놈의 제갈량한테 계책을 간파당했습니다. 그런데 지금 또 계책이 하나 떠올랐습니다. 형주를 찾아올 수 있을 듯한데, 장수들과 상의해 봐야겠어요. 여봐라! 원문轅門 밖을 살펴 장수들이 오면 내게 알리도록 해라.

병사 예.

(감녕甘寧〔정淨〕과 능통凌統〔축丑〕이 등장한다)

감녕 저는 감녕으로, 자는 흥패興覇이고 본관은 강동江東입니다. 이 사람은 능통 장군으로, 오왕吳王 손권孫權의 휘하에 있습니다. 지금 원수님께서 부르시니 무슨 일인지 가 봐야겠습니다. 여봐라, 가서 감녕과 능통이 왔다고 아뢰거라.

병사 (보고하는 동작) 감녕 장군과 능통 장군이 당도하셨습니다.

주유 듭시라 해라.

감녕 · 능통 (둘이 인사하는 동작)

감녕 원수께서 무슨 일로 저희를 부르셨습니까?

주유 그대 두 장수는 잠시 기다리시오. (병사를 향해) 다시 가서 노숙魯肅을 불러오너라.

병사 노 대부님, 원수님께서 부르십니다.

(노숙〔외外〕이 등장한다)

노숙 (시로 읊는다)

일찍이 적벽에서 백만 대군이 불타 죽고
부러진 창칼은 모래에 묻혀 채 녹도 슬지 않았네.
소인이 주유에게 전쟁을 권유하지 않았다면
대교大喬 소교小喬 두 아가씨는 동작대銅雀臺*에 봄 깊도록 갇혀 있었겠지?

소관은 노숙으로, 자는 자경子敬이고 본적은 임회군臨淮郡입니다. 주공이신 손권을 보좌해 계책을 도모하여 중대부에 올랐습니다. 형주 땅의 형왕荊王 유표劉表가 세상을 떠난 차에 제가 강을 건너가 제갈량을 만났더니 우리에게 병사를 빌려 달라 했습니다. 주공께서 주유를 원수로 보내시고 적벽 아래에서 조조의 군대를 대파하셨지요. 유비가 그 틈을 타 형주와 양양 아홉 군을 약탈해 갈 줄은 생각도 못했습니다. 잠시 빌려 군대를 주둔시키겠다고 했는데, 한참 지나도 돌려주질 않습니다. 원수께서 수차례나 형주를 되찾고자 하시기에 소관이 잠시 전투가 진정되기를 기다렸다 다시 생각해 보자고 권유했습니다. 원수께서는 제 말을 듣지 않으시니 어쩌지요? 오늘 또 이 일 때문에 나를 부르시는 걸 겁니다. 가 봐야겠는데, 벌써 원문 밖에 도착했네요. 여봐라, 노숙이 왔다고 아뢰어라.

병사 (보고하는 동작) 노숙 대부께서 오셨습니다.

주유 듭시라 해라.

병사 듭시라 하십니다.

노숙 (인사하는 동작) 원수께서 어인 일로 노숙을 부르셨습니까?

주유 오늘 그대를 부른 것은 다름이 아니라, 내가 형주를 수차례나 회복하려다 번번이 저 죽일 놈의 제갈량 때문에 화병이 나지 않았겠소? 지금 또 다른 계책을 생각해 냈는데, 형주를 회복할 수 있을 것 같소.

노숙 어떤 계책이신지요?

주유 대부! 유비가 조조 진영에 있을 때 감甘 부인과 미糜 부인 둘을 잃어 여태껏 홀아비로 살아왔으니, 우리 주공의 누이인 손안孫安 아가씨를 유비와 혼인시키는 것이오. (목소리를 낮추어 말한다) 내가 지금 손가와 유가의 혼사를 추진하려 하는데, 그게 어디 진짜겠소? 단지 형주를 회복하려는 계책일 뿐이지. 내가 여기서 군사와 말을 몰래 이동시키고, 저들이 방비 없이 방심할 때 신행 왔다 말하고 기회를 틈타 성문을 차지하는 것이 첫 번째 계책이오. 만약 이 계책이 실패한다면 유비가 초례를 올릴 때 손안 아가씨더러 유비를 몰래 칼로 찔러 죽이게 하고, 이어서 내가 대군을 이끌고 곧바로 형주를 친다면 반드시 승리할 것이오. 대부, 그대 생각은 어떻소?

노숙 원수님의 계책이 좋긴 하지만, 제갈공명을 속일 수 없을까 그게 염려되옵니다.

주유 대부, 안심하시오. 그 망할 놈은 절대 알아채지 못할 겝니다. 그대는 먼저 주공에게 말씀 올리세요. 제가 손가와 유가의 혼사를 성사시켜 암암리에 형주를 손에 넣을 거라고 말입니다.

나는 시상柴桑 나루에서 회신을 기다리고 있을 테니 빨리 다녀 오시오.

노숙 소관은 이 길로 군영을 떠나 주공께 말씀 전하러 가겠습니다. (퇴장한다)

주유 노숙이 떠났군. 감녕, 능통! 너희는 병사와 말을 정비하라. 노숙이 돌아오면 지시를 내릴 것이다.

감녕 분부대로 따르겠습니다.

주유 (시로 읊는다)

혼사를 핑계로 양쪽 모두 무기를 내려놓게 하려네.

이는 유비와 우리가 원수지간이기 때문이라네.

감녕 (시로 읊는다)

제갈량에게 제아무리 계책이 있다 해도

단번에 형주를 차지하겠네.

(같이 퇴장한다)

(손권孫權〔외外〕으로 분장하여 병사를 이끌고 등장한다)

손권 저는 손권입니다. 자는 중모仲謀이고 조상 대대로 강동 사람이었습니다. 대대로 한나라에서 벼슬살이를 했지요. 부친 손견孫堅은 장사長沙 태수로 있다가 여포呂布를 토벌하는 족족 그 지역을 차지해 버렸습니다. 형 손책孫策은 불행히도 허공許貢의 병사가 쏜 화살에 죽고 제가 그 자리를 물려받았지요. 이곳이 현재의 그 위풍당당한 강동 여든한 개 군입니다. 그때 유비가 조조에게 쫓겨 강하江夏로 밀려왔고 제갈공명이 강을 건너 도움을 요청했지요. 나는 그자에게 수군 삼만을 빌려 주고 주유를 원수로, 황개를 선봉에 세웠습니다. 적벽대전이 벌어지고 조조의 병사 팔십삼만 명이 불에 타 창과 갑옷도 남기지 못하는 지경이 되었지요. 형주 땅은 원래 우리 강동 것인데 유비가 잠시 병사를 주둔시킨다는 핑계로 오래도록 점거하고 있지 않습니까? 주유가 수차례나 되찾고자 했으나 이룰 수 없었으니, 이를 어쩐단 말입니까!

노숙 (등장한다) 막 출발했는데 벌써 조정에 당도했군요. 여봐라, 가서 노숙이 뵈러 왔다고 알려라.

병사 예! (아뢴다) 전하! 노 대부께서 오셨습니다.

손권 노숙이 왔다는 건 필시 긴급한 일 때문일 거야. 듭시라 해라.

병사 들어가십시오.

(노숙이 인사하는 동작)

손권 노 대부께서 이렇게 오신 걸 보니 무슨 상의하실 일이라도 있으십니까?

노숙 주공! 제가 온 것은 바로, 주유 원수께서 수차례나 형주를 손에 넣으려 했지만 제갈공명이 속아 넘어가지 않은 일 때문입니다. 원수께선 지금 또 하나의 계책을 세우셨습니다. 유비는 조조 진영에서 감 부인과 미 부인을 모두 잃었으니 주공의 누이 손안 아가씨를 유비의 짝으로 주어 그와 사돈을 맺고, 그 틈에 몰래 병사를 이끌고 성안으로 들어가 형주성을 되찾아 오는 계책입니다. 제갈공명이 꾀가 많다 하나 내막을 간파하지는 못할 것입니다. 주유 원수께서는 만약 실패할 경우 손안 아가씨가 강을 건널 때를 대비해 또 다른 계책을 세우셨습니다.

손권 두 번째 계책이 있다고?

노숙 (귓속말을 하는 동작) 주공 생각은 어떠십니까?

손권 그렇다 해도 이 일은 내가 결정할 수 없네. 어머니와 상의드리고 나서 다시 얘기할 것이니 잠시 자리를 피해 주시게.

노숙 잠시 물러나 있겠습니다. (퇴장한다)

손권 가서 어머님을 모셔 오거라.

병사 노마님, 주공께서 찾으십니다.

(손 부인〔단아旦兒〕이 궁녀를 이끌고 등장한다)

손 부인 (시로 읊는다)

장사長沙에서 석두성石頭城으로 옮겨 와

여태 큰아들 일로 수심만 가득하네.

차남 손권이 적을 격퇴치 않았다면

그 누가 강동 수십 주州를 지켰을까?

저는 손권의 어미올시다. 선왕 손견孫堅은 두 아들 손책孫策과 손권, 손안이라는 어린 여식을 두었습니다. 손책이 세상을 떠나자 이 늙은이가 동생 손권에게 왕위를 물려주고 강동의 여든한 개 군을 맡아 다스리라 했지요. 오늘 이 늙은이를 부르니 무슨 일인지 가 봐야겠습니다.

병사 (알리는 동작) 대왕님! 노마님께서 오셨습니다.

손권 냉큼 알리지 않고! 맞으러 나가야겠다. (맞는 동작) 어머님! 영접이 늦었다고 나무라지 마세요.

부인 중모야, 무슨 일로 이 늙은이를 보자 했느냐?

손권 어머님, 주유가 누차 형주를 빼앗지 못하던 차에 지금 또 계책 하나를 세웠습니다. 제게 장성하지만 아직 혼례를 치르지 못한 누이가 있고, 마침 유비는 감 부인과 미 부인을 모두 잃었습니다. 누이를 그자에게 시집보내 유가와 손가가 사돈을 맺고, 제갈량이 방비하지 못한 틈을 타 성안으로 군사들을 들여보내 함락하는 것이 바로 형주 탈환 계책입니다. 소자 손권이 함부로 할 수 없어 어머님께 아룁니다.

부인 이렇게 되었으니 누이를 불러 상의해 보도록 하자. 여봐라, 매향梅香에게 아가씨를 모셔 오라 해라.

궁녀 매향은 자수방에 가서 아가씨를 모셔 오라 하십니다.

(손안〔정단正旦〕이 매향〔차단搽旦〕을 이끌고 등장한다.)

손안 소첩은 손안孫安입니다. 오늘 자수방에 한가로이 있는데 어머님께서 대청에서 부르셨어요. 무슨 일이시지? 매향아! 어머님을 뵈러 가자.

매향 아가씨, 요 며칠 식사를 통 못하시더니 좀 여위셨어요. 무슨 일 있으세요?

손안 매향아! 네가 어찌 알겠느냐?

【점강순】

매일같이 시름에 잠길 뿐

이 내 속을 어찌 말로 하리?

치마 헐거워져 주름만 잡히네.

매향 아가씨! 이렇게 야위신 이유를 모르겠어요.

손안

잠시라도 손에서 자수바늘 놓은 적이 있었니?

매향 제가 아가씨를 잘못 모셔서 그런 건가요?

손안

【혼강룡】

너 매향의 시중을 놓고 보면

언제 춥고 배고프게 한 적 있었니?

매향 아가씨는 연꽃 같은 얼굴에 버들 같은 허리, 이렇게 아리따우시니 누가 따라올 수 있겠어요?

손안

내 미모가 연꽃을 능가하고

이 허리는 버들가지보다 더 하늘거린다고?

오색실로 새 문양 수도 놓고

푸른 창가에서 옛 시에 화창和唱하고

늘 부덕婦德의 노래를 모범 삼아

『여계女誡』*를 스승 삼아

얼굴 화장엔 게으르고

연지도 깨끗이 씻어 버렸노라.

그래 저 수놓인 주렴 앞에서

언제 또 몰래 내다본 적 있었니?

매향 마님께서 부르시니 어서 가세요.

손안

어머니께서 부르실 때 말고

내 어찌 이 문지방을 쓱 넘겠니?

벌써 도착했구나. 매향아! 나와 함께 어머니를 뵈러 가자. (인사하는 동작) 어머니, 오라버니, 만수무강하세요.

매향 아가씨께서 자수방에서 매향이더러 꽃문양 본을 뜨라 하시다가 마님의 부르심을 듣고 곧장 달려왔습니다.

손 부인 얘야, 내가 널 부른 것은 상의할 일이 있어서란다.

손안 어머니, 무슨 일이신지 소녀에게 말씀하세요.

손권 어머니, 누이를 불렀으니 말씀하시지요.

손 부인 (비통해하는 동작) 얘야! 말을 하려니 너무 괴로워서 선뜻 꺼내기가 어렵구나.

손안 아이! 어머니, 애 그만 태우세요.

【유호로】

어머니!

왜 말없이 고개만 숙이세요?

절 무슨 일로 부르신 건가요?

매향아! 마님께서 무엇 때문에 괴로워하시는 거니?

매향 아가씨가 모르시는 일을 전들 어찌 알겠어요?

손안

어느 망할 것이

어지신 우리 어머니를 괴롭혔지?

손 부인 얘야, 네 오빠가 널 시집보내기로 했단다.

매향 저도 좀 알아봐 주세요!

손안

제게 누굴 짝지어 준다고요?

가문이 격에 맞아야 해요.

오라버니께선 누구에게 시집보내려 하시는데요?

손권 누이야, 시집보낸다고 하면 그걸로 됐지 뭘 묻는 게냐?

손안

누가 중매를 섰지요? 언제요?

손권 오늘내일 안으로 이 혼사가 이루어질 거다.

손안

무슨 연유로 혼사를 이리 서두르시나요?

손권 형주의 아홉 군 때문에 이런 궁리를 하게 되었구나.

손안

전쟁 없이 형주 땅을 얻으려는 속셈이군요.

손 부인 얘야, 네 오라버니가 네 일을 핑계로 대사를 도모하려 한다는구나.

손안

【천하락】

봄바람에 몰래 연리지를 엮어 매려 하는군요.

생각하고 또 생각해 봐도

빠져나갈 구멍이 없네요.

손권 누이야! 거절하지 마라, 이미 네 사주를 적어 보냈단다.

손안

어쩔 거나, 어머니가 내 사주를

일찌감치 남자 집에 보내셨다 하니

싫다는 말을 어찌하리?

아이고!

사주에 맞는 좋은 날이나 잡을밖에.

오라버니, 무슨 까닭에 저를 그 집에 시집보내시는 거죠?

손권 누이야! 넌 모를 테니 내 말을 잘 듣거라. 지금 너를 유비의 부인으로 보내려 한단다. 우리가 어떻게 그자와 진짜로 사돈을 맺겠니? 오직 형주를 손에 넣기 위함이란다. 네가 출가하는 날, 우리는 은밀히 명장들을 선발해 신부를 호위하는 척하다가 틈을 봐서 성을 빼앗을 것이다. 그러면 나는 대군을 이끌고 북 한 번 울리고 성을 함락시킬 것이다. 이런 큰일이 모두 너한테 달렸단다. 너는 더 이상 싫다 하지 말거라.

손안

【작답지】

신이 나서 계책을 세웠네요.

나한텐 상의 한 자 없이

남녀를 짝 지우다니요!

신부 호위할 군사들을 보내기만 하면

분명 순식간에 성문을 함락시키겠지요.

【원화령】

오라버니, 삼세번 생각하세요.

제갈량 그 군사軍師를 속일 수 없으면요?

만일 계략이 들통나 일이 틀어지면

괜히 미인계만 쓴 꼴이 되지 않겠어요?

손권 (귓속말하는 동작) 누이야! 만약 이 계책이 실패하면 또 다른 계책을 마련해 두었단다. 유비 놈이 혼례를 마치고 신방으로 갈 때를 기다려, 네 시녀들 모두 칼을 차게 하는 거지. 네가 기회를 엿보다가 찔러 죽이면 형주가 우리 것이 되지 않겠느냐? 그 모두 너의 공로인 것이다. 나중에 내가 다시 명문가를 골라 훌륭한 사내에게 시집보내 줄 테니 네 인생도 망칠 일 없을 것이다.

손안

아이고!
무슨 다른 묘안이 있나 했더니
고작 나더러 꾀를 써서 암살하라는 거네요.

오라버니, 이 계책이 성공하지 못할까 그게 걱정입니다.

【후정화】
전 애시당초 요조숙녀의 시 「관저雎鳩」*를 읊조리려 했는데
어찌 용천보검龍泉寶劍을 부여잡고 검객이 되라 하시는 거지요?
오라버닌 삼강 하구에 주둔한 주유 원수를 그르칠까 걱정할 뿐
아이고!
어찌 저 손 부인의 신세 망친다는 생각은 하지 않는 건가요?

손권 누이야! 넌 내 말대로만 하면 된다. 형주를 손에 넣지 못한다면 난 사내도 아니야. (화난 동작)

손 부인 얘야! 네 오라버니가 화가 났구나. 오라버니 말을 들으렴.

손안 어머니, 알겠어요. 오라버니 말대로 하면 되잖아요.

오라버니,

어찌 씩씩대며 자줏빛 수염 곧추세우시나요?
나는 지금 이러지도 저러지도 못하고
오라버니 맘대로 하라 할 뿐.
어머니께 작별 인사하고
좋은 날 혼례를 올리면
신혼 생활 화목하려나?

손권 누이가 이 혼사를 승낙했으니 내일 노 대부를 보내 중매서라 할 것이다. 유비가 어찌 회답하는지 보자.

손안

【청가아】
오라버니
내일 아침, 내일 아침에 사신 보내
회답을, 회답을 듣겠다 하시지만
고기와 술, 예물, 비단실 한 올도 달라 마세요.
이쪽은 오吳나라 미인이고
저쪽은 한漢의 황실 혈족이니
이치대로 하면 오히려 혼수를 싸들고
문 앞까지 갖다 바쳐야 하옵니다.
향 연기가 금사자 향로에서 피어나고
미주美酒가 옥잔에 철철 넘쳐흐른들
혼례식장에 생황 소리 울리는 것보다 낫겠어요?
그래야 오라버니 평생의 소원이 풀리시겠어요?

손 부인 애야! 기왕지사 이 혼사를 승낙했으니, 자세한 건 오

라버니와 협의하여 후회하는 일 없도록 해라. 난 먼저 방으로 돌아가겠다. (시로 말한다)

좋은 인연 점지하고 스스로 보증 서니
일찌감치 혼례를 승낙하네.
형주는 손아귀에 넣는다 쳐도
아이 인생 그르치니 어찌할꼬?

(퇴장한다)

손권 누이야! 너는 어머니와 잠시 방에 가 있어라. 내가 길일을 정해 노숙을 강 건너로 보내 이 혼사를 제기할 생각이다.

매향 저도 아가씨랑 시집가는 거지요?

손안 알겠습니다.

【잠살】
오라버니, 아아!
당신은 뱃속 근심 풀기도 전에
속으론 벌써 근심 보탤까 걱정이에요.
이제부터 전쟁이 쉬지 않고 일어날 판인데
어찌 사모관대도 안 하는 저에게 기대신단 말입니까?

매향 아가씨, 흔히들 "인연아, 인연아, 우연이 아니로다"라고 하잖아요. 이번 혼사 역시 하늘이 맺어 준 천생연분이에요.

손안

하늘이 내려 준 인연은 무슨?
그 탓에 억지로 따를 수밖에
낚자네 집을 원망 못 하겠네

손권 누이야! 절대 밖으로 누설해선 안 된다.

손안 오라버니, 알겠어요.

오라버니가 경솔하게 일을 도모해도
나는야 둘도 없이 총명한 사람
어찌 군사 기밀을 흘릴 수 있겠습니까?

(퇴장한다)

손권 누이가 방으로 돌아갔다. 이걸로 상의가 잘 끝났으니, 여봐라, 빨리 노숙을 불러들여라.

병졸 노 대부는 드십시오.

노숙 (인사하는 동작) 얘기가 잘 되셨습니까? 전 이 길로 원수께 돌아가 보고해야 합니다. 원수께선 서서 기다리고 계실 걸요.

손권 노 대부, 어머니께도 말씀드렸고 누이도 허락했으니, 수고롭겠지만 그대가 중매쟁이가 되어 강 건너로 가 주시오. 그러면 주유에게 군마를 갖춰 형주를 탈환하게 할 것이니, 이 어찌 완벽한 계책이 아니겠소!

노숙 기왕지사 얘기가 잘 끝났으니, 이 노숙이 원수님을 뵙고 말씀 전하겠습니다. (퇴장하는 동작)

손권 노 대부! 잠깐 돌아오시오, 당부의 말이 더 있소. 유비를 만나거든 내 누이가 기개가 호탕하고 용모 단정하여 황족에 걸맞아 부인 삼을 만하다고만 말해 주시오. 지금 손씨 가문과 유씨 가문이 사돈을 맺어 무기를 내려놓으면 이 어찌 두 가문의 복이 아니겠소? 유비가 승낙하기만 하면 내가 길일을 정해 친

히 형주의 경계 지역까지 누이를 호위할 것이오. 조심하시고 후딱 다녀오시오. (시로 읊는다)

형주 일로 밤낮 없이 마음 쓰니

손에 넣기 전엔 철군도 없으리.

노숙 (시로 읊는다)

주공께서 몰래 묘책을 펼치사

유가 손가 사돈 맺게 되었다네.

(함께 퇴장한다)

제2절

중려

(주유가 감녕·능통과 함께 병사를 이끌고 등장한다)

주유 나 주유는 형주를 손에 넣기 위해 은밀히 묘책 하나를 짜냈죠. 주공의 누이 손안 아가씨를 유비의 부인으로 보내는 겁니다. 겉으로는 두 나라가 사돈지간이 되는 듯하나, 실상은 군사를 이끌고 신부를 전송하여 적군이 채 방비하기도 전에 기회를 잡아 형주를 탈취할 생각입니다. 제갈량 그 망할 놈이 이 계책을 간파할 수는 없을 겁니다. 이제 약속한 날이 다가오고 있으니 우선 노숙 대부를 형주로 보내 전송 날을 알려 주고, 이곳에서 장수들을 선발해 놔야겠습니다.

감녕 노숙 대부께서 형주로 가 혼담을 전했더니 저 유비 놈이 꽤나 떨떠름해했지만 제갈량이 오히려 재차삼차 간청했다 합니다. 보아하니 원수님의 묘책이 제갈량을 속여 넘기고 형주를 손에 넣을 게 분명합니다.

노숙 (등장한다) 소관 노숙은 주유 원수의 명을 받들어 주공께 손가와 유가의 혼사를 전했는데, 다행히도 부인과 아가씨가 모두 승낙하셔서 원수님께 아뢰었더니 저더러 또 형주로 가서 친히 중신을 서라 명하셨습니다. 일을 잘 매듭짓는 즉시 또 주공께 말씀 올리라 하는군요. 왔다 갔다 한 달을 내달렸더니 지금 머리가 빙빙 돕니다. 오늘 원수께서 또 부르시니 중매쟁이 노릇하기가 정말 힘드네요. 여봐라, 노숙이 왔다고 알려라!

병사 예! (알리는 동작) 원수님, 노 대부께서 당도했습니다.

주유 듭시라 해라!

병사 들어오시지요.

노숙 (알현하는 동작) 원수께서 어인 일로 소관을 부르셨습니까?

주유 노 대부! 다름이 아니라 그대가 일전에 형주로 가서 유비에게 혼사를 타진했고 두 집안이 모두 허락하지 않았소? 지금 주공께서 좋은 날을 잡아 아가씨를 시집보내시려 합니다. 그런데 유비 쪽에서 아직 그 날짜를 모르니, 번거롭겠지만 그대가 한발 먼저 가서 알려 주어 그쪽에서 화촉을 준비하고 아가씨와의 혼사를 기다리게 하시오. 이것 말고도 내게 또 다른 계책이 있소. 그대는 지금 당장 강을 건너시오. 조심하시오.

노숙 알겠습니다, 소관이 어찌 마다하겠습니까? 지금 형주로 가서 유비에게 알리겠습니다. (퇴장한다)

주유 노 대부가 떠났도다. 감녕과 능통은 듣거라! 너희 둘은 각자 정예군 오백 명을 선발해 아가씨의 꽃가마를 좌우로 호위하여 형주로 간다. 그곳에서 길을 막는 이가 있다면, 노마님께서 행차길을 호위하라고 보낸 것이라고만 말해라. 성안으로 들어가 기회를 엿보다 남문을 탈취하면 내가 대군을 통솔하여 뒤를 따라 들어갈 것이니 일을 그르쳐서는 안 될 것이다.

감녕 알겠습니다. 우리 둘은 지금 일천의 정예병을 선발해 강가로 가서 아가씨의 꽃가마를 호송하겠습니다. (시로 읊는다)

우리 두 장수 새 신부 호송하네.
원수님 명령 어찌 거역할쏘냐?

능통 (시로 읊는다)

꽃가마 따라 형주로 직행해
철옹 성문 몰래 탈취하리라.

(퇴장한다)

주유 두 장군이 갔구나. 손안 아가씨가 내 두 번째 계책을 그대로 따라만 준다면 분명히 형주 땅 아홉 군을 무탈하게 손에 넣을 수 있을 것이다. 대소 삼군은 내 명을 들어라! 군영을 단단히 지키되 조금의 틈도 있어선 안 된다. 나는 정예병 삼만을 통솔하여 두 장군을 지원하러 갈 것이다. (퇴장한다)

(제갈량諸葛亮〔외外〕이 등장한다.)

제갈량 (시로 읊는다)

한漢나라 황실은 이미 기운이 다해 가니
천하는 삼분되어 저마다 으뜸이라 하네.
주유는 실속 없이 천 가지 계책 써 대나
남양南陽 와룡臥龍 선생에게 패하기만 한다네.

빈도는 제갈량으로, 자는 공명이고 도호道號는 와룡 선생입니다. 남양南陽 농중籠中에 살았지요. 유비 형제가 삼고초려하여 빈도에게 하산을 청한 뒤 군사軍師에 제수하였습니다. 빈도는 일전에 일단 형주를 손에 넣은 뒤 훗날 서천西川을 도모하여 삼분정족三分鼎足의 형세를 이루고자 했습니다. 전에 유표劉表가 살아 있을 때 누차 형주를 주공께 양도하겠다고 했는데, 우리 주공께서는 인덕이 높은 분이신지라 빈도의 말을 듣지 않고 극구 사양하셨지요. 유표가 죽은 후 그의 차남 유종劉琮이 조조에게 투항해 형주가 조조의 손아귀에 들어갔습니다. 이에 빈도가 강을 건너 저들에게 군마를 빌렸습니다. 제단 위에서 삼 일 밤낮으로 동풍이 불기를 기원하니, 횃불 하나로 조조의 병사 팔십삼만을 모두 적벽 아래에서 불태워 죽였습니다. 조조는 혈혈단신 좁은 길을 통해 화용華容으로 내뺐고, 우리 주공께선 예전처럼 형주와 양양의 아홉 군현을 손에 넣으셨습니다. 가증스러운 주유가 전번에 병사를 이끌고 우리를 도와 조조를 대파시켰다며, 지금 자상도柴桑渡 입구에 군영을 쳐 놓고 형주를 도모할 계책만 수차례 꾸몄으나, 빈도에게 모두 간파당해 뜻을 이루지 못했습니다. 주유 그자는 뛰어 봐야 빈도의 손바닥 안이지요. 지금 그자가 또 계책을 내어 손가와 유가를 사돈으로 엮으려 하는데 빈도는 이미 승낙했습니다. 오늘 주공과 여러 장수를 모시고 이 일을 의논해야겠습니다. 여봐라, 주공과 장수들이 오면 알리도록 하여라.

병사 예!

(유봉劉封〔정淨〕이 등장한다. 시로 읊는다)

유봉

장수의 몸으로 전장에 이력이 나서
갖은 놀이 놀며 귀신도 부린다네.
소생의 본명은 유봉이고
별명은 청산유수 주둥이라네.

저는 유봉입니다. 부친 유비께서 지금 형주를 얻으셨습니다. 우리 제갈공명 군사는 실로 신묘한 계책을 내어, 조조의 군사를 홀라당 불태워 허도許都로 연기처럼 달아나게 했습죠. 제가 만약 진영에 있었다면 그보다 더 빨리 줄행랑쳤을 겁니다. 오늘 우리 군사께서 소집령을 내리셔서 의논할 게 있다 하는데 제가 빠지면 안 되지요. 여봐라, 가서 이 어르신이 왔다고 아뢰거라.

병사 (보고하는 동작) 유봉 장군이 당도하셨습니다.

유봉 (거드름 피우는 동작) 마중 나올 필요 없다, 내가 알아서 건너가겠다. (인사하는 동작) 군사! 나 유봉이 왔소이다.

제갈량 유봉은 잠시 한쪽에 있으시오. 장수들이 모두 모이면, 빈도가 의논할 일이 있소이다.

(조운趙雲〔외外〕이 등장한다)

조운 (시로 읊는다)

중원 안팎으로 위세 떨쳐 큰 공 세우고
당양當陽 전투로 영웅 칭호 칭송받네.
백만 대군 뚫고 후주後主를 지켜낸 자

내가 바로 진정眞定 사람 상산常山 조자룡이라네.

저는 조운으로, 자는 자룡子龍이고 상산 진정 사람입니다. 본래 공손찬公孫瓚의 부장이었다가 후에 청주青州에서 유현덕 님을 만나 그 휘하에 들었습니다. 일찍이 당양 장판파長坂坡에서 조조와 삼 일 밤낮으로 대전을 치르다가 백만 대군을 뚫고 후주를 안고 귀환했습니다. 조조는 나 조자룡을 "담력 빼면 시체로다. 명불허전이로구나"라고 했답니다. 강동 땅의 주유가 수차례 형주를 넘보다가 우리 제갈공명 군사님께 계책을 간파당했습니다. 지금 또 시상도 입구에 주둔하였다니, 여전히 이곳 형주 땅을 단념할 수가 없나 봅니다. 군사께서 소집령을 내리신 것도 아마 이 때문인가 봅니다. 가서 군사님을 만나 봐야겠습니다. 여봐라, 조운이 왔다고 아뢰거라.

병졸 (보고하는 동작) 조운 장군이 당도했습니다.

조운 (들어와 인사하는 동작) 군사님! 저 조운이 왔습니다.

제갈량 조운, 잠시 한쪽에 있으시오.

(유비〔외外〕가 관우關羽〔말末〕, 장비張飛〔말末〕와 함께 등장한다)

유비 소관은 유비로, 자는 현덕이고 대수루상촌大樹樓桑村 사람입니다. 한漢 왕조 현손이신 중산정왕中山靖王의 후손이고 형제 둘이 있습니다. 이 사람은 포주蒲州 해량解良 사람 관우로 자는 운장雲長이고, 이 사람은 탁주涿州 범양范陽 사람 장비로 자는 익덕翼德입니다. 우리는 함께 도원에서 형제의 의를 맺었지요. 여포를 무찌른 후 줄곧 허도許都에 있으면서 황상을 보좌했습니다. 조조와 소관 사이에 불화가 생기는 바람에 허도를 나와 번

성樊城을 잠시 빌려 거주했습니다. 제갈공명에게 삼고초려하여 하산하게 하고, 박망博望 언덕에서 대군을 불살라 버렸고, 적벽에서 격전을 벌여 조조의 군사들을 섬멸했습니다. 얼마 전에는 형주와 양양의 아홉 군을 손에 넣을 수 있었습니다. 아우님들! 오늘 군사께서 나를 부르는데, 무슨 일인지 가 봐야겠소.

관운 형님이 앞장을 서시지요!

장비 큰형님! 이 셋째 생각에는 그 주유라는 별것도 아닌 놈이 번번이 군사를 일으켜 우리 형주 땅을 넘보고 있습니다. 지금 시상 나루에 군영을 꾸렸다는데 심상치가 않습니다. 오늘 군사께서 소집령을 내리셨다 하니, 큰형님께서는 이 점을 잘 살피셔서 소 잃고 외양간 고치는 일이 없도록 하세요.

유비 셋째야! 주유에 관한 일이라면 군사께서도 묘책이 있을 걸세. 여봐라, 군사께 우리 삼형제가 왔다고 아뢰거라.

병사 예! 주공과 이장군, 삼장군께서 당도하셨습니다.

제갈량 (맞이하는 동작) 빈도가 미처 나가 맞지 못했습니다, 용서하십시오.

유비 군사께서는 전략을 짜는 중대한 업무에 노고가 많으십니다.

제갈량 주공과 여러 장군이 모두 오셨군요. 빈도에게 주공께 상의드릴 긴요한 일이 생겼습니다.

유비 군사의 고견을 말해 보시오!

제갈량 주공께서 옛날 조조의 군대와 전투를 벌이시다 감 부인과 미 부인 두 분을 모두 잃으신 탓에 유선劉禪 도련님을 돌보는 분이 안 계십니다. 지금 손권이 사람을 보내 손안 아가씨의 혼기가 찼으니 유가와 백년가약을 맺자고 청해 왔습니다. 외람되지만 빈도 생각엔 이 혼사가 서로 걸맞은 듯싶은데, 주공의 생각은 어떠신지요?

유비 군사, 이 일은 내가 뭐라 할 입장이 못 되는 것 같으니, 여러 장군에게 의견을 물어봅시다. 틀림없이 주유의 계책이겠지요?

제갈량 주공께서는 안심하십시오. 이미 생각해 둔 것이 있습니다. 오늘 분명히 오나라 사람이 올 것입니다.

노숙 (등장한다) 소관 노숙은 형주를 은밀히 탈환한다는 주유의 계책을 받들고 있습니다. 소관더러 다시 형주로 가서 혼례 올릴 길일을 알리라 하셨습니다. 벌써 도착했네요. 병사! 강동의 노숙이 왔다고 아뢰시오.

병사 옛! (아뢴다) 군사님, 오나라 노숙 대부가 당도했습니다.

제갈량 들어오시게 해라.

병사 들어가시지요.

노숙 (들어가 인사하는 동작) 군사님! 일전에 주유 원수께서 소관을 보내 손가와 유가의 혼사에 대해 말씀 올리라 하셨는데 다행히 허락을 하셨습니다.

제갈량 대부, 우리 쪽은 이미 준비를 마치고 아가씨가 오실 날을 전해 받기만을 고대하고 있었소이다.

노숙 군사님! 오늘 유비님과 여러 장군이 자리해 계시는군요. 우리 주공께서 이 노숙더러 중매쟁이가 되어 군사님께 알리라 하셨습니다. 오늘이 바로 내길한 날도, 주공께서 사람을 보내

강 건너까지 아가씨를 전송할 것입니다. 군사님께서는 마중 나오셔야 합니다.

제갈량 대부, 더 말씀 안 하셔도 됩니다. 빈도가 이미 오래전부터 준비를 했습니다. 삼장군, 앞으로 나오시오!

장비 군사, 장비 여기 있소이다!

제갈량 (귓속말하는 동작) 이렇게 하시오!

장비 명령대로 하겠소.

(병사가 손안〔정단正旦〕의 가마를 들쳐 메고 감녕, 능통, 매향은 칼을 품고 등장한다)

손안 소첩은 손안입니다. 오라버니께서 저를 형주로 시집보내셨습니다. 감녕, 능통! 지금 어디까지 왔느냐?

감녕 아가씨, 형주에서 그리 멀지 않은 곳입니다.

손안

【분접아】

소슬한 강변

물결 일렁대니 어디가 하늘이고 어디가 땅이지?

길은 안개에 갇혀 갈 곳을 모르네.

저 둑 위 풀숲 한가로운 외갈매기

나도 모르게 맘이 쓰이네.

오라버니 형주 땜에 날 떼어 주며

수많은 간계 마련해 놓았다네.

감녕 아가씨, 저곳에 도착하면 조심하셔야 합니다.

매향 두말하면 잔소리죠. 얼마나 세심하신데요!

손안

【취춘풍】

염려 붙들어 놓으시오

그 정돈 다 알고 있어요.

그 사람을 만나면 좋은 수가 있어요.

그 사람을 기쁘게, 기쁘게 할 거예요.

혼주가 농담이 진담 될 걸 어찌 알까요?

중매쟁이는 말을 빙빙 돌리고

당사자도 괜한 트집 잡겠지요.

능통 저 멀리 형주성 밖에 말과 사람이 많이 있는데, 필시 우리를 맞이하는 자들일 겁니다.

매향 능 장군님, 제가 여태껏 바깥에 나간 적이 없다고 겁주는 건가요?

손안 훌륭한 성곽이로다.

【영선객】

뽕나무며 삼마며 햇빛 받아 촘촘히 자라고

기장이며 벼며 하늘까지 쭉 뻗은 것들 좀 봐.

감녕 형주의 아홉 군현이 땅도 넓고 백성도 풍요로운 탓에 우리 주공께서 포기하지 못하시는 거지요.

손안

이 형주에 내가 직접 친히 와 보네요.

너른 땅과 풍요로운 백성들 좀 보세요,

정말이지 아름다운 성곽이네요.

복 없는 자는 누릴 수도 없겠어요.

감녕　벌써 남문 밖에 도착했군. 전방의 경계병은 가서 오나라 장군들이 손안 아가씨를 모시고 왔으니 빨리 성문을 열라고 일러라.

병사　(보고하는 동작) 삼장군께 보고합니다. 오나라 장군들이 신부를 모셔왔습니다.

장비　병사! 아가씨의 꽃가마와 매향이 탄 말만 들어오게 하라. 나머지 오나라 장수들은 모두 성 밖에 머물라 하되, 한 사람도 들여서는 안 된다. 나 장비가 여기 계신다고 알려라.

병사　명령을 받들겠습니다! 거기 오나라 장수들은 들으시오! 삼장군께서 아가씨의 꽃가마와 매향이 탄 말 외에는 들이지 말라 하셨소.

감녕　우리를 들이지 못하겠다고? 내가 직접 삼장군을 만나겠다. (장비에게 인사하는 동작) 삼장군, 우리가 아가씨를 모셔 온 건 전적으로 축하주나 좀 얻어 마시자는 건데, 어찌 들이지 않겠다는 거요?

장비　거기 오나라 장수! 너희는 신부를 모시고 온 게 아니다. 난 네놈들의 주유가 계책을 세워 우리 성문을 넘본다는 사실을 잘 알고 있다. 들어오는 놈한테는 이 창 맛을 보여 주겠다.

매향　저 말방울 눈을 가진 사내가 대단하네요. 아가씨, 우리 돌아가요.

손안　감녕, 능통 장군! 그대들은 돌아가세요. 나와 매향은 성안으로 들어가겠어요.

감녕 이리 되었으니 저희는 돌아가겠습니다. 축하주도 못 먹고 흥도 깨졌으니 돌아가는 게 낫겠습니다.

능통 감 장군, 자네 말이 옳소! 빨리 가서 원수님께 보고합시다. (시로 읊는다)

주공이 갖은 머리 쥐어짜 냈건만
제갈량은 가만히 앉아 간파했다네.
축하주는 입도 못 대 보고
한바탕 실랑이만 벌였네.

(퇴장한다)

장비 가마꾼은 나를 따르라. 내가 먼저 가 아뢰겠다. (인사하는 동작) 형님! 형수님의 가마가 문 앞에 당도했고, 호위했던 오나라 장수들은 모두 돌아갔습니다.

유비 알았네.

노숙 아가씨께서 오셨으니 제가 맞이하겠습니다.

제갈량 우리 모두 마중 가지요.

노숙 (사람들과 마중하는 동작) 아가씨, 가마에서 내리시지요. 장군들이 모두 마중 나왔습니다.

매향 노 대부님, 아가씨가 놀라요. 제가 부축해서 들어가겠습니다. (매향이 손안을 부축하는 동작)

(모두 그 뒤를 따르는 동작)

노숙 아가씨, 지금 아가씨만큼 대단하신 분은 없어요. 유비님과 함께 천지신명께 예를 올리고 여러 장군에게 인사하십시오.

제갈량 조 장군, 한쪽에 술과 과일을 순비하시오.

조운 여봐라, 잔칫상을 들여오라!

병사 예!

(매향이 손안을 부축하고 유비와 천지신명에게 절하는 동작)

제갈량 술을 가져오너라! 제가 먼저 한잔 따라 올리겠습니다!

제갈량 (유비에게 술을 건네는 동작) 주공께선 축하주 한 잔 가득 죽 들이켜시지요.

유비 고맙소, 군사! 내 마시리다. (유비가 술 마시는 동작)

(장군들이 절하는 동작)

제갈량 (손안에게 술을 건네는 동작) 부인! 이 술을 한 잔 가득 따랐으니, 죽 들이켜시옵소서.

손안 노 대부, 이분은 누구세요?

노숙 이분이 바로 제갈공명 군사님으로, 와룡 선생이라고도 불리는 분입니다. 아가씨, 예를 갖추십시오.

손안 (술을 받고 나서 술을 따르는 동작) 군사께서 먼저 드시지요.

제갈량 황공하옵니다. 부인께서 드시지요.

매향 두 사람이 안 마시면 제가 마실 거예요.

손안

【보천악普天樂】

잔칫상 앞에 늘어선 영웅호걸들을 보았네.
하나같이 원기왕성하고 하나같이 깍듯하구나.
저 군사는 제일가는 재주 지녔으니
성인의 덕(龍德) 갖추었다 할 만하네.

저 도학가 용모에 비상한 신선의 기운 서려 있으니

분명 별을 신발 삼고 노을로 옷을 지어 입었다 하겠네.

전술은 제齊나라 관중管仲*보다 더 탁월하고

나이는 주周나라 여망呂望*보다 더 젊고

묘책은 한漢나라 장량張良*보다 더 많다네.

제갈량 빈도가 다시 술을 올리겠습니다.

유비 군사께서는 수고롭게 그러실 것 없습니다. 둘째야! 군사님을 대신해 술을 따라라.

관우 군사님께선 좀 쉬시지요. 셋째야 술병을 들어라, 내가 술을 따르겠다.

장비 알겠습니다. (술병을 드는 동작)

관우 (술잔을 건네는 동작) 형님께서 먼저 한잔 드시지요

유비 (술 마시는 동작) 잔을 비웠다.

관우 형수님, 한잔 가득 드시지요.

손안 노 대부, 이 두 분은 누구신지요?

노숙 이분이 관운장이고, 저분이 장익덕이십니다.

손안 정말 호랑이 같은 맹장이로구나!

【십이월】

이자들의 용모와 행동거지를 보아하니

실로 호랑이 장수의 신령스러운 위세로다.

저 감녕과 능통은 여기에 대면 쥐새끼와 너구리로다.

알겠구나, 유현덕이 한의 황실을 중흥시킨 것이

이런 문무 대신들이 있어 가능했음을!

관우 부인, 이 축하주는 꼭 한 잔 드셔야 합니다.

【요민가】

아아! 양손으로 금잔 공손히 받쳐 들고
뜰 안 가득 마냥 기쁘고 화기애애하네.
나도 모르게 공손히 명 받들듯 따르며
얼큰히 취하도록 거절도 못하네.
주유 그대는 참으로 식견도 없소
어찌 때를 살피지 못하는 겁니까?

손안 (술 마시는 동작) 소첩이 술을 마셨습니다.

유봉 여러분이 한사코 술을 권하는 바람에 전 여태껏 어머니께 절도 올리지 못했습니다. (절하는 동작) 어머니, 소자 불민하여 어머니의 보살핌이 필요합니다.

유비 매향아! 너는 아가씨와 함께 안채에 가 있어라.

매향 아가씨, 우리 먼저 안채로 가요.

손안 노 대부, 가서 오라버니께 전하세요. 한 달 후 친정 나들이 가는 날 어머니를 뵙고 드릴 말씀이 있다고요.

노숙 알겠습니다.

손안 (방백으로 말한다) 저 유현덕은 자기 귀를 볼 만큼 눈이 크고 두 손이 무릎에 닿는 걸 보면, 실로 제왕이 될 상이야. 남편감으론 손색이 없는걸.

【쇄해아】

규방 문을 나선 적이 없으니
수줍어 어디 남자를 자세히 본 적이 있어야지

나는 삼종三從*과 사덕四德*을 어려서부터 익혀
닭에게 시집가면 닭을 따라야 하네.
그의 눈동자 귀까지 돌려 볼 수 있고
그의 팔은 무릎까지 쭈욱 늘어졌네.
적제赤帝의 아들 한漢 고조 유방劉邦의 후손으로
잠시 교룡 되어 똬리 틀고 서리어 있으니
천둥에 비 쏟아지면 필시 승천하리라.

참으로 저 주유의 어리석음을 비웃을밖에! 그대 혼자 힘으로 형주를 손에 넣을 방법이 없어 나를 이곳으로 보내다니. 그대가 세울 공에 왜 내가 평생 과부 되어 수절하며 살아야 한단 말인가?

【삼살】
병풍 속 참새를 쏘아 맞혔으면*
누각에 올라 봉황 타고 돌아가는 것*
이것이 우리 부인네들 평생 자구책이지요.
그대는 일시에 공을 이루기 어려울까
내 백 년 인연은 입에 올리지도 않다니!
어느 누가 후회 않겠소?
이런 꼼수 부려 봤자
허탕 칠 게 분명해요.

오라버니도 너무하십니다! 이 형주가 이렇게나 쓸모있답디까! 날 시집보내 놓고 한술 더 떠 나더러 그 사람을 죽이라고 하다니요. 이 누이가 그 사람을 해치고 다른 남자에게 잘도 재가할 줄 알았어요? 오라버니! 너무하세요.

【이살】

한 배 속에서 난 동기가 대체 몇입니까?

요절하신 큰오라버니

입에 올리기만 해도 이렇게 속이 뭉그러집니다.

어머니는 가엽게도 긴긴 세월

저녁 무렵 원추리꽃*처럼 시드셨고

오라버니도 딱히 형제라 할 이 없지요.

어찌 친누이는 돌보지 않고

겉으로는 시집보내는 척하면서

속으로는 성을 탈취하려 하십니까?

어머니도 등 떠미셨지, 나더러 오라버니의 뜻에 따르라 하셨어. 난 안중에도 없고 오로지 오라버닐 위해서 작정하신 일이니 돌이킬 수 없어. 이젠 나한테도 생각이 있어.

【살미】

어머니 오라버니 맘 상할까 두렵기만 하고

부부 금슬에 금이 갈까 근심스럽기만 하네.

오늘부터 양손으로 구슬 놓았던 의료宜僚*가 되어

가운데에 꼿꼿하게 서서

양쪽에 전쟁이 일어나지 않게 하리.

(매향과 함께 퇴장한다)

제갈량 부인께서 안채로 돌아가셨습니다. 노 대부! 한잔 더 드시지요. 돌아가 오왕을 뵈면 우리 주공을 대신해 인사 여쭤 주십시오.

노숙 군사, 소관은 충분히 마셨습니다. 오늘 손가와 유가가 사돈을 맺고 순망치한의 우방이 되어 영원한 평화를 이뤘으니 실로 다행한 일이 아닐 수 없습니다. 소관은 오늘 돌아가 주공께 보고를 드려야겠습니다. 폐가 많았습니다, 너그러이 용서하십시오.

제갈량 대부, 대접이 소홀하여 송구스러울 따름입니다. 주 원수를 뵈면 여기서 시상도 입구까지 멀지 않은데도 빈도가 인사드리러 가지 못한 점을 양해해 주십사 말씀드려 주세요.

노숙 알겠습니다. 소관은 강동으로 돌아가겠습니다. (시로 읊는다)

주유는 쉼 없이 꾀를 내어도
제갈량은 속내를 간파한다네.
오늘 양쪽이 순망치한의 사이 되었으니
언제쯤 형주를 손에 넣을 수 있을는지.

(퇴장한다)

제갈량 주공, 이번 혼사는 형주를 손에 넣으려는 주유의 함정인데 제가 꿰뚫어 보았습니다. 그자의 분이 가라앉지 않을 것이니 분명 또 다른 계책을 낼 것입니다. 지금 손 부인께서 막 당도하셨으니 주공께서는 안채로 드셔서 부인과 잔치를 열고 축하하십시오. 빈도가 달리 생각해 둔 바가 있습니다.

유비 군사께서 애를 많이 쓰십니다! 두 동생은 여기서 명령을 받들어라, 나는 안채로 가서 술상을 받겠다. (퇴장한다)

제갈량 이장군!

관우 제게 분부하실 것이 있으십니까?

제갈량 이장군, 그대는 한양漢陽으로 가는 도로마다 인마를 점검하고 내 명령이 내려오는 즉시 명을 받들어 시행하시오.

관우 군사의 명을 받들어 곧장 가서 한양으로 가는 도로마다 인마를 점검하겠습니다. (시로 읊는다)

강동 땅에 미염공의 위세 떨치고
정예군 정비하여 교전을 준비하네.
저기 주유는 속이 타들어 가겠지만
우리 군사님은 웃으며 공을 이룬다네.

(퇴장한다)

제갈량 조운!

조운 제게 분부하실 것이 있으십니까?

제갈량 조운! 자네는 신야新野 등지로 가서 인마를 정비하고 있다가 내가 영을 내리는 즉시 시행하시오!

조운 알겠습니다! 오늘 신야 등지로 가서 인마를 정비하겠습니다. (시로 읊는다)

군사님 신통방통한 계책 세우고
주유의 혼사 허탕될 일 비웃네.
우리 형주성 아래에 오기만 해 봐라
모가지 댕강하여 군영에 바칠 테다.

(퇴장한다)

제갈량 유봉! 앞에 나와 명을 받들라!

유봉 이날을 기다렸어, 그래도 이 어르신이 쓰일 데가 있나 보군.

제갈량 유봉! 너에게 병사와 말 오백을 줄 터이니, 조심해서 남문을 지켜라.

유봉 알겠습니다. 오늘 병사와 말 오백을 받아 남문을 굳게 지키러 가겠습니다. (시로 읊는다)

유봉은 기량도 뛰어나지
출전하면 담력이 온몸을 휘감네.
주 원수 놈 만나기만 해 봐라
다리몽둥이를 부러뜨릴 테니.

(퇴장한다)

제갈량 삼장군은 빈도를 따르시오. 조만간 갈 곳이 있소. 주유의 이번 계책 역시 성공하지 못했소. 또 다른 계책을 낸다 해도 이 또한 걱정할 것 없소. (시로 읊는다)

깃털 부채에 윤건綸巾 쓴 제갈공명
양부梁父 노래* 되는대로 흥얼거리네.

장비 주유야! 주유야! (시로 읊는다)

네 꾀가 하늘보다 높다 자랑 마라.
넌 아가씨도 잃고 군사도 잃을지니라.

(함께 퇴장한다)

제3절

상조

(주유가 병사를 이끌고 등장한다)

주유 저는 주공근입니다. 적벽대전에서 대장 황개黃蓋를 잃은 데다 유비에게 형주 아홉 군을 탈취당했습니다. 지금 손가와 유가를 사돈 맺는 계략을 꾸미고 감녕과 능통 두 장수를 은밀히 보냈습니다. 신부를 들여보내고 성문을 장악하기만 하면 연통하라 했는데 어찌 여태 소식 한 자 없단 말인가? 참으로 답답하구나!

(감녕이 능통과 함께 등장한다)

감녕 저는 감녕이고, 이쪽은 능통입니다. 원수님의 명령을 받들어 손안 아가씨를 보내 드리고 이제야 돌아왔습니다. 이곳은 원문 밖입니다. 원수께 고하라 했으니 바로 들어가야겠습니다. (알현한다) 원수님, 감녕과 능통이 돌아왔습니다.

주유 자네 둘이 형주를 손에 넣었는가?

감녕 원수님, 저희 둘이 성문 앞에 도달했을 때 장비란 놈이 길을 막아서더니 "나는 네놈들의 계략을 훤히 알고 있다. 신부를 들여보내고 우리 성문을 차지하려는 속셈이다. 아가씨의 꽃가마와 매향이만 들여보내라. 너희 오나라 장수들 중 한 놈이라도 성안에 들어가려 한다면 창 한 방씩 맛을 보여 줄 것이다"라고 말했습니다. 나리! 그 장비 놈 창이 매우 빠르지 않습니까! 우리 둘이 냅다 내뺐으니 망정이지, 조금만 늦었더라면 그놈의 창에 맞았을 겁니다.

주유 어이쿠! 그 망할 놈이 세긴 세구나! 울화통 터지네!

능통 원수님께서는 고정하십시오. 우리 강동 땅은 여든한 개 군의 금수강산이오니 그 형주 땅을 차지하지 않더라도 충분합니다.

주유 내 어찌 형주를 단념할 수 있겠느냐? 노숙을 기다려 보자, 내게 또 다른 계책이 있다. 노숙이 올 때가 되었는데.

노숙 (등장한다) 소관 노숙이 강을 건너왔습죠. 이 시상도 입구가 바로 주 원수님의 군영입니다. 여봐라! 노숙이 왔다고 아뢰거라.

병사 옛! (보고하는 동작) 원수님, 노숙이 왔사옵니다.

주유 듭시라 해라.

병사 들어가십시오.

(노숙이 인사하는 동작)

주유 대부, 그 망할 놈의 제갈량이 뭐라 합디까?

노숙 원수님! 제갈량이 우선 장비더러 성문을 지켜 우리 오나라 장수들을 막아 세웠습니다. 소관이 아가씨를 따라 형주 왕부에 이르러 당일로 혼례를 올리니 아가씨께서도 매우 기뻐하셨습니다. 아마도 유비가 마음에 든 모양입니다. 두 번째 계책도 역시 실패입니다. 원수님! 형주 땅이 없어도 그만입니다.

주유 대부! 내 어찌 형주를 단념할 수 있겠소? 그대는 주공께 다시 가서 아뢰시오. 혼례 올린 지 한 달이 되는 대월對月에 유비가 아가씨와 함께 처가를 방문하는 때를 노립시다. 나는 여기서 강 입구를 지켰다가 유비가 강을 건너지 못하게 할 것이오. 만약 형주 땅을 돌려준다면 만사가 끝날 것이오. 그리하지 않겠다면 유비를 죽이고 병사를 일으켜 형주를 차지합시다. 이 계책을 어떻게 생각하시오?

노숙 참으로 좋은 계책이십니다. 다만 제갈공명이 쉬이 유비더러 강을 건너라 할까 그게 염려되옵니다.

주유 대부! 그대는 내 말대로 주공께 아뢰기만 하시오. 그 망할 놈이 어떻게 이런 계책을 눈치챈단 말이오?

노숙 명대로 따르겠습니다. (시로 읊는다)

주유는 혼자서 강동 땅을 주름잡고
제갈량은 신묘한 계책 무궁하다네.
그대들이 강을 사이에 두고 지혜를 다투는 통에
나 혼자만 바삐 뛰어다니느라 고생이라네.

(퇴장한다)

주유 노숙이 갔구나. 이 계책대로라면 분명 우리가 형주 땅을 차지할 것이다. 감녕, 능통!

감녕 원수님! 어인 일로 저희 두 사람을 부르십니까?

주유 너희 두 사람에게 각각 오천의 병사와 병마를 줄 것이니, 유비가 강을 다 건너올 때까지 기다렸다가 강어귀에서 붙잡아라. 돌려보내서는 절대 안 되니, 조심하도록!

감녕 알겠습니다.

주유 내 이 계책은 이른바 장수 포획책이라 할 것이다. 그 망할 놈이 어찌 나오는지 보자. (시로 읊는다)

국토가 삼분되어 용과 이무기가 뒤섞여 있고
신출귀몰한 제갈량의 신책神策이 눈꼴시다네.
유비가 우리 강동 땅에 오는 그날
형주 아홉 군을 손에 넣는 건 자명한 일.

(같이 퇴장한다)

(제갈량이 병사를 이끌고 등장한다)

제갈량 빈도는 제갈공명입니다. 가증스러운 주유가 무례하게도 수차례 수작을 부렸지만 제가 모두 간파하고 말았지요. 일전에 또다시 노숙을 보내 우리 주공께 손안 아가씨와 처가를 방문하여 노마님을 찾아뵈라 청했습니다. 빈도 역시 거절하지 않고 주공더러 강을 건너가라 했습니다. 주유는 우리 주공을 사로잡아 강을 건너지 못하게 한 다음 형주와 맞바꿀 속셈이겠지만, 아아, 주유야! 너는 뛰어 봐야 내 손바닥 안이다. 여봐라, 가서 유봉을 불러와라.

병사 유봉은 어디 계십니까?

유봉 (등장하여 시로 읊는다)

유봉은 본시 무예가 변변치 않아
교전이란 말만 들으면 꽁무니라네.
매일 집 안에서 별다른 일 없이
기름칠한 입방아만 찧고 있다네.

저는 유봉입니다. 아버지 유비께서 손가와 유가 간의 혼사를 치르고, 며칠 전에 처가에 다녀오는 근친覲親을 위해 강을 건너갔습니다. 지금 군사께서 나를 부르시니 무슨 일인지 모르겠습니다. 여봐라, 이 어르신이 왔다고 아뢰거라.

병사 (보고하는 동작) 유봉 님이 당도하셨습니다.

유봉 (인사하는 동작) 군사, 어인 일로 나를 부르셨소?

제갈량 유봉, 지금 주공께서 강을 건너신 지 수일이 지났소. 그대는 외투를 좀 가져다주는 김에 이 비단 주머니도 가져다주시오. 안에 편지 한 통이 들어 있는데, 다른 사람에게 보여 줘서는 아니 되오. 가까이 오시오. (귓속말하는 동작) 그대는 주공이 외투를 걸칠 때 이 비단 주머니를 소맷자락에 몰래 넣어 두었다가 술자리를 파할 때 몰래 취한 척하고 이 비단 주머니를 바닥에 흘리라고 귓속말로 전하시오. 손권이 그걸 줍는다면 계책을 쓸 것이니, 조심하라 전하시오.

유봉 알겠습니다. 안 그래도 놈들을 데리고 놀아 볼까 하던 참이었습니다. 오늘 강 건너로 비단 주머니를 지니고 가서 외투를 건네 드리고 오겠습니다. (퇴장한다)

제갈량 유봉이 갔도다. 여봐라, 삼장군을 들라 하라.

병사 삼장군은 어디 계십니까?

장비 (등장한다) 저는 장비입니다. 저 괘씸한 주유가 손가와 유가가 백년가약을 맺는 계책을 냈으나, 우리 군사가 속셈을 알아챘습니다. 일전에 또 우리 형님과 형수님더러 친정에 인사를 오라고 청해 왔습니다. 지금 군사가 부르시니 가 봐야겠습니다. 여봐라, 장비가 왔다고 아뢰거라.

병사 (알리는 동작) 삼장군께서 당도했습니다.

장비 (인사하는 동작) 군사께서 어인 일로 장비를 부르셨습니까?

제갈량 삼장군! 빈도가 그대에게 계책 하나를 내리겠소. 한강으로 가서 주공과 손안 아가씨의 꽃가마를 영접하시오. 가까이 오시오! (귓속말을 하는 동작) 이렇게 하시오.

장비 알겠습니다. 지금 바로 병사와 군마를 이끌고, 형님과 손안 아가씨를 마중하러 강변으로 가겠습니다. (시로 읊는다)

순망치한의 우방을 맺었나 했더니
까닭 없이 칼과 창을 치켜들게 만드네.
어가御駕에서 잠시 묘책을 펼쳤을 뿐인데
주유는 부아가 뻗쳐 저승길을 간다네.

(퇴장한다)

제갈량 (웃는 동작) 주유! 그대는 뛰어 봐야 벼룩이오. 그대는 강을 건넌 주공을 붙잡아 형주와 맞바꾸려 하겠지. 빈도는 손권이 제 스스로 주공을 돌려보내게 만들어 그대의 뱃속에서 천불이 나게 해 주리다. (시로 읊는다)

주유야 쓸데없이 세 가지 계책 짰구나.

나한테 되레 한바탕 호되게 당할걸.

이거야말로 황천길을 재촉하는 꼴

애석타 소교小喬 아씨만 반평생 독수공방하리니!

(퇴장한다)

손 부인 (손권과 함께 병졸을 이끌고 등장한다) 이 늙은이는 손권의 어미입니다. 여식 손안이 유비의 부인이 되었지요. 오늘이 바로 한 달이 되는 날이라 이 늙은이를 보러 왔습니다. 내가 유비더러 며칠 더 묵어야 강 건너로 돌려보낼 거라고 누차 말한 것 역시 처남 매부 간의 정을 보여 주기 위함이었습니다. 중모야! 잔치 준비는 다 되었느냐?

손권 어머니, 잔치 준비는 다 되었습니다. 소자가 유비더러 강을 건너 어머니를 뵈러 오게 한 것은 바로 형주와 맞바꾸기 위해서입니다. 그가 이곳에 온 지도 여러 날이 지났는데, 대접이 소홀했습니다. 여봐라, 가서 유비 나리를 모셔 오너라.

병사 알겠습니다.

유비 (등장하여 시로 읊는다)

어떤 묘책을 마련했는지 모르겠으나

공명이 강동 땅에 다녀오라 하였다네.

오색 봉황처럼 옥 조롱 부수고 날아가며

교룡처럼 금 자물쇠 확 열고 도망갈 날 언제리오?

저 유비는 손가와 유가의 백년가약을 맺었는데, 노숙이 강을 건너와 장모님 뵙기를 청했습니다. 저는 오고 싶지 않았으나 군사가 "괜찮으니 강을 건너가십시오. 빈도에게도 계책이 있습니다" 하더군요. 여기에 온 지 이미 며칠이 지났건만 돌려보내 주질 않습니다. 오늘 오왕이 부르니 한번 가 봐야겠습니다. 여봐라, 소관이 왔다고 아뢰거라

병사 예! (보고하는 동작) 대왕님께 아룁니다. 유 황숙皇叔께서 당도하셨습니다.

손권 어서 듭시라 해라.

병사 들어가시지요.

유비 (인사하는 동작) 장모님! 이 유비가 뭐 그리 대단하다고 이리 후하게 대접하십니까?

손권 현덕 공께는 죄송합니다만, 누이가 오면 술을 따르겠습니다.

손안 (매향을 이끌고 등장한다) 저는 손안입니다. 혼례를 치른 지 한 달이 넘었습니다. 오늘 어머니와 오라버니께서 앞 대청에 술상을 마련하고 유비 님을 대접하려 한다니, 어머니를 뵈러 가야겠습니다.

매향 아가씨, 이 매향이가 먼저 보고 왔어요. 상 위에 꽃이 그득, 비단이 그득, 실로 어마어마한 잔치입니다.

손안 매향아, 이것이 초楚 패왕霸王이 벌인 홍문연鴻門宴*이 아니고 뭐란 말이냐?

【집현빈】

저 화려한 전각에 좋은 것들만 죄다 모아 놓았구나.

정갈한 자리 하며 늘어놓은 맛난 요리들 좀 보라지.

은 병풍에 자수 놓은 방석 가시된하고

난소 피리 봉황 대금 은은히 울려 퍼지네.

매향 아가씨, 달랑 서방님 한 명 불러 놓고 뭐가 이리 진수성찬이지요?

손안 네가 어찌 알겠느냐?

뭐가 금상첨화란 말이냐?

웃음 속에 순전히 칼이 들었는데!

잔인한 속내를 진즉에 깔아 놓았구나.

매향 오늘 잔치에는 서방님께 술을 적당히 드시게 하세요. 취하기라도 하면 또 이 매향이가 서방님을 부축해야 한다고요.

손안

매향이가 어찌 이 내막을 꿰뚫으랴?

서방님 시름은 여전하니

술로도 풀긴 힘들 거야.

매향 서방님이 속으로 무얼 생각하는데요?

손안

【소요락】

형주에서 기별 오기만을 생각하지.

저 서방님과 뜻을 함께한 이들

요 며칠 만남은 적고 헤어짐은 많았잖니.

매향 서방님께서 형제들을 그리워하시니 돌려보내시면 되잖아요.

손안

참으로 뭘 모르는구나!

내 오라버니 천 가지 묘책 부려

이참에 패왕이 되려 한단 말이다.

매향 주공께서 서방님을 놔주지 않겠다면 몰래몰래 도망가면 되잖아요.

손안

돌아갈 배는 어쩌고?

군사들이 추격해 오면

저 장강에서 어디로 도망간단 말이냐?

매향 아가씨도 꾀를 내어 마님을 뵈러 가세요.

손안 (인사하는 동작) 어머님, 오라버니, 만수무강하세요.

손 부인 얘야! 널 기다렸단다.

손권 여봐라, 상을 내오너라.

병사 알겠습니다. 술을 대령했습니다.

손권 어머니! 먼저 한잔 드세요.

손 부인 내가 이 잔을 먼저 마시겠다. (술 마시는 동작)

손권 다시 술을 가져오너라! 이 잔은 현덕 공께서 드십시오.

유비 명을 받드는 게 최고의 공경이지요. 제가 이 술을 받겠습니다.

손권 이 잔은 누이 거다.

손안 오라버니께서 드세요.

손권 누이가 마셔라.

손안

【오엽아梧葉兒】

오라버니께서 존중하고 챙겨 주시나

그 술잔에는 향기가 없어요.

손권 (낮은 소리로 말한다) 누이야, 이 술은 잘하라고 주는 술이다.

손안

술을 앞에 두고 술 얘기만 할 것이지

어찌 또 내 마음을 아프게 하나요?

내 마음을 괴롭게 만드나요?

손권 누이야, 뭘 그리 괴로워하느냐? 이 잔을 마시거라.

손안 (상대방이 듣지 못하게 노래한다)

이 술을 몰래 천지신명께 부어 올려

우리 부부 해로하기만을 바라네.

(술 마시는 동작)

손권 다들 잔을 받았으면 천천히 술을 마시도록 하세.

유봉 (등장한다) 나 유봉은 군사의 명을 받들고 부친께 외투를 전해 주러 강을 건너왔습니다. 전 보자기도 갖고 왔습죠. 잔치가 끝나면 이 상 위의 음식을 집에 싸 갖고 가려고요. 벌써 도착했군. 여봐라, 가서 유봉이 예 왔다고 아뢰거라.

병사 옛! (아뢰는 동작) 대왕님, 유봉이란 자가 뵙기를 청합니다.

손권 (등지는 동작) 유봉이 무슨 일로 왔지? 현덕 공! 유봉이 매제妹弟를 보러 왔다는군요!

유비 (술에 취한 동작) 장모님! 더는 못 마시겠습니다.

손권 현덕 공이 취했구나. 누이야, 유봉이 왜 온 거냐?

손안 오라버니, 저도 모르겠는데요.

손권 몹쓸 것. 네 어찌 모른다고 하는 거냐? 사실대로 말해라. 유봉이 어인 일로 왔느냐?

손안

【금국향】

저더러 시집가더니 수상쩍어졌다 하시지만

오라버니의 두 계책 모두 신통치 않았어요.

손권 누이야, 저번에 내가 너랑 의논했던 일을 내 말대로 한 적이 있었더냐?

손안

그런 못된 속셈을 하늘이 내려다보고 있어요.

그를 속히 돌려보내세요.

창이며 칼 쓰는 일이 없게 말이에요.

손권 여봐라, 유봉을 들라 해라.

병사 유봉 장군, 주공께서 부르십니다.

유봉 (인사하는 동작) 저 유봉은 한참 동안 부친을 뵙지 못했는데, 날씨가 추워져 외투를 전해 드리러 왔습니다. 이 상 위의 남은 음식은 제게도 좀 나눠 주셔야 합니다.

손권 아! 외투를 전해 주러 온 거로군. 유봉! 자네 부친이 취하셨다네.

유봉 이런! 인사도 드리지 않았군요. 할머니께 인사드립니다. 어머니께 인사드립니다. 아버지께선 취하셨군요. 아버지! 여기 외투 가져왔습니다.

유비 (술에 취한 동작) 장모님! 전 이제 충분히 마셨습니다.

유봉 어머니! 아버지께서 어찌 이리 취하도록 마신 거예요? 한번 불러 보세요.

손안 유봉, 깨우지 말거라. 내가 먼저 물어볼 것이 있다.

유봉 뭔데요?

손안

【초호로】

자네 그곳의 신료들은 잘 지내는가, 걱정하는가?

유봉 군사들 모두 근심 없이 잘 지내고 있습니다.

손안

상황이 좋은가, 나쁜가?

유봉 우리 형주에서 큼지막한 빈대떡을 단돈 몇 푼으로 아주 싸게 샀는데, 이야말로 사건입니다.

손안

관운장과 장익덕이 노심초사하고 있는가?

유봉 아저씨 두 분은 종일 술 마시며 즐겁게 지내실 뿐 노심초사하는 일 없는데요.

손안

저 사람 애태우며 소식 기다렸는데

너무도 내버려 두는구나.

우리 일을 의논하는 사람이 없다고?

유봉 아버지께서 취해 졸기만 하시는군요. 어머니, 좀 깨워 보세요.

손안 내가 깨울게. 현덕 공! 유봉이 여기 외투를 가져왔어요.

유비 (유봉을 몰래 보는 동작) 부인! 더는 못 마시겠소.

손안

【요편】

게슴츠레 풀린 눈 간신히 뜨고

사람 앞에 두고 쳐다보지 못하네.

그 교묘한 계책을

뱃속에 몰래 숨겨 놓았다네.

손권 누이야! 현덕 공을 부축해 외투를 입히고 다시 몇 잔 더 드시라 해라.

손안

나더러 그를 부축해 옷을 입히라고요?

이이는 인사불성이랍니다.

유봉 아버지, 언제까지 주무실 거예요?

손안

밝은 달이 꽃가지에 걸릴 때까지 내내 주무실 거예요.

현덕 공, 옷을 갈아입으세요.

유비 (잠에서 깬 동작) 오! 부인, 유봉이 좀 불러 주시오.

손안 유봉! 아버지께 인사 올려라.

유봉 (인사하는 동작) 아버지! 저 유봉이 외투를 전해 드리러 예까지 왔습니다.

유비 얘야! 외투를 이리 다오. 입어야겠다. (입는 동작)

유봉 (비단 주머니를 건네주는 동작) 아버지, 이 비단 주머니를 넣어 두세요.

손권 (등지는 동작) 오호라! 비단 주머니로다!

(유비가 소매에 넣는 동작)

유봉 (귓속말하는 동작) 아버지, 조심하세요!

유비 알겠다.

손안 참으로 이상한 일이야!

【요편】

귓속말로 소곤소곤대고
속으로 몰래몰래 알아채네.
나 듣지 말라 그러시다니
내 고운 마음씨를 어찌 알까?

유봉 어머니, 아버지 좀 돌봐 주세요.

손안

내 어찌 그를 저버리겠느냐?
난 충신 집안의 참한 규수란다.

유비 유봉아, 돌아가거라.

유봉 술 한 잔도 못 얻어먹었는데 돌아가라고 하시네. 할머니, 어머니 섭섭해 마세요. 저는 강을 건너 돌아가겠습니다. (시로 읊는다)

군사께서 외투 전해 주라 날 보내시니
바람결 물결 타고 쏜살같이 날아왔네.
수천 리 달려온 보람도 없지
잔칫상 앞에서 배만 주렸네.

(퇴장한다)

손권 (등지는 동작) 유봉이 갔구나. 유현덕에게 방금 비단 주머니를 전해 주었는데, 서신이 분명하렷다. 유현덕은 이미 취했으니, 누이야, 너는 매사 내 말대로 하지 않았으니, 좋든 싫든 그 서신을 내게 보여 다오. 지금 매향을 시켜 현덕 공을 부축해 가서 쉬도록 해 줘라. 누이야, 몰래 그 서신을 가져다주면 내가 한번 살펴보고 다시 돌려주겠다. 이렇게 작은 부탁도 들어주지 않는구나. 어머니, 유현덕이 취했습니다. 매향을 시켜 그를 부축해 가게 하시지요.

손 부인 매향아! 현덕 공을 부축해서 쉬러 가시도록 해라.

매향 서방님! 취하셨습니다. 제가 부축해 드릴게요.

손권 현덕 공, 내일 다시 만납시다.

유비 (인사하는 동작) 대단히 감사합니다, 대단히 감사합니다. 먼저 실례합니다, 실례합니다.

(비단 주머니를 떨어뜨리는 동작을 하고 퇴장)

손권 (비단 주머니를 줍는 동작) 하늘이 돕는구나. 마침 이 비단 주머니를 줍다니. 유비, 너는 분명 패할 것이다. 이 서신을 열어서 살펴보자. 서신 한 통인데 뭐 어때. (읽는 동작) 제갈량이 현덕 공에게 바칩니다. "강을 건너신 후, 모든 장수는 평안하니 심려치 마십시오. 지금 조조는 적벽대전의 한이 있어 백만 대군을 결집해 형주를 치려 합니다. 서신이 도착해도 주공께선 천천히 돌아오십시오. 빈도가 여러 장수를 선발해서 각 요충지를 지키도록 하겠습니다. 조만간 강을 건너 오왕에게 군마를 빌려 달라고 해서 함께 조조를 막아 낼까 합니다. 첫째 강동의 여러 강주는 모두 일찍이 알고 있는 자들이고, 둘째 손가와 유가의 혼인으로 중요한 가족을 더 보탰으니 분명 잘될 것입니다. 이 서신을 밖으로 흘려서는 안 됩니다. 제갈량 올림." 쳇! 알고 보니 그런 일이 있었군. 이자를 여기 더 머물게 해 봤자 소용없겠군. 암만 해도 돌려보내는 게 낫겠다. 병사를 빌려주지 말고 조조가 그자를 죽이길 기다리는 게 낫지 않겠어? 누이야! 넌 오늘 짐을 꾸려 현덕 공과 형주로 돌아가거라.

손안 감사합니다, 오라버니.

손 부인 중모야! 어인 일로 이 둘을 형주로 돌려보내려고 하느냐?

손권 어머니, 실은요. (손권이 귓속말하는 동작)

손 부인 그리 된 이상 네 뜻대로 하거라.

손안

【낭리래살】

오라버닌 저기서 근심에 잠겼으나

난 되레 여기서 미소 짓고 있네요.

산을 뒤덮을 동해의 큰 거북*이

낚싯바늘 벗어난 격이지요.

손권 누이야, 너는 오늘 길을 떠나거라.

손안

내가 아직 미련이 남았을까 봐요?

전 쌩하니 형주로 갈 마음뿐이에요.

잔칫상 수천수만 번 차려 놔도

오라버니! 다시는 우릴 부르지 마세요.

(손 부인과 함께 퇴장한다)

손권 주유가 머리 쓴 보람도 없이 이리 될 줄을 누가 알았겠어? 제갈량이 강을 건너오면 난 또 군마를 빌려 줘야 할 거야. 그리 되면 옛 전철을 다시 밟게 되겠지. 한번 잘못한 일을 지금 또 반복해서는 안 되지. 오늘 유현덕과 누이를 돌려보낸다고 안 될 건 없겠지? (시로 읊는다)

마음을 다해 형주를 손에 넣기만을 바랐는데

조조의 병사 또다시 올 줄은 몰랐다네.

유현덕을 어서어서 강 건너로 돌려보내

군사 빌려 달라 떠들지 못하게 해야지.

(퇴장한다)

설자

선려

유비 (사령을 이끌고 등장하여 시로 말한다)

강동 땅 떠나 돌아가는 길 재촉하는데
형주는 여전히 오색구름 너머에 있네.
거북은 금 낚싯바늘에서 빠져나와
꼬리와 머리 흔들며 다신 돌아오지 않으리.

나 유비는 강동에 도착한 지 이미 열흘이 지났습니다. 손권이 나를 이곳에 억류시켜 형주와 맞바꿀 속셈이었죠. 어제 제갈공명이 유봉더러 외투를 전하라 하고, 고의로 비단 주머니를 떨어뜨려 그들을 속인 후 돌아오라 했습니다. 손권이 이 계책을 눈치채지 못하고, 그날로 우리 두 부부에게 길을 떠나라 했습니다. 강어귀에 도착하니 감녕과 능통이 길을 막아섰지만, 내 부인이 물러서라 호통친 덕분에 지나올 수 있었습니다. 어느새 한양에 다 와 가는데, 이곳은 형주에서 그리 멀지 않습니다. 다만 주유가 알고 병사들을 보내 오도 가도 못하게 될까 그게 걱정입니다. 어찌 되었든 병사들이 맞으러 나오면 얼마나 좋을꼬!

(병사가 손안이 탄 수레를 끌고 등장한다)

손안 현덕 공, 서두르라 하세요! 우린 서둘러 형주에 도착해야 된다고요.

유비 방금 강어귀에서 오나라 장수들이 길을 막아설 때, 부인이 물러서라 호통치지 않았다면 어떻게 지나올 수 있었겠소? 벌써 한양 강어귀요. 여긴 우리 형주 땅이오. 그렇다고 해도 주유가 추격해 올까 걱정이오.

손안 안심하셔요. 제갈공명 군사께서 분명 대책을 마련해 놓았을 겁니다. 저 갈대숲 안에 군마들이 있는데, 아마도 서방님 군사들인 듯합니다.

장비 (병사를 이끌고 등장한다) 장비입니다. 군사님의 명을 받들어 이 한양 땅에서 형님을 영접할 참입니다. 저 멀리 형님이 아니신가! (인사하는 동작)

유비 셋째, 자네가 왔구먼. 군사께서 뭐라 하시던가?

장비 형님! 형수님께서는 수레에서 내리셔서 말에 올라 먼저 형주로 가십시오. 군사의 명령입니다. (귓속말하는 동작) 이렇게 하십시오.

유비 알겠네. 부인은 이 꽃수레에서 내려 말을 타고 나와 함께 형주로 먼저 가고, 삼장군은 남아 뒤에서 호위하시오.

손안 (수레에서 내려 말을 타는 동작) 셋째 서방님, 조심하세요!

장비

【상화시】

두 분이 청총마 옮겨 타고 출발하시니

지금쯤 주유 놈 어쩔 줄 몰라 하겠네.

다신 우리 앞에서 농간 부리지 말거라.

내 한 자루 창과 말 한 필로

그대를 순순히 돌려보내진 않으리니.

(유비가 손안, 매향과 함께 퇴장한다)

장비 병사들는 내 말을 끌어라. 난 이 꽃수레에 올라 유유자적 앉아 가리라. 출발하라!

(주유가 감녕과 능통과 함께 등장한다)

주유 나 주유가 천신만고 끝에 유비를 속여 강을 건너오게 했는데, 무슨 연유이신지 주공께서 그를 돌려보내셨습니다. 하지만 이걸 어찌 그냥 두고 보겠습니까! 감녕, 능통!

감녕·능통 네! 원수님!

주유 너희 둘더러 강 입구를 지키라 했거늘, 어찌 내 말을 어기고 그자들을 보내 주었느냐?

감녕 저희가 그냥 보내 줄 리 있겠습니까? 길목을 쌈지 주둥이 움켜쥐듯 단단히 지켰지요. 그런데 손안 아가씨께서 노마님과 오왕의 교지를 받았다 하셨습니다. 아가씨는 평소 심성도 좋으신 데다, 노마님 역시 그분 역성만 드시니 어쩌겠습니까? 원수께서 그 자리에 계셨어도 막지 못했을 텐데, 저희 같은 일개 조무래기 장수한테 무슨 수가 있었겠습니까?

주유 (노하는 동작) 흥! 너는 "군대에 몸담으면 군주의 명이라도 아니 받을 때가 있다"는 말은 듣지 못했느냐? 내 명령에 손안 아가씨가 무슨 상관이란 말이냐? 네놈들의 죄를 잠시 용서할 것이니, 군마를 이끌고 나를 따라 추격하라. (추격하는 동작)

감녕 저기 앞에 가는 게 아가씨의 수레가 아닙니까? 원수님께서 친히 따라잡아 돌아가는 연유를 물으시면 어떻겠습니까?

주유 (말에서 내려 무릎을 꿇는 동작) 아가씨, 저 주유가 세 가지 계책을 세워 손가와 유가가 사돈을 맺도록 해 은밀히 형주를 손에 넣고자 했습니다. 오늘에야 간신히 유비가 강을 건너와 돌아가지 못하게 잡아 두고 있었습니다. 이것이 장군을 속이는 계책이었는데, 아가씨께서는 어인 일로 장수들에게 호통을 쳐 유비를 보내 주라 하셨습니까? 언제쯤에나 제가 형주를 손에 넣게 하실 작정이십니까? 아무리 지아비를 보호하려 한다 해도 이리 해서는 아니 되시옵니다.

장비 (주렴을 열어젖힌다) 이놈, 주유야! 나 셋째 어르신을 알아보겠느냐? 훌륭한 장수 기만책이지! 네놈이 덜떨어진 놈은 아니구나. 네가 수레 앞에 무릎 꿇지 않았다면 나 셋째 어르신께서 이 창으로 네놈 가슴에 뻥하니 구멍을 내주려 했느니라!

주유 (화내는 동작) 장비 놈이 꽃수레에 앉아 있다니! 무릎만 괜히 꿇었네. 아! 울화통이야! (기절하는 동작)

감녕 삼장군, 우리 원수께서 화살 맞은 상처가 도졌나 보오.

장비 그자를 죽이진 않겠다. 저 변변찮은 작자를 부축해 군영으로 꺼져 버려라.

(감녕, 능통이 주유를 부축해 퇴장한다)

네놈이 격분하여 꼬꾸라지는 걸 보니, 주유야, 그러고도 살아 난 자는 없었단다. 형님 내외분께서는 멀리 가셨다. 병사들아! 수레를 끌고 천천히 가거라. 말을 가져와라. 나는 일행을 따라잡고 먼저 군사님을 만나 보고를 올려야겠다.

제4절

쌍조

제갈량 (병사를 이끌고 등장한다) 빈도는 제갈공명입니다. 주유가 형주를 손에 넣으려고 현덕 공께 친정 나들이를 청했다가 돌려보내지 않고 있습니다. 제가 유봉을 시켜 외투를 보냈는데 비단 주머니 하나도 딸려 보냈죠. 제 생각에 손권은 분명 그날로 주공을 돌려보낼 겝니다. 일찍부터 삼장군을 강가로 보내 마중하라 일렀습니다. 빈도는 잔칫상을 마련해 주공과 부인께서 여독을 푸시도록 할 생각입니다. 지금쯤 올 때가 되었습니다만.

유봉 (등장한다) 저 유봉이 강을 건너 외투를 전달했습니다. 아버지께서는 술에 취해 계셨지만, 전 오늘 하루 쫄쫄 굶었습지요. 전 지금 군사님을 뵈러 갑니다.

병사 (보고하는 동작) 유봉 장군이 오셨습니다.

유봉 (인사하는 동작) 군사께서 서 유봉에게 외투의 비단 주머니를 전달하라 하셨고, 아버지께서는 저더러 먼저 돌아가라 했습니다. 그 손가네가 한 상 떡하니 차려 놨지만, 이 유봉이는 복도 없지, 눈으로 보고 또 보는 바람에 눈은 호강했지만 배는 쫄쫄 굶았습니다.

제갈량 유봉! 이번에도 그대의 공이 크오.

유봉 군사님께 감사드립니다.

유비 (등장한다) 나 유비가 강을 건너 십여 일 동안 발이 묶여 있었는데, 군사가 기지를 발휘한 덕에 손권이 그날로 부인을 데리고 형주로 돌아가라 했습니다. 강변에 아우 장비가 마중 나왔지요. 내 우선 부인을 안채에 모시라 했으니, 군사를 뵈러 가야겠소.

병사 (보고하는 동작) 군사님! 주공께서 오셨습니다.

제갈량 주공께서 돌아오셨구나. 내가 맞으러 가겠다. (인사하는 동작)

유비 군사는 참으로 훌륭한 묘책을 내셨소! 손권이 편지를 보자마자 나를 보내 주더이다.

제갈량 앉으시지요, 주공! 장수들이 모두 모이면 함께 축하주를 드시지요.

관우 (조운과 함께 등장한다) 저는 관운장이고, 이 사람은 조자룡입니다. 군사의 명을 받들어 번성樊城과 신야新野로 가서 군사와 말을 점검해서 대기하다가, 형님께서 강 너머로 처가 나들이를 다녀오셨다는 소식을 듣고 오늘 돌아왔습니다. 조자룡, 우리 함께 형님을 뵈러 가세!

조운 이장군께서 앞장서시지요. 여봐라, 관운장과 조자룡이 도착했다고 아뢰거라.

병사 (보고하는 동작) 이장군과 조 장군께서 당도하셨습니다. (두 장군이 인사하는 동작)

관우 군사, 저는 조자룡과 함께 번성과 신야 등지에서 병사와 말을 점검하고 돌아왔소이다.

제갈량 두 장군은 잠시 기다리세요. 삼장군이 오시면 주공 내외분과 함께 축하주를 드십시다.

장비 (등장한다) 나 장비는 군사의 명을 받들어 큰형님을 마중 갔다 돌아왔습니다. 여봐라, 가서 장비가 왔다고 아뢰거라!

병사 (알리는 동작) 삼장군께서 오셨습니다.

장비 (인사하는 동작) 군사! 이 장비가 강변으로 형님을 마중 나가, 우선 형수님을 말로 바꿔 태운 후 큰형님과 형주로 돌아가시도록 했습니다. 제가 형수님의 꽃수레 위에 턱하니 앉아 있었는데, 주유가 병사를 이끌고 쫓아오더니 수레 앞에 무릎을 딱 꿇고, 자기가 짠 형주 탈취 계략을 주절대지 뭡니까! 그래서 제가 주렴을 확 열어젖히고 크게 한바탕 창피를 주었지요. 그 주유 놈이 씩씩거리더니 갑자기 땅에 픽 고꾸라져서 부축받으며 군영으로 돌아갔습니다. 모르긴 해도 지금쯤 저세상에 있을 겝니다.

제갈량 삼장군께서 이리 큰 공을 세우셨으니 참으로 기쁩니다. 주공께서 오늘 돌아오셨고 양국이 사돈을 맺었고 또 형주 땅도 지켜 냈습니다. 빈도가 성대한 잔치를 마련하려 하니 손 부인을 청해 감축하시지요.

관우 군사의 말씀이 지당하십니다. 여봐라, 안채에 전해 형수님께서도 잔치에 참석하시라 전해라.

병사 부인께서 오십니다.

손안 소첩 손안은 오늘 현덕 공과 함께 형주로 돌아왔습니다. 군사께서 여러 장군을 불러 모아 연회를 베풀고 공적을 따져 상을 내리신다 하니 쉬운 일이 아닙니다.

【신수령】

이번 지략의 주재자께서 큰 잔치 벌인다 하니
나만큼 앞날이 아름다운 자 어디 있으랴!
애초에 형주 내놓으라며 사신 보내고
친누이 내팽개쳐 강 건너 오게 했었지.
제갈공명의 묘책이 아니었다면
비단 원앙 한 쌍이 어찌 무사할 수 있었을까?

(손안이 인사하는 동작)

제갈량 부인께서 오셨으니 주공께선 앉으시지요.

유비 여러 장군! 이번에 군사의 묘책이 없었더라면 내 어찌 형주로 다시 돌아올 수 있었겠소?

제갈량 이는 빈도의 능력이 아니라 여러 장군이 힘을 보탠 덕택입니다. 첫째로는 주공께서 복이 많으시고, 둘째로는 부인께서 어질고 덕을 이루신 덕분에 두 집안이 전쟁을 피할 수 있었습니다. 여봐라, 잔칫상을 내오너라.

병사 알겠습니다. 술을 대령했습니다.

제갈량 빈도가 먼저 주공과 부인께 한 잔 올린 연후에 다른 장수께도 차례로 술을 올리겠소이다.

(제갈량이 술을 따르는 동작)

손안

【침취동풍】

여러 공경대부 얼굴에 기쁨 가득하고
가지런히 분주히 잔칫상 들여오네.
화려한 대청 안 풍악 소리 어우러지고
진귀한 향로 속 향 연기 피어오르네.
천 년을 축원하며 머리 조아려 절을 하니
동풍 타고 벌인 적벽대전이라도
오늘 같은 개선만 할까?

제갈량 (술을 건넨다) 부인, 한 잔 가득 드시지요!

손안 군사께서 먼저 드시지요.

제갈량 그럴 수 없습니다. 부인께서 먼저 드시지요.

손안

【고미주】

군사께서 술을 따라 주시니
치마 입고 비녀 꽂은 이 여인 황송합니다.
모든 게 그대들 장수와 재상이 일군 승리인데
소첩이 무얼 했다고
이리 대접하십니까?

제갈량 부인! 이 술을 드십시오.

손안 감사히 술을 받겠습니다. (술 마시는 동작)

유비 (술을 따르는 동작) 술을 가져와라, 내가 군사에게 술 한 잔 권하리라.

손안

【태평령】

군사님께 고마움을 표해야지요.

편지 한 통으로 돌아오게 했으니.

갖가지 경우를 꿰뚫어 보고

그자의 모진 해코지를 막아 내셨어요.

이리 한바탕 갈채 보내는 것은

대체 누구의 계책 덕분이던가요?

아! 형주를 무사히 지켜 냈군요.

유비 장군들은 술을 드시오. 모두들 취하기 전에는 돌아갈 수 없습니다.

(모두 술 마시는 동작)

관우 형수님! 처음에 주유가 어떤 계책을 써서 형주를 손에 넣으려고 했습니까? 저희에게 처음부터 끝까지 한번 들려주세요.

손안

【금상화錦上花】

형주를 가지려 해도

저마다 방법이 없더니

유독 주유만이 변괴를 부렸지요.

함정을 파고

신부를 호위해 왔지요.

제게 부탁하는 말도

자신감이 넘쳤어요.

장비 형수님께서 현명하고 사리에 밝지 않으셨다면 우리 형님께서 그자의 계략에 말려들었을 겁니다.

손안

【요편】

소첩이 어질어서가 아닙니다.

매사 분명히 해야지요.

문턱에 들어서기도 전에 미리 백기를 든 셈

이미 혼인을 한 몸인데 어찌 함부로 생각하겠어요?

전 이쪽에 서기로 했는데

그자는 계책만 세웠지요.

제갈량 부인처럼 큰 덕을 지닌 분은 실로 드물 것입니다.

【벽옥소碧玉簫】

이것도 타고난 숙명이요

천생연분이 끌어당긴 일이지요.

부부간에 사랑이 있다면

영원히 화목할 것입니다.

황제 만만세요

강산 보존하옵고

재앙을 물리치길 기원하나이다.

어주를 뿌리고

궁화宮花를 꽂습니다.

이 즐거운 잔치 마당처럼 오래도록 막힘이 없기를.

장군들은 무릎을 꿇고, 주공께서 논공행상하시는 것을 잘 들으시오! (사로 읊는다)

빈도는 본래 농서 지역 유민으로

현명하신 주공께서 삼고초려하셨습니다.

군영에서 계책을 짜며

늘 깃털 부채 들고 윤건을 썼지요.

형주를 빌려 잠시 병마를 주둔시켰는데

오나라가 번번이 이 땅을 넘봤습니다.

누차 세운 술책이 매번 간파당하자

사신을 보내 사돈 맺자고 했습니다.

꾀를 내어 강을 건너게 하고 해코지하려 했으나

비단 주머니가 당도하자 즉각 돌아왔습니다.

장익덕은 투박하나마 꽃수레에 부인인 양 앉아

주유에게 모멸감을 주니

화살 맞은 상처가 도져 목숨이 위태로워졌습니다.

관운장은 웅대한 지략 갖춰 세상의 으뜸이고

조자룡은 배포 두둑합니다.

유봉은 출전하지 않았으나

오가며 역시 공을 세웠습니다.

현덕 공은 한 왕조의 후손이고

손안 아가씨는 명문가 출신이니

그야말로 천생연분 배필 맞아

잔치 벌이고 백년해로 경하드립니다.

여러 장군 벼슬 올리고 상을 내리니

일제히 황제의 은총에 감사드리나이다!

(모두 감사하는 동작)

손안 현덕 공이시여!

【수미】

그는 본래 한 황실의 후손이니

오吳와 위魏를 아울러 유씨 천하 이루는 건 당연한 일.

와룡 제갈공명은 실로 대단한 분이시라

단명한 주유의 악행을 한바탕 비웃어 주었다네.

제목: 두 군사 강 건너에서 지략을 겨루고

정명: 유비는 때마침 좋은 배필 만나네

조씨고아의 위대한 복수趙氏孤兒大報仇

기군상紀君祥

정말(正末) 한궐(韓厥), 공손저구(公孫杵臼), 정발(程勃)

정(淨) 도안고(屠岸賈)

충말(冲末) 조삭(趙朔)

단(旦) 공주

외(外) 사명(使命), 위강(魏絳), 정영(程嬰)

졸자, 종자, 내아(倈兒)

설자

선려

(도안고屠岸賈〔정淨〕가 졸자를 이끌고 등장한다)

도안고 (시로 읊는다)

사람은 호랑이를 해치지 않으나
호랑이는 사람을 해치려 하지.
그때그때 최선을 다하지 않으면
나중에 가서 땅을 쳐 봐야 소용없는 법.

나는 진나라 대장군 도안고입니다. 주상이신 영공 재위 시에 수많은 문무 관원 가운데 문관 한 명과 무관 한 명이 가장 신임을 받았는데, 문관은 조순趙盾이란 자이고 무관은 바로 저였습니다. 우리 문무 두 사람은 서로 화목하지 아니하여 나는 늘 조순을 해칠 마음을 품고 있었습니다만 어떻게 손쓸 방도가 없었습니다. 조순의 아들 조삭趙朔은 이제 영공의 부마가 되어 버렸습니다. 예전에 조순을 시해하려고 소예鉏麑라는 용사를 시켜서 단검을 품고 담을 넘어 들어가게 했더니만 조예 이 녀석이 나무에 머리를 들이받고 자결*을 해 버렸지 뭡니까. 조순이란 자가 권농을 위해 교외로 나갔을 때 굶주린 사내가 뽕나무에 목매달아 죽으려고 하는 걸 보고 밥과 술을 챙겨서 한바탕 배불리 먹였으나 그자는 인사도 없이 떠나 버렸지요. 후에 서융국에서 신오神獒라는 개를 공물로 바쳐 왔습니다. 영공께선 이 개를 저에게 하사하셨지요. 신오라는 개가 생기자 조순을 해칠 계책이 생겨났습니다. 아무것도 없는 빈방에 신오를 가두고 사나흘 동안 먹이를 주지 않았습니다. 후원에 조순 모습을 한 허수아비를 하나 엮어서 자색 도포에 옥대를 차고 상아 홀판에 검정 신발을 신겨 놓고는 그 배 속에다 양의 심장을 걸어 놓지요. 내가 신오를 끌고 나와 허수아비 조순의 자색 도포를 찢어서 신오가 한바탕 포식하게 하고는 다시 빈방에 가두었습니다. 또 사나흘 굶긴 뒤 다시 끌고 나오니 이번엔 이 녀석이 덤벼들어서 자색 도포를 물어뜯고 양의 심장으로 또 포식을 합니다. 이렇게 백 일 동안 시험해 보고 이제 쓸 만하다고 생각되자 저는 영공을 알현하여, 지금 불충불효한 자가 주상을 기만할 생각을 품고 있다고 아뢰었습니다. 영공께서는 크게 노하시며 그 사람을 찾아내라고 하였습니다. 저는 서융국에서 바쳐 온 신오라는 녀석이 아주 영험하여 알아맞힐 수 있다고 아뢰었습니다. 영공께서는 크게 기뻐하시며 당초 요순 임금 시대에 해시獬豸라는 영험한 짐승이 사악한 사람을 잘 골라낸다더니 우리 진나라에도 신오가 있구나 하시고는 대령하라고 하셨습니다. 제가 신오를 끌고 갔을 때 마침 조순이란 자가 자색 도포에 옥대를 하고는 바로 영공의 좌탑 옆에 서 있었습니다. 신오가 그를 보면 달려들어 물어뜯겠지요. 영공이 말했어요. "도안고, 그대는 신오를 풀어 놓거라. 그자가 간신이로다!" 내가 신오를 풀어 놓았더니 신오는 조순을 쫓아서 궁전을 돌아다녔어요. 그런데 하필 옆에 전전태위 제미명提彌明이 있다가 한 방에 신오를 때려눕히더니, 한 손으로 머리통을 움켜잡고 다른 한 손으로 아래턱을 잡아당겨서 단번에 신오를 두 동강 내버렸어요. 궁문을 나선 조순이 타고 왔던 마차를 찾았어요. 그러나 제가 이미 사람을 시켜서 말 네 마리 중에서 두 마리를 풀어 버리고 바퀴 하나를 떼어 놓아 조순은 수레에 올라탔지만 떠날 수가 없었지요. 그런데 옆에서 한 장사가 나타나더니 한쪽 어깨로 수레바퀴를 떠메고 한 손으로 말을 채찍질하면서 산을 넘어 조순을 구해 냈습니다. 그 사람이 누구였을까요? 바로 그날 뽕나무 아래에서 굶주렸던 영첩이었습니다. 나는 영공께 나아가 조순의 일가인 삼백 명의 양민과 천민들을 모두 깡그리 주살하여야 한다고 아뢰었습니다. 그런데 조삭이란 녀석은 공주와 함께 궁안에 있는 부마인 까닭에 함부로 없애 버리기가 힘들었어요. 그래도 뿌리를 뽑아 버려야 후환이 없는 법, 저는 영공의 명이라고 속이고 활줄, 사약, 단검 이렇게 세 가지 조전朝典*을 보내 조삭더러 그중 하나를 선택해서 자결하게 했습니다. 단단히 분부를 해 놓았으니 속히 돌아와서 보고할 겁니다. (시로 읊는다)

삼백 명 가속이 멸문을 당하고

조삭 한 사람만 남았도다.

어떤 조전으로 자결을 하든

뿌리째 뽑히리라.

(조삭〔충말冲末〕이 공주〔단旦〕와 함께 등장한다.)

조삭 저는 조삭이고 도위의 직분을 맡고 있습니다. 도안고가 우리 아버지와 문무 사이에 불화하더니 영공을 움직여 삼백 명이나 되는 우리 집안사람들과 종들을 모조리 주살하였습니다. 공주, 내 유언을 잘 들으시오. 지금 배 속의 아이가 만약 딸이라면 더 할 말이 없겠지만 사내아이라면 그의 이름을 조씨고아라고 부르겠소. 그 녀석이 자라서 성인이 되면 우리 부모의 원수를 갚을 것이오.

공주 (우는 동작) 아, 참으로 가슴 아파라!

(사명使命〔외外〕이 종자를 이끌고 등장한다)

사명 주상께서 명하시길 삼반조전, 즉 활줄, 사약, 단검을 부마 조삭에게 내려 마음대로 한 가지를 골라 속히 자결하고 공주는 궁중에 구금하도록 하셨습니다. 소관은 오래 머물 수 없으니 즉시 어명을 전하러 가야겠습니다. 벌써 공주궁 문 앞에 도착했군요. (만나는 동작) 조삭은 무릎을 꿇고 어명을 들으라. 그대 일가가 불충불효하여 짐을 기만하고 법도를 그르치니 너희 일족을 모조리 주살하여도 모자라다. 짐은 조삭이 친족임을 감안하여 차마 주살하지는 못하고 특별히 삼반조전을 하사하니 마음대로 한 가지를 골라 자결하도록 하라. 공주는 궁중에 유폐하여 가까운 사이건 먼 관계건 일절 왕래를 불허한다. 이는 어명이니 조삭은 속히 자결하도록 하라.

조삭 공주, 이를 어찌하면 좋소!

【상화시】

허무하게도 충성스러운 자들은 하루아침에 사라지고

나라를 좀먹는 저 간신이 권력을 손에 쥐었네.

그가 근거 없이 계략을 부려서

나를 형장의 이슬 되게 하니

참으로 맥 빠지는 결말이 아닌가.

공주 하늘이시여, 가련하게도 우리 가족은 죽어서 묻힐 땅도 없게 되었습니다.

조삭

【요편】

고향에 묻히지도 못하는 신세.

공주, 내가 당신께 당부한 말을 명심하시오.

공주 잘 알겠습니다.

조삭

당부를 마치니 두 뺨에 눈물이 빗물처럼 흐르고

한마디 할 때마다 시름이 더하여지네.

이 아이가 자라난 뒤

우리 일가 삼백 명의 원수를 갚아 주리라.

(죽는 동작을 하고 퇴장한다)

공주 부마, 부마. 참으로 가슴 아프옵니다! (퇴장한다)

사명 조삭이 단검으로 자결하고 공주는 궁중에 유폐되었습니

다. 소관은 돌아가서 주공께 전해야겠습니다. (시로 읊는다)

서융에서 그날 신오를 바쳤을 때
조씨 일가 수백 명은 목숨을 부지할 수 없었네.
가련한 공주는 죄인처럼 유폐되고
조삭도 어쩔 수 없이 단검으로 자결하네.

(퇴장한다)

제1절

선려

도안고 (등장한다) 저 도안고는 공주가 사내아이를 낳을까 두렵습니다. 먼 훗날 자라서 어른이 되면 내 원수가 되는 것 아닙니까? 그래서 공주를 궁중에 유폐시켰는데 이제 분만할 때가 되었습니다. 심부름 보낸 게 언제인데 어찌하여 아직도 돌아와서 보고하지 않는 거지?

졸자 (등장하여 아뢰는 동작) 원수께 아뢰오. 공주는 궁중에 유폐되어 아들을 낳았는데 조씨고아라고 부른답니다.

도안고 정말로 조씨고아라고 부르느냐? 한 달이 꽉 차기만 기다려서 이 녀석을 죽여도 늦지 않겠지. 여봐라, 내 명령을 전하여라. 하장군 한궐韓厥을 시켜 궁문을 지키되 들어가는 자는 수색하지 말고 나오는 자만 수색하도록 하여라. 만약 조씨고아를 몰래 빼돌리는 자가 있다면 일가를 참수형에 처하고 구족九族을 남겨 두지 않겠다. 방을 붙여 장수들에게 두루 알려 어기

는 자가 없도록 하거라. (사로 읊는다)

진나라 공주가 아이를 가졌으니
태어날 아이는 바로 내 원수지.
한 달이 차거들랑 무쇠 칼로 썰어 죽이면
그제야 뿌리를 뽑았다고 할 수 있겠지.

(퇴장한다)

공주 (조씨고아〔내아俫兒〕를 끌어안고 등장하여 시로 읊는다)

온 세상 사람의 시름이
모두 내 마음속에 있다네.
가을 밤비처럼
방울방울이 근심이라네.

저는 진나라 공주입니다. 간신 도안고가 우리 조씨 집안 일족을 모두 죽여 버렸습니다. 오늘 낳은 아들은 부마께서 임종하실 때의 유언에 따라 조씨고아라고 이름을 지었습니다. 먼 훗날 이 아이가 자라 부모의 원수를 갚게 하라고 하셨었죠. 하늘이시여, 어떻게 하면 이 아이를 궁 밖으로 내보낼 수 있을까요? 이제 더 이상 친척이라곤 없고, 우리 가문 문하에 정영程嬰만이 남았을 뿐입니다. 정영은 우리 가속에 속해 있지 않으니 내 이제 정영이 오기만 기다릴 뿐입니다. 내게 좋은 생각이 있습니다.

(정영〔외外〕이 약상자를 메고 등장한다)

정영 저는 정영입니다. 원래는 초야의 떠돌이 의원이었는데 부마님 문하에서 분에 넘치는 남다른 대접을 받았습니다. 그런데 도안고 저 간신이 조씨 가문을 몰살시켰지 뭡니까? 다행히 가솔들 중에 내 이름은 들어 있지 않습니다. 지금 공주께선 유폐되어 계신데 내가 매일 차와 진지를 올려 드리고 있습니다. 공주님 슬하에 아이가 생겨 장성하면 부모의 원수를 갚으라고 조씨고아라는 이름을 붙였습니다. 그런데 도안고 저 도적놈의 손아귀를 벗어나지 못한다면 이것도 다 부질없는 일 아니겠습니까? 듣자 하니 공주님께서 부르신다는데 산후에 무슨 탕약이라도 필요하신 건지 어서 가 봐야겠습니다. 벌써 공주궁 앞에 도착했네요. 알릴 것도 없이 곧바로 들어가 봐야겠습니다. (만나는 동작) 공주께서 소인 정영을 부르심은 어인 일이시옵니까?

공주 우리 조씨 일가는 참으로 비참하게 죽었습니다. 정영, 당신을 부른 것은 다름이 아니라 제가 낳은 사내아이 일 때문입니다. 이 아기의 아비가 그에게 아명으로 조씨고아라는 이름을 붙여 주었습니다. 정영, 우리 조씨 가문과 왕래하는 동안 내내 당신을 섭섭하게 대한 적이 없으니 어떻게든 이 아이를 숨겨서 데리고 나가 훗날 조씨 집안의 복수를 하게 해 주세요.

정영 공주님, 모르시나 보군요. 저 간신 도안고는 공주님께서 조씨고아를 낳으신 걸 알고 사방 성문 밖에 방을 내걸어 고아를 숨겨 주는 자는 일가족을 참수하고 멸족해 버린다 하였습니다. 제가 어떻게 이 아이를 숨겨서 나갈 수 있겠습니까?

공주 정영! (시로 읊는다)

다급할 때 친척을 생각하고
위기의 순간에 친구에게 부탁한다 하지 않았나요?

제 아들을 구출해 주신다면

조씨 가문의 뿌리를 남겨 주시는 겁니다.

(무릎 꿇는 동작) 정영, 우리 조씨 가문 삼백 명을 불쌍히 봐주십시오. 모두 이 아이 한 몸에 달려 있습니다.

정영 공주님, 제발 일어나십시오. 만약 제가 이 아기님을 숨겨서 나간 것을 도안고가 알게 된다면 공주님을 문초할 것입니다. 그때 공주님께서 "내가 정영에게 맡겼다"라고 자백한다면 그땐 우리 일가족이 몰살당하는 건 물론이고, 이 아이도 살 생각일랑 마셔야 합니다.

공주 그런 일이라면 됐어요. 됐어, 됐어. 정영, 안심하게 해 드리지요. (시로 읊는다)

정영, 걱정이랑 붙들어 매셔요.

내 말을 듣고는 눈물이 줄줄 흐르네.

이 아이의 아비는 칼로 목숨을 마쳤으니 (치마 허리띠로 자결하는 동작) 자, 자, 자! 나는 어미 된 자로서 그를 따라가겠어요. (퇴장한다)

정영 아, 공주께서 자결하실 줄이야. 여기서 오래 머물 수 없으니 어서 약상자를 열어서 아기씨를 넣고 생약들로 몸을 잘 덮어야겠다. 하늘이시여! 조씨 가문 삼백 명을 가여이 여기소서. 모두 주살당하고 이 고아 한 몸만 남았습니다. 내 이제 그의 목숨을 구출해 나가겠습니다. 아기씨에게 복이 있다면 내가 성공할 것이고, 만약 발각된다면 아기씨도 죽음을 당할 것이요, 내 일가족도 목숨을 부지하기 어려울 겁니다. (시로 읊는다)

아무리 생각해 보아도
조씨 가문은 참으로 애통하도다!
첩첩이 쳐진 아홉 겹 검문소를 빠져나간다는 건
하늘땅 가득 드리운 재난에서 벗어나는 셈이네.

(퇴장한다)

(한궐〔정말正末〕로 분장하여 졸자를 이끌고 등장한다)

한궐 저는 도안고 휘하의 하장군 한궐입니다. 저는 공주궁 대문을 지키고 있습니다. 궁문 앞을 지키며 공주께서 낳으신 조씨고아를 빼내려는 자를 찾아내어 일가족을 참수하고 일족을 멸하라는 명입니다. 소교, 공주궁의 문을 엄중히 지키거라. 아! 도안고, 언제까지 이렇게 충성스럽고 선량한 신하들을 해칠 것이오!

【점강순】
열국이 어지러이 난립해 있건만
우리 진나라보다 더 강한 나라 없는데
이제야 좀 평온해졌더니
어찌 도안고라는 간신이 나와서
충성스러운 공경대부들을 해치는가?

【혼강룡】
간신히 비바람 순조로운 태평성대 이루더니
이런 자를 총애하여 등용하다니.
충효한 자는 저잣거리에서 참수당하고
간사한 자가 원수부 안에서 편안하다니.

이자가 온통 위세 부리며 복을 차지하고 있으니
'반은 임금이 반은 신하가'라는 말이 가당키나 한가.
그, 그, 그는 손톱과 이빨을 조정 안에 가득 드러내고
거스르는 자들은 즉시 하나하나 도륙해 버린다네.
인간 세상의 사악한 귀신이지
무슨 곤외閫外 장군*이란 말인가!
도안고와 조순 두 가문의 철천지원수가 언제야 풀릴 것인가?
【유호로】
새싹의 화근을 베어 없애겠다며
공주궁 입구를 지키게 하였으나
나 역시 나라를 위하는 신하이니
고아를 숨기려는 자도 그리해선 안 되겠지만
고아를 죽이려는 당신도 참으로 잔인하지.
도안고, 참으로 모질기도 하구나!
위로 하늘을 노하게 하고
아래로 백성들을 근심하게 한다면
수많은 이들의 들끓는 입방아가 두렵지 않은가?
하늘도 서슬 퍼런 얼굴로 용서하지 않으리.
【천하락】
인과응보는 멀게는 자손대에, 가깝게는 내 대에 이룬다 했지.
아, 저 간신과 조순은 이십 년간 동료이면서 의리도 없단 말이냐.
걸핏하면 나쁜 마음보로
현인을 가리켜 악인이라 부르다니.

저 두 사람을 하나하나 따져 보면

도대체 누가 더 모진 건지.

여봐라, 문 앞에서 잘 살피고 있다가 누가 공주궁 문에서 나오면 곧바로 나에게 알리거라.

졸자 예!

(정영이 황급한 걸음으로 등장한다)

정영 이 약상자에는 조씨고아가 들어 있습니다. 하늘이 돌보셨는지 다행히 한궐 장군이 문을 지키고 있군요. 저 친구는 우리 노상공께서 천거하여 발탁된 자이니 뚫고 나갈 수 있다면 나와 이 아이의 목숨을 건질 수 있겠어요. (문을 나서는 동작)

한궐 병사, 약상자를 들고 나오는 저자를 데려오라. 자네는 누군가?

정영 저는 떠돌이 의원, 정영이라고 합니다.

한궐 어디 갔다 오는 게냐?

정영 공주님 궁에서 탕약을 달여 드리고 왔습니다.

한궐 무슨 약을 지어 드렸느냐?

정영 익모탕을 지어 드렸습니다.

한궐 약상자 안에 든 물건은 무엇이냐?

정영 모두 생약입니다.

한궐 어떤 생약이냐?

정영 도라지, 감초, 박하뿐입니다.

한궐 다른 것을 숨기지는 않았는가?

정영 숨겨 놓은 것은 없습니다.

한궐 그렇다면 가 보거라.

(정영이 걸어가는 동작을 하고 한궐이 부르는 동작)

한궐 정영은 돌아오거라. 상자 안에 무엇이 들었는가?

정영 모두 생약뿐입니다.

한궐 정녕 숨기는 것이 없단 말이냐?

정영 소인은 숨기는 것이 없습니다.

한궐 가거라!

(정영이 걸어가는 동작을 하고 한궐이 부르는 동작)

정영은 돌아오거라. 뭔가 숨기고 있는 것이 분명하다. 가라고 하면 쏜살같고 돌아오라고 하면 느려 터지니. 정영, 내가 자네를 못 알아볼 줄 알았는가?

【하서후정화河西後庭花】

자네는 본래 조순 일가의 상객이고

나는 도안고 문하의 사람이지.

한 달도 안 된 그 기린의 씨앗을 숨기려고 한들

정영, 보이는가?

물 샐 틈 없는 이 호랑이굴을 어떻게 빠져나가겠는가?

바로 내가 하장군인데.

이렇게 자네를 심문하지 않는가?

정영, 자네는 조씨 가문의 은혜를 많이 입었는가 보군.

정영 그렇습니다. 은혜를 입었으면 갚을 줄도 알아야지요. 말이 필요 있겠습니까?

한궐

은혜를 입었으면 갚을 줄도 알라고?

제 몸 걱정이나 하지?

앞뒤로 물 샐 틈 없이 지키고 있는데

하늘로 솟을까 땅으로 꺼질까. 어디로 도망가겠는가?

잡아다가 진실을 캐내어

고아 일을 고발해 버리면

사는 것은 불가능하고

죽는 것이 정한 이치지.

소교는 잠시 물러났다가 내가 다시 부를 때까지 오지 말거라.

졸자 알겠습니다.

(한궐이 상자를 열어 보는 동작)

한궐 정영, 상자에 도라지, 감초, 박하가 있다 하지 않았는가?

내가 찾아낸 것은 인삼이 아닌가?

(정영이 당황하여 무릎을 꿇고 조아리는 동작)

【금잔아】

고아를 바라보니

이마엔 땀이 송골송골

입가엔 엄마젖이 꼴딱꼴딱

똘망똘망 두 눈은 나를 알아보고

쥐 죽은 듯 상자에서 소리를 삼키면서

칭칭 동여매서 팔다리도 제대로 못 펴고

꽈악 끼워 놓아 몸도 뒤척이지 못하는구나.

어른이란 게 거저 되는 게 아니고

거저 되면 어른이 아니라더니 원!

정영 (사로 읊는다)

나리, 진노를 거두소서.
소인 이실직고하겠습니다.
조순 어르신은 우리 진나라의 어진 신하였건만
도안고가 시기를 하셨습니다.
신오를 풀어서 충신을 덮치니
조정을 나와 몸을 피해 달아났습니다.
영첩이 은혜 갚으려 외바퀴를 몰아 피신시키니
깊은 산으로 들어가 종적을 알 수 없습니다.
영공께선 모함하는 말만 믿으시고
간신 도안고가 제멋대로 하게 내버려 두셨습니다.
부마에게 검을 내려 자결하게 하시고
구족을 멸하여 살길을 끊어 놓으셨습니다.
공주를 냉궁에 구금하시니
돌봐 드릴 친척을 어디에서 찾겠습니까?
부마의 유언대로 조씨고아를 낳으셨지만
아이와 어미가 함께 살지 못할 신세,
낳자마자 한 목숨은 곧바로 저승을 향하고
이 정영더러 남은 목숨을 보호하게 하셨습니다.
장성하여 어른이 되면
조씨 가문 무덤이나 지키라고 말입니다.
마침 다행히도 장군을 만나게 되었으니

장군께서 칼을 뽑아 도와주십시오.

이 어린 싹을 베어 버리신다면

그의 집안을 멸문시키는 것이 아니겠습니까?

한궐 정영, 내가 만약 이 고아를 갖다 바치면 내 한 몸 부귀영화를 누리겠지만, 나 한궐은 하늘을 받치고 땅에 우뚝 선 사내 대장부인데 어찌 그런 짓을 하겠는가?

【취중천】

나 한 몸 출세하겠다고 갖다 바친다면

자신만 위하고 남을 해치는 게 아닌가?

그의 일가 삼백 명 깡그리 사라졌으니

이 철천지원수를 누구더러 갚으란 말인가?

저 도안고란 자가 이 고아를 본다면

껍질에 힘줄까지

깡그리 갈아서 가루로 만들어 버릴 게 뻔한데.

나는 꿈에라도

그런 눈먼 공적을 세울 까닭이 없다네.

정영, 자네는 이 고아를 안고 나가게. 도안고가 물으면 내가 적당히 둘러대겠네.

정영 장군, 감사드립니다.

(상자를 안고 걸어 나가다가 다시 돌아와서 무릎 꿇는 동작)

한궐 정영, 내가 놓아준다고 했잖나. 장난이 아닐세. 어서 나가게!

정영 장군, 감사드립니다.

(나가다가 또다시 돌아와서 무릎 꿇는 동작)

한궐 정영, 왜 또 돌아오는 것이냐?

【금잔아】

내가 진심이 아니고 거짓말을 하는 줄 아는구나.

지분혜탄芝焚蕙歎*의 심정도 모르느냐?

몇 번이나 보내 줬건만

문 앞까지 갔다가 번번이 되돌아오는 건 어찌 된 일이냐?

정영,

배짱도 없는 자네에게

누가 억지로 고아를 맡겼단 말인가?

충신은 죽음을 불사하니

죽음을 두려워하면 충신이 아니라 하지 않았더냐?

정영 장군, 내가 이 궁문을 나서면 당신은 도안고에게 보고할 것이고, 그럼 다른 장군이 쫓아와서 나를 체포하겠죠. 그럼 이 고아는 살길이 없게 됩니다. 됐어요, 됐어요, 관두자고요. 장군, 차라리 나 정영을 잡아다가 상을 받으세요. 저는 조씨고아와 함께 처형을 당하는 것이 차라리 낫겠어요.

한궐 정영, 마음을 놓지 못하는 게로구나!

【취부귀】

자네는 조씨 가문의 후사를 남겨 놓겠다는데

내가 도안고 놈과 무슨 친분이 있다고

인정을 베푸는 척하면서 군대를 풀어

평지풍파를 일으킨단 말이냐?

자네는 충직하고 나 또한 의리가 있다.
자네가 남은 목숨 버리겠다면
나 역시 기꺼이 내 목을 찌르리.

【청가아】

한마디 한마디 꺼내기가 이렇게 힘들 줄이야.

정영,

자네도 정말 사람 보는 눈이 없구먼.
고아를 잘 데려다가 심심산골에 감추어 두고
그동안 잘 가르쳐 장성하게 하고
무예를 연마하고 글을 익히게 하게.
그가 자라 삼군을 다시 장악하고
저 간신을 체포하여
머리를 부수고 사지를 갈가리 찢어
죽어 간 혼백들의 넋을 위로한다면
자네와 내가 시비의 문턱을 간신히 뛰어넘고
위기와 곤경을 짊어진 것이 헛되지 않을 거야.

정영, 안심하고 가게.

【잠살미】

나 스스로 입장을 분명히 하면 될 일을
간신 놈에게 국문鞫問을 당할 필요가 있겠나?
돌계단에 머리 부딪혀 자결한다면
만고에 이름 남겨 칭송받지는 못해도
먼저 간 조예와 더불어 충혼이 될 수는 있을 텐데.

자, 자, 자네는 정성을 다해

아침저녁으로 잘 돌보게.

그 아이는 조씨 문중의 유일한 뿌리이니

그가 장성하면

그간의 자초지종을 들려주게나.

반드시 원수를 갚으라 하게.

은인인 나를 잊지 말라고 하게나.

(스스로 목을 베고 퇴장한다)

정영 아! 한 장군이 스스로 목을 베어 자결하였구나! 다른 병사들이 눈치채고 도안고에게 보고하면 어떡하지? 어서 아이를 안고 도망가야겠다. (시로 읊는다)

한 장군은 과연 충성스러운 신하로다

고아를 위해 목 베어 자결하였네.

나는 이제 안심하고 길을 떠나

태평장에서 다시 의논해 봐야지.

(퇴장한다)

제2절

남려

(도안고가 졸자를 이끌고 등장한다)

도안고

일을 할 땐 마음에 두지 마라.

마음에 두면 혼란스럽기만 할 뿐.

공주가 조씨고아라는 아이를 낳았습니다. 저는 하장군 한궐을 시켜 궁문을 지켜서 첩자를 색출하여 잡아내도록 하고 방문榜文을 내걸어 조씨고아를 숨겨 주는 자는 일가를 몰살하고 구족을 멸하겠다고 하였습니다. 그런데 조씨고아 놈이 하늘로 솟은 걸까요? 어째서 아직 조씨고아를 잡아 오는 자가 없을까요? 마음을 놓을 수가 없습니다. 여봐라! 바깥을 잘 살펴보거라.

(졸자가 알리는 동작)

졸자 원수께 아뢰오. 큰일났습니다!

도안고 무슨 큰일이란 말이냐?

졸자 공주께서 궁에서 치마끈으로 목을 매어 자결하셨습니다. 입구를 지키던 한궐 장군도 목을 베어 자결하였습니다.

도안고 뭣이? 한궐은 어찌하여 자결하였단 말이냐? 분명 조씨고아를 내보내 준 것이로군. 이를 어쩐다? 눈썹을 한번 찌푸리니 계책이 떠오르는구나. 영공의 명이라고 속여 진나라 안에 한 달 이상 반년 이하의 갓난아이를 모두 잡아다가 세 토막을 내버리는 거야. 그중에 틀림없이 조씨고아가 들어 있을 것이니 재앙의 씨를 없애 버릴 수 있지 않겠느냐. 여봐라, 방을 내걸어 나라 안에 한 달 이상 반년 이하의 새로 낳은 사내아이는 모두 원수부로 잡아 오도록 하여라. 어기는 자는 일가족을 참수할 것이며 구족을 멸하겠다. (시로 읊는다)

나라 안의 사내아이를 모두 잡아들이면
조씨고아는 숨을 곳이 없겠지.
아무리 금지옥엽이라 해도
내 칼의 재앙을 면하기 어려우리라.

(퇴장한다)

(공손저구公孫杵臼(정말正末)로 분장하여 가동家僮을 이끌고 등장한다)

공손저구 이 늙은이는 공손저구입니다. 진나라 영공 밑에서 중대부를 지냈습니다만. 나이도 많아진 데다 도안고 놈이 권력을 맘대로 휘둘러 이 늙은이가 국사를 수행할 수 없는 통에 사직하고 귀농하였습니다. 초가집에 땅 서너 마지기 일구며 손에 호미 잡고 여기 태평장에서 살고 있습니다. 예전에는 차가운

호각 소리 들으며 잠을 청하다가 지금은 사립문에 기대어 기러기 행렬 세고 있으니 이 얼마나 여유로운가!

【일지화】

사나이 대장부를 묻어 버리고

진정한 대들보를 망가뜨리는구나.

저 추악한 개백정의 무리가

비분강개한 마음으로 바다거북 잡는 늙은이*를 능멸하다니.

무도한 영공을 만난 탓에

도적에겐 은총이 더하여지고

현인들은 곤궁을 겪게 되는구나.

급류에서 내 발을 빼내지 않았더라면

나도 저잣거리에서 목이 달아날 뻔했구나.

【양주제칠】

저, 저, 저 녀석은 원수부에서 위세를 떨치며 용맹을 자랑하고

나, 나, 나는 태평장에서 벼슬 그만두고 농사짓고 있으니

다시는 조정에서 수레 타고 뒤따르던 일일랑 생각 말자.

그는 정일품 고관으로

지위가 삼공을 뛰어넘으며

봉토로 여덟 현을 하사받고

봉록으로 천 섬을 누리네.

불공평한 일 보았을 땐 눈이 있어도 못 본 체

욕을 먹을 때는 귀가 있어도 못 들은 체

저, 저, 저놈은 아첨하는 자에겐 호의호식 베풀고

충성스러운 자를 해치는 자에겐 관직과 녹봉을 더해 주고
나라를 좀먹는 자에겐 공을 따져 작위를 내린다네.
그, 그, 그는 눈앞의 이익만을 탐하고
잘나가다가 큰코다칠 일은 생각하지 않으니
나는 차라리 전원을 지키며 농사일이나 배우는 게 낫지
뭐하러 사람 해치는 굶주린 호랑이 소굴에 들어가겠는가?
이렇게나 편안한 것을.

(정영이 등장한다)

정영 정영, 너 참 무서웠지? 아기씨, 위험했어요! 도안고, 이 독한 놈! 나 정영은 죽음을 무릅쓰고 성을 뚫고 나왔습니다. 그런데 조씨고아가 탈출했다는 소식을 도안고가 듣고 진나라 안의 한 달 이상 반년 이하의 어린 아가를 모조리 원수부에 잡아다 고아든 고아가 아니든 하나하나 직접 세 토막을 내어 죽인답니다. 이 아기씨를 어디로 데려가면 좋을까요? 그렇지, 태평장의 공손저구가 있구나. 그분은 조순과 함께 관직에 계시면서 친분이 가장 두터우셨지. 지금은 벼슬을 그만두고 귀농하셨지만 충직한 분이시니 그 노재상님 댁이라면 숨길 수 있을 거야. 아기씨, 잠시 쉬고 계셔요. 제가 공순저구를 뵙고 돌아오겠습니다. 여봐라, 정영이 뵙기를 청한다고 아뢰거라.

가동 (알리는 동작) 정영이란 분이 오셨습니다.

공손저구 들어오시라 하거라.

가동 어서 드시지요.

공손저구 (만나는 동작) 정영, 자네가 어쩐 일인가?

정영 노재상께서 이곳 태평장에 계시다 하여 특별히 뵈러 왔습니다.

공손저구 내가 관직을 그만둔 뒤 조정의 여러 대신은 안녕들 하신가?

정영 아이고, 노대감께서 계시던 시절이 훨씬 나았습죠. 지금은 저 도안고란 자가 권력을 제멋대로 휘두르니 예전만 못합니다.

공손저구 그럼 여러 신하가 간언을 하면 되지 않는가?

정영 노재상님, 저런 간신배들이야 옛날부터 있지 않았습니까? 심지어 요순 시대에도 네 명의 흉악한 두령*이 있지 않았습니까?

공손저구

【격미】

예부터 간신배들의 농간은 있어 왔고

태평성대에도 네 두령이 없었던 것은 아니라고?

천하 만민이 모두 혐오하는 저 한 녀석만 하겠느냐?

그는 청렴하지도 공정하지도 않고 불충불효한 데다가

한다는 일이 기껏 조순 일가를 몰살시켜 씨를 말리는 것 아닌가!

정영 나리, 다행히 하늘이 굽어살피셔 조씨 가문의 씨가 마른 것은 아닙니다.

공손저구 일족 삼백여 명이 몰살을 당하고 부마 또한 삼반조전 단검으로 자결하고 공주마저 치마끈으로 자결하였는데 어째서 씨가 마르지 않았단 말이냐?

정영 앞의 일은 재상께서 모두 알고 계시니 말하지 않겠습니다. 요전에 공주께서 궁에 구금되어 있으면서 아들을 하나 낳고 이름을 고아라고 부르셨습니다. 이것이 바로 조씨 가문의 씨지 어느 집의 씨겠습니까? 도안고가 알게 되면 또다시 해치려 할 것입니다. 이 어린것을 죽여 버리면 조씨 가문의 씨가 진정으로 마르게 되는 것입니다.

공손저구 그럼 그 고아는 어디에 있단 말이냐? 누가 구해 내야 하지 않겠느냐?

정영 나리께서 가련히 여기는 마음이 있으시니 제가 사실대로 말씀드리겠습니다. 공주께서 임종하실 때 이 고아를 저 정영에게 넘겨주시며 장성하여 어른이 될 때까지 잘 돌봐서 부모의 원수를 갚으라 하셨습니다. 고아를 안고 문을 나서다가 한궐 장군에게 들켰습니다만, 저의 설득으로 한궐 장군은 우리를 놓아주고는 자결하였습니다. 이젠 더 이상 고아를 숨길 곳이 없어서 노재상님을 찾아온 것입니다. 나리께서는 조순 어른과 벼슬살이를 함께하시고 교분이 두터우시니 부디 이 고아를 가련히 여겨 주십시오!

공손저구 그럼 고아는 지금 어디에 있는가?

정영 초막 아래에 있습니다.

공손저구 고아를 깨우지 말고 어서 안고 오게나.

정영 (상자를 열어 보는 동작) 하늘이시여, 감사합니다. 아기씨가 아직 주무시고 계시는군요.

공손저구 (받아드는 동작)

【목양관】

이 아이는 생겨나기도 전에 친척을 모두 잃고

잉태되자마자 조상들이 사라졌으니

어른이 되어도 좋은 일보다는 나쁜 일이 많겠지.

그의 아비는 형장에서 목숨 잃고

그의 어미는 구금되었건만

피비린내 나는 백의의 선비들은 어디 가고

배은망덕한 흑두충黑頭蟲*뿐인가?

정영 조씨 일가의 운명은 오로지 이 아기씨의 복수에 달려 있습니다.

공손저구

이 아이가 부모의 원수를 갚을 진정한 사내대장부라고?

내가 보기엔 부모를 해친 업보의 씨앗일 뿐이네.

정영 나리, 저 도안고는 조씨고아가 도망칠까 봐 진나라 안의 어린것들을 모두 잡아다가 죽인답니다. 제가 조씨고아를 나리 곁에 숨겨 두려는 것은 부마께서 평소에 저를 잘 대해 주신 은혜에 대한 보답이자 우리 진나라 어린아이들의 목숨을 구하기 위함입니다. 저 정영도 이제 마흔다섯이 다 되어 아들을 하나 낳았는데 채 한 달이 못 되었습니다. 제 아들을 조씨고아로 가장할 테니 노재상께서 도안고에게 알려 정영이 고아를 감추고 있다고 말씀하십시오. 우리 부자 두 사람은 한곳에서 같이 죽고, 나리께선 안심하고 고아를 성인으로 키우셔서 부모의 원수를 갚게 한다면 좋지 않겠습니까?

공손저구 정영, 자네가 올해 몇 살인가?

정영 마흔다섯입니다.

공손저구 이 어린것이 스무 살은 되어야 부모의 원수를 갚을 수 있을 텐데, 자네는 이십 년이 지나 봐야 예순다섯이지만 나는 아흔 살이 된다네. 그 나이까지 살아 있을지도 알 수 없는데 조씨 집안의 원수를 어찌 갚겠나? 정영, 자네가 기꺼이 버리려는 자네 아이를 내게 건네주게. 자네가 도안고에게 자수하여 태평장의 공손저구가 조씨고아를 감추고 있다고 말하게. 도안고가 병졸을 이끌고 와서 나를 잡아가면 나는 자네 친아들과 함께 죽겠네. 자네는 조씨고아를 어른으로 키워서 그 부모의 원수를 갚도록 하는 것이 더 좋겠네.

정영 나리, 옳은 말씀이긴 합니다만, 제 어찌 나리께 누를 끼치겠습니까? 그냥 제 아들을 조씨고아로 가장하여 도안고에게 고발하시면 저희 부자 두 사람은 함께 죽음을 맞도록 하겠습니다.

공손저구 정영, 나는 이미 결정하였으니 더 이상 의심할 필요 없네.

【홍작약】

이십 년 걸려 복수하게 될 주인공은

그때 가서야 비로소 뜻을 이루겠지만

내가 조만간 죽음을 당하게 되면 한바탕 허사로 돌아갈까 두려울 뿐.

정영 어르신, 이렇게 정정하시면서요.

공손저구

정정함도 옛날만 못하다네.

이 어린아이 혼자 내버려 둔다면 어떻게 뜻을 이루겠나?

자넨 순식간에 후딱 쪼글쪼글 늙어 버리진 않을 테니

조씨 가문을 위해 힘을 내서 앞장서 주게나.

정영, 자네는 내가 시키는 대로 하게.

나는 정말이지 시간을 감당하기 힘들 게야.

정영 나리, 편안히 잘 계신데 제가 앞뒤 가리지 않고 불쑥 나타나 공연히 이 골칫덩어리를 나리께 넘겨 드려서 마음이 불안하시겠어요.

공손저구 정영, 무슨 말을 그리 하나? 내 나이 이제 곧 칠십이면 죽는 것은 당연한 일, 어차피 시간문제일 뿐이야.

【보살양주】

이 꼭두각시 무대에서

북 치고 피리 불며 노니는 것도

그저 한바탕 짧은 꿈이라 여겨야지.

순식간에 영웅이 다 늙어 버렸네.

은혜를 입고도 보답하지 않는다면 무엇 하러 만날 것이며

의를 보고도 행하지 않는다면 용기 있다 할 수 없으며

정영 노대신께선 기왕에 승낙하셨으니 신의를 지켜 주십시오.

공손저구

말해 놓고 지키지 않는다면 말한들 무슨 소용이 있겠는가?

정영 나리께서 조씨고아를 거두신다면 그 이름이 청사에 길이

빛나고 만고에 그 향기 남을 것입니다.

공손저구

날 그리 치켜세울 것 없네.

대장부가 목숨에 연연하겠는가?

하물며 나처럼 백발성성한 늙은이가.

정영 나리, 한 가지가 더 있습니다. 도안고에게 잡히면 온갖 고문을 당하게 될 텐데 어찌 견디시겠습니까? 저 정영의 짓이라 지목하신다면 우리 부자가 죽는 것은 물론 조씨고아도 끝내 죽음을 면치 못할 것입니다. 그러니 나리를 이 일에 끌어들일 수 없습니다.

공손저구 정영, 자네 말도 옳네. 저 도안고 놈과 조 부마는,

【삼살】

이 두 집안은 원한이 깊으니

고아의 종적을 찾다가

태평장을 병사로 에워싸

물 샐 틈 없이 지키겠지.

저 도안고가 나를 잡으면 고래고래 소리 지를 거야. "늙은이가 삼 일 전 나붙은 방문도 못 봤나? 어쩌자고 조씨고아를 숨기는 게야? 나랑 대적하자는 건가?"라고. 좋아, 해 보자고!

늙은이가 자기 무덤을 파네

방이 붙었을 때 하늘 무서워하는 줄도 모르고

벼슬 관두고 은퇴한 농부 주제에

감히 전갈을 발로 차고 벌집을 쑤시다니.

【이살】

저자는 묶고 매달고 갖은 고문 하며

사정과 이유를 시시콜콜 추궁하겠지.

그러는 동안 가죽은 마르고 뼈가 문드러지며 고통을 참을 수 없어

어쩔 수 없이 사실대로 끌어다 댈까 봐

자네 정영이 두려워하겠지.

정영, 자네는 안심하게.

나는 원래 한번 약속은 천금처럼 지키는 사람,

나를 칼산 끝에 올려놓는다 해도

결단코 배신하지 않을 걸세.

정영, 자네는 안심하고 가서 이 고아를 잘 키우게. 어른이 되어 부모의 원수를 갚을 수 있다면 이 늙은이는 한번 죽어도 여한이 없을 걸세.

【살미】

조씨 일가는 천 년만큼 오래되었고

진나라 산하는 험준하고 강하다네.

빼어난 인재들 자랑하며 군대를 통솔하고

뭇 나라를 위세로 제압하여 모두 복종케 하니

공경대부들 두루 조배하며 고충을 호소했는데.

재난의 화근은 당초 휘하에서 비롯되어

삼백 명 식솔이 모두 칼 아래 스러지고

오직 혈혈단신 어린아이 하나 남아

오늘 아침이 되어 아비의 작위를 잇는구나.
억울한 원한을 생각하니 눈물이 샘솟아
하늘에 무슨 전령이라도 청하여
어서 원수부로부터 저 간신을 끌어내어
목을 자르고 시체를 토막 내어 조상님께 바치고
구족을 용서 없이 모두 멸해야겠네.
그래야 자네가 죽음을 무릅쓰고 고아를 구출하여 주군께 보답
하려 한 것이
허사가 되지 않을 것이며
그렇게 된다면 나도 기꺼이 요리要離*의 무덤 근처에 묻히겠네.

(퇴장한다)

정영 형세가 급박해졌습니다. 난 고아를 우리 집으로 데려가고 내 아들을 태평장으로 보내야겠습니다. (시로 읊는다)

내 친아들을 기꺼이
남의 집 조씨고아와 몰래 바꾼다.
나 정영이 의리상 마땅히 해야 할 일
다만 공손저구 노대감께 누를 끼침이 안타까울 뿐.

(퇴장한다)

제3절

쌍조

(도안고가 졸자를 이끌고 등장한다)

도안고 조씨고아가 달아나 버렸습니다. 전 방을 내걸어 삼 일 이내에 고아를 갖다 바치지 않으면 진나라 안 한 달 이상 반년 이하의 모든 사내아이를 원수부로 데려와 깡그리 죽여 버리겠다고 하였지요. 여봐라, 문 앞에서 지켜보다가 자수하거나 고발하는 사람이 있거들랑 나에게 알리도록 하여라.

(정영이 등장한다)

정영 저는 정영입니다. 어제 제 아이를 공손저구에게 데려다 놓고 나는 오늘 도안고에게 고발하기 위해 왔습니다. (졸자에게 말한다) 여봐라, 조씨고아가 있는 곳을 안다고 전하거라.

졸자 내가 보고할 테니 여기 있으시오. (아뢰는 동작) 원수님께 아룁니다. 어떤 자가 조씨고아가 있는 곳을 안다고 합니다.

도안고 데려오너라.

졸자 오시랍니다.

(만나는 동작)

도안고 네놈은 뭐 하는 놈이냐?

정영 소인은 초야의 떠돌이 의사 정영이라고 합니다.

도안고 조씨고아는 지금 어디에 있느냐?

정영 태평장에서 공손저구가 숨겨 놓고 있습니다.

도안고 그것을 네가 어떻게 아느냐?

정영 소인은 공손저구와 약간의 면식이 있는데, 그를 방문했을 때 침실서 비단으로 수놓은 이불에 한 아이가 누워 있는 것을 보았습니다. 공손저구는 나이가 이미 일흔이고 자녀가 없는 것으로 아는데 어디서 난 아이일까 궁금하여 "이 어린것이 혹시 조씨고아가 아닙니까?" 하고 물었습니다. 그는 순식간에 낯빛이 변하며 대답을 하지 못했습니다. 그래서 고아가 공손저구의 집에 있는 것을 알게 되었습니다.

도안고 이놈! 너 같은 필부가 감히 나를 속이려느냐? 너는 공손저구와 무슨 원수진 일도 없거늘 어찌하여 그가 조씨고아를 숨기고 있다고 고발하느냐? 무슨 내막을 알고 있는 것이냐? 네가 말한 것이 사실이라면 아무 일 없겠지만 사실이 아니라면 여봐라, 칼을 벼려서 이 필부를 먼저 죽여라.

정영 원수께선 벽력같은 노여움을 잠시 푸시고 호랑이 같은 위엄을 그치시옵소서. 소인의 말씀을 들어 보십시오. 소인은 공손저구와 아무런 원한이 없습니다. 다만 원수께서 방을 붙여 진나라 안의 사내아이들을 원수부로 잡아 와 모두 죽여 버리신다고 하셨기 때문입니다. 소인은 진나라 안의 갓난아기들의 목숨을 구하고 싶습니다. 그리고 소인 마흔다섯 살인데 근자에 한 아들을 얻은 지 채 한 달이 못 되었습니다. 원수님께서 명하셨으므로 아들을 바치지 않을 수 없는 법, 그렇다면 소인은 대가 끊겨 버리지 않습니까? 그래서 생각 끝에 조씨고아가 나타나면 일국의 어린 생명들이 상하지 않고 소인의 아이도 무사할 수 있을 것이라 생각되어 출두한 것입니다. (시로 읊는다)

나리께선 노여움을 멈추십시오.
이것이 바로 자백하게 된 까닭입니다.
진나라의 어린 생명을 구한다고는 하나
사실은 저희 정씨 집안의 대를 잇고 싶은 겝니다.

도안고 (웃는 동작) 아, 그렇군. 공손저구는 원래 조순과 함께 벼슬했던 자이니 그럴 법도 하구나. 여봐라, 오늘 본부의 병사를 선발해서 정영과 함께 공손저구를 잡으러 태평장으로 가자! (함께 퇴장한다)

(공손저구〔정말正末〕가 등장한다)

공손저구 이 늙은이는 공손저구입니다. 어제 정영과 조씨고아 구출을 상의했고 오늘 그가 도안고 원수부로 고발하러 갔습니다. 이제 곧 도안고 이놈이 오겠지요.

【신수령】
흙먼지를 날리며 날듯이 다리를 건너오는 것이
분명 충신을 해치는 역도의 무리렷다.
가지런히 병사들을 줄 세워서

창과 칼이 번뜩이며

나는 머지않아 죽을 목숨

그깟 고문쯤 무얼 못 참는다고 피하겠나?

(도안고가 정영과 함께 졸자들을 거느리고 등장한다)

도안고 이곳 태평장에 도착하였구나. 여봐라, 태평장을 포위하여라. 정영, 어디가 공손저구의 저택인가?

정영 이곳입니다.

도안고 저 늙은이를 잡아 오너라. 공손저구, 네 죄를 알렷다!

공손저구 나는 모른다.

도안고 네놈이 조순과 함께 벼슬하던 자임을 알고 있다. 어찌 감히 조씨고아를 숨기느냐?

공손저구 원수, 내가 곰의 심장과 표범의 간담을 가진 줄 아느냐? 어찌 감히 조씨고아를 숨긴단 말이냐?

도안고 맞아야 부는 법이지. 여봐라, 큰 몽둥이를 골라 매우 쳐라.

(졸자가 때리는 동작)

공손저구

【주마청】

나는 사직하고 조정을 떠났지만

조순과는 문경지교라고 불리지.

이 일을 누가 고자질하였느냐?

도안고 여기 정영이 자진출두해서 고발했다.

공손저구

어느 배신자가 고발했나 했더니

정영 네놈의 혀야말로 사람을 베는 칼이로구나.

네놈이 조씨 가문 삼백 명 식솔을 모두 죽이고 이 아이 하나 남았는데, 이제 또 그 목숨까지 해치려는구나.

바람은 사나운 독수리의 편이요

서리는 마른 풀만 골라 내린다더니.

고아를 또 죽여 버린다면

저 삼백 명의 원한을 누가 갚는단 말이냐.

도안고 이봐 늙은이, 고아를 어디에 숨겼는지 어서 자백하라. 자백하면 형벌은 면하게 해주지.

공손저구 내가 무슨 고아를 어디에 숨겼단 말이냐? 누가 보기라도 했단 말이냐?

도안고 자백하지 않겠다고? 여봐라, 저놈을 끌어내어 매우 치거라.

(때리는 동작)

이 악랄한 늙은이가 도무지 불 생각을 않는군. 성질 돋우네. 이봐, 정영, 자네가 고발한 것이니 자네가 나 대신 곤장을 들게.

정영 원수님, 소인은 떠돌이 의사에 불과합니다. 약 짜기도 힘에 부치는데 곤장을 들다뇨?

도안고 정영, 자네가 곤장을 들지 않겠다는 걸 보니 저자가 자넬 물고 들어가 엮을까 봐 겁이 난 게냐?

정영 원수님, 소인이 하겠습니다. 하면 되잖아요.

(곤장을 드는 동작)

도안고 정영, 곤장을 고르고 고르다가 저 가느다란 막대기나 하나 집어 드는 걸 보니 저자를 세게 때리면 너를 물고 들어갈까 봐 그러는구나.

정영 그럼 큰 걸로 치겠습니다.

도안고 잠깐! 처음엔 가느다란 막대기를 집었다가 지금은 또 굵은 몽둥이를 집어 드네. 두어 번 만에 맞아 죽기라도 한다면 뭐 자백을 받을 수 없지 않느냐.

정영 가느다란 것도 안 되고 굵은 것도 안 된다니 이러지도 저러지도 못하겠습니다.

도안고 정영, 저 중간 크기 곤장으로 치거라. 공손저구 이 늙은이야, 곤장을 치는 자가 바로 정영이란다.

정영 (매질하는 동작) 어서 자백하거라. (세 번 반복하는 동작을 마친다)

공손저구 아이고, 하루 종일 맞았어도 이번처럼 아픈 게 없구나. 도대체 누가 날 치는 것인가?

도안고 정영이 때리는 것이다.

공손저구 정영, 네놈이 어째서 날 때리는 거냐?

정영 원수, 이 늙은이가 매를 맞더니 헛소리를 지껄입니다요.

공손저구

【안아락】

어떤 자가 굵은 몽둥이 단단히 틀어쥐고 휘두르기에
내 살가죽이 떨어져 나가도록 아픈 것일까?
못된 놈 정영 너와 내가 무슨 원수라도 졌다고

이 공손저구 늙은이를 이렇게 학대하는가?

정영 어서 자백하라!

공손저구 내가 자백하겠다. 자백하겠다.

【득승령】

피할 틈도 없이 때려 대니

비굴한 자백을 하게 되네.

혹시 그 고아를 자기가 알면서

일부러 나를 지목한 것인가?

(정영이 당황해하는 동작)

난 참으로 견디기 어려워도

어금니 꽉 깨물고 간신히 버티는데

슬쩍 훔쳐보니

저 녀석은 놀라서 다리가 후들거리는구나.

정영 어서 자백해라. 맞아 죽기 전에.

공손저구 알았다, 알았어, 알았다고.

【수선자】

우리 둘이서 이 아기를 구하자고 의논했다.

도안고 드디어 자백하는구나. 우리 둘이라고 했는데, 하나는 너고 다른 하나는 누구냐? 사실대로 말하면 목숨은 살려 주겠다.

공손저구 다른 하나가 누구냐고? 말하지, 말해 주마.

아! 한마디 말이 혀끝까지 튀어나온 걸 다시 삼켜 버리네.

도안고 정영, 이 일에 혹시 자네가 관여된 건 아닌가?

정영 이 늙은이가 애먼 사람을 끌고 들어가네.

공손저구　정영, 왜 당황하느냐?

내가 정영 네 이름을 말해 버릴까 봐 그러느냐?

내가 마음이 바뀌어 배신할까 봐 그러느냐?

도안고　처음에는 둘이라고 하더니 왜 갑자기 없다고 말하느냐?

공손저구

네놈에게 맞아서 제정신이 아니었다.

도안고　자백하지 않겠다면 네놈을 때려죽이겠다.

공손저구

맞아서 살가죽이 터지고

살이 모두 문드러져도

내가 이름 한 자라도 말할 줄 아느냐

꿈도 꾸지 마라.

(졸자가 내아(倈兒)를 안고 등장한다)

졸자　원수님, 축하드립니다. 토굴 속에서 조씨고아를 찾아냈습니다.

도안고　(웃는 동작) 그 어린것을 데려오거라. 내 직접 손을 써서 세 토막을 내버리겠다. 이봐 늙은이, 조씨고아가 없다더니 이건 누구란 말이냐?

공손저구

【천발도】

그날 네가 신오를 훈련시켜

충신을 덮치고 물어뜯게 하여

황량한 들판에서 죽고

무쇠 칼에 찔려 죽고

치마끈에 목매 죽고

삼백 명 일가 남녀노소를 모두 주살하여

한 사람도 살아남지 못하였는데

여전히 네 심보는 만족할 줄 모르느냐?

도안고 이 고아를 보니 나도 모르게 부글부글 끓어오르는구나.

공손저구

【칠제형】

저놈이 좌우로 두리번거리며

노하여 포효하고

발끈하여 흉악한 모습으로 변하더니

허리띠 눌러 비단 도포 매만지고

상어 가죽 칼집에서 용천검을 뽑는구나.

도안고 (도안고가 노한다) 내 이 검을 뽑아서, 한 토막, 두 토막, 세 토막.

(정영이 놀라며 아파하는 동작)

이 쬐끄만 업의 씨앗을 세 토막 내었으니 이제 내 평생의 소원이 채워졌구나.

공손저구

【매화주】

아!

피범벅이 된 아이를 보고

저자는 통곡하며 고래고래

이자는 원망하며 안절부절
나마저 몸서리에 후들후들.
저런 사악한 짓이라니,
하늘도 무심하시지.
아,
아이가 강보를 떠난 지
오늘로 꼭 열흘인데
칼 아래 무자비하게 스러지네.
오래 살면 무엇하고
힘쓰면 무엇하나!
노후 걱정이 또 무슨 소리인가?
【수강남】
아!
부유한 집 아이는 사랑받는다 했던가?
(정영이 눈물을 훔치는 동작)
정영은 마음에 끓는 기름을 부었구나.
눈물방울도 남 앞에서 떨구지 못하고
몰래몰래 훔쳐 닦고 있네.
친자식이 난데없이 세 토막 나 버렸네.

도안고 이 도적놈아, 한번 보거라. 하늘이 너를 용서할 듯싶으냐? 나 죽는 것이 뭐 대수로운 일이냐?

【원앙살】
나이 칠십이면 살 만큼 산 셈.

한 살에 죽은 이 아이 얼마나 애석한가.
우리 둘은 함께 죽지만
만 대에 이르도록 이름을 드날릴 게다.
나중에 죽을 자네 정영에게 부탁하네.
비명에 죽은 조삭을 저버리지 말게나.
세월은 순식간에 지나가고
원수는 금세 갚아진다 했네.
저놈을 갈기갈기 내버릴 일이지
결코 설렁설렁 놓아 버리지 말게나.

(공손저구가 머리를 부딪치는 동작)

내 섬돌에 머리를 부딪쳐 죽을 곳을 찾으리라. (퇴장한다)

졸자 (아뢰는 동작) 공손저구가 섬돌에 머리를 부딪쳐 죽었습니다.

도안고 (웃는 동작) 그 늙은이가 죽었다니 잘됐구나. (웃는 동작) 정영, 이번 일은 자네 덕일세. 자네 아니었으면 어떻게 조씨고아를 죽였겠는가?

정영 원수님, 소인은 원래 조씨 집안과 아무 원한이 없습니다. 그저 진나라 안의 어린 생명들을 구하고자 한 일이고, 제게도 한 달 못 된 어린것이 있기 때문입니다. 조씨고아를 찾아내지 못했다면 제 아이도 이미 목숨을 부지할 수 없었을 겁니다.

도안고 정영, 자네는 내 심복일세. 자네는 우리 집안의 문객으로 있으면서 자네의 그 아이를 키우도록 하게. 자네는 글을 가르치고 내게 보내면 나는 무예를 가르침세. 나도 쉰 살이 가까운데 아직 후사가 없으니 자네의 아이를 내 양아들로 삼겠네. 나도 이미 나이를 많이 먹었으니 나중에 내 벼슬자리도 자네 아이가 이어받게 될 게야. 자네 의향은 어떠한가?

정영 원수님께서 돌봐 주시겠다니 감사할 뿐입니다.

도안고 (시로 읊는다)

조정에서 조순 저자만 잘나가니
내 마음속에 분노가 날 수밖에.
이제 이 어린 새싹을 제거했으니
드디어 후환이 모두 없어졌도다.

제4절

중려

(도안고가 졸자를 이끌고 등장한다)

도안고 나 도안고가 조씨고아를 죽인 지 이십 년의 세월이 흘렀습니다. 정영의 아들은 나의 수양아들이 되었으므로 이름을 도성이라고 부르게 되었습니다. 나는 그에게 열여덟 가지 무예를 가르쳤는데 어느 것 하나 못하는 것 없이 다 익혔습니다. 또 이 아이는 활쏘기와 말타기가 나보다 낫습니다. 이 아이의 위력을 등에 업고 조만간 계책을 꾸며 영공을 시해하고 진나라를 빼앗아야겠습니다. 그리고 나의 관직을 모두 이 아이에게 주어야만 내 평생의 소원이 이루어지겠습니다. 마침 아이가 활쏘기와 말타기를 익히러 훈련장에 나갔으니 그 아이가 돌아오면 함께 상의해 봐야겠습니다. (퇴장한다)

(정영이 두루마리를 들고 등장한다)

정영 (시로 읊는다)

세월은 늙은이를 다그치고
시간은 젊은이를 재촉하네.
마음속 한없는 일들을
속 시원히 터놓고 이야기할 수 있다면.

세월이 참으로 빠르군요. 도안고의 저택에 온 뒤로 이십 년의 세월이 흘렀습니다. 저 아이는 스무 살이 되었고 정식 이름을 정발程勃이라고 지었습니다. 저에게는 글을 배우고 도안고에게는 무예를 배우는데, 아주 영리하고 활쏘기와 말타기에도 능합니다. 저 도안고는 제 아이를 매우 아끼고 있지만 실제 내막은 알 리가 없지요. 그렇지만 제 아들도 아직 철모르긴 마찬가지니 제 나이 지금 예순다섯, 무슨 일이라도 생긴다면 조씨 가문의 복수 이야기를 누가 저 아이에게 해 준단 말입니까? 이 때문에 밤낮으로 전전긍긍하며 잠을 이루지 못합니다. 그래서 저는 억울한 죽음을 당했던 충신과 장수들을 그림으로 그려 두루마리를 완성했습니다. 아이가 저에게 묻는다면 지난 일을 하나하나 낱낱이 들려주려고 합니다. 그러면 이 아이는 틀림없이 부모의 원수를 갚고자 하겠지요. 서재에 조용히 앉아서 아이가 오기만 기다려야겠습니다. 제게 생각이 있습니다.

(정발〔정말正末〕이 등장한다)

정발 저는 정발입니다. 이쪽의 아버지는 정영이고 저쪽의 아버지는 도안고입니다. 낮에는 무예를 연마하고 저녁이 되면 글을 배웁니다. 이제 훈련장에서 돌아왔으니 이쪽 집 아버지께 인사를 드리겠습니다.

【분접아】

본영의 부하 군졸을 이끌며
사람 죽이는 일 따윈 눈도 껌뻑 않고
매일같이 병서를 익힌다네.
전장에서 대적하는 내 능력으로
충분히 여러 나라를 항복시킬 수 있지.
내 부친의 용맹을 누가 당할쏘냐?
내 온 마음 다 바쳐 도와 드리리.

【취춘풍】

오로지 현군이신 진 영공을 모시고
현신이신 도안고를 도우리니
문무에 모두 능하여 만인을 상대하고
내 아비도 나를 인정, 인정하시지.
'군마는 씩씩하고 병사는 강하며
아비는 자애롭고 아들은 효도로다'
하지 않았더냐?
임금이 걱정하고 신하가 굴욕당할 일 있겠는가?

정영 이 두루마리를 펼치니 참으로 가련하구나! 조씨고아 하나로 인해 얼마나 많은 어진 신하와 열사들이 희생되었는가? 내 아들도 그 와중에 죽고 말았지.

정발 여봐라, 말고삐를 받거라. 아버님은 어디 계신가?

졸자 서재에서 책을 보고 계십니다.

정발 아뢰거라.

졸자 (알리는 동작) 정발이 오셨습니다.

정영 들어오라 하라.

졸자 드시랍니다.

정발 (인사하는 동작) 아버님, 소자 훈련장에서 돌아왔습니다.

정영 그래, 밥이나 먹으러 가려무나.

정발 내가 이 문을 나설 때 이쪽 집 아버님은 매일 나를 보면서 흐뭇해하셨는데 오늘은 나를 보시더니 괴로워하시며 하염없이 눈물을 흘리시니 무슨 생각을 하시는 거지? 내 여쭤 보리라. 누가 아버님을 능멸하였습니까? 저에게 말씀해 주십시오. 제가 그냥 두지 않겠습니다.

정영 내가 말해 준다 하더라도 네 부친과 모친을 위해서 할 수 있는 일이 없으니 너는 그냥 밥이나 먹으러 가거라. (눈물 감추는 동작)

정발 정말 답답합니다.

【영선객】

무슨 일로 눈물방울을 감추시고

(정영이 탄식하는 동작을 하고 정발이 노래한다)

무슨 일로 장탄식을 하십니까?

내 두 손 꼭 모으고 다가가 엎드리리.

아버님,

부글부글 마음이 끓어오르고

버럭버럭 울화가 치미는구나.

누가 감히 아버님을 모욕했단 말입니까?

제가 여기서 머리 조아리며 머뭇거립니다.

누가 아버님을 속상하게 한 것도 아니라면

속 시원히 얘기 못 하실 게 뭐 있습니까?

정영 정발아, 너는 서재에서 글이나 읽고 있거라. 나는 뒤채에 좀 다녀오련다.

(두루마리를 남겨 놓은 뒤 거짓으로 퇴장한다)

정발 어? 그러고 보니 두루마리가 있네. 무슨 문서지? 좀 펼쳐 보자. (보는 동작) 참으로 이상하구나. 저 붉은 옷 입은 자가 사나운 개를 끌고 와서 자주색 옷 입은 자를 덮쳤네. 그런데 몽둥이를 든 자가 사나운 개를 내려치고. 이 사람은 한 손으로 수레를 떠받치고 있는데, 한쪽 수레바퀴는 어디 간 거야? 이 사람은 홰나무에 머릴 부딪쳐 죽고. 이게 도대체 무슨 이야기일까? 이름도 적혀 있지 않으니 도무지 알 수가 없구나.

【홍수혜】

그림 속엔

짙푸른 뽕나무 몇 그루와

왁자지껄한 무리의 농부들.

한 사람은 으라차차 외바퀴 수레를 꽉 붙잡고

한 사람은 몽둥이를 직접 치켜들고

한 사람은 홰나무에 부딪쳐 이미 죽어 버리고

또 사나운 개 한 마리 자주색 옷 입은 자에게 계속 달려드네.

다시 한 번 보자. 이 장군 앞에는 활줄, 사약, 단검 세 가지가 놓여 있는데 단검으로 사결하려는구나. 이 장군도 김을 뽑아 지결하네? 이 의사는 약상자를 든 채 꿇고 앉았고, 이 부인은 아이를 안고 있다가 이 의사에게 넘겨주려고 하네. 어라? 이 부인은 치마끈으로 목매어 자결하네. 불쌍하기도 하지.

【석류화】

이 사람은 비단 홑옷 입고
활줄, 사약, 단검을 손에 들고 죽음을 맞네.
이 장군은 어째서 자기 목을 찔러 피범벅이 됐지?
이 사람은 약상자를 받쳐 들고 무릎을 꿇고 있고
이 사람은 어린아이를 건네주네.
주렁주렁 옥 장식한 귀부인은 가련도 하지
치마끈으로 자결하다니 무슨 잘못을 했을까?
한참을 끙끙대도 도무지 알 수가 없으니
이 그림 때문에 답답해 죽겠네.

자세히 보니 이 붉은 옷을 입은 자는 참으로 악독하구나. 흰 수염 난 저 노인을 아주 모질게 때리네.

【투암순】

붉은 옷 입은 이자는
흰 수염 난 노인을 심하게 때리누나.
내 심장이 괴롭고
내 폐부까지 막혀 오는구나.
이 집이 만약 나랑 친척 관계라도 된다면
내가 원수를 갚지 않는다면 대장부도 아니지.
내 기꺼이 그들 편에 서리라.

이 피바다에 누운 것은 어느 집 장정인가?

저잣거리에서 죽은 것은 또 어느 집 조상인가?

도무지 알 수가 없구나. 이쪽 집 아버님이 돌아오시면 여쭤 봐서 의혹을 풀어야지.

(정영이 등장한다)

정영 정발아, 내가 오랫동안 다 듣고 있었다.

정발 아버님, 저에게 들려주십시오.

정영 정발아, 내가 말하는 이 이야기는 바로 네 집안의 일이란다.

정발 아버님, 제가 알아들을 수 있도록 분명하게 말씀하여 주십시오.

정영 정발아, 잘 듣거라. 참으로 긴 이야기란다. 저 붉은 옷을 입은 자와 자주색 옷을 입은 사람은 원래 같은 임금을 모시고 함께 벼슬하던 신하였단다. 그런데 문신과 무신 사이의 불화로 인해 서로 적이 되어 버린 지 이미 하루이틀이 아니었단다. 붉은 옷 입은 자가 생각했지. 먼저 손을 쓰면 이기고 나중에 손을 쓰면 화를 당할 거라고. 그래서 몰래 조예라는 자객을 보냈단다. 단검을 숨기고 담장을 넘어 들어가 저 자주색 옷 입은 자를 찔러 죽이라고 말이야. 그런데 이 자주색 옷을 입은 신하는 매일 밤 향을 피우며 천지신명께 기도를 올렸단다. 오직 나라에 보답할 마음뿐이지 자기 가문을 위한다는 생각은 조금도 없었어. 그 자객은 생각했지. 내가 만약 이 노대감을 찌른다면 그건 하늘을 거스르는 것이니 절대로 그럴 수 없다. 그런데 저 붉은 옷을 입은 자에게 돌아가면 역시 죽음을 면치 못할 거야. 관두

자, 관둬. 관두자고. (시로 읊는다)

그는 날카로운 칼을 들고 몰래 숨어 있다가
충신을 보고는 이곳에 온 것을 후회하네.
세상의 도가 해와 같이 밝은 것을 깨닫고
이날 밤 조예는 스스로 홰나무에 머리를 부딪치네.

정발 홰나무에 부딪쳐 죽은 이 사람이 조예로군요?

정영 이제 알았구나. 자주색 옷을 입은 이 사람이 봄에 권농하러 교외에 나갔다가 뽕나무 아래에서 힘센 장사 한 사람이 얼굴을 쳐들고 입을 벌린 채 누워 있는 것을 보았단다. 자주색 옷을 입은 사람이 그 까닭을 묻자 그 장사는 말했단다. 저는 영첩이라고 합니다. 끼니마다 쌀 한 말씩 먹는 바람에 주인이 도저히 먹여 살리지 못한다며 내쫓았습니다. 저 뽕나무의 오디를 따 먹고 싶은데 그랬다간 저더러 훔쳐 먹었다 할 것이니 하는 수 없이 누워서 기다리는 중입니다. 오디가 입에 떨어지면 먹고요, 떨어지지 않으면 차라리 그냥 굶어 죽을 일이지 남에게 모욕을 당하진 않겠습니다. 자주색 옷을 입은 사람은 "의로운 사람이로다" 하면서 술과 밥을 가져다 이 굶주린 사내에게 주었지. 한 끼를 배불리 얻어먹고 사내는 인사도 없이 떠나 버렸어. 자주색 옷을 입은 사람은 노여워하지 않았단다. 정발아, 이걸 보면 노대감의 덕망을 알 수 있지. (시로 읊는다)

봄날을 맞아 농사를 독려하며
들판을 두루 다니다 날 저물기 전
술 한 주전자 밥 한 사발을 누구에게 내렸던가,

뽕밭의 주린 사내를 구제해 주었도다.

정발 아! 뽕나무 아래의 굶주린 사내가 영첩이군요.

정영 정발아, 잘 기억해 두거라. 또 어느 날 서융국에서 신오라는 개 한 마리를 바쳐 왔단다. 길이가 사 척인데 이름을 신오라고 불렀지. 진 영공께서 신오를 저 붉은 옷 입은 자에게 주셨더니 이걸 갖고 저 자주색 옷 입은 자를 모해하는 데 쓴 거야. 후원에 허수아비를 하나 엮어서 자주색 옷 입은 사람과 똑같은 차림새로 꾸미고는 허수아비 배 속에 양의 심장을 넣어 놓고 신오를 대엿새 굶겼다가 허수아비의 배를 쪼개고는 배불리 먹게 한 거야. 이렇게 백 일을 연습시키고는 영공에게 가서 말했지. "지금 조정 안에 불충불효한 자가 주상을 기만할 마음을 품고 있습니다." 영공은 물었어. "그 사람이 어디 있느냐?" 붉은 옷 입은 사람이 말했지. "일전에 신에게 내리신 신오라는 개가 알아낼 수 있습니다." 저 붉은 옷 입은 자가 신오를 끌고 왔을 때 자주색 옷을 입은 사람은 전각 앞에 서 있었지. 신오는 허수아비인 줄 알고 그에게 달려가 덮쳤어. 자주색 옷 입은 사람은 전각 안을 이리저리 돌면서 도망 다녔지. 옆에 있던 전전태위 제미명이란 사람이 화가 나서 몽둥이를 들어 신오를 때려 자빠뜨리고는 손으로 머리 가죽을 움켜잡고 두 쪽으로 찢어 버렸단다. (시로 읊는다)

간신이 온갖 간계로 핍박하여
충성스러운 신하는 도망칠 곳도 없네.
전각 앞에 영웅이 있어

매서운 손으로 신오를 쪼개 버리네.

정발 이 사나운 개가 신오고, 이 사나운 개를 죽이는 게 제미명이군요.

정영 그렇단다. 저 노대감이 궁문을 나서서 수레에 오르려고 하는데 저 붉은 옷 입은 자가 네 마리 말 중에 두 마리를 풀어 버리고 바퀴 두 개 중에 한 개를 떼어 버려서 출발할 수가 없었지 뭐니. 그런데 옆에서 한 장사가 나타나 한쪽 팔로 수레바퀴를 떠메고 한 손으로 말을 채찍질했단다. 옷이 해져 피부가 드러나고 살이 해져 힘줄이 드러나고, 힘줄이 해져 뼈가 드러나고, 뼈가 해져 골수가 드러났단다. 바퀴 축을 떠메고 바퀴를 밀어 들판으로 도망쳤지. 이 사람이 누구인 줄 아느냐? 바로 뽕나무 아래에서 굶주렸던 사내 영첩이란 자란다. (시로 읊는다)

자주색 옷이 곤경을 피해 궁문을 나서는데
말이 끄는 수레에 말과 바퀴가 하나씩 빠졌네.
영첩이 간신히 둘러메어 들판으로 피신하니
뽕나무 아래 밥 한 끼의 은혜를 갚으려 함이네.

정발 소자 기억하고 있습니다. 그는 바로 뽕나무 아래에 누워 있던 영첩이지요.

정영 그렇다.

정발 아버님, 붉은 옷을 입은 저자는 참으로 악독하군요. 저자의 이름이 무엇입니까?

정영 정발아, 그의 이름을 잊어버렸다.

정발 그럼 저 자주색 옷을 입은 자는 이름이 무엇입니까?

정영 자주색 옷을 입은 자는 성이 조씨, 바로 조순 승상이란다. 그분은 너와 친족 관계지.

정발 저도 조순 승상이란 분이 있다는 건 들은 적 있습니다만, 여태껏 신경을 써 본 적은 없습니다.

정영 정발아, 내가 지금 너에게 말해 준 것을 잘 기억해야 한다.

정발 저 두루마리의 이야기를 더 들려주십시오.

정영 저 붉은 옷을 입은 사람은 조순의 일가 삼백 명 식솔을 모두 죽여 버렸다. 조삭이라는 아들이 하나 남았는데 부마였지. 붉은 옷 입은 자가 영공의 명이라 전하며 삼반조전을 그에게 내렸어. 삼반조전이란 바로 활줄, 사약, 단검이야. 스스로 하나를 취해서 자결해야 하는 거란다. 그때 공주는 태중에 아이를 가지고 있었거든. 조삭이 유언을 했지. 내가 죽은 뒤에 아들을 낳게 되면 조씨고아라 부르고 우리 삼백 명 식구를 대신해서 복수하게 하시오. 그러고는 단검으로 자결했어. 붉은 옷 입은 자가 공주를 공주궁에 구금하였는데 공주는 조씨고아를 낳았어. 붉은 옷 입은 자가 그 사실을 알고 하장군 한궐을 보내 공주궁 문을 지키고 고아를 빼돌리는 자를 방비하라고 시켰어. 이 공주에게는 문하에 심복이 될 만한 자가 있었지. 그 사람은 초야의 떠돌이 의사 정영이었어.

정발 아버님, 아버님이 바로 그 사람이군요?

정영 이 세상엔 동명이인이 많잖니. 그 사람은 다른 정영이란다. 그 공주는 고아를 그 정영에게 넘겨주고 치마끈으로 목매어 자결했어. 정영은 그 고아를 안고 공주궁 문을 나서다가 하장군 한궐과 마주쳤지. 한궐은 고아를 찾아냈지만 정영에게 몇 마디 듣고는 뜻밖에도 칼을 뽑아 자결했지. (시로 읊는다)

저 의원은 조금도 두려워하지 않고
고아를 몰래 숨겨 나왔지.
충의스러운 장군과 마주쳤으나
장군 또한 고아가 잡혀가지 않도록 스스로 죽음을 선택했지.

정발 이 장군도 조씨고아를 위해 자결했군요. 참으로 훌륭한 대장부입니다. 저는 한궐이라는 그의 이름을 기억해 두겠습니다.

정영 응, 그래, 그래야지. 바로 한궐이야. 그런데 저 붉은 옷 입은 자가 또 알아차리고는 진나라 안의 한 달 이상 반년 이하의 사내아이들을 모조리 잡아다가 직접 세 토막을 내게 한 거야. 조씨고아의 목숨도 꼼짝없이 죽음을 당할 처지였지.

정발 (분노하는 동작) 저 붉은 옷 입은 자는 참으로 악독하군요.

정영 얼마나 악독한지 알겠지? 그런데 다행히 정영에게도 갓난아이가 하나 있었는데 아직 한 달이 되지 않았어. 그래서 그 아이를 조씨고아로 꾸미고 태평장의 공손저구에게 데려갔어.

정발 공손저구란 사람은 어떤 사람입니까?

정영 이 노대감은 원래 조순과 함께 벼슬하던 신하야. 정영은 그분에게 말했어. "노대감, 이 조씨고아를 거두시고 가서 저 붉은 옷 입은 자에게 정영이 고아를 숨기고 있다고 고발하세요. 그럼 우리 부자는 함께 죽을 수가 있어요. 당신이 고아를 잘 길러 부모의 원수를 갚게 하세요." 그랬더니 공손저구는 "나도 이제 늙었네. 정영 자네가 자네 아이를 버릴 수 있다면 그를 조씨고아인 척 가장하여 나 있는 곳에 숨기게. 그리고 자네가 저 붉은 옷 입은 자에게 고발하게. 그럼 내가 자네 아이와 함께 죽겠네. 자네는 고아를 숨기고 있다가 나중에 그 부모의 원수를 갚게 하면 되지 않겠나."

정발 저 정영이란 자가 그의 아이를 버릴 수 있었습니까?

정영 자기 자신의 목숨이라도 버렸을 텐데, 아이의 목숨인들 뭐가 중요했겠니. 그는 자기 아이를 고아인 것처럼 꾸며서 공손저구에게 보낸 뒤 저 붉은 옷 입은 자에게 고발했고, 붉은 옷 입은 자는 공손저구에게 갖은 고문을 다 하고 가짜 조씨고아를 찾아내어 세 토막을 내어 죽여 버렸단다. 공손저구도 섬돌에 머리를 부딪쳐 자결했지. 이 일이 있은 지 이미 이십 년이 흘렀단다. 이 조씨고아는 이제 장성해서 스무 살이 되었으니 부모의 원수를 갚지 못한다면 이런 것들을 이야기해 봐야 무슨 소용이 있겠니? (시로 읊는다)

당당한 칠 척 거구의 용모로
문과 무를 겸비하였으니 무엇을 할꼬?
수레 타고 떠난 할아버지는 어디로 가셨던가.
온 집안 식솔도 깡그리 죽음을 당했구나.
냉궁의 어미는 들보에 매달려 자결하시고
형장의 친부는 단검을 당겨 돌아가셨네.
억울한 원한을 지금껏 갚지 않았으니
천하의 대장부면 뭐하나?

정발 아버님께서 오늘 종일 말씀하셨지만 저는 잠자는 듯 꿈

꾸는 듯 도무지 알아듣지 못하겠습니다.

정영 아직도 모르겠느냐? 저 붉은 옷을 입은 자가 바로 간신 도안고이고, 조순은 네 할아버지이고, 조삭은 네 아버지, 공주는 네 어머니란다. (시로 읊는다)

내 여태껏 하나하나 끝까지 다 말해 주었건만
어찌하여 자초지종을 알아채지 못한단 말이냐?
내가 바로 고아를 살리기 위해 아들을 버린 정영이고
저 조씨고아가 바로 너란 말이다.

정발 조씨고아가 바로 저라고요? 아, 참으로 분통 터지는구나!

(정발이 넘어지고 정영이 부축하는 동작)

정영 작은 도련님, 정신 차리십시오.

정발 참으로 가슴이 아픈 일이로구나!

【보천악】
자초지종을 들려주시니
무슨 사연인지 이제야 알겠네.
이십 년 세월을 헛자랐고
칠 척의 거구로 헛키우셨네.
스스로 찌른 것이 나의 아비였고
스스로 목매단 것이 나의 어미였네.
서글프고 마음 아픈 이야기를 듣게 되면
돌부처라도 목 놓아 통곡할 거라네.
내 저 늙은 필부를 기필코 사로잡아
우리 조정의 대소 신료들과

집안의 모든 일족을 살려내라 요구하리.

아버님께서 말씀해 주지 않으셨다면 제가 어찌 알았겠습니까?

아버님, 앉으십시오. 소자의 절을 받으십시오.

(정발이 절하는 동작)

정영 오늘 도련님 조씨 가문의 가지와 잎은 이루어졌지만, 저의 일가는 풀뿌리가 모두 베이고 뽑혀 버렸습니다. (곡하는 동작)

정발

【상소루】

아버님께서 돌봐 주시고

길러 주시지 않았더라면

이십 년 전에 일찌감치 칼날에 스러지고

오래전에 도랑에 버려졌을 몸.

원망스러운 건 오로지 도안고 저놈,

나무를 뿌리째 뽑아

내 일가를 멸문시켜 버릴 뻔했구나.

【요편】

저, 저, 저놈은 내 일가를 살육했으니

나, 나, 나 역시 그의 구족을 도살하리라.

정영 도련님, 요란 떨지 마세요. 도안고한테 들킬까 두렵습니다.

정발 나는 그와 결판을 내야겠습니다.

그가 다시 신오를 끌고 오고

사병을 보유하고

권모술수를 부린들 두렵지 않습니다.

이 사람 저 사람들이 다 누구 때문에 죽었는지 보십시오.
아들 된 자로서 어찌 저만
무슨 일 있었냐는 듯이 편안할 수 있겠습니까?

아버님, 마음 놓으십시오. 내일 제가 먼저 주공을 알현한 뒤 온 조정의 신료들과 함께 직접 저 도적놈을 죽이러 가겠습니다.

【솨해아】

저는 내일 아침 원수 놈과 마주치면
머리 내밀어 그의 길을 가로막으리라.
달리 군대나 병졸을 쓸 것도 없이
내 털북숭이 팔뚝을 살짝 뻗어
서역산 옥 고삐와 무늬 장식 안장 재빨리 붙잡아
꽃문양 검정 덮개 수레에서 끌어 내려
죽은 개처럼 끌고 가서
그에게 이것 한 가지만 물으리라.
그러고도 사람이냐고?
하늘의 도리는 어떡하겠느냐고?

【이살】

누가 너더러 영웅심을 과도하게 부리고
이렇게도 모질게 원수 지라고 했더냐?
한 건 한 건 차곡차곡 갚아 주리라.
당초에 네가 공손 나리한테 모질게 했으나
오늘날 이렇게 조씨고아가 살아남지 않았느냐.
나의 용서는 꿈도 꾸지 마라.

내 그놈을 가볍게 던져 버리고

천천히 제거하리라.

【일살】

저놈의 한 말 크기의 큰 관인을 떼어 내고

저놈의 화려한 몇 벌 관복을 벗겨 내고

튼튼한 밧줄로 범인 묶는 장군주將軍柱에 결박하고

쇠 집게로 저놈의 지저분한 혀를 뽑아내고

송곳으로 저놈의 못된 눈알 후벼 파고

날카로운 칼로 저놈 온몸을 저미고

무쇠 망치로 저놈 골수를 부숴 버리고

구리 작두로 저놈 머리를 잘라 버리리라.

【살미】

그렇지만 이렇게

치솟는 분노를 어찌 삭이며

철천지원수를 어찌 갚으리.

스무 살 되도록 이 후레자식은

어처구니없게도 저놈을 아비로 모시다니.

오늘에야 우리 삼백 명 원혼이

제대로 향불 받아 보게 생겼구나.

제5절

정궁

(위강〔외外〕이 장천張千을 이끌고 등장한다)

위강 소관은 진나라의 상경上卿 위강입니다. 지금 도공悼公께서 재위해 계신데 도안고가 권력을 전횡하여 조순의 일가를 모조리 몰살시켰습니다. 그런데 뜻밖에 조삭의 문하에 정영이란 자가 조씨고아를 숨기고 있었습니다. 이제 이십 년의 세월이 흘렀고 그의 이름을 정발로 고쳤습니다. 오늘 아침 주상께 상주하고 도안고를 체포하여 아비의 원수를 갚겠다고 합니다. 한데 주상께선 도안고의 병권이 너무 강력하여 일시의 격변이 일어날 것이 두려우니 정발더러 암암리에 잡아들여 그가 당한 대로 도안고 가문의 양민과 천민 할 것 없이 어린아이까지도 남기지 말 것이며, 성공하면 별도의 책봉과 상을 내리겠다고 하셨습니다. 저는 이를 감히 누설할 수 없으니 친히 정발을 만나 명을 전하려고 합니다. (시로 읊는다)

충신이 도륙을 당한 뒤
원망의 이십 년을 보냈도다.
이제야 간사한 도적을 잡아들이니
원수는 원수로 갚는구나.

(퇴장한다)

(정발이 말 탄 자세로 검을 지닌 채 등장한다)

정발 나 정발은 오늘 아침에 주공께 상주하여 도안고를 잡아 아비의 원수를 갚겠다고 아뢰었습니다. 저 늙은 도적은 참으로 무례하기도 하지요.

【단정호】
병졸이나 장군을 배치할 것도 없이
큰 칼 긴 창을 쓰면 되지.
내 오늘에야 원수를 갚으리
목숨을 걸고 간신의 무리를 죽이리
결국 그는 명이 다해 목숨이 끊어지리.

【곤수구】
이 시끌벅적한 저잣거리에서
한바탕 벌이자.
내 결코 그를 호락호락 놓아주지 않으리.
마치 호랑이가 양을 덮치듯 말이야.
나는 당황하지도 서두르지도 않고
벌써 노림수를 잘 마련해 두었으니
저놈이 방비할 도리가 없을걸.

내가 이 이십 년 묵은 원수를 갚고
삼백 명 식솔의 목숨을 보상받을 수 있다면
죽어도 여한이 없으리.

이 떠들썩한 저잣거리에서 기다리고 있으면 저 늙은 도적놈이 올 거야.

(도안고가 졸자를 이끌고 등장한다)

도안고 오늘 원수부에 있다가 사저로 돌아가려 합니다. 여봐라! 의장대를 앞세우고 천천히 가자꾸나.

정발 저 늙은 도적이 오는구나.

【당수재】
보무 당당한 의장대 행렬
요란 벽적 양쪽에서 수행하고 있네.
저놈은 몸을 내밀고
허장성세를 부리고 있구나.
내 여기서 물 흐르듯 말을 몰아
서릿발같이 칼을 치켜들고
앞으로 달려 나가 상대하리라.

도안고 도성아, 여긴 어쩐 일이냐?

정발 이 늙은 도적놈아, 나는 도성이 아니라 조씨고아다. 이십 년 전 네놈이 우리 삼백 명 식솔을 모조리 주살하였으니 내 오늘 네놈을 잡아 우리 가문의 원수를 갚겠도다.

도안고 누가 그런 소릴 하더냐?

정발 정영이 그러셨다.

도안고 이 녀석 실력이 나오는군. 안 되겠다. 깨끗이 도망가는 게 낫겠다.

정발 이 도적놈아, 어딜 달아나느냐?

【소화상】

내, 내, 내가 사면팔방에서 위풍을 떨치니

네, 네, 네놈이 어찌 버티고 당해 내겠느냐?

호, 호, 혼비백산한 놈은

이, 이, 입도 뻥긋 못하리.

무, 무, 묻지도 따지지도 않고

다, 다, 단박에 안장에서 끌어내리네.

(정발이 사로잡는 동작을 하고 정영이 황급히 등장한다)

정영 우리 도련님께서 실수하실까 봐 뒤따라왔습니다. 아, 하늘이시여, 감사합니다. 도련님이 도안고를 붙잡으셨군요.

정발 여봐라, 이 필부 놈을 붙잡아 포박하였으니 주상을 뵈러 가자.

(함께 퇴장한다)

(위강이 장천과 함께 등장한다)

위강 소관은 위강입니다. 정발이 도안고를 잡으러 갔습니다. 여봐라, 문 앞에서 지켜보고 있다가 누가 오면 보고하여라.

(정발이 정영과 함께 도안고를 붙잡아 등장한다)

정발 아버님, 저와 함께 주상을 뵈러 가시지요. (만나는 동작) 대감! 우리 가문 삼백 명의 억울함을 가련히 여기소서. 오늘 도안고를 잡아 왔습니다.

위강 이리 끌고 오너라! 도안고, 충신을 해치는 간교한 도적놈아, 이제 정발에게 잡혀 왔구나. 무슨 할 말이라도 있느냐?

도안고 성공하면 왕이 되고 실패하면 포로가 되는 법. 일이 이리 되었으니 어서 죽기만을 바랄 뿐이다.

정발 대감께선 저 정발을 대신하여 판결해 주십시오!

위강 도안고, 너는 오늘 빨리 죽기만을 바라겠지만, 나는 네놈이 천천히 죽기를 바란다. 여봐라, 이 적신을 형틀에 못 박고 한 점 한 점 삼천 번을 포 떠서 가죽과 살점이 모두 떨어져 나간 뒤에야 목을 자르고 배를 가르거라. 저놈이 일찍 죽게 해선 안 된다.

정발

【탈포삼】

저놈을 형틀에 매달아

저잣거리로 밀고 나가

순식간에 머리 자르고 배 가르지 말지어다.

마지막 한 점 고기즙이 될 때까지 저미고 또 저며도

내 뱃속 가득한 분노가 가시지 않으리.

정영 도련님, 오늘 원수를 갚으셨으니 이제 본래의 성씨를 되찾으시더라도 의지할 곳 없는 이 늙은이를 가련히 여겨 주십시오.

정발

【소양주】

그 누가 친자식을 버리고 남의 자식 숨겨 준답니까?

당신의 이 은덕은 절대로 잊을 수 없습니다.
나는 뛰어난 단청의 고수를 모셔다가
아버님의 초상화를 그려
저희 집 사당에 모시겠습니다.

정영 내가 무슨 은덕이 있다고 도련님께서 이렇게 신경을 써 주십니까?

정발

【요편】
꼬박 삼 년을 젖먹이는 것이
열 달 세월 품고 있던 것보다
못할 것이 무엇입니까?
천 고비 만 고비 넘겨 무탈하게 되었으니
조석으로 분향하고 모신다 해도
양부모 당신의 은혜를 다 갚지 못할 겁니다.

위강 정영, 정발, 너희 둘은 대궐을 향해 무릎을 꿇고 주상의 명을 듣거라. (사로 읊는다)

이 모두 도안고가 충신을 해치고
온갖 계교로 조정의 기강을 어지럽힘이로다.
조순의 일가 양민 천민이
모두 하루아침에 죄 없이 재앙을 당했도다.
그 와중에도 의리 있는 자가 있으니
어찌 하늘의 도가 사라졌다고 말할 수 있는가?
다행히 고아가 원수를 갚고

간신의 머리와 몸을 갈라놓았다.

조무趙武란 이름을 되찾고

조상의 작위와 벼슬을 이어 가게 하거라.

한궐은 상장군으로 추서하고

정영에게 십 경의 전답을 하사하리라.

공손저구를 위해 비석과 무덤을 건립하고

제미명 등 모두에게 표창을 내리거라.

진나라는 이제부터 새로이 출발하여

함께 주상의 은덕과 무강하심을 기원토록 하라.

(정영, 정발이 은혜에 감사하는 동작)

정발

【황종미】

주상의 은덕이 온 나라에 촉촉이 내리시어

간신의 일가가 모조리 멸망하도다.

고아에게 이름을 되찾아 주시고

선조의 뒤를 이어 관직을 되찾아 주셨네.

충의 열사들이 모두 포상을 받고

군관들도 원래 직분으로 돌아가며

가난한 백성을 거두어 봉양하도다.

이미 죽은 자에겐 책봉과 장례가 주어지고

아직 살아 있는 자들은 작위와 포상을 받게 되도다.

하늘같이 넓은 이 은덕을

뉘 있어 감히 양보할까.

맹세코 전장에서 내 목숨 다 바쳐
이웃 나라 모두 귀속시키리라.
청사에서 그 이름을 칭송하게 하리니
훗날 사람들의 입에 오르내리게 되리라.

제목: 공손저구는 치욕스런 고문을 당하고
정명: 조씨고아는 위대한 복수를 해내다

황량몽으로 깨우치다邯鄲道省悟黃粱夢

마치원馬致遠

정말(正末) 종리권(鍾離權), 고태위(高太尉), 나무꾼, 힘센 장사, 집사

충말(冲末) 동화제군(東華帝君)

말(末) 사신

정단(正旦) 왕노파

단(旦) 취아(翠娥), 노파(산속 비구니)

외(外) 여동빈(呂洞賓)

정(淨) 위사(魏舍)

축(丑) 호송관

제1절

선려

(동화제군東華帝君(충말冲末)이 등장하여 시로 읊는다)

동화제군

곤륜산 꼭대기 신선의 동산에서 흰 비단 도포 입고
바다 위 봉래산 백옥 궁궐에서 신선의 복숭아로 잔치하네.
신선의 세 봉우리 달빛 아래엔 봉황새 소리 울려 퍼지고
도도히 부는 바람 따라 백학은 높이 날아오르네.

빈도는 신선의 명부를 관장하는 동화제군입니다. 하늘의 잔치에 다녀오는데 아래쪽에서 푸른 기운 한 줄기가 아홉 하늘을 뚫고 솟구치더군요. 하남부河南府의 여암呂岩이란 자가 신선이 될 인연을 타고난 것이었어요. 정양자正陽子 종리권鍾離權을 보내 이 사람을 제도하여 바른길로 돌아오게 해야겠습니다. 그렇게 되면 더위와 추위가 그의 몸을 침범하지 못할 것이요, 해와 달이 그 얼굴을 늙게 하지 못할 겁니다. 화로와 솥에 섬은 서

리와 자색 눈을 끓여 선약을 만들고, 눈과 코와 입 구멍마다 단약을 채워 넣습니다. 하늘 궁궐에 올라 삼청三淸*의 세 신께 조배하고 진군眞君*의 반열에 올라 그 이름이 신선의 명부에 기록되며, 그 조상과 후손이 저 아래 귀신의 세상에 떨어지는 것을 면할 겁니다. 염라대왕 장부에서 생사가 면제되고 신선의 반열에 이름이 오를 것입니다. 손가락으로 바다 끝과 하늘까지 닿는 길을 열 것이며, 길 잃은 자가 바른길로 가도록 인도할 것입니다.

(퇴장한다)

(왕 노파〔정단正旦〕 등장한다)

왕 노파 저는 황화점黃化店 사람 왕 노파입니다. 이제 주막 문을 열고 가마솥에 불을 지펴 놓았으니 누가 오는지 기다려 봐야겠습니다.

(여동빈呂洞賓〔외外〕이 나귀를 타고 검을 메고 등장, 시로 읊는다)

여동빈

절뚝이 나귀 재촉하여 장안으로 올라가며
밤낮으로 한순간도 쉬지 않는다.
느티나무 누런 꽃을 보니 과거 철이 다가왔구나,
글공부한 선비 마음 급해지지 않을 수 있겠는가?

저는 여암, 자는 동빈, 하남부 출신입니다. 어려서부터 유가의 학업을 익혔고 지금은 공명을 취하러 서울로 올라가는 길입니다. 이곳 한단길의 황화점에 당도하니 때마침 밥때도 됐고 목도 말라 여기서 허기나 채우고 가려 합니다. 주막 앞에 왔으니 나귀를 매어 놓고 이백 닢으로 수수밥이나 사 먹어야겠다. 이 보오, 불 때는 할멈, 밥 좀 지어 주구려. 갈 길 바쁜 나그네이니 서둘러 주시오.

왕노파 손님, 성미도 급하시군요. 불 좀 더 지필게요.

여동빈 과거 시험 보러 가야 해요.

(종리권鍾離權〔정말正末〕이 등장한다)

종리권 빈도는 종리권, 자는 운방雲房이고 도호道號는 정양자이며 장안 함양 사람입니다. 어려서부터 문무를 겸비하여 한나라 왕조에서 정서 대원수를 지냈습니다. 후에 가족을 버리고 종남산에 은둔하며 동화진인東華眞人*을 만나 올바른 길을 전수받고 출가하여 태극진인이라는 호를 하사받았습니다. 언제나 세상을 위해 게송을 남깁니다.

(송운頌云)

나를 낳은 문이 곧 나를 죽이는 문,
몇 명이나 말짱하게 이를 깨달을지.
무쇠 같은 사나이가 밤새 곰곰이 생각해 보니
장생불사는 사람 하기에 달린 것.
이제 동화제군의 법지를 받들어
아래 세상으로 내려가 여동빈을 제도하려네.

이곳 한단길 황화점에 보라색 기운이 하늘을 찌르는 걸 보니 제대로 왔군요. 정말이지 세상 사람들은 현명함과 어리석음을 제대로 분간하지 못하는 것 같군요.

【점강순】

태초에 혼돈이 처음 나뉘고
사람들이 서로 뒤섞였을 때
누가 주장하여
천지를 운행하게 했을까?
이는 모두 태상노군께서 심심상인 전수하신 것이라네.

【혼강룡】
함곡관을 지나시다 수문장 희가 청하여
오천 자 『도덕경』을 남기시니
그 요점이란
현허玄虛를 근본 삼고
청정淸淨으로 입문하면
비록 초가 암자에 사는 도사라 할지라도
청풍명월을 벗하며 한가로워지지
가을이 뭔지 봄이 뭔지 알지 못하고
진나라도 한나라도 알지 못하며
언제나 거리낌 없이 내키는 대로 행동하고
더디고 한가로움을 탐닉하며
노둔한 듯 가장하지요.
인간 세상의 부귀 같은 것은
모두 눈 아래 뜬구름으로 보이지요.

세상 사람들이 공명과 이익을 다투는 것이 얼마나 괴로운 일인지 어디 한번 들어 보겠소?

【유호로】

너도나도 웃고 떠들기만을 추구하고
모임과 접대를 원 없이 즐기니
생각이 어지러워지고 정신이 손상되지요.
나는 한가로이 홀로 산속에 은거하고
당신들은 허망하게 종이 반 장짜리 공명에 연연하지요.
변방을 지키는 군대, 관청에서 일하는 대신들
저들이 언제야 편안하고 한가로움을 얻고
나처럼 만물을 초월하여 자유로워질 수 있을까요?
【천하락】
그들 중에 청명함과 평안함을 얻은 자가 몇 명이나 될까요?
어찌하여
몸을 끄집어내어 세속의 먼지에서 빠져나와
흰 구름 가득한 시냇가 동굴 속에 몸을 감추지 않는 걸까요?
경서 한 권 뒤적이며
향로 가득 향을 사르는 것,
이것이야말로 청아하고 한가로운 참된 도의 근본이지요.

(웃으면서 말한다) 신선이 바로 여기 있었군.

(주막으로 들어서서 만나는 동작)

여동빈 훌륭한 도사의 모습이로고!

종리권 존함이 어찌 되십니까?

여동빈 저는 여암이라 하고, 자는 동빈입니다.

종리권 어디로 가십니까?

여동빈 과거 보러 도성으로 가는 길입니다.

종리권 부귀공명만을 생각하고 생사가 코앞에 닥친 건 모르시는군요. 빈도를 따라 출가하심이 나을 겁니다.

여동빈 도사님, 제정신이시오? 저는 뱃속 가득 글공부를 채워 이제 도성에 올라가 과거에 응시하고 벼슬살이할 텐데 무엇하러 도사님을 따라 출가를 하겠소? 출가하면 뭐가 좋은 게 있다고.

종리권 출가하면 얼마나 즐거운지 모르시지요?

【금잔아】

곤륜산에 오르면 별을 따지.

동쪽 바다야 고작 두 손으로 뜬 샘물이고

태산이라 해 봐야 먼지 한 줌에 불과하지.

하늘이 높아 봐야 손가락 두세 마디

땅이 깊어 봐야 생선 비늘 한 조각이지.

고개를 들어 세상 바깥까지 봐도

나 같은 사람은 다시없지.

여동빈 큰소리는 엄청나시구려. 도사님은 신묘한 비방이 있거나 어떤 신들을 부릴 수 있으신가요?

종리권 우리 출가인은 불로장생하고 단약을 만들어 수련하며 용과 호랑이를 제압하니 참으로 멋지지 않소?

【후정화】

음양을 대표하는 육정六丁, 육갑六甲*의 신들과

칠성七星, 칠요군七曜君*을 부리지.

보라색 영지를 먹으며 천년 장수하고

봄마다 푸른 복사꽃 즐기며 살지.

언제나 얼큰하게 취하여

고상하고 통 큰 대화를 즐기며

천상의 인물들과 벗하지.

여동빈 벼슬살이를 해도 좋은 점이 많습니다.

종리권 벼슬아치들이 좋아 봐야 얼마나 좋다고. 우리 신선들의 즐거움이란 그네들 속세인과 차원이 달라. 내가 말할 테니 들어 보시게.

【취중천】

우리는 그곳에서

신선한 막걸리를 제 손으로 빚고

막 피어난 야생화를 마음껏 딴다네.

홀로 청산 마주보며 술 한 동이 비우고

붉은 머리 선학을 타고 노닌다네.

술 취해 소나무 아래에 몸을 누이면

시원하고 운치 있어

쇠 피리 소리로 구름 두둥실 날려 보내지.

나를 따라 출가하십시다.

여동빈 난 과거에 급제하면 넓은 집 멋진 누각에서 살지만, 출가한 사람은 허름한 옷에 보잘것없는 음식을 먹으며 온갖 고생을 다 하니 뭐가 즐겁겠소?

종리권

【금잔아】

내가 사는 땅엔 속세의 먼지도 없고

초목은 언제나 봄과 같으며
사계절 꽃 피어 언제나 화사하고
비취병풍 같은 산빛이 사립문과 마주하고 있지.
종려나무 잎새에 촉촉이 빗방울 듣고
약초 새싹은 이슬이 적셔 주지.
야생 원숭이가 고목 위에서 울어 대고
흐르는 물은 외로운 마을을 감돌아 흐르지.

여동빈 나는 문무를 겸비하고 있으니 과거에 응시하면 벼슬자리는 따 놓은 당상이고 부귀영화가 나를 기다리고 있소. 그런데 왜 출가하여 신선이 되겠소?

종리권 모르시는 말씀. 당신은 벼슬살이할 사람이 아니오. 도사의 풍모를 타고났으니 신선 세계의 사람이지요. 아들 하나가 도를 깨달으면 온 일족이 승천한다는 말도 있지 않소. 놓치지 마시오.

【취안아醉雁兒】
자네에겐 평범한 속세를 벗어난 신선의 인연이 있으니
갓 끈 한 줄 매고
구양건九陽巾* 하나 쓰시오.
그대, 내 보기에 그대는 진인眞人이오.

여동빈 우리 벼슬아치들은 가볍고 화려한 비단옷을 입고, 향기롭고 달콤한 음식을 먹습니다. 출가인들은 짚신에 삼베옷 입고 잣이나 씹고 있으니 좋을 게 뭐 있습니까?

종리권 공명 두 글자란 백척간두에서 재주 부리는 것이나 마찬가지라 목숨을 보장할 수 없습니다. 주酒, 색色, 재財, 기氣 이 네 가지에서 벗어날 수 없을 것이니 감미로운 피리 소리, 둥둥 울리는 시끄러운 북소리, 안달복달 지지고 볶는 인간 세상일랑 허공에 있는 겁니다. 평온하게 왔다가 평온하게 가고, 재난도 앙화도 없으니 진정 자유자재가 아니겠습니까?

【후정화】

술(酒)이란 맑은 향에 연연하다 질병의 원인이 되고
색色이란 음탕함을 밝히다가 환난의 근원이 되고
재물(財)이란 부귀를 탐하다가 목숨을 잃게 되고
기氣란 강함을 다투다가 몸을 망치게 되는 것.
이 네 가지는 사람을 그냥 놔두는 법이 없으니
이것들을 끊을 수만 있다면
신선의 자질이 있는 겁니다.

여동빈　전 십 년을 각고의 노력과 의지로 학업을 쌓았으니 과거에 급제하여 명성을 날리는 것은 따 놓은 당상입니다. 하지만 신선의 일이란 아득하고 멀기만 하니 어떤 과정을 거쳐야 하는지 알려 주십시오!

종리권

【취중천】

설령 그대가
수완이 좋아 한신韓信*을 속여 넘기고
구변이 좋아 소진蘇秦*과 맞먹는다 해도
결국 공명이란 운명에 달렸지 사람에 날린 것이 아니며

따 놓은 당상이란 없는 법.

의지를 갈고닦아 성실히 수련하여

어서 빨리 영단을 뱃속에 품는 편이

당나귀 타고 속세의 먼지 속에서 방황하는 것보다 훨씬 낫지.

여동빈 무슨 소릴 하는 건지 지루하고 졸리기만 하니 잠깐 자야겠다.

(잠자는 동작)

종리권 한참 말을 하고 있는데 잠이 들어 버렸군. 어리석기 짝이 없도다.

【일반아】

지금 사람들은

참됨보다 거짓을 더 편안해하고

사람을 공경 않고 입은 옷만 공경하지.

수행 이야기만 꺼내면 듣기 싫어하며

저렇게 제정신을 못 차리고

듣는 듯하더니만 이내 잠들어 버리네.

이 사람은 속세의 인연이 끊어지지 않았구나. 이봐, 여동빈, 기왕 잠이 들었으니 제대로 한번 실컷 자게 해 주지. 육도의 윤회 속을 한 번 다녀오게나. 깨어날 때쯤이면 십팔 년 세월이 흘렀을 게야. 주색재기와 인간 세상의 옳고 그름을 다 보고 나면 그제야 도를 이룰 수 있을 게야.

(시로 읊는다)

기氣에는 강약이 있지만, 의지가 우선이고

노력은 남이 대신 해 줄 수 없는 법.
이번 고난의 세상을 견뎌 낸 뒤
또 한 번의 질고가 더해지면 신선이 되리라.
【금잔아】
당신이 쌀 씻어 돌을 일어 내고
불 지펴 물 끓이면
내 쌀 한 톨에 시간과 운명을 넣어
반 되짜리 솥에 넣고 하늘과 땅을 삶으리라.
누런 기장이 익기도 전에
그는 혼미한 꿈에서 깨어나리라.
꿈속에서 강산이 두 번 바뀌고,
해와 달이 한번 새로워지게 해 주리라.

자네가 잠들었으니, 나는 이제 서왕모의 반도회에나 가 봐야겠네.

【잠살】
날개옷 사뿐히
무지개 깃발 휘리릭
열두 명의 천상 금동이 마중 나오네.
만 리 길 불어온 천상 바람에 돌아오는 길 편안하고
봉래산 정상으로 진인을 만나러 가네.
흐뭇한 웃음 지으며
옷소매로 흰 구름 스치며
잔치가 파할 때면 천상 요지에서 술에 반쯤 취해 있겠지.

당나라 여동빈은 심성이 우둔하여

한나라 종리권의 가르침을 받아들이지 않으니 어쩌겠나.

푸른 봉황 다시 타고 아홉 하늘의 대문으로 날아오르자.

(퇴장한다)

(여동빈이 꿈속에서 등장)

여동빈 이봐요, 할멈. 그 도사는 가셨나?

왕 노파 떠난 지 이미 오래요.

여동빈 밥은 아직 안 됐소?

왕 노파 장작 한 다발 더 때야 해요.

여동빈 할멈, 그놈의 밥 기다리다 날 새겠소. 그냥 나귀 타고 길을 떠나가야겠소. (퇴장한다)

왕 노파 여동빈이 떠났군요. 내가 인간이 아니라 여산 노모驪山老母*가 변한 것인 줄은 꿈에도 몰랐겠지요? 선인의 법지를 받들어 여동빈이 주색재기와 인간 세상의 옳고 그름을 깨닫게 하렵니다. 그러면 근본으로 돌아와 근원을 향하여 올바른 길로 다시 돌아올 겁니다. (시로 읊는다)

한나라 종리권이 신묘한 계책을 마련하였으니

여동빈은 깨달음을 얻어 마음을 돌이키리.

이 사람의 공덕과 행실이 꽉 차길 기다렸다가

곤륜산 서왕모가 요지에서 벌이는 신선의 잔치에 함께 가리라.

(퇴장한다)

설자

선려

(고 태위高太尉〔정말正末〕가 딸〔단旦〕과 두 아이와 함께 등장)

고 태위 저는 전전태위殿前太尉입니다. 세 식구가 있었는데 아내는 일찍 세상을 떴고 취아翠娥라는 딸이 하나 있습니다. 십칠 년 전 여동빈이 과거에 급제하여 병마대원수에 임명받았는데, 저는 그의 무예가 맘에 들어 사위로 맞아들였고, 두 부부 사이에 일남 일녀가 있습니다. 근자에 채주蔡州에서 반란이 일어나 오원제吳元濟의 세력이 창궐하자, 조정에서는 여동빈에게 군대를 이끌고 토벌하라고 시켰습니다. 그가 지금 저에게 하직 인사를 오겠다 하니 몇 마디 단단히 당부해 둬야겠습니다. 이제 올 때가 되었는데요.

(여동빈이 원수로 분장하여 등장한다)

여동빈 (시로 읊는다)

한평생 호방하게 병서를 익히고

오랑캐 상대하러 도끼 들고 장안을 나선다.
남자 나이 서른에 뜻을 이루지 못하면
당당한 사내대장부가 아니지.

저는 여동빈입니다. 도성에 와서 글공부를 버리고 무예를 익혀 병마대원수에 올라 고 태위의 사위가 된 지 벌써 십팔 년이 흘렀고 아들과 딸을 하나씩 두었습니다. 채주의 오원제가 반란을 일으켜 주상의 명으로 병사를 이끌고 토벌하러 가게 되어 오늘 장인께 하직 인사를 드리고 먼 길을 떠나려 합니다. (만나는 동작) 아버님, 저는 병사를 이끌고 오늘 떠나게 되었으니 부디 제 아이들을 잘 돌봐 주십시오.

고 태위 지금 자네가 떠나도 내가 여기 있으니 염려하지 말게. 자네는 나라를 위해 몸과 마음을 다 바치게. 온갖 경전 가운데 충효가 으뜸이네. 자네는 병사와 백성들을 긍휼히 여기고 불의한 재물일랑 탐하지 말게. 금옥만당이란 잘 지키기 어렵고 부귀하고 교만하면 저절로 허물을 남기게 된다는 말도 있지 않나. 자네 말이 그러하니 자네가 군권을 장악하면 이익을 탐하고 의로움을 가벼이 여기고 하늘의 이치를 잃을까 두렵네. 명심하게! 여봐라, 술을 가져와라. 내 직접 술 한 잔 권하여 전송하겠다. (술병을 잡는 동작)

【상화시】
흰 머리 늙은 얼굴 나 고 태위 말고는
다른 가족도 없으니 내가 자네를 돌봐야지.
아이들이 어리고 응석받이지만

생각해 보면 사람이 태어나서

가장 괴로운 것이 생이별이지.

한 잔 더 하게.

여동빈 더는 못 마시겠습니다.

고 태위

【요편】

이별주 한 잔 가득 마시게나.

여동빈 (토하는 동작) 장인어른, 더는 못 마시겠습니다. 속이 메스껍더니 두 번이나 피를 토했습니다. 술이란 게 알고 보니 사람을 상하게 하는 것이로군요. 저는 이 술이란 것을 다시는 마시지 않겠습니다.

고 태위 자네의 속을 상하게 했다니, 이젠 더 이상 술을 마시지 말게.

여동빈 장인어른, 안심하십시오. 저는 이제 마시지 않겠습니다. 이제 하직 인사를 올리고 나서 먼 길을 떠나겠습니다.

고 태위 내 말을 잊지 말고 마음에 잘 새겨 두게.

오로지 우리 당나라 사직 지킬 생각만 하게

당부하고, 또 당부하네.

적을 격파하여 공을 세우고

개선가 부르며 돌아오기만을 바라네.

(퇴장한다)

여동빈 오늘 본부의 병사를 이끌고 오원제를 체포하러 떠나야겠다. (시로 읊는다)

무도한 도적 무리가 흉포한 만행을 부리니
살육 소리 진동하여 변방을 뒤흔드네.
주상 전하의 위대한 홍복에 힘입어
공을 이루지 못하면 맹세코 돌아오지 않으리라.

(퇴장한다)

제2절

상조

(취아翠娥[단旦]가 등장한다)

취아 저는 고 태위의 딸 취아입니다. 아버지가 여동빈을 사위로 맞은 지 벌써 십팔 년이 흘렀고 곁에 아들딸이 하나씩 있습니다. 지금 여동빈은 오원제를 토벌하러 떠났습니다. 저는 위 상서의 아들 위사魏舍와 은밀한 관계에 있습니다. 오늘 만나기로 약속했는데 어째서 오지 않는 걸까요?

(위사[정淨]가 등장한다)

위사 (시로 읊는다)

맑디맑은 푸른 하늘은 속일 수가 없다네.
두 마리 까마귀가 하늘을 가로질러 나는데
한 마리만 가지고는 날지 못하지.
몸에 걸칠 것이 없으니 어찌할꼬?

저는 위씨로 제 아비는 위 상서라서 사람들이 모두 니를 위 도령이라고 부릅니다. 저는 여동빈의 아내와 은밀히 내통하는 사이입니다. 여동빈이 서쪽으로 정벌을 떠나자 그녀는 나더러 오늘 집으로 오라고 했어요. 이 집이로구나. 아무도 없으니 불러 보자. 고 여사, 문 열어요.

(만나는 동작)

취아 왔군요. 기다리고 있었어요. 우리 같이 집 안에서 술 한 잔 마셔요. 창문을 열어 두었다가 누가 오면 이 창문으로 나가요.

위사 그럼 되겠군. 우리 천천히 마시면서 놀아 보자고.

(여동빈이 등장한다)

여동빈 저는 여동빈입니다. 주상 전하의 명을 받들어 삼군을 거느리고 오원제를 토벌하러 갔는데, 진지에 나서서는 뇌물로 진주 서 말과 황금 한 뭉치를 받고 거짓 패배하여 군대를 돌려 돌아왔습니다. 집에 돌아왔으니 말을 묶어 놓거라. 집사 노인도 보이지 않고, 종들도 아무도 없고, 부인도 어디 있는지 모르겠구나. 침실로 들어서니 안에서 말소리가 들리는데, 어디 한번 들어 봐야겠다.

취아 우리 둘이 술을 마시니까 정말 좋아요.

위사 여동빈이 전장에서 죽어 버린다면 내 당신에게 장가들지.

취아 여동빈이 죽으면 내가 당신 말고 또 누구한테 가겠어요?

여동빈 이 여자 바람났군. 내 들어가서 당장!

(문에 들어서는 동작)

위사 이런, 누가 왔네. 창문으로 뛰어나가야지. 으랏차차!

여동빈 간부가 달아나 버렸네. 당신께 묻겠소, 누구와 술을 먹고 있었소?

취아 아무도 아니에요.

여동빈 아무도 아니라면 이 모자는 누가 떨어뜨린 게요?

(위사가 등장한다)

위사 형씨, 그건 내 거요.

(퇴장한다)

여동빈 잘한다! 나는 대원수직을 맡았고 당신은 태위의 딸인데, 이렇게 날 모욕하다니. 이 음탕한 여인을 죽여 버리고 말 테다.

(집사〔정말正末이 바꿔 분장함〕가 지팡이를 들고 황급히 등장한다)

집사 저는 고 태위 집의 집사입니다. 이 집 사위 여동빈이 정서 대원수가 되어 반란의 괴수를 체포하려고 떠난 지 겨우 일 년밖에 안 됐어요. 그런데 방금 아랫것들이 여동빈 어른께서 돌아오셨다고 하니 저는 믿지 못하겠어요. 만약 몰래 돌아온 것이라면 분명 뭔가 떳떳하지 않은 일이 있을 거예요. 그렇지 않다면야 어떻게 대장군이 돌아오는데 미리 알리지도 않고 영접하는 사람도 없을 수 있나요? 아랫것들이 거짓말로 날 놀려 먹는 게지요. 그렇든 아니든 한번 가서 봐야겠습니다.

【집현빈】

앞 대청의 어른께서 지금 막 오셨다는데

정말 오셨다면야,

어찌하여 잔치 벌이는 소리가 들리지 않는가?

여동빈 이 여자는 정말 못돼 먹었군. 나를 속이고 이런 짓을 벌이다니!

집사 (듣는 동작) 정말 오셨네?

웬 난리지?

취아 (우는 동작) 눈병 나으라고 젯상 차려 놓고 기도를 하고 있었던 거라고요.

집사

무슨 일로 애원하는 걸까?

난 여기서 살금살금 느티나무를 지나

느릿느릿 계단을 올라

창문에 사알짝 기댄다.

여동빈 못된 여편네, 내가 집에 없는 사이 간부를 불러와 술을 마시다니. 집사 늙은이는 어디 있는 게야?

집사

이런! 빼도 박도 못하게 생겼네.

여동빈 이년을 죽여 버릴 테다.

집사 이를 어쩌나.

가슴 아파 발만 헛딛고

숙인 얼굴을 쳐들 수가 없구나.

【소요락】

부인,

백년해로를 기약하며

한평생 부부로 살면

얼마나 좋습니까?

어쩌다가 이런 추태를 보이셨나요!

여동빈 분통 터져 죽겠네!

집사

평범한 보통 사람은 말할 것도 없고

석가모니라 하더라도 참을 수 없으리.

하늘 같은 주인마님 방이지만

한달음에 뛰어 들어가자.

(문을 밀치는 동작)

두 손을 대고

몸으로 밀치니

두 쪽 문이 열리는구나.

여동빈 이 늙은이가 여기에 어쩐 일이냐?

집사 나리께서 출정하신 뒤로 노상공께서 세상을 뜨신 지 반 년이 지났습니다. 나리께서 이제야 집에 돌아오셔서는 어인 일로 이렇게 역정을 내십니까?

여동빈 내 속을 자네가 어찌 알겠는가? 상관할 바 아니니 어서 나가게!

집사 저간의 사정을 이미 들었습니다. 나리, 노여움을 거두십시오. 저라고 죄가 없겠습니까? 기억하십니까, 나리께서 길을 떠나시던 날 노상공께서 당부하시며 이 늙은이에게 화원을 잘 관리하라고 하셨습니다. 뒤뜰과 앞 대청이 그렇게 멀지만 이 늙은이가 가끔씩 여기 와 보는 일 말고 달리 할 일이 뭐가 있겠습니까? 노상공께선 당초에 두 어린것들과 부인을 이 늙은이에게 맡기셨던 겁니다. 그런데 오늘 이러한 일이 있게 되었으니 이 늙은이 올해 여든다섯, 죽더라도 달게 받겠습니다.

여동빈 (칼을 당기는 동작) 자네가 상관할 일이 아니다. 난 이 여자만 죽이면 된다.

집사

【금국향】

한 사람은 이쪽에서 노여움에 장검 들어 가슴을 겨누고 있고

취아 난 억울해요!

집사

아, 이런!

또 한 사람은 저쪽에서 문에 기대어 손으로 두 뺨을 잡고 있네.

저런다고 일이 해결될까?

쌀이 없고 장작이 떨어진 것도 아닌데

부인이 저세상으로 가 버리겠네.

취아 집사 노인, 모르시겠어요? 난 저 사람 눈병을 위해 기도를 한 것뿐인데, 저 사람은 나더러 바람을 피웠다니. 내가 잘못했네요. 노인, 나 좀 살려 주세요.

집사 이 늙은이가 어떻게 마님을 구한답니까?

【초호로】

남이 와서 협박하며 행패 부리는 것도 아니고

마님 남편이 직접 목격한 일이잖아요.

마님 입이 열 개라도 할 말이 없어요,

현장에서 증거와 함께 잡혀서는

얼빠져서 고개도 못 드시면서요.

취아 (무릎 꿇는 동작) 내가 잘못했어요. 우리 두 아이의 얼굴을 봐서라도 목숨은 살려 주세요.

집사

【요편】

부인께서 수하隨何*와 육가陸賈*의 언변을 지니고

소진과 장의의 재주를 가지셨어도

이 재난을 면할 수 없어요.

마님께서 가문에 먹칠을 하며

부정을 저지르고 들통이 나셨으니

어떤 좋은 말로도 감당하기 어려울 겁니다.

여동빈 천하의 병마대원수의 아내가 간부와 사통하고 바람을 피웠으니 참으로 분통이 터지는구나!

집사 마님, 대원수님 말씀을 들어 보세요. 대원수님은 천하에 위풍당당 풍모를 뽐내시는 병마대원수신데 부인께서 이런 일을 벌이셨으니 이는 도리가 아닙니다.

【요편】

남편께서 온 사방에 위엄을 뽐내시며 남다른 재능을 지니시어

지금 정서대원수의 대장인과 호두패를 차셨습니다.

조정에 가시면 대신들 가운데 으뜸이신데

지금 마님께선 나리에게 똥물을 끼얹은 격이니

대원수 체면이 말이 아니지요.

이 늙은이가 무슨 면목이 있겠습니까만, 대인께선 어린 자녀들

을 가련히 여기시어 부인을 용서해 주십시오.

【요편】

대인께서 대의를 좇아 행동하시고

부인께서 잘못을 깨달아 바로잡으시는 일은

이 늙은이가 중간에서 이래라저래라 할 일이 아닙니다.

하지만 바깥사람들이 알게 될 테니

괜히 사소한 일로 소란 떨 필요는 없지 않겠습니까?

안 좋은 소문이라도 난다면 어떻게 감당하시겠습니까?

(여동빈이 칼로 취아를 죽이려는 동작)

집사 (무릎 꿇는 동작) 자비심을 베푸시어 부인을 용서하소서.

【요편】

마님네 부부 사이가 좋든 나쁘든

그저 어리고 약한 어린것들을 생각하셔야지

섬뜩한 피바다에 시체 누일 생각만 하십니까?

사내대장부치고 누가 이 상황에서 눈에 불이 나지 않을 수 있겠습니까?

부인께서 돌아가시는 건 둘째치고

죄 없는 어린것들은 상심하여

처량한 세월 어찌 견디란 말입니까?

나리, 부인을 한 번 용서하시면 칠 층 불탑 쌓는 것보다 더한 공덕이 될 겁니다.

【요편】

나리마님께서 엄청 비분강개하시면서

보살 같은 덕담 한마디 못하시네.

들고 계신 석 자짜리 칼이 수정 지팡이처럼 빛나니

고난에서 구해 주는 남해 관음*이 되어 주시면

저는 여기서 머리 찧으며 절하렵니다.

여동빈 내 이 집사 늙은이의 얼굴을 봐서 자네를 용서하겠네.

집사 정말 다행이다!

그 말을 들으니

웃음이 절로 난다.

취아 (절하는 동작) 집사 아니었으면 내 목숨을 누가 구했겠어요? 이 은혜에 감사드려요.

집사

【요편】

마님은 눈물을 훔치며

낯빛이 돌아와

메마른 뺨에 보조개가 터지는구나.

콧날에 숨이 돌아오니

아홉 겹 하늘에서

사면장이 툭 떨어진 셈이로다.

(사신〔말末〕이 등장한다)

사신 저는 황제의 사신입니다. 원수 여동빈이 뇌물을 받아 돈을 챙기고 거짓 패배하여 몰래 집으로 돌아왔기에 주상의 명을 받들어 그의 수급을 취하러 왔습니다. 벌써 도착했군요. (만나는 동작) 주상의 명이다. 뇌물 받고 거짓으로 패배하여 몰래 집으로 돌아왔으니 너의 수급을 취하러 왔다.

여동빈 아, 이번엔 누가 나를 구해 줄 것인가!

집사 이를 어쩌나!

【요편】

조정에서 사신을 보내

앞 대청에서 성지를 펼치고는

서쪽에서 진지를 팔아 도망쳐 왔다고 알리네.

누가 나리더러 탐욕을 부려 불의한 재물을 취하라고 했소?

이제 그 거짓됨은 응징을 받게 마련,

이 죄명을 사납게 추궁하네.

취아 여동빈, 나를 죽이려 하더니, 너야말로 뇌물을 받아먹고 거짓으로 패전하여 몰래 돌아왔구나. 잘하는 짓이다! (동네방네 떠드는 동작)

여동빈 아! 돈이란 정말 몹쓸 물건이로구나! 오늘 내가 하늘에 대고 맹세하건대, 이 돈은 반 푼도 원치 않으리라. 여동빈, 넌 어쩌자고 글을 읽었단 말이냐? 공자님 제자 안회는 밥 한 그릇, 물 한 바가지로 누추한 동네에 살았건만. 이 돈이 다 무슨 소용이란 말이냐. 아무도 날 구해 줄 수 없을 줄이야! 내 전장에 나가던 날 우리 장인께서 전송하실 때 하늘에 대고 술을 끊기로 맹세하였으니, 이제 오늘은 재물을 끊기로 맹세하노라. 여동빈, 이제 와서 아쉬울 게 뭐 있겠나. 내가 집에 돌아왔을 때 내 처에게 간부가 있었으니 명백히 그가 자수한 것인데. 관두자, 지필묵을 가져다가 이혼장을 써 주어 원하는 대로 개가하게 하고 더 이상 이야기하지 말자. 이혼장을 써 주자, 이혼장을 써. 나는 오늘 색을 끊기로 한다.

취아 아이고! 당신이 오늘 나와 이혼했으니 이젠 나와 상관없어. 당신은 꼼짝없이 죽은 목숨이야.

(사신이 다시 등장한다)

사신 여동빈은 본래 참수해야 하나 생명을 아끼는 하늘의 뜻을 본받아 목에 칼을 대는 것만은 면하고 멀고 외진 변방으로 유배 보내도록 하겠다. 호송관은 어디에 있느냐?

(호송관〔축丑〕이 등장한다)

호송관 어인 일로 소인을 부르셨습니까?

사신 여동빈을 압송하여 사문도로 보내라. (사신이 퇴장한다)

취아 호송관님, 여동빈은 죄수인데 어찌 법에 따르지 않고 수족을 자유롭게 내버려 두십니까?

호송관 그 말도 옳군. 어서 칼을 채우자. (칼을 씌우는 동작)

취아 여동빈, 이래도 나를 죽일 테냐? 정말 고소하다.

집사 부인, 부인께선 부부의 정분도 없이 그런 말씀을 하십니까?

【요편】

자비가 우환을 낳았도다.

남편께선 마님의 죽을 목숨 살려 주었는데

마님은 어찌하여 그렇게 큰 소리로 조롱을 하십니까?

취아 나는 고 태위의 딸이다. 샛서방을 둔들, 샛서방을 둔들 나는 이제 이혼한 몸, 누가 상관하랴?

집사

아예 네거리에 나가서 동네방네 떠드네.
말끝마다 고 태위의 딸이 샛서방을 두겠다고 하는구나.
저렇게 개차반으로 경우가 없어서야.
여인네가 되어서 성정이 저리도 못되다니.

호송관 가자, 시간이 별로 없다.

집사

【요편】
어제 벼슬에 오를 때만 해도 한창 꽃이 피는 듯하더니
오늘 유배 길에 오르니 바람이 사정없이 때리는구나.
이게 다 팔자에 정해진 것이러니.
우리 같은 보잘것없는 사람들은 말할 것도 없고,
수나라 강산이 순식간에 당나라 세상으로 뒤바뀐 것도
알고 보면 다 흥망성쇠의 이치일 뿐,
저 호송관이 이리 승냥이처럼 사나운들 어찌 말리겠나.

취아 여동빈, 넌 죽은 목숨이니 내 아이들은 데려갈 생각을 마라.

여동빈 내 아들딸인데 내가 데려가지 않으면 누구에게 맡긴단 말인가?

취아 죄수인 주제에 내 자식을 어쩌려고? (빼앗는 동작)

여동빈 (잡아끄는 동작) 호송관 나리, 잠시만요. 저 못된 여자 좀 떼어 내주시오. 나와 두 어린것은 죽어도 같이 죽겠소.

집사 (여동빈과 아이들을 보는 동작) 호송관 양반, 가엾게 좀 보아 주오. 우리 나리마님이 아이들과 하루 이틀쯤 같이 지낸들 뭐 대단한 일 있겠소?

호송관 시간이 없어. 안 돼!

(여동빈과 아이들을 때리는 동작)

집사 (말리는 동작)

【후정화】

휙휙 사정없는 몽둥이찜질 소리에

그의 살갗이 툭툭 떨어져 나가네.

질질 끌려 나가니

씩씩거리며 쫓아가네.

가슴 아프다.

저렇게 몸을 상하면

어떻게 견디실까?

나도 사실 어찌할 도리가 없으니

하릴없이 책임을 인정하고

오늘부터 이 집을 떠나야겠다.

【쌍안아】

나리께서 이제 가면

살아서 돌아오긴 힘들겠지만

산하는 금세 바뀌겠지.

그때 가면 중도 바리때도 다 제자리에 있겠지만

지금은 복이 다하였으니

어느 날에야 원업이 풀릴꼬.

(호송관이 여동빈과 아이들을 밀치며 간다)

(집사가 붙잡는 동작)

호송관 (집사를 밀쳐서 넘어뜨리는 동작) 이 늙은이가 뭘 안다고. 꺼져!

집사

【고과랑리래高過浪裏來】

나는 이제 백발이 성성하고

몸도 흐물흐물하니

이렇게 이리저리 비틀대다가

하마터면 머리통 깨질 뻔했네.

(호송관이 두 아이를 때리는 동작)

이봐요 형씨, 고정하시구려.

내 늙은 목숨 버려서라도

저 두 어린아이를 구해야지.

공연히 가슴속에 분기가 차오르고

두 줄기 눈물이 뺨을 타고 흘러내려

두 손 들어 떠받치네.

(호송관이 여동빈과 아이들을 압송하며 퇴장한다)

두 눈을 비벼 뜨고

몸을 일으키니

응석받이 어린것들이 보이지 않네.

취아 여동빈이 떠났으니 나는 가재도구를 챙겨서 위사에게 시집가야지. (퇴장한다)

집사 나리께서 멀리 떠나셨구나. (여동빈을 부르고 안에서 응답한다)

반쯤 시들어 버린 수양버들 때문에 보이지도 않는구나.

【수조살隨調煞】

나는 돌아갈 발걸음 채 떨어지지 않는데

당신은 빨리도 걸어가시는구려.

쳐다봐도 보이지 않으니

높은 누대에 올라 바라본다.

시선 다하는 곳에 저녁노을,

우리 나리께선 어디까지 가셨을까?

(부르는 동작) 나리! (여동빈이 응답하는 동작)

숲 너머에서 울음소리 바람에 실려 오네.

(퇴장한다)

제3절

대석조(大石調)

(여동빈이 목칼을 쓴 채 두 아이를 이끌고 호송관을 따라 등장한다)

호송관 여동빈, 어서 움직여!

여동빈 저 여동빈은 뇌물을 받고 전장에서 거짓으로 패배하여 유배를 당하게 되었습니다. 나야 죽어도 상관없지만 이 어린 자녀들을 가련히 봐주십시오. 세 식구는 이제 살아갈 방법이 없답니다. 호송관 나리, 가련히 여겨서 좀 봐주세요.

호송관 여동빈, 나도 의리가 있는 사람이야. 여긴 깊은 산 험한 들판이니 난 이제 돌아가겠네. 당신들 세 식구는 알아서 달아나게.

(칼을 풀어 주는 동작)

여동빈 고맙습니다. 내가 입에 고삐라도 물고 등에 안장을 얹기라도 해서 이 은혜를 기필코 후히 갚겠습니다.

호송관 어서 도망치게. 난 돌아가네. (퇴장한다)

여동빈 괴로워라! 눈은 갈수록 어지럽게 날리는데, 길을 잃어 어디로 가야 할지 모르겠네. 누구한테 길을 좀 물어볼까?

(나무꾼〔정말正末〕이 등장한다)

나무꾼 저는 나무꾼입니다. 나무를 하고 돌아오는데 눈보라를 만나 얼어 죽을 지경입니다.

【육국조六國調】

양 뿔처럼 말려 오르는 회오리바람,
거위 솜털 잘라낸 듯한 눈송이,
육각 눈송이로 산과 바다가 모두 새하얗고
온 세상천지가 꽁꽁 얼어붙었네.
솜씨 좋은 화공이라 해도
이 경치를 그려 낼 수 있으랴.
아득히 펼쳐진 산봉우리를 멀리서 바라보자니
이건 대체 누가 그려 준 눈썹일까?
그윽한 창문 아래 대나무 잎을 차갑게 두드리고
앞마을에 매화 가지 끝을 차갑게 내리누르네.
들판의 구름은 어지러이 낮게 드리우고
강가의 나무는 희미하게 아득하네.

【귀새북歸塞北】

봄이 빨리 온 것일까?
그렇지 않다면
나비가 어찌하여 펄럭펄럭 춤추듯 날갯짓하며

매화 꽃가루가 장안의 길을 가득 뒤덮으며
버들 솜 자욱하여 파릉교를 찾을 수가 없어
산속 주막 나부끼는 깃발이 멀어 보이기만 하는가?

【초문구初問口】

고기 잡는 늙은이는 도롱이에 삿갓 쓰고 낚싯대 들고서
추운 연못에서 혼자 낚시질하다가
이 나무꾼과 함께 돌아가는 길을 잃어버렸네.
꽁꽁 언 참새 날아오르고
추운 까마귀 시끄럽게 우짖는데
고목 숲에서 갑자기 산원숭이 울부짖네.

【원별리怨別離】

정원이고 숲이고 쓸쓸하지 않은 곳 하나 없으니
봄이 돌아왔는데도 아직 깨닫지 못했군.
온 땅에 뒤덮인 배꽃 쓸어 내는 이 없고
오들오들 떨면서
머얼리 한 점 푸른 산을 바라보는데
이런, 그새 사라져 버렸네.

【귀새북】

흰 구름 뒤덮인 섬에는
외로운 귀신이 황량한 들판에서 울부짖는 소리만 들려오네.
아홉 선녀가 조화를 부려 바람을 불러왔네.
육정신은 검을 휘둘러 기다란 이무기를 베어 냈네.
그렇지 않다면

어찌하여 땅에서 풍랑이 일어나는가?

【요편】

외로운 마을이 훤히 밝아
어린아이는 말하지,
달이 밝고 높기 때문이라고.
눈의 여신이 얼음을 잘라 내도
날씨가 추워서 부서지지 않고
검은 구름이 비를 뿜어 대도
날이 얼어서 녹아 버리질 않으니
고기잡이 노인도 나무꾼도 찾아볼 수 없구나.

여동빈 애들아, 어서 가자. 이렇게 눈보라가 심한 날에 잘못하여 길까지 잃었다간 죽은 목숨이야. (가슴을 찌르는 동작) 아! 이 눈이 좀 멈춰 줬으면 좋겠는데, 오히려 더 심하게 내리네.

나무꾼 저기 여동빈이 오는구나. 이젠 좀 깨달았겠지.

【안과남루雁過南樓】

꽁꽁 얼어붙은 어른 아이 일행이 오는구나.

여동빈 얼어 죽겠네!

나무꾼

사지를 덜덜덜 떨고 있네.
어깨는 잔뜩 꼬부려 붙이고
다리는 잔뜩 오므린 채로
눈보라를 맞으며 오고 있네.

아이 아빠, 배고파 죽겠어요.

여동빈 얘야, 빨리 가자. 저기 가면 먹을 게 있을 거야.

나무꾼

아들이 잡아끄니 아비는 슬퍼하고

조금만 더 가면 밥 먹을 수 있다며

아비는 아이를 타이르네.

【육국조】

어느새 북풍이 차디차게 불어오고

갈 길은 멀기만 하다.

(두 아이가 얼어서 넘어지고 여동빈이 부축하는 동작)

우리 셋이 모두 얼어서 쓰러지면 누가 구해 줄까?

세 사람이 다가오다가

일순간에 쓰러져 넘어지네.

(소리치는 동작) 이보시오, 일어나시오! 일어나! 이를 어쩌면 좋나?

나는 허둥지둥 부축하고

머리를 단단히 떠받치네.

이 녀석은 몸을 꼿꼿하게 폈고

저 녀석은 손과 발이 축 늘어졌네.

옷깃을 좀 느슨하게 풀어 헤쳐야겠다.

멍하니 넋이 나가 버렸구나.

(두 아이가 깨어나는 동작)

여동빈 다행이다, 깨어났구나.

나무꾼

이 둘을 구해 내니

심장이 간신히 따뜻해졌구나.

(또다시 여동빈을 구하는 동작)

아, 저 사람은

어금니를 깨물며 입을 꽉 다물었네.

(여동빈이 깨어난다)

하마터면 얼어 죽을 뻔했네. 두 아이가 모두 깨어났으니 누가 우릴 구해 준 걸까?

나무꾼 내가 자네들을 구해 주었네.

여동빈 (무릎 꿇고) 형씨께서 우리 부자를 구해 주지 않았더라면 우린 목숨을 부지할 수 없었을 겁니다.

나무꾼 여동빈, 자네는 어디로 가는 겐가?

여동빈 (방백으로) 이상하다? 내가 여동빈인 걸 어떻게 알았을까?

(다시 돌아서서 말한다) 사실 저는 목칼을 차고 사문도로 유배 가는 길이었습니다. 이런 큰 눈을 만나 이곳에서 얼어 죽을 뻔했는데 형씨 아니었으면 우리 셋은 죽은 목숨이었습니다. 이제 저희는 입을 것도 먹을 것도 없고 길까지 잃어버렸습니다. 형씨, 이리로 가면 어디입니까?

나무꾼 이 길을 진즉에 알았어야지, 너무 오래 떠나 있었구나. 군자여, 길을 잃었구나. 내 자네에게 길을 말해 주고 길을 전해 주고 길을 가르쳐 주겠노라.

여동빈 형씨, 무슨 말씀인지 저는 도무지 알아들을 수가 없습니다.

나무꾼 군자여, 이 길은 나도 알지 못한다. 이 산 앞에 초가집이 한 채 있고 거기에 도사가 한 명 있을 텐데, 그가 알고 있을 걸세.

여동빈 형씨, 좀 말해 주세요.

나무꾼

【귀새북】

이 지름길을 지나면
시내를 건너는 다리가 나오지.
아득한 구름이 산모롱이를 감추고
자욱한 안개가 초가집을 감싸고
소나무 전나무가 주위에 늘어섰지.

여동빈 그분이 좋은 분인지 나쁜 분인지 좀 말해 주세요.

나무꾼 군자여, 당신이 그를 만난다면, 잘 들어 보게.

【뇌고체擂鼓體】

그분이 우렁차게 노래하고 손뼉을 치면
황학이 춤춘다네.
요지瑤池 낭원閬苑, 십주十洲 삼도三島*에 사신다네.
피리 소리 한 곡에 가을 기운이 높아지고
바둑 몇 수 두면 새벽 강에 달이 뜨지.

여동빈 형씨, 그분은 출가인인가요? 어떻게 그런 일을 할 수 있습니까?

나무꾼

【귀새북】

그분은 남들이 알지 못하는

장생불로의 약을 드신다네.

거문고를 세 번 퉁기면 낙엽이 떨어지고

화창한 봄날 선도仙桃에 취하고

환한 태양이 하늘에 솟아오르네.

여동빈 그렇다면 형씨, 그분은 어떻게 생기셨습니까? 다시 한 번 말해 주세요.

나무꾼

【정병아淨甁兒】

그분은 두 손으로 산악을 뒤흔들고

두 눈으로 사악한 요괴를 흘겨보시네.

검을 휘둘러 하늘의 별을 만드시고

가슴으로 강의 파도를 말아 올리시네.

하늘이 흉악한 악상惡相을 내리시어

용과 호랑이를 제압하시며

덕행이 높으시다네.

그분이야말로 살아 있는 신령이시며

푸른 학을 타고 친히 옥황상제를 알현하시는 분입니다.

군자여, 산골짜기를 지나 둥근 초가집이 보이면 그분에게 길을 물으시게.

【옥익선살玉翼蟬煞】

그분께선 춤추고 노래하시며

신선의 술과 신선의 복숭아를 드신다네.
사는 곳은 비록 띠를 엮은 초가 암자에 불과하나
임금의 궁궐보다 훨씬 낫다네.
흰 구름이 늘 서려 있으며
푸른 소나무가 홀로 늙어 가는 곳
청산이 둘러 있고
맑은 안개가 에워싸고
둥굴레로 배 채우며
영단을 달여 만들지.
험준한 산골짝 길
우묵한 바위 골짜기.
문에는 빗장이 없고
동굴엔 자물쇠가 필요 없는 곳.
돌 탁자 위에서 향을 피우고
옛 가락으로 피리를 부는 곳.
구름은 어둑어둑
물결은 아득하고
바람은 살을 에고
눈은 나부끼며
사립문은 고요하고
대나무 울타리는 견고한 곳.
저 험준한 칼 봉우리와
구불구불 시내와 차가운 샘과

기나긴 수풀과 무성한 풀숲을 지나면

바로 그 고즈넉한 신선의 집이 보일 텐데

이것이 바로 길이요.

군자여, 바른 길을 잃지 마시게. 잘 새겨 두시게.

제발 길을 잘못 들지 마시게.

(퇴장한다)

여동빈 얘들아, 저 아저씨 말을 들었지? 저 산모롱이에 인가가 있는데 먹을 것도 있고 입을 것도 있고 잠잘 곳도 있단다. 우리 거기 가서 하룻밤 묵어가자꾸나.

(함께 퇴장한다)

제4절

정궁

(노파〔단旦〕가 등장한다)

노파 저는 종남산 사람인데 이곳으로 내려와 초가집을 짓고 세속 생활을 하며 수행을 하고 있습니다. 근처엔 인가도 없어요. 내겐 아들이 하나 있는데, 출가인이긴 하나 성질이 매우 사납고 매일 산중에서 사냥을 하며 삽니다. 아들이 나갔으니 나는 밥과 차를 준비해서 아들이 오기를 기다리렵니다.

(여동빈이 아이를 데리고 등장한다)

여동빈 저는 여암입니다. 전장에서 적에게 매수당해 돌아온 뒤 유배 가던 도중 겨울철 심심산중에서 눈보라를 만나 얼어 죽을 뻔했습니다. 다행히 나무꾼이 우리 목숨을 구해 주고 이 산골짜기 초가집에 가면 밥을 얻어먹을 수 있다고 하였습니다. 아이고, 내 신세야! 날도 저물어 가고 외나무다리를 만났는데 저 깊은 시냇물을 어찌 건너갈꼬? 아이가 둘인데, 이 녀석을 먼저 데리고 건너면 우리 딸이 호랑이한테 먹힐까 걱정이고, 그렇다고 딸을 먼저 데리고 건너자니 또 우리 아들이 어찌 될까 걱정이니. 에라, 모르겠다! 딸을 남겨 놓고 아들 먼저 데리고 건너자.

(아들을 건네주는 동작)

딸 아빠, 호랑이가 오면 어떡해요?

여동빈 (슬퍼하는 동작) 얘야, 내가 금방 돌아올게. 자, 아들은 여기 놔두고 가서 딸을 데려와야겠다.

(시내를 건너는 동작)

아들 아빠, 호랑이가 오면 어떡해요?

여동빈 도대체 누굴 돌봐야 하는 건가?

(또다시 시내를 건너는 동작)

정말로 여기 초가집이 있구나. 너희는 나를 따라오너라. 밥을 구해 볼게. (묻는 동작) 누구 계시오?

(노파가 등장한다)

노파 누구시오? 나가요, 나가. 아, 여동빈 선생께서 아들딸을 데리고 이 시간에 여긴 어인 일이오?

여동빈 (방백으로) 정말 이상하기도 하지! 이 아주머니는 어떻게 또 나를 알아보지? 뭐 기왕에 알아봤으니 잘됐다. (노파에게) 이봐요, 아주머니. 내가 전장에 나가 뇌물을 받았다가 우리 세 식구가 유배를 떠나게 되었소. 오늘 날도 저물었으니 먹다 남은 밥이라도 있으면 우리 아이들에게 좀 주시오. 난 잠잘 곳을 찾다가 날이 밝으면 떠나리다.

노파 군자, 이를 어쩌나. 여기서 묵을 수 없어요. 성질 고약한 우리 아들이 매일 산에서 사냥을 하거든요. 술만 안 마시면 괜찮은데 그놈이 술을 마셨다 하면 사람을 죽여요.

여동빈 모르시는군요. 전에 제가 서쪽으로 원정 떠나던 날 장인께서 전별해 주셨는데 술 석 잔을 마시고는 피를 토했어요. 그날로 술을 끊었죠. 나중에 전장에 나가 적에게 매수당하여 패전했고, 성상께서 아시고도 목숨만은 살려 주시고 유배를 보내셨어요. 그리하여 저는 재물을 끊었죠. 집에 돌아와 보니 아내가 나를 속이고 간부와 놀아나다가 나한테 잡혔어요. 전 아내에게 이혼장을 써 주고 색을 끊었어요. 이제 오늘 여기에 왔으니 만약 사부님께서 나를 한 대쯤 때리신다 해도 다 참을 수 있어요. 이제부터는 성질〔기氣〕마저 개의치 않겠어요.

노파 여동빈, 참을 수 있겠어요?

여동빈 참을 수 있습니다.

노파 참을 수 있다고 했으니 잠시 들어오지 말고 있으시오. 내 아들이 돌아오면 다시 이야기합시다.

(힘센 장사〔정말正末〕가 등장한다)

힘센 장사 술을 좀 많이 마셔서 취하는구나. 어머니가 계신 집으로 돌아가야겠다. 이 산속에 살면서 정말인지 얼마나 즐거운지.

【단정호】

길은 구불구불

인적 없이 고요한데

산세는 험악하고 가파르구나.

난 옥당에 늘어선 대신들의

호화로운 생활과 따뜻한 잠자리가 부럽지 않고

그저 원숭이 피를 두건에 적시길 바랄 뿐.

【곤수구】

생각해 보면 얼마나 즐거운가.

요 며칠 탐관오리 몇 놈이 지나가기에

금은과 비단을 약탈했지.

어제도 그 몇 명,

오늘은 이놈들을.

한평생 손 뗀 적 없이

하늘을 우러러 하하 하고 크게 웃지.

새로 빚은 술은 지게미까지 콸콸 들이마시고

사람 죽인 칼은 피 묻은 채로 스윽스윽 갈지.

언제나 술에 취하면 그뿐, 달리 무엇 있겠는가?

두 아이 아빠, 배고파 죽겠어요.

여동빈 아주머니, 밥이나 국이 있으면 우리 아이들 좀 갖다 주세요.

노파 뭐 줄 것이 없네.

힘센 장사 (손을 뻗어 여동빈을 잡아당긴다)

여동빈 (돌아보고) 어이쿠, 깜짝이야. 사람이야, 귀신이야?

힘센 장사

【당수재】

주저리주저리 묻지 마라.

사람 죽이는 어르신이 바로 나다!

여동빈 참으로 험상궂은 상이로다.

힘센 장사

어찌하여 우리 어머니를 귀찮게 구느냐?

여동빈 사부님, 우리 아이들에게 밥이나 얻어 먹이려고요.

힘센 장사

저놈이 품에 돈도 한 푼 없으면서

아이들에게 먹을 걸 달라고?

(남자아이를 붙잡는 동작)

내 이 어린것의 목덜미를 잡아다가

(여동빈이 구하는 동작)

(노하여) 이놈이! (여동빈을 때리는 동작)

【도도령】

이 주먹으로 네놈의 어금니를 박살 내버릴 테다.

(남자아이를 계곡에 밀어 떨어뜨리는 동작)

여동빈 불쌍히 여겨 주세요.

힘센 장사

이 녀석은 죽은 시체라도 건져다 호랑이에게 줄 테다.

(딸아이를 끌어당기는 동작)

여동빈 이 녀석이라도 남겨 두세요!

힘센 장사

이년이 커서 어른이 되어 봐야

어미 아비 속이나 썩이고 제구실도 못하며

돈이나 잡아먹을 거야.

내동댕이쳐서 죽여 버리는 게 나아,

안 그러면 뭣에 쓰겠어?

네 남은 목숨은 내 손아귀를 벗어나지 못할 게다.

여동빈 출가인이라면서 어찌 우리 두 아이를 던져서 죽여 버리느냐? 내 너를 관가에 고발할 테다.

힘센 장사

【당수재】

나 같은 강도가,

살인에 방화를 한다 해도

네놈이 재물을 탐내다

목칼을 뒤집어쓴 것만 하겠어?

너는 커다란 황금인을 차고

대원수가 되어

산하를 보좌하니

얼마나 명성이 자자한가?

여동빈, 너는 술과 재물을 탐하다가 군영의 일을 그르쳤다.

【곤수구】

너는 그 죄과를 가지고

어떻게 살아갈 수 있겠나?

수습하려 해 봐야 수습이 안 될걸.

제 스스로 천 길 풍파를 일으켰으니.

누가 국경에서 뇌물을 받고

우리 그 대군을 꺾어 놓으라더냐?

이처럼 불의한 재물을 탐하면 어찌 될까?

열심히 살면 재앙이 적지만

요행으로 성공하면 앙화가 많으리니

잔꾀 부려 봐야 소용없는 법.

여동빈 안 되겠다. 어디로든 도망쳐 버려야겠다.

(힘센 장사가 검을 짚고서 여동빈을 쫓고 여동빈은 숨는 동작)

힘센 장사

【소화상】

내, 내, 내가 원숭이 같은 팔로 덥석 잡으니

켁, 켁, 켁거리며 끽소리도 내지 못하네.

착, 착, 착 보검을 깃털처럼 휘두르네.

여동빈 누가 좀 살려 주세요!

힘센 장사

아, 아, 아서라. 도망쳐 봐야,

절, 절, 절대로 살아날 수 없다.

슥, 슥, 슥, 모가지에 칼을 문지르네.

(여동빈을 죽여 넘어뜨리는 동작)

(힘센 장사가 퇴장했다가 다시 종리권으로 분장하고 등장)

(노파가 퇴장했다가 다시 왕 노파로 분장하고 등장)

여동빈 (깨어나는 동작) 살인자야, 살인자!

(목을 더듬는 동작)

종리권

【도도령】

나는 여기서 방구들에 편안하게 우두커니 앉아 있고

저 할멈은 거친 쌀을 스르륵스르륵 까부르고

절뚝발이 나귀는 버드나무 그늘에서 철퍼덕 누워 있고

저 사내는 모가지를 긁적긁적 긁어 대네.

여동빈 한숨 자알 잤네.

종리권 (여동빈을 잡아당긴다) 여동빈!

벌써 일어났느냐?

여동빈 제가 얼마나 잤습니까?

종리권 십팔 년 되었다.

여동빈 어떻게 한 번에 십팔 년이나 잘 수 있습니까?

종리권

그새 일어났지만

바로 창문 앞에서 손가락 튕기는 사이에 시간이 흘렀다.

여동빈 밥은 다 됐소, 할멈?

왕노파 아직 장작 한 다발 더 때야 해요.

여동빈 잠 한번 잘 잤네.

종리권 여동빈, 네게 묻겠다. 자네 장인 고 태위가 뭐라고 권하던가?

여동빈 나더러 술을 그만 마시라고 했습니다.

종리권 그 고 태위는 바로 빈도가 변신한 걸세. 자네가 떠날 때 늙은 집사가 자네더러 뭐라고 권하던가?

여동빈 집사도 뭐라고 했습니다.

종리권 그 집사 또한 빈도가 변신한 걸세. 나무꾼이 길을 가르쳐 주던가?

여동빈 예, 어느 나무꾼이 저에게 길을 가르쳐 주었습니다.

종리권 그 나무꾼도 빈도가 변신한 걸세. 자네가 바른길을 벗어날까 봐서. 방금 자네를 죽인 장사 또한 빈도가 변신한 것이라네. 이 왕 노파와 산속의 비구니는 여산노모驪山老母일세. 이 십팔 년간 자네는 주색재기를 모두 보았겠군.

【당수재】

뜬구름 같은 세상, 바람 앞의 등불, 달군 돌이 내뿜는 불기운,

이런 것들을 벌써 다 보지 않았는가?

이제 더 이상 자식이나 재물에 연연하지 말게.

인간의 백 년이란 시간이 얼마나 되겠는가?

세월은 베틀 북처럼 바삐 흘러가게 마련,

자네가 지낸 고난의 세월을 생각해 보게나.

【곤수구】

꿈에서 보았는가?

마음으로 생각해 보았는가?

한 번 잠들어 이십 년 세월이 흘렀지만

깨어나 보니 모두 그대로인걸.

바가지는 그대로 부뚜막에 놓여 있고

노새는 원래대로 나무에 기대어 있고

잠든 지 얼마 되지도 않아

순식간에 산하가 바뀌지 않았나.

누런 기장이 채 익기도 전에 부귀영화는 다하는데

세상 사람들은 살쩍이 센 것을 그제야 깨닫네.

인간지사人間之事란 원래 부질없다는 것을.

여동빈, 그대는 깨달았는가?

여동빈 사부님, 이 제자 깨달았습니다.

종리권 (시로 읊는다)

한나라 땐 장군 한 명을 얻어서

속세에서 범인을 제도시켰지.

십팔 년 동안 꿈 한 번 꾸더니

당나라의 여동빈을 점화시키도다.

【살미】

자네의 깨달음正果은 모두 수행으로 얻어진 결과일세.

자네의 재난을 내가 모두 제도하여 벗어나게 했지.

걱정하지 말고 번뇌하지 말게.

가야 할 때 가고, 앉아야 할 때 앉고,

한가로울 때 한가하고, 쉬어야 할 때 쉬게.

손가락 꼽아서 세어 보니

참된 신선이 일곱 자리 있었는데

자네를 하나 더하니 모두 여덟이라.

자네에게 말하노니

내가 미친 소리 하는 게 아닐세.

나는 바로 술 마시기 좋아하던 한종리일세.

(동화제군이 여러 신선을 거느리고 등장한다)

동화제군 여동빈, 이제 깨달았는가?

여동빈 소자 깨달았습니다.

동화제군 자네가 깨달았다 하니, 꿈 한 번에 십팔 년 세월 동안 주색재기와 인간 세상의 옳고 그름, 탐욕과 애증, 비바람과 눈보라를 모두 보았나 보군. 전생에서 분명히 직접 다 보았으니 오늘 나와 함께 큰 도로 돌아가 신선의 반열에 오르세. 자네에게 순양자純陽子란 도호를 내리겠네.

(시로 읊는다)

자네는 속세의 탁한 운명으로 태어나지 않았는데
본성을 잃고 인간 세상에서 고난을 당하고 있었지.
정양자가 자네를 점화하여 초탈시키려 했고
여산노모도 함께 보냈다네.
일장춘몽 중에 영고성쇠를 다 보고는
깨어나 홀연 깨달으니
오늘 득도하여 태상노군을 알현하고
삼청의 천존들을 배알하고 함께 신선의 땅으로 돌아가세.

제목: 한나라 종리권이 당나라 여동빈을 제도하여
정명: 한단 가는 길에서 황량몽으로 깨우치게 하도다

자린고비가 재산 임자를 사들이다看錢奴買冤家債主

정정옥鄭廷玉

정말(正末)　주영조(周榮祖), 증복신(增福神)

소말(小末)　가장수(賈長壽)

단(旦)　주영조 부인 장 씨

외(外)　영파후(靈派侯)

정(淨)　가인(賈仁), 주막 주인장, 사당지기

외(外)　진덕보(陳德甫)

복아(卜兒)　가인 처

귀신 졸자, 내아(倈兒), 흥아(興兒)

설자

선려

(주영조周榮祖(정말正末)가 부인 장씨(단旦)와 내아倈兒와 함께 등장한다)

주영조 소인은 변량汴梁의 조주曹州 사람 주영조입니다. 자字는 백성伯成이고 아내 장씨와 아들 장수長壽가 있지요. 소생의 조상님께는 가산이 많았습니다. 조부이신 주봉기周奉記 어른께서 불가의 뜻에 따라 절을 짓고 매일 염불을 외며 안녕을 축원하셨지요. 하나 제 아비 대에 이르러서는 오로지 축재蓄財만을 일삼았습니다. 집수리에 쓸 목재와 석재, 기와를 얻을 데가 없자 그 절을 부숴 버렸습니다. 집이 완공된 뒤 부친은 병이 들어 백약이 무효하였고, 사람들은 이구동성으로 불가의 뜻을 받들지 않았기 때문이라고 했습니다. 부친께서 돌아가신 후 집안의 대소사는 제가 도맡았습니다. 소생은 시서詩書를 제법 배우고 익혔는데, 마침 황상께서 과거를 치러 인재를 발탁한다 합니다. 부인! 과거에 응시하러 다녀오려는데, 어찌 생각하시오?

부인 수재님! 저랑 장수도 함께 데리고 가는 것이 어떻겠어요?

주영조 그것도 괜찮겠소. 부인! 조상님이 남겨 주신 재산은 갖고 갈 수 없으니, 뒤뜰 담장 아래에 묻어 놓읍시다. 이 집은 하인더러 지키라 하고, 나는 당신과 함께 아이를 데리고 서울로 과거 보러 가야겠소. 미관말직이라도 얻어 가문을 일으킨다면 그 역시 좋은 일이 아니겠소?

부인 그렇다면 지금 당장 짐을 꾸려 당신을 따라가겠어요.

주영조 부인! 조부께서는 불가를 받드셨으나 아버지께서 한사코 멀리하신 통에 오늘날 이 지경이 되었소.

【상화시】

불가 유가 교리 꼼꼼히 따져 보면
선행 쌓기 마음 수행이 으뜸일세.
우리 집안 수많은 재산은 조상님이 쌓은 것
무얼 위해 인을 행하고 덕을 베풀었는가?
오직 효자와 어진 부인 얻을 요량이었네.

【요편】

맑고 푸른 하늘 속일 수 없으니
미리미리 조심해야지
나중에 후회한들 늦는 법.
하늘 위 신령님이 굽어보신다네.

주영조 아버지!

절을 허물지 말았어야 했거늘

오늘 먼 길 떠남에 누굴 원망하겠어요?

(함께 퇴장한다)

제1절

선려

(영파후靈派侯(외外)가 귀졸들을 이끌고 등장한다)

영파후 (시로 읊는다)

번쩍이는 단청, 우뚝 솟은 사원에 들어앉아
하늘을 오악五嶽으로 가르고 사방을 다스리네.
뭇사람들은 음덕의 위대함을 모르면서
그저 하늘 가득 향불만 피워 대네.

저는 동악전東嶽殿의 영파후입니다. 동악 태산이란 곳은 신선들의 선조요, 산봉우리들의 지존이며, 천지의 자손이요, 신령이 거하는 곳으로, 연주兗州 지역에 있지요. 옛날 금륜金輪 황제가 계셨고 부인은 미륜彌輪 선녀이셨답니다. 꿈에 해 두 개를 삼키고 태기가 있어 아들 둘을 낳았는데, 장남은 금홍씨金虹氏, 차남은 금선씨金蟬氏라고 했지요. 금홍씨가 바로 동악대제東嶽大帝시지요. 대제께서는 장백산長白山에서 공을 세우셔 고세태악

진인古歲太嶽眞人에 봉해졌고, 한漢나라 명제明帝 때 태산 원수泰山元帥에 봉해져 십팔 지옥과 칠십사 부서에서 생사를 관장하셨습니다. 우임금 이래 진나라와 한나라를 거치면서 도천부군都天府君의 자리에 올랐습니다. 당나라 측천무후則天武后 수공垂拱 3년 칠월 초하룻날에 동악신으로 책봉되셨고, 개원開元 13년에 이르러 천제왕天齊王의 직위를 더 받으셨습니다. 송나라 진종眞宗 때는 동악천제대생신성제東嶽天齊大生神聖帝에 봉해졌습니다. 이는 실로 천지가 한 바퀴 순환하고 다시 순환하는 셈이지요. "불효하면 지전 천 다발을 태워도 소용없고 양심을 속이면 향불 만 가닥을 사른들 부질없다"는 말이 있지요. 신령이란 존재는 본래 바르고 올곧게 주재할 뿐, 속세의 법을 어기는 뇌물은 받지 않습니다. 지금 인간 세상에 가인賈仁이라는 자가 있는데, 이자는 우리 사당에서 천지신명께 불평만 늘어놓고 넋두리하면서 자기를 불쌍히 여기지 않는다고 난리예요. 그자가 오늘도 필시 신세타령하러 올 터인데 제게도 생각이 있어요. 이제 올 때가 됐는데…….

(가인〔정淨〕이 등장한다)

가인 (시로 읊는다)

집도 절도 없는 내 신세
매일 성곽 남쪽 토굴에서 잠을 자네.
저나 나나 눈 있고 눈썹 달린 사내인데
왜 내 수중에만 돈이 없는 걸까?

쇤네는 조주 사람으로 가인이라 합니다. 어려서 양친을 잃고 별다른 일가친척도 없이 혈혈단신이었습니다. 사람들은 제가 어렵게 사는 걸 보고 가난뱅이 가씨라고 부르지요. 한세상 살면서 저리도 부유하고 사치스럽게 좋은 음식 먹고 좋은 옷 입고 좋은 물건 쓰는 이들도 이 세상 사람이랍니다. 쇤네 가인은 아침밥 먹으면 저녁거리 없고 매일같이 체온으로 맨땅을 덥혀 잠자고, 몸을 가릴 옷도 입에 넣을 음식도 없는 신세인데 이 또한 이 세상 사람입니다. 하느님! 눈 좀 똑바로 떠 보세요. 쇤네 가인 정말 찢어지게 가난하지 않습니까! 전 딱히 할 줄 아는 것도 없어 매일 흙이나 져 날라 담장 쌓아 주고, 진흙 이겨 벽돌 굽고, 물 긷고 국 날라 주며, 막일로 한낮을 보내다가 저녁이 되면 허름한 토굴에 몸을 뉩니다. 오늘 어느 집 담장을 바르는데 반쯤 바르다가 힘에 부쳐 나머지 반을 아직 다 못 발랐습니다. 지금은 졸음이 쏟아지니 좀 쉬어야겠어요. 이곳엔 동악 영파후 사당이 있으니 거기에 가서 저의 이 고달픔을 넋두리할까 합니다. 하느님! 찢어지게 가난한 가인입니다요! (사당에 도착해 무릎 꿇는 동작) 난 향도 없구나. 대신 흙을 비벼 신령님께 불쌍히 여겨 달라 기도해야지. 쇤네 가인입니다. 저 안장에 올라 말 타고 비단옷 입고 좋은 음식 먹고 좋은 물건 쓰는 사람도 이 세상 사람이고 쇤네도 똑같은 한세상 사람입니다. 그런데 저는 몸을 가릴 옷도 없고, 입에 넣을 음식도 없고, 아침밥 먹으면 저녁 먹을 게 없고 체온으로 맨땅을 덥혀 잠을 자는, 찢어지게 가난한 신세랍니다. 신령님! 조금이라도 돈이 생긴다면 쇤네 또한 기꺼이 스님들께 시주하고 보시하고, 절을 짓고 탑을 올리고, 다리를 세우고 길을 닦고, 고아를 불쌍히 여기고 과부를 보살피고, 어르신 공경하고 가난한 이들을 불쌍히 여기겠사오니, 신령님께서도 저 좀 불쌍히 여겨 주세요.

말을 하다 보니 좀 피곤하네. 여기 처마 밑에서 잠시 좀 쉬어야겠다. (드러누워 자는 동작)

영파후 귀졸들아! 가서 가인 놈을 끌고 와라. (묻는다) 이놈, 가인아! 넌 왜 내 사당 앞에서 천지신명께 불평과 원망만 늘어놓는 게냐? 대체 무슨 까닭이냐?

가인 (절을 하는 동작) 신령님! 쇤네를 불쌍히 여기소서. 소인이 어찌 감히 천지신명을 불평하겠습니까? 생각건대 쇤네 이 세상에 태어나 몸뚱이를 가릴 변변한 옷 한 벌 없고 먹을 것도 없어 아침밥을 먹으면 저녁밥이 없고, 체온으로 맨땅을 덥혀 잠을 잘 정도로 찢어지게 가난합니다. 신령님께서 불쌍히 여기시어 제게 먹고 자는 복을 누리게 해 주신다면, 쇤네도 기꺼이 스님에게 시주하고 보시하고, 절을 짓고 탑을 올리고, 다리를 놓고 길을 닦고, 고아를 불쌍히 여기고 과부를 보살피고, 어른을 공경하고 가난한 자들을 가엽게 여기겠습니다. 부디 쇤네를 불쌍히 여기소서!

영파후 이 일은 증복신增福神* 소관이다. 여봐라, 귀졸들아! 가서 증복신을 모셔 와라!

(증복신〔정말正末〕이 등장한다)

증복신 저는 증복신입니다. 인간 세상의 생사귀천과 육도六道 윤회의 일, 십팔 지옥과 칠십사 부서를 관장하지요. 속세 인간

들은 심성이 어리석어 선행할 줄을 모르니 지옥엔 내하奈河가 졸졸 흐르고, 환생의 다리 금교金橋 위엔 사람 하나 보이질 않는구나!

【점강순】

이런 자들은

가난한 자 무시하고

홀아비 과부 동정 않고

간사 교활한 천성으로

귀신도 속여 먹지.

흔히들 인간 세상의 귓속말은 천상에서 천둥소리처럼 들리고, 컴컴한 방의 못된 짓거리는 신령들한테 번개 치듯이 훤히 보인다고 하지요. 암, 그렇지, 그렇고말고!

【혼강룡】

너는 명성 따위 탐하며 헛물 켤 생각 말고

마음 한편에 선한 싹 틔울 생각 하라.

가난을 달게 여기며 분수 지킬 생각은 않고

요행으로 집안 건사할 생각뿐이구나.

자기는 웃음 뒤에 자식 손자 죽이는 칼을 들고서

어찌 눈앞에 훌륭한 아들딸 거느릴 생각하는가?

이승의 일 좀 보거라

우리들 저승과 다를 바 없지.

이승에서 낭패 보는 건

저승에서 복을 없앴기 때문이지.

이런 자들은 걸핏하면
배은망덕에 배신에 남 뒤통수치기요,
풍속 해치고 눈살 찌푸리게 하고 물이나 흐리지.
어찌 살진 고기와 맛난 술에 진귀한 비단을 누릴 수 있겠는가?

(인사하는 동작) 상성上聖께옵서 무슨 분부가 있어 소인을 부르셨습니까?

영파후 지금 이승에 가인이라는 자가 있는데, 매일 내 사당에 와서 불평을 늘어놓고 신세한탄이나 하고 있으니, 그대가 가서 자초지종 좀 알아보게.

증복신 알겠습니다. (묻는 동작) 이봐 가인! 우리 신령님을 원망한 게 너냐?

가인 신령님, 불쌍히 봐주세요. 쇤네가 신령님을 원망하다니요? 쇤네 말씀은 이 세상에 저리도 부귀하여 입을 옷과 먹을 음식, 쓸 돈을 갖고 있는 자 역시 일개 사람이라는 겁니다. 저만 몸을 가릴 옷도 먹을 음식도 없어, 아침밥 먹으면 저녁밥이 없는 신세로, 맨땅을 체온으로 덥혀 누워 자고 있으니 정말 찢어지게 가난한 몸 아니겠습니까? 쇤네 박복한 팔자를 원망할 뿐, 어찌 감히 천지신명을 불평하겠습니까? 신령께서는 불쌍히 여기셔서 제게 소소하나마 입을 것과 먹을 것을 내려 주십시오. 그러면 저 역시 기꺼이 스님에게 시주하고 보시하고 절을 짓고 탑을 올리고 다리를 놓고 길을 닦고, 고아와 과부를 아껴 주고 어르신 공경하고 가난한 자들을 불쌍히 여기겠습니다. 신령님! 이여삐 봐주세요.

증복신 시끄럽다! (돌아와 말한다) 신령 영감! 이자는 평소 천지신명을 받들지도 않고 부모에게 불효하며 불가와 승려들을 비방하고 살생을 일삼았으니 얼어 죽고 굶어 죽어 마땅합니다. 그런데 상성께서는 무얼 그리 신경 쓰십니까?

영파후 증복신! 그자의 먹고살 팔자에 무슨 문제라도 있는 것이오?

증복신

【유호로】

붉은 용안의 염라대왕께서 허튼 장난 안 하시고

올바른 법도대로 배 속 태아 빚어 놓았습니다.

저들한테 지어 준 운명 틀린 적 있습니까?

저런 자들은 관원이나 부자로는 환생하기 힘든 법

개나 말, 당나귀로 환생하면 제격이지요.

저자를 기름 솥에 튀긴 적 없고

저자를 칼나무에 찔려 죽게 한 적 없어요.

저 아비규환의 지옥이 하늘만큼 넓은데도

사람으로 환생시킨 건 봐줄 만큼 봐준 거지요.

영파후 증복신! 이런 자들이 이승에 살면서 어떻게 재물을 탐내고 다른 사람들을 해치면서 집안을 일궜는지 궁금하구려.

증복신

【천하락】

이런 자들은 입에 올릴 가치도 없어요.

저자는 전생에 사치를 일삼고 탐욕에 눈이 멀어

기름 끓는 가마 속이라도 돈만 보이면 집어 가지요.

저자를 부자로 만든 탓에

다른 수백 명이 비렁뱅이가 되었으니

현세에서 그 죗값을 갚는 것이랍니다.

가인 신령님, 증복신의 말은 듣지 마세요. 쇤네는 그런 사람이 아닙니다. 염불하고 고기를 멀리하며 선행하는 사람이라고요. 부디 쇤네를 불쌍히 여기셔서 조금만 부자로 만들어 주신다면 얼마나 좋겠습니까?

증복신 네놈은 그 옛날 굽은 걸 곧다 하고, 오곡을 내다 버리고, 살생하고, 다른 사람들을 해치고 집안을 일궜으니 어찌 출세할 수 있겠느냐?

영파후 증복신! 이자는 전생에 깨끗한 물을 내다 버리고 오곡을 못 쓰게 만들었소. 그러니 현세에 얼어 죽고 굶어 죽는다 해도 지나침이 없소!

증복신

【나타령】

넌 전생에 악행만 일삼더니

현세에 벌을 받는구나.

전생에 교활한 짓만 해대더니

현세에 비럭질만 하는구나.

전생에 버리기만 하더니

현세에 굶어 죽는구나.

가인 전 평소 천지신명을 받들고 법도를 준수했고, 형제와 돈독하고 친척 간에 화목하며, 불법을 믿으며 일월성신께 예를 다하고 부모에게 효도할 뿐 도적질을 하지 않았습니다. 심보를 곱게 쓰고 선행을 좋아하는 데다 지금도 고기를 멀리하고 있습니다. 신령님께서 저를 조금만 부자로 만들어 주신다면 쇤네는 분수를 지키며 장사를 하겠습니다.

증복신

네놈은 악업만 쌓을 생각뿐
마음에도 없는 말만 내뱉을 뿐
본분 지키며 살 맘이 없구나.

영파후 그야말로 나쁜 마음 먹으면 한평생 올 복도 달아나고, 잘못된 행동하면 하늘에서 일평생 가난하게 만든다는 격이로구나. 우리 신령들도 나서서 살펴보고 있으니 어찌 속일 수 있겠느냐?

증복신

【작답지】
나쁜 마음 먹는 건 어쩔 도리 없지만
나쁜 짓거리는 어찌 속이겠습니까?
위로는 맑디맑은 푸른 하늘 있고
아래로는 끝없이 누런 모래 펼쳐 있거늘.
상성께선 굽어살피시옵소서
헛되이 그를 도우시겠다면
저는 저자가 가난하든 부귀하든 궁색하든 영달하든
상관하지 않겠습니다.

가인 신령님! 제 부모님 살아생전에는 그래도 쇤네가 봉양을 잘했는데, 돌아가신 후 무슨 이유에서인지 하루가 다르게 곤두박질쳐 버렸습니다. 저 역시 부모님 산소에서 지전을 사르고 차와 술을 올리며 이제껏 눈물이 마른 적 없는, 효성 지극한 사람입니다.

증복신 입 닥쳐라!

【기생초】

부모 살아생전에도 배곯게 한 놈이
죽은 후에 무슨 술을 올렸다는 게냐?
네놈은 흘릴 눈물 다 쏟았네, 사잣밥을 뿌려 댔네 하지만
번갯불에 콩 구워 먹는 식이더구나.
지전 다 태우고 이걸로 끝이다 했겠지.
네놈이 술 수백 통을 뿌렸다 한들 어디 무덤 앞을 적셨겠느냐?
네놈이 차 수천 잔을 올렸다 한들 어디 황천까지 닿았겠느냐?

영파후 증복신! 이렇게 가난했던 자들이 갑자기 부자가 되면 양심을 저버리고 자신을 속이고, 천지신명을 기만하고 남들에게 손해를 끼치고 자신만 알 터이니, 한평생 부자 되긴 글렀구려.

증복신

【육요서】

이런 자는 돈 없으면 찍소리도 못하다가
돈 좀 생기면 허세를 부리지요.
백만장자처럼 차려입고요.
보세요,

어깨 으쓱으쓱 콧구멍 벌렁벌렁
겸손한 구석은 눈곱만큼도 없잖아요.
매일 거리에서 청총마를 내달리며
계집이나 후릴 거예요.
말 위에서 거들먹거리며
온갖 자세 취해 보고
온갖 꼴불견 자아내지요.
【요편】
길이 좁다며
한술 더 떠 복작거린다며
옥구슬 달린 고삐 바짝 당겨 잡고
옥구슬 박은 채찍을 바삐 휘두르며
냅다 내달리며 짓밟고
시끌벅적 야단이겠지요.
먼저 가려 난리치다가
안장 잡고 말에서 내려
가난한 이에게 거드름이나 피울 겁니다.

가인 신령님! 쇤네는 그런 사람이 아닙니다. 저를 조금만 부귀하게 해 주신다면 이웃과 화목하게 지내고 공손히 대하고, 존귀한 것과 비천한 것을 잘 알아보며 위아래를 따질 것입니다. 제발 저를 불쌍히 여겨 주세요!

증복신

그들 비록 가난하나

그래도 그대 이웃들
예를 갖추어 보답해야 하거늘!
네놈은 저 혼자만 귀하고 위아래가 없으니
실로 우물 안 개구리로다.
그따위 아량으로 가난한 이를 대하니
궁색하고 궁핍한 네놈 처지에
어찌 부귀영화를 누리리!

영파후 증복신! 가인은 분명 천지신명에게 불평을 늘어놓았으니 얼어 죽고 굶어 죽는 게 마땅하오. 하나 "하늘은 복 없는 자를 내지 않으며, 땅은 이름 없는 풀을 돋게 하지 않는다"라는 말도 있지요. 생명을 아끼시는 옥황상제의 은덕을 받들어 잠시만 저자에게 복을 내려 주십시다.

증복신 그러시다면 소인이 살펴보겠습니다. (살펴보는 동작) 신령 영감! 저자는 얼어 죽고 굶어 죽는 게 마땅하나, 지금 영감의 뜻을 받들어 잠시 동안만 복을 빌려 주도록 하겠습니다. 조주 조남曹南 주가장周家莊에 그런 집이 있군요. 삼 대 동안 음덕을 쌓았으나 순간의 실수로 벌을 받게 되었습니다. 저는 지금 그 집의 복을 저자에게 이십 년간 빌려 주고 이십 년 후 저자 스스로 원래 임자에게 돌려주도록 하겠습니다.

영파후 그렇게 합시다.

증복신 이봐 가인! (가인이 대답하는 동작) 너는 얼어 죽고 굶어 죽어 마땅하나 영감께서 불쌍히 여겨 네게 복을 빌려 주기로 하셨다. 지금 조주 조남 주가장 마을에는 삼 대째 음덕을 쌓았으나 순간의 실수로 벌을 받아 마땅한 이가 있다. 지금 그 집안의 복을 네게 이십 년 동안 빌려 줄 터이니, 이십 년 후에는 네 손으로 원래 주인에게 돌려주어라. 명심해라! 네가 그곳에 가면 돈다발이 널 기다리고 있을 것이다.

가인 (감사의 절을 올리는 동작) 신령님께서 도와주신 은혜 감사드립니다. 전 부자 되러 가겠습니다.

증복신 닥쳐라!

【잠살】

네가 집안 일으켜 채 호강하기도 전에

집안 거덜 낼 놈이 먼저 태어날 것이다.

가인 부자가 되면 말이야, 좋은 옷 입고 준마 위에 올라타 놈의 볼기짝에 채찍을 쫙 하고 갈기면, 고놈의 말이 후다닥하고…….

증복신 뭐 하는 게냐?

가인 아닙니다요, 별거 아닙니다요.

증복신 (웃는 동작)

네게 돈을 빌려 주려 하니

넌 정해진 기한 동안 맡아 관리하거라.

가인 신령님! 불쌍히 여겨 주세요. 저에게 얼마나 빌려 주실 건데요?

증복신

너에게 이십 년간 빌려 주었다가

원래대로 돌려줄 것이다.

가인 신령님! 쇤네를 불쌍히 여기신다면 겨우 이십 년이 뭡니까? 이리 해도 저리 해도 두 획밖에 안 되니 위에 한 줄 더 그어서 삼십 년으로 해 주시면 좋잖아요?

증복신 닥쳐라! 이놈이 아직 멀었구나.

한술 더 떠서 더 늘려 달라고?

이 길흉화복이 제대로 된 것임을 알 턱이 있나?

가난과 부귀 모두 전생의 업보라 한 건 허튼소리가 아니로다.

복사꽃은 왜 춘삼월에 흐드러지며

국화꽃은 왜 가을 구월에 피겠느냐?

왜 그런 것 같으냐?

조물주가 꽃을 동시에 피우지 않기 때문이니라.

영파후 이봐, 가인아! 너는 얼어 죽고 굶어 죽어 마땅하나 우리 신령들이 생명을 아끼시는 옥황상제의 은덕을 본받아 네게 이십 년 동안 복을 빌려 주기로 했으니, 이십 년 후 원래 주인에게 돌려주어라. "선한 자는 선한 보답을 받고 악한 자는 악한 보답을 받는다", 또 "떼먹으려는 게 아니라 때가 아직 이르기 때문이다"라는 말이 있다. 하늘이 된서리를 내리지 않았다면 송백은 쑥대만도 못하게 될 것이다. 천지신명께서 응답하지 않으신다면 선행이 악행만 못할 것이다. 천지신명을 속이지도 말고 양심도 속이지 마라. 양심을 속이지 않으면 재앙도 침범하지 못할 것이다. 열두 시간 동안 좋은 일을 행하면 재앙을 불러오는 별이 복을 불러오는 별로 바뀌리라. (손을 흔드는 동작) 가인아! 꿈결 잠결이라고 핑계 대지 마라. (함께 퇴장한다)

가인 (잠에서 깨는 동작) 어이쿠! 잘 잤다. 그러고 보니 남가일

몽일세. 신령님께서 분명히 나한테 조주 조남 주가장의 복을 이십 년 동안 빌려 준다고 했으니 난 이제 부자야. 부자야, 어디 있느냐? '생각대로 꾸는 게 꿈'이라고 잘도 하던데, 믿어 뭘 해? 담장 반쪽은 아직 덜 발랐으니 가서 마저 하자. 하느님! 찢어지게 가난한 가인이에요!

(퇴장한다)

제2절

정궁

(진덕보陳德甫〔외外〕가 등장한다)

진덕보 (시로 읊는다)

밭일하는 소한텐 내일 먹일 여물 없어도
창고 안 생쥐한텐 식량이 남아도는 법.
세상만사 제 분수는 이미 정해졌는데
덧없는 인생 부질없이 분주하기만 하네.

소생은 진덕보로 이곳 조주의 조남 사람입니다. 어려서부터 경서를 익히고 글을 꽤 즐겨 지었으나 불행히 양친께서 돌아가신 후 집안이 기울었습니다. 하여 학업을 폐기하고 사랑채 글 선생 노릇이나 하며 세월을 보내고 있지요. 이곳에 가씨 성을 가진 나이 든 원외員外가 사는데, 만석꾼 살림에 까마귀도 날다 지칠 정도의 전답에 기름 짜는 방앗간이며 전당포와 금은보화에 능라 비단까지 셀 수도 없는, 그야말로 엄청난 갑부입니다. 여기에 아무도 없어서 하는 얘긴데, 본래 그자는 탈탈 털어 먼지 하나 나오지 않는 빈털터리 가난뱅이로, 남의 집에 흙 날라 담장을 쌓거나 진흙 이겨 벽돌을 굽거나 물 기르고 탕국 날라 주는 막일을 했습죠. 늘상 아침 먹고 나면 저녁 먹을 게 없는 신세였어요. 사람들은 그를 빈털터리 가씨라고 불렀지요. 한데 어디서 복이 굴러왔는지 요 몇 년 하늘에 닿을 만큼 어마어마한 돈을 왕창 끌어 모았지요. 그 원외는 부자인데도 어쩐 일인지 돈 한 푼은커녕 반 푼도 쓰질 않아요. 남들 물건은 억지로 손을 펴서라도 빼앗지 못해 안달이면서, 자기 물건은 남한테 주질 못합니다. 주었다간 바로 속이 쓰려 죽을걸요. 소생은 지금 그자네 집에서 머물고 있지요. 그 집이 무슨 학문하는 서당이라서가 아니라, 고작 그 집 전당포에서 장부 정리나 한답니다. 이 원외는 쓸데없이 재산만 있지 슬하에 자식이 하나도 없답니다. 몇 번 소생과 집안일을 의논할 때 그러더군요. 남자애든 여자애든 팔려고 내놓은 애가 있으면 한 놈 데려다 두 부부 눈이나 즐겁게 하고 싶다고요. 소생이 이미 주막 주인장에게 알아보라고 말해 놨으니 나타나기만 하면 기별할 거예요. 오늘은 별일도 없고 하니 전당포나 좀 살펴봐야겠습니다. (퇴장한다)

(주막 주인〔정淨〕이 등장한다)

주막 주인 (시로 읊는다)

주막 앞에 석 자 너비 깃발 내걸고
오가는 사람들 단골 삼네.
맛난 술 백 항아리 담그면

아흔아홉 동이는 식초라네.

저는 이 주막 주인장입죠. 우리 주막은 가 원외 소유지요. 그 집에 진덕보라는 글 선생이 하나 있는데 보름마다 와서 결산을 합니다. 오늘 이렇게 큰 눈이 내리고 전 새 술을 한 동이 담갔지요. 신령님께 먼저 올리지 않으면 팔지 못하니 술 석 잔을 올려 보자. (술을 올리는 동작) 재물을 불리고 이윤을 내주시는 토지신이시여, 저희 집 술이 한 동이 한 동이 점점 나아지고 있습니다. 이제 이 주막 발을 걷어 올리고 누가 오는지 좀 보자.

(주영조〔정말〕가 부인과 아들을 이끌고 등장한다)

주영조 소생은 주영조입니다. 세 식구로 부인 장씨와 아들 장수가 있지요. 과거 보러 간 후, 운이 트이지 않아 부귀공명을 이루지 못했습니다. 그건 그렇다 치고 집에 돌아오니 하는 일마다 뜻대로 되지 않고, 조상님이 남겨 주셔서 담장 밑에 묻어 두었던 재산마저 도둑맞았답니다. 이때부터 먹고 입는 것도 힘들어 세 식구만 달랑 데리고 낙양에 있는 친척을 찾아가 도와달라고 할 참이었습니다만, 공교롭게도 때가 맞지 않아 만나지 못하고 돌아왔습니다. 늦겨울에 연일 큰 눈이 내리니 이 길이 참으로 고생스럽습니다.

부인 여보! 눈보라가 이리 매서우니 좀 빨리 걸어요.

장수 아버지, 얼어 죽겠어요!

주영조

【단정호】

성말 길을 뚫고 가기 어렵구나!

우리 집은 어디에 있지?
사방천지 심산유곡 모두 백발이 되었다네.
이렇게 얼어붙은 구름이 만 리 너머로 끝없건만
하필 우리 세 식구만 고향을 떠나왔구나.
부인! 엄청 큰 눈이 내리는구려.
【곤수구】
아름다운 옥 보석을 누가 체로 쳐 대는가?
누가 얼음꽃 잘라다가 눈앞에서 흘려 대는가?
마치 거리에 온통 옥가루 뿌려 대는 듯
마치 전각 누대에 분가루 뿌려 대는 듯
이렇게 눈이 쏟아지면,
남관 앞 한유韓愈라도 어찌 추위를 견뎌 낼까?*
눈을 사랑했던 맹호연孟浩然인들 나귀에서 꼬꾸라지지 않을까?*
이렇게 눈이 쏟아지면,
섬계剡溪에서 되돌아왔던 왕휘지王徽之라도 대규戴逵 집 문을 두드렸을걸.*
우리 세 식구 얼어붙어 흙먼지 위에 쓰러지겠구나!
(추위에 떠는 동작) 안 된다, 안 돼, 안 돼.
온 가족이 천신만고 고생하건만
부잣집 열에 아홉은 문도 열지 않으니
참으로 견디기 어렵도다.

부인 여보! 이렇게 눈보라가 세차게 몰아치니 저기 가서 잠시 피하는 게 어때요?

주영조 저 주막에 가서 눈보라를 피합시다. (인사하는 동작) 형씨, 안녕하시오!

주막 주인 어서 들어와 술 좀 드시우. 수재님은 어디 사람이시우?

주영조 형씨, 제가 무슨 돈이 있다고 술을 사 마시겠습니까? 소생은 가난한 수재로, 세 식구가 친척을 만나러 갔다 오다가 뜻밖에 눈보라를 만났습니다. 걸칠 옷도 없고 먹을 음식도 없는데 그저 눈이나 피할까 해서 곧장 이리로 왔습니다. 형씨, 사정 좀 봐주시구려.

주막 주인 누구는 머리에 집을 이고 다닌답니까? 들어와서 눈 좀 피하세요.

주영조 (함께 들어가는 동작) 여보! 봐요, 눈발이 점점 거세지는구려!

【당수재】

배를 곯아 눈앞이 빙빙 돌고

몸이 얼어 얼굴이 창백하네.

이 눈발은 나 같은 가난뱅이한테만 퍼부어 대누나.

부인!

눈은 발등 위까지 쌓이고

거센 바람 옷깃을 파고드니

내 서둘러 아이 손을 당겨 품에 안으리다.

주막 주인 (탄식하는 동작) 이 세 식구 걸친 것도 없고 배 속에 든 것도 없이 이렇게 거센 눈보라를 피해 우리 가게로 들어온 것 좀 보세요. 여긴 적선하는 곳이 아니지만, 새벽에 돈 잘 벌게 해 달라고 올린 술 석 잔을 수재님께 드리겠소. 이봐요 수재님, 여기 술 좀 드시오.

주영조 형씨, 제게 무슨 돈이 있다고 술을 사 마시겠소?

주막 주인 돈은 됐소. 홑옷 입고 추울 테니 어서 드시오.

주영조 돈도 안 받고 이렇게 술을 주시니 고맙소이다. (술 마시는 동작) 술맛 좋다!

【곤수구】

형씨가 따른 사기 술잔의 술을 보니
빛깔이 호박琥珀보다 더 진합니다.
설마 형씨도 돈만 보면 눈이 번쩍 뜨이는 소인배라
무슨 좋은 술 나쁜 술 따지는 그런 사람이오?

이 술은,

중산中山 땅의 익은 술에 견줄 만하고
난릉蘭陵의 값비싼 술을 비웃을 만하니
봉성鳳城*의 봄빛[春色]*이라 해도 손색이 없겠소이다.

이 술 한 잔 마시니

마치 솜이불 한 겹 덮은 듯하고

이 눈은

바람 따라 춤추는 수천 송이 버들개지 같네.

내가 마침 이 술을 삼켰더니,

서둘러 얼굴 위로 복사꽃 두 송이가 피어오르고
속이 훈훈해지는구려.

부인 여보, 누가 줬어요?

주영조 저 술장수 형씨가 주었소. 내가 홑옷인 채로 떨고 있으니 불쌍히 여겨 준 것이오.

부인 저도 지금 추워서 견딜 수가 없어요. 그 사람한테 술 한 잔만 얻어다 주시면 안 될까요?

주영조 부인! 민망하게 어찌 나더러 술을 얻어 오라 하는 거요? (주막 주인에게 깊이 인사하는 동작) 형씨, 제 아내가 어디서 술이 났느냐고 묻기에, "술 파는 형씨가 내가 홑옷인 채 떨고 있는 걸 보고 줍디다" 했더니, 아내가 자기도 추워서 견딜 수 없으니 술 반잔이라도 얻어다 주면 안 되겠느냐고 하네요.

주막 주인 당신 부인도 술이 필요하다고요? 자, 자, 자, 내 당신 부인에게 이 술을 주겠소.

주영조 정말 고맙소이다. 부인! 술 한 잔 얻어 왔소. 어서 드시오.

주장수 아버지, 저도 한 잔 마실래요.

주영조 아들아, 나더러 무슨 수로 얻어 오라는 게냐? (또 깊이 인사하는 동작) 형씨, 우리 아이가 "아버지, 술이 어디서 나서 어머니께 드리십니까?"라고 하기에, 제가 "저 술 파는 아저씨가 주셨단다"라고 했지요. 그랬더니 그 아이가 "제게도 한 잔 얻어다 주시면 안 될까요?" 하네요.

주막 주인 정 그러면 아예 우리 집으로 들어오시오.

주영조 형씨, 여긴 적선하는 곳이 아니잖소?

주막 주인 자, 자, 자, 내가 술 한 잔 더 드리겠소.

주영조 정말 감사하오, 형씨! 얘야, 마시거라, 어서.

주막 주인 이렇게 가난하게 살 바에는 이 애를 다른 집에 주면 어떻겠소?

주영조 저야 그럴 수 있지만, 아내 생각이 어떤지 몰라서요.

주막 주인 부인과 상의해 보시구려.

주영조 여보! 방금 술장수 형씨 말이 "이렇게 배곯고 추위에 떨 바에는 저 아이를 다른 사람에게 주면 어떻겠소?" 하지 뭐요.

부인 얼어 죽고 굶어 죽는 것보단 차라리 다른 사람에게 줘 버리는 게 낫겠지요. 키우겠다는 집만 나타나면 줘 버립시다.

주영조 (주막 주인을 보는 동작) 형씨! 제 안사람이 이 어린것을 다른 집에 보내겠다고 하는구려.

주막 주인 수재님! 정말 다른 사람한테 보낼 겁니까?

주영조 그러겠소.

주막 주인 이곳에 부자가 하나 있는데 그자가 아이를 구하고 있습니다. 제가 지금 수재님을 그리로 모시고 가겠습니다.

주영조 그 집에는 사내아이가 있소?

주막 주인 자식이 하나도 없습니다.

주영조

【당수재】

자식 있는 집에 팔면 운수 사나울 것이고

자식 없는 집에 팔면 팔자 피겠지요.

도리 아는 부모 만나는 건 아이 복일 터,

형씨!

이 아이를 고생 바다에서 건져 내는 게

스님 만 명한테 시주하는 것보다 낫소.

손님 아끼는 형씨 마음 더욱 빛이 나는구려.

주막 주인 이렇게 되었으니 당신 두 분은 여기 있으시오. 내가 가서 아이 살 사람을 데려오리다. (귀문鬼門*을 향해 소리치는 동작) 진 선생 집에 계십니까?

진덕보 (등장한다) 주인장! 무슨 일이오?

주막 주인 일전에 제게 말씀하신 일로 왔습니다. 지금 어떤 수재가 자식을 판다고 하니 가 보시지요.

진덕보 어디 있소이까?

주막 주인 여기 있습니다.

진덕보 (보는 동작) 복을 타고났구나.

주영조 선생님, 인사 올립니다.

진덕보 인사가 과분하십니다! 수재님은 어디 분이시오? 성함은 어떻게 되시오? 무슨 이유로 이 아이를 팔려고 하십니까?

주영조 소생은 조주 사람 주영조라고 하며 자는 백성입니다. 집안이 망해 키울 돈이 없어서 친자식을 남의 집에 양자로 보내려 합니다. 선생님! 소생 좀 도와주십시오.

진덕보 선비님, 제가 달라는 게 아니오. 이곳에 가 원외라는 분이 있는데 자식이 하나도 없어요. 만약 댁의 아드님을 그 집에 들인다면 그가 가진 엄청난 재산이 얼마 후 모두 아드님 것이 될 겁니다. 저를 따라오십시오.

주영조 어디인지는 모르겠지만 형씨를 따라가겠소. (부인, 아들과 함께 퇴장한다)

주막 주인 세 식구가 진 선생과 가 버렸군. 나도 가게를 정리하고 원외 댁에 가 봐야지. (퇴장한다)

(가인이 처〔복아卜兒〕와 함께 등장한다)

가인 부자 됐네, 부자 됐어! 일곱 번 가난하다 여덟 번째에 부자가 된다는 말이 있더니, 정말 그 말이 맞았어! 저는 가 원외올시다. 여기에 아무도 없으니 하는 말인데, 옛날에 남의 집 담장을 쌓다가 금은 한 상자를 파냈지요. 집주인도 모르게 슬쩍슬쩍 날라다가 이 집과 전당포, 제분소, 방앗간, 기름집, 주막을 지어 장사를 하니, 재산이 봄에 물 붇듯 불어났지요. 난 지금 뭍에는 전답이 있고 물길에는 배가 있고 사람들에겐 받을 돈이 있는 처지가 되었으니, 어느 누가 날 빈털터리 가씨라고 부르겠습니까? 모두들 나를 원외라고 부른답니다. 다만 한 가지, 재산이 생긴 이후 부인을 들인 지도 족히 수년이 됐지만 어째 자식이 하나도 없습니다. 까마귀도 날다 지칠 정도의 전답을 누구한테 물려준단 말이오? (탄식하는 동작) 전 평소 한 푼은 고사하고 반 푼도 쓰질 않는데, 어찌 이리도 인색하고 각박하게 구는지 모르겠어요. 남들이 나더러 돈 한 꾸러미만 빌려 달라 하면, 아이고야, 내 몸에서 힘줄을 하나 뽑는 것 같다니까요. 요즘엔 저를 자린고비 가씨라고 부르는 사람도 있으니, 말도 마세요. 우리 전당포에 진덕보라는 글 선생이 있는데, 나 대신 수금하고 돈을 빌려 줍니다. 그자에게 우리 두 부부 맘 좀 달래 보자고 남자애든 여자애든 하나 구해 달라고 여러 번 부탁을 해 놨습니다.

가인 처　여보! 부탁을 하셨으니 분명히 알아 올 거예요.

가인　오늘은 큰 눈이 내리고 날씨도 좀 춥구나. 얘들아! 뜨거운 술 조금하고 개구리 다리 좀 찢어 오너라. 마누라랑 한잔 해야겠다.

진덕보　(주영조, 부인, 주장수와 함께 등장해 말한다) 수재님은 문 앞에서 기다리세요. 제가 먼저 가서 원외님께 말씀드리겠습니다. (인사하는 동작)

가인　진덕보, 내가 아이 하나 구해 달라고 몇 번을 부탁했는데 어찌 이리도 시원찮은 게야?

진덕보　원외님! 다행히 아이가 하나 나왔습니다.

가인　어디에?

진덕보　지금 문밖에 와 있습니다.

가인　어떤 자인데?

진덕보　가난한 선비입니다.

가인　선비면 선비지, 가난한 선비는 또 뭐야?

진덕보　원외님! 돈이 있는데도 자식을 내다 팔 사람이 어디 있겠습니까?

가인　가서 데려와 봐.

진덕보　(대문 밖으로 나온다) 선비님! 들어가서 예를 갖춰 원외님을 만나세요.

주영조　(허리를 깊이 숙여 인사하는 동작) 선생! 돈은 넉넉히 주셔야 합니다.

진덕보　수재님이 얼마를 받게 될지는 모두 저한테 달렸지요.

주영조 부인, 아이를 보고 계시구려. 내가 가서 원외를 뵙겠소. (들어가 인사하는 동작) 원외님, 인사 올립니다.

가인 이보시오, 선비양반! 고향은 어디고 성명은 어찌 되시오?

주영조 소생은 조주 사람 주영조라 하고, 자는 백성입니다.

가인 잠깐! 내 참 이런 비렁뱅이는 보다보다 처음이네. 진덕보! 저자더러 멀찌감치 떨어져 있으라 하게. 벼룩이 온 집 안을 뛰어다니잖아!

진덕보 수재님! 원외님 말씀대로 좀 물러나 계십시오. 있는 사람들은 성질이 다 이렇답니다.

주영조 (대문 밖으로 나오는 동작) 부인! 우리처럼 가난한 사람들은 기가 팍 죽는구려.

가인 진덕보, 우리가 이 아이를 사려면 계약서를 써야지.

진덕보 초안을 잡아 보시지요.

가인 내가 부를 테니 적어 보게. "계약자 주 수재는 돈도 없고 먹을 것도 넉넉지 않아 살아가기 어려워서, 나이 몇 살 된 본인의 친아들 아무개를 부자 가 원외의 양아들로 팔고자 한다."

진덕보 부자인 걸 누가 모르나요? 원외라고 했으면 됐지 부자라는 말은 왜 붙이십니까?

가인 진덕보, 내 말에 토를 다는 거냐? 그래, 내가 부자가 아니면 가난뱅이라도 된다는 거냐?

진덕보 예, 예! 부자십니다, 부자!

가인 계약서 뒤에 써. "이날 삼자는 값을 흥정하고 계약이 성사되면 쌍방은 물릴 수 없음을 약속한다. 만약 물릴 시에는 지전 일천 관을 상대방에게 준다. 훗날 뒷받침할 것이 없을까 염려되어 이 문서를 작성하고 영원히 증거로 삼는 바이다."

진덕보 됐습니다. 물리는 사람이 지전 일천 관을 낸다면 저분한테 얼마나 주실 건데요?

가인 그건 신경 꺼. 난 부자란 말이야. 저자가 얼마를 달래? 저자는 내가 손톱으로 튕겨 주기만 해도 그 돈 다 못 쓸걸?

진덕보 예, 예, 예. 수재한테 말하겠습니다. (나가는 동작) 수재님, 원외께서 계약서를 쓰라고 하십니다.

주영조 형씨, 그건 어떻게 쓰는 거지요?

진덕보 저쪽에서 이 초고를 줬습니다. 오늘 길을 가던 주 수재는 돈이 없어 방년 아홉 살 난 자신의 친아들을 부자 가 원외에게 팔기로 한다.

주영조 선생, 이 부자라는 두 글자는 안 빼시오?

진덕보 저쪽에서 쓰라는 대로 하세요.

주영조 그럼 그대로 씁시다.

진덕보 이 계약서 말고 중요한 일이 따로 있습니다. 저쪽에서 뒤에 덧붙이기를, 만약 물리는 자가 있다면 지전 일천 관을 상대방에게 물어준다고 했습니다.

주영조 선생, 물리는 자가 지전 일천 관을 준다면 저는 얼마를 받습니까?

진덕보 얼마를 주냐고요? 선비님, 걱정 마세요. 방금 원외가 "저자가 얼마를 달라든지 내가 손톱으로 튕겨 주기만 해도 저자는 그 논 다 못 쓸걸"이라고 말했거든요.

주영조 맞는 말씀이오. 지필묵을 주시오.

부인 여보, 양육비는 얼마로 합의하셨어요? 잠깐만요.

주영조 부인, 방금 이분 말이 그자는 엄청난 부자라서 손톱으로 튕겨 줘도 우리가 다 못 쓸 거라 하지 않았소. 그런데도 자꾸 얼마 줄 건지만 물어보면 어떡하오?

【곤수구】

난 예서 황급히 먹을 갈고

슥, 슥, 슥 붓을 놀리네.

주장수 아버지, 뭘 쓰고 계세요?

주영조 아들아! 차용증을 쓰고 있는 거란다.

주장수 누구한테 빌리는데요?

주영조 일단 쓰고 나서 얘기해 주마.

주장수 전 다 알아요. 아버지가 주막에서 상의하셨잖아요. 저를 파시려는 거지요?

주영조

아! 아들아!

나도 어쩔 수 없구나!

주장수 (우는 동작) 어쩔 수 없다는 건 알아요. 하지만 살아도 같이 살고 죽어도 같이 죽어야지, 어떻게 절 팔아요?

주영조 (울며 말한다) 아! 아들아! 우리 부자의 정을 생각하니,

실로 붓을 들기가 어렵구나.

이 애는 착한 순둥이,

어미의 배 속에서 나왔지.

오늘 부자간의 정을 구천 하늘 밖에 내다 버리고

우리 세 식구 생이별하는구나.

부인 내 새끼를 어찌 내버릴꼬? 정말 가슴이 쓰리구나.

주영조 (울며 노래한다)

어미는 배를 도려내듯 가슴 미어지고

아비는 피를 흘리듯 눈물이 주르륵

곽거郭巨*가 제 자식 생매장할 때 이랬겠지.

(글 쓰는 동작) 다 썼습니다.

진덕보 주 수재님, 괴로워 마세요. 이 문서를 원외에게 보여 드리겠습니다. (들어가는 동작) 원외님, 계약서를 다 썼습니다. 보세요.

가인 이리 줘 봐. "지금 계약인 주 수재는 돈도 없고 먹을 것도 없고 생계를 잇기 어려워, 자신의 일곱 살 난 친아들 장수를 부자 가 원외에게 양아들로 팔고자 한다." 좋다, 좋아! 진덕보, 가서 애 좀 데려와 봐, 내가 좀 보게.

진덕보 알겠습니다. (주영조를 보고 말한다) 수재님! 원외가 아이를 보자십니다.

주영조 얘야! 들어가서 그 어른이 네 성을 물으면 너는 그저 "가씨입니다"라고 대답해라.

주장수 전 주가인데요.

주영조 가씨라고 하라니까!

주장수 때려죽인다 해도 전 주가예요.

주영조 (우는 동작) 아들아!

진덕보　아이를 데리고 가겠습니다. 원외님! 보시지요. 훌륭한 아이입니다!

가인　정말 훌륭한 아이로다. 애야! 넌 오늘 우리 집에 왔으니, 밖에서 네 성씨가 뭐냐 물으면 너는 그저 가씨라고 대답하도록 해라.

주장수　저는 주가예요.

가인　가씨라니까!

주장수　저는 주가예요!

가인　(때리는 동작) 이 망할 녀석, 정말 버르장머리가 없구나. 마누라, 당신이 물어보오.

가인 처　착하지. 내일 색동저고리 한 벌 줄게. 누가 네 성씨가 뭐냐고 물으면 "저는 가씨입니다"라고 대답해라.

주장수　붉은 도포를 지어 준대도 저는 주가예요.

가인 처　(때리는 동작) 이 망할 녀석, 정말 버르장머리가 없구나!

진덕보　아이 부모가 아직 떠나지도 않았는데, 어찌 그리 아이를 때리십니까?

주장수　(소리 지르는 동작) 아버지, 이 사람들이 절 때려죽여요.

주영조　(소리를 듣는 동작) 우리 아들이 어째서 이렇게 소리를 지르지? 감히 내 아이를 때리다니!

【당수재】

우리 아들 말 한마디 잘못 했다 호되게 꾸중 듣네.

저 원외 정말 악독하구나.

저 원외 손가락 쫙 펴고 모질게 후려치니

얼굴 반쪽 귀밑까지 시뻘게졌네.

큰 소리도 못 내고

목 놓아 울지도 못하고

저 애는 남몰래 눈물만 훔치네.

주영조 (소리 지르는 동작) 진 선생, 진 선생! 어서 우리를 보내 주시오.

진덕보 (대문 밖으로 나와서 말한다) 예, 원외더러 당신들을 보내 주라고 하겠습니다.

주영조 선생! 날도 점점 저무는데 갈 길이 지체되었소.

진덕보 (들어가 만나는 동작) 원외님, 축하드립니다, 축하드려요. 아드님이 생기셨습니다!

가인 진덕보, 그 선비는 갔냐? 다음에 네게 차 한 잔 대접하마.

진덕보 아이고! 그자들이 가다니요? 원외님, 아직 돈을 안 주셨습니다.

가인 돈은 무슨? 그자가 나한테 줘야 할 판이야!

진덕보 이보세요, 원외님! 돈이 없어 이 어린것을 판 것인데 되레 그 사람한테 돈을 내라 하시다니요?

가인 진덕보! 참 뭘 모르는구나! 그 작자는 먹을 것이 없어 내게 아들을 판 거잖아. 이제부턴 이 아이가 우리 집에서 밥을 먹을 텐데도 난 그자에게 돈을 달라고 하지 않았어. 근데 그자가 되레 나한테 돈을 달래?

진덕보 말씀 잘하셨어요. 그분 역시 고생고생하며 키운 아이를 원외님께 양아들로 주고, 돈을 주시면 집으로 돌아갈 여비로 쓰려는 겁니다.

가인 흥! 그자가 싫다고 물리자 하면 이 아이를 돌려주고 위약금 일천 관을 받아 와.

진덕보 어째서 오히려 일천 관을 받아 오라는 겁니까? 원외님! 그분에게 돈을 주십시오.

가인 진덕보! 그 선비가 감히 안 하겠다 하는 것도 모두 네놈의 농간이로구나?

진덕보 제가 뭣 땜에 농간을 부립니까?

가인 진덕보, 네 체면을 봐서 주도록 하지. 여봐라, 곳간을 열어라.

진덕보 옳지, 원외가 곳간 문을 여는구나. 주 수재, 당신은 이번 일로 나름 부자가 될 거요.

가인 가져와, 자네가 챙겨 넣어.

진덕보 제가 챙겨 넣지요. 얼마를 줄까요?

가인 한 관만 줘.

진덕보 이런 아이를 데려오면서 달랑 한 관이라뇨? 너무 적습니다.

가인 한 관 위에 새겨 있는 수많은 '보寶' 자를 허투루 보지 마. 자네한테는 별거 아니겠지만 나한테는 힘줄을 하나 뽑아 주는 것 같단 말이야. 힘줄 하나 뽑는 건 그래도 참을 만하지만 이 한 관을 빼내는 건 정말 힘들어. 자네가 그자에게 가져다주면 그 자는 배운 작자이니 더 달랠지 안 달랠지 모르잖아.

진덕보 말씀하신 대로 갖다 주겠습니다. (나와서 보는 동작)

수재님! 서두르지 마세요. 음식을 준비했거든요. 이건 원외가 주는 한 관입니다.

부인 내가 물동이를 얼마나 지어다 씻겨 이만큼 길러 놓았는데, 한 관이 다 뭐랍니까? 이걸론 찰흙 인형도 못 사요!

주영조 우리 아이는요,

【곤수구】

열 달을 배 속에 품고 삼 년간 젖 먹이고,

진주알처럼 손바닥 위에 받쳐 들고 키웠어요.

이리 키우는 데 얼마나 공을 들였는데

길에서 주운 핏덩이가 아니란 말이오.

(탄식하는 동작)

내 비록 가난한 선비이나

저자가 날 너무 하찮게 보는구나.

뭐가 공정한 거래란 말이냐

한 관이 어디 돈이더냐?

주영조 원외야, 네놈의 꿍꿍이를 알겠다.

진덕보 알다니요? 무얼요?

주영조

내가 미끼에 혹해 덥석 낚싯바늘 물었다 여기겠지만

나는 사지 멀쩡하게 살아 있는 목숨이니

붓 휘휘 놀리며 거리를 떠돌면 그만이리.

부인 아이를 돌려주면 가겠습니다.

진덕보 잠깐만요, 원외를 뵙고 오겠소.

주영조 날이 저물었으니, 소생을 갖고 놀 생각은 마시오.

진덕보 (들어가는 동작) 원외님, 여기 돈 돌려 드릴게요.

가인 그자가 싫다더냐?

진덕보 너무 적답니다. 찰흙 인형도 못 살 돈이라는데요.

가인 찰흙 인형은 밥을 축내지 않아.

진덕보 원외님! 그렇게 말씀하시면 안 되지요. 어느 누가 자식 키우는 데 밥값을 계산한답니까?

가인 진덕보! 너도 사람 좀 돼라. 돈 있어도 주둥이 벌리는 것들은 사지 말라는 말이 있어. 그자가 키울 능력이 안 돼서 남한테 팔아 놓고, 내가 밥값 달라고 안 하면 그걸로 된 거지, 되레 나한테 돈을 내놓으라고? 모두 네놈이 뒤에서 부추긴 거지? 말해 봐, 그자한테 뭐라 하면서 돈을 준 거야?

진덕보 원외님이 당신에게 돈을 주셨소 했지요.

가인 그자가 안 받겠다 하는 게 당연하지. 자네는 내 돈을 우습게 봤어. 내가 가르쳐 주지. 자네는 이 돈을 높이 받쳐 들고, "선비님, 가 원외님이 지전 한 관을 주셨소"라고 해봐.

진덕보 높이 받쳐 든다고 한 관이 어디 가나요? 원외님! 빨리 줘 버리세요.

가인 그래, 그래, 얘들아, 곳간 문을 열고 그자에게 돈 한 관을 더 꺼내 줘라. (지전을 주는 동작)

진덕보 원외님! 무슨 물건이라도 사십니까? 한 관 한 관씩 주게요?

가인 옜다, 두 관. 더는 못 줘!

진덕보 제가 가져다주겠습니다. (나와서 주영조에게 말한다) 수재님, 염려 놓으세요. 원외님이 음식을 준비하고 계십니다. 이건 아까 드린 한 관이고 지금 또 한 관을 더 드리겠습니다.

주영조 선생, 달랑 두 관이오? 내가 아이를 씻겨 기른 물이 몇 동이인데요? 장난하지 마십시오.

진덕보 아이고! 처음부터 데려오는 게 아니었어. 원외한테 다시 가야지. (들어가는 동작) 원외님, 안 받겠답니다.

가인 허튼소리 마! 백지 위에 검은 글자로 썼잖아, 만약 물리는 자가 있으면 지전 일천 관을 상대방에게 주겠다고 말이야. 물린 건 바로 그자니까 자넨 가서 일천 관을 받아 와.

진덕보 일천 관이란 돈이 있었으면 이 어린 자식을 팔지 않았겠지요.

가인 오호라, 진덕보! 돈 있으면 네놈이 사든지? 빨리 데려가서 그자한테 물리는 값으로 일천 관을 받아 오란 말이야!

진덕보 원외님! 더는 안 주실 겁니까?

가인 안 줘!

진덕보 정말로 더 안 주실 겁니까?

가인 정말로 안 줘.

진덕보 원외님! 원외님은 더 못 주겠다 하고 저 선비는 안 가겠다 하니 중간에서 저만 난처합니다. 군자는 남이 잘되는 걸 좋아하고, 남이 잘못되는 걸 싫어한다는 말이 있지 않습니까? 관둡시다, 관둬요. 원외님! 제가 이 집에서 두 달을 지냈으니 제게 월급으로 두 관을 주셔야 하잖아요? 지금 원외님께 청구해서 아까 그 두 관과 합쳐서 네 관을 그 선비에게 줘 보내겠습니다.

가인 오! 네 월급을 보태 네 관을 만들어 그 가난한 선비에게 주겠다고? 그래도 이 아이는 여전히 내 것이렷다? 진덕보, 넌 참 좋은 사람이구나! 그래도 분명히 적어 두겠어. 진덕보가 두 달 월급 총 두 관을 가불해 간다고 말이야.

진덕보 분명히 적었습니다. (나와서 만나는 동작) 자, 자, 자, 수재님, 원망 마세요. 원외는 인색하고 야박한 사람이라 한 관도 더는 못 내준답니다. 제 두 달 치 월급을 보태 수재님께 네 관을 드리겠어요. 이건 제가 저 원외 대신 두 관을 내놓은 거라고요. 그러니 수재님, 원망 마세요.

주영조 이러면 당신한테 폐 끼치는 꼴이 되지 않소?

진덕보 수재님! 세월이 한참 흘러도 이 진덕보는 잊지 말아 주세요.

주영조 가 원외가 내게 돈 두 관을 주었고 이 두 관은 진 선생이 그 작자 대신 내놓은 것이니, 되레 선생이 소생에게 쌈짓돈을 내준 셈이지 않습니까!

【당수재】

지금 저 돈 가진 자의 도량이 강과 바다 될 리 없고
호강은 십 년도 오 년도 넘기지 못할 것이네.
네 이놈, 가난한 이들 벗겨 먹는 원외 놈아!
행여 누가 비단 한 필 저당 잡히면
행여 누가 패물을 저당 잡히면

네놈은 이자를 배로 받겠지?

가인 (나와서 보는 동작) 저 빈털터리가 아직도 안 갔어?

주영조

【새홍추賽鴻秋】

어서 빨리 공손홍公孫弘의 동각문東閣門* 앞을 뜨자!

부인 여보, 오늘 아이를 버렸으니 언제 다시 만날 수 있을까요?

주영조 부인! 갑시다!

북해北海에서 잔 들어 대접한 공융孔融*은 생각지도 말자

진덕보 수재님, 이 두 관은 제가 드리는 겁니다.

주영조 선생의 은혜, 훗날 꼭 후하게 갚겠습니다.

배 안의 보리를 내준 범요부范堯夫*처럼 도와주시어 감사하외다.

저 원외는,

내세의 빚을 마다했던 방거사龐居士*를 어찌 본받지 않는가?

가인 (멱살을 잡고 화를 내는 동작) 이놈이 날 욕해? 정말 무례하구나.

주영조

이, 이, 이자가 명치를 조르는구나.

가인 (주영조를 밀어내는 동작) 이 빈털터리가 그래도 안 가네?

주영조

이, 이, 이자가 내 머리통을 부수는구나.

가인 여봐라, 개를 풀어 이 빈털터리한테 본때를 보여라.

주영조 (겁내는 동작) 부인! 갑시다.

가자, 가자, 가자!

제나라 손빈孫臏*의 쇠사슬 진지 같은 이곳에서 도망갑시다.

진덕보 수재님, 원망 마세요. 조심해서 가세요. 저자랑 말 섞지 말고요.

부인 여보, 서둘러요!

주영조

【수살隨煞】

남들은 일 년 뒤에 잡힌 물건 찾아가라 하건만
이 원외는,
저자는 다섯 달 만에 이자 본전 내놓으라 하지.
이자 청산해도 처음부터 다시 달라 하고
원금을 갚아도 차용증으로 수작 부리네.
이렇게 양심 없고 어리석은 자는 돈이 많고
나처럼 유덕하고 총명한 자는 푸성귀만 뜯네.
이놈의 팔자는 어찌해야 펴려나?
하늘이 해를 거꾸로 돌려야 하나.
등에 돋은 부스럼은 너희 부자들의 재앙이요
곡기 끊는 열병은 너희 가진 자의 재해로다.
언젠가 강도가 나타나 네 집을 털고 불을 지를 것이고
언젠가 다른 이에 연루되어 몽땅 몰수당하겠지.
그때는 솥뚜껑도 못 열고 쌀과 장작 살 돈이 없어
거리에서 주린 배를 참아 가며 구걸하겠지.
그야말로 하늘이 내린 패가망신이로다.

가인 이 빈털터리가 아직도 안 가?

주영조 원외야!

너는 아직도 이리 모질게 양심을 속이고 날 욕하니

법을 어겨 벌을 받아야, 그때서야 고치겠느냐?

(아내와 함께 퇴장한다)

가인 진덕보, 저자가 갔군. 가면 가는 거지, 감히 날 욕해.

진덕보 그러게요.

가인 진덕보! 고생했어. 본래 술상이라도 봐서 사례 좀 하려 했는데 내가 바빠서 시간이 없지 뭐야. 안채에 있는 상자에 구운 떡이 있으니 가져다가 차와 함께 들게나.

(함께 퇴장한다)

제3절

상조

가장수 (가장수〔소말小末〕가 홍아興兒를 이끌고 등장해 시로 읊는다)

평생 입을 걱정 먹을 걱정 없어
남들은 날 땅 갑부라 부르지.
무슨 까닭인지 아버지 병환 잦아
온종일 눈살 펼 새 없다네.

저는 가장수입니다. 부친은 가 원외로 성함은 가인입니다. 모친은 이미 돌아가셨습니다. 조상의 은덕 덕분에 하늘에 닿을 만큼 재산이 많지요. 저는 외아들이라 사람들은 입에서 나오는 대로 저를 '갑부 집 도령'이라고 부르지요. 제 부친은 돈을 한 푼은커녕 반 푼도 안 쓸 정도로 짜게 구는데, 왜 그러시는지 모르겠어요. 명색은 갑부 집 도령인데 돈을 만져 본 적도 맘껏 써 본 적도 없답니다. 요즘 아버님께서 병환으로 거동을 못 하십니다. 홍아야! 동악의 태안신주께 향을 올리고 축원하러 가려는데, 아버님께 말씀드려 돈 좀 넉넉히 갖고 가야겠다. 홍아야! 아버님을 뵈러 가자. (퇴장한다)

(가장수가 홍아와 함께 가인을 부축해 등장한다)

가인 아이고! 나 죽네! (탄식하는 동작) 세월이 참으로 빠르구나. 이 어린것을 사들인 지 벌써 이십 년이야. 나는 한 푼은커녕 반 푼도 못 쓰는데, 이 어린놈은 어리석고 철이 없어 입고 먹을 줄만 알지 돈을 흙 보듯 하면서 아까워하지 않는군요. 한 푼 더 쓸 때마다 이 가슴이 미어지는 걸 알 턱이 없어요.

가장수 아버지, 드시고 싶은 것 있으세요?

가인 얘야, 나의 이 병은 순식간에 생긴 거란다. 그날 난 오리구이가 먹고 싶어 거리로 나갔지. 가게에선 마침 기름이 지글지글 오리를 굽고 있더구나. 그놈을 산다고 하고 와락 움켜쥐었더니 다섯 손가락에 온통 기름이 묻더구나. 집에 돌아와 밥을 내오라 해서 밥 한 공기에 손가락을 하나씩 빨아 밥 네 공기에 네 손가락을 빨았단다. 그러곤 잠깐 졸음이 몰려왔어, 바로 이 나무 의자에서 말이야. 스르르 잠이 들었는데, 아뿔싸! 개 한 마리가 내 이 손가락을 빠는 거야. 그래서 단박에 병이 들어 버렸단다. 됐다, 됐어! 내 늘 돈 한 푼은커녕 반 푼도 안 쓰다가 지금 병이 깊어 어차피 죽을 목숨 되었으니 인색함은 접어 두고 돈 좀 써 보자. 얘야, 두부가 먹고 싶구나.

가장수 얼마든지 사다 드릴게요.

가인 엽전 한 닢어치만 사 와.

가장수 엽전 한 닢어치면 반 모밖에 못 사요. 그걸 누구 코에 붙이시려고요? 홍아야! 한 관어치 사 오너라.

가인 아들아! 내 말대로 해라.

가장수 아버지 말씀 따라 십 전어치만 사 와라.

흥아 저자한텐 다섯 문어치밖에 없대요. 장부에 적어 놓았다가 내일 거슬러 받으세요.

가인 얘야, 내가 보니 넌 십 전을 몽땅 저 두부 장수에게 주더구나.

가장수 거스름돈이 없어 다섯 문은 내일 준대요.

가인 다섯 문씩이나 맡기면서 이름은 뭐고 옆집에 누가 사는지 물어봤느냐?

가장수 아버지, 옆집에 누가 사는지는 왜 물어요?

가인 이사라도 해서 달아나 버리면 다섯 문은 누구한테 받겠니?

가장수 그것도 그러네요. 아버지, 소자 아버지 살아생전에 초상화를 그려 자손만대에 모실게요.

가인 얘야, 초상화라면 앞모습은 말고 뒷모습만 그려라.

가장수 아버지, 그게 무슨 말씀이세요. 앞모습을 그려야지, 왜 뒷모습을 그립니까?

가인 네놈이 알 리가 없지! 환쟁이들이 마지막으로 눈동자를 그릴 때 웃돈을 달라잖니!

가장수 아버진 정말 따지는 것도 많으세요.

가인 얘야, 내 병에 걸려 하늘은 저만치 있고 땅은 지척이 된 걸 보니, 분명 죽으려나 보다. 그런데 내 장례를 어떻게 치를 셈이냐?

가장수 아버지께 변고가 생기면 소자가 질 좋은 삼목으로 관을 짜 드릴게요.

가인 그러지 마라, 삼목은 비싸잖니. 죽은 마당에 삼목인지 버드나무인지 알 리 있겠냐? 우리 집 뒷문에 말 먹이는 구유가 있지? 그걸로 장례를 치러도 충분하다.

가장수 말구유가 짧아서 아버지처럼 큰 키는 들어가질 않아요.

가인 구유가 짧다고? 그럼 내 키를 줄이면 되잖아. 도끼를 가져다 내 몸뚱이를 허리춤에서 두 동강 내고 접어 버리면 들어가지 않겠니? 얘야, 부탁인데, 그땐 우리 집 도끼 말고 다른 집 도끼를 빌려서 쓰도록 해라.

가장수 도끼는 우리 집에도 있는데 왜 다른 집 걸 빌려요?

가인 네놈이 그걸 어찌 알겠어? 난 뼈가 단단해서 우리 집 도끼로 하면 날이 무뎌질 테고, 그러면 또 돈 주고 도끼날을 갈아야 하잖니?

가장수 그렇군요. 아버지, 소자 절에 가서 아버지를 위해 향을 피우려 하니 돈 좀 주세요.

가인 얘야, 안 가도 된단다.

가장수 소자가 여러 번 향불 사르며 축원 올린다고 약속했는데, 안 가면 어떡해요?

가인 그래, 약속을 했다고? 옜다! 한 관이다.

가장수 적어요.

가인 두 관이다.

가장수 적습니다.

가인 그래! 그래! 세 관이다. 정말 많이 준 거야. 그나저나 얘야, 이건 정말 중요한 일이다. 내가 죽더라도 저 두부 장수한테 거스름돈 받는 것은 잊지 마라. (퇴장한다)

흥아 도련님, 나리 말씀 듣지 말고 직접 창고를 열어 금괴 열, 은괴 열, 엽전 천 관을 꺼내 향을 사르러 가시지요.

가장수 흥아야, 네 말이 옳다. 창고에서 금괴 열 개, 은괴 열 개, 엽전 천 관을 꺼내 사원으로 향불 사르러 가자.

(흥아와 퇴장한다)

(사당지기〔정淨〕가 등장한다)

사당지기 (시로 읊는다)

관원이 청렴하면 아전들 야위어 가고
신령이 영험하면 사당지기 살찐다네.
향불이라도 사르러 오면
큼지막한 수탉부터 가로채네.

쇤네는 동악 태안주의 사당지기입니다. 내일 3월 28일은 동악 성제님 탄신일이니 멀리서부터 향불 사르러 오는 자가 많을 겁니다. 사당도 말끔히 청소했겠다, 누가 오나 살펴볼까요?

주영조 (부인을 데리고 등장한다) 도와주시오! 한 푼만 도와줘요! 불쌍히 여기시오, 우린 의지할 곳 없고 비빌 언덕 없이, 친자식 팔아먹고 돌봐 줄 이 없는 몸이외다. 이 너른 저잣거리에 비렁뱅이한테 적선할 나리 양반, 마나님 어디 없습니까?

【집현빈】

난 힘들게 걸어 변량汴梁을 떠났네.
갈 길이 참으로 멀구나!
첩첩산중 망망한 강물 넘어
주·성·현·진을 지나
저잣거리며 마을을 돌아
멀리 동대악東岱嶽 태산泰山의 만장봉 아련한데
어찌 태안주 둘러친 성곽은 안 보이는 게지?
임자, 저기 동악 신령님 사당이오!
인안전仁安殿이 하늘까지 우뚝 솟아
자줏빛 붉은빛 어우러져 빛난다네.
바야흐로 봄기운 완연한 춘삼월일세.
임자!
벌써 오색구름 모이는 선궁仙宮이구려.
【소요락】
실로 인간 세상의 천국이라
황제께 하사받은 이름난 향 사르고
황명 받들어 사당을 지었네.
나그네며 장사치들 끝이 없이
저마다 치성을 드린다네.
아비의 무병장수 바라는 자식의 기도 소리 들리고
친어미 접이걸상 위에 앉혀 짊어진 이도 보이네.
난 이렇게 수천 번 한숨 짓고
수만 번 가슴 쥐어뜯고

수백 번 생각에 잠긴다네.

사당지기 양반! 우리 두 사람은 치성드리러 왔는데, 제일 먼저 향불을 올릴 수 있게 잠시 한 귀퉁이만 좀 빌려 줍시다.

사당지기 이 양반들 참 안됐군. 치성드리러 왔다 하니 나도 좋은 일 좀 해 보자. 두 분은 여기 깨끗한 곳에서 편히 쉬다가 내일 댓바람에 일어나 첫 번째로 향을 올리면 되오.

주영조 나리, 감사합니다! 임자, 여기서 쉬다가 내일 첫 번째로 향을 올립시다.

부인 부처님! 우리 장수야!

가장수 (홍아와 함께 등장한다) 홍아야! 이 절에는 사람이 참 많구나.

홍아 도련님, 우리가 좀 늦게 왔더니 저 앞엔 벌써 다 찼는뎁쇼.

가장수 날이 벌써 저물었으니 정갈한 곳을 찾아 쉬도록 하자. 홍아야! 여기 정갈한 곳을 비렁뱅이 둘이 차지하고 앉았구나. 이 비렁뱅이들 좀 쫓아내라.

홍아 이봐, 비렁뱅이들! 저리 비키쇼.

주영조 뉘신지?

홍아 이 망할 놈이, 갑부 집 도령도 몰라봐! (때리는 동작)

주영조 아이고 갑부 집 도령이 날 때려죽이네!

사당지기 이놈, 무례하구나! 갑부 집 도령은 무슨! 집에는 가장이 있고 사당에는 사당 주인이 있어. 네놈 아비가 무슨 벼슬을 했기에 도령, 도령 하는 게냐? 형씨! 밧줄에 포박해 관가로 끌고 갑시다.

흥아 사당지기 나리, 고정하세요. 제가 은괴 하나 드릴 테니 저희가 편히 쉴 수 있도록 여길 좀 빌려 주세요.

사원지기 아이고! 나한테 은괴를 준다니, 여기에 자리 잡아 드려야지. 저 망할 늙은이들 혼 좀 나야겠어. 이봐, 당신들은 여기 갑부 집 도령님께 자리를 내줄 것이지, 매를 버는군.

주영조 우리같이 없는 사람은 찍소리도 못하겠어.

부인 영감, 저 사람 말대로 저쪽으로 갑시다!

주영조

【금국향】

여긴 대들보 기둥 찬란한 신령님 사당이지

갑사 비단 휘장 두른 네 침실이 아니거늘

어찌 이리 밀고 저리 밀어 나를 쫓아내는 게냐?

흥아 이 망할 놈이! 구시렁대며 뭐라 하는 거야!

주영조

네, 네, 네놈은 서리 내린 귀밑머리는 안중에도 없구나.

네 이놈이 또 누굴 때리려고? 임자, 이것 좀 보라고, 믿을 수가 없구먼!

네놈이 늙고 병든 팔순 노파를 때, 때, 때리려는구나.

사당지기 나리, 갑부 집 도령이라는 작자가 우리 둘을 쫓아냈소.

사당지기 갑부 집 도령이잖소, 당신네들이 좀 봐주쇼. 난 내일 일찍 일어나야 하니 자러 가야겠소. (퇴장한다)

가장수 이 망할 놈의 영감탱이야, 사당지기한테 일러서 뭘 어쩌려고? 나 같은 갑부한텐 너 같은 비렁뱅이를 때려죽이는 것쯤 파리 한 마리 때려잡는 거나 똑같단 말이야.

주영조

【초호로】

없는 사람은 봉변당해도 싸고

있는 사람은 생떼 써도 된다고?

같은 동네 사람끼리 이러기요?

흥아 이 비렁뱅이가 그래도 입은 살았구나!

주영조

나 역시 돈 속에서 나고 돈 속에서 자랐는데

어찌 사방 분간도 못 할 만큼 팬단 말이냐!

넌 이곳을 감독하는 태안주泰安州 관원도 아니잖느냐!

흥아 관원은 아니지만 갑부 집 도령이시다.

주영조 없이 사는 사람은 화가 뻗쳐오르는구나.

부인 영감! 따져 뭐해요. 우리가 저쪽으로 가요.

주영조

【오엽아】

이게 다 전생의 업보

이승에서 죗값 치르는 게지.

부러진 향이라도 살랐단 말인가?

눈물이 쉴 새 없이 뺨을 타고

가슴은 끝 모르게 먹먹해지고

자식 그리는 마음 끊을 수 없네.

아!

우리 장수야

나는 진짜 눈 감고 빨리 잠들어 꿈에서라도 보고 싶구나.

가인 (혼령으로 분장하여 등장한다) 저는 가인입니다. 원래 주인이 왔으니, 전 오늘 저 부자를 만나게 해 주고 공손히 되돌려 주면 되겠군요. (한숨 쉬는 동작) 저 어린것이 자기 아비인 줄 어찌 알 것이며, 저 늙은이가 자기 자식인 줄 알 턱이 있나! 저자에게 알려 줘야겠다. 이보쇼, 영감! 저게 바로 당신 아들이잖소.

주영조 (알아보는 동작) 장수야!

가장수 (때리는 동작)

가인 (또 등장한다) 이 녀석아! 네 아버지잖아!

가장수 (외치는 동작) 아버지! 아버지! 아버지!

주영조 (대답한다) 그래! 그래! 그래!

가장수 흥아야, 저 망할 놈의 영감탱이를 패라!

흥아 이 비렁뱅이가 정말 무례하구나!

주영조 네가 날 세 번 아버지라고 불러 내가 세 번 대답한 것인데 왜 때리는 게냐?

【후정화】

너는 겨우내 석 달 동안 구들방 열 뜻 없고

너는 여름 내 석 달 동안 구휼미 풀 맘 없지.

네 고약한 심보는 몸의 병을 부르리니

심보 고쳐먹는 게 으뜸 처방이리.

당신 아버지의 안녕과 건강을 기대 마오.

분명 땅에 묻어 줄 이 없을 것이니

눈물 쏟으며 누가 영전 지키고
서둘러 친아비 위해 향 피울까?
시큰시큰 이내 몸 의지할 곳 없고
중얼중얼 저놈의 축원 모두 거짓이라네.

【유엽아】
몰골은 사람 같다 싶었는데
경우가 없어도 유분수지.
언젠가 네놈 위로 번쩍 벼락이 칠 게야
하늘이 호락호락 놔두지 않으리.
하늘이 자업자득 재앙 내리리니
필시 사람 죽고 패가망신하리라.

가장수 날이 밝았구나. 흥아야, 향불 올리러 가자. (향불을 올리는 동작) 동악 신령님! 제 아비가 병환으로 몸져누우셨으니 불쌍히 여기소서. 신령님의 보우하심으로 머지않아 병이 낫는다면 소인 가장수, 삼 년간 향불을 올리겠나이다. 바라건대 동악 신령께서 저희를 굽어살피시옵소서.

주영조 (부인과 함께 재채기하는 동작) 에취!

가장수 제 아비가 무병하고 아프지 않게 해 주소서.

주영조 (또 재채기하는 동작) 에취!

부인 영감! 우리도 빨리 향을 올립시다.

가장수 제 아비에게 아무 탈이 없길 비나이다.

주영조 (또 재채기하는 동작) 에취!

주영조 (절하는 동작) 동악 신령님, 제 아들 장수가 무병무탈하길 비나이다.

가장수 (재채기하는 동작) 에취!

주영조 제 아들 장수가 아무 탈이 없길 비나이다.

가장수 (또 재채기하는 동작) 에취!

주영조 제 아들 장수를 하루속히 만나길 비나이다.

가장수 (또 재채기하는 동작) 에취!

흥아 (등장한다) 에취! 에취!

사당지기 (등장한다) 에취! 에취!

가장수 흥아야! 저 망할 놈의 영감탱이를 패 주거라.

흥아 이 비렁뱅이야! 저쪽으로 썩 꺼져.

주영조 (우는 동작) 내 아들 장수야!

【고과낭리래살】

아들놈을 만날 수만 있다면 이렇게 비참하진 않을 텐데

돌봐 주는 이 없다고 저, 저, 저자가 분명 날 무시하는구나.

(우는 동작) 내 아들 장수야!

우리 장수도 저처럼 혈기왕성할 나이인데.

임자!

고생고생 조강지처 마누라

아이 판다 할 때 날 말리지.

내가 무슨 자식 길러 노후 대비하고

나무 심어 그늘 만들 팔자란 말이오?

불효막심한 아들놈은

장성해서 어미 아비도 몰라볼 거야.

언젠가 저 푸른 하늘이 격노하여

삼강오륜을 바로잡으려 하겠지.

너는 오뉴월의 천둥소리가 무섭지도 않느냐?

(부인과 함께 퇴장한다)

가장수 홍아야, 향불을 모두 올렸으니 집으로 돌아가자.

(함께 퇴장한다)

제4절

월조(越調)

주막 주인 (등장해 시로 읊는다)

파리 날리는 집도 아니건만
술맛이 어째 식초보다 더 시어 빠졌지?
이번에 또 시어 빠지면
가게 문 닫고 두부 장사나 하자.

저는 주막 주인입니다. 문을 열고 깃발을 내걸었습니다. 누가 오나?

주영조 (부인을 데리고 등장한다) 임자, 향불을 다 피웠으니 돌아갑시다.

부인 영감! 우리 좀 서둘러요.

주영조

【투암순】

오악신께 제사 올리니

신성하고 자애로워
사해 중국을 통솔하고
천 년의 제사 받으사
일백두 곳 산하 보우하시고
일흔네 곳 관청 다스리시네.
향 값 공양하고
지전 살랐네.
선행하면 장수하고
악행하면 급사하리.

【자화아서紫花兒序】
그 옛날 안회顔回*는 단명했고
그 옛날 도척盜跖*은 장수했고
그 옛날 백도佰道*는 무자식이었다네!
저마다 신령님 영험하고
정직하고 공정하다 하더니만
지금 동악 사당에 속보사速報司* 신설했다네.
화는 결국 뿌린 대로 거두는 법
그대는 악행을 멈추고
선행하는 이를 따르라.

(부인이 가슴 아파 움켜쥐는 동작)

주영조 임자, 왜 그러우?

부인 영감, 갑자기 가슴이 아파요. 저기 가서 술 한 잔만 얻어다 주세요.

주영조　갑자기 가슴이 아프다고? 내가 저 주막에서 술 한 잔 얻어 오리다. 주인장, 내 마누라가 가슴이 아프다고 하니 술 같은 게 있으면 적선 좀 하시오.

주막 주인　노인장! 부인이 가슴이 아프다고요? 저기 앞집에 급성 가슴 통증에 먹는 약이 있으니 그걸 먹이시오. 가서 약 하나 달라고 사정해 보시오.

주영조　정말입니까? 앞집에 가서 급성 심장약을 달래야지. (부인과 함께 퇴장한다)

주막 주인　꼭두새벽에 일어나 아직 개시도 못했는데 저 두 늙은이가 술을 달라 하기에 앞집에서 약 얻으라고 쫓아 보냈지요. 가슴이 아파 죽는대도 나랑은 상관없는 일. 난 잠깐 물건이나 챙기러 가야겠다. (퇴장한다)

진덕보　(등장한다) 저는 진덕보입니다. 참 세월이 빨라요. 옛날 가 원외가 그 어린것을 사들인 후 오늘로 벌써 이십 년이 흘렀어요. 가 원외는 평생 인색하고 각박하더니, 지금 이미 저세상 사람이 되었지요. 그 어린것은 장성해서 부친 생전보다 재산을 더 불렸답니다. 부친 생전에 사람들은 모두 그 아이를 갑부 집 도령이라 불렀지요. 지금 그 어린것이 의리를 중히 하고 재물에 연연하지 않는 것이 노 원외와 달라 사람들은 그를 작은 원외라고 부른답니다. 이 늙은이는 줄곧 그 집에서 장부 관리를 맡았는데, 요 몇 년 기력이 쇠해 일을 그만두고 조그만 약방을 하나 열어 급성 심장약을 나눠 주고 있습니다. 가난한 자들을 돕긴 하지만 병이 나아 고맙다고 약값을 주면 이 늙은이도 마다않고 재료값으로 받아 넣고 있습죠. 오늘 약방에 한가로이 앉아 누가 오는지 볼까요?

주영조 (부인을 데리고 등장해 인사하는 동작) 선생, 불쌍히 여기시오. 아내가 갑자기 가슴이 아프다 하는데 선생께서 좋은 약을 나눠 준다는 소릴 들었소. 염치없지만 늙은이한테 좀 나눠 주시오.

(깊이 머리 숙여 인사하는 동작)

진덕보 어르신, 인사는 됐습니다. 있어요, 있고말고요. 제 이 약을 할머니께 먹이면 금세 좋아지실 겁니다. 어르신은 소문만 내주십시오, 제 이름이 진덕보라고요.

주영조 정말 고맙소. 선생 이름이 진덕보군요, 진덕보라……. 임자, 진덕보란 이름이 낯설지 않구려.

부인 영감, 우리가 자식 팔 때 보증 섰던 사람이 진덕보 아니었나요?

주영조 맞아. 내 가서 확인해 보리다. (확인하는 동작) 진덕보 선생, 그러고 보니 당신도 이리 늙었군요!

진덕보 이 어른이 갑자기 알은체를 하네.

주영조

【소도홍小桃紅】

머리는 흰 눈 뒤집어쓴 듯 귀밑머린 성성하구려.

진덕보 아니, 언제 적 말씀이십니까?

주영조 이십 년 전이오.

진덕보 이보세요, 어르신. 어디 분이세요? 성함은 어찌 되십니까?

주영조

당신은 내게 이름이 뭐고 어디 사람인지 묻는구려.

진덕보 절 어떻게 아세요?

주영조

말을 하려니 가슴 저려 한숨만 토해 내네.

'종소리를 듣고서야 산속에 절이 있음을 안다' 했소.

여기서 일찍이 어린 녀석을 돈 주고 팔았지요.

진덕보 아들을 팔았던 주 수재란 말씀입니까?

주영조

난 은인인 당신의 이름 석 자를 잊지 않았다오.

진덕보 제 돈을 두 관 드린 것도 기억하십니까?

주영조

내가 어찌 급한 사람 도와주신 걸 잊겠소?

진덕보 수재님, 기뻐하세요. 아들 가장수가 지금 장성하여 성인이 되었답니다.

주영조 가 원외는 잘 지내시오?

진덕보 돌아가셨습니다.

주영조 잘 죽었다, 잘 죽었어. 우리 아이를 때렸던 그 부인은 살아 있습니까?

진덕보 진즉에 돌아가셨습니다.

주영조 잘 죽었네, 잘 죽었어.

【귀삼대】

이놈의 방거사龐居士
일생 몹쓸 짓만 하면서
없는 사람 벗겨 먹었다네.
입만 열면 자비, 자비 노래하면서
언제 돈 한 푼 보시한 적 있더냐?

돈 두 관으로 우리 아이를 억지 써서 사들였을 때 우리더러 밥값까지 내라고 했었지.

금은보화 백만금 손에 쥔 보람 없이
뒤를 이을 자식 하나 없었네.
우린 자식 파묻은 곽거 신세만은 못하나
아들 팔아먹은 명달明達 신세보단 낫네.

진 선생, 우리 장수는 잘 지냅니까?

진덕보 가 원외의 만석 살림 모두 선비님 아들 가장수가 맡고 있지요. 사람들은 모두 작은 원외님이라고 부릅니다.

주영조 진 선생께서 우리를 가엽게 여겨 그 아이를 한 번 만나게 해 주시오.

진덕보 만나고 싶다 하시니 제가 찾아가 보겠습니다.

가장수 (등장한다) 저는 가장수입니다. 태안산泰安山에서 치성을 드리고 돌아왔는데 아버지가 돌아가셨어요. 지금 장례를 다 지내고 별다른 일도 없어 진덕보 아저씨나 만나러 갑니다. (맞닥뜨리는 동작) 아저씨, 아저씨 뵈러 가는 길이에요.

진덕보 작은 원외, 기뻐하오.

가장수 뭘 말씀입니까?

진덕보　사실대로 얘기하겠네. 자넨 본래 노원외님의 친아들이 아닐세. 자네 부친은 주씨 성을 가진 선비로, 우연히 원외님 집을 지나다가 나를 증인으로 삼아 자네를 원외님 양아들로 팔았다네. 자네는 장성해서 성인이 되었는데, 지금 자네 친부모님이 보고 싶어 하시네. 이 말을 왜 하느냐면, 이십 년 동안 자넬 속였으니 이 늙은이가 말을 하면서도 가슴이 짠하구먼. 자네의 가여운 친부모님은 굶주리고 헐벗어 생판 모르는 남이 되어 버렸다네. (만나는 동작) 이 두 분이 바로 자네 친부모님이시네. 어서 절을 올리게.

가장수　(확인하는 동작) 이분이 제 친부모님이군요. 잠깐! 잠깐만요! 태안신 사당에서 제가 때린 사람들 아니었나요?

주영조　임자, 태안신 사당에서 날 때린 자가 이자 아니오?

부인　맞아요. 바로 갑부 집 도령이라 불렸잖아요.

주영조

【조소령調笑令】

내 이놈을 끌어다

관아에 고발하리!

아니, 좀 묻자. 네놈이 이렇게 친아비를 구타한 건 무슨 연유냐?

재물신의 권세만 믿고 날 무시한 게 분명해.

가장수　전 정말 몰랐어요.

주영조　시끄럽다! 지금에 와서

한 가족인 것도 알게 되고

부자간 상봉도 예삿일 아닐진대.

임자!

저 녀석도 불효막심한 놈인가 보구먼.

진덕보 대체 무슨 일입니까? 노인장, 고정하시오.

주영조 난 이 녀석을 고발할 거요.

진덕보 작은 원외, 무슨 일이오?

가장수 아저씨, 글쎄 제가 태안신 사당에서 저분을 때렸어요. 지금 절 고발한다 하니 재물을 써서 어떻게 좀 해 볼까 해요.

진덕보 뭘 줄 건데?

가장수 (소도구를 내보이는 동작) 금은보화가 든 상자를 주어 입막음하겠어요.

진덕보 어떻게 입막음할 건데?

가장수 만약 절 고발하지 않는다면 이 금은보화 상자를 몽땅 줄 것이고, 만약 절 고발한다면 또 이 금은보화들을 관아의 대소 관원들에게 아낌없이 뿌릴 거예요. 저 또한 당하고만 있을 수는 없지요.

진덕보 작은 원외, 안심하오. 내가 가서 말해 보리다. (주영조를 보고 말한다) 노인장, 이 금은보화 상자가 보이시오? 저 작은 원외님이 당신 입을 막으려 합니다.

주영조 어떻게 막을 건데요?

진덕보 당신이 자기를 고발하지 않는다면 이 금은보화 상자를 당신에게 줄 거랍니다. 만약 고발한다면 말이지요, 이 금은보화를 관아의 대소 관원들에게 뿌릴 것이고, 그렇게 되면 저잔 아무 일 없겠지요. 어떻게 할지는 선비님께 달렸어요.

주영조 임자, 애가 태안신 사당에서 우리를 때릴 땐 우리가 누군지 몰랐잖아.

부인 이 돈만 아는 망할 영감 같으니라고!

주영조 열쇠를 가져와 열고 내게 금은보화를 보여 주시오. (보고 놀라는 동작) 이 은자 위에 '주봉기'라고 새겨져 있어. 주봉기라면 원래 우리 집 것인데!

진덕보 어떻게 당신 집안의 것이란 소리요?

주영조 우리 증조부가 바로 주봉기란 말이오.

【요편】

난데없이 나타난 세 글자
바로 우리의 증인일세.
조상님이 지금까지 남겨 주신 건
자손이 함께 만나 쓰라는 의미
그게 아니라면 조부의 존함이 어찌 새겨 있겠나.

가 원외야, 가 원외!

이십 년간 애써 곳간 열쇠 지킨 덕분에
우리 조상님 재물 지켜 낼 수 있었네.

주막 주인 (등장하여 말한다) 듣자 하니 작은 원외께서 친부모님을 만나셨다네요. 제가 가서 한번 봐야겠습니다. (만나는 동작) 노인장, 할머니의 급성 가슴 통증은 좋아졌습니까?

주영조 나리, 정말 감사하오. 우리 할멈은 다 나았어요. 이십 년 전을 더듬어 보니, 당신이 가게에서 술 석 잔을 내주지 않으셨소?

주막 주인 쇤네가 기억력이 나빠 먼 옛날의 외상은 모두 까먹었습니다.

주영조 아들아, 내 말대로 하자꾸나. 진덕보 선생은 이십 년 전에 너로 인해 내게 돈 두 관을 빌려 주셨으니, 이제 나는 이 은자 두 냥으로 감사의 뜻을 전하련다.

진덕보 전 돈 두 관을 드렸을 뿐인데 어찌 은자 두 냥으로 갚으십니까? 그 가 원외가 평생 돈을 좋아했어도 이렇게 이자가 높진 않았습니다. 전 절대로 받을 수 없습니다.

주영조

【천정사天淨沙】

만약 진 선생이 은혜 베풀지 않았더라면
나 주영조는 눈밭에서 세상 하직할 뻔했소.
늘 돈 두 관의 일을 가슴에 담고
갚지 못할까 노심초사했는데
왜 자꾸 사양하시는 겝니까?

진덕보 어르신, 정말 감사합니다.

주영조 술 파는 양반, 제가 그때 당신의 술 석 잔을 마셨으니 이제 은자 한 냥으로 갚겠소.

주막 주인 쇤네 역시 받을 수 없습니다.

주영조

【독사아禿厮兒】

따지고 보면 밑천 적은 주막 일 하면서
배포가 뭐 그리 크다고 의리 따져 선뜻 도왔겠소?

그대 역시 허기와 추위에 여의치 않던 나를 가엾게 여긴 것이오.

이제 이 은자 한 냥으로

당신의 술 석 잔에 사례하고

나의 성의를 표하오.

주막 주인 그렇다면 쇤네 받겠습니다. 어르신, 정말 감사합니다.

주영조 얘야! 이 많은 은자는 모두 어렵고 가난하고 기댈 곳 없는 이들에게 나눠 주거라. 왜냐고? 이십 년 동안 내가 부자들 욕을 많이 했기 때문이란다.

【성약왕聖藥王】

이 사람 저 사람 욕을 왜 해 댔냐고?

나같이 가난한 사람은 끝까지 가난할 거라 했기 때문이지.

그땐 그때고 지금은 지금이란 걸 누가 알리?

이 재물은 본래 우리 집안의 것

마주하고 기뻐 희희낙락하네.

가장수 아버지, 말씀대로 따르겠습니다.

부인 우리 모두 태안신 사당에 가서 향불을 올려요.

주영조

【수미】

부귀와 가난은 실로 돌고 도는 것.

(웃는 동작)

진덕보 어르신, 왜 그리 웃으십니까?

주영조 다름이 아니라,

참 웃기지, 가 원외가 돈 한 푼 쓰지 못하고

오직 입에 물고 등에 깔고 갈 몇 푼 때문에

상복 입고 장사 치러 줄 효자 아들 내쫓을 뻔한 것이.

영파후 (등장한다) 주영조, 이제 깨달았느냐? 지난 이십 년 세월 동안 모두 보았겠지.

주영조 (사람들과 엎드리는 동작) 어떤 선령님께서 강림한 것인지요? 우매한 백성이 알지 못하니 알려 주십시오.

영파후 나는 영파후다. 너희는 모두 무릎 꿇고 내 말을 듣거라.

(사로 읊는다)

인간으로 점지받고 세상에 태어나

매사 천지신명을 속여선 안 되니라.

가난뱅이와 부자는 이미 정해져 바꿀 수 없는데

우매한 이들 부질없이 양심 속여 계책 쓰니 우습도다.

주 수재는 아들 팔아 고통받았고

가 원외는 인색하고 재물 탐했네.

만약 진덕보가 상세히 밝히지 않았다면

주봉기 부자 어찌 다시 만날 수 있었을까!

(함께 퇴장한다)

제목: 가난한 선비는 나이 어린 친아들 내다 팔고

정명: 자린고비는 금쪽 같은 재산 임자 사들이다

주

9 **대라신선大羅神仙** 도교의 36하늘 가운데 가장 높은 대라천大羅天의 신선으로 시공을 초월하여 영원히 소요하는 선인을 말한다.

요지瑤池 신선이 사는 곳 혹은 그곳의 연못을 일컫는다.

12 **공과功果** 불가 용어. 스님이 불경을 읊고 예불을 올리는 일을 말한다.

종자기鍾子期가 가 버리면 내 연주 알아듣는 이 없으리 전국 시대 초나라의 거문고 명인 백아伯牙와 그의 지음知音인 종자기의 이야기이다. 백아가 연주하는 음악이 흐르는 물이든 높은 산이든 종자기는 모두 잘 알아들었고, 훗날 종자기가 죽고 나자 백아는 더 이상 거문고를 연주하지 않았다고 한다.

17 **사마상여가~그 자태인지라** 사마상여는 자가 장경長卿이고 성도成都 사람으로 서한西漢 시대 유명한 사부辭賦 작가였다. 거문고를 잘 타 일찍이 임공臨邛의 부호 탁왕손卓王孫의 딸 탁문군卓文君과 사랑에 빠져 성도成都로 도주하기도 했다. 둘은 다시 임공으로 돌아와 주점을 운영하면서 생계를 꾸려 갔다. 나중에 한나라 무제武帝가 그의 작품 「자허부子虛賦」를 읽고 궁으로 불러들여 관직을 내렸다. 사

마상여와 탁문군의 사랑 이야기는 이후 중국 문학에서 남녀간의 자유로운 사랑을 상징하는 비유로 쓰인다. 145쪽 '술장사하던 탁문군의 지조' 참조.

18 **반반盼盼** 송대 여주瀘州의 관기官妓였다. 황정견이 여주를 지나는데, 여주 태수가 그를 위해 연회를 베푼 자리에서 황정견은 반반에게 사詞 한 곡을 증정했고 이에 반반 역시 답가를 지었다. 이튿날 산사山寺를 거닐 때 반반이 또다시 한 곡을 청하였고 황정견이 「맥산계藊山溪」 노래를 지어주었다.

허비경許飛瓊 신선 서왕모의 시녀로 피리 솜씨와 미모가 출중했다고 한다.

20 **양대陽臺** 지금의 충칭重慶 우산 현巫山縣 고도산高都山으로 초楚 회왕懷王과 신녀神女가 만나 사랑을 했다고 전해진다.

운우雲雨 송옥宋玉의 「고당부高唐賦」 서문에 따르면 초 회왕이 고당에 행차한 꿈을 꾸었는데 꿈에서 무산의 신녀와 만나 즐겼다고 한다. 신녀가 떠나면서 아침에는 구름이 되고 저녁에는 지나가는 비가 되어 아침저녁마다 양대陽臺 아래에서 임금을 그리며 지나겠다고 말했다. 훗날 운우는 남녀가 육체적으로 어울리는 즐거움을 일컫는 말로 쓰였다. 444쪽 '초나라 군주·무산 신녀' 참조.

무산 열두 봉우리 무산에는 험준하기로 유명한 열두 봉우리가 있는데 이를 두고 한 말이다.

21 **도화원桃花園** 후한 때 사람 유신劉晨과 완조阮肇가 천태산天台山으로 약초를 캐러 갔다가 길을 잃었는데, 두 여인을 만나 마을로 안내되어 들어가 결혼하여 살다가 반년 후 집으로 돌아와 보니 인간 세상에서는 7대 후손이 살고 있었다고 한다.

22 **빙잠氷蠶** 창교산昌嶠山에 산다는 전설이 전한다. 길이가 7촌寸, 검은색이며 뿌리와 비늘이 있다. 서리눈이 덮이면 누에고치가 되는데, 이 실로 옷감을 짜면 젖지도 불에 타지도 않는다고 한다.

교초鮫綃 전설 속의 남해 인어가 짠다는 얇고 가벼운 비단이다. 이

것으로 옷을 지으면 물에 젖지 않는다고 한다.

23 **예주궁蕊珠宮** 도가에서는 하늘을 옥청玉淸·태청太淸·상청上淸의 삼천三天으로 구분한다. 예주궁은 상청에 있는 꽃술과 주옥으로 장식한 궁궐 이름이다.

금검서상琴劍書箱 가야금, 검, 책상자로, 옛날 선비들이 강호를 돌아다닐 때 곁에 꼭 지니고 다녔던 필수 물품이다.

정교보鄭交甫 한 대 유향劉向의 『열녀전』에 나온다. 그가 강가에서 두 여인을 만나 함께 놀다 그녀들로부터 정표로 노리개를 받았으나, 헤어진 뒤 불과 몇 십 걸음 못 가 품에 지녔던 노리개가 사라지고 여인들도 보이지 않았다고 한다.

25 **모녀毛女** 몸에 털이 났다고 전해져 붙인 이름이다.

26 **십주十洲·삼도三島·낭원閬苑·봉래蓬萊** 신선이 산다는 곳을 일컫는다.

삼대 성좌 총 여섯 개의 별로 두 개씩 쌍을 이뤄 상·중·하대라고 한다. 둘씩 나란히 북두칠성 아래에 있다.

운몽택雲夢澤 중국 고대에 후베이 성 남부에서 후난 성湖南省 북부에 걸쳐서 있었다고 하는 연못이다.

31 **요대瑤臺·자부紫府·청허계淸虛界** 요대와 자부는 신선이 사는 곳을 말한다. 청허계는 월궁月宮을 가리킨다.

연리지連理枝 연리지는 본래 다른 나무인데 가지가 엉켜 한 나무로 자라는 것을 말하며, 남녀의 사랑과 결혼을 비유한다.

39 **부상扶桑** 동쪽 바다 해 뜨는 곳에 있다고 하는 나무이다.

약수弱水 한 대 동방삭東方朔의 『십주기十洲記』에 보인다. 서해西海의 봉린주鳳麟洲는 사면이 약수로 둘러싸여 있는데 이곳은 깃털조차 가라앉아 사람은 건널 수 없고 신선만이 건널 수 있다는 말이 전해 내려온다.

41 **두위낭杜韋娘** 당 대에 이름난 가기歌妓였다.

장창張敞 112쪽 '먼 산 눈썹 그리기', 122쪽 '부인 눈썹 그려 준 장창의 풍류도 가졌고', 127쪽 '이이는 어명을 받아~' 참조.

46 **비목어比目魚·비익조比翼鳥** 옛 중국인들은 비목어의 눈이 하나라서 두 마리가 나란히 함께 헤엄친다고 생각했다. 비익조는 날개가 한 쪽에만 있어 짝을 짓지 않으면 날 수 없다. 모두 돈독한 부부애를 나타낸다.

형산荊山의 미옥 형산은 진귀한 보석이 많이 나는 곳이다. 화씨지벽和氏之璧이 생산된 곳이기도 하다.

48 **용문龍門으로 뛰어올라** 용문은 황허 강 유역의 지명으로, 강폭이 좁고 급류가 심한데 잉어가 이곳을 오르면 용이 되어 승천한다는 이야기가 전해진다. 이것이 바로 '등용문'으로 관직에 오르다, 출세하다란 의미로 쓰인다.

광성자廣成子 황제黃帝 시기의 신선이라고 한다.

49 **제목·정명** 원잡극은 각 작품의 말미에 대구로써 전체 줄거리를 요약하는데, 이 대구의 앞 부분을 제목, 뒷 부분을 정명이라고 한다. 흔히 이중에서 정명만을 떼어 작품 이름으로 부른다.

53 **설자楔子** 원잡극은 보통 한 작품이 4절 또는 5절로 이루어지는데, 줄거리 전개를 위해 한절 분량보다 적은 내용을 첨가할 필요가 있을때 설자를 삽입하여 보충한다.

비휴貔貅 옛 문헌이나 한족漢族의 민간신화 전설에 등장하는 용맹하기로 이름난 상서로운 동물이다. 용의 머리에 말의 몸통, 기린의 발을 하고 회백색의 털이 나고 날 수 있다. 용맹무쌍하여 천상에서 순찰하는 일을 맡아 요괴나 전염병들이 천상에 침입하여 어지럽히는 것을 막는다.

해奚·거란부契丹部 해와 거란부는 모두 동호족東胡族으로 하나의 민족에서 갈라져 다른 부족을 이룬 상태였다. 언어와 문화생활 습관이 서로 통해 형제 관계에 있기도 했다. 당 대 정관貞觀 2년에 동돌궐족에서 나와 당나라에 투항했다.

안록산安祿山에게 군대를 이끌고 정벌하라 보냈습니다만 천보天寶 4년(745년)에 범양范陽 절도사 안록산이 공을 세우기 위해 해·거란부를 침략하자 거란의 왕 이회절李懷節이 정락공주靜樂公主(당 현종의 외손녀, 화친을 위해 시집옴)를 살해하고 해奚의 왕 이연총李延寵이 의방공주宜芳公主를 죽이고 당나라에 반기를 들었다가 출병한 안록산에게 패배한다. 작품에서는 안록산이 패배했다고 하였는데, 이는 개원 24년(736년)의 일로, 작품에서 이야기 진행을 위해 인과관계 없는 일을 하나로 합쳐 버린 것을 알 수 있다.

58 **왕이보王夷甫** 『구당서舊唐書』「장구령전」에 관련 일화가 그대로 전한다. 왕이보는 왕연王衍으로 진 대 사람이다. 석륵石勒이 열네 살 때 낙양에 장사를 하러 왔는데 그를 보고 분명 훗날 천하의 걱정거리가 될 것이라고 예언했다. 훗날 석륵은 후조後趙의 황제가 되어 십오 년간 재위하면서 번번이 진나라를 괴롭혔다.

호선무胡旋舞 고대 춤의 일종. 전하는 바에 따르면 작은 공 위에 올라 바람처럼 이리저리 공을 굴려 두 발이 공에서 떨어지지 않도록 하며 춤을 추는 것이라고 한다.

아기 씻기기 당송 때부터 전해 내려오는 풍속으로, 신생아가 태어난 지 삼 일째 되는 날 목욕을 씻기고 모여서 잔치를 했다고 한다. 여기서는 안록산을 양아들로 입적한 것을 기념한 것인데, 역대로 양귀비와 안록산의 음탕함을 드러내는 일화로 회자되어 전해 내려오고 있다.

59 **평장정사平章政事** 당대의 주요 관직에는 상서성尙書省, 중서성中書省, 문하성門下省 3성의 최고 책임자인 재상宰相 외에도 이미 다른 관직을 맡은 이들 중에서 황제가 따로 선출해 임의로 직책명을 부여하고 주요 정무政務를 함께 겸직하도록 한 경우가 있었다. 이들이 임의로 부여받은 직책명은 그때그때 달라 상당히 다양했다. 평장거사 역시 그중 하나였다. 이러한 관습은 오래 지속되었고 급기야는 이들이 3성의 장관을 제치고 실질적인 재상이 되기도 했다. 송 대는 이를 이어받아 나이 많고 명망 높은 대신을 앉혔는데 서열이 재상 위에 있었다. 금·원 대에는 평장정사가 있었고 승상보다 아래

서열로 지방의 높은 관리였다. 간략하게 평장이라고도 불렀다. 명 초에는 이를 계승했다가 이윽고 폐지했다.

호족胡族 북방 민족의 통칭이다.

62 **사호司戶** 지방 호조戶曹의 관리로 토지와 인구를 파악하여 세금과 부역을 관장했다.

63 **걸교乞巧** 아녀자가 정원에서 직녀성에 지혜와 기술을 주십사 비는 풍속을 말한다.

64 **소소령簫韶令** 소소簫韶는 요순 시대 때의 악곡樂曲이라 전한다. 령令은 당송 대 때 짧은 길이의 악곡을 일컬은 말이다.

66 **낟알만 한 거미 잡아 점을 친다네** 걸교 의식 중 하나로, 당 대에는 거미를 조그만 상자에 넣고 이튿날 아침 거미줄을 얼마나 촘촘히 쳤는지 보았다고 한다.

67 **촛불에 비친 가을빛 병풍에 서늘히 서리네** 이 구절은 두목杜牧의 시 「추석秋夕」의 한 구절을 그대로 따온 것이다.

69 **용양군龍陽君이 물고기를 빗대어 울어 버린 것처럼 슬퍼하고** 전국 시대 위魏나라 왕의 총애를 받는 신하 용양군은 훗날 버림받을 것이 두려워 하루는 위왕과 함께 배를 타고 낚시하던 중 물고기에 빗대어 자신의 근심을 토로했다.

반희班姬가 가을 부채를 노래한 것 반희班姬는 한나라 성제成帝의 후궁이었던 반첩여班婕妤이다. 성제의 총애를 독점했으나 조비연趙飛燕 자매가 궁에 들어온 후 총애를 잃었고, 훗날 모함에 빠져 스스로 물러나 태후를 모셨다. 그녀는 「원가행怨歌行」에서 자신을 더운 날에는 사랑받다가 가을이 되면 사랑을 잃어버리는 '가을 부채(秋扇)' 신세에 빗대어 노래했다.

73 **박판拍板** 타악기의 일종. 손 크기의 나무판 6장 혹은 9장을 가죽으로 엮어 관현 합주나 춤의 박자를 맞출 때 사용했다.

현종이 고력사를 이끌고, 악공 정관음鄭觀音은 비파를 안고~박판拍板을 잡고 귀비를 받들고 등장한다 각자 자신이 일가를 이룬 악기들을 들고 등장한다. 영왕寧王은 피리를 잘 불어 유명했고, 화노花奴는 영왕의 아들로 갈고를 잘 쳤다. 황번작黃旛綽은 현종 때 이름난 악사로 박판 악보를 만들었다.

예상우의무霓裳羽衣舞 당 태종이 꿈에서 달 속 선녀를 보고 만든 춤이다. 무지갯빛 치마〔霓裳〕와 깃털〔羽衣〕로 만든 웃옷을 입고 추었다 한다.

76 **쟁반에 올라 예상무를 한번 추시지요** 이하 비취 쟁반 위에서 춤을 추는 장면은 한나라 조비연이 수정 쟁반을 받쳐 든 위에서 날렵하게 춤을 췄다는 이야기를 차용한 것이다. 이 장면은 훗날 청대 전통극 작품 「장생전長生殿」에도 수록되었다.

77 **매비梅妃** 당 현종 때 양귀비와 함께 황제의 총애를 다투던 궁녀.

78 **관중管仲** 포숙아鮑叔牙와의 관포지교管鮑之交란 말로 유명한 인물로, 제나라 권력 다툼에서 공자규公子糾의 편에 섰다가 실패하고 투옥되었다가 포숙아가 환공桓公에게 그를 추천하여 발탁되었다. 제도를 개혁하고 군사력, 상업, 수공업을 육성하여 부국강병을 꾀해 환공을 춘추오패의 반열에 올려놓았다.

자산子産 본명은 공손교公孫僑로 춘추 시대 정鄭나라 사람이다. 정나라 목공穆公의 후손으로 태어나 기원전 543년에 내란을 진압하고 재상이 되었다. 정치와 경제 개혁을 실시하고 북쪽의 진晋나라와 남쪽의 초楚나라 등 대국 사이에 끼인 어려운 처지를 외교적으로 잘 풀어 나갔다는 평가도 받았다.

79 **용봉龍逢** 관용봉關龍逢으로, 하夏나라 걸왕桀王 때의 대부大夫이다. 걸왕의 음란하고 방탕한 생활에 대해 직언했다가 옥에 갇혀 죽음을 당했다.

비간比干 상商나라 주왕紂王의 숙부로, 주왕의 폭정과 음탕한 생활로 인해 나라가 위태로워지자 죽음을 무릅쓰고 간언했다가 죽음을 당했다. 주왕은 성인聖人의 심장에는 구멍이 일곱 개 나 있다는데 비간의 충심이 진짜인지 보자며 그의 심장을 도려냈다고 한다.

가서한哥舒翰 당나라 대장수로 돌궐의 가서부哥舒部 사람이다. 절도사로 있으면서 토번吐藩을 지키는 일을 맡았다. 안록산의 난 때 포로로 잡혀 죽음을 당했다.

주공周公 단旦 주周나라 무왕武王의 동생으로, 정치·문화 제도를 정비한 인물로 유명하다. 현종이 자신의 업적이 공에 견주어 손색이 없다는 의미에서 자신을 주공이라 빗대어 말한 것이다.

82 **금군禁軍** 궁궐을 지키는 군대.

84 **부로父老** 한 동네에서 나이가 많은 남자 어른을 높여 이르는 말이다.

86 **토번吐藩** 7세기 초~842년 존속되었던 왕조이다. 티베트의 최초 통일 국가로 7세기 초 송첸캄포(중국어 표기 松贊干布)가 라싸를 수도로 하는 최초의 통일 국가를 세웠다. 토번과 화친을 위해 당 태종은 641년 문성공주를 송첸캄포에게 시집보내기도 했다. 8세기 초에 이르러 당나라를 제압하는 등 힘을 과시했다.

토번吐藩의 사자와 내통하는 등 하필 현종이 양국충을 죽이느냐 살리느냐 고민에 빠져 있는 순간, 토번 사자 스무 명이 양국충의 행렬을 막아서고 음식을 요구했다고 한다. 양국충에게 이미 성이 난 군사들이 이를 보고 그가 토번과 내통하여 역모를 꾀했다고 외치면서 양국충을 사형시키라고 현종을 압박했다.

오조형법 다섯 가지 형벌, 즉 태형笞刑(작은 곤장으로 볼기 치는 형)·장형杖刑(큰 곤장으로 볼기 치는 형)·도형徒刑(중노동형)·유형流刑(유배형)·사형死刑에 관한 법이다.

88 **주나라 포사褒姒처럼 봉홧불 올려 깔깔댄 것도** 포사褒姒는 유왕이 포국褒國(오늘날 산시 성陝西省 바오청褒城 인근)을 토벌했을 때 포나라 사람이 바쳤기에 포사라 하였다. 그녀는 유왕의 총애를 받았으나 잘 웃지 않았다. 그녀를 웃게 하기 위해 유왕은 거짓으로 봉화를 올려 제후들을 소집했다. 훗날 침략을 받아 봉화를 올리자 제후들이 전혀 호응하지 않아 유왕은 살해당한다. 이런 일화로 포사는 경국지색의 대표 미인으로 손꼽힌다.

주왕의 달기妲己처럼 정강이뼈 쪼개 본 것 달기妲己는 상商나라 마지막 왕인 주왕의 애첩으로, 음탕하고 잔인해 그녀에게서 주지육림酒池肉林, 포락지형炮烙之刑, 추격형錘擊刑 등의 말이 생겨났다. 한번은 추운 겨울날 달기와 주왕이 적성루에서 술을 마시는데 저 멀리 강을 건너는 이들이 보였다. 그들 가운데 젊은이들은 추운 날씨에 머뭇머뭇하며 강에 발을 담그지 못하는데 노인들은 바지를 걷어 올리고 성큼성큼 강을 건넜다. 주왕이 이들이 서로 다르게 반응하는 까닭을 물었고, 달기는 부모가 젊어서 자식을 낳으면 부모의 건강한 골수가 정강이에 가득 차서 추위를 잘 견디고 부모가 나이 들어 자식을 낳으면 골수가 정강이에 가득 차지 않아 추위에 떨게 된다고 답했다. 주왕은 달기의 말이 사실인지 확인하기 위해 강을 건너는 이들을 잡아다 그들의 정강이뼈를 해부해 보았더니 과연 달기의 말대로였다고 한다.

89 **요화십팔幺花十八** 육요화십팔六幺花十八이라고도 한다. 악기 반주와 춤과 노래를 함께하는 대형 음악 형태인 대곡大曲 중에서 「육요六幺」의 한 대목이다.

뒤뜰의 꽃後庭花 남조南朝 진陳 나라의 마지막 황제(진후주陳後主)는 재위 시절 시 짓기와 주색에 빠져 정사를 돌보지 않았다. 수隋 왕조가 건국된 후 포로로 잡혀 향락에만 탐닉했다. 「뒤뜰의 꽃」은 나라가 망하기 전에 그가 지은 노래이다.

92 **한漢나라의 왕소군王昭君도 멀리 오랑캐에게 시집가** 왕소군王昭君은 서한西漢 원제元帝의 후궁이었다. 당시 서한은 강성한 흉노에게 자주 침범을 당했는데, 이들을 달래기 위해 후궁인 왕소군을 뽑아 공주라는 타이틀을 붙여 흉노의 우두머리 선우單于에게 시집보냈다. 그녀의 이야기는 수많은 중국 문학 작품에 소재로 쓰였다. 원잡극 「한궁추漢宮秋」도 그중 하나이다.

93 **수은 넣은 옥관** 관 속에 수은을 넣으면 시신을 보존할 수 있다고 하는데, 진 대秦代 때부터 시작되었다.

94 **옥총마玉驄馬** 현종이 타고 다니던 준마인 옥화총玉花驄을 말한다. '총驄'은 푸른빛을 띠는 흰색 바탕의 말을 가리킨다.

97 **회란무回鸞舞** 옛날 춤의 이름.

상마교上馬嬌 옛 노랫가락의 이름.

이한천離恨天 불가의 삼십삼천 가운데 가장 높이 있는 하늘. 남녀가 생이별하여 죽는 날까지 한을 품고 사는 곳.

100 **이원자제梨園子弟** 이원梨園은 당대 음악을 담당한 악공樂工을 훈련시키는 기구였다. 이원자제는 당 현종 시절 이원에 소속되어 궁정의 춤과 노래를 담당하는 예인藝人을 통틀어 일컫는 말이다. 이후 이원이란 말은 전통극을 담당하는 극단을 일컫는 말로, 이원자제는 전통극 배우를 일컫는 말로 폭넓게 쓰였다.

103 **육요** 89쪽 '요화십팔' 참조.

105 **고봉高鳳** 후한 때 고봉이 젊은 시절 아내가 뜰에 보리를 널어 놓고 밭일을 가면서 고봉더러 닭이 쪼아 먹지 않는지 잘 지켜보라고 했다. 갑자기 소낙비가 내려 보리를 죄다 쓸어 갔는데도 책을 보느라 정신없었던 고봉은 알아채질 못했다. 아내가 돌아와 까닭을 묻자 그때서야 알아챘다고 한다.

백아伯牙의 수선조水仙操 전하는 바에 따르면 주 대 백아는 동해東海 봉래산蓬萊山 위에서 바닷물이 잠기고 숲에 어둠이 깔리고 새들이 슬피 우는 소리를 듣고 「수선조」 금곡琴曲을 지었다.

112 **먼 산 눈썹 그리기** 먼 산 눈썹(遠山眉)은 예로부터 미녀를 지칭한 말이다. 여기서 이천금이 한 말은 서한西漢 사람 '장창이 부인의 눈썹을 그려 주다(張敞畵眉)'란 일화를 전제로 한 것이다. 이 일화는 부부의 금실이 좋은 것을 비유하는 데 줄곧 사용된다. 즉, 나 이천금은 먼 산 눈썹을 가진 미녀이나 아직 눈썹을 그려 줄 금실 좋은 남편을 두지 못했음을 말한 것이다.

113 **천녀倩女** 원나라 사람 정광조鄭光祖의 잡극 『천녀이혼倩女離魂』을 두고 한 말이다. 왕문거王文擧와 장천녀張倩女는 어려서 집안끼리 혼

인을 약조한 사이였지만, 왕문거가 조실부모하자 천녀의 어머니는 일개 선비였던 왕문거에게 천녀를 시집보낼 수 없었다. 천녀 어머니는 왕문거에게 과거에 급제하면 혼인시켜 주겠다고 약조하고, 이에 왕문거는 서울로 과거를 보러 떠난다. 천녀는 상사병을 앓다 혼령만 왕문거를 쫓아가 함께 지내고 왕문거가 장원 급제하여 금의환향한 후 그동안 내실에서 의식 없이 누워 있던 천녀 자신의 몸과 합체하고 왕문거와 정식으로 혼례를 올린다.

118 **유신劉晨** 21쪽 '도화원桃花園', 169쪽 '오늘 유신 도련님을 만난 셈이네요' 참조.

120 **천태산 길보다 한결 가깝다오** 118쪽 유신劉晨의 무릉도원 이야기에 빗댄 것이다.

능파凌波 버선 물결 위를 살랑살랑 걷는 미인의 버선발 혹은 미인의 걸음걸이를 뜻한다.

호산湖山 중국의 정원에는 연못을 조성하고 그 둘레에 태호太湖에서 생산되는 태호석太湖石을 쌓아 가짜 산(假山) 조형물을 만드는데, 이를 가리킨다.

우연히 서로 훔쳐보다~담장 머리 말 위의 인연 이루리라 이 작품의 제목으로 당대 백거이白居易의 시 「우물 밑에서 은 두레박 들어 올리다(井底引銀瓶)」의 "소첩 청매실 들고 낮은 담장에 기대었고, 낭군님 백마 타고 수양버들에 기대었죠. 담장과 말 위에서 멀찌감치 바라보니, 척 보니 낭군님 애가 끊어지네요(妾弄青梅憑短牆, 君騎白馬傍垂楊. 牆頭馬上遙相顧, 一見知君卽斷腸)"에서 따왔다.

122 **부인 눈썹 그려 준 장창張敞의 풍류도 가졌고** 112쪽 '먼 산 눈썹 그리기' 참조.

반악潘岳 서진西晉 사람으로 문학적 재능이 뛰어나고 외모가 잘생겨 집을 나서면 여인들이 과일을 던져 주었다는 일화로 유명하다.

123 **삼천세계** 불교 용어로 삼천대천세계三千大天世界의 준말이다. 불교에서는 수미산須彌山을 중심으로 철위산鐵圍山을 외곽으로 한 것이

하나의 소세계小世界를 이루고, 천 개의 소세계가 합쳐져 소천세계小天世界를 이루고, 천 개의 소천세계가 합쳐져서 중천세계中天世界를 이루고, 천 개의 중천세계가 합쳐져 대천세계大千世界를 이룬다고 여겼다.

열두 요대瑤臺 신선들이 사는 곳을 말한다.

124 **상아嫦娥** 달 속에 산다는 전설 속의 선녀로 주로 미인을 비유하는 데 쓰였다.

128 **이이는 어명을 받아 역마를 내달려~청총마는 타나 유흥가엔 얼씬도 않는다오** 이 역시 장창의 일화를 빌려 쓴 것이다. 장창은 조정에서의 공무를 마치고 집으로 돌아가는 길에 장안의 기녀 거리 장대章臺를 지나가게 되는데, 그때마다 말몰이꾼에게 빨리 몰아가라 이르고 자신은 얼굴을 가렸다고 한다.

129 **일개 유향劉向도 서악 사당에서 시를 지었고** 침향沉香이 산을 쪼개고 어머니를 구했다는 전설에서 유래했다. 산동의 유향이 과거를 보러 상경하던 중 화악낭낭묘華岳娘娘廟를 지나는데 신상으로 변신한 여신의 모습이 너무나 아름다워 사당 벽에다 시를 지었고, 여신 역시 유향에게 반해 여인으로 변신해 유향과 혼인한다. 후에 여신은 천상의 노여움을 사서 화산에 깔리게 되고 그녀가 낳은 아들이 훗날 산을 가르고 여신을 구한다.

일개 장張 선비도 동쪽 바닷물을 끓여 버렸지요 선비 장우張羽는 동해 용왕의 딸과 사사로이 혼인을 약속했으나 용왕이 허락하지 않자 상선上仙이 알려 준 방법대로 바닷물을 끓여 대며 용왕을 압박하고 혼인 승낙을 받아 냈다. 「장우가 바닷물을 끓이다」 참조.

요지瑤池 9쪽 '요지瑤池' 참조.

133 **수레바퀴를 받쳐 들어 주인을 살리고** 원잡극 「조씨고아의 위대한 복수」의 한 장면. 춘추 시기 진晋나라 영공靈公이 조순을 죽이려 하자 조순은 수레를 타고 도망쳤으나 도중에 잘못되어 수레에 깔린다. 조순에게 은혜를 입은 적 있던 영첩이 나타나 수레를 등으로 받쳐

주어 조순이 무사히 도망갈 수 있도록 했다.

이밀李密 · 왕백당王伯當 수당隋唐 교체기에 이밀李密은 군사를 일으켜 수나라에 대항했고 후에 또 당에 투항했다. 그러나 대우가 좋지 못하자 옛 동료 장수인 왕백당王伯當과 함께 반란을 일으켰으나 진압당했고, 그 과정에서 두 사람은 함께 죽었다.

괴문통蒯文通 · 이좌거李左車 진한秦漢 교체기에 한신韓信을 위해 활약했던 변사辯士와 장수이다.

134 **칠향거七香車** 귀부인이 타는 수레를 말한다.

139 **영첩** 133쪽 '수레바퀴를 받쳐 들어 주인을 살리고' 참조.

계포季布 항우의 부하였다가 훗날 항우가 망한 뒤 유방의 사면을 받아 벼슬길에 올랐다. "황금 백 근을 얻는 것도 계포의 허락 한 번 받는 것만 못하다(得黃金百斤, 不如得季布一諾)"는 말이 있을 정도로 사람됨이 신의가 두텁고 의협심이 강해 한 번 약속한 일은 반드시 지켰다고 한다.

145 **술장사하던 탁문군의 지조** 사마상여는 서안西安을 가던 길에 승선교升仙橋를 지나다가 문기둥 위에 '귀한 말과 네 마리 말이 모는 수레를 타지 않으면 네놈 아래를 지나지 않는다(不乘赤車駟馬, 不過汝下也)'라는 문구를 적어 넣었고, 훗날 탁문군과 사랑을 완성하기 위해 야반도주했을 때는 생계를 위해 술장사를 했다. 17쪽 '사마상여가~그 자태인지라' 참조.

148 **이별한 이한테 '돌아가'라며 노래하라 하더냐** 전설에 따르면 옛날 촉 지방에 두우杜宇라는 이름의 망제望帝가 나라를 다스렸는데 사후에 두견새가 되어 '돌아가라'는 의미의 '부루궤이(不如歸)'라고 울었다고 한다.

149 **재장齋長의 그릇은 문기둥에 맹세 적지 마오** 한나라 사마상여가 처음에 촉 지방을 떠나 장안으로 갈 때 성도 성곽 북쪽에 있는 승선교의 기둥에 입신양명의 뜻을 적었다. 이후 '기둥에 적는다(題柱)'로 입신양명에 대한 포부를 비유했다.

150 **하혜下惠 같은 돌부처인 당신도 대꾸가 없었어요** 하혜下惠는 유하혜柳下惠를 말한다. 원래 이름은 전금展禽이었는데, 유하柳下에 살아서 사람들이 혜惠란 시호를 붙여 주었다. 『공자가어孔子家語』「호생好生」에 관련 내용이 보인다. 노나라 사람이 옆집 과부를 방에 들이는 것을 거절하자, 과부는 옛날 유하혜가 모진 추위에 온몸이 언 과부를 안아 살린 것을 두고 후세 사람들이 칭찬은 할망정 비난을 하지 않았다고 말한다. 노나라 사람은 유하혜는 능히 그럴 사람이나 자신은 그럴 자신이 없다며 끝내 방문을 열어 주지 않았다. 여기서는 돌부처 배소준을 비꼬아 이른 말이다.

초도椒圖 용의 아홉 아들 중 막내이다. 소라 모양으로 생기고 문 닫는 것을 좋아해 문에 이 모양의 장식을 많이 한다.

151 **주공周公** 주나라를 세운 문왕의 아들이며 무왕의 동생이다. 무왕과 무왕의 아들 성왕을 도와 주 왕조의 기초를 확립했다. 무왕이 죽은 뒤 나이 어린 성왕이 제위에 오르자 섭정을 하였고 훗날 성왕이 혼자 나라를 다스릴 수 있게 되자 섭정에서 물러났다. 예악禮樂과 법도法度를 제정하고 봉건제의 기틀을 마련했다. 유학자들에게 성인으로 존경받는다.

153 **도간陶侃** 어려서 큰 뜻을 품었으나 집이 가난했다. 그의 모친 담씨湛氏는 옷감을 짜서 아들을 뒷바라지했다. 한번은 아들이 같은 지역의 효렴孝廉을 대접하게 되자 자기 머리카락을 잘라 팔아서 비용을 대기도 했다.

154 **증삼曾參** 『전국책戰國策』「진책秦策」에 관련 이야기가 전한다. 증삼과 같은 마을의 동명이인이 살인을 했는데, 이것이 잘못 전해져 사람들은 증삼이 살인을 한 줄 알았다. 처음에 증삼의 모친은 이를 믿지 않았으나 세 번째 사람이 달려와 사실을 알리자 연좌되어 죄를 묻게 될까 두려워 베틀을 팽개치고 담을 뛰어넘어 도망을 갔다고 한다. 여기서는 부모의 질책을 받은 배소준을 빗대어 말한 것이다.

태공太公 『사기』「고조본기」에 관련 이야기가 전한다. 유방이 칭제

한 후 닷새에 한 번씩 태공에게 여염집 부자의 예로 문안을 올렸다. 태공의 가령家令은 태공이 신하의 예를 저버렸다고 생각해 태공에게 군신의 예로 처신할 것을 당부했다. 여기서는 이러한 전고를 빌려 배 상서의 전횡을 말했다.

160 **금검서상琴劍書箱** 23쪽 '금검서상琴劍書箱' 참조.

만 길 용문을 단번에 뛰어올라 48쪽 '용문으로 뛰어올라' 참조.

163 **축국蹴鞠** 겨·털·공기 따위를 넣은 가죽 공을 여럿이 둘러서서 발로 차고 받는 놀이.

165 **최호崔護** 당나라 박릉博陵 사람이다. 청명절에 홀로 도성의 남쪽을 거닐다가 어느 집의 문을 두드리고 물 한 모금을 청했는데, 그 집의 여인이 문을 열고 물이 담긴 그릇을 건네주고는 다 마실 때까지 기다리는 모습이 예사롭지 않아 보여, 다음 해 청명절에 다시 그 집을 찾아 문을 두드리니, 문은 닫혀 있고 인적이 없어 시 한 수만 지어 적어 두었다고 한다.

169 **오늘 유신 도련님을 만난 셈이네요** 21쪽 '도화원桃花園' 참조.

172 **종량기천從良棄賤** 천한 신분을 버리고 양민으로 올라가는 것을 말한다.

174 **악도문握刀紋** 속칭 단수문斷手紋이라고 한다. 손 중앙에 있는 가로선의 무늬. 옛날 손금 풀이에 다르면 악도문을 가진 자는 흉포함을 타고났다고 했다.

186 **성은 같은 정씨지만 이름이 다른데** 양현지楊顯之의 잡극 「정공목풍설혹한정鄭孔目風雪酷寒亭」의 이야기이다. 수사관 정숭鄭嵩이 자기 아내를 죽음으로 내몰았던 기녀 소아蕭娥를 후처로 맞아들였으나, 소아는 다른 남자와 사통하였고, 이에 노하여 소아를 살해한 뒤 압송되어 혹한정에 이르렀다가 구출되고 마침내 석방된다는 이야기이다. 446쪽 '혹한정에 기생 소아만 남겨질 겁니다' 참조.

187 **『악장집』** 북송北宋 때 사인詞人 유영柳永의 사詞 수록서. 도시의 모습과 기녀의 생활을 주로 노래했다. 명쾌하고 쉬운 가사로 인기가 많

았다.

188 **저는 기필코 눈물로 만리장성을 무너뜨릴 거예요** 맹강녀孟姜女 전설 이야기이다. 진시황 때 맹강녀는 결혼한 지 3일 만에 남편 범희량范喜良이 만리장성 건설에 차출당해 집을 떠난다. 범희량은 얼마 지나지 않아 배고픔과 과로로 죽고 그 시신은 성벽 아래 묻힌다. 맹강녀는 남편이 입을 솜옷을 준비해 고생고생 끝에 성벽 건설 현장에 이르렀으나 남편이 죽은 사실을 알게 된다. 그녀는 성벽 아래에서 열흘 밤낮으로 통곡하였고, 이에 성벽이 무너져 범희량의 시신이 밖으로 드러났다. 맹강녀는 남편의 장사를 지내고 자신도 바다에 몸을 던져 죽었다.

189 **사천향謝天香** 관한경關漢卿의 작품 『전대윤지총사사천향錢大尹智寵謝謝天香』에 나오는 인물이다. 송 대의 유명한 문인 유영柳永은 기녀 사천향謝天香과 사랑에 빠지나 그녀를 두고 과거 시험을 보러 떠난다. 유영의 친구인 전대윤錢大尹은 사천향을 기방에서 빼내기 위해 그녀와 거짓 결혼을 하며, 후에 유영이 급제하여 돌아온 뒤 둘 사이를 맺어 준다.

206 **사마상여司馬相如** 두천장이 사마상여를 읊은 것은 자신도 조정의 부르심을 받아 관직에 오를 날이 왔으면 하는 마음이 있었기 때문이다. 17쪽 '사마상여가~그 자태인지라', 145쪽 '술장사하던 탁문군의 지조' 참조.

209 **새노의賽盧醫** 노의盧醫는 전국 시대 명의인 편작扁鵲을 가리킨다. 그가 노나라 출신이었기 때문에 '노 지방의 의사'라는 의미로 '노의'라 불렸다. 훗날 이 말은 뛰어난 의사를 가리키는 데 사용했다. '새'는 '이기다·능가하다·겨루다'란 의미로, '새노의'는 '옛 명의인 편작을 능가하거나 그에 버금가는 의사'라는 말이다. 원명 시대 연극에 종종 등장하는데, 모두 반어적으로 돌팔이 의사를 가리키는 이름으로 사용했다.

『본초本草』 중국의 의학 서적으로 여러 종류가 있다. 제일 처음 『신농본초경神農本草經』이 나왔고, 이후 보강과 수정을 거쳐 『당본초唐本草』·『본초습유本草拾遺』 등이 있다. 명 대 이시진이 여러 학설을 두루 담아 잘못된 것은 고치고 뺄 건 빼고 보충할 것은 보충하여 『본초강목』을 편찬했다. 집대성한 서적이라 이후 『본초』는 이를 가리키곤 했다.

224 **맹광孟光 · 거안제미擧案齊眉** 맹광은 후한 때 양홍梁鴻의 아내로, 남편을 깍듯이 공경함으로써 부부 내외의 신뢰를 돈독히 하고 가정의 화목함을 이끌어 내기 위해 밥상을 눈썹 높이에서 들었다는 '거안제미'의 주인공이다.

남편 죽어 곡하다 장성을 무너뜨린 적 있던가요 진시황 시절 범기량范杞梁과 아내 맹강녀孟姜女의 이야기이다. 범기량이 장성 건축에 징발되어 가자, 아내 맹강녀가 천 리 길을 마다 않고 솜옷을 건네주기 위해 간다. 하나 장성에 도착해 남편이 이미 과로로 숨진 것을 알게 되고, 슬픔에 통곡하자 장성이 무너져 버렸다는 전설이 전한다.

비단 빨다 기꺼이 강물에 몸 던진 적 있던가요 춘추 시대 초나라 오자서伍子胥가 난을 피해 오나라로 가던 도중 강가에 도착하게 되었고, 비단을 빠는 여인을 만나게 되었다. 여인은 그의 처지를 동정해 식사도 제공했다. 오자서는 길을 떠나면서 그녀에게 추격대들에게 자신에 대해 함구할 것을 당부했고, 그녀는 자신의 진정성을 보여주기 위해 강물에 몸을 던져 죽었다.

236 **도척盜跖 · 안연顔淵** 두 사람 모두 춘추 시대 사람이다. 도척은 큰 도둑이었고, 안연은 공자의 제자 중 최고로 꼽힌 인물이다. 두 사람은 좋은 사람과 나쁜 사람의 전형으로 사용된다. 750쪽 '도척盜跖' 참조.

240 **장홍萇弘** 춘추 시대 주周나라 경왕敬王의 대신 유문공劉文公의 대부이다. 유씨는 대대로 진晋나라 범范씨와 혼인했다. 진나라 대부가 내홍을 일으켰을 때 범씨를 도왔는데, 조앙趙鞅이 이를 이유로 주나라 왕실을 문책하자 주나라 사람들이 그를 죽여 버렸다. 장홍이 억울하게 죽고 촉 지방 사람이 그의 피를 삼 년간 보관했더니 벽옥碧

玉이 되었다고 한다.

망제望帝 촉나라의 왕인 두우杜宇로, 신하의 협박에 왕위를 양위하고 심심산중에 은거해 살았다. 죽은 후 혼령은 새가 되어 밤낮으로 구슬피 울었고, 사람들은 그를 기려 그 새를 두견 혹은 두우·자규라 불렀다.

241 **추연鄒衍** 전국 시대 제나라 사람으로 연燕나라 혜왕惠王에게 충성했지만 혜왕이 참언을 믿고 그를 가두었다. 그가 하늘을 우러러보며 대성통곡하자 6월인데도 서리가 내렸다고 한다.

왜 삼 년 동안 단비 한 번 내리지 않았을까요 『설원說苑』 권 5 「귀덕貴德」에 의하면 동해에 젊은 나이에 자식 없이 청상과부가 되어 시어머니를 봉양하며 살고 있는 효부가 있었다. 시어머니는 재가할 것을 권했으나 효부는 거절했다. 시어머니가 돌아가시자 시누이가 관아에 효부가 어머니를 죽였다고 고발했다. 태수가 제대로 수사도 하지 않은 채 효부를 사형에 처하자 이 지역에 삼 년간 가뭄이 들었다. 이에 태수가 참석한 가운데 효부의 무덤에서 제를 올리자 가뭄이 사라졌다.

243 **참지정사參知政事** 종2품으로, 재상의 일을 보좌한다.

제형숙정염방사提刑肅政廉訪使 정3품으로, 해당 지역 관리의 치적과 판결을 감찰했다.

252 **백발의 아비는 괴롭고 애통하구나~내일 이 사건을 분명하게 바로잡으리라** 본문에 명확히 "시로 읊는다"라고 밝히고 있지만, 일반적으로 정형시가 쓰였던 것과 많이 다르다.

258 **초도超度·수륙도량水陸道場** 초도超度는 '뛰어넘는다'는 뜻으로 불교와 도교에서 죽은 자의 혼령이 지옥으로 가서 고통받지 않도록 하는 의식儀式을 말한다. 수륙도량水陸道場은 불교에서 물과 육지에서 헤매는 외로운 혼령과 아귀餓鬼를 달래며 위로하기 위하여 불법을 강설하고 음식을 베푸는 종교의식을 말한다.

263 **변량汴梁** 오늘날 허난 성河南省 카이펑開封.

264 **글자놀이** 한자 한 글자를 두 글자로 쪼개서 한 문장으로 만드는 글자 놀이를 말한다. 예를 들어 '여자 옆에 아들이 붙었다(女邊着子)'는 '호好'를, '문 안쪽에 마음을 매달다(門裏挑心)'는 '민悶'을 의미한다.

265 **유분劉蕡** 당 대 사람으로 문재가 뛰어나 과거에 응시하지만, 황제에게 환관을 죽여야 한다고 간언하는 문장을 적었다가 시험관이 환관에게 밉보일까 염려하여 탈락시켰다.

범단范丹 동한東漢의 유명한 경학가로, 죽을 때까지 가난했다.

273 **천마수天魔祟** 남자를 꼬시는 여자 요괴이다. 불교 교리에 따르면, 마왕魔王 수하에 남자의 수행만을 전문적으로 방해해 파계시키는 여자 요괴가 많은데, 이를 천마수라고 불렀다.

274 **쌍랑雙郎** 북송 때 사람으로 희녕熙寧·원풍元豊 년간 현령을 지냈다. 여기서는 안수실을 가리킨다.

풍괴馮魁 송원 시대 민간고사 중의 차 상인으로, 풍원외라고 부른다. 노주廬州 기생 소소경蘇小卿과 서생 쌍점雙漸은 서로 사랑하는 사이였는데, 쌍점이 관직을 얻으려 외지로 나간 틈을 타 차 상인 풍괴가 차 어음 삼천 장을 빌미로 그녀를 사들이려 했다. 이를 원치 않던 그녀는 금산사에 자신의 심정을 시로 적어 놓았다. 훗날 쌍점이 과거에 급제하고 도중에 금산사를 지나던 중 소소경의 시를 보고, 그녀의 뒤를 쫓아가 두 사람은 마침내 해후하여 부부가 되었다. 여기서 조반아는 주사를 풍괴에 비유하였다.

276 **제가 주사입니다. 평생 말을 탔으나～모두 이불 속에 처박혔구나! 했습니다** 주사가 말하는 이 부분은 중국 전통 극에서 흔히 보이는 '삽과타원揷科打諢'으로 풀이할 수 있다. '삽과타원'은 스토리 진행에는 크게 상관없이 골계·해학적인 부분을 삽입하는 것이다. 단순히 새색시가 가마에서 재주를 넘었다는 사실, 송인장이 이불을 편다는 의미조차 이해하지 못한다는 사실, 나아가 자신과 이웃 할멈을 이불 속에 넣고 꿰맸다는 대사는 관객들에게 말도 안 되는 상황 설정으

로 웃음을 유발하려는 의도로 이해할 수 있다. 또 한편에서 스토리 진행과 관련시켜 주사가 막상 송인장을 부인으로 들이자 생각이 바뀌어 말도 안 되는 트집을 잡아 송인장을 학대하는 도입부로 이해할 수도 있다.

277 **노류장화路柳墻花** 아무나 쉽게 꺾을 수 있는 길가의 버들과 담 밑의 꽃이라는 뜻으로, 창녀나 기생을 비유적으로 이르는 말이다.

288 **사화詞話** 송원 시대 설창說唱 중의 하나이다. 말과 노래로 이루어졌다. 이야기꾼이 이야기 한 대목을 얘기하고 사 한 수를 노래하는 형식이다.

309 **새노의** 209쪽 '새노의賽盧醫' 참조.

312 **오도장군五道將軍** 전설상에 등장하는 동악신의 신장神將. 인간의 생사를 다스린다.

337 **육방六房** 지방 관원을 보좌하던 조직. 이방吏房·호방戶房·예방禮房·병방兵房·형방刑房·공방工房의 총칭이다.

347 **수하隋何** 진나라 말기 유방 휘하의 모사謀士였다. 유방을 도와 항우 휘하의 대장 영포英布를 한漢에 귀의시킨 일로 훗날 말재간이 좋다는 평을 받는다.

육가陸賈 초나라 사람으로 서한 때의 세객說客·정치가·문학가·사상가이다. 언변이 좋아 유방劉邦을 따랐고 여러 제후에게 사신으로 다녔다.

373 **봉황 연못** 위진魏晋 때 궁궐 안에 중서성中書省을 설치해 황상 가까이에서 중요한 일을 담당케 했기 때문에 봉황 연못이라고 불렀다.

거북 섬돌 궁궐 대전 앞 계단에 큰 거북 혹은 자라 머리를 조각해 놓았는데, 이는 장원 급제한 사람만이 밟을 수 있었다.

374 **평장정사平章政事** 59쪽 '평장정사平章政事' 참조.

375 **아내衙內** 원래 관직명이다. 당 대唐代에 궁궐 경비를 맡아 하는 관원을 일컫는 말이었다. 오 대五代와 송초에는 대신 자제들이 주로 맡아 했기 때문에 훗날 관료의 자제를 일컫는 말로 쓰였다. 특히 고

악한 행동을 일삼는 고관 자제를 가리키는 말로 잘 쓰였다.

377 **맑고 푸른 하늘이라면 내 좀 알지~애걔! 고작 푸르고 흰 돌덩어리일세** 양심을 속여서는 안 된다는 의미의 '맑고 푸른 하늘을 속여서는 안 된다(湛湛青天不可欺)'란 말이 있는데, 소 아내는 이 말을 비틀어 속여서는 절대 안 되는 '맑고 푸른 하늘'이 돌덩어리에 불과하다며 폄하하는 내용이다.

384 **잡雜** 각색명으로 백성, 하인 등으로 등장한다.

388 **사향령思鄕嶺** 망향대望鄕臺라고도 한다. 저승에 망향대가 있어, 귀신이 여기를 오르면 이승의 고향을 바라볼 수 있다고 한다.

392 **꼭지는 푸른 무로구나** 푸르다(靑)는 것은 맑음(淸)과 음이 통한다. 이 구절은 앞에서 양금오가 '물처럼 맑다(淸)'고 한 것에 대해 무에 비유해 온몸이 하얀 것 같지만 실상은 꼭지 쪽은 푸르러 표리부동하다는 것을 의미한다. 송 대 격언으로 많이 쓰였다.

396 **일절 없는 철가면** 중국에서는 강직하고 사사로움이 없는 사람을 일컫는 말로 쓰인다. 소설과 희곡에서 포증(포청천)을 묘사하는 데 많이 쓰였다. 이 때문에 희곡에서 포증은 검은색으로 분장한다.

402 **노재랑魯齋郞** 관한경의 「포대제참지노재랑包待制斬智魯齋郞」 잡극 중의 인물로, 여염집 여인들을 강제로 빼앗고 백성을 못살게 굴어 포증의 계책에 의해 죽었다.

갈감군葛監軍 작자 불명의 『연안부延安府』를 보면, 갈감군이 그 아들 갈표葛彪의 흉악한 비행을 감싸 주어 직무를 태만히 하게 되자 염사廉使 이규李圭가 그의 군대 통수권을 몰수해 버렸다.

405 **굴원屈原** 초나라 회왕懷王의 좌도左徒였다. 회왕이 사람들의 중상모략을 듣고 그를 멀리 유배 보냈다가 불러들인 후 재차 유배를 보냈다. 초나라의 부패한 정치와 외교상의 잘못 등을 보고 울분을 참지 못해 멱라강汨羅江에 몸을 던져 죽었다.

관용봉關龍逢 79쪽 '용봉龍逢' 참조.

비간比干 79쪽 '비간比干' 참조.

한신韓信 유방劉邦을 도와 한漢을 세운 개국공신으로, 한韓 지역에 분봉되어 한왕韓王이 되었기에 한후韓侯라고도 불린다. 훗날 내란 반역죄로 장락궁長樂宮 종실鐘室에서 여후呂后에게 처형당했다.

장량張良 자字는 자방子房으로 한신韓信·소하蕭何와 함께 한 고조漢高祖 유방劉邦을 도운 개국공신·책략가이다. 만년에 관직에서 물러나 은거했다고 한다.

406 **팽월彭越** 서한西漢 초의 제후이다. 진나라 말기 기병하였다가 훗날 고조에게 투항했다. 양梁 지역을 평정하고 공을 많이 세워 양왕梁王에 봉해졌다. 고조 11년 반란을 꾀했다는 죄목으로 여후에게 죽음을 당했다.

적송자赤松子 고대 전설 속 신선으로, 신농씨神農氏 때 비를 다스리는 우사雨師였다. 수옥水玉을 복용하며 단련했고 불에 들어가도 타지 않았다고 한다. 장량이 관직을 버리고 적송자를 따라 신선술을 연마했다는 전설이 전한다.

월越나라 범려范蠡는 오호五湖에 조각배를 띄웠으니 범려范蠡는 월왕越王 구천句踐이 오왕吳王 부차夫差에게 패하고 '와신상담臥薪嘗膽'할 때 구천을 도와 훗날 오나라를 망하게 했던 공신이다. 그는 부차에게 서시西施를 보내 미인계를 쓴 것으로도 유명하다. 오나라가 망하고 일대 공신이 되자 '토사구팽兎死狗烹'이란 문구를 써 놓고 사라졌다 한다. 이후 오호에 배를 띄워 이름을 바꾸고 제齊나라로 가서 장사로 돈을 많이 벌었다, 신선이 되었다는 등 수많은 전설이 만들어졌다. '범려가 오호에 배를 띄웠다'는 말은 성공한 후에 물러나 화를 모면한다는 의미로 두루 쓰이고 있다.

432 **혁혼대嚇魂臺** 지옥의 관청에서 죽은 혼령을 괴롭히는 곳이다.

441 **상청의 행수 기생** 상청은 윗사람이 있는 곳이나 관청을 지칭한 말인데 여기서는 후자이다. 행수 기생은 외모나 기예가 가장 뛰어나 맨 앞에 서는 관기官妓를 말하는데, 후에는 이름난 기생을 두루 지칭하였다.

444 **사안謝安** 동진 시대 명재상이자 문학가로, 젊어서 명망이 높았으나 세상에 뜻이 없어 발탁을 받고도 나가지 않다가 마흔이 넘어 조정의 부름을 받았다. 그는 은둔 시절 명사들과 교유하면서 자연의 풍류를 즐겼는데 그때마다 기녀를 데리고 간 것으로 유명하다. 본문의 언급과 관련하여 『투부기妬婦記』(송 대宋代 편찬)에 그와 부인 유씨의 이야기가 전한다. 즉, 사안이 첩을 들이려 하자 부인이 반대했고 시대 사람들은 부인에게 주공周公이 쓴 시 「관저關雎」·「종사螽斯」를 거론하며 그녀의 투기를 질타했다. 이에 그녀는 남자인 주공이 지었으니 당연히 그런 시가 나온 것이라고 되받아쳤다고 한다. 본문에서는 이 이야기를 염두에 두고 노래한 것이다.

백거이白居易 당 대의 시인이자 정치가로, 원화元和 10년(815년) 재상 무원형武元衡이 자객에게 살해당했는데, 조정에서 서둘러 범인을 색출하지 않은 것에 의분을 느껴 황제에게 상소를 올렸다. 당시 상소는 그 직을 맡은 이들만 할 수 있는 것이었기에 백거이를 못마땅히 여겼던 이들은 이를 구실로 그를 강주 사마로 좌천시켰다. 강주는 오늘날 장시 성 주장 시九江市이다. 백거이는 좌천된 곳에서 울분을 삭이지 못하던 차에 포구에서 퇴기退妓가 연주하는 애절한 비파 가락을 듣게 되었다. 백거이는 자신의 처지가 그녀와 매한가지임을 슬퍼하며 유명한 장편 시 『비파행琵琶行』을 지었는데, 그 시의 마지막 구절이 "강주 사마의 옷자락 눈물로 적시네(江州司馬青衫濕)"였다.

초나라 군주·무산 신녀 초 왕과 무산巫山의 신녀 간 운우지정雲雨之情에 얽힌 이야기를 염두에 둔 것으로, 초나라 군주는 이언화를, 무산 신녀는 기녀 장옥아를 가리킨다.

445 **굴원屈原처럼 멱라수汨羅水에라도 뛰어들까 보다** 굴원은 초나라 삼려대부三閭大夫로, 자신의 나라에 대한 충심을 초 왕에게 이해받지 못하고 정치적 이상이 좌절되자 멱라강에 투신해 자살한다. 여기서는 굴원의 충심을 들어 부인 유씨의 남편 이언화에 대한 절개를 비

유한 것이다.

446 **혹한정에 달랑 기생 소아만 남겨질 겁니다** 원나라 때 양현지陽顯之의 작품 「혹한정酷寒亭」 이야기를 두고 한 말이다. 정주의 공목孔目 정숭鄭嵩이 기녀 소아蕭娥를 둘째 부인으로 맞아들인 후 그의 본처가 소아로 인해 화병으로 죽고 그 자녀가 소아의 학대를 받는다. 후에 소아가 다른 남자와 사통하는 것을 보고 정숭은 그녀를 죽이고 관가에 자수하여 곤장을 맞고 유배당한다. 혹한정에 이르러 정숭은 자녀들과 상봉한다는 내용이다.

451 **장자莊子처럼 대야 두드리며 노래나 부르시지** 장자의 아내가 죽었을 때 혜자惠子가 조문을 가자 장자는 두 다리를 뻗고 질그릇을 두드리며 노래를 부르고 있었다는 이야기가 『장자莊子』 「지락至樂」 편에 나온다.

460 **염각拈各 천호千戶** 여진족 완옌부의 한 씨족일 것으로 추정된다. 첩갈帖葛로 표기된 판본도 있다. 천호千戶는 금 대와 원 대의 세습 무관武官으로, 아래로는 백호百戶를 거느리고 위로는 만호萬戶에 예속된다.

462 **화랑아貨郎兒** 원래는 멜대를 메고 돌아다니며 물건을 파는 장사치를 말한다. 이들은 물건을 팔 때 작은 북을 흔들며 특징적인 선율과 곡조와 박자에 맞춰 노래를 불렀는데, 여기에서 유래한 노래 기예를 화랑아라고 부른다.

472 **귀문鬼門** 무대 좌우에 설치되어 배우가 등·퇴장하는 문을 가리킨다. 고문古門이라고도 한다. 무대 위 등장하는 인물들은 모두 과거의, 이미 죽은 옛사람이란 의미에서 이렇게 이름 지었다.

사당을 불태운 숙세의 인연 촉국의 공주가 유모의 아들과 사랑에 빠져 몰래 배화교 사당에서 밀회를 약속한다. 공주가 도착했을 때 남자는 깊은 잠에 빠져 있었고, 그를 깨울 수가 없었던 공주는 어렸을 때 함께 가지고 놀던 옥가락지를 두고 떠난다. 남자가 잠에서 깨어난 뒤 이를 발견하고 공주가 다녀간 것을 알고는 복받치는 후회와 한탄을 이기지 못하여 이 분노가 자신을 태우고 사당을 태웠다고 한다.

유신은 길을 잃고 무릉도원으로 들어갔었지 21쪽 '도화원' 참조.

475 **구란勾欄** 송나라 때 도시에서 공연이나 유흥 등의 오락을 제공했던 장소를 말한다.

478 **설창說唱** 우리나라의 판소리처럼 노래와 말을 섞어서 이야기를 연행演行하는 기예의 총칭으로 강창講唱이라고도 한다.

479 **한신韓信** 405쪽 '한신韓信' 참조.

한나라 사마천이 간언하여 책략을 바친 이야기도 아니요 어떤 이야기인지 알 수 없다.

초나라 임금과 무산의 여신이 양대에서 운우지정을 나눈 이야기도 아니요 444쪽 '초나라 군주·무산 신녀' 참조.

양산백梁山伯·축영대祝英台 중국판 로미오와 줄리엣이라는 평을 받는 작품으로, 중국의 4대 전설 중 하나이다. 동진 시대 명문가 축씨의 외동딸은 아버지를 졸라 남장을 하고 항주杭州의 서원으로 유학을 떠나고 그곳에서 양산백과 3년간 동문수학한다. 축영대 아버지는 딸을 집으로 불러들여 권문세가와의 혼례를 준비하게 한다. 축영대는 자신을 방문한 양산백에게 여자였음을 밝히고 둘은 죽어서라도 함께 묻히자고 사랑을 맹세한다. 집으로 돌아온 양산백은 마음의 병을 앓아 죽게 되고 그 소식을 들은 축영대는 혼례 날 양산백의 무덤에 제를 올리다 갈라진 무덤 사이로 뛰어 들어가고 무덤이 닫힌다.

482 **능연각凌煙閣** 당 태종太宗 때 공신 24명의 초상을 그려 걸어 두고 기념하던 전각殿閣이다.

태상노군太上老君이 아홉 번 달여 단약을 만들듯이 태상노군太上老君은 도가의 시조始祖이자 최고신인 삼청三淸 중 하나로서 도덕천존道德天尊으로 받들어진다. 연단은 아홉 번 달인 것을 최상으로 간주한다. 본문의 불길이 마치 태상노군이 연단을 달일 때 활활 타오르는 불길과 같다고 비유한 것이다.

개자추介子推 춘추 시대 진나라 문공이 왕위에 오르기 전 외국에 망명할 때 그를 모셨는데 훗날 문공이 왕위에 오르고도 자신을 등용하지 않자 실망하고 산에 들어가 살았다. 문공이 잘못을 알고 불렀으나 나오지 않았다. 문공은 그를 나오게 하기 위해 산에 불을 질렀으나 그는 끝끝내 나오지 않고 불에 타 죽었다.

장량이 구름에 닿을 듯한 허공의 잔도를 살라 버리듯이 항우가 유방을 경계하여 그를 한왕漢王으로 봉하자 유방은 관중을 떠나 한중漢中으로 들어갔다. 이때 잔도를 불태워 다시는 관중에 돌아올 생각이 없음을 항우에게 보일 것을 권고한 장량의 계책을 그대로 따랐다고 한다.

전단田單 장군이 쇠꼬리에 횃불 달아 화우진火牛陣을 펼치듯이 전단은 전국 시기 제나라 민왕緡王의 장군이었다. 제나라가 연나라 군대의 공격에 대패하였을 때 전단은 군대를 이끌고 즉묵卽墨 지역을 지키고 있었다. 전단은 성곽 주변에 함정을 파고, 천여 마리의 소를 모아 오색 용 문양을 그려 넣은 붉은 비단옷을 입히고 뿔에는 칼을 붙들어 매고 꼬리에는 기름에 적신 갈대를 매어 불을 붙이고 오천 군사가 그 뒤를 쫓았다. 소들은 연나라 진영으로 미쳐 돌진하고 연나라 군사는 우왕좌왕하다 대패하였다.

486 **자태와 용모가 비범하고~마치 오랑캐에게 화친하러 떠나는 왕소군의 행렬 같았답니다** 92쪽 '한나라의 왕소군도 멀리 오랑캐에게 시집가' 참조.

495 **번성樊城** 오늘날 후베이 성湖北省 샹판 시襄樊市 판청樊城을 말한다.

강하江夏 옛 군郡의 이름으로, 삼국 시대 때는 오吳와 위魏의 관할지로 나뉘어 각각 강하군을 설치했다. 오 땅 관할은 오늘날 후베이 성 어청 현鄂城縣이고, 위 땅 관할은 오늘날 후베이 성 윈멍 현雲夢縣 서남 지역이다.

496 **남군南郡** 오늘날 후베이 성 장링 현江陵縣 동북쪽이다.

497 **동작대銅雀臺** 건안 15년 겨울 업鄴 땅에 세워진 누대이다. 오 땅의 교공喬公에게 두 딸이 있는데 첫째는 손책에게, 둘째는 주유에게 시집을 갔다. 여기서는 만약 주유가 적벽대전을 실패했다면, 대교·소교 두 아가씨가 포로로 잡혀 동작대 위에서 조조의 노리개가 되었을 것임을 말한 것이다.

503 **여계女誡** 동한東漢 때 남존여비와 삼종지덕의 봉건적 전통 윤리를 드높이기 위해 반소班昭가 지은 책이다.

507 **관저雎鳩** 『시경詩經』 가운데 민간가요를 수록한 『국풍國風』 중 첫 노래이다. 남녀의 사랑 노래이나 후대 유학자들 가운데 주周 문왕文王 후비后妃의 덕을 노래한 것이라 해석하기도 했다.

525 **관중管仲** 78쪽 '관중管仲' 참조.

여망呂望 본명은 강상姜尙으로, 그의 선조가 여呂나라에 봉해졌으므로 여상呂尙이라고도 불렸다. 또 태공망, 강태공이라고도 알려져 있다. 상商의 주왕紂王 시절 종남산終南山에 은둔했다가 주나라 문왕의 스승이 되었고, 무왕武王을 도와 주왕을 멸망시켜 천하를 평정했으며, 그 공으로 제齊나라 제후에 봉해져 시조가 되었다. 은둔에서 나온 것이 여든 살이고 백예순 살을 살다 죽었다는 전설이 있다.

장량張良 405쪽 '장량張良', 482쪽 '장량이 구름에 닿을 듯한~' 참조.

527 **삼종三從** 여자가 따를 세 가지 도리로서, 어려서는 아버지를, 시집가서는 남편을, 남편이 죽으면 아들을 따라야 한다.

사덕四德 아녀자가 갖춰야 할 요구사항으로, 바느질 등 가사, 단정한 모습, 단정한 언행, 현숙한 인품을 일컫는다.

병풍 속 참새를 쏘아 맞혔으면 『구당서舊唐書』「후비전后妃傳」 상上에 관련 얘기가 전한다. 북주北周의 장수 두의竇毅는 병풍에 공작새 두 마리를 그려 놓고 활 두 발을 쏘아 공작의 눈을 맞힌 자를 사위로 삼겠노라고 선언한다. 훗날 당나라 고조가 된 이연李淵이 이것을 맞혀 사위가 되었다고 한다. 이후 사위를 고르는 것을 비유한 말로 쓰인다.

누각에 올라 봉황 타고 돌아가는 것 한대 유향劉向의 『열선전列仙傳』에 관련 기록이 전한다. 진秦 목공穆公 때 소사蕭史란 자가 있었는데 풀피리를 잘 불어 공작과 학을 불러들일 수 있었다. 목공에게 옥피리를 잘 부는 여식이 있어 그의 부인으로 삼았다. 하루는 옥피리로 봉황 소리를 내니 봉황이 날아왔고, 이에 목공은 봉황대를 세워 두 부부를 그 위에 거처하게 했다. 수년 후 어느 날 부부는 봉황과 함께 날아가 버렸다.

528 **어머니는 가엽게도 긴긴 세월 저녁 무렵 원추리꽃** 예부터 모친이 기거하는 북당北堂에 원추리를 많이 심어 모친의 거처를 훤당萱堂이라고도 불렀다. 여기서는 손안 아가씨의 어머니를 일컫는 말이다.

의료宜僚 『좌전左傳』「애공십육년哀公十六年」과 『장자莊子』「서무귀徐無鬼」에 등장한다. 초나라 백공白公이 반란을 일으켜서 영윤令尹 자서子西를 죽이려 했다. 의료는 오백 명을 상대할 수 있는 용사이기에 사신을 보내 반란에 가담하게 만들 생각이었다. 의료는 구슬을 던지고 받으며 놀 뿐 대꾸도 하지 않았고 사신이 칼을 들고 위협하는 것에도 굴복하지 않았다고 한다.

531 **양부梁父 노래** 혹은 양보梁甫의 노래라고도 전한다. 송 대 곽무천郭茂倩이 편찬한 『악부시집樂府詩集』에 제갈량이 지었다며 양보 노래 가사를 실었는데 이는 잘못 안 것이다. 진수陳壽의 『삼국지三國志』「촉지蜀志」에 제갈량이 양보의 노래를 짓는 것을 좋아했다는 기록이 있다. 가락이 처량하고 슬퍼 훗날 장례식에 많이 쓰이게 되었다고 한다.

539 **홍문연鴻門宴** 기원전 206년 유방劉邦이 진나라 수도 함양咸陽을 공격한 후 군사를 파견해 함곡관을 수비했다. 이윽고 항우項羽가 사십만 대군을 거느리고 공격하여 홍문鴻門까지 진격해 주둔했다. 항우의 숙부 항백項伯의 조율로 유방은 손수 홍문회로 찾아가 항우를 만난다. 잔치에 범증范增은 항장項莊에게 검무를 추라 하고 기회를 엿보다 유방을 칼로 찔러 죽이려고 했다. 항백 역시 검무를 추면서 유

방을 보호했다. 결국 번쾌樊噲가 칼과 방패를 들고 뛰어 들어오고 유방은 그 틈을 타 도망쳤다.

548 **동해의 큰 거북** 산을 뒤덮을 만큼 큰 거북을 가리킨다. 『예문유취藝文類聚』에 동해에 큰 거북이 살고 있는데 구름에 닿을 만큼 튀어오르고 산 여러 개를 뛰어넘을 정도라는 기록이 있다.

568 **조예 이 녀석이~자결** 정작 조순을 죽이러 담을 넘었으나, 조순의 어진 모습을 보고 차마 죽이지 못하고 자결하고 말았다.

569 **조전朝典** 조정의 예의禮儀 제도나 그와 관련된 기물器物을 말한다.

578 **곤외閫外 장군** 곤외는 성 밖 혹은 변방, 지방을 뜻하는 말이다. 『사기史記』「풍당열전馮唐列傳」의 기록, 즉 "신이 듣기로, 옛날 왕께서 장수를 보내시면서 무릎을 꿇고 수레바퀴를 밀면서 '성문 안은 과인이 다스릴 터이니, 성문 밖은 장군이 다스리시오'라고 하였다"에서 유래했다. 곤외 장군은 믿고 맡길 수 있는 대장군을 일컫는다.

584 **지분혜탄芝焚蕙歎** 지초芝草가 불타는 것을 같은 종류인 혜초蕙草가 한탄한다는 뜻으로, 동류同類가 입은 재앙은 자기에게도 근심이 되어 마음이 아프다는 뜻이다.

589 **바다거북 잡는 늙은이** 행동거지가 호방하고 가슴에 원대한 꿈을 지닌 사람을 일컫는다.

591 **요순 시대에도 네 명의 흉악한 두령** 순임금의 통제를 받지 않았던 네 부족의 수령으로, 훈돈渾敦·궁기窮奇·도올檮杌·도철饕餮을 가리킨다. 『좌전左傳』에 순임금이 이들을 유배시켜 사람을 해치는 괴물인 이매魑魅를 막게 했다는 기록이 있다.

593 **흑두충黑頭蟲** 부모를 잡아먹는 벌레.

598 **요리要離** 춘추 시대 오나라 자객이다. 오나라 공자 광光(합려라고도 함)이 공자 경기慶忌를 죽이려고 할 때 계책을 올리고 실행한다. 즉 자신의 오른팔을 자르고 처자식을 죽인 후 거짓으로 도망쳐 위나라에서 경기의 신임을 얻어 휘하에 든다. 경기와 오나라로 돌아올 것을 도모하다가 오나라로 오는 강을 건널 때 경기의 급소를 찌

르고, 경기가 그의 용기에 감복해 풀어 준다. 요리는 앞으로 자신을 써 줄 이가 없다고 생각해 자살한다.

640 **삼청三清** 옥청玉淸, 상청上淸, 태청太淸으로 도교 최고의 신이다. 천지를 개벽하고 역경을 겪으며 사람을 교화하고 도道와 술법을 전수하는 대신大神이다.

진군眞君 도교에서 비교적 명망 있는 신선을 높여 부르는 말이다.

641 **동화진인東華眞人** 신선 동왕공東王公을 말하기도 한다. 동왕공은 남자 신선을 이끌기 때문에 항상 여자 신선을 이끄는 서왕모와 대비된다. 진인은 도가에서 도를 배우고 수행하며 도를 얻은 자 또는 신선이 된 자를 말한다.

644 **육정六丁 · 육갑六甲** 모두 도교에서 말하는 신들이다. 육정은 정축丁丑·정묘丁卯·정사丁巳·정미丁未·정유丁酉·정해丁亥의 여섯 음신陰神을 가리킨다. 육갑은 갑자甲子·갑술甲戌·갑신甲申·갑오甲午·갑진甲辰·갑인甲寅의 여섯 양신陽神을 가리킨다.

칠성七星 · 칠요군七曜君 해와 달 및 금·목·수·화·토 오행의 별을 가리킨다.

646 **구양건九陽巾** 도사가 쓰는 관모冠帽이다.

647 **한신韓信** 405쪽 '한신韓信' 참조.

소진蘇秦 전국 시대 중엽의 정치가로, 진나라에 대적하기 위해 나머지 여섯 나라가 연합하는 합종설을 주장하고 성사시켰다. 일개 서생에서 언변으로 부귀공명을 이룩하고 천하에 이름을 떨쳤다.

650 **여산 노모驪山老母** 여산驪山에 산다고 전해지는 신화 속의 여신으로 영향력이 지대하다. 무극 노모無極老母·이산 노모梨山老母라고도 부른다.

661 **수하隨何** 347쪽 '수하隨何' 참조.

육가陸賈 347쪽 '육가陸賈' 참조.

663 **남해 관음** 대자대비하고 고난에서 구해 주는 화신으로 통한다.

676 **요지瑤池, 낭원閬苑, 십주十洲, 삼도三島** 신선이 산다는 곳을 일컫는다.

26쪽 '십주十洲·삼도三島·낭원閬苑·봉래蓬萊' 참조.

699 **증복신增福神** 도교道教 신령 중 하나로 동악대제의 휘하에 있는 사법신司法神이다. 원래는 죽은 자의 잘잘못을 따지는 일을 맡았는데, 죽은 자의 공덕을 따져 다음 생을 결정짓는 일을 하였으므로, 후에 세상 사람들에게 복을 내려주는 재물신으로 간주되었다.

714 **남관 앞 한유韓愈라도 어찌 추위를 견뎌 낼까** 당나라 때 사상가이자 문학가였던 한유는 부처의 유골을 맞이하는 것에 간언을 올려 형부 시랑에서 조주 자사潮州刺史로 좌천되었다. 조주로 가는 길에 남관藍關을 지나면서 「좌천지남관시질손상左遷至藍關示姪孫湘」이란 시를 썼는데, 이 시에 "구름이 진 지역 고개에 걸려 내 집 보이질 않고, 눈이 남관을 덮어 말이 나아가질 않네(雲橫秦嶺家何在, 雪擁藍關馬不前)"라는 구절이 있다.

맹호연孟浩然인들 나귀에서 꼬꾸라지지 않을까 당나라 때 시인 맹호연은 눈 오는 날 종종 나귀를 타고 나가 시제와 시상을 떠올리곤 했다고 한다.

왕휘지王徽之라도 대규戴逵 집 문을 두드렸을걸 『세설신어世說新語』 「임탄任誕」 편에 관련 기록이 전한다. 진나라 왕휘지가 산양山陽에 살 때 밤에 큰 눈이 내렸다. 문득 대규가 그리워 작은 배를 타고 대규가 있는 섬剡 땅으로 며칠을 밤낮없이 달려 도착했는데, 그 집 문 앞에 이르러 그냥 돌아왔다. 다른 이가 그 까닭을 묻자, 왕휘지는 "내 본디 흥을 타고 온 것이니, 흥이 다하면 돌아갈 뿐 대규를 꼭 만날 이유가 뭣이 있겠는가?"라고 했다.

716 **봉성鳳城** 경성京城으로, 여기서는 보기 좋은 지역이란 뜻만 취한 것이지 반드시 서울을 가리키는 것은 아니다.

봄빛(春色) 좋은 술을 가리키는 말로 쓰인다.

719 **귀문鬼門** 472쪽 '귀문鬼門' 참조.

725 **곽거郭巨** 『태평어람太平御覽』 권 411에 한나라 유향劉向의 「효자도孝子圖」를 인용해 전한다. 곽거는 부친이 돌아가시자 남은 재산을

둘로 나눠 두 동생에게 모두 주고 자신은 어머니를 부양했다. 아내가 아들을 낳자, 어머니 봉양에 누가 될까 염려되어 땅에 파묻으려 했다. 땅을 파자 그 속에서 '효자 곽거에게 내린다'라는 글귀가 새겨진 황금 솥단지가 나왔다.

733 **공손홍公孫弘의 동각문東閣門** 한나라 무제 때의 승상 공손홍이 사재를 털어 동각을 개방해 선비를 초대해 돌봤다고 한다. 여기서는 이 일을 비꼬아 말한 것이다.

공융孔融 동한 헌제 때 북해北海의 재상이었기에 공북해孔北海라고도 불렸다. 사람들과 어울리는 것을 좋아하여 항상 손님이 가득하고 손님 술잔에 술이 비지 않았다고 한다.

범요부范堯夫 범요부는 범중엄范仲淹의 둘째 아들이다. 보리를 싣고 집으로 돌아간 적이 있는데 도중에 석만경石曼卿을 만났다. 그는 석만경이 상을 당했으나 아직 장례를 치르지 않았음을 알고 그 보리를 석만경에게 주었다.

방거사龐居士 원 대 도종의陶宗儀의 『철경록』 권 19에 관련 내용이 전한다. 방거사는 당 대 사람으로 온 가족이 수행과 베풀기를 좋아해 돈을 빌려 주어도 갚기를 바라지 않았다. 한번은 꿈에서 집에 있는 소·말과 이야기를 나누었다. 그들은 전생에 방거사의 돈을 갚지 않았기에 소와 말로 환생해서 그에게 빚을 갚고 있노라고 말했다. 이 말을 듣고 방거사는 재산을 모두 바다에 던져 버리고 다음 생의 빚은 받지 않겠노라고 말했다.

734 **손빈孫臏** 전국 시대 제나라 사람으로 저명한 군사 전문가이다.

750 **안회顔回** 자字는 연淵으로 공자의 제자였다. 한 그릇의 밥과 한 표주박의 물로 누추한 곳에 사는 단표누항簞瓢陋巷 속에서도 즐거움을 잃지 않고 학문을 좋아하고 도道를 즐겼다는 점에서 공자의 칭찬을 받았다. 공자보다 서른 살 어리나 공자보다 먼저 죽어 그가 죽었을 때 공자는 대성통곡하였다.

도척盜跖 춘추 시대 노魯나라 대부 유하혜柳下惠의 동생이다. 일찍이 무리 구천 명을 모아 천하를 횡행하고 다니면서 제후를 공격하고 약탈했다. 공자와 같은 성인과 대조되는 악한 사람을 비유하는 말로 흔히 사용된다.

백도佰道 진晉의 등유鄧攸로, 자가 백도이다. 하동 태수일 때 석륵石勒이 난을 일으켜, 백도는 아내·아들·조카를 데리고 피란을 갔다. 도중에 반란군과 맞닥뜨리자 백도는 아들을 살리느냐 조카를 살리느냐의 갈림길에 놓였다. 결국 아들을 포기하고 조카를 살렸는데, 그 후 백도에게는 아들이 다시 생기지 않았다. 여기서 안회·도척·백도를 함께 거론한 것은 하늘이 불공평하다는 것을 말하기 위함이다.

속보사速報司 동악대제 소속의 기관으로, 세상 사람의 선과 악에 따라 신속하게 복과 벌을 내려 주는 임무를 맡고 있다.

원잡극에 대하여

김우석(인하대 중국언어문화학과 교수)

명칭과 형성

이 책은 중국 고전 희곡 가운데 원나라 때 지어진 잡극雜劇 작품을 번역한 것이다.

중국 문학사에서 한 시대와 그 시대를 대표하는 문학 장르를 지칭하여 전통적으로 "한문漢文(또는 한부漢賦), 당시唐詩, 송사宋詞, 원곡元曲"이라 표현해 왔다. 이는 한나라의 산문(또는 부賦), 당나라의 시詩, 송나라의 사詞, 원나라의 곡曲을 말한다. 예컨대 시는 역사적으로 모든 시대에 꾸준히 창작되었지만 당나라의 시가 가장 대표적이고, 반대로 당나라에 여러 가지 문학 장르 중에서 시가 가장 높은 성취를 아루었다는 의미이다. 이 가운데 "원나라의 곡"에서 "곡"은 산곡散曲과 잡극을 지칭한다. 산곡은 북방 음악의 유입으로 형성된 장단구長短句의 서정 양식이고, 이 산곡을 엮어서 노래로 부르며 스토리를 전개하는 극 양식이 바로 잡극이다. 그러므로 잡극은 원나라를 대표하는 문학 장르이며 동시에 잡극의 변천사에서 가장 주목하여 볼 시대는 원나라임을 알 수 있다.

원대의 잡극은 남희南戲와 더불어 중국 역사상 일정 정도의 규모와 체제를 갖춘 최초의 극 양식이다. 원잡극이 생성되기 이전에도 중국에는 아주 오래전부터 다양한 연극적 놀이와 공연물이 있었다. 왕실이나 귀족들은 광대나 악사 같은 예인들이 제공하는 오락을 즐겼고 이러한 오락물들은 시대의 변천에 따라 제법 규모와 형식를 갖춘 가무극이나 익살극으로 발전하기도 하였다. 민간에서는 농경문화 전통 속에서 향촌 사회를 단위로 하여 조상신과 자연신에게 제사 지내며 재액을 쫓고 풍요를 기원하는 민속 활동이 지속되어 왔다. 이러한 제의적 민속 활동에는 상층 문화로부터 유입되었거나 민간에서 자생적으로 생성된 여러 가지 연극적 놀이가 곁들여지기도 하였고 경우에 따라서는 이러한 제의 자체가 연극적 구조를 띠기도 하였다. 이러한 가무극이나 익살극, 그리고 민간 제의에서 행해진 연극적 민속놀이들 자체가 중국 연극의 탄생을 의미한다고 보기에는 부족한 면이 있다. 하지만 천 년을 넘게 지속되어 온 연극 이전 단계의 공연 전통은 당나라와 송나라를 거치면서 몇 가지 계기를 통해 점차 중국 연극의 생성을 위한 밑거름이 된다.

원잡극이 생성되기 이전 시기인 송나라 때는 농업 및 상업 경제의 비약적 발전으로 인해 새롭게 형성된 도시나 향촌 사회를 막론하고 오락 문화에 대한 수요가 급증하였다. 도시 공간에 출현한 전문 공연장의 존재라든가 기록에 남아 있는 어마어마한 수량의 크고 작은 놀이와 연희의 목록이 이를 입증한다. 이 연희들의 목록 중에는 전부터 축적되어 온 가무극이나 익살극, 민속놀이들로부터 진화하였거나 외부 문화권으로부터 유입되어 온 새로운 종목들이 눈에 띈다. 대표적인 것으로 2인에서 5인 이내의 배우가 참여하는 익살극인 잡극(원나라 때의 잡극과 구별하기 위해 송잡극이라고 표기한다)이나 그림자극〔皮影戲〕, 꼭두각시극〔傀儡戲〕 같은 극 형식의 종목들이나, 창잠唱賺이나 제궁조諸宮調와 같이 일련의 노래를 조곡으로 엮어 이야기를 구연하는 설창說唱 형식의 종목들이 있다. 송잡극(금나라 때는 원본院本으로 계승됨)은 고정된 배역 형식과 일정 규모의 스토리를 갖추고 있어서 원잡극의 직접적인 전신이 된다. 설창 형식이란 노래와 말을 섞어서 이야기를 구연하는 것을 말하는데(우리나라의 판소리도 아니리와 창을 섞어서 구연하므로 설창 형식이라고 볼 수 있다), 제궁조는 개별 노래들을 음악적 성격에 맞게 조곡으로 구성하였다는 점과, 노래와 말을 섞어서 연행한다는 점에서 원잡극의 극본 구성 방식에 직접적으로 기여하였다.

북송에서 남송에 이르기까지 도시 오락 문화의 공연 공간에서는 수많은 연희 종목들이 무한 경쟁과 상호 흡수 및 통합으로 진화하고 발전하는 가운데, 민간 향촌 사회에서는 장기간에 걸쳐 전승되어 온 연극적 민속놀이가 민속 신앙과 외래 종교의 여러 가지 요소들과 융합되면서 더욱 발전하였고, 향촌 사회에서 여러 가지 명절의 축제 활동이나 종교 활동의 핵심적인 요소로 자리

잡았다. 구체적으로 어떤 경로와 어떤 계기를 거치면서인지는 정확하게 알 수 없으나 대략 북방에서 몽골족이 세운 원나라가 금나라를 멸망시켜 왕조가 교체되는 시기에 원잡극이 형성된다. 공연 방식, 극본의 구조, 배역 체계, 음악 형식 등 연극적 공연 형식이 안정적으로 정착되고, 이후 중국 전통극의 기틀이 기본적으로 마련된다는 점에서 중국에서 극 양식의 시발점으로 원대의 잡극을 꼽는 데는 무리가 없다.

이 시기에 남송에서는 희문戲文 또는 남희南戲라고 부르는 연극 양식이 생성되어 원잡극과는 독자적 경로와 특성을 보이며 발전하는데, 원나라의 중국 통일과 원잡극의 성행으로 인해 원나라 초기에는 적어도 표면적으로는 연극사나 문학사의 전면에 부각되지 못한다. 시기적으로 원대의 잡극이 먼저냐 남송의 남희가 먼저냐 하는 논쟁은 여전히 학술계의 과제로 남아 있다. 남희는 북방계 음악을 사용하는 원잡극과 달리 남방계 음악을 사용하고 있고 극본 형식과 배역 체계 운용에 있어서 다소간의 차이를 보이고 있다. 또한 남희는 원나라 때에도 남방 지역을 중심으로 일정 정도 영향력을 유지하다가 명나라 때부터 중국 희곡계의 주류 양식을 이루는 전기傳奇로 직접적으로 계승되며 자취를 감추게 된다. 따라서 남희는 전기와의 연속선상에서 맥락을 두고 소개하고 논의함이 마땅하다고 여겨서 원나라 때 희곡을 소개함에 있어서는 잠정적으로 원잡극으로 한정하고자 한다.

극본의 구조

원잡극은 일반적으로 한 작품이 네 개의 절折로 이루어진다. 한 절은 대략 서구 무대극의 한 막에 해당된다. 작품의 필요에 따라 다섯 개의 절로 이루어진 경우도 있다. 이 책에서는 「조씨고아의 위대한 복수」가 다섯 절로 이루어져 있다. 하나의 절을 이루기엔 분량이 적지만 줄거리의 전개상 일정 분량의 내용이 필요할 경우 설자楔子를 삽입하기도 한다. 설자란 우리말로 쐐기란 뜻이므로 줄거리 전개에 있어서 부족한 부분을 설자를 통하여 메우는 것이다. 불필요할 경우 설자를 넣지 않는다. 설자가 제1절 앞에 위치하여 사건의 발단을 제시하는 경우가 종종 있지만 설자의 위치는 전적으로 자유로워서 절과 절 사이 어느 곳에 들어가든 상관없다. 따라서 원잡극 한 작품은 4절과 필요한 경우 설자가 더하여져 이루어지며 이를 1본本이라고 한다. 예외적으로 한 작품이 1본을 넘어서는 경우도 있다. 이 책에 수록되지는 않았으나 중국인이 가장 사랑하는 애정극으로 꼽히는 「서상기西廂記」는 5본 20절, 삼장법사 일행이 불경을 찾아 떠나는 여행기인 「서유기西遊記」는 6본 24절이다.

원잡극의 극본은 노래로 하는 대사(창唱), 말로 하는 대사(백白), 그리고 배우의 행동이나 무대 효과 등을 지시하는 지문(과科)의 세 요소로 구성된다.

노래로 하는 대사는 창사唱詞 또는 곡사曲詞라고 부른다. 노래는 새로 창작하는 것이 아니라 당시 유행하던 노래였던 산곡散曲의

멜로디와 격식에 가사를 채워 넣어서 만든다. 곡조의 원래 제목을 곡패曲牌라고 부르며, 각 곡패의 곡조마다 구절과 글자의 수, 그리고 압운의 위치 등이 이미 정해져 있다. 예컨대 선려궁仙呂宮이라는 궁조宮調에 속한 「점강순點絳脣」이라는 곡패의 노래는 다섯 구절이며 글자 수는 4·4·3·4·5로 정해져 있다. 이 글자 수로 의미 전달이 충분하지 않을 때는 친자襯字를 자유롭게 덧붙일 수도 있지만, 이 경우에 친자를 빼더라도 대의에서 크게 벗어나지는 않는다.

한 곡조의 가사는 한 가지 운자韻字로 압운하며 거의 매 구절 압운한다. 한 절은 한 벌의 투곡套曲(투곡에 대해서는 다음에 이어지는 음악 체계 부분에서 설명함)으로 구성되고 하나의 투곡 안에서는 같은 운으로 압운하므로 결과적으로 한 절 안에서는 모두 같은 운으로 압운한다. 산곡에서 압운한 운자는 원나라 때 주덕청周德淸이 지은 운서韻書 「중원음운中原音韻」에 잘 정리되어 있다.

노래로 부르는 대사 외에 배우 혹은 등장인물이 말로 하는 대사는 백 또는 빈백賓白이라고 부른다. 일반적인 극중 대사 외에 원잡극에서 특징적인 것은 인물들이 무대에 등장할 때와 퇴장할 때 2구절 혹은 4구절의 시를 읊는 경우가 많다는 점이다. 이를 각각 등장시, 퇴장시라고 부른다. 또한 자신이 처한 극중 상황을 논평적 성격을 띠는 2구절의 운문으로 설명해 주는 경우가 종종 있다. 이러한 등장시, 퇴장시, 논평적 운문 등은 노래로 부르지는 않지만 보통의 극중 대화와는 다른 발화 방식으로 음송한다. 따라서 원잡극의 빈백은 인물간의 대화인 대백對白과 음송하는 운문인

운백韻白의 두 가지로 구분할 수 있다.

그런데 재미있는 점은 배우 혹은 등장인물이 무대에 등장한 뒤 자신의 이름과 신분, 그리고 자신이 등장한 장면의 줄거리와 상황 등을 직접 소개한 뒤 극중 상황으로 들어간다는 것이다. 이러한 자기소개와 상황 설명은 인물간의 대화라기보다는 배우가 관객을 향해 직접 발화하는 것으로 보인다. 각 작품에서 주요 등장인물이 무대에 등장할 때부터 퇴장할 때까지의 발화를 살펴보면 다음과 같은 고정된 패턴을 보이는 경우가 많다. 우선 무대에 등장하면 먼저 등장시를 읊고 자기 자신에 대한 신분 정보 — 이름, 고향, 직업(벼슬이 있는 경우 관직), 가족 관계 — 등을 자세히 소개하고 그간의 줄거리와 자기가 처한 상황을 상세하게 설명한다. 같은 인물이 절마다 등장할 경우 상황 설명이 반복되기도 한다. 설명을 마치면 다시 자신이 처한 상황에 대한 간단한 논평을 담은 두 구절짜리 운문을 음송하기도 한다. 그런 후에야 극중 상황으로 들어가 다른 인물과의 극중 대사를 진행하는데, 경우에 따라서는 대사가 진행될 장소로 이동한다는 것을 알리기도 한다. 예컨대 "말하다 보니 벌써 **에 도착하였네요" 등의 대사를 신호로 이 인물은 극중 상황으로 들어가 극중 대사나 행동을 하게 된다. 극중 대사를 마친 후에 무대에서 퇴장할 때는 역시 등장할 때와 마찬가지로 퇴장시를 읊는다. 등장시나 퇴장시는 등장인물의 신분이나 줄거리의 전개를 암시하는 경우가 많아서 탐관오리가 등장하면서 자신이 탐관오리임을 시로써 밝히기도 한다. 또한 작품 내용과 무관하게 비슷한 성격의 인물이 나오면 이 작품 저 작품에서 동일한 등장시를 사용하는 경우가 많다.

무대 지시문에 해당하는 과科는 배우의 동작과 무대효과에 대한 지시 일체를 말한다. 원잡극이 돌출형 무대에서 세트나 무대장치가 전혀 없이 공연되었음을 감안할 때, 또 오늘날 전해지는 경극京劇이나 곤곡崑曲 등 전통극의 동작으로 미루어 볼 때, 배우의 동작인 과는 실제적인 동작이기보다는 상징적인 동작이며, 임의대로 행하는 것이 아니라 정해져 있는 법식에 따라 행하는 공식화된 동작이었을 것이다. 극본에서는 "見科", "跪科" 등으로 표기되었으며 이를 각각 "만나는 동작", "무릎 꿇는 동작" 등으로 번역하였다.

극본의 맨 뒤에는 "제목題目"과 "정명正名"이라는 2구, 또는 4구의 대구對句가 붙어 있다. 이 대구는 아마도 실제로 원잡극이 공연되었던 공연장에 공연 제목이나 내용을 알리기 위한 목적으로 붙여 놓았을 것이다. 실제로 "제목"이나 "정명"은 동의어의 반복적(또는 대구적) 표현으로 전체 작품의 줄거리와 주제를 요약하고 있다. 일반적으로 정명이 작품의 명칭으로 사용되며 정명의 마지막 서너 자 또는 정명의 명사 부분을 약칭으로 사용한다.

음악 체계

현전하는 원잡극의 가장 오래된 판본인 원나라 때의 『원간잡극삼십종元刊雜劇三十種』을 보면 백이 거의 다 제거되어 있고 극본이 주로 노랫말인 창사와 지문인 과로 이루어져 있다. 말로 하는 대사인 빈백보다 노랫말이 상대적으로 더 중시되었음을 알 수 있다. 실제로 극본의 분량이나 공연에서의 소요 시간을 보더라도 노랫말이 차지하는 비중이 더 높음을 알 수 있다. 오늘날 중국어에서도 전통극을 감상하는 행위를 "연극을 본다"고 말하기보다 "연극을 듣는다"라고 하여 전통극에서 청각적 요소, 즉 음악적 요소가 더 중요함을 표현한다. 경극(Peking opera 또는 Beijing opera), 곤곡(Kunqu opera) 등 중국 전통극이 영어로 "drama"가 아닌 "opera"로 번역되는 것도 같은 이치를 반영한다. 원잡극과 남희는 음악극으로서 중국 전통극의 효시이다.

잡극이나 남희에 사용된 개별 노래 한 곡 한 곡을 산곡이라고 부르는데, 원잡극은 북방에서 유입된 음악인 북곡을, 남희의 경우 남방의 음악 남곡을 사용하였다. 원잡극 시대의 북곡에는 모두 17개의 궁조宮調가 있었는데 원잡극에서는 이 가운데 9개의 궁조를 사용하였다. 이 9개의 궁조는 황종궁黃鐘宮, 정궁正宮, 선려궁仙呂宮, 남려궁南呂宮, 중려궁中呂宮, 대석조大石調, 상조商調, 월조越調, 쌍조雙調 등이다. 궁조란 오늘날 서양 음악의 장조, 단조와 비슷한 것으로 대략 궁은 장조, 조는 단조에 해당된다고 볼 수 있다.

또한 당시의 산곡으로 위의 아홉 궁조에 속한 약 380곡 정도의 노래(소령小令)가 있었는데 이 가운데 250곡 정도가 원잡극에 쓰였다. 같은 궁조에 속한 노래들을 여러 개 모아서 만든 조곡 또는 메들리를 투곡套曲 또는 투수套數(노래 한 세트라는 뜻)라고 불렀는데, 원잡극의 한 절에는 하나의 투곡이 사용되었다. 따라서 한

절에는 원칙적으로 같은 궁조에 속하는 노래들이 들어 있다. 필요에 따라 예외적으로 다른 궁조의 노래를 삽입하는 경우가 있는데 이 경우 반드시 해당 노래 앞에 궁조를 밝히며, 그 노래 다음에 나오는 노래는 별다른 표시가 없어도 원래 그 절에서 사용되었던 궁조에 속한 노래이다. 보통 한 절에서는 10곡 남짓한 노래가 사용되고, 설자에서는 한두 곡의 노래가 사용된다. 원잡극 한 작품은 4절로 이루어지므로, 보통 네 개의 궁조에 40~50곡의 노래가 사용된다.

원잡극에서는 기본적으로 정해진 한 사람의 배역만이 노래를 부른다. 「선비 장우가 바다를 끓이다」에서는 용왕의 딸인 용녀가, 「담장 너머 말 위에서」는 이천금이, 「강 건너에서 지략을 겨루다」에서는 손안이, 「오동나무에 떨어지는 빗소리」에서는 당 현종이 각각 처음부터 끝까지 노래하는 배역을 담당한다. 그렇다면 한 명의 등장인물만이 노래를 부르는 것일까? 「조씨고아의 위대한 복수」, 「황량몽으로 깨우치다」, 「인형을 조사하여 사건을 해결하다」 같은 작품들은 절마다 노래하는 인물이 달라진다. 그렇다면 한 사람의 배역만이 노래를 부른다는 말은 어찌된 것일까? 이에 대한 답을 찾기 위해서는 원잡극이 지니는 배역 체계에 대한 이해가 선행되어야 한다.

배역 체계

일반적으로 배역이란 배우가 등장인물의 역할을 담당하는 것, 즉 배우와 등장인물 간의 짝지음을 말한다. 그런데 중국 전통극에서는 배우와 등장인물 사이에 각색(脚色 또는 角色)이라는 개념이 존재하는 아주 독특한 배역 체계를 보여 준다.

각색이란 원잡극에서 배우가 전문적으로 맡아서 하는 연극적 역할을 말한다. 그리고 이 각색이 극중에서 어떤 등장인물이 되어 등장한다. 예를 들면, 원잡극이 한참 성행하던 13세기 후반 무렵 중국 연극사에서 최초로 이름을 남기는 유명한 주렴수珠簾秀라는 여배우가 있었다. 주렴수는 극단에서 여자 주인공 역을 담당하는 정단正旦이라는 각색을 맡아서 연기한다. 당시 유명한 극작가 백박白樸이 지은 「오동나무에 떨어지는 빗소리」와 「담장 너머 말 위에서」를 공연한다면, 정단은 「오동나무에 떨어지는 빗소리」에서는 양귀비楊貴妃를 맡게 되고, 「담장 너머 말 위에서」는 이천금을 맡게 된다. 그러므로 주렴수는 「오동나무에 떨어지는 빗소리」 공연에서 양귀비를, 「담장 너머 말 위에서」 공연에서는 이천금을 맡아서 연기하였을 것이다. (실제로 백박은 그가 예술적 연인으로 생각하였던 주렴수가 양귀비와 이천금을 맡게 될 것을 염두에 두고 이 작품들을 지었다는 설이 있다.)

각색의 종류로는 크게 말末, 단旦, 정淨을 들 수 있다. 말은 남자 배역, 단은 여자 배역이며, 정은 특수한 배역이다. 말에는 주인공을 맡는 정말正末, 부차적 인물인 부말副末과 충말冲末과 외말外末,

노인 역의 노말老末, 청소년 역의 소말小末 등이 있다. 단에는 주인공을 맡는 정단正旦, 젊고 발랄한 역의 화단花旦, 노인 역의 노단老旦, 청소년 역의 소단小旦 등이 있다. 정은 개성이 강한 역이나 악역을 담당하며 정, 부정副淨, 외정外淨 등이 있다. 후에 남방 연극의 영향으로 우스갯짓을 담당하는 축丑이란 역이 추가되기도 한다.

각색이라는 이러한 시스템을 사용한 것은 이전 시기 송대의 잡극이나 금대 원본에서 사용하던 배역 체계를 계승 발전시킨 흔적이자, 동시에 연기에 있어서의 전문성을 추구하려는 노력인 것으로 보인다. 가령 위에서 말한 주렴수는 평생 정단의 배역만을 연기하여, 설령 나이가 많이 들더라도 정단이 되어 나이와 무관하게 양귀비나 이천금의 배역을 연기하게 된다. 또한 어떤 배우가 노단의 배역을 맡았다면 그 배우는 아무리 나이가 어려도 노단의 연기를 하게 된다.

이렇게 전문성을 추구하는 원잡극의 배역 체계는 이후 수백 년간 지속되며 중국 전통극의 배역 체계로 자리잡았다. 우리가 익숙한 서구 연극의 배역 체계가 「배우-등장인물」의 모식으로 표현된다면, 원잡극을 필두로 하는 중국 전통극에서는 「배우-각색-등장인물」의 모식이 성립된다. 앞에서 보았듯이 배우가 무대에 등장하여 자신의 성격과 줄거리를 암시하는 등장시를 읊는 것이나, 관객을 향해 자기 신분이 누구인지를 알려주고 줄거리를 설명하는 등의 발화를 한다면 이때만큼은 이 사람은 작품 내에 존재하는 등장인물로서 발화하기에 앞서 작품 밖에 위치하거나 작품 안팎의 경계에 절묘하게 위치하는 각색으로서 발화하는 것이다. 그런 다음에 다시 등장인물이 되어서 극중 상황으로 들어가 다른 인물과 대화하고 행동하다가 다시 퇴장시를 읊을 때는 등장인물로부터 벗어나 다시 각색이 되어 퇴장하게 된다. 각색이자 등장인물로서 배우는 서술자의 역할과 극중 인물의 역할을 번갈아 가며 수행하게 되고, 관객은 극중 상황에로의 몰입과 극중 상황으로부터의 각성을 번갈아 가며 체험하게 된다. 이러한 중국 전통극의 특징은 20세기 독일의 연극학자 베르톨트 브레히트의 주목을 받아 그가 주창한 유명한 서사극 이론에서 추구하는 연극적 실천의 모델이 된다.

앞에서 제기한 질문으로 돌아가서 답을 하자면, 원잡극에서 한 사람의 배역만이 노래한다는 규칙에서 이 "한 사람의 배역"이란 한 사람의 배우도 아니고, 한 사람의 등장인물도 아니고 바로 하나의 각색을 의미하는 것이다. 「조씨고아의 위대한 복수」를 보면 제1절에서는 한궐 장군, 제2절과 제3절에서는 공손저구, 제4절과 제5절에서는 정발이 노래하는데, 이들은 모두 정말이라는 각색이다. 「인형을 조사하여 사건을 해결하다」에서는 설자와 제1절, 제2절에서는 이덕창이, 제3절과 제4절에서는 장공목이 노래하는데 역시 모두 정말이다. 결론적으로 원잡극에서는 정말이나 정단 하나의 각색만이 노래하는 것이 원칙이다. (예외적으로 「비바람 맞으며 화랑아 노래하다」에서는 제1절 이외에는 모두 장삼고로 분장하여 나오는 부단이 노래하고, 「선비 장우가 바다를 끓이다」에서는 전체적으로 용녀로 나오는 정단이 노래하다가 제3절에서 주지승으로 나오는 정말이 노래한다. 「곡강지의 꽃놀이」에서 정원화가 노래하는 것은 특별한 상황의 삽입곡이므로 예외에 해당되지 않는다.) 남자 배역인 정말이 노래하는 작품을 말본末本, 여자 배역인 정단이 노래하는 작품을 단본旦本이라고 부른다. 정말이 노래하느냐 정단이 노래하느냐는 해당 작품의 주인공이나 주요 서술자가 누가 되는가를 결정한다. 예컨대 「오동나무에 떨어지는 빗소리」는 안록산의 난이라는 역사적 사건을 배경으로 하여 당 현종과 양귀비의 사랑을 담아내고 있는데, 이 작품은 말본으로 당 현종이 정말, 양귀비가 정단을 맡고 있으나 당 현종이 노래하게 하여 당 현종의 입장에서 역사적 사건과 두 사람 사이의 사랑을 바라보고 있다. 반대로 「담장 너머 말 위에서」는 배소준이 정말, 이천금이 정단을 맡았으나 이천금이 노래함으로써 이들 두 사람간의 만남과 동거, 헤어짐, 재결합 등에서 이천금이 주도적 역할을 수행하게 하였다. 특이한 것은 「강 건너에서 지략을 겨루다」로 작품의 내용은 강을 사이에 두고 제갈량과 주유 두 사람이 벌이는 지략 싸움인데 정작 손안(정단)이 노래한다. 여기에서 손안은 스토리를 이끌어가는 주인공이라기보다는 관찰자 또는 서술자가 되어 두 인물과 두 진영 간의 머리싸움을 객관적으로 해설하는 역할을 수행한다.

작가와 주요 작품

원잡극이 지어지고 공연된 것은 대략 13세기 초 금나라와 남송이 대치하다가 이들이 북방에서 침입한 몽골족이 세운 원나라에 의해 각각 멸망하던 때(금나라 1234년, 남송 1279년)부터 원나라가 멸망하고 명나라가 건국하기까지로(1368년) 대략 100년 남짓한 시기이다.

짧은 기간 동안 일시에 원잡극이 크게 전성기를 구가할 수 있었던 원인은 여러 가지로 말할 수 있겠지만 여기에서는 크게 두 가지 측면에 주목하고자 한다. 하나는 역사적으로 극 양식이 발전할 수 있는 여러 가지 환경이 충분히 조성되었기 때문이다. 원잡극의 형성은 앞에서 언급한 바와 같이 이전 시기인 송나라 때 상업 경제와 도시 문화의 급속한 발달과 함께 오락 문화에 대한 수요가 급증하였고, 이에 부응하여 송나라 때 대도시를 중심으로 수없이 많은 크고 작은 기예와 놀이들이 자체 개발과 무한 경쟁을 통해 점차 연극적, 서사적 기능을 강화하며 발전해 나간 결과이다. 다른 하나는 층이 두터운 작가 집단이 형성되어 우수한 작가를 배출할 수 있었다는 점이다. 오락 문화의 수요와 이에 부응하는 극 양식과 서사 양식의 발전으로 인해 이야기를 기록, 연행, 창작하는 작가 집단이 차츰 형성되고 활동한 것은 대략 송나라 때부터의 일이다. 원나라로 들어서면서는 이민족 왕조의 통치 초기에 새로운 국가 질서의 탐색과 개편으로 인해 지식인 사회에 일대 변화가 일어났으며, 이에 따라 이전 시기 같았으면 과거 제도를 통해 관료 사회에 진입하려 했었을 지식인들, 경우에 따라서는 일부 상층 문인들까지도 잡극의 창작에 참여하게 된다. 따라서 이전 시기에 형성되어 있었던 작가 집단에다가 과거 제도로

부터 이탈한 문인들이 작가군에 추가되어 훨씬 층이 두텁고 우수한 작가층을 형성할 수 있었다는 점을 주목할 만하다.

원잡극 작가들은 송나라 이후 단지 정치적으로뿐만 아니라 경제적, 사회적으로 총체적인 재편의 시기를 살면서, 사회의 기층 민중의 생활에 밀착하여 그들의 생각과 감정을 직접 체험하고 그들을 주인공으로 하는 작품을 새로운 사회상에 입각하여 새로이 등장한 문예 형식 — 잡극 — 을 빌려서 써낸 것이다. 따라서 원잡극은 단순히 몽골족이라는 이민족이 통치했던 원나라 한 시대의 희곡 작품들에 불과한 것이 아니며, 송나라 때 형성되어 원나라를 거쳐 명나라 때 한껏 개화하는 장편 및 단편의 화본話本, 예를 들어 「삼언三言」과 「양박兩拍」 이라든가 사대연의四大演義 같은 서사 양식과 더불어 중국 고전문학사의 후반기를 주도하는 중심 양식이라고 볼 수 있다.

원나라 말기의 종사성鍾嗣成은 『녹귀부錄鬼簿』란 책에서 원잡극의 작가를 자신이 살았던 시기를 기준으로 하여 "이전 세대로 이미 작고한 유명 작가(前輩已死名公才人)", "직전에 작고한 유명 작가(方今已亡名公才人)", "현재 활동 중인 작가(方今才人)"의 세 시기로 구분한 바 있다. 20세기 초반의 대학자인 왕궈웨이王國維는 이 구분을 수용하여 몽골 시대(1260~1279), 통일 시대(1280~1340), 지정至正 시대(1341~1367)의 세 시기로 정리하였고, 상당수의 문학사와 연극사가 이 구분을 수용하고 있다. 그렇지만 주요 작가 및 작품의 분포와 문화 중심의 이동에 따른 잡극 창작 및 공연의 변화 양상 등을 고려할 때 뒤의 두 시기를 통합하여 대략 원나라의 중국 통일(1279년)을 기준으로 그 이전 시기와 이후 시기로 나누어 전후기로 분류하여도 무방하다.

원잡극의 전기에 대부분의 유명 작가와 작품이 배출된다. 이 시기 원잡극은 원나라의 수도였던 대도大都(지금의 베이징北京)를 중심으로 지금의 허베이 성河北省과 금나라의 옛 중심지였던 산시 성山西省 등 북방 지역에서 성행하였다. 이 시기 작가들은 비교적 일반 민중들의 생활에 접근하여 당시 사회의 여러 가지 문제와 사건들을 작품 속에 담아내고 있다. 관한경關漢卿, 양현지楊顯之, 무한신武漢臣, 강진지康進之, 고문수高文秀, 정정옥鄭廷玉, 이잠부李潛夫, 맹한경孟漢卿 등 연극적 실천에 충실한 작품을 남긴 작가군과 왕실보王實甫, 백박白樸, 마치원馬致遠 등 문인 출신으로 작품의 문학적 성격을 중시한 작가군, 그밖에 기군상紀君祥, 장국빈張國賓, 이호고李好古, 석군보石君寶 등 작가군으로 분류하기도 하지만 이러한 구분이 절대적이라고 볼 수는 없다.

원잡극의 후기에는 원나라의 통일 이후 문화의 중심이 점차 항저우杭州를 중심으로 하는 남방 지역으로 이동하면서 원잡극의 작가와 작품의 성취도가 점차 떨어진다. 또한 원잡극의 음악이 북곡을 기반으로 하는 것이어서 지역적 감수성과 심미안의 거리를 극복하기 힘들었을 것으로 보인다. 한편 원나라 후반기 중국의 남쪽 지역에서는 남방 지역과 그 음악을 기반으로 하는 남희가 성행하고 있었으므로 상대적으로 잡극이 강세를 보이기가 힘들었을 것으로 보인다. 이 시기의 작가로는 정광조鄭光祖와 교길喬吉을 꼽을 수 있다.

원잡극 작품의 내용적 분류를 시도한 사례를 보면 원나라 때 하정지夏庭芝가 『청루집青樓集』에서, 명나라 초기에 주권朱權이 『태화정음보太和正音譜』에서 각각 4가지, 12가지로 분류한 바 있고, 오늘날에는 현대 학자인 뤄진탕羅錦堂이 행한 8가지 분류를 대체적으로 따르는 편이지만 이 역시 절대적이지는 않다.(『원잡극의 분류元人雜劇之分類』) 이 8가지는 역사극, 사회극, 가정극, 연애극, 풍정극風情劇, 사은극仕隱劇, 도석극道釋劇, 신괴극神怪劇 등이다. 이러한 분류 외에도 작품의 주요 제재에 따라 삼국지나 수호전의 에피소드를 취한 삼국희三國戲, 수호희水滸戲라든가, 재판 과정을 소재로 하는 공안극公案劇, 그 가운데서도 전설적인 명판관 포청천包青天이 주인공으로 나오는 포공희包公戲, 도교의 인물이나 신선이 나와서 인간을 제도한다는 내용의 신선도화극神仙道化劇 등 필요에 따라 여러 가지 분류를 할 수 있다.

흔히 원잡극의 대표 작가를 원곡 4대가니 원곡 6대가니 하며 전기의 작가 관한경, 왕실보, 백박, 마치원 등 4인에다 후기의 작가 정광조와 교길 등을 꼽기도 한다. 또한 원잡극의 4대 비극으로 「두아의 억울함이 천지를 움직이다」, 「오동나무에 떨어지는 빗소리」, 「한궁추漢宮秋」(마치원 작), 「조씨고아의 위대한 복수」를 꼽기도 한다. 이러한 선별은 절대적이라 할 수는 없고 다만 전통적으로 중국인들이 좋아했던 성향이라고 보면 될 것이다.

의의와 영향

원잡극은 원나라라는 한 시대를 대표하는 문학 양식이며, 시기적으로나 중요도에 있어서 중국 전통극 가운데 당당히 첫 자리를 차지한다. 문학사의 입장에서 본다면 중국 문학사 후반기의 흐름을 주도하는 양식이며, 이전까지 존재하던 많은 이야기의 소재와 모티프를 작품화하여 후대의 소설이나 희곡에 전달해 주는 중요한 가교이다.

원잡극은 역사학계에서 흔히 말하는 당·송 변혁기 이후 총체적으로 재편되는 중국 사회의 변화된 가치관과 세계관을 반영하고 있으며, 이전 시기까지 시와 산문이 주도하던 중국 문학사의 판도에서 소설과 희곡이 중심이 되는 방향으로 전환하게 되는 계기를 마련하기도 한다. 또한 원잡극이 갖춘 상당히 완성도 높은 희곡 양식의 틀과 원리는 이후에 출현하는 모든 중국 전통극 양식의 모델이 되어 오늘날까지 지속적으로 전해지고 있다.

원잡극은 이전 시기까지 문헌 기록과 구전 전승을 통해 전해지던 온갖 이야기 소재와 모티프를 작품의 제재로 받아들였다. 이 가운데는 역사 기록은 물론 육조六朝의 지괴志怪와 당나라의 전기傳奇 같은 서사물의 에피소드들과 구전으로 전해지던 각종 전설과 설화들이 포함된다. 그리고 대부분의 원잡극 작품들은 이후 시기에 출현하는 각종 소설이나 희곡에서 다시 중심 제재로 채택되어 또 다른 작품으로 태어난다.

예를 들어 「오동나무에 떨어지는 빗소리」는 당나라의 시인 백거이白居易의 장편 서사시 「장한가長恨歌」와 진홍陳鴻의 전기 「장한가전長恨歌傳」의 소재를 이어받은 것인데, 다시 후에 청나라 희곡을 대표하는 「장생전長生殿」(청 홍승洪昇 지음)으로 이어진다. 왕실보의 「서상기」는 역시 당나라의 문인 원진元稹이 지은 전기 「앵앵전鶯鶯傳」을 소재로 한 것이며, 이후에 끊임없이 장편 희곡으로 재구성된다. 「두아의 억울함이 천지를 움직이다」는 이전 시기 전설에서 취한 것이며 역시 끊임없는 재창조를 통해 오늘날 경극에서 「유월설六月雪」로 사랑받고 있다.

원잡극 가운데 『삼국지』, 『수호전』, 『서유기』 등의 에피소드를 담고 있는 작품들은 특히 문학사적으로 중요한 의미를 지닌다. 왜냐하면 사대연의로 알려진 이 작품들이 세상에 나오기 전에 원잡극이 먼저 나왔으므로 원잡극의 삼국희, 수호희와 서유기 잡극은 이 연의 작품들의 이전 상태와 창작 경로를 추적할 수 있는 중요한 단서를 지니고 있다. 또한 포청천이 주인공인 포공희들은 역사 인물로서의 포증包拯과 훗날 「백가공안百家公案」에서 재창조되어 우리에게 전해지는 초인적 존재 포증 사이를 연결해 주는 매우 중요한 교량적 자료이다. 원잡극의 포공희를 통해 역사 기록에는 나오지 않던 포증의 에피소드들이 풍부하게 전해지고 공평무사한 포증의 이미지가 문학 작품에서 처음으로 확정되기 때문이다.

선별과 번역, 읽기와 감상하기

이 책에서는 기존의 분류를 참고하고, 작가와 작품의 지명도를 고려하여 완성도 높고 재미있는 작품을 다양하게 선별하고자 노력하였다. 한정된 지면으로 인해 응당 수록되어야 할 작품을 아쉽게도 탈락시켜야 하는 아쉬움도 있었다.

수록 작품은 크게 네 가지 부류로 나눌 수 있다. 첫 번째는 애정극이다. 이 또한 누가 누구와 사랑하는가 하는 사랑의 주체이자 당사자들을 골고루 갖추고자 하였다. 인간 세상에 남녀간의 사랑만큼 보편적이면서도 숭고한 것이 또 있으랴. 「선비 장우가 바다를 끓이다」는 인간과 신적 존재(용왕의 딸 용녀)와의 사랑이고, 「오동나무에 떨어지는 빗소리」는 황제와 비빈妃嬪의 사랑이며, 「담장 너머 말 위에서」는 재자가인의 사랑이고, 「곡강지의 꽃놀이」는 선비와 기녀 사이의 사랑이다.

두 번째는 사회극이다. 「두아의 억울함이 천지를 움직이다」는 비극적 인생을 살다 못해 살인 누명까지 쓰고 사형을 당하는 여인의 이야기이며, 「동생 기녀를 구출하다」는 부자 상인에게 속아 결혼한 뒤 가정 폭력에 시달리는 동료 기녀를 구출하는 이야기이며, 「인형을 조사하여 사건을 해결하다」는 남의 아내를 탐하여 살인을 저지른 악인에 대한 과학적 수사 이야기이며, 「포 대제 나리, 진주에서 쌀을 내다 팔다」는 흉년을 틈타 오히려 백성을 수탈하는 부패한 권력자와 그에 대한 포증의 응징 이야기이며, 「비바람 맞으며 화랑아 노래하다」는 사악한 후첩과 그의 정부에 의해 집이 풍비박산이 되고 노래를 팔아서 먹고 사는 유랑예인의 파란만장한 이야기이다. 어느 작품 하나도 당시의 사회를 절절하게 반영하지 않은 작품이 없다. 이들 작품을 통해 우리는 시간을 거슬러 올라가 원나라의 범상한 민중들의 삶의 결 하나하나를 소상히 들여다 볼 수 있다.

세 번째는 역사극이다. 「강 건너에서 지략을 겨루다」는 『삼국지』 가운데 유명한 미인계 이야기이며, 「조씨고아의 위대한 복수」는 『춘추좌전』의 역사물을 재연한 작품이다.

네 번째는 종교극이다. 「황량몽으로 깨우치다」는 원나라 때 크게 유행했던 도교의 일파인 전진교全眞敎의 교리를 충실히 재현하고 있으며, 「자린고비가 재산 임자를 사들이다」는 본격적인 종교극이라고 하기엔 부족하나 인과응보와 윤회 사상을 전형적으로 담아내고 있어 당시 사람들의 신앙 관념을 반영해 주는 작품으로서 선별하였다. 물론 이러한 분류는 주관적이고 임의적인 것이며, 작품의 이야기 요소가 중복되는 것들도 있다는 점을 밝혀 둔다.

이 밖에도 전통적으로 높은 평가를 받는 작품들과 좀 더 다양한 소재의 작품들, 그리고 많이 주목받지는 못했으나 새로이 주목받을 필요가 있는 작품들과 아주 재미있는 작품들이 지면의 한계로 인해 수록되지 못했음이 아쉬움으로 남는다. 가능하면 특정 작가나 특정 부류의 작품에 편중되지 않고 다양한 작가와 다양한 종류의 작품이 실릴 수 있도록 노력했다.

흔히 원잡극의 4대 비극으로 꼽히는 작품 가운데 마치원의 「한궁추」는 백박의 「오동나무에 떨어지는 빗소리」와 우열을 가리기 힘든 수작이고 중국에서 나온 대부분의 원잡극 선집에서 절대 빠지지 않는 대표작임에 틀림없으나 이 책에서는 과감히 제외하였다. 우선 전체적으로 기본 골격과 작품의 정서 등이 「오동나무에 떨어지는 빗소리」와 상당히 유사한데, 둘 다 수록할 수 없고 하나를 택해야 한다면 20세기 초 중국의 사상가이자 희곡학자인 왕궈웨이가 원잡극 최고의 예술적 문장이라고 극찬했던 「오동나무에 떨어지는 빗소리」를 선택하는 것이 타당하다고 판단했다. 원잡극을 떠나 중국 문학 작품을 통틀어 중국인이 가장 좋아하는 애정물 「서상기」는 모두 5본 20절의 장편 대작이라 작품 전체를 수록할 수 없었고 그렇다고 해서 일부만 수록하는 것은 바람직하지 않다고 생각해서 훗날 다른 지면을 기약하기로 했다. 관한경의 작품 가운데 더 싣고 싶은 작품이 있었으나 이미 두 작품이 실려 있으므로 포기하였다. 이 책에서 한 작가의 작품을 두 개 수록한 것은 관한경과 백박뿐이다. 두 작가 모두 원잡극을 대표하며 동시에 각각의 개성이 뚜렷한 작가이므로 그럴만한 가치가 있다고 생각했다. 포증이 주인공으로 나오는 작품 중에 「회란기灰闌記」는 이야기 자체도 재미있고, 독일의 연극학자이자 작가인 브레히트가 「코카서스의 백묵원」으로 번안하여 우리 독자들에게는 원잡극의 원작보다 번안한 작품이 더 유명한 경우라서 중국 문학과 세계 문학, 중국 연극과 세계 연극을 견주어 보는 의미로 번역을 완료하였으나, 이미 포증이 나오는 작품 「포 대제 나리, 진주에서 쌀을 내다 팔다」가 있기 때문에 역시 마지막 과정에서 제외시켰다.

원잡극의 우리말 번역은 이 책 이전에도 이미 다수가 출판되어 있다. 「서상기」 같은 작품은 조선 시대에 언해본으로 간행되어 우리 선조들의 가슴에 울림을 남긴 바 있다. 여기에서는 최근에 간행된 번역본 가운데 참고할 만한 것들을 소개한다. 이 책에 수록되지 않은 다른 작품들을 접할 수 있을 것이다.

박성훈, 문성재 편역, 「중국고전희곡10선」, 고려원, 1995 (절판)
양회석 역, 「서상기」, 진원, 1996 (절판)
한국중국희곡학회 편역, 「중국희곡선집」, 학고방, 1995
김학주 역, 「원잡극선」, 명문당, 2001
하경심 역, 「두아 이야기 / 악한 노재랑」, 지만지, 2008

원잡극은 노래와 말을 적절히 배합하여 각각의 기능과 효용을 극대화하여 구성한 음악극이다. 노래는 그 자체로 감상의 대상이 될 수 있는 서정시이고, 말로 하는 대사 또한 단순한 대화뿐만 아니라 적절한 운율이 섞인 시와 다른 운문이 섞여 있다. 원잡극의 음악은 당시에 유행하던 곡조를 그대로 사용하였으며 극의 줄거리와 정서에 따라 이에 적합한 궁조와 개별 노래들을 활용하였다. 배우의 전문화된 연기를 지향하여 잘 훈련된 각색들이 때론 작품 안에서 독자나 관객을 작품 안으로 끌어들여 몰입시키며 극의 전개와 정서에 충분히 빠져들게 하기도 하고, 때론 작품 밖에 존재하면서 독자나 관객이 정서적으로 휴식을 취하며 이성적인 판단과 사고를 하도록 유도한다. 배우의 연기는 관객이 한껏 상상력을 발휘할 수 있도록 철저하게 무용화되고 공식화되어 있으며 극본에는 독자나 관객이 상상의 나래를 펼 수 있는 여백이 많이 노출되어 있다.

「선비 장우가 바다를 끓이다」는 작품의 초기 설정과 마무리, 그리고 바닷물을 끓이는 행위 등 작품 전체가 매우 제의적인 특징을 지닌다. 아울러 신분이 다른 상대의 사랑을 가로막는 장애와 고난에 대처하는 인간의 자연 극복 의지를 볼 수 있다.

「오동나무에 떨어지는 빗소리」는 오랜 기간 동안 중국인의 관심과 애증의 대상이 되어 온 당 현종과 양귀비의 사랑과 이별을 소재로 하고 있다. 이 소재는 관심의 초점을 두 사람 중 누구에게 두느냐, 또는 당 현종의 실정과 두 사람의 사랑 중 어느 쪽에 초점을 맞출 것이냐, 이 사랑에 대해 긍정적인 또는 부정적인 태도 가운데 어느 것을 취할 것이냐에 따라 창작과 평가의 방향이 달라진다. 이 작품에서는 이 소재를 취한 이전과 이후의 다른 작품에 비해 양귀비의 순수하지 못함과 당 현종의 무기력함이 부각되고 있지만, 명실공히 원나라를 대표하는 최고의 문인 작가 백박이 구성하는 노랫말의 아름다움이 극도로 잘 표현된 작품이다. 특히 제4절에서 오동나무에 떨어지는 빗소리를 들으면서 양귀비를 그리워하는 당 현종의 애절한 노래는 문학으로서 원잡극의 백미라고 할 수 있다.

「담장 너머 말 위에서」는 당나라 시인 백거이의 「우물에서 은병을 끌어올리다」라는 시에서 모티프를 따온 작품으로, 스스로 자신의 애정을 추구하고 쟁취해 내는 두 젊은 남녀를 만날 수 있다. 비록 사회적 관습의 장벽을 넘지 못하고 중간에 좌절하며, 과거급제에 의존한 해결이라는 고전 희곡의 틀을 벗어나지는 못하지만, 두 사람의 밀회와 도주 그리고 끝까지 당당한 이천금의 모습에서 시대를 뛰어넘는 선구적 애정물의 모습을 볼 수 있다.

「곡강지의 꽃놀이」는 백거이의 동생인 백행간白行簡이 지은 전기 「이와전李娃傳」을 토대로 개작한 것이다. 과거 응시생 선비와 기녀 사이의 스캔들과 선비의 몰락 또는 과거 급제 이후의 관계 청산 같은 일은 아마도 도성에서는 흔히 있었던 사건일 것이다. 그러나 이 작품은 장의사로 흘러들어가 만가를 부르게 되는 선비가 예사롭지 않고, 의도했든 의도하지 않았든 자신이 버렸던 선비를 다시 거두어 헌신적으로 뒷바라지를 하는 기녀가 예사롭지 않고, 과거 급제 이후에 기녀를 헌신짝처럼 버리지 않고 조강지처처럼 돌아보는 결말이 예사롭지 않다. 이 작품은 오늘날까지도 여러 전통극 극종劇種에서 즐겨 상연하는 레퍼토리 중 하나이다.

「두아의 억울함이 천지를 움직이다」는 원잡극 가운데 가장 지명도가 높은 작품 중 하나이다. 두아는 어린 시절 아버지의 부채를 청산하기 위해 민며느리로 팔려 와서 남편을 여의고 고리대금업을 하는 시어머니를 봉양하며 살던 중, 그 생활마저도 불한당 부자의 침입으로 요동치고 결국 살인 누명까지 쓰게 된다. 권력마저 힘없는 자를 외면하여 두아는 얼토당토않은 재판을 받고 사형에 처하여지는데, 죽음을 앞둔 두아는 억울함을 호소하며 하늘과 땅을 걸고 저주를 내리며, 결국 이 저주는 실현된다. 후에 아비가 돌아와 억울한 판결을 뒤엎고 두아의 원혼을 씻어 주는 대목은 사족에 가까운 권선징악의 결말이다. 우리의 「장화홍련전」을 떠올리는 독자들이 많을 것이나 두아의 비극은 성격 비극이자 운명 비극을 모두 갖춘 철저한 비극이다. 특히 사형 집행을 앞둔 제3절에서의 두아의 절규는 독주곡처럼 삽입되어 작품의 비극미를 절정으로 끌어올린다.

「동생 기녀를 구출하다」는 소품 같아 보이나 기녀 조반아의 강인함과 영웅적 기지 외에도, 세태에 쉽게 따라가는 생각 없는 송인장, 막강한 경제력을 배경으로 안하무인의 방탕과 오만을 일삼는 주사, 피동적이며 무기력한 선비 안수실 등이 구성하는 관계망은 이원적 대립과 동시에 당시의 세태와 뒤바뀐 가치관을 적실하게 보여 준다.

「인형을 조사하여 사건을 해결하다」는 완성도 높은 수사극이다. 무심코 넘어갈 수 있는 단서로부터 범인을 찾아내는 공목 장정의 모습은 귀찮음에 엉터리로 판결을 내리고 민중의 통고를 나몰라라 하는 여느 부패한 관료와는 다르다. 사건은 장사치가 돈벌이를 위해 먼 길을 떠나는 데서 시작한다. 악인은 빈틈을 교묘하게 노리고 대비하지 못한 자는 당하게 마련이다. 수사관이 의지만 있다면 어떻게든 단서를 찾아낼 수 있다. 다른 작품에 비해 이 작품은 빈백의 활용이 뛰어나다.

「포 대제 나리, 진주에서 쌀을 내다 팔다」는 약자를 착취하고 수탈하는 삐뚤어진 권력의 추한 행태를 적나라하게 드러내고는, 이와 대비하여 포증이 백성을 아끼고 그들이 당하는 불의한 고통에 분노하는 애민 정신, 권력이 가해 오는 압박에 조금도 굴하지 않는 청렴 강직함, 그리고 치밀하게 준비하고 사건을 지혜롭게 처리하는 능력 등이 어우러져 포증의 이미지를 가장 잘 구현해 낸 작품으로 포공희의 대표작이라 부르기에 손색이 없다. 포증이 주인공으로 등장하는 작품은 이 외에도 「회란기」, 「노재랑魯齋郎」 등 십여 편이 전해지므로 함께 조명해 볼 필요가 있다.

「비바람 맞으며 화랑아 노래하다」는 주인공이 겪은 파란만장한 일생도 그렇지만, 주목해야 할 것은 주인공과 내외 아닌 내외가 부르는 '화랑아貨郎兒'라는 노래이다. 화랑아라는 양식은 물건 파는 장사치의 타령에서 기원하여 송나라와 원나라 때 유행했던 일종의 소리 기예로서, 문학사에서는 이러한 기예가 있었다는 기록만이 남아 있을 뿐이고 이 작품에서 유일하게 그 흔적을 볼 수 있다. 물론 원잡극의 한 절, 그것도 비교적 엄격한 원잡극의 음악 체계 안에 삽입되었으므로 이것이 당시 화랑아의 모습 그대로인지 아니면 잡극 안에서 변형된 것인지는 누구도 알 수 없지만, 역사 속의 화랑아 기예를 직접이든 간접이든 감상할 수 있는 유일한 기회이므로, 이 작품의 제4절을 주목해서 봐야 할 필요가 있다.

「강 건너에서 지략을 겨루다」는 『삼국지』 이야기 가운데 적벽대전 직후 유비와 제갈량에 대한 복수를 노리는 주유의 이른바 미인계를 간파하고 이를 역이용하는 제갈량과 주유의 지략 대결을 손안의 시점으로 바라본 작품으로 삼국희 가운데 가장 완성도 높은 작품으로 손꼽힌다. 뿐만 아니라 이 작품과 나관중 『삼국지』의 해당 대목을 비교하여 보면 또 다른 묘미를 느낄 수 있으며 원잡극이 지니는 문학사적 가치를 한 가지 더 발견할 수 있을 것이다.

「조씨고아의 위대한 복수」는 장엄하고 비장미가 넘치는 전형적인 비극으로 또 다른 측면에서 원잡극의 대표작이라고 할 수 있다. 작품 전체를 압도하는 도안고의 공포스런 위력, 한궐과 공손저구와 정영의 숭고한 희생, 특히 자기 자식의 죽음을 스스로 선택하고 제 눈으로 지켜봐야 했던 아픔, 자신의 출생의 비밀을 캐낸 결과 원수가 다름 아닌 자신을 누구보다 아끼는 양아버지였다는 정발의 아이러니, 이러한 점들이 이 작품의 비극성을 고조시킨다. 18세기 경 유럽에 소개되어 원잡극 가운데 최초로 서양에 번역된 작품이며, 프랑스의 계몽사상가이자 작가인 볼테르가 「중국 고아L'orphelin de la Chine」라는 제목으로 번안한 바 있다. 우리나라에서도 최근 여러 차례 우리 극단에 의해 무대에 올려졌고, 경극에서는 「고아를 수색하고 고아를 구출하다搜孤救孤」는 작품으로 재창조되어 중국인들이 매우 사랑하는 레퍼토리이다. 최근에는 동명의 영화로도 제작된 바 있다.

「황량몽으로 깨우치다」는 당나라 때 문인 심기제沈旣濟의 전기 「침중기枕中記」를 소재로 한 작품이다. 원래 작품은 단순히 인생무상을 주제로 한 이야기로서 한단지몽이라는 성어를 낳게 한 작품이다. 원잡극에 와서는 도교의 여덟 신선 가운데 하나인 여동빈이 주, 색, 재, 기를 끊고 도사 종리권에 의해 제도되는 과정으로 탈바꿈하여 원나라 때 크게 성행한 도교의 일파인 전진교의 교리를 충실히 담은 작품이 된다. 신선에 의해 제도되어 그 역시 신선이 된다는 이른바 신선도화극 가운데 대표작이라고 꼽을 수 있다.

「자린고비가 재산 임자를 사들이다」는 프랑스 극작가 몰리에르의 희극 「수전노」와 달리 수전노의 성격을 희화시키기보다는 인간 세상의 부유함과 가난함에 대한 당시의 관념을 인과응보 사상에 담아 다소 풍자적이고 조소적인 시선으로 표현하고 있다.

이상의 작품들을 통해 원잡극이 반영하고 있는 모습을 몇 가지로 요약하면 다음과 같다. 첫째는 작품들이 당시의 사회를 대단히 구체적이고 현실적으로 재현해 내고 있다는 점이다. 주요 등장인물의 면면을 보면 황제, 관리, 선비 등에서 시작하여 고리대금업, 돌팔이 의사, 동네 건달, 부자 상인, 영세 상인, 하급 관료, 기녀 등에 이르기까지 현실 세계에서 접할 수 있는 거의 모든 신분과 직업을 망라하고 있으며, 이들의 성격도 선인, 악인, 소심한 자, 비겁한 자, 강인한 자, 용감한 자 등 입체적인 양상을 띠고 있다. 둘째는 이전의 다른 문학작품과 사뭇 달라진 가치관과 사회 질서를 반영하고 있으며, 사회적 약자 특히 여성에 대한 시각이 판이하게 달라져 있음을 알 수 있다. 선비가 상인에게 능멸당하고, 대의명분보다 물질적 가치가 중시되는 모습 등이 그러하다. 또한 일부 작품에서는 남성이 철저하게 무기력하고 무능력하며 비겁한 모습으로 그려지는 반면 여성은 강인하고 지혜로우며 불의와 타협하지 않는 모습으로 그려지고 있다.

번역은 누추하나 독자들이 이를 통해 원잡극의 세계를 여행하고, 중국 전통극에 맛들이는 계기가 되기를 희망한다. 모든 번역은 번역자 두 사람이 공동으로 심사숙고하여 진행하였으나 난해

한 원잡극을 부족한 독해 능력과 더 부족한 번역 능력으로 옮기기에는 많이 역부족일 것이므로 많은 꾸짖음을 기다린다.

이 책에서는 독서의 편의를 위해 원작의 서술 방법을 경미하게 손댔다. 원작에서는 모든 대사를 발화하는 주체로 등장인물의 이름 대신 각색명을 표기하여 "정말이 말한다(正末云)", "정단이 노래한다(正旦唱)", "정이 인사하는 동작(淨見科)" 등으로 되어 있다. 이 책에서는 "말한다"와 "노래한다"는 모두 삭제하였고 대신 노랫말과 빈백 가운데 일반 대사, 시로 읊는 부분의 글자체를 달리하여 표시하였다. 인물의 등장에 대한 지문의 경우에도 원작에서는 "정단이 두아로 분장하여 등장한다(正旦扮竇娥上)" 등으로 되어 있지만 이 책에서는 "두아〔정단〕가 등장한다" 등으로 모두 바꿨다. 그리고 혼동을 피하기 위해 작품마다 맨 앞에 등장인물과 각색을 일목요연하게 대조해 놓았다. 또한 각 절마다 궁조를 표시하는 방법에 있어서도, 원작의 경우 각 절마다 첫 번째로 나오는 노래의 앞에 궁조를 표시하여 「선비 장우가 바다를 끓이다」의 경우 제1절에서 용녀의 첫 번째 노래에 "「선려」「점강순」"으로 표기되어 있지만, 이 책에서는 독자의 편의와 명료함을 위해 각 절의 표제 뒤에 표기하였다.

판본 소개

원잡극은 시나 산문 같은 다른 문학 장르에 비해 작가의 신분이 낮았고 향유 계층도 일반 서민이 위주였기 때문에 작품집이 간행되기가 쉽지 않았던 것 같다. 현재 남아 있는 목록으로 알 수 있는 원잡극의 작품 수가 모두 700여 종인데 남아 있는 작품 수가 240여 개 남짓밖에 안되는 것도 그런 연유였을 가능성이 많다. 원잡극의 본격적인 간행은 산재한 극본의 수집과 정리의 필요성이 대두되고, 일정 정도의 자본과 시장 규모가 형성되며, 판각 기술의 발전 등 기초적인 출판 여건이 갖추어지는 명대에 와서야 진행된다.

현재 남아 있는 원잡극의 판본 가운데 원나라 때 판각된 것으로는 『원간잡극삼십종』이 유일하다. 그렇기 때문에 이 판본은 원잡극의 원래 모습에 관해 알 수 있는 대단히 중요한 자료이다. 제목에서 알 수 있듯이 여기에는 모두 30종의 원잡극 작품이 수록

되어 있다. 이 판본의 특징은 앞에서도 말했듯이 작품의 대사 가운데 빈백은 거의 있지 않고 노랫말과 지문만 일부 남아 있다. 어떤 작품은 빈백이나 지문이 전혀 없이 노랫말만 수록되어 있기도 하다. 그렇기 때문에 이 판본만 봐서는 해당 작품의 전체적인 내용을 파악하는 것은 불가능하고, 이 판본에 나온 것만으로 무대에 올릴 수도 없었을 것이다. 상대적으로 빈백이 노랫말에 비해 중요도가 떨어지고 공연할 때에도 배우들의 기억에 의존하거나 경우에 따라서는 즉흥적인 대사를 말하기도 하지만, 노랫말만은 고정된 것이어야 하므로 빠짐없이 정확하게 기록되었을 것이다. 따라서 『원간잡극삼십종』은 원잡극의 공연을 위한 최소한의 기록이었을 것으로 추정된다.

명대에 들어서 원잡극의 간행과 출판은 활발해져서 모두 여덟 가지 판각본이 나오는데, 이 가운데서 가장 대표적인 것은 장무순臧懋循이 편찬한 『원곡선元曲選』(1615년)이다. 이 책에는 모두 100개의 작품이 수록되어 있는데, 노랫말과 빈백과 지문을 온전히 갖추고 있어 독서나 공연에 가장 편리한 판본이다. 이를 편찬한 장무순은 극작가이기도 하였으므로, 작품의 정리 과정에서 일정 정도 첨삭을 가하여 작품의 원래 면모를 잃게 했다는 혐의와 비판을 받기도 한다. 하지만 『원곡선』은 원잡극의 판본 가운데 가장 보편적이고 대중적인 것이라고 할 수 있다. 『원곡선』을 보충하고 완성하고자 수이쑤선隋樹森은 『원곡선』에 수록되지 않은 작품 62개를 모아 『원곡선외편元曲選外編』(1959년)을 편찬하기도 한다.

그렇지만 원잡극의 작품을 모두 갖춘 것은 『고본희곡총간古本戲曲叢刊』에 와서다. 『고본희곡총간』은 역대 중국 희곡 작품을 모두 수록한 방대한 분량의 총서로 정진탁鄭振鐸이 중심이 된 편집위원회가 작업을 진행하였다. 위원회는 1954년부터 1958년까지 활동하며 『고본희곡총간』 초집부터 4집까지와 9집을 간행한 뒤 정진탁의 사망 이후 활동이 중단되었다가 1982년 활동이 재개되어 편찬 작업을 계속하고 있다. 이 가운데 1958년에 간행된 제4집에 원나라와 명나라의 잡극이 모두 수록되어 있다. 여기에서는 『원곡선』을 제외하고 『원간잡극삼십종』과 명대의 나머지 일곱 가지 판본을 모두 수록하여 원잡극을 가장 잘 갖추고 있다고 말할 수 있다. 대만의 세계서국世界書局은 이 가운데 원잡극만을 따로 영인하여 『전원잡극全元雜劇』(1964년)이라는 이름으로 간행한 바 있다.

이 책에 수록된 작품은 모두 『원곡선교주元曲選校注』 전4책 8권(王學奇 主編, 河北教育, 1994)을 토대로 번역하였으며, 중국과 대만에서 나온 각종 주석본을 다수 참고하였음을 밝혀 둔다.

새롭게 을유세계문학전집을 펴내며

을유문화사는 이미 지난 1959년부터 국내 최초로 세계문학전집을 출간한 바 있습니다. 이번에 을유세계문학전집을 완전히 새롭게 마련하게 된 것은 우리가 직면한 문화적 상황에 적극적으로 대응하기 위해서입니다. 새로운 을유세계문학전집은 세계문학의 역할이 그 어느 때보다 중요해졌다는 인식에서 출발했습니다. 오늘날 세계에서 타자에 대한 이해는 우리의 안전과 행복에 직결되고 있습니다. 세계문학은 지구상의 다양한 문화들이 평등하게 소통하고, 이질적인 구성원들이 평화롭게 공존할 수 있는 문화적인 힘을 길러 줍니다.

을유세계문학전집은 세계문학을 통해 우리가 이런 힘을 길러 나가야 한다는 믿음으로 만들어졌습니다. 지난 5년간 이를 준비하기 위해 많은 노력을 기울였습니다. 세계 각국의 다양한 삶의 방식과 문화적 성취가 살아 있는 작품들, 새로운 번역이 필요한 고전들과 새롭게 소개해야 할 우리 시대의 작품들을 선정했습니다. 우리나라 최고의 역자들이 이들 작품 속 한 문장 한 문장의 숨결을 생생히 전하기 위해 심혈을 기울였습니다. 또한 역자들은 단순히 번역만 한 것이 아니라 다른 작품의 번역을 꼼꼼히 검토해 주었습니다. 을유세계문학전집은 번역된 작품 하나하나가 정본(定本)으로 인정받고 대우받을 수 있도록 최선을 다했습니다. 세계문학이 여러 경계를 넘어 우리 사회 안에서 주어진 소임을 하게 되기를 바라며 을유세계문학전집을 내놓습니다.

을유세계문학전집

BC 458 **오레스테이아 3부작**
아이스퀼로스 | 김기영 옮김 |77|
수록 작품: 아가멤논, 제주를 바치는 여인들, 자비로운 여신들
그리스어 원전 번역
서울대 선정 동서고전 200선
시카고 대학 선정 그레이트 북스

BC 434/432 **오이디푸스 왕 외**
소포클레스 | 김기영 옮김 |42|
수록 작품: 안티고네, 오이디푸스 왕, 콜로노스의 오이디푸스
그리스어 원전 번역
「동아일보」 선정 '세계를 움직인 100권의 책'
서울대 권장 도서 200선
고려대 선정 교양 명저 60선
시카고 대학 선정 그레이트 북스

1191 **그라알 이야기**
크레티앵 드 트루아 | 최애리 옮김 |26|
국내 초역

1225 **에다 이야기**
스노리 스툴루손 | 이민용 옮김 |66|

1241 **원잡극선**
관한경 외 | 김우석·홍영림 옮김 |78|

1496 **라 셀레스티나**
페르난도 데 로하스 | 안영옥 옮김 |31|

1608 **리어 왕·맥베스**
윌리엄 셰익스피어 | 이미영 옮김 |3|

1630 **돈 후안 외**
티르소 데 몰리나 | 전기순 옮김 |34|
국내 초역 「불신자로 징계받은 자」 수록

1670 **팡세**
블레즈 파스칼 | 현미애 옮김 |63|

1699 **도화선**
공상임 | 이정재 옮김 |10|
국내 초역

1719 **로빈슨 크루소**
대니얼 디포 | 윤혜준 옮김 |5|

1749 **유림외사**
오경재 | 홍상훈 외 옮김 |27, 28|

1759 **신사 트리스트럼 섄디의 인생과 생각 이야기**
로렌스 스턴 | 김정희 옮김 |51|
노벨연구소 선정 100대 세계 문학

1774 **젊은 베르터의 고통**
요한 볼프강 폰 괴테 | 정현규 옮김 |35|

1799 **휘페리온**
프리드리히 횔덜린 | 장영태 옮김 |11|

1804 **빌헬름 텔**
프리드리히 폰 쉴러 | 이재영 옮김 |18|

1813 **오만과 편견**
제인 오스틴 | 조선정 옮김 |60|

1817 **노생거 사원**
제인 오스틴 | 조선정 옮김 |73|

1818 **프랑켄슈타인**
메리 셸리 | 한애경 옮김 |67|
뉴스위크 선정 세계 명저 100
옵서버 선정 최고의 소설 100
미국대학위원회 선정 SAT 추천 도서

1831 **예브게니 오네긴**
알렉산드르 푸슈킨 | 김진영 옮김 |25|

파우스트
요한 볼프강 폰 괴테 | 장희창 옮김 |74|
서울대 권장 도서 100선
미국대학위원회 SAT 권장 도서

1835 **고리오 영감**
오노레 드 발자크 | 이동렬 옮김 |32|
서머싯 몸 선정 세계 10대 소설
연세 필독 도서 200선

1836 **골짜기의 백합**
오노레 드 발자크 | 정예영 옮김 |4|

1844 **러시아의 밤**
블라지미르 오도예프스키 | 김희숙 옮김 |75|

1847 **워더링 하이츠**
에밀리 브론테 | 유명숙 옮김 |38|
서머싯 몸 선정 세계 10대 소설
서울대 선정 동서 고전 200선
미국대학위원회 SAT 권장 도서

제인 에어
샬럿 브론테 | 조애리 옮김 |64|
연세 필독 도서 200선
미국대학위원회 SAT 권장 도서
BBC 선정 영국인들이 가장 사랑하는 소설 100선
「가디언」 선정 가장 위대한 소설 100선

1850 **주홍 글자**
너새니얼 호손 | 양석원 옮김 |40|

1855 **죽은 혼**
니콜라이 고골 | 이경완 옮김 |37|
국내 최초 원전 완역

1866 **죄와 벌**
표도르 도스토예프스키 | 김희숙 옮김 |55, 56|
미국대학위원회 SAT 권장 도서
하버드 대학교 권장 도서

1880 **워싱턴 스퀘어**
헨리 제임스 | 유명숙 옮김 |21|

1888 **꿈**
에밀 졸라 | 최애영 옮김 |13|
국내 초역

1896 **키 재기 외**
히구치 이치요 | 임경화 옮김 |33|
수록 작품: 섣달그믐, 키 재기, 탁류, 십삼야, 갈림길, 나 때문에

1896 **체호프 희곡선**
안톤 파블로비치 체호프 | 박현섭 옮김 |53|
수록 작품: 갈매기, 바냐 삼촌, 세 자매, 벚나무 동산

1899 **어둠의 심연**
조지프 콘래드 | 이석구 옮김 |9|
수록 작품: 어둠의 심연, 진보의 전초기지, 『청춘과 다른 두 이야기』 작가 노트, 『나르시서스호의 검둥이』 서문
미국대학위원회 SAT 권장 도서
연세 필독 도서 200선

1900 **라이겐**
아르투어 슈니츨러 | 홍진호 옮김 |14|
수록 작품: 라이겐, 아나톨, 구스틀 소위

1903 **문명소사**
이보가 | 백승도 옮김 |68|

1908 **무사시노 외**
구니키다 돗포 | 김영식 옮김 |46|
수록 작품: 겐 노인, 무사시노, 잊을 수 없는 사람들, 쇠고기와 감자, 소년의 비애, 그림의 슬픔, 가마쿠라 부인, 비범한 범인, 운명론자, 정직자, 여난, 봄 새, 궁사, 대나무 쪽문, 거짓 없는 기록
국내 초역 다수

1909 **좁은 문 · 전원 교향곡**
앙드레 지드 | 이동렬 옮김 |24|
1947년 노벨문학상 수상

1914 **플라테로와 나**
후안 라몬 히메네스 | 박채연 옮김 |59|
1956년 노벨문학상 수상

1915 **변신 · 선고 외**
프란츠 카프카 | 김태환 옮김 |72|
수록 작품: 선고, 변신, 유형지에서, 신임 변호사, 시골 의사, 관람석에서, 낡은 책장, 법 앞에서, 자칼과 아랍인, 광산의 방문, 이웃 마을, 황제의 전갈, 가장의 근심, 열한 명의 아들, 형제 살해, 어떤 꿈, 학술원 보고, 최초의 고뇌, 단식술사
서울대 권장 도서 100선
연세 필독 도서 200선
미국대학위원회 SAT 권장 도서

1919 **데미안**
헤르만 헤세 | 이영임 옮김 |65|

1920 **사랑에 빠진 여인들**
데이비드 허버트 로렌스 | 손영주 옮김 |70|

1924 **마의 산**
토마스 만 | 홍성광 옮김 |1, 2|
1929년 노벨문학상 수상
서울대 권장 도서 100선
연세 필독 도서 200선
「뉴욕타임스」 선정 '20세기 최고의 책 100선'
미국대학위원회 SAT 권장 도서

1924 **송사삼백수**
주조모 엮음 | 김지현 옮김 |62|

1925 **소송**
프란츠 카프카 | 이재황 옮김 |16|

1925 **요양객**
헤르만 헤세 | 김현진 옮김 |20|
수록 작품: 방랑, 요양객, 뉘른베르크 여행
1946년 노벨문학상 수상
국내 초역 「뉘른베르크 여행」 수록

위대한 개츠비
프랜시스 스콧 피츠제럴드 | 김태우 옮김 |47|
미 대학생 선정 '20세기 100대 영문 소설' 1위
모던 라이브러리 선정 '20세기 100대 영문학' 중 2위
미국대학위원회 추천 '서양 고전 100선'
「르몽드」 선정 '20세기의 책 100선'
「타임」 선정 '20세기 100대 영문 소설'

1925 **서푼짜리 오페라 · 남자는 남자다**
베르톨트 브레히트 | 김길웅 옮김 |54|

1927 **젊은 의사의 수기 · 모르핀**
미하일 불가코프 | 이병훈 옮김 |41|
국내 초역

1928 **체벤구르**
안드레이 플라토노프 | 윤영순 옮김 |57|
국내 초역

1929 **베를린 알렉산더 광장**
알프레트 되블린 | 권혁준 옮김 |52|

1930 **식(蝕) 3부작**
마오둔 | 심혜영 옮김 |44|
국내 초역

1934 **브루노 슐츠 작품집**
브루노 슐츠 | 정보라 옮김 |61|

1935 **루쉰 소설 전집**
루쉰 | 김시준 옮김 |12|
서울대 권장 도서 100선
연세 필독 도서 200선

1936 **로르카 시 선집**
페데리코 가르시아 로르카 | 민용태 옮김 |15|
국내 초역 시 다수 수록

1938 **사형장으로의 초대**
블라디미르 나보코프 | 박혜경 옮김 |23|
국내 초역

1946 **대통령 각하**
미겔 앙헬 아스투리아스 | 송상기 옮김 | 50 |
1967년 노벨문학상 수상 작가

1949 **1984년**
조지 오웰 | 권진아 옮김 |48|
1999년 모던 라이브러리 선정 '20세기 100대 영문학'
2005년 「타임」 선정 '20세기 100대 영문 소설'
2009년 「뉴스위크」 선정 '역대 세계 최고의 명저' 2위

1954 **이즈의 무희 · 천 마리 학 · 호수**
가와바타 야스나리 | 신인섭 옮김 |39|
1952년 일본 예술원상 수상
1968년 노벨문학상 수상

1955 **엿보는 자**
알랭 로브그리예 | 최애영 옮김 |45|
1955년 비평가상 수상

1955 **저주받은 안뜰 외**
이보 안드리치 | 김지향 옮김 |49|
수록 작품: 저주받은 안뜰, 몸통, 술잔, 물방앗간에서, 올루야크 마을, 삼사라 여인숙에서 일어난 우스운 이야기
세르비아어 원전 번역
1961년 노벨문학상 수상 작가

1962 **이력서들**
알렉산더 클루게 | 이호성 옮김 |58|

1964 **개인적인 체험**
오에 겐자부로 | 서은혜 옮김 |22|
1994년 노벨문학상 수상

1967 **콜리마 이야기**
바를람 샬라모프 | 이종진 옮김 |76|
국내 초역

1970 **모스크바발 페투슈키행 열차**
베네딕트 예로페예프 | 박종소 옮김 |36|
국내 초역

1979 **천사의 음부**
마누엘 푸익 | 송병선 옮김 |8|

1981 **커플들, 행인들**
보토 슈트라우스 | 정항균 옮김 |7|
국내 초역

1982 **시인의 죽음**
다이허우잉 | 임우경 옮김 |6|

1991 **폴란드 기병**
안토니오 무뇨스 몰리나 | 권미선 옮김
|29, 30|
국내 초역
1991년 플라네타상 수상
1992년 스페인 국민상 소설 부문 수상

1996 **아메리카의 나치 문학**
로베르토 볼라뇨 | 김현균 옮김 |17|
국내 초역

2001 **아우스터리츠**
W. G. 제발트 | 안미현 옮김 |19|
국내 초역
전미 비평가 협회상
브레멘상
「인디펜던트」 외국 소설상 수상
「LA타임스」, 「뉴욕」, 「엔터테인먼트 위클리」
선정 2001년 최고의 책

2002 **야쿠비얀 빌딩**
알라 알아스와니 | 김능우 옮김 |43|
국내 초역
바쉬라힐 아랍 소설상
프랑스 툴롱 축전 소설 대상
이탈리아 토리노 그린차네 카부르 번역 문학상
그리스 카바피스상

2005 **우리 짜르의 사람들**
류드밀라 울리츠카야 | 박종소 옮김 |69|
국내 초역

2007 **시카고**
알라 알아스와니 | 김능우 옮김 |71|
국내 초역